東京大學東洋文化研究所報告

冒襄と『影梅庵憶語』の研究

大木　康　著

東洋文化研究所紀要　別册

冒襄と『影梅庵憶語』の研究

目次

冒襄と『影梅庵憶語』の研究

序　章

一、「風流遺民」冒襄

明末清初の江南を舞臺に活躍した文人に、冒襄という人があった。現在では、もと南京秦淮の妓女であり、のちにその側室となった董小宛の歿後、彼女の思い出を詳細に書きつづった『影梅庵憶語』によって最も廣く知られる。本書は、この冒襄と『影梅庵憶語』を中心に、明末清初の江南における文人たち、そして彼らをとりまく女性たちの生活と文學を浮き彫りにすることを目的とする。はじめに、冒襄の生涯を簡單にながめてみたい。

冒襄（明萬曆三十九年　一六一一～清康熙三十二年　一六九三）、字は辟疆、號は巣民、樸巣、如皐（江蘇）の人。韓菼の撰になる「潛孝先生冒徵君襄墓誌銘」（『有懷堂文藁』巻十六、また『碑傳集』巻一二六、逸民下之下にも收む）では、その前文（「墓誌銘」は前文、序、銘からなる）において、冒襄の生涯のハイライトを記している。

故明の熹宗（天啓帝）の時、宦官による禍が大いにおこった。黄門北寺の獄があって、諸賢たちはあいついで獄につながれ、むち打たれて死んだ。六君子はその最も顯著なものであった。上にあって國家の政治は混亂したが、下にあっては清議がはげしくわきおこった。名流の俊秀たちが雲のように集まり、風のように驅け回って、ただ義にこれ歸し、みずからを高しとしたさまは、またいわゆる「顧」「廚」「俊」「及」なる者のごとくであった。[1]

冒頭で語られるのは、熹宗天啓帝の時代、宦官魏忠賢が專横をきわめ、それに反對したいわゆる東林派の官僚たちが一網打盡にされ、多くが殺されたことである。「六君子」とは、周起元、繆昌期、周順昌、周宗建、黄尊素、李應升である（『明史』魏忠賢傳）。この大獄がおこったのは天啓六年（一六二六）、冒襄十六歳の年にあたる。「黄門北寺の獄」は、後漢の時代に、やはり宦官一派と對立した李膺が下された獄のこと（『後漢書』李膺傳）。明末當時の宦官と東林派との對立は、しばしば後漢のいわゆる黨錮にたとえられる。「顧」「廚」「俊」「及」も、後漢の當時の清流の人々を評した言葉である（「八俊」「八顧」「八及」「八廚」。『後漢書』黨錮列傳に見える）。

この時にあたって、四公子の名聲が高まった。四公子とは、桐城の方密之以智、陽羨の陳定生貞慧、歸德の侯朝宗方域、そして先生（冒襄）である。先生は若くして盛氣を負い、才は特に高く、とりわけよく人の心を動かすことができた。かつて桃葉渡に酒席を設けて六君子の息子たちを會し、當時の名士たちがみな參加した。酒宴がたけなわになると、たけり狂ったように悲しみ、みなともに懷寧（阮大鋮）をそしった。懷寧はもとより宦官黨である。當時、金陵（南京）歌舞の諸部は天下一であった。懷寧は先生と交わりを結び、酒席の客になろうとして、役者をよこしたのであった。先生は居合わせた客とともに彼らに歌わせ、かつは罵りかつは稱贊した。懷寧はそれを聞いてますます恨みを抱いたのであった。[2]

冒襄は、方以智、陳貞慧、侯方域とともに「四公子」と稱されたとある。「公子」といういい方によっても知られるように、彼らはいずれも「名流の俊秀」であった。韓菼の「墓誌銘」によれば、如皐冒氏の始祖、冒致中は元の時代の兩淮鹽運司丞であり、その後何名かの進士を輩出している。冒襄の祖父、冒夢齡は貢生として南寧知州になっており、父の冒起宗は崇禎元年（一六二八）の進士であった。冒襄はこうした名家に生を享けたのである。

明王朝滅亡に至るまでの冒襄の活動は、しばしば南京を舞臺としている。揚州府如皐縣は南直隸に屬し、科擧の鄕試は南京で受驗しなければならなかった。南京孔子廟の竝びに江南貢院があり、向かいには秦淮河を隔てて、大規模な色町である舊院がひかえていた。[3] この秦淮一帶が當時の士人たちの集會の場であり、冒襄の活動の舞臺であった。魏忠賢に殺された六君子の子息たちを集めて宴會を催した桃葉渡は、六朝の昔、王獻之が愛妾桃葉のために「桃葉歌」を詠じた故事で知られる場所。やはり秦淮にある。この會が開かれたのは、崇禎九年（一六三六）のこと。冒廣生の編んだ『冒巢民先生年譜』崇禎九年冒襄二十六歲の條に、「科試に優等な成績をおさめ、秋、南京で鄕試に應じた（科試優等、秋應制金陵）」とあり、續けて「陳梁ら五名と眉樓において盟約を結んだ。また東林の遺兒たちを桃葉渡に會した（與陳梁五人盟於眉樓。復大會東林諸孤於桃葉渡）」とある。鄕試の行われる年には、南直隸（現在の江蘇、安徽）各地の俊秀たちが南京の秦淮一帶に集まった。鄕試が行われるのは八月九日から十六日にかけてであるが、陳梁の「五子同盟詩」（冒襄輯『同人集』卷五）の序によれば、會が開かれたのは八月十八日のことだったというから、試驗の終わった直後に會が開かれたことがわかる。『同人集』卷九に收める余儀曾の「往昔行」跋には、このとき冒襄は「百餘兩のお金を出して、桃葉渡の河房、前後の廳堂、樓閣を全部で九つも借り、客人は日に百人にのぼった（出百餘金、賃桃葉河房前後廳堂樓閣凡九、食客日百人）」と記されている。[4]「五子同盟詩」の序によって、魏忠賢に殺された黃尊素の息子、黃宗羲もこの會に出席していたことが知られる。眉樓は、秦淮の名妓とうたわれた顧媚の家にあったことが、余懷の『板橋雜記』卷中「顧媚」の條に見え、同書卷下には五子の盟約についての記述もある。顧媚は後に龔鼎孳（錢謙益、呉偉業とともに清初の詩における江左三大家の一人）の側室となる。冒襄は龔鼎孳とも交際があったことが、『影梅庵憶語』や『同人集』などによって知られる（顧媚については、本書第二部付論一で觸れる）。

冒襄は當時まだ受驗生の身であったが、こうした大規模な會を主催しえたことなどから見て、すでに秦淮の色町に通じていたことが知られる。冒襄はこのころとりわけ寒秀齋の李十娘となじみだったようである。(5) 冒襄の身邊には、生涯を通じて美姬があった。

會に參加した人々からやりだまにあげられている阮大鋮（明萬曆十五年　一五八七～清順治五年　一六四八）は、安徽懷寧の人、萬曆四十四年（一六一六）の進士。宦官魏忠賢との關わりから、江南人士に忌み嫌われているが、戲曲作者として名があり、『燕子箋』ほかの作品が殘る。阮大鋮は自分の家に劇團（家班）を持っており、その上演が、よく訓練されたすばらしいものであったことは、張岱が『陶庵夢憶』巻八「阮圓海戲」で述べている。(6) なお、阮大鋮が「四公子」の一人である侯方域とも交わりを結ばんがため、日々酒食を供したことが、侯方域の「癸未去金陵日與阮光祿書」（『壯悔堂集』巻三）、また「李姬傳」（『壯悔堂集』巻五）に見える。李姬とは秦淮の名妓李香（李香君）であり、侯方域、李香君を主人公とする孔尚任の戲曲『桃花扇』にも、阮大鋮が敵役として登場する。

冒襄が魏忠賢に殺された東林派の子弟たちを會してから三年後の鄕試の年にあたる崇禎十二年（一六三九）、南京において復社の人々が、阮大鋮を彈劾する「留都防亂公揭」を發表する。そこには百四十名の人々が署名しており、陳貞慧、黄宗羲などとともに冒襄の名も見えている。冒襄がさかんに政治的な活動を行うとともに、當時の江南文壇にあってもひとかどの存在であったことは、翌崇禎十三年（一六四〇）、揚州の鄭元勳の屋敷にある影園に黄色の牡丹の花が咲いた時、その牡丹の花を詠じた詩を集めてコンテストを主催したことなどによっても知られる（本書第一部第一章參照）。コンテストにあたって、冒襄が詩の判者を依頼したのが、文壇の大御所であった錢謙益である。韓菼の「墓誌銘」では、東林六君子の遺兒たちを招いた宴會の場において、阮大鋮の役者が芝居を演じ、冒襄が阮大鋮を罵ったようになっているが、實際には、本書第一部第四章でも檢討するように、この會とは別の崇禎十二年（一六三九）もしくは崇禎十五年（一六四二）のことだったようである。韓菼の「墓誌銘」はさらに續いてゆく。

甲申の黨獄がおこり、定生（陳貞慧）があわや殺されそうになった時、先生が誠意伯（劉孔昭）に頼んですんでのところで助かった。やがて定生、朝宗（侯方域）が相繼いで亡くなり、密之（方以智）は官を棄て、僧になって去っていった。そして先生がひとり殘っていたが、また世間で出世しようとの意はなくなっていた。家には以前から園池亭館の勝があったが、歸ってからますます客を好むようになり、客を招かない日がないほどであった。館での食事はただひたすら至らないことを恐れるばかり。才能ある者を愛して子弟のようにかわいがり、やってきた客は、自分の家に歸ったように感じたものであった。しかし家は日に日に沒落してゆき、園もまた荒廢していった。主人はかくして間借り人のようになり、ほとんど行き場がなくなっても、後悔することはなかった。晩年になってますます圖書を以てみずから娛しむようになり、よく長壽をたもって亡くなった。思うに先生が亡くなってからというもの、東南故老遺民の風流の餘韻は絶えてしまった。痛むべきことである。わたしが先生と交わりを結んだのは後のことであったが、先生は最も古くからのつきあいであるかのように應對してくださった。先生の子息が行狀をたずさえてやってきて、泣きながら墓誌銘を請うたので、わたしはあえて辭することもせず、序を記し、銘を書いたのである。(7)

甲申の獄とは、甲申すなわち崇禎十七年（一六四四）明王朝が滅亡し、南京に福王（弘光帝）の臨時政權ができた時、兵部尚書となり政權を牛耳った阮大鋮が、復社の人々を獄につないだことを指している。孔尚任の戲曲『桃花扇』第二十九齣「逮社」には、吳應箕、陳貞慧、侯方域の三人が、南京の秦淮近くの繁華街である三山街にあった書店で『復社文開』なる選文集を編纂中に逮捕される場面がある。獄につながれた陳貞慧、侯方域らも、獄から逃れることができたものの、淸軍が南下し、弘光政權が崩壞した際に、ともに鄉里に歸ってしまう。陳貞慧は、息子である陳維崧の「敕贈徵仕郎翰林院檢討先府君行略」（『陳迦陵文集』卷五）に、

乙酉（一六四五）の後、府君は家門が代々（明の）國恩を受けており、竝の家柄や寒門出身と同日の談ではないことを思い、また當時の仲間たちがちりぢりになり、みな體を犧牲にし、首を斬られて、半ばは鬼籍に入ってしまったことを思って、山に穴を穿って（隱居して）出ず、村中の一小樓に座して、二十年間も足跡は城市に入らなかった。(8)

とあるように、鄉里の宜興にあって、もっぱら世間から隱れて暮らすようになっていたし（順治十三年 一六五六に歿）、侯方域もまた鄉里の商邱に歸って、順治九年（一六五二）三十五歲の折、前年に淸朝の科擧に應じたことを悔い、書室を「壯悔堂（壯にして悔いる）」と名づけるむねを記した「壯悔堂記」（『壯悔堂集』卷六）を著し、二年後の順治十一年（一六五四）には世を去った。淸初の混亂のさなか、方以智は南の方、廣東に逃れてゆき、やがて出家剃髮して僧になる（弘智、また藥地和尙）。

四公子の他の三人が、江南地方においてほとんど活動を停止してしまったなかで、江南の地にあって變わらず存在感を示し續けたのが冒襄であった。冒襄は、科擧に應じ、淸朝に仕える意志はなかったものの、名園として

名高い水繪園を擁する如皐の屋敷には多くの人々が訪れ、如皐水繪園はさながら當時の文人たちのたまり場、一大サロンであった。順治十五年（一六五八）進士に及第し、順治十七年（一六六〇）揚州府推官として赴任した王士禛（王漁洋）もまた、如皐の水繪園を訪れた一人であり、康熙四年（一六六五）、他の名士たちとともに「水繪園修禊」の詩を作っている。(9) また芝居好きであった冒襄は、みずから家班を持ち、客が來ると芝居を演じさせ、ともに樂しんでいた（本書第一部第四章參照）。

「墓誌銘」を書いた韓菼（明崇禎十年　一六三七～清康熙四十三年　一七〇四）は、長洲（蘇州）の人、康熙十二年（一六七三）の狀元であり、官は禮部尙書に至っている。

冒襄は名家に生まれ、明末江南にあって諸生として復社などで活躍し、ということは言いかえれば、科擧に及第できず、官職につくこともなく（推官におされたことはあったようだが）、明の滅亡の後には遺民としての生涯を送った人ということになる。韓菼の「墓誌銘」では、續く序（傳の本體部分）において、冒家代々の人物たち、冒襄の親孝行ぶり、その正妻や息子、孫たちのことを述べているのだが、韓菼がわざわざ冒頭部分において、冒襄の逝去によって「東南故老遺民の風流の餘韻が絶えた」と述べていることが注目される。若い頃の秦淮での遊びにはじまり、その生涯は美姬、風流とは切っても切れない關係にあった。(10)

明末清初の時代には、錢謙益と柳如是、龔鼎孶と顧媚、侯方域と李香君など、當代一流の文人と妓女との交遊が一時の佳話として喧傳されていた。ここで文人冒襄の生活と、そのまわりにあった董小宛、吳扣扣、蔡含、金玥らの女性たちとの交情のさまを知ることは、この時代の風氣を知るための好材料なのである。本書においては、冒襄について、「風流遺民」という方向から光をあててみたい。第一部は「文人としての冒襄」、第二部は「『影梅庵憶語』と女性たち」と題した。

二、如皐における活動の舞臺

冒襄といえば、園林を好んだことで知られ、冒襄の園林といえば、水繪園が最もよく知られるが、冒襄が水繪園を手に入れたのは、後でも述べるように順治十一年（一六五四）ごろのことと考えられる。また水繪園は、蔣敦復『嘯古堂詩集』巻二「水繪園歌」の序に「園は冒巣民司李の別業である（園爲冒巢民司李別業）」とあるように、多くの資料で「別業」つまりは別荘とされており、冒氏一族の本宅は別の場所にあった。

集賢里（冒家巷）

如皐の冒氏一族の屋敷は、城内東南の集賢里にあった。『影梅庵憶語』の中でも、

　わたしは集賢里に家をかまえて、代々おとなしく暮らしてきた。(11)

という言葉が見える。

嘉慶『如皐縣志』巻二十二、古跡に、

　憲副冒起宗の邸宅　一つは集賢巷の東側にあり、一つは集賢巷の西側にあり、一つは學宮の裏手にあって、いまは冒氏祠になっている。(2)

とあり、同じく嘉慶『如皐縣志』巻三、建置、街に、

冒家巷、集賢街、儒學東雲路街、西雲路街

などの街路の名が見える。冒氏一族が住んだ、冒家巷を中心とする地域を集賢里といったのであろう。嘉慶『如皐縣志』巻三に載せる「城池圖」では「冒家橋」「儒學（學宮）」を確認することができる（圖1、圖2）。冒家橋については、嘉慶『如皐縣志』巻三、建置、橋、東門内に、

> 集賢橋は、即ち冒家橋である。乾隆四十四年（一七七九）、邑人の冒乘驂、冒瑜が重ねて修復した。(13)

とある。

冒廣生の五男である舒諲（冒景琦）が、「關於冒辟疆的如皐故居」（舒諲『掃葉集』生活・讀書・新知三聯書店　一九八七）で、冒氏一族の邸宅について次のように述べている。

> 八世祖の冒承祥（雙橋）に至って、冒家の富は全縣一となり、集賢巷（今の冒家巷）に六つの邸宅を建て、六人の息子に分け與えた。（中略）冒辟疆の曾祖にあたる三房冒士抜（月塘）は、街の西に居った。その後「冒公館」と呼ばれたところで、いま黨校のある場所である。現在巷東のもと冒家酒店は、舊時の建築である留耕堂、愛日堂の規模をいまなお留めている。それは四房の故宅で、辟疆の父親である嵩少先生（冒起宗）が晩年側室の劉孺人及び二人の幼子冒褒、冒裔といっしょに住んでいたところである。先生（冒襄）本人は、母親の馬恭人を奉じて西宅に住んでいた。康熙乙巳（四年　一六六五）の冬五十五歳の時に至って北巷に引っ越したのである（後に改めて冒家祠になった。陳維崧に「移居北巷」詩がある）。康熙甲子（二十三年　一六八四）、七十四歳の時、再び東雲路巷に越した。これが、生涯最後の居所となったのである。（中略）

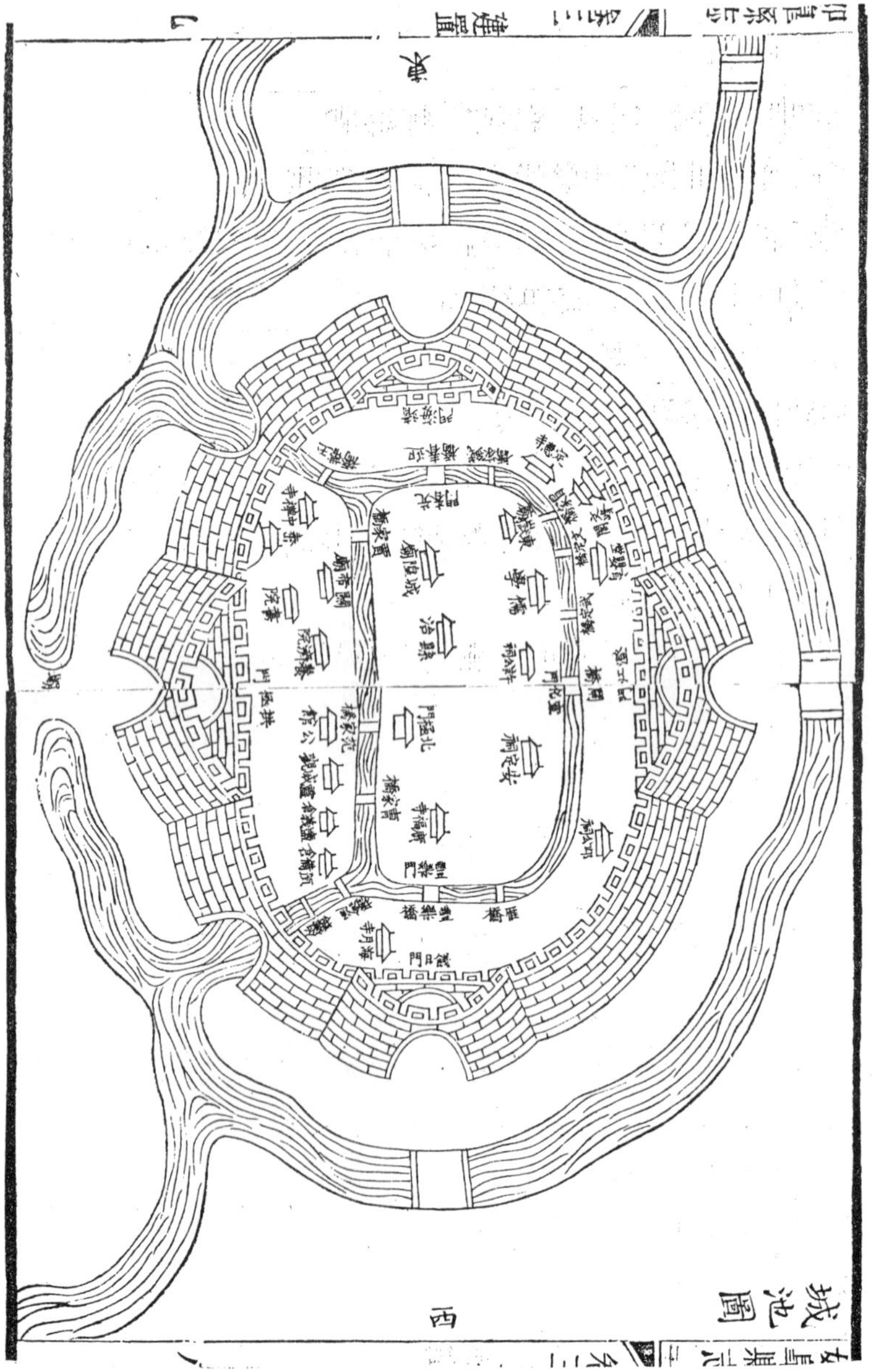

圖1　嘉慶『如皋縣志』卷三「城池圖」

圖2　現在の如皐縣

1	外城河	2	內城河	3	冒家巷	4	冒家橋
5	東雲路巷	6	大成殿（如皐師範學院附屬小學）	7	如皐師範學院		
8	龍游河	9	影梅庵故址（？）	10	如皐第一中學		
11	水繪園	12	定慧寺	13	宏濟橋		

冒家巷街の西の香儷園は、辟疆先生が生涯のうち最も長く住んだ場所である。その後、しばしば持ち主が變わり、一九一七年になってわたしの父が七千八百元で張姓の持ち主から買い戻した。わたしは幼年時代を、ここで過ごしたのであった。今でもはっきり覺えているのは、大門は東に向き、北は學宮北巷まで、南は周家、西は東雲路巷に至るまで、縱横ともに百メートルほど、廣さはおよそ一萬平方メートルであって、百餘間の建物があり、だいたいが明代嘉靖年間の建物であった。（中略）垂花門を入ると、中庭があり、北側の花壇に植えてあった海棠は、小宛夫人が手ずから植えたものだと傳えられていた。（中略）中央正面の大廳は六楹の廣さがあった。これこそが當時著名であった得全堂であって、董其昌が題した堂名の扁額が懸かっていた。（中略）

得全堂の北には小樓があり、陳樓という。それはかつて陳維崧が住んだところであって、朱古微が題した額があり、樓の下には白秋海棠がたくさん植えられていた。

得全堂の裏には火巷があり、前廳と內宅に分かれていた。三門を入ると、また庭があり、正廳は拙存堂という。（中略）拙存堂の後ろには、凝禧堂があり、中庭になっていた。南にはまた別に庭園住宅があり、正廳を五美堂といった。堂の南側に小さな庭があり、樓の名を豔月樓といった。それは小宛夫人が住んだところである。

この地を訪れてみると、如皐城內の東南隅、內城河（如皐には、城の外側の外城河と城內の內城河とがある）に沿って東西に走る學宮路と直角に交わる形で南北に延びる冒家巷が、現在も殘っている（寫眞1）。冒家巷の南側、內城河を渡る橋が冒家橋である（寫眞2）。冒家巷の東側は、如皐師範學院の體育館になって、今は何も殘っていな

寫眞1　冒家巷　東側（右側）は如皐師範學院の體育館になっている。

寫眞2　冒 家 橋

寫眞３　冒家巷の中

いが、巷の西側、東雲路巷までの一角には、古い建物が建て込んでおり、かつての面影をしのぶことができる（寫眞３）。東雲路巷の西側は、かつての學宮であり、孔子を祀った大成殿が、現在の如皐師範學院附屬小學校の敷地の中にある（寫眞４、寫眞５）。

冒襄の住まいについて、『冒巣民先生年譜』康熙四年（一六六五）の條に、「冬、家を北巷に移す」との記述があり、『同人集』巻八に陳維崧「乙巳臘月三日巣民老伯攜青若奉馬太恭人移居北巷詩（乙巳臘月三日巣民老伯青若を攜へ馬太恭人を奉じて居を北巷に移すの詩）」がある（乙巳は康熙四年）。冒襄は生まれてから、この康熙四年、五十五歳の時まで、冒家巷の西側（香儷園）に住み、この年、北巷に住まいを移した。北巷は、學宮大成殿の裏手（北側）にあった。さらに『冒巣民先生年譜』康熙二十三年（一六八四）の條に、家を東雲路に移したとの記述がある。『同人集』巻十、冒襄「甲子季夏下浣還樸齋唱和詩」序に、

寫眞4　東雲路巷　西側（左側）には大成殿（現在は如皐師範附屬小學の敷地）がある。

寫眞5　大成殿　大成殿の裏手（北側）が北巷である。

最近、先祖代々の屋敷の裏手に、叔氏の持っていた空き地を買い求めた。そこには天にそびえたつ樸の木があり、わが高祖、曾祖の時のものである。そこで還樸を書齋の名にしたのである。(14)とある（甲子は康熙二十三年）。同じ『同人集』巻十に収められる張圯授の「奉題巣翁老伯還樸齋（巣翁老伯が還樸齋に題し奉る）」詩の「別業頻新更有雲（別業頻りに新たにして更に雲有り）」の句に、「齋は東雲路にある（齋在東雲路）」との自注がある。東雲路もまた集賢里にあるから、冒襄は生涯を通じて、この集賢里（冒家巷）のあたりに居宅があったことはまちがいない。

冒家巷から內城河を隔てた斜向かい、如皐師範學院の向かいに、如皐きっての名刹定慧寺（定惠寺）がある。冒襄には「如皐定惠寺碑文」（『巣民文集』巻七）があり、『同人集』巻九に冒嘉穗の「壬戌中元薦其年長兄於定惠寺追和其己亥中元賦謝原韻以哭之（壬戌中元、其年長兄を定惠寺に薦し、其の己亥中元の賦謝原韻に追和し以て之を哭す）」があって、康熙二十一年（一六八二）の中元に、この年亡くなった陳維崧の法事がここで營まれたことがわかる。距離も近く、定慧寺は冒家との關わりも深かったようである。

得全堂

冒襄の祖父にあたる冒夢齡について、嘉慶『如皐縣志』巻二十一、藝文三では、如皐縣の人々の著作として、

冒夢齡　『兵餘集』一巻、『得全堂集』八巻

を擧げている。また嘉慶『如皐縣志』巻二十二、古跡に、

寫眞６　得全堂の額（下は冒襄　董小宛像）　水繪園の中に、複製された董其昌の得全堂の額が飾られている。

> 得全堂　集賢巷にある。知州冒夢齢の別荘である[15]。

とある。しばしば冒襄の社交の舞臺になっていた得全堂は、やはりこの集賢里にあり、舒諲（冒景琦）の「關於冒辟疆的如皐故居」によれば、冒家巷の西側にあったことがわかる。冒襄は得全堂でしばしば芝居を上演して、友人たちと觀劇している。冒家に家班があったのは、この冒夢齢にはじまるともいう[16]。得全堂の名については、冒廣生「題得全堂」詩の注によれば、もと全昌堂といったが、萬曆年間に、冒夢齢が董其昌に題字を書いてもらうよう頼んだところ、堂名の三字の中には仄聲があった方がよいとのことで、得全堂としたとのことである。董其昌が自分の名の文字を避けたということであろうか（**寫眞６**）[17]。

拙存堂

『影梅庵憶語』に、銭謙益の援助を得て、董小宛の落籍が成り、董小宛がはじめて如皐にやってきた時、冒襄は、父親に相伴して拙存堂で飲んでいたとあった。嘉慶『如皐縣志』巻二十一、藝文三には、

冒起宗　『前徽錄』二巻、『拙存堂詩概』六巻、『文臏』六巻

とあることから、拙存堂は、父の冒起宗の齋號であったことがわかる。この拙存堂もまた、舒謜（冒景琦）の「闗於冒辟疆的如皐故居」によって、冒家巷の西側にあったことがわかる。これらかつての冒氏の屋敷は後に人手に渡ってしまっていたようであるが、民國六年（一九一七）に冒廣生が、冒家巷の冒襄の舊宅をすっかり買い戻した。ところが、民國九年（一九二〇）の正月に拙存堂が全焼し、藏書も灰燼に歸したという（ともに冒懷蘇編著『冒鶴亭先生年譜』學林出版社　一九九八）。

豔月樓

冒廣生の年譜である冒懷蘇編著『冒鶴亭先生年譜』、一九三一年の條（二九八頁）によれば、董小宛は、落籍して冒襄の側室として如皐にやってきたばかりの時には、冒家巷の豔月樓に住まい、後に南郭の別業、すなわち影梅庵に移って、亡くなるまでそこにあった、とある。(18) 豔月樓については、陳維崧『婦人集』（『如皐冒氏叢書』所收）に、董小宛についての記事があり、そこに「豔月樓に住んでいた（居豔月樓）」とある。この豔月樓もまた、冒家巷の西側の一角にあったことがわかる。冒襄の『巢民詩集』巻五に「豔月樓臘梅盛開與孝威其年輟耕諸子卽席分韻（豔月樓に臘梅盛に開く。孝威、其年、輟耕諸子と卽席韻を分つ）」詩がある。

樸巣と影梅庵

崇禎七年（一六三四）、冒襄は城外に別荘である樸巣を營む。『同人集』巻十、冒襄の「甲子季夏下浣還樸齋唱和詩」序に、

崇禎甲戌（七年　一六三四）春、わたしは二十四歳であったが、南郭において古い樸の樹を得た。わだかまりねじまがった銅鐵のようで、曲がった川のほとりに横たわっていた。その上に巣を設け、みずから巣民というようになった。(19)

とある。嘉慶『如皐縣志』巻二十二、古跡、園に、

樸巣　城南の龍游河畔。冒襄が古樸の樹枝の上に巣を築いてそこに住んだ。明末に兵火によって焼けた。(20)

とある。樸巣は、『樸巣文選』という書名にもなっているように、冒襄の書齋の一つである。『影梅庵憶語』によれば、いちど冒襄について如皐までやってきた董小宛は、說得されて蘇州に歸るのだが、

船が如皐城外の樸巣まで來たところで、心を鬼にして彼女と別れ、彼女を蘇州に歸らせた。(21)

とある。龍游河は如皐城の南側を走り、東の方の海と南の長江との間をつなぐ運河であり、かつての如皐の交通の大動脈であった。蘇州の方からやってきた冒襄と董小宛が、まず龍游河のほとりの樸巣に着いたというのも自然である。

冒襄『樸巣文選』巻二に「南郭別業記」がある。そこには樸巣のことも記され、對岸に古庵があり、時に老僧が流れに臨んで念佛を誦している。庵の前は平らな野原があり、古い墓があり、木がうっそうと茂っている。(22)

とある。おそらくは、この庵こそが、『影梅庵憶語』の題名にもなった影梅庵なのであろう。陳維崧に「春日巣民先生拿舟同務栴諸子過樸巣竝問影梅庵（春日巣民先生舟を拿し務栴ら諸子と同に樸巣に過ぎり竝びに影梅庵を問ふ）」詩があり、そこに付された注「庵は董姫が葬られた場所である（庵爲董姫葬處）」によって、樸巣と影梅庵は近くにあったことがわかる。(23) 冒廣生は「影梅庵憶語跋」（『如皐冒氏叢書』）において、

影梅庵は徵君（冒襄）の南郭の別荘である。夫人（董小宛）は順治八年辛卯の正月二日に歿し、その年の閏二月十五日に庵の側に葬られた。後十年たって吳扣扣が歿し、やはりそこに従って葬られた。陳其年（陳維崧）に「春日巣民先生拿舟同務栴諸子過樸巣竝問影梅庵」の詩があり、その自注に、「庵は董姫が葬られた場所である」とあることによって證することができる。(24)

と述べている。(25)

影梅庵の場所について、王利民・丁富生・顧啓『冒辟疆與董小宛』（中華書局　二〇〇四　一三一頁）に、「この地は城南龍游河の左岸、宏濟閘の東、今の如皐城南中學の東北側である。護城河北岸の著名な古刹定慧寺の藏經樓及び文峰閣の裏側の河の對岸はす向かいである」という。龍游河は、現在ではほとんど埋め立てられてしまっているが、如皐城東南の宏濟橋のあたりにその名殘を見ることができ、その河の延長線上、現在の如皐第一中學（城

寫眞7　龍游河　如皐城東南にわずかに殘る龍游河の跡。宏濟橋上から西側を望む。

寫眞8　影梅庵故地（？）　如皐第一中學（城南中學）の東北側。

南中學）の東北側が、影梅庵の故地であり、董小宛、また呉扣扣が埋葬された地なのだと思われる。[26]（寫眞7、寫眞8）

逸園と水繪園

冒襄の祖父、冒夢齢は天啓三年（一六二三）の退休後、縣署の東、洗鉢池の東に、逸園を營んだ。陳維崧の「中憲大夫嵩少冒公墓誌銘」（『陳迦陵文集』巻五）によれば、

寧州公（冒夢齢）が雲南の任から移動になり、ついで職を離れて歸ってきた時、寧州公の兄の別駕公（冒夢辰）もまた海澄（福建）で致仕して歸ってきた。別駕公、寧州公があいついで如皐に戻ってきた。嵩少公（冒起宗）は、また孝廉（擧人）として、二度會試を受けたが合格できなかった。兄弟父子が家居することになって、兩老人に喜んでもらおうとはかったが、（集賢巷では）適當な場所を得られないことを恐れ、園を設け、逸園と稱し、花竹を植え、亭榭を築いて二人の老人を住まわせたのであった。二人の老人は酒が好きで、またその客人たちも酒好きであった。園中にはただ酒器があるばかりで、ベッドのわきから門の外にまで、酒器が累累たるありさま。花の朝、月の夕べには、嵩少公は、こざっぱりした様子をさせた女たちや息子たちを引き連れ、薬や果物を買って、おそばに從ったのであった。しばしば參星が横になり、月が沒しても、嵩少公は、ずっと息をひそめて兩老人が酒を呼ぶ聲をうかがったのであった。[27]

とある。嘉慶『如皐縣志』巻二十二、古跡、園には、

逸園　縣署の東、洗鉢池の東にある。明の寧州牧、冒夢齡が作った墓地である。孫の襄が公の像を石に刻し、その中に祀った。[28]

とある。ここに「墓地（冢）」とあるのはどういうことであろうか。この逸園の西側に、冒襄が水繪庵を設けることになる。冒襄の「逸園放生池歌竝引」（『巣民詩集』巻二）は、天啓三年（一六二三）に冒夢齡が洗鉢池のほとりに逸園を設け、そこを放生池としたことを述べ、

明清鼎革の後、亡き父とわたしのほかには、まったく營むものとてなく、ただ逸園の放生池を三度にわたって改修しただけであった。父上が亡くなり、わたしは二人の息子とともに、對岸の水繪園を庵にあらため、池のまわりにさくをめぐって護った。[29]

とあって、水繪園は、洗鉢池をはさんで逸園の對岸といっており、逸園と水繪園との位置關係がわかる。冒襄の父の冒起宗が亡くなったのは、順治十一年（一六五四）のことである。水繪園については、やはり嘉慶『如皐縣志』巻二十二、古跡、園に、次のようにある。

水繪園　城東の東北隅、中禪寺と伏海寺の間にある。もと文學（生員）冒一貫の別莊であり、水繪園と名づけた。後に司李の冒襄がここに隱棲し、園を庵にあらためた。園内には、妙隱香林、壹默齋、枕煙亭、寒碧堂、洗鉢池、小浯溪、鶴嶼、小三吾、月魚基、波煙玉亭、湘中閣、懸霤山房、澁浪坡、鏡閣、碧落廬などが設けてあった。當時の海內の鋸公、知名の士が、みなやってきて酒を飲み、詩を作った。何度か持ち主がかわり、荒廢した遺跡を存していたが、長く他姓の所有となっていた。嘉慶元年（一七九六）に、冒氏の族人が買い求

めて復興し、家祠公業とした(30)。

水繪園は、もともと冒氏一族の冒一貫(『通州直隷州志』選擧志、薦辟、萬暦二十年に名が見える)の別荘だったものである。これがいつ冒襄のものになったかについて、呉定中『董小宛匯考』(上海書店出版社 二〇〇一)「水繪園歸於嵩少、辟疆父子之時間」の項で、冒廣生「水繪園歌」の夾注ほかを引いて、順治十一年(一六五四)のこととしている。たしかに『同人集』を見ても、水繪園に關する詩の最も早いものは、巻五「雜贈之二」に收める無可知の詩であり、題に「甲午秋」とある。甲午は、順治十一年(一六五四)である。

『巣民文集』巻五に收める「水繪庵約言」の題下には「乙未」とある。乙未は順治九年であって、となれば、より早くから水繪園が冒襄のものになっていたことになる。「約言」には、

一入此中、無所還忌、如界鴻溝、其次辟地。

ひとたびこの中に入れば、何の氣兼ねもいらぬ。

あたかも大河によって隔てられているようで、次善の策は地を避けるというやつだ。

園易爲庵、庵歸僧主、我來是客、靜聽鐘鼓。

園を庵にかえ、庵は主人たる僧のものである。

わたしは客人としてやってきて、靜かに心澄まして鐘鼓を聽くのである。

などの語が見え、水繪庵は、俗世を離れ、佛僧を主人とした清淨な世界をここに築こうとの意圖で作られたことがわかる。「其次辟地」は、『論語』憲問篇に見え、「賢者辟世、其次辟地(賢者は世を辟け、其の次は地を辟く)」

による。董小宛が亡くなったのが順治八年であるから、それがきっかけとなって水繪庵を營んだといえばわかりやすくもあるが、「約言」の中には「父が亡くなって生を偸む（父死偸生）」の文字が見える。父の冒起宗が歿したのは順治十一年のことであるから、この「乙未」の注に問題があるのかもしれない。

いずれにしても冒襄が水繪園を手に入れたのは、順治八年の董小宛の歿後であることはまちがいない。董小宛より十年の後に亡くなった呉扣扣については、順治十八年（一六六一）の春の一日、冒襄とともに水繪園中の水邊の堤を散策し、ともに湘中閣で過ごしたとの記述も殘っている（本書第二部第三章參照）。この時には水繪園は、まちがいなく冒襄のものであった。

『同人集』には、この順治十一年の「水繪庵題詠」（巻六）ほか、「水繪庵詩」（巻六）、「上巳修禊倡和」（巻七）、「庚戌歳寒倡和」（巻七）など水繪庵を舞臺とした數多くの唱和詩が収められている。康熙四年（一六六五）、王漁洋が如皐を訪れ、「上巳修禊倡和」の諸作が生まれた三月三日の上巳の會も、この水繪庵で開かれた。

水繪庵の場所は、「城東の東北隅、中禪寺と伏海寺の閒」とあった。陳維崧の「水繪園記」（『同人集』巻三に収める。ここではなぜか「闕名」としているが、陳維崧の作として傳わっている。例えば、嘉慶『如皐縣志』巻二十、藝文に収める「水繪園記」は陳維崧と題されている）に、

ここから先、やがて小橋を經て、二百歩ほど歩いて、左に曲がると、東側に逸園がある。逸園は、その先祖の大夫玄同先生（冒夢齡）が隱棲した場所である。(31)

とある。逸園は、嘉慶『如皐縣志』巻二十二、古跡、園に「縣署の東、洗鉢池の東にある」とあったから、水繪庵も縣署の東にあったことがわかる。

冒襄が晩年に築いた匿峰廬も、嘉慶『如皋縣志』巻二十二、古跡、園に、

匿峰廬　縣署の北、伏海寺の東にある。冒襄が晩年に築いた。(32)

とあるように、縣署の近く、水繪園と竝ぶ地にあったことがわかる。

先の嘉慶『如皋縣志』の「水繪園」の條に見えた場所について、現在では、東側の逸園、そして水繪園の壹默齋、枕煙亭、寒碧堂、洗鉢池、小三吾亭、波煙玉亭、湘中閣、懸霤山房、鏡閣、碧落廬が修復または再建されており、かつてのさまをしのぶことができる（寫眞9、寫眞10）。

嘉慶『如皋縣志』にもあったように、やがて水繪園は人手に渡り、荒れ果てることになる。乾隆十八年（一七五三）に水繪園の遺跡を訪れた王昶は、『春融堂集』巻四「訪水繪園故址（水繪園の故址を訪ぬ）」の詩で、

何人置酒更逢迎　何人ぞ　酒を置きて更に逢迎するは
勝地猶聞重雉城　勝地　猶ほ聞く　雉城に重きを
敗舫久無賓客坐　敗舫　久しく賓客の坐する無く
荒畦尙付子孫耕　荒畦　尙ほ子孫の耕するに付す
簾前菫宛曾題畫　簾前の菫宛　曾て畫を題し
花下雲郎記合笙　花下の雲郎　笙を合せしを記す
吟罷迦陵腸斷句　吟じ罷む　迦陵腸斷の句
亂鴉殘照不勝情　亂鴉　殘照　情に勝へず

寫眞９　水繪園（洗鉢池）　洗鉢池の左手に水明樓、中央が寒碧堂、右手が逸園である。

寫眞10　水繪園　右に鏡閣、左が冒襄の書齋であった壹默齋。

と詠じている。池にはかつて賓客を乘せた畫舫の殘骸が横たわり、園林もさびしい畑となっているありさまなのであった。なお、董小宛は水繪園とは本來關係ないはずであったのだが、この詩が作られた時には、すでに董小宛の名が水繪園とともに傳わっていることがわかる。雲郎（徐紫雲）は冒襄の家にあった役者の名、迦陵腸斷の句は、陳維崧が雲郎のために梅の詩を作ったことを指そう（第一部第四章を參照）。

このあと乾隆二十三年（一七五八）に、洗鉢池の西側に汪之珩が水明樓を建てている（この水明樓は現在も殘る）。「水明樓」の名は、杜甫の「月」詩の「四更山吐月、殘夜水明樓（四更 山は月を吐き、殘夜 水は樓に明るし）」による。汪之珩は、冒襄を追慕し、この地に水明樓を建てたのであった。水繪園は、嘉慶元年（一七九六）に買い戻されたとあるが、その後また荒廢していたようで、清末の人である蔣敦復の『嘯古堂詩集』卷二「水繪園歌」の序では、

道光丙申（十六年　一八三六）の秋、わたしは如皐に遊び、すぐに水繪園の舊址をたずねてみた。土塀に瓦屋、割れた石にさびしい池があるばかりで、それよりほかは何も問うことができなかった。そこで、歌を作ってそれを記す。(33)

といって、その荒れ果てていたさまを述べている。

民國元年（一九一二）、姜佐周らが逸園（水繪園の東側）を基礎として公園を作った。この公園は、やがて人民公園となり、西側の水繪園、水明樓をも含む形で修復がなされた。(34)一九九五年には江蘇省の文物保護單位となって今日に至っている。

三、『同人集』について

冒襄には、みずから編集した『同人集』というなかなか珍しい詩文集が残されている。『同人集』十二巻は、冒襄の生涯の間に師友たちから贈られた詩文を集めた書物である。中國の文人は、友人たちとしばしば詩文のやりとりをしているが、宋の楊億の編になる『西崑酬唱集』などを數少ない例外として、多くの場合、贈答の詩文は散逸してしまい、それらを見ようとする場合、個々の詩人の集から集めてくるしかない。ところが冒襄の場合、その生涯にわたる詩文のやりとりが一書にまとめられているから、『同人集』を見れば、交遊の範圍、詩文のやりとりの様子が一目でわかるのである。冒襄という人は一種のメモ魔、記錄魔であった。それは冒襄が過去の思い出に深いこだわりを持ち、『影梅庵憶語』のような回憶錄を著したこととも關わっているかもしれない。『同人集』に寄せた李淸の「同人集序」では、

海內の才人でよく詩、古文辭を作る者には、必ず交際のある數十人の才人があって、數十人の詩、古文辭はみな唱和往來によって一才人の文箱に集められ、奇麗の觀をなす。しかしながら、はじめのうちは、手に入りやすいものとして捨て置かれるために、散佚してしまうものが少なくない。やがて時移り事變わり、亡くなる人もあれば、遠くに離れてしまう人もあって、後になって唱和往復したものを求めようと思っても、龍の一鱗、鳳の一羽のようになり、久しくして灰燼のようになってしまうのである。何とも惜しいことではないか。(35)

といって、冒襄の『同人集』がいかに貴重な資料であるかを述べている。李清は、天啓四年（一六二四）の進士、宦官魏忠賢を批判した小説『檮杌閑評』の作者とされる人でもある。冒襄の『同人集』は、『四庫全書總目提要』集部總集類に存目として記録されている。その提要に、「思うに顧阿瑛（顧瑛）の『玉山草堂雅集』にならって作ったものである。だが、阿瑛のが文酒の歡に過ぎないのに對し、こちらは壽序の類をもあわせてみな載録している（蓋仿顧阿瑛玉山草堂雅集而作、然阿瑛但文酒之歡、此併其壽序之類、亦皆載入）」といっているように、一時の雅集での作を集めたものなら前例がないわけではないが、一人の生涯にわたっての贈答の作を集めた集はなかなか珍しい。顧瑛は元の崑山の人、その庭園の勝は廣く知られていた。庭園の名勝の題詠を集めた『玉山名勝集』、唱和の詩を集めた『草堂雅集』がある。また清代中期の袁枚が『續同人集』を編纂しているのは、冒襄の『同人集』にならったものである。(36)

『同人集』は文體別の構成で、次のような内容である。

巻一　序
巻二　壽文
巻三　記、引、乞言、傳、墓誌、文、題辭、書後、題跋、像贊、賦
巻四　尺牘
巻五～巻十二　詩詞

冒廣生『巢民先生年譜』では、康熙十二年六十三歳の條に、「『同人集』の刊行成る。その巻頭にみずから「六十年師友の貽」と書き付けた（刻同人集成。自署其端曰六十年師友之貽）」とあり、事實『同人集』には「康熙癸丑夏

五　鄢陵韓則愈題」とする「同人集序」が付されており（康熙癸丑は康熙十二年　一六七三）、冒襄は六十三歳の年に、最初の『同人集』を編纂刊行していることがわかる。

冒廣生「重刻同人集跋」によれば、『同人集』には、この冒襄生前の康熙十二年のもののほか、

乾隆十七年（一七五二）　殿邦先生重刻（京都大學文學部、北京師範大學圖書館、臺灣大學圖書館ほか）

道光五年（一八二五）　不波先生（冒長清）三刻（早稲田大學圖書館、上海圖書館ほか）

咸豐九年（一八五九）　月川大令（冒溶）江西活字版（プリンストン大學、上海圖書館、復旦大學圖書館ほか）

光緒八年（一八八二）　雨人先生（冒覯光）刻（東北大學圖書館、著者架藏ほか）

の全部で五種類があるという。(37)

現在、康熙十二年の原刻本を見ることはできないようである。現在見られる『同人集』の最も古い版本が、京都大學文學部藏本、『四庫全書存目叢書』に影印する北京師範大學圖書館藏本などの版本だと思われる。いずれにも末尾に「壬申杏月」の「後學余稷」の跋が付されている。その跋によれば、余稷の叔兄が庚午（乾隆十五年　一七五〇）に如皐の官になり、『同人集』を求めたという。これはおそらく、嘉慶『如皐縣志』巻十二、秩官で、乾隆十四年に縣丞になっている余蛟のことではないかと思われる。「浙江山陰の人、擧人、鎭江府同知に陞る」と記される。やがて冒襄の從子（おい）の殿邦が、壬申の年（乾隆十七年）の春にこの集の完本を持ってやってきて、こういった。

「これはなき伯父上の遺書です。流傳すること久しく、版木も多く缺け、摩滅もひどく、四方の求めに應ず

> ることができません。しかし、補刊しようとすれば、校定が必要ですが、それができるのはあなたをおいてほかにはありません」と。わたしは未熟もので、その任にたえないとは思ったのであるが、以前の交遊と殿邦の委囑の誠によって、固辭することもできず、叔兄とともに、簿書の暇に、たがいに參照し校訂することにした。この集は詩と文が混じり合っており、年も順序がめちゃくちゃで、觀覽に相當不便であった。そこで、特に分類を加え、諸體が混じり合わないようにした。年月が調べられるものは、舊刻にもあるにはあったが、順序がわからないものは、それぞれもとのままとした。こうして十二卷とした。(38)

とある。現在見られる『同人集』は、すべてここにあるような文體別の編集であり、十二卷本であるから、この體裁が、この殿邦の時にできあがったものであることがわかる。いまこの版本を見ると、康熙十二年以後についても康熙二十九年（一六九〇）冒襄八十歳に至るまでの詩が収められており（冒襄は、康熙三十二年に歿する）、さらには卷頭に「巣民先生像」（姪孫念祖の識語には「遺像」の語が見える）、盧香「冒巣民先生傳」、韓菼「冒潛孝先生墓誌銘」が付されているから、冒襄の歿後に增補されたものであることは明らかである。卷一冒頭には「如皐冒襄辟疆甫輯　男禾書穀梁　丹書靑若原較訂」と題されている。おそらくは最初の增訂が、冒襄の二人の息子である冒禾書と冒丹書によってなされたのであろう。「巣民先生像」の像贊にある「姪曾孫可久」の名は、乾隆三十一年（一七六六）に刋行された汪之珩『東皐詩存』卷三十七に「字は德中、號は堅體、邑の稟生、著に堅體集が有る」と見えている。乾隆十七年刋本の前に版本があったのはたしかのようであるが、それはそもそも體例がちがうものだったのである。

乾隆十七年の版本では、乾隆帝がきびしい禁書を行った錢謙益の詩文も収められていたが、道光六年以後の版本ではそれらが削除されている。『同人集』は、『四庫全書』に存目として記録されている。その一方で、「軍機處奏准全燬書目」には『同人集』の書名が見え、禁書にも指定されていたことが知られる。

咸豐九年木活字本の末尾に付される冒溶の「識後」には、

もとの版木は家に藏されていたが、禁書があって、官に沒收されてしまった。族人で翻刻したものもあったが、誤りだらけで、時の人に好まれず、ほどなく湮滅してしまった。亡き父の伯蘭公（冒芳）は、初印本を藏しておられ、廣東で官につかれた時、刋刻を思い立たれた。が、公務にあってずっと暇もなく、わたくし溶に授けて刋刻をお命じになった。あれから十年になろうとするのに、まだ先父の志をとげることができず、恐懼していたのであった。この春、玉山（江西）で官につき、楊素園大令（知縣）から活字をお借りすることができ、とてもうれしく、職人を集めて活字を組んだのであった。文字は大きく、裝幀も豊かになっているが、篇幅卷數などについては、すべて原本に依っていて、みだりに增減をしていない。三ヶ月かかって完成したのである。(39)

と、その刋行の經緯が記されている。

本書では、『同人集』の底本として『四庫全書存目叢書』本を用いている。また卷末に『同人集』の篇目と作者の索引を付した。これによって、どのような人が冒襄のために文章を書いたり、詩のやりとりをしているかをうかがうことができる。

『同人集』によってうかがわれる冒襄の交遊の幅はきわめて廣い。その一斑を示すならば、長輩としての江南文人には董其昌、陳繼儒、王思任などが、文學で知られる人には、清初詩壇における錢謙益、龔鼎孳、吳偉業の「江左三大家」、また王士禛、汪琬、孔尚任、施閏章、黄周星、周亮工、曹學佺、張自烈、張潮などの名をたちどころに見出すことができるし、繪畫で知られる惲壽平、王時敏、書では王鐸、また復社をはじめとする政治的な關係では、魏學濂、姜垓、倪元璐、黄道周らの名を擧げることができる。藏書家の世界でも、黄虞稷、錢曾、毛晉たちがあり、ほかにも茅元儀、楊文驄、杜濬、米萬鐘、尤侗などなど、明末清初における各界の名人をほとんど網羅しているといっても過言ではない。

『同人集』一書を見ることによって、冒襄がいつ、誰とどのような交際をしていたかがすぐにわかる。冒襄を研究對象として取り上げることの一つの大きなメリットがここに存するのである。

注

（1）「故明熹廟時、璫禍大作。黄門北寺之獄興、諸賢相繼逮繫笞掠死。六君子、其最著者也。而國是淆于上、清議激於下。名流俊彦、雲合風驅、惟義之歸、高自題目、亦如所謂顧廚俊及者。」

（2）「當是時、四公子之名籍甚。四公子者、桐城方密之以智、陽羨陳定生貞慧、歸德侯朝宗方域與先生也。先生少年負盛氣、才特高、尤能傾動人。嘗置酒桃葉渡、以會六君子諸孤、一時名士咸在。酒酣以往、輒狂以悲、共訾懷寧。懷寧故奄黨也。時金陵歌舞諸部甲天下、而懷寧歌者爲冠、歌詞皆出其主人。懷寧欲自結、當先生讌客、嘗令歌者來。先生與客令之歌、且罵且稱善。懷寧聞益恨。」

（3）拙著『中國遊里空間——明清秦淮妓女の世界』（草土社　二〇〇二）第三章「秦淮散策」參照。

（4）黄炳垕『黄梨洲先生年譜』では、この大會を崇禎十一年に懸けているが、訂正を要しよう。徐定寶『黄宗羲年譜』（華東師範大學出版社　一九九五）においても同様である。

（5）『同人集』巻十一、冒襄「和書雲先生己巳夏寓桃葉渡口即事感懷韻」の跋に、寒秀齋の李小大に觸れ、「與余久者十妹」

とある。この李十娘は、『影梅庵憶語』にも見え、余懐『板橋雜記』巻中にも見える。

（6）張岱『陶庵夢憶』巻八「阮圓海戯」に「阮圓海の家優は、芝居のかんどころ、情理、筋の運びに細かな研究を積んでいて、他の一座のようなよい加減なのとはわけがちがう（阮圓海家優、講關目、講情理、講筋節、與他班孟浪不同）」とある。一方、「阮圓海はすこぶる才華に富んだ人物ではあるが、残念ながら料簡がよろしくない。その編んだ諸劇は、世を罵ったものが十の七、自分を辯護したものが十の三、多くは東林黨をやっつけ、魏忠賢の黨を辯護したものであって、士君子の唾棄するところ、そのためその傳奇も齒牙にのぼせられぬ。しかしその演劇についていうならば、極めて斬新で、舊套を脱したものである（阮圓海大有才華、恨居心勿靜、其所編諸劇、罵世十七、解嘲十三、多詆毀東林、辯宥魏黨、爲士君子所唾棄、故其傳奇不之著焉。如就戯論、則亦鏃鏃能新、不落窠臼者也）」ともあって、戯曲は悪くないが、人物はよくないという評價である。譯は松枝茂夫譯（『陶庵夢憶』岩波書店　一九八一）による。

（7）「甲申興黨獄、定生捕得幾死、先生賴誠意伯厘免。既而定生、朝宗相繼歿、密之棄官爲僧以去。而先生獨存、亦無意於世矣。家故有園池亭館之勝、歸益喜客、招致無虚日。館餐惟恐不及。其才雋者愛之如子弟、客至如歸。而家日落、園亦中廢。主人遂如客、幾無所歸、亦不自悔也。晩益以圖書自娯、克大年以終。蓋自先生沒而東南故老遺民之風流餘韻於是乎歇絶矣。其可痛也。余之得交於先生也後、而先生待之如最故者。其孤奉狀以來、泣請銘余、不敢辭而序以銘之。」

（8）「乙酉之後、府君念家門受國恩非平流寒畯者比、又念一時同類散佚、略盡捐軀絶脰、半登鬼録、於是鑿坏不出、座臥村中一小樓、足跡不入城市者二十年。」

黄宗羲の「陳定生先生墓誌銘」（『南雷續文案』巻一）にも、「身を土室に埋めて十餘年間も城市に入らなかった（埋身土室、不入城市者十餘年）」とある。陳維崧の「行略」には「二十年」とあったが、陳貞慧は順治十三年に亡くなっているので、「十餘年」の方が正確であろう。清初士人のこうした行動については、王汎森「清初士人的悔罪心態與消極行爲――不入城、不赴講會、不結社」（周質平、Willard J. Peterson 編『國史浮海開新錄：余英時教授榮退論文集』聯經出版事業公司　二〇〇二、また『晩明清初思想十論』復旦大學出版社　二〇〇四所收）がある。

（9）青木正兒「詩酒雅集」「水繪園の修禊」（『青木正兒全集』第七巻　春秋社）、橋本循「揚州における王漁洋」（『立命館文學』二四五　一九六五）ほかがある。

（10）冒襄の傳記は、この韓菼の「潛孝先生冒徵君襄墓誌銘」以外にも、

一、『清史稿』卷五〇一、列傳二八八、遺逸二
二、『清史列傳』卷七十、文苑傳一
三、『國朝耆獻類徵初編』卷四七八、隱逸十八
四、『碑傳集』卷一二六、逸民下之下（韓菼の「潛孝先生冒徵君襄墓誌銘」を收める）
五、『明代千遺民詩詠』卷一
六、『清畫家詩史』甲之上
七、『清代學者象傳』卷一
八、『國朝書畫家筆錄』卷一
九、『國朝書畫家小傳』卷一
十、『國朝書人輯略』卷一
十一、『皇清書史』卷二十九
十二、嘉慶『如皋縣志』卷十六、列傳一、人物

などに見ることができる。少なからぬ傳が、冒襄を「隱逸」「逸民」などに分類しているのは、その明王朝の遺民としてのあり方に重點を置くからである。また、「書畫家」としての冒襄に重點を置く見方も少なくない。近人譚正璧の編にかかる『中國文學家大辭典』（一九三四）では、おおむね『清史稿』卷五〇一、列傳二八八、遺逸二に收める傳によりながら、冒襄について次のように記述する。

冒襄（一六一一～一六九三）

冒襄、字は辟疆、號は巢民、また樸巢、江蘇如皋の人。明の神宗の萬曆三十九年に生まれ、清の世祖の康熙三十二年に卒している。享年八十三歲。幼い頃から俊才であり、時の人々から高い評價を受けていた。きわめて親孝行であ

り、父の吏部郎起宗が誣告を受けて獄につながれた時、襄は血の涙を流しながら上書し、冤罪がすすがれた。交際していたのは、いずれも當時の雄俊であって、方以智、陳貞慧、侯方域とともに名節をほこり、正論を持し、時の政治にあたるものを品評し、高官たちを評論して、時に「四公子」と稱されたが、襄が最も意氣盛んであった。史可法は監軍に推薦し、後にまた特に司李（推官）として用いようとしたが、いずれにも就かなかった。明王朝が滅亡してからは、世に用いられる意志をなくした。客を好み、家にもとから水繪園があって、池沼亭館の勝をほしいままにしており、四方の名士たちを招かぬ日はなかった。また、きままに山水に遊び、あるいは才人、學士、名娼、狎客たちと詩文を作り酒を飲んで宴遊を樂しんだ。風流文彩が、當時にあって照り映えた。晩年には匿峰廬を結んで、圖書をもって樂しみとした。八十歳の時にもなお、擘窠の大きな文字を書いたが、體勢ますます豔美であって、人々は争って寶とした。

襄には『水繪園詩文集』、『樸巣詩文集』があり、またその師友たちの贈答の詩文を編んだ『同人集』十二巻、及び『影梅庵憶語』があって、ともに世に傳わっている。

(11)「余家集賢里、世恂讓。」

(12)「憲副冒起宗宅　一在集賢巷東、一在集賢巷西、一在學宮後、今改爲冒氏祠。」

(13)「集賢橋、卽冒家橋。乾隆四十四年、邑人冒乘驂、冒瑜重修。」

(14)「近於祖宅後售叔氏隙地、篸天拔地、有樸、乃吾高曾時物、卽以還樸名齋。」

(15)「得全堂　在集賢巷。知州冒夢齡別業。」

(16)齊森華・陳多・葉長海編『中國曲學大辭典』八五一頁「如皋冒氏家班」の條による。

(17)冒廣生「題得全堂」詩はその『小三吾亭詩』巻十八に收めるというが、『如皋冒氏叢書』に收められ、一般に見ることのできる『小三吾亭詩』は、巻十六までで、巻十七から巻二十二までは未刋稿であるという。この未刋稿は『清人別集總目』の冒廣生の項では、「冒效魯藏」と記される。冒效魯は、冒廣生の三男である。引用は、冒懷蘇編著『冒鶴亭先生年譜』（學林出版社　一九九八）一九三二年の條（二九八頁）による。また、明の梁雲構『豹陵集』巻十二に「冒女九先生得全堂稿序」を収める。

(18) 冒懐蘇編著『冒鶴亭先生年譜』一九三二年の條（二九八頁）。また俊人・毅公の「影梅庵考」（『如皐文史資料』第四輯一九八九）がある。

(19)「崇禎甲戌春、余年二十四、於南郭得古樸一章。盤銅拗鐵、臥於河碕。結巣其上、自署巣民。」

(20)「樸巣　城南龍游河畔。冒襄於古樸樹枝上築巣居之。明末燬於兵。」

(21)「舟抵郭外樸巣、遂冷面鐵心、與姫決別、仍令姫返呉門。」

(22)「對岸有古庵、時有老僧臨流誦佛。庵前多平原古塚、林木蓊葧。」

(23) 清名家詩叢刊初集『陳維崧詩』巻十一（廣陵書社　二〇〇六）。

(24)「影梅庵在徵君南郭別業。夫人以順治八年辛卯正月二日歿、其年閏二月十五日葬庵側。後十年而呉扣扣歿、亦從葬焉。陳其年有春日巣民先生拏舟同務梅諸子過樸巣竝問影梅庵詩、其自註曰、庵爲董姫葬處、可證也。」

引用は、冒懐素編著『冒鶴亭先生年譜』一九二〇年の條（二二二頁）による。

(25) 冒廣生「龍游河棹歌」第六十八首の注に「影梅庵、在巣民徵君南郭別業。其地在龍游河左岸、宏濟閘之東。董小宛夫人病瘵、卒後卽葬庵側」とある。「龍游河棹歌」は、呉定中『董小宛匯考』（上海書店出版社　二〇〇一）「小宛之死及墓葬」に引くものによる。

(26)『如皐冒子叢書』を編むなど、明末清初期の冒氏の先人の顯彰につとめた冒廣生の仕事の位置づけについては、秦春燕『清末民初的晩明想象』（北京大學出版社　二〇〇八）第五章三「名物文章與家族記憶：以冒鶴亭爲中心」が論じている。

(27)「寧州公量移滇南、尋解組歸、而寧州之兄別駕公亦由海澄致政歸矣。別駕寧州既先後歸、而公以名孝廉兩試春官不第、弟兄父子方家居、謀所以奉兩老人歡、恐不能得當也、則爲園一區、顔曰逸園、蒔花竹築亭榭以居兩老人。兩老人善酒、諸賓客率亦多善食酒。園中惟置酒具、鴟夷累累、自床頭直至門外、花朝月夕、公率婦子潔修、髓市藥果以從。往往參横月沒、猶屛息伺兩老人叱酒聲。」

(28)「逸園　在治東洗鉢池左。明寧州牧冒夢齡所搆冢。孫襄刻公像於石、奉祀其中。」

(29)「滄桑後先大夫與余人外、一無所營、惟三修逸園放生池。先大夫歿、余與兩兒易對岸水繪園爲庵、繞池夾面以護之。」

(30)「水繪園　在城東東北隅、中禪伏海寺之間、舊爲文學冒一貫別業、名水繪園。後司李冒襄隱棲於此、易園爲庵。中搆妙隱香林、壹默齋、枕煙亭、寒碧堂、洗鉢池、小浯溪、鶴嶼、小三吾、月魚基、波煙玉亭、湘中閣、懸霤山房、澁浪坡、鏡閣、碧落廬。一時海内鋸公知名之士、咸遊觴詠嘯其中。數傳存荒址、久屬他姓。嘉慶元年冒氏族人贖而復之、爲家祠公業。」

(31)「自此以往、旋經小橋、陸行二百歩、左轉而東得逸園。逸園、其先祖大夫玄同先生棲隱處。」

(32)「匿峰廬　在治北伏海寺東。冒襄晩年所築。」

(33)「道光丙申秋、余遊雉皐、亟訪其址、土墉瓦屋、斷石危池、餘不可問、作歌紀之。」

(34) 如皐市地方志編纂委員會編『如皐縣志』（江蘇省地方志　香港新亞洲出版社　一九九五）卷十九、文物勝跡。

(35)「海内才人善爲詩古文辭者、必有數十才人與之交遊、而數十才人之詩古文辭皆因唱和往復聚於一才人之篋笥、以成奇麗之觀。然當其始也、視爲易得而棄置漫滅者何限。及其時移事易、故人或既往或遙隔、然後求其所唱和往復者、謂是龍之一鱗、鳳之一羽、而化爲沈灰餘燼、則已久矣。豈不惜哉。」

(36)「風流」の系譜を考える場合にも、冒襄から袁枚へとつながる一線は興味深い。

(37)「重刻同人集跋」は、冒廣生『小三吾詩文乙集』に收めるという。冒懷蘇編著『冒鶴亭先生年譜』（學林出版社　一九九八）一九一九年の條による。なお、冒廣生が道光五年刊本とする本には、道光六年の序が付されているので、道光六年刊本とすべきであろう。

(38)「此先伯巣民公之遺書也。流傳既久、板多缺失、漫滅無以應四方之求、然欲補刊、必資校定、非君不可。余愧譾陋、不當斯任。曩時嚮往之私與殿邦諄囑之誠、不敢固辭。廼與叔兄於簿書之暇互相參較。是集舊苦詩文雜出、年歳失序、頗礙觀覽。因特爲分別類敍、庶幾諸體不淆。歳月可攷、間有舊刻猶存、不能編次者則各仍其舊、爲卷十二。」

(39)「原版藏於家、書禁起、遂入官。族人有翻刻者、譌謬叢雜、不爲時所憘、旋亦湮沒。先大夫伯蘭公、弆初印本。官粤時擬開雕、在公迄無暇、授之溶而命之。垂十年、未能竟先志蹶如也。今春承乏玉山、得楊素園大令寄存聚珍版、喜甚、遂鳩工排比。字較大、繕訂亦加豐、至篇幅卷第、悉依原本、不敢妄有增損。閲三月始蕆。」

第一部　文人としての冒襄

第一章　黄牡丹詩會

はじめに

時は明の末、崇禎十三年（一六四〇）の春。ところは揚州鄭元勳の第宅たる影園。そこに一枝の黄牡丹花が咲き誇った。うわさはただちに江南各地を驅けめぐり、多くの文人たちが影園に集い、黄牡丹の詩、無慮百篇に及んだ。

影園主人鄭元勳は、それらの詩を科擧の試驗答案に擬して「糊名易書」し、時の文壇の大御所たる虞山銭謙益のもとに送り、その評價判定を乞うた。結果「狀元」の榮冠を射止めたのは、嶺南廣州府番禺縣の人、黎遂球。「なみの狀元は三年に一人はいるが、黄牡丹狀元は千百年に一人の名譽」とされ、「黎牡丹」の名は世に廣く喧傳されたのであった。(1)

鄭元勳はただちに諸家の詩を集めて黄牡丹詩集を刊行する。遠く嶺南の地にあっても、同郷の黎遂球の榮譽を多とし、唱和詩を集めた『南園花信』が編纂刊行される。

まこと太平の盛事ともいえる文壇の一佳話である。だが、そのわずか四年の後、明の王朝は滅び去り、混亂のさなか、この風雅の會に集った人々もさまざまな運命を迎えることになる……。

影園に咲いた一枝の黄牡丹が當時の文人社會に巻き起こした波紋、それは彼らの文雅のさまを知る材料になるとともに、明末文人のネットワークや出版文化の成熟ぶりなどをうかがう指標ともなるであろう。

一、影園黄牡丹

鄭元勳（明萬曆三十二年　一六〇四～淸順治二年　一六四五）、字は超宗、江都（揚州）の人。天啓六年（一六二六）二十三歳にして江南鄉試に第六名及第、擧人となる。「影園」の名は、崇禎五年（一六三二）揚州を訪れた董其昌（一五五五～一六三六）が、この地の「柳影、水影、山影」にちなんで、「影園」の二字を書いたことに由來するという。(2)この影園の設計をし、造作の指揮をしたのが、庭園についての名著『園冶』を著した計成（字は無否）であり、鄭元勳の「影園自記」に「蘇州の友人計無否はよくわたしの意を解し、その思うところに従って職人たちを指揮し、百に一つも失敗がなかった。だから、風景をぶちこわしにする恨みはなかったのである（吳友計無否善解人意、意之所向、指揮匠石、百不失一、故無毀晝之恨）」と述べている。(3)

影園には小桃源、玉勾草堂、半浮閣、郭翠亭、媚幽閣などの名勝があったといい、「媚幽閣」の文字は、董其昌と竝んで當時の江南文人社會の顔役の一人であった陳繼儒（一五五八～一六三九）の揮毫になるものという。鄭元勳は當時のいわゆる「小品」を集めた『媚幽閣文娛』八巻の編者である。同書には陳繼儒が序文を寄せ、各巻巻首には「明鄭元勳超宗選　陳繼儒眉公定」と題されている。その『文娛』がこの影園で編まれたのである。

かくして董其昌、陳繼儒らのお墨付きを得た影園には數多くの名士たちが集い、影園主人鄭元勳は「四方の名士たちを招待し、やって來ないものはなく、毎日のように詩を賦し酒を飲む（延禮名碩四方知名之士無不至、賦詩飲酒無虛日）」（杭世駿「明職方司主事鄭元勳傳」『道古堂文集』巻二十九）といった毎日を送る。そして「その清らかな人柄の評判は遠くまで傳わり、すぐれた人々で揚州を訪れた者は、影園に足を踏み入れないことを物足りなく思った（素風遠播、勝流過廣陵者、以不躡影園之戸限爲缺事）」（杭世駿「影園瑤華集序」『道古堂文集』巻八）とまでいわれるようになった。鄭氏の名園影園は、名士たちの寄り集う場として機能したのである。その影園に黄牡丹の花が咲いた。それが黄牡丹詩のコンテストという一大イベントに發展する下地は十分にあったということができよう。

さて、ではいったい黄牡丹とは何か。黄牡丹花がどうしてこれだけの騷ぎになったのであろうか。これについては、黄牡丹詩の判者をつとめた錢謙益の「姚黄集序」（『牧齋初學集』巻二十九、ただし同じ文章を『影園瑤華集』では「影園瑤華集序」として載せる）に次のようにいう。

> 姚黄の花は世に多く見られるものではないが、今年廣陵（揚州）の鄭超宗の庭園に、突然一枝花開いた。淮海、維揚の才人たちは、話を傳えては詩を作り、美しさを競いあって、百餘首にのぼった。みなが書き寫そうと、ために紙價が高騰した。超宗はそれらの詩を集めて刊刻し、わざわざ使いの者を走らせ、長江を渡って詩巻を届けてわたしに告げ知らせ、巻頭の序文を依頼してきたのである。（中略）韓魏公（韓琦）が維揚の守となった時、役所の花園に黄色の縁取りのある芍薬が四朶咲いた。公は王岐公（王珪）、荊公（王安石）、陳秀公（陳升之）を招いて宴を開き、四公がそれぞれ一輪ずつ髮に插した。後に四名が相次いで宰相の地位にのぼったため、人々は花瑞であるとした。この花が超宗の庭に開いたので、人はまた超宗の花瑞であるといった。わが家の思公（錢惟演）が洛陽留守となった時、はじめて驛亭を置いて洛陽の牡丹を貢ぎものとし、宋の初めにあって太平の盛事であると稱された。今この花が廣陵にあらわれたのだから、その瑞たることの意味

は深いのである。(4)

「姚黄花」については、歐陽修の「洛陽牡丹記」花釋名第二（『歐陽文忠公集』巻七十二）に「錢思公（惟演）がかつていわれた。人は牡丹を花の王というが、いま姚黄は眞に王とすべきもので、魏花は花の后である（錢思公嘗曰、人謂牡丹花王、今姚黄眞可爲王、而魏花乃后也）」と見える。(5)また同じく宋の周師厚の「洛陽牡丹記」（『說郛』弓一〇四）にも「洛陽の人々はこれを貴んで、花王と稱している。城中でも毎年、三數朶開くばかりである。都人士女はうちそろって見に行き、村人たちは老人を扶け幼い者の手をひいて、千里も遠しとしないありさまである（洛人貴之號爲花王。城中毎歳不過開三數朶。都人士女必傾城往觀、郷人扶老攜幼不遠千里）」とある。一般に「花王」とされる牡丹の中でも、「姚黄」は王の中の王なのであった。

とはいっても、明末に刊行された王象晉の『二如亭群芳譜』貞部、花譜二、牡丹にも「姚黄」を載せているし、近年刊行された中國花卉協會牡丹芍藥分會・王蓮英主編『中國牡丹品種圖志』（中國林業出版社　一九九七）一四九頁にも「傳統品種」として「姚黄」を寫眞入りで載せているから、もとより珍重される品種の一つではあったにせよ、毎年絶えることなく咲いていたことは咲いていたのである。

それがこれだけの騒ぎになった背景には、錢謙益が述べているように、ほかならぬ揚州の地で芍藥を愛でる宴席に侍った人がそろって宰相にのぼった宋代の故事が與っているであろう。鄭元勳のもとに黄牡丹が花開いたということで、いまだ擧人のままであり、進士及第を果たせない鄭元勳を慰め勵ます意、あるいは多少意地悪くいえば、そういって鄭元勳を持ち上げようとする意が込められていたといえるかもしれない。寄せられた詩の中で、萬時華の「金帶圍開淸賞後、廣陵佳事屬姚黄（金帶圍は開く淸賞の後、廣陵の佳事　姚黄に屬す）」などは明らかに上記の故事を踏まえたものである（金帶圍は芍藥の名）。鄭元勳は崇禎十六年（一六四三）四十歳の時、進士に及第しているから、三年後にこの花瑞は實現したといえる。

花が咲いたことがこれだけの大騷ぎになったその背景には、中心人物たる鄭元勳の人間關係の廣さばかりでなく、花をめぐる當時の人々の特別な愛好があったことはいうまでもない。この點に關しては合山究教授に一連の論考がある。(6)

かくしてうわさはうわさを呼び、數多くの黄牡丹詩が鄭元勳のもとに集まって來る。北京國家圖書館所藏の『影園瑤華集』上巻に収められた黄牡丹の詩の作者をその出身地とともに記してみると、黎遂球（廣東・番禺）、梁雲構（河南・蘭陽）、萬時華（江西・南昌）、徐穎（浙江・海鹽）、冒襄（江蘇・如皐）、陳名夏（江蘇・溧陽）、梁應圻（?）、顧爾邁（江蘇・江都）、梁于涘（江蘇・江都）、王光魯（江蘇・江都）、李陳玉（江西・吉水）、程邃（安徽・歙縣）、馬是龍（江蘇・通州）、姜垓（山東・萊陽）、李之本（江蘇・如皐）、陳丹衷（江蘇・江寧）、李之椿（江蘇・如皐）、姜承宗（江蘇・上元）そして番外の錢謙益の合わせて十九名にのぼっている。

こうして集まって來た詩のコンテストをやろうと言い出したのは冒襄だったようである。冒襄の「鄭懋嘉中翰詩集序」（『同人集』巻一）にいう。

思い起こせば丁卯（天啓七年　一六二七）の年、超宗（鄭元勳）、龍侯（李元介）と揚州で社を結び、後に影園で交わりを結んだ。影園は南城の水のほとりにあって、琴や書物が置かれ、芍藥の花が竝び咲き、淸らかな淵には水がそそぎ、高い樹木がたくさんあった。わたしは超老とともに東南に往來し、文事をつかさどっていて、海內の巨公たちが影園に集まった。庚辰（崇禎十三年）の年、影園の黄牡丹が盛んに花開き、名士たちの詩が飛び交った。わたしはその詩を集め、名前に封をして虞山に送り、その甲乙をつけてもらった。一時の風流として賞せられ、美談として傳えられたのであった。(7)

これは冒襄七十七歳の時に書かれた文章で、いくぶん潤色の氣味があるのかもしれないが、これによれば、鄭氏の影園に黄牡丹が咲き、詩のやりとりがあったところまでは自然發生的ながら、詩文コンテストについては冒襄が發案し、とり仕切っていたことになる。(8) 夭折した愛妾董小宛の思い出をつづった冒襄の『影梅庵憶語』に、「庚辰の夏、影園に滞在していた（庚辰夏、留滞影園）」とあるから、この崇禎十三年に冒襄が影園にあったことはたしかである。なお、冒襄が南京秦淮、後に蘇州半塘の妓女であった董小宛を落籍するにあたっては、この錢謙益が一肌脱いだことが『影梅庵憶語』に見える。ただしこれは、翌年のこと（本書第二部第一章參照）。

二、虞山錢牧齋

さて、黄牡丹詩のコンテストをやろうということになった時、その判者を誰に依頼するかの人選は決して容易なことではないが、王世貞、董其昌すでになき今、やはり錢謙益の名が浮かんでこないわけにはゆかぬであろう。黄宗羲『思舊錄』錢謙益の條で、彼は「五十年にわたって文壇の主宰をつとめ、ほとんど弇洲（王世貞）と竝ぶほどであった（主文章之壇坫者五十年、幾與弇洲相上下）」と評されている。

錢謙益（明萬曆十年　一五八二～清康熙三年　一六六四）、字は受之、號は牧齋、常熟の人。萬曆三十八年（一六一〇）

二十九歳にして進士に及第、官途につくが、崇禎元年（一六二八）いわゆる「閣訟」によって免職になり、郷里に戻っていた。崇禎十年（一六三七）には北京の刑部の獄に下され、翌年許されて郷里に歸っている。影園に黄牡丹が咲いた崇禎十三年（一六四〇）には、五十九歳であった。

官歴かならずしも華々しいわけでもない錢謙益が、これだけの聲望を擔っていたことの背景には、彼が當時の東林派、またその流れを汲む復社の中心人物の一人と目されていたことがあるようである。[9]

鄭元勳に黄牡丹詩を寄せた人々の名を『復社紀略』『復社姓氏錄』『復社姓氏』等に徵すれば、[10]黎遂球、萬時華、冒襄、陳名夏、梁于涘、姜垓、陳丹衷、そして鄭元勳の名を見出すことができる。黄牡丹詩會そのものは文雅な催しであるが、その背後には明末當時の政治的な人間關係の影もほの見える。折しも前年の崇禎十二年（一六三九）秋、およそ百四十名もの人士が署名した、阮大鋮彈劾の「留都防亂公掲」が起草公表されるが、その中にも鄭元勳、冒襄、陳名夏らの名前が見える。[11]

この詩會でみごと「黄牡丹狀元」の榮譽を射止めたのが黎遂球であった。黎遂球（明萬曆三十年　一六〇二〜清順治三年　一六四六）、字は美周、廣東番禺の人。天啓七年（一六二七）の擧人。黎遂球はこの時、北京で行われた會試に落第し、廣東の郷里に歸る途中、揚州を通りかかり、このイベントにめぐりあったという。[12]黎の作は十首あるが、ここではその第一首を見ることにしたい。

一朶巫雲夜色祥　　一朶の巫雲　夜色　祥にして
三千叢裡認君王　　三千叢裡　君王に認めらる
月華照露凝仙掌　　月華　露を照して　仙掌に凝り

粉汗更衣染御香
舞傍錦屏紛孔雀
睡搖金鎖對鴛鴦
何人見夢矜男寵
獨立應憐國后粧

粉汗　衣を更ふれば　御香に染む
舞へば錦屏に傍(そ)ひ　孔雀に紛れ
睡れば金鎖搖れて　鴛鴦に對す
何人ぞ　夢に見(あらは)れて男寵を矜るは
獨り立ちて　應に憐むべし　國后の粧

巫山の神女でもあるかのような悩ましい夜の装いをし、彼女は三千の宮女のうちにあって君王のお目にとまった。その掌には月の精が露となってきらきら輝いており、粉黛の香りも混じる汗に濡れた衣を換えれば、衣には君の香が染みついている。錦の屏風の前で舞い踊れば（屏風の）孔雀かと見まがい、居眠りをすれば金の鎖が搖れて（屏風の）鴛鴦と一對をなす。夢に現れて（同性である男からの）寵愛を受けたものと誇るのは誰であろう。すっくと立った様子は皇后の粧といえるではないか。

牡丹といえば、李白の「清平調」に描かれる楊貴妃が思い浮かべられるが、この詩は全體を妖豔な美女、特に楊貴妃の物語として讀み通すことができるであろう。首聯は李白の「清平調」の「一枝紅豔露凝香、雲雨巫山枉斷腸」などの句、また白居易「長恨歌」の「後宮佳麗三千人、三千寵愛在一身」などを踏まえ、楊貴妃を巫山の神女に重ね合わせた表現。この黄牡丹がたくさんの牡丹花の中でひときわ目をひくものであることをいう。頷聯の出句は漢の武帝が天上の仙露を集めるために銅の仙人を作った故事を踏まえながら、水に濡れた彼女の掌に月の光があたってきらめくさまを描いており、落句も漢の武帝が衞皇后との出會いの場面で、武帝が「更衣」に立った折に衞氏が寵愛を受けたという『漢武故事』の話を踏まえている。なかなかになまめかしい句であるが、その出句は牡丹の葉に置く露を、落句はその香りを描いたものである。

頸聯は孔雀や鴛鴦を描いたあざやかな屏風の前に置かれた牡丹が風に搖れるさま。尾聯の出句は、李商隱「牡丹」詩の「錦幃初卷衞夫人、繡被猶堆越鄂君」の特に後の句を踏まえている。これは『說苑』卷十一、善說に見える話。楚の鄂皙が舟遊びをした際、音樂が途絶えた。すると舟を漕いでいた越人が鄂皙の美しさを讃える歌を歌った。すると鄂皙は繡被をもってこれを覆った。鄂皙、繡被の美しさを牡丹にたとえたわけである。李商隱詩の解釋においても「越人」を女性であるとする解釋もないわけではないが、少なくとも黎遂球はここで、李商隱の故事を男性の同性愛の故事として理解していることはまちがいない。すでに見たように、姚黄の牡丹花は、花王すなわち男性であるとされていた。黎遂球はそれに對して、この花の美しさは「國后」のもの、つまり女性のものではないか、といって一般的通念に異を唱えたのである。おそらくこの切り返しが、錢謙益をうならせたこの詩の面白さであろう。尾聯の「獨立」の文字は、『漢書』卷九十七上、外戚傳上に見える李延年の歌「北方有佳人、絕世而獨立。一顧傾人城、再顧傾人國」云々を踏まえている。この歌によって李延年の妹が漢の武帝の寵愛を得ることになり（李夫人）、歿後には「孝武皇后」の稱號を贈られている。また宋の張耒の「與屠仲達（屠仲達に與ふ）」詩「淮揚牡丹花、盛不如京洛。姚黄一枝開、衣豔氣如削。亭亭風塵裏、獨立朝百蕚。誰知臨老眼、得到美葵淵」をも意識していよう。

この詩は黄牡丹を詠じた詠物の詩であるが、牡丹の花の樣子が直接描かれることはなく、二重三重に典故を驅使して美女のさまを描き、その背後に牡丹をイメージさせる方法によって作られている。さながら綱渡りのように、牡丹のイメージを象徵的にたどっているのがこの詩なのである。こうした手法の詠物詩について、われわれはすでに黎遂球自身も強く意識していた李商隱の詩、あるいはその後のいわゆる「西崑體」の詩を思い浮かべるであろう。[13]

ここで問題となるのは、百篇にのぼる黄牡丹詩の評價にあたった錢謙益が、こうした黎遂球の詩を狀元の地位に据えたことである。これは錢謙益の詩論とどう關わるのであろうか。

錢謙益その人の文學史上の位置づけは、教科書的にいえば、明代中期以來文壇を支配してきた擬古派、日本でいう古文辭派の息の根を止めたことに求められる。擬古派は、李攀龍の「文は必ず秦漢、詩は必ず盛唐」のスローガンに見られるように、詩においては盛唐詩風を金科玉條とし、なかんずく杜甫の詩をその最上乘のものと認めていた。錢謙益もまた杜甫の詩を上乘とみなし、みずから杜詩の箋注に心血を注ぐものの、その距離の取り方は、擬古派におけるがごとく獨尊的なものではなく、擬古派の排斥した中晩唐の詩についても、それらを積極的に評價したのである。

錢謙益は、李商隱の詩に大いに關心を抱いていた。錢謙益『牧齋有學集』巻十五に收められる「注李義山詩集序」「朱長孺箋註李義山詩序」の二篇は、それぞれ釋道源、朱鶴齡による李商隱詩注の成立に錢謙益が深く關わっていたことをうかがわせるものである。[14]

こうしたところから考えて、錢謙益が、右にその一斑をうかがい見た黎遂球の「黄牡丹詩」を狀元に据えたことは、その文學觀に照らしても、ごく自然なことだったのである。

かくして黎遂球の作が狀元と決まった。冒襄宛の鄭元勳の手紙（『同人集』巻四）には、

牧齋先生のお返事を得ましたところ、そのお氣持ちは美周（黎遂球）をおほめでいらっしゃいました。すぐに杯を贈りました。美周は長江を渡って虞山をたずね、弟子の禮を執ろうとしております。これもまた千古

の快事といえましょう。[15]

とある。弟子の禮を執ろうというのは、科擧の座師門生の慣習にならおうとしたものである。またこの時、黎遂球が鄭元勳に寄せた禮狀が殘っている（『影園瑤華集』上卷「黎美周謝柬」、黎遂球『蓮鬚閣集』卷十三「與鄭超宗」）。その中で黎は謙遜しつつもその喜びを素直に表明している。

鄭元勳は「黄牡丹狀元」という文字を刻んだ金斝（杯）を準備し、優勝者である黎遂球に贈った。詩會には風雅な賞品までが準備されていたのである。檀萃『楚庭稗珠錄』卷二「牡丹狀元」によれば、さらにこの後、

超宗は名士たちとともに、美周にきらびやかな服を着せ、錦で飾った駕籠に乘せ、樂隊の先導で、揚州二十四橋の間を練り歩いた。士女たちはむらがり集まり、觀衆は道を塞ぎ、こんな騷ぎが三日續いた。美周は年も若く男前で、きっぷもよかったから、冠帶も實によく似合っていた。三百年來これほど狀元らしい狀元もなかったものだと皆がうらやんだ。かくしてその評判は吳越の間に滿ち滿ちたのである。

美周が南に歸ると、鄕里の人々は爭ってその事をほめたたえ、錦の着物ひと揃いを作り、數十艘の畫舫を連ねて、數千人近くのものが郊外まで出迎えに行った。美周は錦の服を着、畫舫に座し、船の障子窗をすっかり取り拂うと、採菱の歌がわきおこった。きれいどころを選んで着飾らせ、兩側に竝んでひかえさせた。それはまるで天女が神仙を取り圍んでいるようであった。前に後ろに管弦の樂が演奏され、船頭はゆっくり船を進めた。岸邊の高殿では、みな窗を開け、美人たちが白い齒を見せてほほえみ、狀元を指さしていた。[16]

こんな大騷ぎになったという。揚州の二十四橋は、南京の秦淮と竝ぶ當時の代表的な色町であった。[17]

黎遂球は、冒襄の『影梅庵憶語』にも、

以前その（廣東産の香木）一つ二つを廣東の友人黎美周に見せたが、びっくりして「これはいったい何物ですか、どこからこんな精妙なものを手に入れたのですか、范曄の書物にもおそらくは出ていないでしょう」といった。(18)

として登場している（第二部第一章參照）。

三、黃牡丹詩集の編刊

明末當時の江南地方では、出版業が盛んになり、數多くの書物が刊行され、書籍が情報傳達メディアとして本格的に機能していた。(19) 當時の有名人を數多く巻き込んだ黃牡丹詩會ほどのイベントともなれば、それが印刷物の形で世に出るであろうことは當然豫想される。會の後すぐに刊行されたテキストは現在見ることはできないが、それがただちに刊行されたことは確認できる。冒襄宛の鄭元勳の手紙（『同人集』巻四）に、

弟（わたし）は更に（錢謙益に）序文と酬和詩とを乞い、この出版物（比刻）に彩りを添えようと思うのです。(20)

といっている。錢謙益はたしかに「姚黃集序」（前掲）及び「黃牡丹詩」四首（『牧齋初學集』巻十六、『影園瑤華集』上巻、『同人集』巻六）を寄せている。

現在これら黄牡丹の詩は北京の國家圖書館に藏される『影園瑤華集』三卷の上卷によって見ることができる。北京國家圖書館の『影園瑤華集』は、清の乾隆二十七年（一七六二）刋本。その上卷には、本稿の主題でもある諸家の黄牡丹の詩を錄し、中卷には影園に寄せた諸家の散文、下卷には詩を收めている。この『影園瑤華集』は、鄭元勳自身の詩文集である『影園詩稿』と合訂されており、ともに鄭元勳の五世の孫鄭開基の刋である。杭世駿の「影園瑤華集序」では、

職方（鄭元勳）は園中題詠の作を加え集めて遠近に刋布し、題して『瑤華集』といった。岳岱の『今雨瑤華』の例に從ったのである。年月がたって散逸し、その元孫の開基がまた刻して以て傳えんとし、その序文をわたしに請うた。(21)

といっており、鄭家では開基の代になって、先人鄭元勳の顯彰を行ったことが知られる。先人顯彰の方途の第一は何といってもその著作を刻することである。岳岱の『今雨瑤華』とは、明の嘉靖年間、岳岱が十四名の友人たちとやりとりした詩を集めて編んだ詩集。

『影園瑤華集』は鄭元勳が黄牡丹詩に加えて園中題詠の作を集めたものである。すでに引用した錢謙益の序（それはもっぱら黄牡丹について述べる）は、『牧齋初學集』で「姚黄集序」と題されているから、おそらく現在見ることのできない最初の黄牡丹詩集の題名は、『姚黄集』といったのではないかと思われる。

この『姚黄集』が刋行されると、影響は遠く嶺南の地にまで及んだ。廣東出身の黎遂球が人文の淵叢たる江南の地の詩會で狀元を射止めたことは、嶺南の詩人たちにとっても名譽なことと思われた。黎遂球は廣東でも陳子壯（字集生、號秋濤）を主宰者とする南園詩社に屬していたが、(22)その人々が黎遂球の詩に唱和し、詩集が刋行された

のである。『南園花信』一巻である（『南園集』の付録として見ることができる。東洋文庫藏）。その黎遂球による「南園花信小引」には、

遂球は北に旅し、年を越えて揚州に至り、鄭子超宗の影園に憩うた。そこで黃牡丹の會があり、あやまって揚州の諸名公より名月夜珠とのお譽めをかたじけなくした。たまたま賦した十律詩を持って歸鄉し、それを同社の人々に質した。宗伯師（陳子壯）は喜んで十首の酬和詩を作られ、「南園花信」と題された。やがて廣東の詩人たちが酬和してくれ、それが日に日に增えていった。そこでこれをまとめ記錄して刋行し、超宗に報告して廣東一時の詩社の盛を記さんとしたのである。(23)

とある。『南園花信』には、八名による酬和詩が收められている。

黃牡丹詩會は、江南地方ばかりではなく、遠く嶺南の地にまで波紋を投げかけ、詩集がいずれも刋本の形で世に出されたのである。

四、その後

ここまで、明の末崇禎十三年に揚州鄭元勳の影園に花開いた黃牡丹が、江南の、そしてさらには遠く嶺南の文人社會に卷き起こした波紋について見てきた。

この雅會からわずか四年の後、明王朝の滅亡という「天崩れ地壞る」大事件が出來する。この事件のさなか

にあって、人々はまたさまざまな運命に際會することになる。本稿の結びとして、これらの人々のその後について、記してみることにしよう。

まずは黄牡丹詩會の主催者たる影園主人鄭元勳。鄭元勳は進士になってわずか二年後、清初の混亂のなかで命を落とす。その最期については前掲杭世駿の「明職方司主事鄭元勳傳」に詳しいが、鄭元勳は、もと李自成の部下であり揚州に駐屯していた高傑と通じていたとの疑いをかけられ、命を落とした。背後には地方官どうしの軋轢があったようである。享年は四十二歲。

次に黄牡丹狀元黎遂球。黎も廣東にあって清初の混亂を迎える。北京陷落の報せを受け、黎遂球は陳子壯の推薦によって、兵部職方司主事の官職を授けられる。廣東の兵を指揮して江西に出撃するが、贛州の救援に赴こうとして城が破られ、弟の遂琪とともに討ち死にした。享年四十五歲。黎遂球は後に清の時代に、忠愍のおくりなを贈られている。

そして黄牡丹詩會の判者をつとめた錢謙益。錢は明が倒れるや、南京にできた明の臨時政府の禮部尙書として迎えられる。そして清が南京に攻めてきた時には降伏し、南京無血開城の立役者となる。そして一時期清に仕え、康熙三年に世を去る。

錢謙益の悲劇は、その歿後百年あまりもたった後、乾隆帝による一大批判キャンペーンのやり玉に擧げられてしまったことであろう。明に仕えながら、清にも仕えた「貳臣」であるという理由である。そして錢謙益の著書に對する相當徹底した禁書の處分が行われることになる。

本稿で用いてきた北京國家圖書館藏『影園瑤華集』は、すでに述べたように元孫開基による乾隆二十七年の刋であった。この時點では、錢謙益はまだ批判の對象となってはおらず、刋本にもその名前は明記されていた。ところが現在見られる北京國家圖書館藏本にあっては、まずその冒頭にある「影園瑤華集序」（『牧齋初學集』の「姚黄集序」と同じ內容）の末尾は、

崇正庚辰六月虞山老民「　　　」書於茸城舟次

となって、錢謙益の三文字があったであろう箇所が、かみそりのようなもので切り取られ、紙を貼って裏打ちされているのである。二顆の印記についても同じように切り取られて裏打ちされている。

また『影園瑤華集』上卷の黄牡丹詩の最後に収められる「續詠影園黄牡丹」詩四首は、名前の部分が切り取られ、「常熟人」の文字だけが残されている。この四首は『牧齋初學集』卷十六に見えるものと同じであるから、錢謙益の文字を削ったこと明らかである。この書物の舊藏者は書物全體を棄ててしまうことまではなかったものの、累の及ぶことをおそれて、書物の中から丁寧に錢謙益の文字だけを消し去ったのである。(25)

このような錢謙益がらみの改變は、今回の資料として用いた杭世駿の文章にも及んでいる。乾隆四十一年序を付す『道古堂集』所收の「影園瑤華集序」（卷八）には、

一時碩彥咸就玩賞、有詩百餘章、職方悉糊名易書、送虞山錢蒙叟、評定甲乙、南海黎美周實爲之冠。

當時のすぐれた人々がみな（黄牡丹を）鑑賞し、百餘首もの詩が作られた。職方（鄭元勳）はその作者の名前を隠し、清書し直して、虞山の錢蒙叟（錢謙益）のもとに送り、優劣の評價をしてもらった。かくして南海（廣東）の黎美周がトップになった。

とある。ところが、同じ『道古堂集』の乾隆五十七年刋本では、この同じ部分が、

一時碩彥咸就玩賞、有詩百餘章、南海黎美周實爲之冠。

當時のすぐれた人々がみな（黄牡丹を）鑑賞し、百餘首もの詩が作られた。南海（廣東）の黎美周がトップになった。

となっており、實に「職方悉糊名易書、送虞山錢蒙叟、評定甲乙」の錢謙益に關わる部分が削除されているのである。同じ杭世駿『道古堂集』の「明職方司主事鄭元勳傳」（巻二十九）でも、黄牡丹詩の記述について、前者の刊本では、

園有黄牡丹之瑞、大會詞人譜詩、且徵詩江楚閒、奉虞山錢宗伯、主壇坫論定甲乙。

影園に黄牡丹の咲く祥瑞があった。そこで大いに詞人たちを集めて詩を作ったばかりでなく、廣く江楚の閒に詩を求めた。そして虞山の錢宗伯にお願いして、詩の甲乙をつけてもらった。

とあるのに對し、後者では、

園有黄牡丹之瑞、大會詞人譜詩、且徵詩江楚閒、奉向有詩名者、主壇坫論定甲乙。

影園に黄牡丹の咲く祥瑞があった。そこで大いに詞人たちを集めて詩を作ったばかりでなく、廣く江楚の閒に詩を求めた。そしてかねてから詩名のあったものにお願いして、詩の甲乙をつけてもらった。

となっている。「虞山錢宗伯」が同じ字數の「向有詩名者」といういい方でぼかされているのである。

錢謙益の名がこのように消されること自體は別にめずらしいことではないが、當時これだけ大きな反響を呼ん

だ黄牡丹詩會が今日あまり知られていないのは、あるいはこの一段の佳話が錢謙益の名とともに故意に消されてしまったことによるかもしれない。

そして冒襄。冒襄はその『影梅庵憶語』に見えるように、清初の混亂のさなか相當の苦勞はするのだが、何とか生きのびることができ、その如皐の邸宅は、ちょうどかつての影園と同じように、名士たちの集會所となる。その冒襄が晩年に名士たちとの贈答の詩文を集めたのがこれまでにも引いた『同人集』十二巻である。冒襄は命ながらえることによって、明末の盛事の語り部の役割を果したといえるであろう。その冒襄に「輓鄭超宗職方（鄭超宗職方を輓す）」詩（『巣民詩集』巻四）がある。その第一首。

影園終日共君行　　影園　終日　君と共に行く
二十年來弔古情　　二十年來　弔古の情
憂切廟堂時拍案　　憂は廟堂に切にして　時に案を拍ち
事籌桑梓太悲鳴　　事　桑梓に籌らして　太だ悲鳴す
須知自古無茲死　　須く知るべし　古自り茲の死無きを
差勝如今有此生　　差や勝る　如今　此の生有るに
補日浴天徒鬱結　　日の天に浴するを補はんとして　徒らに鬱結す
經綸何處見分明　　經綸　何れの處にか分明を見る

二十年來の影園での交遊を思い出し、明王朝回復に殉じた鄭元勳の死を讃えるとともに、むだに生きている自分よりずっとよいと述べる。「日の天に浴するを補う」は、太陽が海からのぼるのを助けるということで、ここで

は明王朝の回復をいう。その第二首には、

牡丹争賦鬱金香　　牡丹　争ひて賦す　鬱金の香
東粤連篇冠盛唐　　東粤の連篇　盛唐に冠たり

とあって、黄牡丹の詩會で、黎遂球（東粤）が狀元になったことを詠じている。

最後に影園であるが、いうまでもなく清初の戰亂でもっとも大きな被害を被った江南の都市は揚州である。かつて名士たちが集い詩酒徵逐の日々を送った影園は、幸いなことに戰火をくぐり抜けて清初にはまだ現存していたようである。しかし乾隆末年に成った李斗の『揚州畫舫錄』巻八によれば、「影園」の門額はすでに失われ、影園にあった石が街路の門の石として使われていたともいう。

雅集の舞臺もまた時の流れの中に消え去ろうとしていたのである。(26)

注

（1）『廣東文獻二集』巻六『黎烈愍公蓮鬚集』に付錄する「何香山先生手札」に「牡丹狀元是千百年一狀元、非比三年帖括」とある。屈大均『廣東新語』巻十二「黎美周詩」に、黎遂球の牡丹狀元のことを記し、「是時鄺湛若亦賦赤鸚鵡七律十章。……一時人士傳誦。有黎牡丹、鄺鸚鵡之稱」とある。ことは檀萃『楚庭稗珠錄』巻二「牡丹狀元」、梁紹壬『兩般秋雨盦隨筆』巻六「牡丹鸚鵡」にも見える。

（2）鄭元勳「影園自記」（鄭元勳輯『影園瑤華集』巻中、また嘉慶『重修揚州府志』巻三十一、古蹟二「影園」）。影園に關しては、茅元儀の「影園記」、また李斗『揚州畫舫錄』巻八、城西錄、李斗『揚州名勝錄』巻三ほかの記事がある。

（3）『園冶』には「崇禎乙亥（八年　一六三五）午月朔　友弟鄭元勳書於影園」と題する鄭元勳の題詞が付されている。『園治』には、橋川時雄氏の解説を付した影印本がある（渡邊書店　一九七〇）。

（4）「姚黄花世不多見、今年廣陵鄭超宗園中、忽放一枝。淮海、維揚諸俊人、流傳題詠、爭妍競爽、至百餘章、都人傳寫、爲之紙貴。超宗彙而刻之、特走一介、渡江郵詩巻以詫余、俾題其首。（中略）韓魏公守維揚、郡圃芍藥、得黄縁綾者四朶。公召王岐公、荊公、陳秀公開宴、四公各簪一朶、其後相繼登宰輔、人以爲花瑞。花發於超宗之圃、人亦曰、超宗之花瑞也。吾家思公爲留守、始置驛貢洛花。當有宋之初、稱爲太平盛事。今此花見於廣陵、爲瑞博矣。」

韓琦の四牡丹の話は沈括『補筆談』、陳師道『後山談叢』巻一、周煇『清波雜志』巻三、彭乘『墨客揮犀』巻一ほかに見える。錢惟演が洛陽の牡丹を貢ぎものとしたことは、蘇軾『東坡志林』巻五に見える。

（5）同じく歐陽修「洛陽牡丹記」花釋名第二で、姚黄を次のように説明している。

姚黄者、千葉黄花、出於民姚氏家。此花之出、於今未十年。姚氏居白司馬坡、其地屬河陽、然花不傳河陽、傳洛陽。洛陽亦不甚多、一歲不過數朶。

姚黄とは、千葉の黄花で、民である姚氏の家から出た。この花が出てからまだ十年もたっていない。姚氏は白司馬坡に住まい、その地は河陽に屬している。しかし花は河陽に傳わらず、洛陽に傳わった。洛陽でもそんなに多いわけではなく、一年に數朶に過ぎない。

（6）合山究「明清時代における愛花者の系譜」（九州大學教養部『文學論輯』第二十八號　一九八二）、同「明清時代における花譜の盛行――目錄と解題――」（九州大學教養部『文學論輯』第二十九號　一九八三）、同「明清時代における花の文學の諸相」（九州大學教養部『文學論輯』第三十號　一九八四）、同「明清時代における花の文化と習俗」（九州大學『中國文學論集』第十三號　一九八四）ほか。

（7）「憶前丁卯、與超宗龍侯結社邗上、後締影園、在南城水皺、琴書横陳、花藥分列、清潭瀉空、秀樹滿目。余與超老絡繹東南、主持文事、海内鴻鉅、以影園爲會歸。庚辰影園黄牡丹盛開、名士飛章聯句。余爲徵集其詩、緘致虞山定其甲乙。一時風流相賞、傳爲美談。」

（8）冒襄『同人集』巻四、書に収める冒襄宛の鄭元勳の手紙のうち一通は、鄭元勳が黄牡丹の詩を冒襄の手紙とともに錢謙益に送ったことを報せる手紙である。さらに、錢謙益が黎遂球の詩を第一に選んだことを告げる手紙もある（後掲）。

なお詩文のコンテストについては、横田輝俊「月泉吟社について」（『廣島大學文學部紀要』第十四號　一九五八）、同「明代文人結社の研究」（『廣島大學文學部紀要』第三十四號特輯號三　一九七五）。文人の雅集については青木正兒「中華文人の生活」五、交遊生活（全集第七巻）、同「詩酒雅集」（全集第七巻）。また何宗美『明末清初文人結社研究』（南開大學出版社　二〇〇三）、同『明末清初文人結社研究續編』（中華書局　二〇〇六）がある。
（9）吉川幸次郎「錢謙益と東林」（全集第十六巻）。黄宗羲『思舊錄』は、この論文が引用している。復社についてはまた小野和子『明季黨社考――東林黨と復社――』第七章「復社の運動」（同朋社出版　一九九七）。
（10）復社成員の名前調べには、井上進「復社姓氏校錄　附復社紀略」（『東方學報』第六十五冊　一九九三）及びそれに基づく京都大學人文科學研究所「明末清初の社會と文化」研究班『復社姓氏索引　付・明登科錄索引稿』（一九九五）を利用した。
（11）吳應箕『啓禎兩朝剝復錄』卷十ほか。その卷首の「啓禎兩朝剝復錄　同盟訂閱姓氏」にも、黄牡丹詩會に關わる陳名夏、萬時華、鄭元勳、姜垓、黎遂球の名が見える。
（12）『廣東文獻二集』卷六「黎烈愍公蓮鬚集」に付す「列傳」による。黎遂球はかねてより復社の盟主である張溥と交遊があり、黄牡丹詩會のあった崇禎十三年にも蘇州で會っていることが、黎遂球『蓮鬚閣集』卷二十五「祭天如文」によってうかがわれる。黎遂球の著書『周易爻物當名原序』には張溥が序を寄せている（『粤十三家集』所收『蓮鬚閣集』）。
（13）黎遂球には、花と美女に關する詩語を集めた『花底拾遺』（『香豔叢書』第一集所收）がある。
（14）康熙四十七年（一七〇八）に朱升之によって刊行された『西崑酬唱集』には、錢謙益の同鄉の弟子ともいえる馮班の從子、馮武の序が付されている。
（15）「得牧齋先生回札、知其賞心在美周。卽以杯贈之。美周將渡江訪虞山執弟子禮。此亦千古快事。」
（16）「超宗共諸名士用鮮服錦輿飾美周、導以樂部、倘佯於廿四橋閒、士女駢闐、看者塞路、凡三日。美周年少、豐姿俊上、氣豪興會、冠帶逼眞、咸羨爲三百年來無此眞狀元也。於是聲滿吳越矣。美周南歸、鄉人爭豔其事、制錦衣一襲、聯畫舫數

十、郊迎者幾千人。美周被錦袍坐畫舫、軒幌盡祛、采菱初發。選蛋姝之慧麗者、霞帔雲粧、兩行列侍、如天女共擁神仙。細樂前陳、簫歌競奏、榜人緩棹、紆徐而行。臨岸高樓、紗窗齊啓、美人燦齒、笑指狀元。」

(17) さまざまなパレードに妓女が動員されたことは、拙著『中國遊里空間　明清秦淮妓女の世界』（青土社　二〇〇二）第八章を參照のこと。

(18) 「曩會以一二示粵友黎美周、訝爲何物、何從得如此精妙。卽蔚宗傳中恐未見耳。」

(19) 拙稿「明末江南における出版文化の研究」（『廣島大學文學部紀要』第五十巻特輯號一　一九九一）、また『明末江南の出版文化』（研文出版　二〇〇四）。

(20) 「弟更乞其序言和章、以光此刻也。」

(21) 「職方谷彙園中題詠之作、刋布遠近、題曰瑤華集。從岳岱今雨瑤華例也。歳久散佚、其元孫開基復梓以傳、請余序其首簡。」

(22) 『番禺縣續志』巻四十、古蹟、詩文詞畫社によれば、この南園は元末明初に、孫蕡、趙介、王佐、黃哲、李德の「五先生」が詩社を結んだ地。さらに明の嘉靖年間にも、歐大任、梁有譽、黎民表、吳旦、李時行の「後五先生」が詩社を結んだ由緒ある地であった。梁守中・鄭力民點校『南園前五先生詩　南園後五先生詩』（中山大學出版社　一九九〇）がある。そして明末の當時には、陳子壯が中心となって再び詩社を開いていた。南園及び『南園花信』の編刊については、この『番禺縣續志』のほかに、檀萃『楚庭稗珠錄』巻二にも見える。

(23) 「遂球北行、踰年至揚州、憩鄭子超宗影園、爲黃牡丹會、謬辱揚州諸名公有名月夜珠之賞。偶以所賦十律、質之同社、宗伯師欣然爲和如數、題曰南園花信。既而粵詩人和章日衆、爰錄之以付剞劂、且報超宗以志粵社之盛。」

(24) 黃牡丹詩會が行われた崇禎十三年の揚州付近といえば、旱害による大饑饉のあった年である。冒襄は救荒を行っている。『樸巢文選』巻二に「救荒記」「勸賑」ほかの文章が收められる。

(25) 冒襄『同人集』にあっても、道光以後の版本では、巻五「影園倡和」に收められる「庚辰之夏」云々の詩題を持つ錢謙益の四首の詩の「錢謙益」の名の部分が空白になっている。

（26）Tobie Meyer-Fong, *Building Culture in Early Qing Yangzhou*, Stanford University Press, 2003の2 Personality and Meaning : Red Bridgeでは、鄭元勲の影園及び黄牡丹詩會について紹介し、これらが清代に入って、失われた明代の象徴としての意味を持ったことを指摘している。その例として、汪懋麟『百尺梧桐閣集遺稿』巻一の「飲某氏舊園看牡丹晩觀女劇」詩、汪楫『悔齋詩』の「尋影園舊址」詩を擧げている。同書には、朱修春の中國語譯がある（梅爾清著　朱修春譯『清初揚州文化』復旦大學出版社　二〇〇四）。また周維權『中國古典園林史』（清華大學出版社　一九九〇）一四九―一五二頁に影園についての詳しい敍述がある。

第二章　宣爐因緣

はじめに

清初の丁酉江南科場案に連座し、北邊の流刑地、寧古塔（現在の黑龍江省）に家族ともども送られた方拱乾は、三年の後、赦されて江南の故地に戻ることができた。そして息子の一人に預けてあった愛藏の宣德爐を再び手に取った感慨を詩に詠じている。「再見宣德爐　出塞時屬兒奕藏、茲攜來奉老夫玩（再び宣德爐を見る　塞を出でし時、兒の奕に屬して藏さしむ、茲に攜へ來たりて老夫に奉り玩ばしむ）」三首である（方拱乾『甦庵集』[1]）。その第一首と第三首。

一

莫問重逢日　　問ふ莫し　重逢の日
還悲初別時　　還（ま）た悲し　初別の時
關山迷去住　　關山　去住に迷ひ
性命較安危　　性命　安危に較（はか）る
留比青氈重　　留まるは青氈の重きに比し

歸同白璧奇　　歸るは白璧の奇なるに同じ
意中光怪在　　意中　光怪在り
拂拭更離離　　拂拭すれば　更に離離たり

遙か彼方、生きて歸れるとも思われない寧古塔に行ってからも、この香爐のことをしばしば思い出していた。まさか再びこの香爐にめぐりあえるとは思いもしなかった。この香爐が無事に殘っていたのは、青氈（名家に傳來の寶物。『晉書』王獻之傳）の價値があり、再び己の有に歸したのは、白璧が戻ったのと同じである。香爐はいつも心の中で光を放っていた。これを手にとってもてあそんでみると、さらに輝きを增すようである。

三

追隨還屈指　　追隨し　還た指を屈す
四十有三年　　四十有三年
況復前朝鑄　　況んや復た前朝の鑄の
久爲當代憐　　久しく當代の憐れみと爲るをや
名山誰不朽　　名山　誰か朽ちざらん
香案亦空傳　　香案　亦た空しく傳ふ
好拭摩娑眼　　好く摩娑たる眼を拭ひ
松龕晝夜煙　　松龕　晝夜　煙る

指折り數えてみれば、この香爐を手に入れたのは四十三年も前のこと。この間に王朝も交替してしまい、香爐は前朝の遺物となってしまった。名山に藏して著述を永遠に殘そうと思っても（『史記』太史公自序）、いずれ朽ち果てないものはない。高官となって天子の香案のそば近くに仕えたとしても（元稹「以州宅夸於樂天」詩「我是玉皇香案吏、謫居猶得住蓬萊（我は是れ玉皇香案が吏、謫居すら猶ほ蓬萊に住むを得たるがごとし）」）、それはむなしいこと。かすむ目をこすりこすり、香を焚き、晝に夜に佛を拜する。(2)

方拱乾にとって、生還の喜びを最もしみじみと實感できたのが、この宣爐との再會だったのである。やがて冒襄は、この宣爐を題材にして「宣爐歌」を作り、さらに宣爐についての蘊蓄を傾けて「宣爐歌注」をあらわすことになる。明末清初の文人たちにとって、宣爐とは何であったのか。本稿では、宣爐をめぐる方拱乾と冒襄との因緣をたどってみることにしたい。

一、發　端

方拱乾（明萬曆二十四年　一五九六〜清康熙五年　一六六六）、字は肅之、號は坦庵、安徽桐城の人。寧古塔から生還の後には、甦庵と號した。冒襄、字は辟疆、號は巢民、江蘇如皐の人。方氏は桐城の名家、冒氏もまた如皐の名門である。

方拱乾と冒襄とのそもそもの關係は、冒襄の父、冒起宗と方拱乾とが科擧同年の間柄であったことにはじまる（冒襄は方拱乾に對し「年伯」の稱謂を用いる）。方拱乾と冒起宗は、ともに萬曆四十六年（一六一八）の江南鄉試におい

て擧人に中り、さらにともに崇禎元年（一六二八）に進士に及第している。(3)
もと南京秦淮、後に蘇州半塘の名妓であり、やがてその側室となった董小宛の思い出をつづった冒襄の『影梅庵憶語』によって、冒襄はまた桐城方氏の族人である方以智とも交遊があったことが知られる。方拱乾から數えて七世代上に方懋という人がある。その方懋の八代目の子孫が方以智である。(4)冒襄がはじめて董小宛に會うきっかけを作ったのが、ほかならぬ方以智なのであった。『影梅庵憶語』のその一節。

己卯（崇禎十二年　一六三九）の初夏、白門（南京）で鄉試に應じた。密之（方以智）に會ったところ、「秦淮の美女たちの中では、いま雙成（小宛のこと）が、若くて美しい盛りで、才色ともに一番だ」という。わたしがたずねた時には、秦淮の繁華がいやになって、家族ともども金閶（蘇州）に移ってしまっていた。やがて落第して吳門（蘇州）でぶらぶらしていた時、何度も何度も彼女を半塘にたずねていった。だが、そのとき彼女は洞庭に逗留していて戻ってこなかった。(5)

この崇禎十二年、方以智もまた鄉試のために南京に來ていた。(6)方以智、陳貞慧、侯方域、冒襄の四名は當時の「四公子」と呼ばれている（韓菼「潛孝先生冒徵君襄墓誌銘」『有懷堂文藁』卷十六）。
方拱乾は崇禎元年の進士及第の後、翰林院庶吉士に任ぜられるが、父の埋葬のために休暇を乞い、鄉里の桐城に戻っていた。崇禎七年（一六三四）には桐城でおこった大規模な民變である「桐變」によって、方氏の一族は桐城を離れ、南京に難を逃れていた。(7)やがて再び北京に赴き、翰林院編修などを經て、詹事府少詹事の官についていた崇禎十七年（一六四四）、李自成の軍によって明王朝が滅亡する。馮夢龍『甲申紀聞』所收『紳士略』「方拱乾」の條には、このとき李自成に捕らえられた方拱乾が、美婢四名を賊將の羅なるものに贈り、拷問を免れたとか、李自成のもとで官職につかんがために運動したといった記録がある。やがて清軍が李自成を追い拂って北京に入ると、方は命からがら北京を脱出し、南京に假住まいするが、今度はそこへ清軍が南下してくる。一方冒襄は、清軍南下の折に如皐を離れ、浙江の海鹽に避難する。この海鹽において、方拱乾と冒襄がめぐりあったことが、冒襄の『影梅庵憶語』、また同じく「祭方坦庵年伯文」（『樸巣文集』巻七）に見える。以下は「祭方坦庵年伯文」からの引用である。

乙酉の年（順治二年　一六四五）、亡き父上が長江の上流地域で漕運の監督官になり、わたし（冒襄）は台州の檄を捧ずることを辭し（冒襄は台州の司李官を授けられたが赴任せず）、母を奉じて鹽官（海鹽）に難を避けた。その時、年伯と伯母はともに北京で賊難にあって以來、辛苦を重ねて走り回っておられたが、諸兄たちを引き連れてやはり鹽官にやって來られた。ほどなく大兵（清軍）が南下し、いくさがうち續いて、政府は再び崩壊した。兩家はすぐ近くにありながら、たがいに顧みることもなく、荒れた村、廣漠たる野をあちらこちら逃げ回って、杜老（杜甫）の「彭衙行」に描かれたような悲慘さをすっかり經驗させられ、ついにはそれぞれ殺戮にあうことになってしまった。幸いに身內の者は無事であった。髮はぼさぼさ、はきものもはかずに再び城內に入った時には、伯母がみずからわたしのために髪を剪ってくださった。宿舍が狹苦しく、わたしと三兄とは狹い軒下に寢、一枚の毛布にいっしょにくるまっていた。かくしてわたしは高熱を發してしまい、病氣のため百日もの間死んだようになっていた。ある晩、生き返ると、年伯、伯母と亡き父上、老母そして諸兄たちはみなわたしの手をとって、心から氣の毒がってくれた。これより先、自分に「長夜眠らざること度歲の如く、此の時若し死なば竟に棺無からん」の句があって、年伯と鹽官の諸君は、涙ながらにこの詩に和してくれたのであった。年の暮になって危険が迫り、兩家はそれぞれ百人ほどで死の危険を冒して毘陵（常州）に至った。虎のしっぽを踏むことをおそれたがかみつかれることはなく（『易』「履」に「履虎尾、不咥人。亨（虎の尾を履むも、人を咥はず。亨る）」とある）、それぞれ生還を喜んだ。舟が長江に至って、方氏は門人である楊太史を頼ることになり、一方亡き父上は病氣の息子を連れ、年伯と別れて郷里に歸ることになった。(8)

海鹽に難を避けていた時に、冒襄は「雨夜荒村」「秦溪蒙難（秦溪にて難を蒙る）」「病」「思鄉」の四首の詩を作っている（『樸巢詩集』巻二）。それらに彭孫貽、陳梁、張惟赤（ともに海鹽の人）が和韻した詩がある（冒襄『同人集』巻五）。冒襄の「秦溪蒙難」の尾聯には、

人生到此無生理　　人生此に到りて　生くるの理無し
回首高堂獨動情　　高堂に回首して　獨り情を動かす

とある。それはまことに「生くるの理無し」と思われることであったろう。こうした危難の時を方拱乾と冒襄はともにしていたのである。

二、寧古塔

冒襄は、その後もさらに二度にわたる大病をし、何とか一命をとりとめたが、順治八年（一六五一）には董小宛

を失った（『影梅庵憶語』）。一方の方拱乾は、しばらく南京に過ごした後、順治十一年（一六五四）、清の翰林祕書院侍讀の職につく。翌年、敕を奉じて『順治大訓』『內政輯要』『太祖聖訓』『太宗聖訓』等の纂修官となる。順治十三年（一六五六）には、詹事府右少詹事兼內翰林國史院侍讀學士となった。たしかにいわゆる「貳臣」にあたるわけであるが、ある意味では順調な官途であったといってよい。(9)ところが、その翌年の順治十四年（一六五七）、いわゆる丁酉江南科場案がおこる。時の江南鄉試の主考官は方猶、副考官は錢開宗。合格發表の後、彼らに對する反對の聲がわきおこった。方拱乾の五男、方章鉞が、賄賂によって合格していたというのである。(10)あるものは『萬金記』なる戲曲を作り（方から點を取れば万、金は錢の一部）、尤侗は戲曲『鈞天樂』を作って、當事者たちをあてこすった。(11)また、次のような「黃鶯兒」の俗曲が流行した。

命意在題中　　問題文中に出題者の意圖がこめられていた
輕貧士　　貧士を輕んじ
重富翁　　富翁を重んずる
詩云子曰全無用　　「詩に云ふ」「子曰く」はまったく役に立たず
切磋缺工　　「切磋琢磨」の工夫を缺いている
往來要通　　顏つなぎが大切で（「諸に往を告げて來を知る者なり」を踏まえる）
其斯之謂方能中　　「其れ斯れを之れ謂ひて」こそ合格できる（方氏は合格、の意を掛ける）
告諸公　　諸公に告ぐ（「告諸往而知來者」を用いている）
方人子貢原是貨殖家風　　人を方ぶる子貢（『論語』憲問篇に「子貢人を方ぶ」とある。方家の人、の意を掛ける）は

もともと貨殖の家風（『史記』貨殖列傳で子貢に觸れる）

この時の郷試の問題であった『論語』學而篇の一章、

子貢曰、貧而無諂、富而無驕、何如。子曰、可也。未若貧而樂、富而好禮者也。子貢曰、詩云、如切如磋、如琢如磨、其斯之謂與。子曰、賜也、始可與言詩已矣、告諸往而知來者。

子貢曰く、貧しくして諂ふことなく、富みて驕ることなきは、何如と。子曰く、可なり。未だ貧しくして樂しみ、富みて禮を好む者には若かざるなりと。子貢曰く、詩に、切するが如く、磋するが如く、琢するが如く、磨するが如しと云ふは、其れ斯を之謂ふかと。子曰く、賜や、始めて與に詩を言ふべきのみ。諸に往を告げて來を知る者なりと。

をほぼ句ごとに踏まえて作った歌である。(12)

順治十四年十一月癸亥、工科給事中陰應節が、「江南主考方猶等、弊竇多端にして、物議沸騰」しているとして、方猶らを彈劾した。「物議沸騰」のうちには、戯曲『萬金記』『鈞天樂』や俗曲「黃鶯兒」なども含まれているであろう。順治帝は、禮部、刑部に命じてきびしく追究すべき旨を命じ、方拱乾についてはわざわざ「方拱乾には明白に事情を上奏させるように（方拱乾着明白回奏）」と名指しで回答を命じている（『清世祖章皇帝實錄』巻一一三）。

同年十二月乙亥、方拱乾は、自分は江南の出身ではあるが、方猶とは同族ではないから（方猶は浙江遂安の人）、方章鉞を合格者からはずす措置には承服できない旨の上奏をする（『實錄』巻一一三）。だが、翌順治十五年の十一月辛酉、主考官の方猶、副考官の錢開宗、そして葉楚槐をはじめとする同考官十七名、合わせて十九名が死罪、方章鉞らは、家産を籍沒のうえ、父母兄弟妻子みな寧古塔に流刑、との處斷が下された（『實錄』巻一二一）。

かくして、翌順治十六年の閏三月、方拱乾は、六人あった息子のうち、六男の奕箴以外の五人の息子たちをはじめ、眷屬數十人とともに北京を出立し、七月、流刑の地寧古塔（現在の黑龍江省、牡丹江の近く寧安縣）に到着する。

寧古塔は清初の當時、政治犯たちの流刑地となっており、ここに流された著名人は少なくない。(13)

方拱乾は、生還しての後、『寧古塔志』を書き殘している。その序文には、

寧古はどのような土地であろうか。そこには人が住める理もなく、生還できる理もないのである。老夫はそこに行って戻ってきた。これは天というものではないか。(14)

とあり、「天時」では、

四時いつも冬のようである。七月には露がある。露が冷たくなると白くて米のとぎ汁のようである。露があって數日たつと、霜がおりる。霜がおりると百花すべてがしぼんでしまう。八月の雪は常のことである。ひとたび雪が降ると、地面は凍って、翌年の三月にならないと融けない。五、六月も中華の二、三月くらいである。(15)


とその氣候風土のきびしさを述べている。

寧古塔は流謫の地であったが、かならずしも行動の自由が奪われていたわけではなかったようで、同時に流されていた人々と交際することは可能であった。方拱乾と交際のあった人の中に、やはり丁酉科場案によって寧古塔に送られた吳兆騫があった。吳兆騫の『秋笳集』巻八「戊午二月十一日寄顧舍人書（戊午二月十一日、顧舍人

に寄するの書）」には、「龍眠父子（方拱乾父子）は三年の間わたくしとともに流謫されていたが、仲がよく、しきりに行き來し、詩を談じ史を論じては、いつも深夜に至った（龍眠父子、與弟同謫三年、情好殷摯、談詩論史、毎至夜分）」とあって、方拱乾父子が、呉兆騫と親しく行き來していたことが知られる（呉兆騫については、本書第一部付論一「呉兆騫の悲劇」を參照のこと）(16)。

方拱乾の『何陋居集』己亥年（順治十六年　一六五九）には、「同漢槎談黄山勝分賦（漢槎と同に黄山の勝を談じ分賦す）」詩二首がある。漢槎、すなわち呉兆騫とともに、黄山の勝景について語ったという詩の第二首。

此生寧有再遊時　　此の生寧（いづ）くんぞ再遊の時有らんや
對爾深談如見之　　爾に對して深く談ずれば　之を見るが如し
但是江南山已好　　但だ是れ江南の山已（すで）に好し
況經身歴勝難追　　況んや身歴を經て勝の追ひ難きにおいてをや
夢回絶塞孤雲遠　　夢より回れば　絶塞に孤雲遠く
口代枯藤萬壑卑　　口は枯藤に代はりて　萬壑卑（ひく）し
半臂九華曾否在　　半臂の九華　曾て在りや否や
荒唐宗少使人疑　　荒唐の宗少　人をして疑はしむ

生きている間に、再び黄山に遊ぶことはできるはずがあるまい。しかしながらあなたと黄山について語っていると、あたかもそれを見ているような氣がする。江南の山がただもうすばらしいうえに、みずからたいへんな悲劇を經驗させられたことを思うと、ますます山のすばらしさが思われる。黄山の夢からさめると、この絶域に孤雲が遠くたなびいている。枯藤の杖を曳く代わりに言葉で表現することになっても、山は高く萬谷は深い。闕文衍は、身を常に雲泉の內に置きたいといって、半臂（袖なしの上着）に九華山の圖を描かせたというし（『雲仙雜記』卷二）、宗炳（字は少文）は、かつて自分がへめぐった名山の圖を部屋中に描いていたという（『宋書』宗炳傳）。そのようなことがほんとうにあったのだろうか（言語による表現の方が勝ってはいないか）。塞北の地にあって、故郷江南の名勝を思う心持ち、いかばかりであったろう。

順治十八年（一六六一）十月、方氏一族が寧古塔に着いてから三年目のこと、方拱乾のもとに放免の知らせが屆く。方拱乾の孫の方嘉貞が力を致して、北京城の阜成門を、私財を投じて修理したことによる特赦であった。(17) 方孝標の「先大夫詩後集後序二　甦庵集」（『光啓堂文集』）によれば、方拱乾は辛丑（順治十八年）八月のある晚、夢の中で一人の道士が「甦」の字を大書した黄色い紙を手に持ってあらわれ、「君は歸ったらこれを號とせよ」といったという。方拱乾は、それに從って、生還の喜びをこめてみずから甦庵と號している。

方拱乾が赦免にあい、戻ってくるとの報は、如皐の冒襄のもとにももたらされた。たまたまこの時、方拱乾の六男、奕箴、字は謙六が、冒襄のもとに滯在していた。方奕箴は方拱乾らを迎えるため、ただちに北京に向けて出立する。冒襄はそれを送る詩を作っている。「水繪庵送方謙六之燕、喜坦庵年伯伯母及諸世兄入關。客夏小阮、長文過我五旬、今與謙六又共歲寒兩月。病子支離之苦、與衰門詬誶之狀、曾入見聞。趨庭之暇、當爲及之（水繪庵に方謙六の燕に之くを送り、坦庵年伯、伯母及び諸世兄の關に入るを喜ぶ。客夏、小阮（顧予咸）、長文（方嘉貞）の我を過ぎること五旬、今謙六と又た歲寒兩月を共にす。病子支離の苦と衰門詬誶の狀と、曾て見聞に入る。趨庭の暇、當に爲に之に及ぶべし）」（『樸巢詩集』卷五）である。

茅堂兩月共悲歌　　茅堂　兩月　悲歌を共にす
送子辭家意若何　　子の家を辭するを送る　意　若何
萬里窮邊迎白髪　　萬里　窮邊　白髪を迎へ
五更獨客走黄河　　五更　獨客　黄河に走る
長途斥候烽煙盛　　長途　斥候に烽煙盛んにして
逼歲資裝雨雪多　　逼歲　資裝に雨雪多からん
自是天涯懸老眼　　自ら是れ天涯に老眼を懸けん
揚鞭速去莫蹉跎　　鞭を揚げ速く去れ　蹉跎すること莫れ

萬里の彼方、夜を日についで、北の方まで白髪の人を迎えに行く。道中はきびしいであろうが、年老いた人が心待ちにしているにちがいない。さあ急いで北京に向かうがよい、という詩である。本章のはじめに掲げた方拱乾の「再び宣銅爐を見る」詩の題にあったように、方拱乾が寧古塔に向かうにあたって、宣德の銅爐を預けたのが、ほかならぬこの方奕箴なのであった。

康熙元年（一六六二）の正月には方拱乾は北京に戻り、秋には淮陰に假住まいしていた。そして翌康熙二年（一六六三）、揚州にやってくる。冒襄は、八月にまず二人の息子（冒禾書、字は穀梁、冒丹書、字は青若）を揚州に遣わし、方拱乾をたずねさせる。方は「癸卯八月邗上寓館喜冒穀梁青若兄弟過訪寄東辟疆（癸卯八月、邗上の寓館にて、冒穀梁、青若兄弟の過訪を喜び、東を辟疆に寄す）」（『同人集』巻六）の詩を作って冒襄に贈っている。そしてその十月、冒襄はみずから揚州に方拱乾をたずねてゆく。方拱乾に「癸卯十月喜晤辟疆年世兄（癸卯十月、辟疆年世兄に晤するを喜ぶ）」（『同人集』巻六）の詩がある。

勞子霜江特地尋　勞す　子の霜江に特地に尋ぬるを
乍逢不記幾年深　乍ち逢へば記せず　幾年の深きかを
細詢三度浮沈字　細かに詢ぬ　三度浮沈の字
益信從前契濶心　益ます信ず　從前契濶の心
宿草尙餘吹笛淚　宿草　尙ほ餘す　吹笛の淚
飛蓬莫問出關吟　飛蓬　問ふ莫れ　出關の吟
生還兩載纔相見　生還　兩載　纔かに相見る
懷抱艱辛直到今　艱辛を懷抱して　直ちに今に到る

あなたがわざわざ揚州までたずねて來てくれてうれしい。思いがけずあなたと會って、これまでの長いつきあいが思い出される。「浮沈」は出した手紙が屆かないこと（『世說新語』任誕篇の殷羨の故事）。出したはずの手紙について、そして同時にこれまでの我が人生の三度の浮き沈み（李自成のこと、淸軍南下のこと、寧古塔のこと）について話していると、ますます古くからの情誼が思われる。冒起宗は亡くなったが、その昔がしのばれる。冒廣生『冒巢民先生年譜』によれば、冒襄の父冒起宗は順治十一年（一六五四）に世を去り、順治十六年（一六五九）に葬られている。「宿草」は『禮記』檀弓上に見え、友人の墓にはえる草。「吹笛」は晉の向秀の「思舊賦」序に見え、今は亡き友人と過ごした時を悲しみしのぶ意。自分はその間、風に舞う蓬のように、塞北の地に流されていた。生きて戻ってから二年目にして、ようやくあなたと會うことができた。今日會って、ようやくこれまで抱き續けてきた艱難辛苦の思いを忘れることができる、とその再會の喜びを詠じている。おそらくこの時、方拱乾は、冒襄に愛藏の宣爐を示したのであろう。

三、宣爐歌

冒襄は、方拱乾の所藏していた宣爐を長編の詩に詠む。「宣銅爐歌　爲方坦庵先生賦」（『樸巣詩集』巻二）である。

龍眠先生鬢髮皤
江東故里稱鳴珂
平生嗜古入骨髓
玩好不惜三婆娑
有爐光怪更奇絶
肌膩肉好神清和
窄邊蚰耳藏經色
黄雲隱躍窮琱磨
窪隆豐殺中規矩
紅榴甘黛紛靁蝌

龍眠先生　鬢髮皤(しろ)し
江東の故里　鳴珂と稱す
平生　古を嗜(たしな)むこと　骨髓に入り
玩好　惜まず　三たび婆娑たるを
爐有り　光怪　更に奇絶
肌膩(なめらか)にして肉好ろしく　神　清和なり
窄邊　蚰耳　經色を藏し
黄雲　隱躍　琱磨を窮む
窪隆　豐殺　規矩に中り
紅榴　甘黛　靁蝌紛る

我時捧視驚未有
精光迸出呼奈何
恭聞此爐始宣廟
制器倘象勤捜羅
宮闈風雅厭奇巧
爐鞲精妙無偏頗
或云流烏一夜鎔寶藏
首陽銅枯汁流酡
或云煉銅十二取清液
式倣宮甆非鬲犧
彝乳花邊稱最上
魚蚰諸耳無相過
博山睡鴨眞俗醜
宋燒江製咸差訛
工倕撥蠟照千古
香籠火煖浮金波
宜香宜火宜几席

我　時に捧げ視れば　未だ有らざるに驚く
精光　迸り出づるを　奈何と呼ぶ
恭聞す　此の爐　宣廟に始まる
器を制するに象を倘びて　捜羅に勤めり
宮闈の風雅　奇巧を厭ひ
爐鞲　精妙にして　偏頗無し
或は云ふ　流烏　一夜　寶藏を鎔し
首陽　銅枯れて　汁　酡を流すと（黄帝が首陽山の銅で鼎を鑄た。『史記』孝武本紀の『索隠』。酡は赤色）
或は云ふ　銅を煉ること十二たびにして　清液を取り
式は宮甆に倣ひ　鬲犧に非ずと
彝乳　花邊　最上と稱し
魚蚰　諸耳　相過ぐる無し
博山　睡鴨　眞に俗醜（博山、睡鴨は香爐）
宋燒　江製　咸な差訛あり
工倕の撥蠟　千古を照らし（工倕は堯の時代の名匠。撥蠟は鑄造の技法）
香籠　火煖かにして　金波浮ぶ
香に宜しく　火に宜しく　几席に宜し

豈惟鑑賞堪吟哦
百金重購擬和璧
梅檀函貯文犀馱
後來北鑄竝南鑄
道南施蔡皆么麼
亂眞火色終枯槁
磨治彫鑿蛟龍呵
平生眞賞惟懺閣
同我最好沈江河
撫今追昔再三嘆
憐汝不異諸銅駝
一爐非小關一代
列聖德澤相漸摩
我今爲公作此歌
萬事一往何其多
歌成乞公書大字
明日更換山陰鵞

豈に惟だに鑑賞して吟哦に堪ふるのみならんや
百金もて重購して　和璧に擬し
梅檀もて函貯し　文犀もて馱す
後來　北鑄　竝びに南鑄
道南　施蔡　皆么麼たり（么麼は、取るに足らぬの意）
眞を亂す火色　終に枯槁す
磨治　彫鑿　蛟龍の呵
平生眞に賞するは　惟だ懺閣のみ
我が最も好めると同に　江河に沈む
今を撫して追昔し　再三嘆ず
汝の諸銅駝と異ならざるを憐れむ
一爐　小に非ずして　一代に關はり
列聖の德澤もて　相漸摩す
我　今　公の爲に　此の歌を作る
萬事　一たび往きて　何ぞ其れ多きや
歌成り　公に乞ひて大字を書し
明日　更に換へん　山陰の鵞

方拱乾の持っている宣銅爐について、そのすばらしさを、銅爐についての専門用語を驅使して描き出した詩である。末尾は、この「宣銅爐歌」ができあがったら、方拱乾に大字を書いてもらい、手書した『道德經』と鵞とを交換した王羲之（『晉書』王羲之傳）よろしく、自分も鵞と交換することにしよう、といって結んでいる。陳維崧（明末「四公子」の一人、陳貞慧の息子）の「賣字翁歌　爲龍眠方坦庵先生賦」（『湖海樓詩集』卷二）では、寧古塔から歸還後の方拱乾は、みずから「賣字翁」と稱し、それによって生活していた樣子がうかがわれる。その「賣字翁歌」の末尾が、「賣字且換東家酒（字を賣りて且く換へん 東家の酒）」の句で結ばれているのは、この詩の末句とも關わっていよう。(18)

方拱乾は、冒襄からこの詩を贈られ、ただちに「爲宣爐謝辟疆（宣爐の爲に辟疆に謝す）」の詩を作っている（『同人集』卷六）。

爐傳宮鑄舊　　爐は宮鑄の舊を傳へ
得子品題眞　　子の品題の眞なるを得たり
物亦感知己　　物も亦た知己に感じ
情非諛老人　　情は老人に諛（へつら）ふに非ず
千秋爭璞玉　　千秋　璞玉を爭ひ
一顧幾麒麟　　一顧　麒麟に幾（ちか）し
久笑囊如洗　　久しく囊洗ふが如くなるを笑ふも
今朝頓不貧　　今朝　頓（とみ）に貧ならず

これだけのみごとな詩を贈ってもらい、にわかに裕福になったようだ、といってその喜びを傳えている。「麒麟に幾し」とあるのは、永樂十二年（一四一四）、同十三年（一四一五）、宣德八年（一四三三）などに外國から麒麟が獻上されていること（『明史』巻七、九）を指すであろうか。冒襄はこの詩に對して、さらに「坦庵年伯爲宣爐作致謝詩。卽刻步韻（坦庵年伯 宣爐の作の爲に謝詩を致さる。卽刻步韻す）」（『樸巢詩集』巻三）を作っている。

さて、冒襄の「宣爐歌」であるが、そこには銅爐に關する用語が多く用いられ、はなはだわかりにくいために、冒襄はみずから「宣爐歌注」を作っている。いくつか例を示すならば、詩中の「爐有り 光怪 更に奇絶、肌膩にして肉好ろしく 神 淸和なり」の句に對しては、

宣爐が最もすぐれているところは、その色にある。にせの色は外に輝き出るが、眞の色は内にとけ込んで、薄暗くかすかな中に奇光を發するのである。それはまさしく好女子の皮膚がやわらかく、觸れるによいもののようである。[19]

とあるし、「銅を煉ること十二たびにして 淸液を取り、式は宮甆に倣ひ 鬲犧に非ず」に對しては、

宣德帝は鑄工に、銅は何回精錬すればよいのかとおたずねになった。鑄工は、六回すると、殊光寶色があらわれますとこたえた。陛下は、十二回するようにとお命じになった。それからまた眞っ赤に溶けた銅を鋼鐵の篩の上に流し込み、その最も淸いものを取って、先にしたたり落ちたもので爐を作らせ、格子の上に殘ったもので、その他の器を作らせた。爐の形としては、三代の鼎鬲にかたどるのではなく、多くは宋の磁爐の形式を取ってそれにならった。[20]

また「後來 北鑄 竝びに南鑄、道南 施蔡 皆么麼たり」に注して、

嘉靖以後の學道、最近の施家はいずれも北鑄である。北鑄ではまま宣銅器を用いて改鑄することがあるが、銅は清液ではない。また小さな冶金工であるために十分な資財がなく、よい材料が集められない。まずは施は學道に及ばないことが多い。南鑄では蔡家が甘家に勝っている。蔡の魚耳は學道とならぶことができるだろう。(21)

として、後世の銅器はやはり宣德時期のものよりも劣ることを述べている。さらに、「懺閣」については次のようにある。

懺閣とは、毘陵（常州）の鄒臣虎先生（鄒之麟）が吳道子の描いた觀音の眞跡を供養した場所である。いつも先生と閣前で宣爐を鑑賞したが、それは天鷄圓鼎などの外およそ六、七種であった。わたしは別に記を作った。わたしの持っていた最もよいもの一二とともに、甲申乙酉の間に散逸してしまった。(22)

王漁洋はその『池北偶談』巻十五「宣爐注」の條で、冒襄の「宣銅爐歌」を取り上げ、「自ら之が注を爲り（つく）、甚だ精核たり」と評している。また王漁洋が舊知の詩を集めた『感舊集』巻六「冒襄」の條では、冒襄の作品として「宣爐歌」と「小秦淮曲」の二首を掲げている。この「宣銅爐歌」は冒襄の作としてとりわけ人口に膾炙していたと思われる。

四、宣爐

さて、ここで方拱乾が、生還の喜びをひとしおに感じた宣爐、そして冒襄がわざわざ「宣爐歌」を作り、その注を作った宣爐とはいったい何であったか。

宣爐とは、その名の通り明初の宣德年間（一四二六～一四三五）に鑄造された香爐のことである。當時、明は永樂帝の時代にはじまった鄭和の大航海に象徴されるように、國力を誇った時代であった。暹邏國（現在のタイ）の刺迦滿靄が、風磨銅三萬九千六百斤を獻上した。これを契機として、そのほかにも各地のさまざまな原料を用いて、宣德帝は香爐の鑄造を命じた。そこでは、すでに觸れたように最高十二回にもわたって精錬が行われ、さまざまな形の香爐五千餘座が鑄造された[23]。明代の末頃には、『宣德彝器圖譜』二十巻（嘉靖五年　一五二六、祝允明の序を付す）その他の專著が編まれるなど、その評價は定まっていたようである[24]。もっとも明末の賞鑑家として知られる項元汴の『宣爐博論』に、

宣廟時代に宮中で鑄造された鼎彝は、現在殘っているものでは本物は十に一つ、僞物が十に九といったありさまである[25]。

というように、その僞物もまた數多く作られるに至っている（魯迅の「阿Q正傳」において、にせ毛唐と趙旦那が、「革命」のために尼寺靜修庵にあった「皇帝萬歲萬々歲」の龍牌を破壞しに來た時、「尼さんがふと見ると、觀音樣に捧げてあった宣爐がなくなっていた」とある。いいものはちゃんと持っていったわけである）。

宣爐が珍重されたのは、一つには、それが明王朝の國力の象徵でもあったからである。冒襄の「宣爐歌」において、

撫今追昔再三嘆　今を撫して追昔し　再三嘆ず
憐汝不異諸銅駝　汝の諸銅駝と異ならざるを憐れむ
一爐非小關一代　一爐　小に非ずして　一代に關はり
列聖德澤相漸摩　列聖の德澤もて　相漸摩す

とあったのは、もとよりそのことを指している。「銅駝」は、西晉の索靖が洛陽の宮門の前にあった銅駝を見て、「そのうちきっと荆棘の中に汝を見るであろう」といった故事（『晉書』索靖傳）を踏まえる。宣爐をなつかしむことは、清の世にあって、明の世をなつかしむことにつながるのであった。「宣爐歌注」をその『昭代叢書』に收めた張潮が「宣爐歌注」の「小引」に、

よい物は、あるいは人によって名づけ、あるいは地によって名づけ、あるいは時代によって名づけられる。名はちがっても、その物がよい物である點では同じである。例えば時の壺、哥の窯、張の爐、顧の繡などはいずれも人によって名づけられたものである。幷州のはさみ、蒙山の茶、歙の硯、湖の筆などは地によって名づけられたものである。商彝周鼎、秦璽漢碑などは時代によって名づけられたものである。そもそも一物の微であって、わざわざ一代の名をつけられるに至り、その名が長い時間がたってみれば、時代はすでに滅んでも、物は不朽なのである。物が時代によって重んじられるのであろうか。それとも時代が物によって重

んじられるのであろうか。有明三百年、よい物は數えるにいとまがない。しかし、宣爐一種は、まことに前に師とするところなく、後に繼ぐものなく、まったく宇宙間一の絶妙な骨董ではなかろうか。(26)

と述べているのも、宣爐への愛好と宣德時代への敬慕とが混じり合っていることを示しているであろう。

冒襄はかねてから香に關心を持ち、宣爐も所藏していたようである。『影梅庵憶語』に次の一節がある。

寒い晩に小さな部屋で、四方に玉のカーテンを掛け、しきものを重ね、二尺ほどの赤いろうそくを二三本燈してある。室內はちらかっており、臺や机もあちらこちらにめちゃくちゃに置かれている。大小いくつかの宣爐にはずっと熱く火が燃えさかっており、色は金を溶かしたよう、玉の粒のようである。そこに氣をつけながら燃えている炭を一寸ほど離して、灰の上に砂を隔てて香を選んで置き、蒸してやると、眞夜中になって、香がたちもとおり、焦げず盡きず、あたりにただよって、混じりけのない糖結の香りであった。香をあたためている閒に、半ば開いた梅の花の香り、鵝梨や蜂の巢のような香りが、靜かに鼻に入ってくるのであった。年來この味この境地を樂しみにして、いつも夜明けの鐘がなってもまだ床につかず、彼女と細かに閨怨を思い、「斜めに薰籠により」（白居易「後宮詞」に「斜倚薰籠坐到明」）「寒爐をすっかりかきたてる」（呂蒙正の詩句に「撥盡寒爐一夜灰」）といった境地を味わうのであった。するとわたしたち二人は、さまざまな香氣ただよう蕊珠宮の奥深くにいるように思われるのであった。今や人も香氣もともに散じてしまった。返魂香の一粒でも手に入れて、この暗く閉ざされた部屋にたってほしいものである。(27)

とあって、董小宛とともに夜香を焚いた時に、宣爐を竝べていたことを記している。また、同じ『影梅庵憶語』

に、

彼女の衣裳や寶飾品などは、戰災のうちにすべて失われてしまった。歸ってきてからは少しのもので滿足し、一物も置こうとしなかった。戊子（順治五年　一六四八）の年の七夕、空の夕焼けを見ていて、彼女は急に金の腕輪に文字を彫ってほしいといい、わたしに「乞巧」の二字を書かせたが、對になる文字を思いつかなかった。彼女は「以前、黄山の大きな家で、覆祥雲の眞宣爐を見ましたが、その形はすばらしいものでした。覆祥を乞巧の對にしてください」といった。彫り上がってみるとなかなかすばらしいものであった。その一年後、腕輪が突然眞ん中で割れてしまった。(28)

とも記されている。「覆祥」について、邵鋭の『宣鑪彙釋』釋色に「覆祥雲」の一條があり、「赤金の耳、口、頸及び腹上に流るる者を覆祥雲と名づく」とある。「覆祥」は、讀み方によっては「吉祥を覆がえす」とも取れ、それが董小宛の不幸な若死にを暗示していたともいえる。宣爐はまた冒襄にとって、今は亡き董小宛の思い出に結びついていたのである。

五、結　び

冒襄の友人であり、南京秦淮の掌故を述べた書物『板橋雜記』の著者である余懷は、「冒巢民先生七十壽序」（『同人集』巻二）において、次のように述べている。

巣民は平素から多くの美人たちに圍まれ、女優や樂師たちを好んで蓄え、園林花鳥、法書名畫などを一所懸命集めている。とりわけ賓客を好み、家に水繪庵、小三吾亭などをしつらえて、客がやってくると、決まって引き留めること數十日、酒を飲み、詩を賦して、すっかり夢中になってようやく去らせるのであって、玉山清閟（元の顧瑛と倪瓚）の風があった。しかしながら、わたしの見るところ、巣民が美人を擁しているのは、色を漁るためではない。女優や樂師を蓄えているのは、音樂に淫しているからではない。園林花鳥、飲酒賦詩も、酒を飲んで廣く人と交わり、その名聲を天下に賣ろうというのではない。それはひとえにそこに寄託するところがあるからである（『莊子』人間世に「彼亦直寄焉」とある）。古の人は胸のうちに感憤無聊不平の氣がおこると、必ず一事一物に寄せて、そのもやもやをはらしたのである。信陵君が酒を飲み、婦人を近づけたのも、嵇叔夜（康）における鍛冶、劉玄德（備）における結託、劉伯倫（伶）における鋤擔ぎ、米元章（芾）における拜石などなど、いずれもそれなのである。巣民は意をこれらに寄せて詩歌を作り、それが篇帙を重ねるようになった。もし天下後世の者が、その書を讀み、その人を想い見るならば、信陵君や元章のような人物であると思って何の惡いことがあろう。(29)

冒襄が女性に關心を持ったり、さまざまな趣味にひたっているのは、「感憤無聊不平の氣」がそこに寄せられているからだ、というのである。おそらくそれは、この壽序の作者であり、『板橋雜記』をあらわした余懷にしても同じことであったろう。

冒襄が「宣爐歌」を作ったのは、まずは方拱乾のためであるが、その奥には、亡き董小宛との思い出があり、さらにまたその奥には、今は滅び去った明朝への思慕がある。宣爐には、それらさまざまな思いが凝集しているのである。

注

（1）方拱乾の詩集には『何陋居集』（復旦大學圖書館藏）、『方詹事集』（『何陋居集』と『甦庵集』からなる。上海圖書館藏）、『蔓堂集』（國立公文書館內閣文庫藏）の三種が殘る。前二者について、李興盛・張文玲・方承による校訂排印本『方拱乾詩集』（黑龍江教育出版社　一九九二）がある。

（2）「松龕」は佛をおさめた廚子であろうが、梁の庾肩吾の「亂後經夏禹廟」詩に「松龕撤暮俎、棗逕落寒叢（松龕　暮俎を撤し、棗逕　寒叢に落つ）」の句があり、松龕は、夏禹の神主であるとする。侯景の亂後の夏禹廟のさまを詠じた詩である。

（3）冒襄の「祭方坦庵年伯文」（『樸巢文集』卷七）に「戊午の年、萬曆四十六年に先君とともに鄉試に及第し、戊辰の年、崇禎元年にともに北京での會試に合格した（戊午與先君舉于鄉、戊辰又偕捷南宮）」とある。南宮は禮部による會試をいう。桐城（安慶府）、如皐（揚州府）ともに南直隸に屬し、鄉試は南京で行われた。朱保炯・謝沛霖『明清進士題名碑錄索引』（上海古籍出版社　一九八〇）「歷科進士題名錄」崇禎元年戊辰科の第二甲第五名に方拱乾が、第三甲第八名に冒起宗の名が見える。

（4）Pierre-Henri Durand, *Lettés et pouvoirs: Un procès littéraire dans la Chine impériale*, Éditions de L'École des hautes études en sciences sociales, 1992の三四頁に載せる桐城方氏系圖による。謝正光「讀方文『嵞山集』——清初桐城方氏行實小議」（同氏『清初詩文與士人交遊考』南京大學出版社　二〇〇一）にも系圖を載せる。

（5）「己卯初夏、應試白門。晤密之云、秦淮佳麗、近有雙成、年甚綺、才色爲一時之冠。余訪之、則以厭薄紛華、挈家去金閶矣。嗣下第浪遊吳門、屢訪之半塘。時逗留洞庭不返。」

張明弼の「冒姬董小宛傳」には、「そのころ冒辟疆は方密之とともにしばしば董小宛のもとを訪れた（比辟疆同密之屢訪）」とあり、冒襄は方以智とともに董小宛をたずねていたことになる。『影梅庵憶語』については、本書第二部第一章を參照のこと。

（6）任道斌『方以智年譜』（安徽教育出版社　一九八三）崇禎十二年の條。南京秦淮の色町と江南貢院の結びつきについては、拙著『中國遊里空間　明清秦淮妓女の世界』（青土社　二〇〇二）第三章「秦淮散策」を參照のこと。

（7）この崇禎七年、桐城における「桐變」については、吉尾寛「崇禎七年・安慶府桐城縣における「桐變」」（小野和子編『明末清初の社會と文化』京都大學人文科學研究所　一九九六、また吉尾寛『明末の流賊反亂と地域社會』汲古書院　二〇〇一にも收む）に詳しい。吉尾氏の論文では、「桐變」の根本原因は、方拱乾の兄方應乾及び、その權力をかさに着た奴僕たちに對する民衆の怒りが爆發したものとされる。吉尾論文に引く張國維の「回奏桐事疏」には、方拱乾の名も擧げられている。

（8）「乙酉先大夫督漕上江、襄辭捧台州之檄、奉母避難鹽官。時年伯與伯母、倶自北都被賊難、顚沛奔走、率諸兄亦來鹽官。未幾、大兵南下、連天烽火、再見崩坼、兩家咫尺不相顧、荒村漠野、竄逐東西、備歷杜老彭衙之慘、卒各罹殺掠。幸俯仰倶亡恙。蓬跣再入城、伯母親爲襄剪髮、旅館偪側、襄與三兄寢簷隙、以一氈笠裹而坐。遂致寒症、寢疾百日死。一夜復生、年伯伯母與先大夫老母及諸兄皆執襄手悲傷慘痛。先一日襄有長夜不眠如度歲、此時若死竟無棺之句。年伯與鹽官諸君、含涙和之。殘臘攖險、兩家各以百口冒死抵毘陵、履虎不咥、各慶生還。舟泊河干、依貴門人楊太史、先大夫攜病子與年伯別歸里。」

方氏の側でも、方孝標（玄成）『光啓堂文集』「冒母馬太恭人八十壽序」において、冒襄の母である馬氏のこの時の思い出を記している。

（9）方拱乾を含む方氏の處世については、前揭、謝正光「讀方文『嵞山集』――清初桐城方氏行實小議」に詳しい。

（10）丁酉江南科場案については、孟森「科場案」（『心史叢刊一集』）の「江南闈」、また謝國禎「清初東北流人考」（『明末清初的學風』人民出版社　一九八二）三「順治丁酉（一六五七）科場案與吳兆騫孫暘等之流徙」、商衍鎏『清代科擧考試述錄』第八章「科場案件與軼聞」第二節「清代科場案」ほか。

（11）薛若鄰『尤侗論稿』（中國戯劇出版社　一九八九）五「尤侗的戯曲創作」。

（12）法式善『清祕述聞』卷一「順治十四年丁酉科鄉試　江南」に「題『子貢曰貧』全章」とある。この歌は、前揭商衍鎏『清代科學考試述錄』に見える。

(13) 前掲、謝國禎「清初東北流人考」、また何宗美『明末清初文人結社研究』（南開大學出版社　二〇〇三）第六章第五節「七子之會及寧古塔流人群體的創作」。寧古塔については『寧古塔を中心とせる東北部滿州之沿革』（南滿州鐵道哈爾賓事務所調査課　一九二五）。

(14) 「寧古何地。無住理、無還理。老夫既往而復還。豈非天哉。」

(15) 「四時皆如冬。七月露。露冷而白如米汁。流露之數日卽霜。霜則百卉皆萎。八月雪、其常也。一雪、地卽凍、至來年三月方釋。五六月如中華二三月。」

(16) 方拱乾の長子玄成（孝標）は、その歿後におこった戴名世『南山集』案にあって、遺體を礫にされる極刑にあっている。戴名世また桐城の人。『南山集』案については、大谷敏夫『清代政治思想史研究』（汲古書院　一九九一）第一部第三章「戴名世斷罪事件の政治的背景」に詳しい。方氏一族との關わりにも觸れる。

(17) 道光『桐城續修縣志』巻十一、人物志、孝友、方嘉貞。

(18) 陳維崧の『湖海樓詩集』巻一に「宣銅爐歌爲桐城方坦庵先生賦」を收めている。冒襄のものと同文である。どういう理由でここに收められたのか、不明である。

(19) 「宣爐最妙在色。假色外炫、眞色內融、從黯淡中發奇光。正如好女子肌膚柔膩可掐。」

(20) 「宣廟詢鑄工銅幾錬始精。工對以六火則殊光寶色現。上命煉十二火條之。復用赤火鎔條於鋼鐵篩格上、取其極清先滴下者爲爐、存格上者製他器。爐式不規三代鼎鬲、多取宋瓷爐式倣之。」

(21) 「嘉靖後之學道、近之施家、皆北鑄。北鑄開用宣銅器改鑄、銅非清液。又小冶寒儉無精采。且施不如學道多矣。南鑄以蔡家勝甘家。蔡之魚耳、可方學道。」

(22) 「懺閣乃毘陵鄒臣虎先生供吳道子觀音眞跡處。每與先生閣前鑑賞宣爐、自天鶏圓鼎外凡六七種。余有別記。同余最妙一二統散失於甲申乙酉。」
「わたしは別に記を作った」とあるのは、冒襄「訪昧庵記」（『樸巢文選』巻二）のこと。

(23) 趙汝珍『古玩指南』第六章「宣爐」（『古玩指南全編』と題して北京出版社　一九九二、また『古玩指南』中國書店　一九九三）。

(24) 『宣德鼎彝譜』『宣德彝器譜』『宣德彝器圖譜』など、明末にあらわれた宣爐に關する著作そのものが僞作かもしれないとされる。Rose Kerr, *Late Chinese Bronzes* (London: Victoria and Albert Museum, 1990) p.18, Paul Pelliot, "Le Prétendu album de Porcelaines de Hiang Yuan-pien," *T'oung Pao*, vol.32 (1936), pp.15-58. 以上は、王正華「女人、物品與感官欲望：陳洪綬晚期人物畫中江南文化的呈現」（『近代中國婦女史研究』第10期、二〇〇二）注73による。

(25) 「宣廟宮鑄鼎彝、及今所存、眞者十一、贋者十九。」

(26) 「物之佳者、或以人名、或以地名、或以代名。名雖不同、其爲物之佳則一也。如時之壺、哥之窰、張之爐、顧之繡、皆以人名者也。如幷州之剪、蒙山之茶、歙之硯、湖之筆、皆以地名者也。至商彝周鼎、秦璽漢碑則以代名者也。夫以一物之微而致煩一代之名、名之及其久也、代已亡而物尤不朽。豈物以代重耶。抑代以物傳耶。有明三百年間、物之佳者、不可勝數。而宣爐一種、則誠前無所師、後莫所繼、豈非宇宙間一絕妙骨董乎。」

(27) 「寒夜小室、玉幃四垂、毾㲪重疊、燒二尺許絳蠟二三枝。陳設參差、臺几錯列。大小數宣爐、宿火常熱、色如液金粟玉。細撥活炭一寸、灰上隔砂選香蒸之、歷半夜、一香凝然、不焦不竭、鬱勃氤氳、純是糖結。熱香間有梅英半舒、荷鵝梨蜜脾之氣、靜參鼻觀。憶年來共戀此味此境、恆打曉鐘、尚未著枕、與姬細想閨怨、有斜倚薰籃、撥盡寒爐之苦。我兩人如在蘂珠衆香深處。今人與香氣俱散矣。安得返魂一粒、起於幽房扃室中也。」

(28) 「姬之衣飾、盡失於患難。歸來澹足、不置一物。戊子七夕、看天上流霞、忽欲以黃跳脫摹之、命余書乞巧二字、無以屬對。姬云、曩於黃山巨室、見覆祥雲眞宣爐、款式絕佳。請以覆祥對乞巧。鐫摹頗妙。越一歲、釧忽中斷。」

(29) 「巢民生平多擁麗人、愛蓄聲樂、園林花鳥、法書名畫、充牣周旋。尤好賓客、家有水繪庵小三吾。客至必留連數十日、飲酒賦詩、淋漓傾倒而後去、有玉山淸閟之風。然自我觀之、巢民之擁麗人、非漁於色也。蓄聲樂、非淫於聲也。園林花鳥、飲酒賦詩、非縱酒泛交、買聲名於天下也。直寄焉爾矣。古之人胸中有感憤無聊不平之氣、必寄之一事一物、以洩其堙曖、如信陵君之飲醇酒、近婦人、嵇叔夜之鍛、劉玄德之結託、劉伯倫之荷鍤、米元章之拜石、皆是也。巢民寄意於此、著爲詩歌、盈篇累帙、使天下後世、讀其書、想見其人、卽以爲信陵元章何不可者。」

第三章　順治十四年の南京秦淮

はじめに

明末清初における南京の色町秦淮の繁榮と衰亡の記錄、余懷の『板橋雜記』巻下「張魁」の條では、清朝に入って十數年を經た順治十四年（一六五七）の秦淮の様子を次のように描いている。(1) 張魁は、明末の秦淮で人氣のあった洞簫の名手。

> 丁酉の年（順治十四年　一六五七）（張魁が）再び南京にやってきたところ、かつての歌臺舞榭は瓦礫の場と化していた。それでもなお、いたんだ板橋のあたりで洞簫を吹いてみた。すると、あばらやの中から一人の老姫が扉を開けて出てきて、「これは張魁官さまの簫の音だ」といって、ひとしきりむせび泣いたのであった。(2)

かつての繁華の巷は清初の混亂のさなかに焼け落ち、當時の南京秦淮は一場の廢墟となり果て、焼跡の陋屋にその昔を知る老姫が殘っているばかりといったありさまであったことが知られる。

明初に都が置かれ、北京に遷都してからも、天下の副都、江南の政治の中心であり續けた南京は、とりわけ明末の一時期、復社などの結社活動の舞臺として多くの人士が集まった場所であり、色町秦淮の繁榮もそれらの活動と深く結びついていた。崇禎十七年（一六四四）、李自成によって明王朝が滅亡した時、ただちに福王を擁立して臨時政府が樹立されたのも、この南京の地においてであった。しかしながら、福王（弘光帝）の臨時政府も、清の順治二年（一六四五）、南下した清軍の前にあっけなく潰え去ってしまう。『板橋雜記』に描かれていたように南京は荒れ果て、多くの人々は南京の地から離れ去っていったのであった。

ところが、張魁がその姿を見せたように、かつて秦淮を舞臺に活動し、その後ほとんどこの地を訪れることのなかった人々が、順治十四年のこの年、再び多く南京秦淮に姿をあらわしているのである。それはいったいどうしてなのだろうか。本章では、明末清初の文人、冒襄の活動を軸に、順治十四年の南京秦淮の狀況を探ってみることにしたい。

一、冒襄の順治十四年

すでに序章で述べたように、冒襄の活動はしばしば南京の地と結びついていた。冒襄にとって南京は、まずは科擧の鄉試の試驗場であって、崇禎三年（一六三〇）二十歳の時にはじめて鄉試に應じて以來、明王朝の滅ぶまで、三年ごとに南京に試驗を受けに出かけていたのである。そしてその間、崇禎九年（一六三六）の鄉試の折には、天啓年間に宦官魏忠賢によって殺された東林派六君子の遺児たちを招いて大宴會を催し、崇禎十二年（一六三九）に復社の人々が發表した阮大鋮糾彈の「留都防亂公揭」にも、冒襄はその名を連ねている。宴會の席で宦官派の阮大鋮を罵ったことで名を揚げたのもまた南京でのこと。さらに、『影梅庵憶語』の主人公である董小宛も、もと南京秦淮の妓女であった。その董小宛のうわさを冒襄は、吳應箕、方以智、侯方域らの「四公子」たちから耳にしていたのである。

政治的な活動に従い、同時に妓女との浮き名を流していた冒襄の、主たる活動の舞臺が南京秦淮だったのである。ところが、こうした冒襄も、清に入ってからしばらくの間、思い出の地である南京に足を踏み入れることはなかった。順治十一年（一六五四）には一度南京に姿を見せたようであるが、(3) この年、父を失い、三年の喪に服した。順治十四年は、冒襄にとって父の喪の明けた年でもあった。

順治十四年の秋ごろ、冒襄は南京を訪れて數ヶ月滯在し、この間になつかしい友人たちを集めて大宴會を催している。冒廣生『冒巢民先生年譜』順治十四年の條に「秋、同學故人の子弟を金陵に會した（秋會同學故人子弟於金陵）」とある。冒襄『同人集』卷九「哭陳其年詩」に收められる冒襄の「定惠寺哭和其年舊詩二首後、秋雨臥病、涙凝枕上。雜拉復和十八首、幽抑怨斷之鵾弦鐵撥、當知其哀也（定惠寺に哭して其年の舊詩二首に和して後、秋雨病に臥し、涙枕上に凝る。雜拉して復た十八首を和す。幽抑怨斷の鵾弦鐵撥、當に其の哀しきを知るべきなり）」詩（第二首）の注にも、

丁酉の夏、わたしは上江下江（安徽、江蘇）の亡友子弟九十四人を秦淮に會した。其年（陳維崧）がこの集まりを最初に言い出してくれたのである。その時、科擧に應じたものは少なかったが、みなわたしのために集まってくれた。(4)

とある。「鵾弦鐵撥」は琵琶のこと。ここに「夏」とあるのは單なる誤りか、あるいは夏のうちに南京に赴いたということであろう。會が開かれたのは、ほかの資料ではいずれも秋のこと、あるいは中秋の折のこととしている。丁酉は郷試の年であったが、先の崇禎九年（一六三六）、東林の遺兒たちを集めた會も、郷試の折に開かれていた。

順治十四年は、崇禎九年から數えてちょうど二十年目にもあたる。冒襄としては、この年の大會は、その若き日、人々の注目を集めた東林大會の再來を期するつもりもあったかと推測される。

「四公子」の一人である方以智は、この年、父の喪に服して安徽の桐城にあったが、この集まりのために「寄冒辟疆」の詩を作り（『合山欒廬詩』）[5]、自分が參加できなかった代わりに息子たちを參加させている。息子の一人、方中通の『陪詩』巻一「迎親集」には「丁酉秋日、父執冒樸巢大會世講於白門（丁酉秋日、父執冒樸巢大いに世講を白門に會す）」の詩が収められており、この詩の題下に、六十二名の參加者の名が記されている。「父執」は父の友人、「世講」は友人の子孫をいう[6]。

戴本孝（務旃）　董黄（徳仲）
麻乾齡（天爲）　侯玄泓（研徳）
魏允枏（交讓）　鄒擬海（子大）
彭師度（古晉）　周叔源（鄴侯）
沈泳（公浚）　鄒擬泗（子玉）
陳維崧（其年）　陳玉琪（賡明）
黄虞稷（俞邰）　徐寧（安士）
周積賢（壽玉）　周瑄（式玉）
戴移孝（無忝）　儲福益（友三）
陳維嵋（半雪）　李略（定遠）

陳燮（公理）　陳鍈（弢仲）
楊燁（震伯）　蔣無逸（在箴）
夏敬（無間）　沈掄（公梗）
沈泌（方鄴）　曹拱辰（星蕃）
侯曉（彥窒）　戴格孝（有懷）
吳孟堅（子班）　曹拱極（錫汝）
宮開宗（允大）　冒禾書（穀梁）
宮象宗（友夔）　陳維岳（緯雲）
沈鑑（公玄）　劉漢系（王孫）
孫中礎（肖武）　陳堂謀（大匡）
沈珽（公厚）　戴治孝（謀厥）
冒丹書（青若）　宋思玉（楚鴻）
梅庚（耦長）　石浄（月川）
沈鏗（孝瑟）　沈朔（大隱）
周允潔（心淵）　陳宗石（子萬）
冒褒（無譽）　蕭麗一（都京）
宋思弘（漢鷺）　冒裔及（爰及）
余の兄弟、田伯、中德、位白、中通、素北、中履、有懷、中發

先の盟約書は災害を被ったため残っておらず、記憶も完全ではないのだが、しばらくここに記録しておく（向者載書被災無存、記憶不全、姑録於此）。

ここには方氏兄弟をも含めて六十二名の名が見える。冒襄は九十四名といっていたのだが、資料が失われ、記憶によって記したという以上、いたしかたなかろう。これと合わせて、冒襄自身の詩集である『巣民詩集』巻三、巻四、及び冒襄の『同人集』巻六「丁酉秦淮倡和」に収める、この時に作られた詩の作者及び詩題中に名前の見える人々は、以下の通りである。＊を付したのは、前者のリストにあらわれない人である。

＊梅磊（杓司）　陳維崧（其年）
戴本孝（務旃）　呉孟堅（子班）
沈泌（方鄴）　周瑄（式玉）
陳堂謀（大匡）　劉漢系（王孫）
方中德（田伯）　＊許宸（菊溪）
＊龔鼎孳（芝麓）　＊王猷定（于一）
＊顧夢遊（與治）　＊杜濬（于皇）
＊紀映鍾（伯紫）　＊呉綺（園次）
＊劉䜌（輿文）　黄虞稷（兪邰）
方中通（位伯）　石洢（月川）
＊陶開虞（月嶠）　＊鄧漢儀（孝威）

＊劉師峻（峻度）

この二つのリストに登場する人々は、例えば戴本孝、戴移孝の兄弟は、明の滅亡に際して絶食して亡くなった復社成員、戴重の息子。呉孟堅は、復社の呉應箕の息子。陳維崧は陳貞慧の息子。呉應箕、陳貞慧はともに「四公子」。杜濬は、かつての復社成員にして明の遺民。侯玄泓は、清に抵抗し命を落とした侯岐曾の息子。紀映鍾は、やはり鍾山遺老と號した明の遺民、などなど、ある意味ではいずれも反清復明の心情を共有するといってよい人々が多くを占める。例えば安徽の桐城にあった方以智にもこの集まりの連絡が届いていたところを見ると、會は偶發的に行われたものではなく、事前に周到な準備が行われ、しかるべき人々に聲をかけていたことがわかる（本書末尾の「『同人集』目錄・所收詩文作者索引」では、謝正光編『明遺民傳記索引』に見える人名にしるしをつけておいた）。

このとき冒襄が作った詩の一つが、『巣民詩集』巻四「丁酉中秋後四日、陳其年方田伯呉子班劉王孫同兩兒雨宿秦淮寓館、卽席限韻（丁酉中秋の後四日、陳其年、方田伯、呉子班、劉王孫、兩兒と同に秦淮の寓館に雨宿す。卽席韻を限る）」である。この詩（其の一）を見てみよう。

交態驚看異世新　　交態　驚き看る　異世の新たなるを
流連風雨只斯人　　風雨に流連するは　只だ斯の人のみ
諸君合共連牀被　　諸君　合せ共にす　連牀の被
顧我深慚折角巾　　我を顧みれば　深く慚づ　折角巾
蕉鹿夢殘前事遠　　蕉鹿　夢殘（そこな）はれて　前事遠く
雪鴻爪寄此身貧　　雪鴻　爪は寄す　此の身の貧

莫言今夜難酬昔　　言ふ莫れ　今夜　昔に酬ゆること難きを
受電甘霜一寸塵　　電を受け霜を甘しとす　一寸の塵

世態人情すっかり變わってしまった。風雨の中、ずっといてくれるのは、ここにいる人たちばかりだ（この裏には、雨風のようなきびしい世の轉變を經て、生き殘っているのは、あるいはなおもつきあいがあるのは、われわればかりだ、の意を含む）。みんなベッドやふとんを共にした仲間。わが身を思うにつけ、風流者のかぶる折角巾などかぶった姿がはずかしい（反淸の直接的行動に出ていないことへの慚愧の念とも取れる）。蕉鹿は、鄭の人が、捕らえた鹿を芭蕉の葉で隱しておいたものの、その場所を忘れ、夢と消えてしまったという『列子』周穆王の故事。昔の夢、かつての野心も遠い昔の夢と消えてしまった。雪の上に鴻が足跡を殘すように、この世に殘る痕跡はといえば、この貧しき身ばかり。「雪泥」は、蘇軾の「和子由澠池懷舊」の「人生到處知何似、應似飛鴻踏雪泥（人生到る處知んぬ何にか似たる、應に飛鴻の雪泥を踏むに似たるべし）」による。今夜が昔のようでないといってはいけない。「受電甘霜」は、沈約「爲柳世隆讓封公表」に「遂使甘霜受電之心有同於餔歠（遂に甘霜受電の心をして餔歠に同じき有らしむ）」とある。塵世において、苦勞しつつ何とか生きているといったことのようで、全體が世の轉變を嘆く內容になっている。明の世と淸の世とのちがいが強調され、明の世にはあったおのれの夢がはかなくなってしまった嘆きにつながっている。

『同人集』の方には、この冒襄の詩に次韻した作が收められる。次韻を行う時には、もとの詩の內容を理解し、その上で、冒襄の詩で用いられている「新、人、巾、貧、塵」の字を韻字として用いることになる。少なくとも末尾の「塵」字は、どうしても「胡塵」「風塵」などを連想させる語句が來ることになる。陳維崧の和詩（『同人集』

巻六)。

金陵八月秋雨新
桃葉渡頭行少人
誰何侘傺脱皂帽
此生抑鬱遭黃巾
關塞一望悉兵馬
吾汝所憂非賤貧
便復蹋臂上床臥
今日天下少風塵

金陵八月　秋雨　新たなり
桃葉渡頭　少人行く
誰か何ぞ　侘傺して　皂帽を脱がん
此の生　抑鬱　黃巾に遭ふ
關塞　一望　悉く兵馬
吾汝の憂ふる所は　賤貧に非ず
便ち復た蹋臂して　床に上りて臥す
今日　天下　風塵少なし

秋雨のさなか、普段はにぎわっている秦淮の桃葉渡のあたりにも道行く人は少ない。「侘傺」「抑鬱」は、『楚辞』「離騷」に「忳鬱邑余侘傺兮、吾獨窮困乎此時也(忳として鬱邑し余侘傺し、吾獨り此の時に窮困す)」とあるのにもとづこう。「皂帽」は、魏の時代の隠者管寧がいつもかぶっていた帽子(『三國志』魏書、管寧傳)。失意によって「皂帽」を脱ぐ、つまり清に仕えることなどありえようか。この人生、黃巾の賊にあい、關塞のかなたは一望の兵馬、戰いばかりの日々である。そんななかで、仲間が集って腕をとりあって横になる。今日に限っては、天下に風塵は少ないのである。ここの人々の輪の中ではのんびり寝ていられるとは、逆にいえば、一歩外に出れば風塵が多いということでもある。あるいは末句は反語に讀んでもよいところかもしれない。戴本孝の作の第二首、頸聯と尾聯(『同人集』巻六)。

欲裹囊書隨夢遠　囊書を裹まんと欲して　夢の遠きに隨ひ
好將斗酒沃詩貧　好く斗酒を將ちて　詩の貧なるを沃す
相逢切莫輕轉蓬　相逢ひて切に轉蓬を輕んずること莫れ
看盡狂瀾海上塵　看盡くす　狂瀾海上の塵

めぐりあうことができたのだから、轉蓬のようだと輕く考えることはよそう。おたがいに荒れ狂う海上の塵を見飽きるほど見てきたのだから。この末句は、やはり明清の鼎革の嵐を經驗したことをいうであろう。

ところで、冒襄がしばらく遠ざかっていた南京に足を運び、秦淮でこの大會の行われた順治十四年の秋とはどのような時だったのであろうか。それは、顧啓『冒襄研究』（江蘇文藝出版社　一九九二）「冒襄余懷交遊考」（五五頁）が、

『同人集』巻六には「丁酉秦淮倡和」の輯がある。この時の唱和の縁起については、冒襄が同じく巻九「哭陳其年」の詩の連作の中で説明している。「丁酉の夏、わたしは上江下江（安徽、江蘇）の亡友子弟九十四人を秦淮に會した。其年（陳維崧）がこの集まりを最初に言い出してくれたのである。その時、科擧に應じたものは少なかったが、みなわたしのために集まってくれた。」この話はきわめて注目に値する。抗清殉國の友人の子孫たち九十四人が、冒老伯の招きに應じてそろって南京にやってきた。しかも大多數は、郷試に參加したわけでもない。しかも海上には、鄭成功の大軍が、いまにも北伐を計畫し、南京を攻略しようとしている。これは決して偶然ではない。

と示唆するように、ひとことでいうならば、南の方で鄭成功が勢力を強め、反清復明をめざした北伐、とりあえずの目標としての南京攻略の機をうかがっていた時なのである。廣東で兵を擧げ、次第に北上して福建の廈門を根據地とした鄭成功は、順治十二年（一六五五　永暦十年）、廈門を思明州と改め、北上して浙江の溫州、台州を攻略、さらに舟山を根據地とするに至り、この順治十三、十四年前後の時期には、清軍との間で一進一退の戰いをくりひろげていた。後のことながら、順治十五年（一六五八）には長江をさかのぼって南京に攻め上ろうとしたものの、長江河口の羊山で台風にあって失敗。翌順治十六年の三月には再び陣容を立て直して一氣に長江をさかのぼり、瓜州、鎭江を攻略して南京に迫ったが、もう一歩のところで破れ去った。順治十四年とは、鄭成功による明朝回復軍が南京に迫る直前、まさに風雲急を告げようとしていた時期なのであった。(7)もちろん冒襄たちが、順治十四年の秦淮大會が反清復明の意圖を持った集まりであることを明言した文字を殘すはずはないのだが、狀況から、また先に見た詩の背後にうかがわれる心情から判斷して、こうした推測をあながち否定することはできないであろう。いま見た戴本孝の詩の「海上の塵」は、あるいは鄭成功の軍隊を暗示しているのかもしれない。

二、龔鼎孳の順治十四年

錢謙益、吳偉業とともに清初詩壇の江左三大家の一人に數えられる龔鼎孳（明萬曆四十三年　一六一五〜清康熙十二年　一六七三、合肥の人）は、明の崇禎七年（一六三三）の進士。兵科給事中であった時、明王朝の滅亡に遭遇し、李自成に捕らえられて直指使の職につき、清が入關した時にも引き續き同じ官についている。その龔鼎孳は、順治十三年、左遷されて上林監丞として廣東に赴いたが、その歸途、順治十四年に、しばらく南京に滞在している。先に擧げた冒襄『同人集』巻九「哭陳其年詩」に收められる冒襄の前掲「定惠寺に哭して其年の舊詩二首に和して後、秋雨病に臥し、涙枕上に凝る。雜拉して復た十八首を和す。幽抑怨斷の鵾弦鐵撥、當に其の哀しきを知るべきなり」詩の第八首の注に、

丁酉（順治十四年　一六五七）、わたしは溉水先生（龔鼎孳）との約束に應じて、はじめて秦淮にやってきた。その時、其年（陳維崧）たち諸子は從って遊ぶことはなはだ多かったが、出かけていって貴人にお目にかかろうとは思っていなかった。ある日、溉水先生（龔鼎孳）がたずねてこられ、枕許に眞の英雄がいるのに、どうしてわたしに會わせようとしないのか、といって大いに出てくることを求めた。翌日の中秋の日、大きな宴會があり、酒の半ばで芝居を止めて「清溪中秋」の四韻を定めて七言律を作った。溉水先生は、その場で、誰がすぐに詩ができるかを賭けて競わせた。その晩には、其年の四律が溉水先生に先んじてできあがった。先生は嘆賞して筆を投げ捨て、かくして心交を結んだのであった。(8)

とある。龔鼎孳と陳維崧とがこの時はじめて會ったことを記すが、「丁酉、わたしは溉水先生（龔鼎孳）との約束に應じて、はじめて秦淮にやってきた」とあり、冒襄は、龔鼎孳との關係によって南京に出て來たと述べている。龔鼎孳と冒襄には、すでに以前からつきあいがあった。冒襄は董小宛を側室とし、龔鼎孳は顧媚を側室とした。二人ともに秦淮の名妓である。冒襄の『影梅庵憶語』には、

乙酉の年（順治二年　一六四五）、鹽官（海鹽）に寄寓した時、よく友人たちから書物を借りて讀んだ。變わっ

た珍しい記事があると、彼女（董小宛）に命じて書き寫させた。彼女は女性に關わる記事があると、別に一冊のノートに書き寫していった。家に歸ってから、いっしょに諸書をあまねく捜してそれを續けて完成させ、『奩豔』と名づけた。その書は珍しく變わっていて詳しくもあり、昔の女性について、頭のてっぺんから足の先まで、衣服食事家具、亭臺歌舞、裁縫や文才から下は禽獸鳥魚、無情の草木に至るまで、少しでも情に關わるものであれば、香わしく美しい言葉で表現し收錄したのである。今彼女の細かい文字で書かれた赤い原稿紙が、項目ごとに分類整理されて化粧箱の中にはいっている。昨春、顧夫人（顧媚）が遠くから彼女に借りて讀み、龔奉常（龔鼎孶）がそのすばらしさをほめちぎり、出版することを勸めた。わたしはすぐにでも、悲しみをこらえ、これを校訂し職人を集めて、彼女の志を遂げてやらなければなるまい。(9)

とあって、董小宛が『奩豔』と題する歷代の女性に關する資料集を編んだ際、龔鼎孶と顧媚がそろって賞贊し、出版を勸めていたことがわかる。順治七年（一六五〇）、冒襄四十歲の誕生日の折、龔鼎孶は冒襄と董小宛とのことを長編の詩に詠じた「金閶篇」（『定山堂詩集』卷三）を作っている。

龔鼎孶が廣東からの旅の歸り道、南京にしばらく滯在し、冒襄をわざわざ呼び出しているのは、あるいは廣東にあって、鄭成功らの動向をつぶさに知り、それを江南の志士遺民たちに傳える意味があったとも推測される。そして、まさしくこの丁酉の年、順治十四年の南京秦淮で、龔鼎孶と顧媚をめぐる大きな會が開かれたことが、余懷の『板橋雜記』卷中「顧媚」の條に見える。

丁酉（順治十四年　一六五七）の年、尙書（龔鼎孶）は夫人（顧媚）を連れて再び金陵を訪れ、市隱園の中林堂に假住まいした。夫人の誕生日にあたっては、燈りをともして宴席を設け、賓客數十百名を招待し、老優の郭長春らに命じて芝居を演じさせた。酒客の丁繼之、張燕筑及び二王郎（中翰の王式之、水部の王恆之）が『王母瑤池宴』を演じた。夫人は珠簾を垂らして、かつてともに南曲（秦淮の舊院）で姉妹と呼び合った者たちを招いて宴席に參加させ、李大娘、李十娘、王節娘らがみなそこにあった。その時、尙書の門人であった楚の嚴某（嚴正矩）は浙江の監司として赴任するところであったが、逗留して樽下に居り、簾を掲げ、跪いて杯を捧げ持ち、「それがし一獻獻じようと存じます」といったので、座っていた者はみな席を立って跪いた。夫人は喜んで三杯を飲み干し、尙書もはなはだ滿足であった。わたしは吳園次（吳綺）、鄧孝威（鄧漢儀）とともに長歌を作ってその事を記した。やがて（顧夫人は）北京に歸って、病氣で亡くなった。納棺の時には、老僧の相を現じた。弔う者の車が數百臺、榮譽をきわめたことであった。姓を徐氏と改め、世はまた徐夫人と稱した。尙書は『白門柳傳奇』を作り、世に行われた。(10)

順治十四年の南京秦淮においては、冒襄による會といい、龔鼎孳による顧媚の誕生宴會といい、明末當時を思い起こさせるような、にぎやかな催しが次々に繰り廣げられていた。(11)龔鼎孳と顧媚の會の背景にどのような政治的意圖があったのかはわからない。だが、ここに參加者として名前の見える丁繼之について、陳寅恪は『柳如是別傳』第五章「復明運動」（上海古籍出版社　一九八〇）一〇七五頁において、

丁氏の水閣は、この當時、鄭延平（鄭成功）の南京攻略計畫に呼應する活動の中心であり、丁繼之がこの活動において、やはり重要な位置を占めていたことは言を俟たない。

と述べている。この丁繼之と深い關係を持っていたのが、やはりこの順治十四年に南京を訪れたもう一人の大物、錢謙益であった。

三、錢謙益の順治十四年

錢謙益は、福王政權において禮部尙書となり、清の南京攻撃の折、清に降って官につくが、ほどなく官を辭し、鄕里の常熟に戻っている。その錢謙益も、順治十四年前後、しきりに南京を訪れている。順治十三年には、「丙申春、就醫秦淮、寓丁家水閣、浹兩月。臨行作絶句三十首留別、留題不復論次（丙申の春、醫に秦淮に就き、丁家の水閣に寓すること兩月に浹る。行くに臨みて絶句三十首を作り留別す。留題復た次を論ぜず）」（『牧齋有學集』巻六「秋槐詩別集」）の作がある。この時、錢謙益はほかでもない丁繼之の家に滯在していたのであるが、陳寅恪は、ここに病氣とあるのは怪しいと述べている（『柳如是別傳』第五章「復明運動」、一〇七三頁）。

また順治十三年には、錢謙益『牧齋有學集』巻七「長至前三日、呉門送龔孝升大憲頒詔嶺南兼簡曹秋岳左轄四首（長至前三日、呉門に龔孝升大憲の詔を嶺南に頒つを送り兼ねて曹秋岳左轄に簡す、四首）」があって、廣東に赴任途中の龔鼎孳と會っていることがわかる。あるいはひそかに嶺南の様子を探るよう指示していたのかもしれない。また錢謙益の「秦淮雜題」第九首には、「丁酉秋日、與龔孝升言別金陵（丁酉秋日、龔孝升と別を金陵に言ふ）」の注記があり、順治十四年、龔鼎孳が南京を離れて再び北京に向かおうとした時に、また錢謙益は詩を作って送っている。

その錢謙益の順治十四年における詩作を集めた『牧齋有學集』卷八「長干塔光詩集」には、「秦淮水亭逢舊校書賦贈十二首　女道士淨華」「秦淮華燭詞」「金陵雜題二十五首」などが收められている。柳如是との關係もあって、秦淮の色町ともひとかたならぬ關係のある錢謙益が、この年に、秦淮懷舊の詩をまとめて作っているのである。例えば「秦淮水亭逢舊校書賦贈十二首　女道士淨華（秦淮水亭に舊校書に逢ひ賦贈す十二首　女道士淨華）」の第四首。

目笑參差眉語長
無風蘭澤自然香
分明十四年來夢
是夢如何不斷腸

目笑　參差として　眉語長し
無風の蘭澤　自然の香
分明なり十四年來の夢
是の夢　如何（いかん）ぞ腸を斷たざらん

十四年前とはまさしく明の滅亡の年である。その頃になじんだ妓女と再會した思いを述べ、世の轉變に腸が斷たれるようだと述べている。そして「金陵雜題二十五首、繼乙未春留題之作（金陵雜題二十五首、乙未春留題の作に繼ぐ）」。その第一首目は、

淡粉輕煙佳麗名
開天營建記都城
而今也入煙花錄
燈火樊樓似汴京

淡粉　輕煙　佳麗の名あり
開天の營建　都城を記す
而今　也（ま）た煙花の錄に入り
燈火　樊樓　汴京に似たり

「淡粉」「輕煙」は明初、南京に作られた十六樓の名。南京の妓樓は、唐の開元、天寶の盛時を思い起こさせる。宋の都汴京（開封）の盛り場では樊樓が繁昌していた。その樊樓は、いまでは煙花の記録（ここではおそらく『東京夢華錄』を指そう）の中にしか殘っていない。それと同じように殷賑をきわめた秦淮の妓樓も、今では記錄のうちにしか殘っていないのだ。後に余懷の『板橋雜記』巻上に「金陵雜題」の一項を設け、錢謙益のこの一連の詩を紹介しているが、「金陵雜題」詩に一貫してうかがわれる、いまは衰滅してしまった南京秦淮をなつかしむ氣持ちは、余懷の『板橋雜記』にも通底するものであった。第二首目には、「舊院の馮二、字は翫采」という自注がある。

一夜紅箋許定情　　一夜　紅箋　定情を許す
十年南部早知名　　十年　南部　早くより名を知る
舊時小院湘簾下　　舊時　小院　湘簾の下
猶記鸚哥喚客聲　　猶ほ記す　鸚哥　客を喚ぶの聲

南部は、揚州における隋の煬帝の豔冶のさまから、色町をあらわす。十年も前から名前ばかりを聞き知っていた馮二と契りを交わすことができた。紅箋は、妓樓を訪れた際、名前を書く紅い紙。彼女にはじめて會った時、湘簾のかかる中庭で、客が來たことを告げて鸚鵡が鳴いた。この妙に細かい記憶が、かえって彼女との思い出を生々しく傳えている。錢謙益の秦淮の詩は、いずれも個人的な思い出とつながっているのである。妓樓にお客が來たことを鸚鵡が告げることは、『板橋雜記』巻上にも見えている（妓樓と鸚鵡については第一部付論二を參照）。

これらの詩は、いずれも秦淮の繁華を心からなつかしむ詩である。錢謙益は、清に仕えながら、反清運動にも關わっていたとされる人物であるが、その錢謙益が、順治十四年、明朝の囘復があるいは成就するかもしれないと思われたこの年、南京秦淮懷舊の詩を多く作っていることはなかなか興味深い。

鈔本の形で傳わる錢謙益の『投筆集』に、杜甫の「秋興八首」に次韻した「金陵秋興八首次草堂韻」詩がある（順治十六年の作）。そこには、

掃穴金陵還地脈　　穴を金陵に掃きて　地脈を還し
埋胡紫石慰天心　　胡を紫石に埋めて　天心を慰む

鄭成功の軍隊がやってきて、胡すなわち清の軍を追い拂ってくれる願いを露骨に詠じており、明朝の囘復に望みをかけていた様子がうかがわれる。もっとも、意地悪く考えるならば、もしも再び鄭成功による南京奪囘が成就した場合、清朝に仕えた經歴を持つ錢謙益たちは、再び難しい立場におかれることになる。この詩には、その時のためのいわば「アリバイ」としての意味もあったかもしれない。

『吉川幸次郎遺稿集』第三巻「清順康詩説　顧炎武第九」（筑摩書房　一九九五）に引く顧炎武の「桃葉歌」（『亭林詩集』巻二　順治十三年の作）も、南京秦淮に寄せて亡國の悲しみを歌った詩である。鄭成功の影が見えはじめる順治十四年ごろ、多くの人々が南京に姿をあらわし、明末當時を思い起こさせるようなさまざまな活動を行うとともに、秦淮懷古の詩が多く作られていることがわかる。

四、余懷の順治十四年

秦淮懷古といえば、これまでにも何度かその文章を引用した余懷の『板橋雜記』である。『板橋雜記』は、明末清初南京秦淮の繁華の記録として、最もよく知られる作品である。

余懷（明萬暦四十四年　一六一六～清康熙三十五年　一六九六）は、福建莆田の人であるが、長く南京に住み、南京國子監生として、南京で科擧の郷試を受けていた。余懷の「板橋雜記序」によれば、崇禎十二年（一六四〇）、十三年（一六四一）ごろ、南京兵部尚書范景文の幕客になった。

余懷が、康熙十九年（一六八〇）冒襄の七十歳の誕生日のために書いた「冒巢民先生七十壽序」（『同人集』巻二）には、

> 思い起こせば、わたしが巢民とつきあいはじめたのは、己卯（崇禎十二年）、庚辰（崇禎十三年）の頃であった。わたしは巢民より五歳年少で、兄としてつかえていた。その當時、東南の地方には事もなく、各地の名士たちがみなここに集まり、副都の雨花臺や桃葉渡のあたりはつねに舟車があふれていた。わたしも當時は意氣盛んで、得意になってみずから雄なりと思い、諸々の名士たちとともに後漢の人のような氣節を勵まし合い、六朝の人のような才藻を發揮して、清議を把持し、俗に逆らい、布衣の權が將相よりも重いといったありさまであった。巢民もまた昂然と豪華をほこって、一時を睥睨していたのであった。(12)

とある。崇禎十二年は、序章で見たように、復社の人々が阮大鋮彈劾の「留都防亂公揭」を出したその年である。余懷の名は、この公揭に署名した百四十名の中に見えないが、冒襄と余懷、この二人はこの時の南京で出會っている。冒襄も秦淮の色町に通じ、余懷もまた秦淮の色町に盛んに出入りしていたのである。

わずか數年の後、崇禎十七年の三月、明王朝が滅亡する。余懷の仕えた范景文は、そのとき宰相として北京に

あり、井戸に身を投げて明王朝に殉じた。余懷は、王朝の滅亡によって、政治の世界に身を置く氣をすっかりなくしたようで、その後は淸に仕えず、明の遺民としての日々を送り、やはり遺民としての日々を送っていた冒襄とも行き來していたことが、冒襄の『同人集』に收められた諸作によって知られる。

その余懷もまた、先に引用した『板橋雜記』巻中「顧媚」の條に見えるように、順治十四年に南京秦淮にあり、龔鼎孳の會に參加していたのである。この時の余懷について、これ以上詳しいことはわからない。しかし、明王朝の滅亡後、復明運動にも加わっていたとされる余懷のことであるから、この年の南京滯在には、冒襄のそれと同じような政治的意圖があったのではないだろうか。

『板橋雜記』の中には、錢謙益の「金陵雜題」や後で觸れる王漁洋の「秦淮雜詩」（康熙十八年　一六七九の作）も引用されており、『板橋雜記』が完成したのは、明王朝が滅亡してから五十年近くの年月を經た康熙三十二年（一六九三）のことであった。しかし、『板橋雜記』は、明王朝滅亡後の明王朝追慕という意味で、先に見た錢謙益の秦淮懷古の詩とそのモチーフを同じくしている。余懷の「板橋雜記序」は、こうした余懷の精神のあり方を考える上で重要な資料である。

「板橋雜記はなんのためにお書きになるのでしょうか」

と聞かれたことがあるので、

「なにかの役に立つと思いまして」

と答えたところ、さらにこうたずねられた。

「一代の興隆と衰微、千年の感慨といえば、詩によみ文に書きとどめねばならないものは、限りがございません。それなのにあなたは、書くといえば狹斜の巷のこと、後の世に傳えるといえば、豔っぽいことというのでは、放縱にすぎはしないでしょうか」

そこでわたしは、にっこり笑っていったものだ。

「いや、王朝一代の興隆と衰微、千年の長きにわたる數々の思いが、そこにこそつながっているというものです。金陵は昔は佳麗の地といわれておりまして、政治も文化も江南の地において榮えましたし、風雅の道も天下にならぶものなく、白下の青溪、桃葉の團扇などと、豔麗なことが多いのでした。（中略）わたしはこの世に生を享けることおそく、南部の煙花や宜春の子弟たちを見ることができませんでしたが、太平の世の中に人となりましたおかげで、たまたま北里の遊びをすることができました。長板橋のほとりで詩を作ったり吟じたりして、われながらうまいものだなど、得意になっていますが、それでもわたしの詩は、美姬たちの口から口へと傳えられています。彼女たちは可愛らしい目もとで、うち見るかと思えば、嬌態を作って氣を引くので、わたしの方でも平安なときの杜書記（杜牧）だなどと、うぬぼれてもみるのです。今の清のご時世となりましてこのかた、時移り物變わり、十年は昔の夢、揚州の繁華のさまも捨てがたいとは申せ、かつての歡樂の巷も草の茂るがまま、紅き拍板に合わせての妙なる舞や、淸らかな歌聲も、もはや聽こうにも聽けません。また洞房のあやぎぬ、青簾に刺繡した窗掛けなど、見たくても見ることもできません。名花・瑤草、錦瑟・犀毗も鑑賞しようにも、かなわぬ次第です。

ときたまそのあたりを通りすぎると、みわたす限りよもぎとあかざばかり、樓館も燒け失せて灰となり、美人の姿も塵土に埋もれ、盛者必衰の感慨これに過ぎるものがあるでしょうか。鬱々とした氣持ちは晴れそうにもありません。にわかに世の亂れに逢いましたわたしは、過ぎにし日々のことどもを靜かに想いうかべますと、ただわけもなく懷舊の情をおぼえるのです。

そこでいささか見聞したことを書き記し、書物にしようと思っています。『東京夢華錄』を眞似て、明のみかどの龍顏うるわしかりし世を、しのぶよすがとしたいわけで、狹斜の巷のことや、豔っぽいことばかりを書き殘そうとするのでは、決してございません」

すると、その人は雀躍して立ち上がるといった。

「そういうことでございましたら、是非ともお書きねがいます」

右のようなわけで、板橋雜記を書くことにしたのである。

（岩城秀夫譯『板橋雜記・蘇州畫舫錄』平凡社　東洋文庫による）[13]

彼の青春も、その舞臺であった秦淮も、すべて明王朝の滅亡とともに烏有に歸してしまった。殘っているのは、美しい記憶ばかり。余懷にすれば、今となっては、その美しい記憶を記錄に殘すことに生き甲斐を見出さざるを得ない。そしてまた、ここでは秦淮の色町と美女たちが明王朝の繁榮の象徵として描かれていることに注意したい。明の世の秦淮と現在の淸の世の秦淮、輝かしい繁華の世界と草の生い茂る廢墟との對比は、かなり明瞭な政治的メッセージと見ることも可能である。[14]『板橋雜記』には、巻中の葛嫩の場合のように、淸初の爭亂のさなか、壯絕な最期を遂げた妓女の傳も收められている。葛嫩は、武人の孫克咸に身請けされた。

甲申の變の時、克咸は家を雲間（松江）に移し、間道づたいに閩に入り、監中丞の楊文驄の軍事を授けられたが、戰いに敗れて捕らえられ、葛嫩もいっしょに縛についた。主將は彼女を犯そうとしたが、聽かばこそ、舌を咬みきって、血を口にふくみ、主將の顏に吹きかけたから、主將は手づから刃にかけてしまった。克咸は葛嫩が節を守って死んだのを見て、聲高らかに笑うと、「孫三は今日こそ登仙するぞ」といい、彼も殺された。楊文驄父子三人も、同日、難に殉じた。[15]

清の將軍の刃にかかった秦淮の妓女を、完全に同情的な立場から描いているのである。余懷はまた、南京を回顧した「詠懷古跡」詩の序で次のようにいっている。

金陵は六朝建都の地であって、山水風流、天下第一であった。喪亂以來、多くは茂草になってしまった。わたしはひまな日に古跡をたずねて歩き、それを歌詠にあらわして、採風に備えようとした。しかし河山に目を擧げれば、第宅に心傷つくばかり。華清も夢のようであり、江南は悲しむべきである。その悲しいありさま、言葉にするにたえようか。[16]

「擧目」は『晉書』王導傳に見える「風景不殊、擧目有江河之異（風景殊ならざるも、目を擧ぐれば江河の異あり）」という周顗の言葉。晉が南渡した折、洛陽をなつかしんだ言葉である。また「江南可哀」は、庾信の「哀江南賦」を意識したいい方、華清は玄宗楊貴妃の悲戀を思い起こさせる。ここに見える發想もまた、「板橋雜記序」のそれと通じるものがある。

余懷の詞集『玉琴齋詞』に收める「青玉案　思鄉」。

秋來夢繞秦淮路　　秋、夢は秦淮をかけめぐる
看天外鴻飛去　　空のかなた、鴻が飛び去ってゆく
帆影斜陽邀笛步　　水邊落日の帆影、邀笛步

美人歌扇　　こころひかれる
酒徒裘馬　　美人の歌扇
總是關情處　　酒徒の裘馬
綠楊紅豆今遲暮　　綠柳、紅豆も今や夕暮れ
盻斷家鄉霜滿戶　　家鄉を見やれど霜ばかり
陳花梁臺狐與兎　　古き昔の梁臺も今や狐兎のすみか
烏衣巷口　　烏衣巷口
杏花村畔　　杏花村畔
一夜溪堂雨　　一夜溪堂の雨

夕暮れ時の物思い。邀笛歩は、晉の時代、笛の名手であった桓尹が、王徽之のためにみごとな笛を聞かせた場所。ところは秦淮、桃葉渡の近くである。梁臺は、六朝の梁の頃の樓臺。余懷の記憶にある明の末の秦淮の華やかなさま、そのかなたには六朝時代のきらびやかな記憶が横たわっている。しかし目前にあるのは、秋の夕暮れの弱々しい日の光、そしてさびしい秋の雨の音ばかりである。

輝かしい過去の記憶があるからこそ、現在のさびしさがひきたつのである。

回憶文學の作品は、何かが失われて一定の時間がたつことによってひとりでに生まれるとは限らない。錢謙益の「金陵雜題」詩、余懷の『板橋雜記』などの場合、順治十四年前後の政治的な動きが、その成立を促したと見ることができるのではなかろうか。(17)

五、結　び

順治十四年の南京秦淮には、冒襄、龔鼎孳、錢謙益をはじめとする多くの人々がやってきた。それはおそらく鄭成功の明朝回復運動の展開と關わっており、かつての政治青年たちの血がたぎるといった狀況だったかと想像される。秦淮は再び明末復社の活動據點だった頃の意味を取り戻そうとしていたかのごとくであり、そういった場で、かつての秦淮をなつかしむ詩も作られはじめたのである。

そこにおこったのが、前章で觸れた江南科場案である。まさしくこの丁酉の年、冒襄らが復社の子弟たちを集めて宴會を開いていたその南京での鄕試に不正があったことが摘發され、一大疑獄事件に發展したのであった。順治十四年の江南鄕試の合格發表の後、試驗官の不正が人々のうわさにのぼった。順治帝は、禮部、刑部に命じてきびしく追究するよう命じ、翌順治十五年の十一月、主考官、副考官、そして同考官十七名、合わせて十九名が死罪、賄賂を送ったとされる學生たちは、家產を籍沒のうえ、父母兄弟妻子みな寧古塔に流刑、との處斷が下されたのであった。これはある意味では、江南、南京における不穩な動きに對して淸朝側の下した鐵槌だったともいえるかもしれない(18)。

最後に文學史上の順治十四年の意味にも觸れておきたい。この年は、「一代の正宗」と稱された王漁洋が、その名を高からしめた「秋柳」詩四首を作った年にあたる(19)。

秋來何處最銷魂　　秋來　何れの處か　最も銷魂なる

殘照西風白下門　　殘照　西風　白下の門
他日差池春燕影　　他日　差池たり　春燕の影
祇今憔悴晩煙痕　　祇今　憔悴す　晩煙の痕
愁生陌上黃驄曲　　愁は生ず　陌上　黃驄の曲
夢遠江南烏夜村　　夢は遠し　江南　烏夜の村
莫聽臨風三弄笛　　聽くこと莫れ　風に臨む　三弄笛
玉關哀怨總難論　　玉關　哀怨　總て論じ難し

「秋柳詩」は、王漁洋が山東濟南での鄉試に應じた時に作った詩であるが、その想像上の舞臺は、「白下」すなわち南京なのであり、南京懷舊の詩なのである。この詩が作られるや、全國各地の多くの人々が和詩を作った。冒襄もまた「秋柳詩」に和した一人で、その和詩が、「和阮亭秋柳詩原韻」と題して『巢民詩集』巻四に收められている。順治十四年というこの年、南京懷舊というテーマが、それだけ人々の心を搖り動かしたことがわかる。王漁洋は、順治十五年（一六五八）進士に及第し、順治十七年（一六六〇）には揚州府推官に任ぜられる。順治十八年（一六六一）三月には南京に赴き、秦淮の丁繼之の家に滯在している。汪琬の「白門集序」（漁洋は南京での詩を集めて、最初、『白門集』を編んだ）によれば、丁繼之の家は、秦淮邀笛步のすぐ近くにあった。丁は時に七十八歳であったが、漁洋にみずからの見聞した舊院の故事を仔細に語って聞かせ、漁洋はその話をもとに「秦淮雜詩」を作った、とある。丁繼之はまだ健在であり、いわば秦淮の語り部になっていた。

傅壽青歌沙嫩簫　　傅壽の青歌　沙嫩の簫

紅牙紫玉夜相邀　　紅牙　紫玉　夜　相邀(むか)ふ
而今名月空如水　　而今　名月　空しきこと水の如し
不見青溪長板橋　　見ず　青溪　長板橋

傅壽も沙嫩も、音樂をよくした名妓。紅牙はカスタネット。紫玉は簫のこと。舊院では、かつてこれらの名妓たちが、毎晩のように、美しい音樂を奏でていた。しかし、戰亂によって、秦淮舊院の象徵ともいえる長板橋もなくなってしまい、今ではただ月が空しく秦淮の水を照らすばかり。

懷舊の詩とはいっても、いかにも無力感のただよう詩である。それはまた、この詩が作られた順治十八年という年が、鄭成功による巻き返しも完全に失敗に終わった後に作られていることと關わっているのかもしれない。明王朝の復活がなるかと人々に思わせたという政治的意味においても、また回憶文學の誕生という文學的意味においても、順治十四年の南京秦淮は、一つの重要な意味をになった場であったということができるであろう。

注

（1）余懷の『板橋雜記』には、岩城秀夫譯『板橋雜記・蘇州畫舫錄』（平凡社　一九六四）がある。
（2）「丁酉再過金陵、歌臺舞榭、化爲瓦礫之場。猶於破板橋邊、一吹洞簫。矮屋中、一老姫啓戶出曰、此張魁官簫聲也。爲嗚咽久之。」
（3）冒襄『同人集』巻五に戴移孝の「甲午秋遇辟翁年伯於金陵客舍感賦（甲午秋、辟翁年伯に金陵客舍に遇ひ感賦す）」がある。甲午は、順治十一年である。
（4）「丁酉夏、余會上下江亡友子弟九十四人於秦淮。其年首倡斯集、時應制者少、咸爲余至。」

（5）任道斌『方以智年譜』（安徽教育出版社　一九八三）順治十四年の條に引くものによる。

（6）上海圖書館に藏される方中通『陪詩』の閲覽については、當時上海復旦大學に留學中であった田中智行君のお世話になった。記して感謝したい。

（7）鄭成功の事跡については、顏興『鄭成功復明始末記』（臺南鳴雨廬　一九五三）「誓師北伐進兵江南」、黃典權編『鄭成功史料合刊』（海東山房　一九五七）ほかを參照した。

（8）「丁酉、余應淝水先生約、始到秦淮。時其年諸子從遊甚衆、尙不欲出見貴人。一日淝水過訪云、床頭有眞英雄、忍不令余見、大索出之。次日中秋廣讌、酒半停劇、限淸溪中秋四韻七言律。淝水卽席賭詩、八叉立就。此夕其年四律先淝水成、先生歎賞擲筆、遂締心交。」

（9）「乙酉客鹽官、嘗向諸友借書讀之。凡有奇僻、命姬手抄。姬於事涉閨閣者、則勒錄一帙。歸來與姬遍搜諸書、續成之、名曰奩豔。其書之瑰異精祕、凡古人女子自頂至踵、以及服食器具、亭臺歌舞、針神才藻、下及禽魚鳥獸、卽草木之無情者、稍涉有情、皆歸香麗。今細字紅箋、類分條析、俱在奩中。客春、顧夫人遠向姬借閱此書、與龔奉常極讚其妙、促繡梓之。余卽當忍痛爲之校讐鳩工、以終姬志。」

（10）「歲丁酉、尙書挈夫人重過金陵、寓市隱園中林堂。値夫人生辰、張燈開宴、請召賓客數十百輩、命老梨園郭長春等演劇。酒客丁繼之、張燕筑及二王郎（中翰王式之、水部王恆之）串王母瑤池宴。夫人垂珠簾、召舊日同居南曲呼姊妹行者與燕、李大娘、十娘、王節娘皆在焉。時尙書門人楚嚴某、赴浙監司任、逗留居樽下、褰簾長跪、捧巵稱賤子上壽。坐者皆離席伏。夫人欣然爲罄三爵、尙書意甚得也。余與吳園次、鄧孝威作長歌紀其事。嗣後、還京師、以病死。斂時、現老僧相。弔者車數百乘、備極哀榮。改姓徐氏、世又稱徐夫人。尙書有白門柳傳奇行於世。」

（11）吳綺『林蕙堂全集』卷十三に收める「中林堂望月次芝麓先生」二首は、この年南京で、龔鼎孳らとともに詠じた作であろう。

（12）「憶與巢民交在己卯庚辰之際。余少巢民五歲、以兄事之。當是時、東南無事、方州之彥咸集、陪京雨花桃葉之間、舟車恆滿。余時年少氣盛、顧盼自雄、與諸名士厲東漢之氣節、掞六朝之才藻、操持淸議、矯激抗俗、布衣之權重於將相。巢民以兀傲豪華、睥睨一時。」

（13）「或問余曰、板橋雜記何爲而作也。余應之曰、有爲而作也。或者又曰、一代之興衰、千秋之感慨、其可歌可錄者何限、而子唯狹邪之是述、豔冶之是傳、不已荒乎。余乃听然而笑曰、此卽一代之興衰、千秋之感慨所繫、而非徒狹邪之是述、豔冶之是傳也。金陵古稱佳麗地、衣冠文物盛於江南、文采風流甲於海內。白下青溪、桃葉團扇、其爲豔冶也多矣。（中略）余生也晚、不及見南部之煙花、宜春之弟子。而猶幸少長承平之世、偶爲北里之遊。長板橋邊、一吟一詠、顧盼自雄。所作歌詩、傳誦諸姬之口、楚潤相看、態娟互引、余亦自詡爲平安杜書記也。鼎革以來、時移物換。十年舊夢、依約揚州、一片歡場、鞠爲茂草。紅牙碧串、妙舞輕歌、不可得而聞也。洞房綺疏、湘簾繡幕、不可得而見也。名花瑤草、錦瑟犀毗、不可得而賞也。間亦過之、蒿藜滿眼、樓館劫灰、美人塵土。盛衰感慨、豈復有過此者乎。鬱志未伸、俄逢喪亂、靜思陳事、追念無因。聊記見聞、用編汗簡、效東京夢華之錄、標崖公蜆斗之名。豈徒狹邪之是述、豔冶之是傳也哉。客躍然而起、曰、如此、則不可以不記。於是作板橋雜記。」

（14）Wai-yee Li, The Late Ming Courtesan : Invention of a Cultural Idea, in *Writing Women in Late Imperial China*, ed. Ellen Widmer and Kang-i Sun Chang (Stanford : Stanford University Press, 1997), pp.46-73.

（15）「甲申之變、移家雲間、間道入閩、授監中丞楊文驄軍事。兵敗被執、竝縛嫩。主將欲犯之。嫩大罵、嚼舌碎、含血噴其面。將手刃之。克咸見嫩抗節死、乃大笑曰、孫三今日登仙矣。亦被殺。中丞父子三人同日殉難。」

（16）「金陵、六朝建都之地、山水風流、甲於天下。喪亂以來、多爲茂草。予以暇日、尋攬古跡、形諸歌詠、以備採風。然舉目河山、傷心第宅、華清如夢、江南可哀。其爲悱惻、可勝道哉。」

（17）余懷については、小塚由博「明末清初文人研究——余懷とその交遊關係を中心にして——」（『中國學論集』第十七號　二〇〇〇）がある。

（18）田仲一成「清代蘇州織造と江南俳優ギルド」（『東方學』第三十五輯　一九六八）では、それまで工部に屬していた織造職に、まさしく順治十三年ごろより內務府系の官僚が充てられるようになったと述べている。江南の織造職には、江南地方の風俗（治安）監察という任務もあった。

（19）　王漁洋の「秋柳詩」については、吉川幸次郎「漁洋山人の「秋柳詩」について」（全集第十六巻）がある。

第四章　冒襄の演劇活動

はじめに

明末清初の文人、冒襄は、如皐（江蘇）の名家に生まれ、青年時代には、主として南京を舞臺に、復社などの結社に加わり活躍した。明王朝滅亡の後には、清朝に仕えることなく、明朝の「遺民」となる道を選び、郷里如皐の邸宅にあった庭園において多くの文人墨客たちと交遊をくりひろげたのであった。冒襄の名は、その愛妾であった董小宛の思い出を記した『影梅庵憶語』によっても廣く知られている。それに加えて、冒襄は演劇の愛好家でもあって、冒襄の人となりを描いた少なからぬ文章が、冒襄の演劇活動に觸れている。例えば王挺が順治十七年（一六六〇）、冒襄とその正妻である蘇氏の五十歳の誕生日を祝うために書いた「祝冒辟疆社盟翁先生雙壽序」（『同人集』巻二）には、

> 冒子は朋友を命としていた。庭園と演劇の樂しみも、思うに朋友と共にしようとしていたのであって、單に自分一人が樂しもうとしたのではない。(1)

とあって、冒襄が友人たちとともに庭園に遊び、演劇を樂しんでいたことを述べている。冒襄には水繪園という庭園があり、彼はこの庭園の造營に心血を注いだのであった。本論では、觀劇についての記録、演劇活動の舞臺、

鑑賞した劇目、そして家班という四つの點から、冒襄の演劇活動について考えてみたい。(2)

一、觀劇の記錄

冒襄はその生涯にわたって、しばしば演劇を鑑賞しており、その觀劇の記錄を數多く見ることができる。

崇禎十四年（一六四一）冒襄三十一歳の時、湖南で官についていた父の冒起宗を見舞い、父に同行していた母親を郷里の如皐に連れて歸るため、衡州までの長旅をした。旅の途中、蘇州において、陳圓圓が演ずる芝居を見ている。これについては、『影梅庵憶語』に記載がある。陳圓圓とは、後に將軍吳三桂の寵妾となり、吳三桂がそのために山海關の扉を開き、淸兵を迎え入れたとされるその陳圓圓である。

辛巳（崇禎十四年　一六四一）早春、わたしは兩親をたずねて浙江經由で衡嶽に行った。道すがら蘇州の半塘に立ち寄って彼女（董小宛）をたずねたところ、まだ黃山に滯在していて不在だった。許忠節公（許直）が廣東へ赴任するところで、わたしと舟をならべて行った。たまたまある日、宴會からの歸り道でわたしにいった。「ここに陳なにがしという妓女がいて、舞臺の世界で名聲をほしいままにしている。これは會いに行かないわけにゆくまい」と。わたしは忠節公のために船をととのえ、何度も行ったり來たりしてようやく會う機會を作ることができた。その人は、あっさりしたなかにも氣品があって、しゃなりしゃなり、椒繭の上着をはおり、時折振り返って湘裙を顧みるさまは、まことに煙霧の中の一羽の鸞のようであった。この日は、弋陽腔の『紅梅記』を演じた。もともと北方北京の俗劇、アーアーウーウーいうようなメロディーでありながら、これが彼女の口から出ると、まるで雲が山から立ち上るかのよう、眞珠が大皿の上を轉がるかのようで、仙人になって舞い上がるような、そしてもう死んでもいいような氣持ちになるのであった。いつしか時が過ぎ、四更（午前三時ごろ）を告げる太鼓が鳴った。雨風が突然おこり、小舟に乘って行かねばならなくなった。わたしは彼女の袖を引っ張って、もう一度會う約束をしようとした。彼女は答えた。「光福の梅の花は冷たい雲が萬頃にわたってひろがっているかのようだということです。あなた、あしたの朝わたしを連れて遊びにいってくださいますか。そうして半月ばかり逗留しましょうよ」と。だが、わたしは兩親をたずねなければならないので、ここに留まるわけにはいかないのだと答えた。そして付け加えていった。「南嶽からの歸り道、きっとあなたを虎丘の桂花の中でお待ちいたしましょう」と。だいたい數えて、八月には戻れると思ったからである。(3)

この時、冒襄は弋陽腔の『紅梅記』を見、「北方北京の俗劇であって、アーアーウーウーいうようなメロディー」の弋陽腔が、陳圓圓が歌うことによって、「雲が山から立ち上るかのよう、眞珠が大皿の上を轉がるかのようで、仙人になって舞い上がるような、そしてもう死んでもいいような氣持ちになるのであった」という。「北方北京の俗劇であって、アーアーウーウーいうようなメロディー」といったところからは、冒襄の弋陽腔に對する輕蔑的な姿勢をうかがうことができる。この輕蔑的な姿勢は、平素聽き慣れていた優雅な昆曲との比較から生まれた見方であろう。これはおそらく、當時の江南文人たちの弋陽腔に對する見方を代表しているものと思われる。

この湖南への旅については、冒襄の「南嶽省親日記」（『樸巣文選』巻三）によって、その詳しい様子をうかがうことができる。右の『影梅庵憶語』に見えた許忠節公は、許直（『明史』巻二六六に傳がある）のことで、この時、廣東の惠來縣の知縣として赴任の途上にあった。許直は、冒襄の父、冒起宗にとって「姑丈」、義理のおじにあたっていた。「南嶽省親日記」の記載によれば、冒襄は一月六日に如皐を出發してほどなく、一月十一日に許直と揚州で行き會い、二月三十日に衢州（浙江）で別れるまで、ずっといっしょに旅をしたのである。

「南嶽省親日記」によれば、冒襄は二月二日に蘇州に到着している。そしてその翌日、二月三日の條に次のようにある。

三日、半塘にて曹蘭皐に會い、楊漪炤、陳畹芬とともに虎邱に登った。空は晴れ、かなり多くの人出があった。わたしは石の上にしばらくあぐらをかいて座っていた。さまざまな名所をへめぐり、兩叔は塔に登ったものの、わたしは登ることができず、慈閣に座って待っていた。望み見れば、太湖は白練を萬里にわたってひろげたよう、慈閣の下の老松は虯のようで、蒼髯はいまにも舞い出さんばかり、見ていて去るに忍びないのであった。晝には本如房をたずね、麵を食して俗氣を洗い流した。晩には漪炤が招いてくれて暢飲した。(4)

文中の陳畹芬とは、陳圓圓のことである。これに續いて二月四日の條にはまた次のようにある。

初四日、朱雲子（朱隗）が西山から歸ってきて、いっしょに梅を見に行こうといった。わたしは先を急がなければならないので、ことわった。令弟の望子（朱陵）の書齋で、しばし清談に時を過した。ついで、若翁（許直）と船に乗って、畹芬の芝居を見にいった。うすぎぬのようなもやの中で遏雲の響きを聴いたのは、平生の耳目では、めったに出會えないものであった。明け方になってようやく散會した。(5)

こちらでは、梅を見に行こうと誘ったのが陳圓圓ではなく、朱雲子であったことになっているが、この一條は右に擧げた『影梅庵憶語』の記述とも符合している。當時、妓女はまた芝居の役者でもあって、冒襄の演劇の愛好と妓女への關心は一つに結びついていたともいえよう。『影梅庵憶語』の主人公である董小宛も妓女であり、張岱『陶庵夢憶』巻七「過劍門」に、次のようにある。

南京の色町では、妓女は芝居を演ずることを韻事とし、命をかけてやっている。楊元、楊能、顧眉生、李十、董白は芝居で有名である。(6)

董白はすなわち董小宛であって、彼女も役者として著名であったことが知られる。ただし、『影梅庵憶語』では、彼女の趣味教養について詳しく述べられているが、冒襄は芝居のことには觸れていない。

「南嶽省親日記」には次のような記述もある。

（二月）十三日、（中略）午後、小船を雇い、湖心亭に遊ぶ。隣の船で芝居を演ずるのを見た。(7)

杭州にあって、西湖に船をうかべ、船の上で演じられた芝居を見たのである。西湖では、このほかにも、

（二月）十八日、寒さはなはだし。また湖中に飲み、朱楚生の演ずる『竇娥冤』を見た。(8)

とある。朱楚生については、張岱『陶庵夢憶』巻五に「朱楚生」の條がある。それによれば、「調腔戲」を得意とした女役者であった。調腔戲は、明末清初期に紹興を中心に流行した劇。

（三月）初六日、朝早く船を出し、行くこと八十里、午後河口に至る。（中略）河向こうの山の下で、女役者が芝居をしていて、兩叔とともに小船をつかまえて見にいった。アーアーウーウーいった調子でとても聴いていられない。どうして昔からこうも變わらないのであろうか。(9)（江西鉛山）

（三月）十四日、辰の刻に風が少しおだやかになったので、南浦から船を出し、象牙潭の八十里を過ぎた。夜は市汊に泊した。（中略）市中では芝居が五つも出ていて、博打をする聲がさかんである。人びとは四方から蝟集し、燈火は朝まで達した。(10)（江西南昌）

（三月）二十五日、（中略）まもなく湘東に至った。道中ずっと石は秀で溪は迴って、何とも名狀しがたい。永州の蘆船に乗り換え、洲上に泊した。村人の芝居を見た。(11)（江西萍鄉）

冒襄が旅の先々で、雅俗さまざまな芝居を見ていたことがわかる。芝居というと、どんなものでも行って見なければ氣がすまないかのようである。

陳濟生の「祝冒辟疆社盟翁先生雙壽序」（『同人集』巻二）は順治十七年（一六六〇）冒襄五十歳の誕生日に作られた文章であるが、その中に、

　數年來、わたしはといえば荒山から足を踏み出さずにいるが、冒子は園林に跡をとどめ、天下の志を守る士と、何日も泊まり込んで高詠し、杯のやりとりをして月に醉い、曲水の宴をはって歌詠吟誦したのであった。花の朝、月の夕には、紙を切り分け、ろうそくで時間を計って詩を作るのに、絲竹管絃の盛をまじえた。さもなければ、郵筩によって詩のやりとりをして、騷雅の興を寄せ、優游の樣子を寫しており、遠くのものも近くのものも、その風流を慕い、相見ることのおそきを恨むのであった。小三五の倡和は、かくして天下

随一とされたのである。(12)

といい、冒襄が折に觸れ、あるいは友人が來訪した時には、決まって「絲竹管絃」を交えていたとある。「絲竹管絃」には、演劇も含まれていたであろう。また例えば、呉球「久別巢民老先生。己巳花朝後、聞得全堂讌集、歌舞留賓、管絃送月、不禁神往、因倚韻和之（久しく巢民老先生と別る。己巳花朝の後、得全堂に讌集し、歌舞もて賓を留め、管絃もて月を送ると聞き、神往するを禁ぜず、因りて韻に倚りて之に和す）」（『同人集』巻十一）によって、康熙二十八年（一六八九）冒襄七十九歳の時の花朝（百花生日、二月十五日）に得全堂で歌舞管弦の會があったことがわかる。張圯授「七夕得全堂觀劇。有懷玉川先生、即次見寄原韻（七夕得全堂にて觀劇す。玉川先生に懷有り、即ち寄せらるる原韻に次す）」（『同人集』巻十一）は、康熙二十八年の七夕に芝居を見た時の作である。冒襄の「九日扶病南城文昌閣登高。同志狎至、歸演秣陵春、再和羽尊者歌原韻（九日病を扶けて南城の文昌閣に登高す。同志狎で至り、歸りて秣陵春を演ず、再び羽尊者の歌の原韻に和す）」（『同人集』巻十一）と「己巳九日扶病招同聞瑋諸君城南望江樓登高。演陽羨萬紅友空青石新劇、鵲橋仙三闕絕妙、劇中倡和闕鍵也。余即倚韻和之、以代分賦（己巳九日病を扶け招きて聞瑋諸君と同に城南望江樓に登高す。陽羨の萬紅友の空青石新劇を演ず、鵲橋仙の三闕は絕妙たりて、劇中倡和の闕鍵なり。余即ち韻に倚りて之に和し、以て分賦に代ふ）」（『同人集』巻十一）は、それぞれ康熙二十七年、二十八年の九月九日重陽節の觀劇を詠じている。そのほかにも、王漁洋が參加したことで知られる水繪園での三月上巳の會（康熙四年　一六六五）について、冒襄は「水繪庵修禊記」（『冒巢民先生文集』巻四）を作り、次のようにいっている。

時に日はすでにかげりはじめた。そこで寒碧堂を開き、歌兒に命じて『紫玉釵』『牡丹亭』など數劇を演じ

寫眞11　寒碧堂　演劇は前庭で上演される。主客はホールの中に座って觀劇した。

させた。[13]

寒碧堂は、水繪園の中にあったホールである。何か會が開かれると、その場に演劇は缺くことのできないもののようであった（寫眞11）。

觀劇の記録はほかにも冒襄の「與其年諸君觀劇、各成四絶句（其年ら諸君と觀劇す、各おの四絶句を成す）」（『巣民詩集』巻六）がある。その三に、

豪酣醉夢不聞聲　　豪酣　醉夢　聲を聞かず
娯悦雖知亦楚傖　　娯悦　知ると雖も亦た楚傖
活鳳生花春漠漠　　活鳳　生花　春漠漠
性情融液卽歌情　　性情　融液して　歌情に卽く

宴席の場で、大いに酒を飲み酔っぱらってしまったが、鳳や花のような美しい女優のさまを見ていると、

歌のこころと自分のこころが融けあって一つになるように思われる。その四に、

二十年來何所事　　二十年來　何の事とする所ぞ
稱詩握管意茫然　　詩を稱し管を握るも　意茫然
最是泥人惟顧曲　　最も是れ　人を泥(なづ)ますは　惟だ顧曲のみ
細于筆墨倩誰傳　　筆墨よりも細かにして　誰に倩(こ)ひて傳へん

二十年來、詩も作ってはきたが、一番氣にかかるのは音樂、演劇のことである。これを誰に傳えたらよいであろうか。冒襄が眞に觀劇を好み、演劇に心血を注いでいたさまをうかがうことができるだろう。(14)

曹溶が作った「壬戌冬夜同巢民先生過水文宅觀女樂賦十絕索和（壬戌の冬夜、巢民先生と同に水文の宅に過ぎりて女樂を觀る、十絕を賦し和せんことを索む）」（『同人集』巻九）とそれに對する冒襄、許之漸の唱和詩の中には、いずれも泰州において、友人たちとともに兪水文（兪瀫）の家に行って女役者の演ずる芝居を見たことを記している。冒襄の和詩の第四首には次のようにある。

妙解微參嘆久孤　　妙解　微參　久しく孤なりしを嘆ず
客逢公瑾肯模糊　　客　公瑾に逢ふ　肯(あへ)て模糊ならんや
呉門曲聖推南沈　　呉門の曲聖　南沈を推す
絕調曾傳羡玉趺　　絕調　曾て傳へ　玉趺を羨む

呉門（蘇州）において南曲では沈恂如を推し、北曲では沈子芬を推す。わたしが呉門に行くと、恂如はいつ

もわたしに向かって、水文の諸姫たちだけがその歌を傳えているといって贊嘆していた。(15)

兪瀫の家の女樂が、失われた音樂の正統を傳えていることを賞贊した詩である。ここに公瑾（周瑜）のことをいうのは、曹溶の詩に「隨着周郎興不孤（周郎に隨着して興孤ならず）」、そしてその原注に「周郎屬巣民先生無疑（周郎の巣民先生に屬すること疑ひ無し）」とあるのを承けたからである。この詩からは、冒襄が蘇州の妓樓や音樂について、よく知っていたことがわかる。冒襄自身が家に自分の戯班を養っていたことについては、後で觸れることにしたいが、この兪瀫のように、家に專屬の役者を置いていたのは、決して冒襄に限らず、同じような趣味を持った文人があったのである。(16)

また、演劇にとどまらず、冒襄が音樂を聽いていたことに關する記載もある。許承欽、鄧漢儀、陳世祥の「寒夜飲巣民得全堂、觀凌壐徵手製花燈、旋之張宅聽白壁雙琵琶歌（寒夜巣民の得全堂に飲み、凌壐徵が手製の花燈を觀る、旋（つい）で張宅に之き白壁の雙琵琶歌を聽く）」（『同人集』卷七）、許承欽の「仲冬晦日、巣民同令子青若招飲湘中閣看雪。同散木、孝威、嵋雪、無聲、石霞、永瞻再聽白壁雙彈琵琶、續呼三姫佐酒歌（仲冬晦日、巣民 令子が青若と同に湘中閣に招飲し雪を看る。散木、孝威、嵋雪、無聲、石霞、永瞻と同に再び白壁が雙彈の琵琶を聽く、續けて三姫を呼びて酒歌を佐けしむ）」（『同人集』卷七）、冒襄の「聽白壁雙彈琵琶、即席書贈（白壁が雙彈の琵琶を聽く、即席に書きて贈る）」（『巣民詩集』卷二）、これらの詩はいずれも冒襄がその友人たちとともに琵琶を聽いたことを詠じている。

二、活動の場——得全堂

前章で見たように、冒襄には、庭園の造營と音樂、演劇の鑑賞という二つの趣味があった。その邸宅において、多くの演劇上演の場となっていたのが得全堂である。得全堂が、冒氏一族の邸宅が集まっていた集賢里（冒家巷）にあったことは、本書序章で見た。陳維崧が書いた冒襄の父の冒起宗の墓誌銘「中憲大夫嵩少冒公墓誌銘」（『陳迦陵文集』巻五）に、

著述には『得全堂文集』若干巻、『得全堂詩集』若干巻があった。(17)

とあるように、得全堂はもと冒襄の父の冒起宗の書齋だったようである。

ここまでに引用した詩の題においても、許承欽、鄧漢儀、陳世祥の「寒夜飲巣民得全堂、觀凌璽徵手製花燈、旋之張宅聽白璧雙琵琶歌（寒夜巣民の得全堂に飲み、凌璽徵が手製の花燈を觀る、旋で張宅に之き白璧の雙琵琶歌を聴く）」（『同人集』巻七）のように得全堂における觀劇を詠じた詩があった。陳維崧「戊戌冬日過雉皐、訪冒巣民老伯、讌集得全堂、同人沓至、出歌僮演劇、即席限韻四首（戊戌の冬日雉皐に過ぎり、冒巣民老伯を訪ぬ、得全堂に讌集し、同人沓至す、歌僮の演劇を出す、即席に韻を限る四首）」詩（『同人集』巻六）には次のようにある。

當 年 燈 火 隔 江 繁　　當年の燈火　江を隔てて繁し
回 首 南 朝 合 斷 魂　　南朝を回首すれば　合に斷魂

十隊寶刀春結客　　十隊の寶刀　春　客を結び
三更銀甲夜開尊　　三更の銀甲　夜　尊を開く
亂餘城郭雕龍散　　亂餘　城郭　雕龍散じ
愁裏江山戰馬屯　　愁裏　江山　戰馬屯す
今日凄涼依父執　　今日　凄涼として　父執に依る
烏衣子弟幾家存　　烏衣の子弟　幾家か存す

この一首もっぱら巣民先生に贈る（此首專贈巣民先生）。

戊戌の年は順治十五年（一六五八）である。「當年の燈火　江を隔てて繁し、南朝を回首すれば合に斷魂」や「亂餘　城郭　雕龍散じ、愁裏　江山　戰馬屯す」などの詩句からは、明王朝に對する思慕の情がうかがわれる。「父執」は父の友人をいう。陳維崧は明末四公子の一人であった陳貞慧の息子である。陳維崧は順治十五年の冬にはじめて如皐にやってきて、冒襄の家の館師（家庭教師）になった。

さらに冒襄の「馬遷、于約諸子往水繪庵看池荷、雨阻不果行、卻攜酒過得全堂、聽歌古采蓮曲、即席限韻（馬遷、于約の諸子水繪庵に往きて池荷を看んとするも、雨阻てて行くを果さず、卻りて酒を攜へて得全堂に過ぎり、古采蓮曲を歌ふを聽く、卽席に韻を限る」（『巣民詩集』巻三）では、得全堂において「古采蓮曲」を歌うのを聽いたさまを描いている。『同人集』巻七の「乙卯得全堂倡和」には、戴洵の「得全堂觀畫松歌」、冒襄の「題姬人畫松歌」、戴洵の「再觀畫松歌」などの詩を收めている。冒襄の側室の一人であった女蘿夫人（蔡含）は繪畫に秀でていた（本書第二部第四章を參照）。冒襄は得全堂において、彼女が描いた青松圖を友人たちに見せたのであった。得全堂は、演劇が上演される場としてばかりではなく、冒襄が友人たちをもてなすさまざまな活動の場でもあったことがわかる。

三、冒襄が見た演目

本章では、各種の資料によりながら、冒襄が實際に見た芝居の演目について考えてみたい。

（一）阮大鋮の『燕子箋』

序章で見たように、韓菼の「潛孝先生冒徵君襄墓誌銘」（『有懷堂文藁』巻十六）では、冒襄の生涯の中のいくつかのハイライトを描き出していた。その一つが、崇禎九年（一六三六）、冒襄二十六歳の時、宦官魏忠賢によって殺害された東林六君子の遺児たちを招いて、南京秦淮において盛大な宴會を開いたことであり、宴席の間に冒襄が魏忠賢と關係のあった阮大鋮をはげしく罵ったとすることである。韓菼の「墓誌銘」には次のようにあった。

酒宴がたけなわになると、たけり狂ったように悲しみ、みなともに懷寧（阮大鋮）をそしった。懷寧はもとより宦官黨である。當時、金陵（南京）歌舞の諸部は天下一であった。そして懷寧の役者はなかでもトップであり、歌詞はみなその主人が作ったものであった。懷寧は先生と交わりを結び、酒席の客になろうとして、役者をよこしたのであった。先生は居合わせた客とともに彼らに歌わせ、かつは罵りかつは稱贊した。懷寧

はそれを聞いてますます恨みを抱いたのであった。(18)

懷寧は阮大鋮のことである。たしかに「當時、金陵（南京）歌舞の諸部は天下一であった。そして懷寧の役者はなかでもトップであり、歌詞はみなその主人が作ったものであった」というように、阮大鋮は當時戯曲作者としてよく知られており、自分自身でも戯班を持っていた。冒襄は一方では阮大鋮の戯班を招いて芝居を演じさせ、一方では阮大鋮を痛罵した。阮大鋮はこのことを聞いて、冒襄に深く恨みを含んだのであった。八年後、北京が李自成によって陷落し、崇禎帝がみまかった。その時、南京で成立した臨時政府（弘光朝）を牛耳ったのが、まさしくこの阮大鋮であった。阮大鋮はこれまで面白からず思っていた復社の成員に對して彈壓を行った。右の記述によれば、弘光朝でおこったこの彈壓の遠因こそは、冒襄による阮大鋮の痛罵なのであった。

この韓菼の「潛孝先生冒徵君襄墓誌銘」では、阮大鋮痛罵事件がおこったのは、崇禎九年の宴席においてのことのように讀めるのだが、呉偉業の「祝冒辟疆社盟翁先生雙壽序」（『同人集』巻二）には次のようにある。

晥（安徽）の人があった。もと宦官黨である。南京に流れてきて、賓客と通じ、役者を養い、氣力によって東南を壓倒しようとしていた。諸君子たちが自分を唾棄していることを知り、彼らに會って、關係を修復しようとしたが、その機會がなかった。たまたま三人（陳貞慧、侯方域、冒襄）が雞鳴埭の下で宴會を開き、阮の家の歌のうまいものを招いて、その主人が作った新曲を歌わせようとした。（阮は）「これは諸君がわたしとつきあおうとしているのだ」と、大いに喜んだ。やがて客が何をいうかと偵察させた。諸君たちは、はめをはずして大喜びし、その歌を聽いて、ほめそやした。夜も半ばになろうとし、酒もまわってくると、（冒襄は）みんなの中で大いに罵っていった。「宦官の義理の息子が、詞家として罪ほろぼしをしようとしているのさ。」

いうと、大杯を飲み干し、手をうって、狂ったように笑い、朝まで休むことがなかった。（阮は）そこで恨み骨髄に達し、報復せんとの思いを抱いたのである。[19]

雞鳴埭は南京の地名である。また、陳維崧の「奉賀冒巣民老伯曁伯母蘇孺人五十雙壽序」（『同人集』巻二）には、次のようにある。

維崧（わたし）はいまでもなお記憶している。戊寅己卯の閒（崇禎十一年、十二年 一六三八、九）、懷寧に宦官黨の親玉がいて、南京に住んでいた。時に先人（陳貞慧）が冒先生と金陵にやってくると、車騎を飾り、賓客とつきあい、とりわけ、桐城（左光斗）、嘉善（魏大中）の孤兒たちと交際した。遊ぶ時には、かならず酒があり、歌舞を招いた。金陵歌舞の諸部は天下一であり、懷寧の歌者がそのままトップであった。歌詞はその主人が作ったものである。諸先生はその役者がよく知られているのを聞き、それを招いた。懷寧はもともと諸先生たちから辱められており、日夜それを挽回しようとしていたが、そのてだてがないのを深く氣に懸けていた。そこでただちに役者を送り、その老奴にも來させたのである。その日、懷寧が作った『燕子箋』を演じた。諸先生はしかと酔い、酔ってかつは罵り、かつは賞贊したのである。懷寧はそれを聞いて、特に恨みを含んだのであった。[20]

これによれば、冒襄が阮大鋮を痛罵したのは、崇禎十一、十二年のことであり（阮大鋮を糾彈した「留都防亂公掲」が出されたのは崇禎十二年であるから、十二年と考えた方がよいか）、當日上演された演目は、ほかならぬ阮大鋮作の『燕子箋』であったことがわかる。

う記述がある。

また『影梅庵憶語』には、崇禎十五年（一六四二）の中秋の折にも、南京の秦淮において、『燕子箋』を見たとい

秦淮で迎えた仲秋の日、同社の各地の友人たちは、彼女が盜賊や風波の危險をも辭さず、わたしのために道中苦勞して追いかけてきたことに感動して、桃葉渡の水邊の酒樓で一席設けてくれた。その時その場にいたのは眉樓の顧夫人（顧媚）、寒秀齋の李夫人（李十娘）で、みな彼女と最も親しい人々であった。彼女たちは彼女がわたしのもとに來ることをすばらしいと思い、祝福しに來てくれたのである。この日、新作の『燕子箋』を上演したが、曲は豔なる情を描き盡くしており、霍都梁と華行雲とが離ればなれになる場面で、彼女は涙をこぼし、顧や李も涙をこぼした。その時の才子と佳人、もやに煙る水邊の樓臺、新作の戲曲と明月、いずれも永久に傳えるに足るものであった。今思い出すと、遊仙の枕の夢幻にほかならなかったのである。(21)

『同人集』巻九に收める佘儀曾の「往昔行」の跋に、冒襄自身の發言として、この閒の事情が詳しく述べられている。それによれば、冒襄が阮大鋮と對立したのは、丙子（崇禎九年）、己卯（崇禎十二年）、壬子（崇禎十五年）の三回あったのだという。崇禎九年は、東林の遺兒たちを集めた宴會の年。ここでも阮大鋮を批判したとあるが、演劇のことは出てこない。崇禎十二年が、「留都防亂公掲」の年。そして、壬子（崇禎十五年）については、『影梅庵憶語』にあったように、董小宛が、蘇州から冒襄をたずねて單身南京にやってきたことに觸れ、

中秋の晩、漁仲（劉履丁）の河亭で姬人の歡迎會をした。懷寧の役者が『燕子箋』を初めて演じたところで、妍を盡くし態を極めており、全部を演ずるのに白金一斤かかった。(22)

とある。阮大鋮は、參加者の記名を求めるため、下僕に名帖を持たせ、役者に付き添わせてきたが、誰も記名しようとするものはいなかった。

演劇はすばらしく、どの折でも歌者をほめちぎり、聲を合わせて作者を痛罵した。諸人は子一（魏學濂）とともに阮大鋮の罪を叫び徹底的に攻擊して、朝までやまなかった。役者と下僕は歸ってから涙を流しながら、懷寧に告げたのであった。[23]

これによれば、阮大鋮の役者が演ずる『燕子箋』を見ながら、阮大鋮を痛罵したのは、崇禎十五年、まさしく『影梅庵憶語』に描かれている董小宛の歡迎の宴席の折だったことになる。現在見られる『燕子箋』の版本は、崇禎十五年の序を付す毛恆の刻した『石巣傳奇四種』所收本であるから、「新演」「初演」というのとも合致しよう。冒襄が阮大鋮を痛罵する事件があってからおよそ二十年の後、順治十七年（一六六〇）夏、冒襄といっしょに童試に及第した陳瑚が、冒襄のもとを訪れた。[24] 陳瑚を歡迎するために、冒襄は得全堂において宴席を設け、芝居を上演した。その時に演じられたのが、まさしく『燕子箋』であった。陳瑚は當時のことを思い出して感慨にふけり、「得全堂夜讌記」（『同人集』巻三）を作った。そこには次のようにある。

昔、崇禎壬午（十五年　一六四二）、わたしは揚州に遊んだ。揚州は、わたしの師である湯公惕庵（湯來賀）が官についておられた地である。わたしと冒子とはいっしょに公の門下となった（童試に及第した）ので、冒子と知り合ったのである。冒子は車騎を飾り、きらびやかな衣裳を着、珠樹瓊枝のようで、その輝きは左右を動かすようであった。わたしはつねに驚嘆し、神仙中の人かと思った。時に四方は戰亂にあったが、淮海の地方はまだ落ち着いていて、揚州十二樓の燈火はまだ盛んであり、二十四橋の明月もつつがなかった。わたしは魯子戴馨の家に寄寓しており、魯子はわたしのために宴席を催し、『燕子箋』を歌わせてくれた。そのころわたしとつきあいがあったのは、冒子、魯子のほか、さらに王子螺山、鄭子天玉などの諸君であった。いずれも年少で意氣盛んであり、遊説し文章を書き、中原を驅け回って、みずから高しとしていた。それからいくばくもしないうちに、江河陵谷、一變してここに至ってしまった。(25)

明末の當時、はじめて冒襄と出會った頃、二人はちょうど青春眞っ盛りの時代であり、意氣軒昂であった。だが、その後に王朝の交替もあって、世の中がすっかり變わってしまったのである。今日ひとたび『燕子箋』を聽くや、當時のことが思わず知らず思い出され、悲嘆にくれたのであった。その陳瑚の言葉を聞いて冒襄は次のようにいう。

冒子は天を仰いで嘆じ、それからわたしを顧みて笑っていった。「君は『燕子箋』に心動かされるかい。わたしはなおさらのことだ。梅村祭酒（呉偉業）がわたしのために序を書いてくれたのを見なかったかい。いまでもはっきり憶えている。金陵で一座を罵った時、悲憤慷慨、奮迅憤懣、あるいは机をたたき、あるいは手をうち、あるいは大杯を飲み干し、かつは飲み、かつは罵ったのであった。その時、役者たちはみな歌をやめ、拍子を止めたほどだ。彼らが歸って懷寧にそれを告げ口し、それから禍が次から次へとやってきた。その時のことについていえば、『燕子箋』がほとんどわたしを殺したということだ。(26)」

ここで冒襄は、かつて阮大鋮を罵った時のさまを思い起こしている。その後、阮大鋮によって引き起こされた復社成員の弾壓事件を思い、冒襄は、「『燕子箋』がほとんどわたしを殺した」というのである。『燕子箋』はたしかに冒襄の運命を左右した作品ということができるだろう。

なお、この阮大鋮痛罵の一くだりは、孔尚任の『桃花扇』第二十四齣「罵筵」にも見える。こちらでは、阮大鋮を罵るのは、ヒロインの李香君である。

（二）　呉偉業の『秣陵春』

冒襄の『同人集』巻十には、「演秣陵春倡和」と題する幾首かの詩が収められている。その詩題は次のようなものである。

許承欽「戊辰仲春偶遊雉皐、兼再訪巣民先生、先蒙枉題、邀赴歡場。是夕演秣陵春、達旦始別。殆生平僅見之樂也。率成十絶志感（戊辰の仲春偶たま雉皐に遊び、兼ねて再び巣民先生を訪ぬ、先に枉題を蒙り、邀きて歡場に赴く。是の夕 秣陵春を演じ、旦に達して始めて別る。殆んど生平僅かに見るの樂なり。率に十絶を成し感を志す）」

冒襄「歩和許漱雪先生觀小優演呉梅村祭酒秣陵春十斷句原韻（歩して許漱雪先生の小優の呉梅村祭酒が秣陵春を演ずるを觀る十斷句の原韻に和す）」

これは康熙二十七年（一六八八）の春、冒襄七十八歳の時の作である。また『同人集』巻十一には「九日扶病南城文昌閣登高、同志狎至、歸演秣陵春、再和羽尊者歌原韻（九日病を扶けて南城の文昌閣に登高す。同志狎で至り、歸りて秣陵春を演ず、再び羽尊者の歌の原韻に和す）」という詩が収められる。これは同年の重陽の折の作であって、呉偉業の『秣陵春』が康熙二十七年前後に再三上演されていたことがわかる。
齊森華・陳多・葉長海主編『中國曲學大辭典』（浙江教育出版社　一九九七）四九〇頁の『秣陵春』の條には次のようにある。

『秣陵春』はまたの名を『雙影記』ともいう。呉偉業の作である。『古本戯曲叢刊』三集に影印本がある。清の順治三年か四年に書かれた。二巻、四十一齣。南唐の大臣徐鉉の子、徐適と黄濟の娘、黄展娘との、南唐滅亡後の愛情物語である。前半部分では、李後主が冥中において徐適と展娘の結婚をつかさどることを描く。後半部分では、徐適が南唐滅亡後、新王朝の特賜狀元を拒むことを描く。作者は自序において、ことばをにごしながら、この劇には作者の「寄託」があるといっている。錢謙益の詩に「誰か解す梅村愁絶の處を、秣陵春は是れ隔江の歌」とある。杜牧に「商女は知らず亡國の恨み、江を隔てて猶ほ唱ふ後庭花」の句があるから、錢の詩にいう「隔江の歌」とは、すなわち「亡國の恨み」である。この劇は徐適と展娘の故事を借りて、故國を哀弔する思いを寄託しているのである。脚本の曲詞は典雅凄絶であるが、いとぐちは煩雑で、構成は緊密ではない。順治年間、蘇州の滄浪亭などで上演された。(27)

果たして『秣陵春』が一種の亡國の恨みを表現したものであるとすれば、それはまちがいなく、劇を上演し、観賞した冒襄たちの心情をも代辯するものであったろう。
冒襄が許承欽の詩に和韻した「歩和許漱雪先生觀小優演呉梅村祭酒秣陵春十斷句原韻（歩して許漱雪先生の小優の呉梅村祭酒が秣陵春を演ずるを觀る十斷句の原韻に和す）」（『同人集』巻十）の第二首には次のようにある。

老氣心傷日日增　老氣　心傷　日日に增すも
仙音猶自愛迦陵　仙音　猶ほ自ら迦陵を愛す
西宮舊恨婁東譜　西宮の舊恨　婁東の譜
四十餘年紅淚冰　四十餘年　紅淚冰る

琵琶が傳えるのは、みな西宮の舊恨であって、徐學士でなければ知ることはできないのである（琵琶所傳皆西宮舊恨、非徐學士不能知也）。

年をとるとともに傷心ばかりが增えてゆくが、わたしはいまなお美しい音樂を愛している。迦陵とは迦陵頻伽のことであり、佛經の中に出てくる好い聲で啼く鳥のこと。婁東は吳偉業。吳偉業の『秣陵春』は、四十餘年前、すなわち明清交替の恨みをよく表現している。「西宮舊恨」は、吳偉業自身が『秣陵春』について題した詩に「西宮舊事餘殘夢、南內新詩總斷腸（西宮の舊事　殘夢を餘し、南內の新詩　總て斷腸）」とある句にもとづいている。(28)

さらに、その第九首。

阮亭傳話到江村　阮亭の傳話　江村に到る
三十年前未細論　三十年前　未だ細かくは論ぜず
今日曲中傳怨恨　今日　曲中に　怨恨を傳ふ
一齊遙拜杜鵑魂　一齊　遙かに拜す　杜鵑の魂

吳偉業が『秣陵春』を作った時、それを見たいといった王漁洋の言葉は、ここ如皐のわたしのもとにも屆いた。

しかし、三十年前のその頃には、それを見ることはできなかった。いまその作品を讀むことができ、そこに込められた怨恨が傳わってくる。冒襄はこの詩に自ら次のように注している。

梅村祭酒（呉偉業）が『秣陵春』を作って、できあがったばかりの頃、阮亭使君（王漁洋）がわが揚州府に推官をしておられた。（使君が）手紙を寄こされた。「巣民の家樂では、紫雲と楊枝とが聲も容姿も竝びすぐれていると聞く。急ぎ『秣陵春』の副本を送ってもらい、わたしのために上演してください」と。阮亭は、（呉偉業にも）手紙で言葉を傳えたが、副本はまだ見られなかった。去年の夏、たまたま刻本を手に入れ、讀んでとても氣に入った。一字一字が鮫人の珠で、先生の寄託には深いものがある。先生の獨壇場であって、前には元人の四家が、後には臨川（湯顯祖）が匹敵できるくらいである。[29]

阮亭使君（王漁洋）が、揚州で官にあったのは、順治十七年（一六六〇）から康熙四年（一六六五）までの閒の事である。この記載によれば、呉偉業が『秣陵春』を完成したのもこの頃、つまりは詩の中でいう「三十年前」である。[30]

また、呉偉業が冒襄に送った手紙（『同人集』巻四）には次のようにある。

小詞『秣陵春』が、最近豫章の滄浪亭で上演されました。江右の諸公に詩作があります。ごらんになられましたでしょうか。江左の玲瓏も一曲歌えますでしょうか。願わくは老盟翁が秦青を選んで、この曲を授けられますことを。竝び不一。[31]

玲瓏とは、もと唐代の歌妓、商玲瓏を指すが、ここでは冒襄の家の歌妓を指す。秦青は『列子』湯問に見える歌の名人。おそらく王漁洋が所望した時よりも後のものと思われるが、これによって、呉偉業も冒襄の家班によって自作の『秣陵春』を舞臺に上せることを望んでいたことがわかるのである。

（三）　湯顯祖諸作

冒襄の家班で上演した作品の中には、湯顯祖の「玉茗堂四夢」もあった。すでに引用した、王漁洋が參加した康熙四年（一六六五）の會において、冒襄が作った「水繪庵修禊記」（『冒巢民先生文集』卷四）には、

時に日はすでにかげりはじめた。そこで寒碧堂を開き、歌兒に命じて『紫玉釵』『牡丹亭』など數劇を演じさせた。(32)

とあって、「四夢」のうちの『紫釵記』と『牡丹亭』を上演している。また、順治十七年（一六六〇）の夏に、陳瑚が冒襄のもとを訪れ、『燕子箋』を上演した、その翌日に湯顯祖の『邯鄲夢』が上演されている。この狀況については、陳瑚の「得全堂夜讌後記」（『同人集』卷三）によって知ることができる。

『燕子箋』を歌った日、その席にいた客は誰であるかといえば、余子公佑、錢子季翼持正、石子夏宗、張子季雅小雅、宗子裔承、鄐子昭伯、冒子席仲であって、いずれもわが師、樽瓠趙先生（趙自新）の門生故舊である。先生の遺言往行を語り、ともに歎息したのであった。次の日、諸君はわたしを再び招いて得全堂で宴會をした。役者が『邯鄲夢』を歌った。役者は、巢民が敎えた少年である。徐郎は歌が得意、楊枝は舞が得意、秦簫という者は哀音をなすことができ、聲を發するたびに、きまってその聲をのばして激するのである。そ

の悲しさに、一座はすすり泣きをした。主人（冒襄）がわたしを顧みていった。「ああ、人生はまことに夢のようですね。今日の會も、夢の中のようです。」わたしは天を仰いで嘆じ、うつむいて思いにふけったのであった。(33)

陳瑚の作である「和有仲觀劇斷句十首」（『同人集』巻六）には自注があり、第四首の自注には、「歌燕子箋」、第五首には「歌漁陽弄」（徐渭の『四聲猿』のうちの「狂鼓史漁陽三弄」）、第七首には「歌邯鄲夢」とある。

その後、康熙二十八年（一六八九）、冒襄の「和吳聞瑋春夜得全堂觀邯鄲原韻（吳聞瑋が春夜得全堂に邯鄲を觀るの原韻に和す）」（『同人集』巻十一）からも、『邯鄲夢』が上演された樣子をうかがうことができる。『燕子箋』は、過ぎ去った青春時代を思い起こさせ、『邯鄲夢』は、青春の夢の破滅を嘆かせる。そして『秣陵春』は、その青春の夢を臺無しにした亡國の遺恨といえるだろう。

（四）その他

冒襄が見たその他の演劇の作者と作品についていえば、顧杲の「辛巳秋同辟疆觀周完卿新劇賦贈（辛巳の秋、辟疆と同に周完卿が新劇を觀る、賦して贈る）」（『同人集』巻八）に對する冒襄の和詩（引を付す）によって、周友燕の作品である『夢中緣』があったことが知られる。周氏のこの作品については、よくわからない。辛巳は、崇禎十四年（一六四一）。

また、宗儀曾「往昔行」（『同人集』巻九）の引に「己未重陽之夕、於得全堂看演淸忠譜劇、乃五人墓之事也。巢民嘆曰、諸君見此視爲前朝古人、惟余歷歷在心目間（己未重陽の夕、得全堂に於て淸忠譜劇を演ずるを看る、乃ち五人墓の事なり。巣民嘆きて曰はく、諸君此を見、視て前朝の古人と爲さん、惟だ余は歷歷として心目の間に在り)」とある。李玉の『清忠譜』は、天啓六年（一六二六）に蘇州でおこった反宦官（魏忠賢）の闘爭である開讀の變を描いた時事劇である。

冒襄の「己巳九日扶病招同聞瑋諸君城南望江樓登高、演陽羨萬紅友空靑石新劇。鵲橋仙三闋絕妙、劇中倡和關鍵也。余郎倚韻和之、以代分賦（己巳九日、病を扶け招きて聞瑋諸君と同に城南望江樓に登高す。陽羨の萬紅友の空靑石新劇を演ず、鵲橋仙の三闋は絕妙たりて、劇中倡和の關鍵なり。余郎ち韻に倚りて之に和し、以て分賦に代ふ)」（『同人集』卷十一）によって、萬樹の作品である『空靑石』が上演されたことが知られる。己巳は康熙二十八年（一六八九）である。

また吳鏘に「得全堂即事、呈巣民先生　其二爲徐雛作也。是日演吳越春秋（得全堂即事、巣民先生に呈す　其の二は徐雛が爲の作なり。是の日吳越春秋を演ず)」（『同人集』卷十一）があるが、この『吳越春秋』は梁辰魚の『浣紗記』のことであろうか。

四、冒襄の「家班」

冒家に家班（個人の家の劇團）ができたのは、かならずしも冒襄にはじまったわけではなく、祖父の冒夢齡にまでさかのぼるようである。(34) 瞿有仲「巣民冒先生五十榮壽序」（『同人集』卷二）の記述に、東皐の巣民冒先生は、若くして希代の才名をもって、出でて天下の士と交わり、長じてからは名山に遊び、京華を訪れ、亂世にあって天下を落ち着かせようとし、世に用いられようとの志をもっていた。喪亂にあうに及んで、交わりを謝絶し、扉を閉ざして出ず、日々水繪園のうちに坐して、十數名の童子をあつめ、みずから聲歌の技を授け、天下に用いられようとの意がないことを示そうとしたのである。(35)

冒襄は毎日、みずから十余名の兒童を教えていたとあり、家班の藝人の養成にとりわけ熱心であったことが知られる。さらに、吳偉業の「祝冒辟疆社盟翁先生雙壽序」（『同人集』巻二）には次のような記述がある。

謝安石には、「中年以來、哀樂に傷ついたので、絲竹に賴って、情性をたのしませ、氣晴らしとしている」との言がある（『世說新語』言語篇）。（冒襄は）梨園で古くから活躍していた藝人をかかえていたが、その藝人がみずからいった。「わたしは以前安徽の司馬（阮大鋮）につかえ、主軸の役者でありました。江上に軍隊を率いた戰役の折、同輩たちはみな兵をつかさどり、黃金を帯に結びつけておりました」と。そもそも武器をとって、社稷をまもらんとすることを、俳優侏儒に付し、われわれと恩仇を講じ、勝負を爭い、仕局を兵機としたのは、軍隊の規律を子供の遊びと等しなみにすることであって、また何とおかしなことではないか。(36)

阮大鋮は兵部尚書であったから、その役者も武人として出世したということであろう。阮大鋮が清初の亂世に亡くなったため、かつて阮大鋮のもとにあった役者は冒襄のもとに身を寄せてきた。冒襄は彼らを引き受けたのである。南京の阮大鋮の家班の藝人は、「天下に甲たり」と稱贊されていた。それゆえ、阮大鋮が亡くなった後には、必然的に冒襄の家班が天下第一となったわけである。吳偉業が冒襄の家班に自分の作品を上演してもらうことを望んでいたというのも、理解できよう。『同人集』巻四には、呉偉業が冒襄に書き送った次のような手紙もある。

大梁の蘇崑生は聲音の一道に秀で、その精微に達していた。四聲九宮、清濁高低も、微妙なところまですっかりわかっていた。ほとんど子野（師曠のこと）、州鳩（古代の樂人）の水準であって、彼らと音樂について語り合うことができ、康崑崙（唐代の琵琶の名手）、賀懷智（唐代の梨園の樂工）などはいうに足らないのである。古道をまことにみずから愛し、今人の多くが彈かないものであった。かつての知り合いは大半が世を去って、江湖に淪落し、ほとんど齊王の門に瑟を持ってゆくのと同じであった。方今、大江南北の風流儒雅で、新聲を選んで楚調を歌うもの、わが老盟翁に過ぎるものがあるだろうか。わたしはそのため、（蘇昆生を）あなたに一目お目にかからせたく、まずこの手紙をお送りする次第です。ああ、宮仕え先をさがすことはなかなかつらいことで、扁舟に鐵笛を乘せ、風雪に江を渡って、知己を求めているのです。もし、これを引き取ってくれるものがなかったら、みずから歸ることもできません。名園の扉を開いて、上客としてお招きくださり、朗歌數曲を後日傳えることができれば、それは一段の佳話を添えることになりましょう。(37)

この手紙によれば、先の呉偉業「祝冒辟疆社盟翁先生雙壽序」（『同人集』巻二）にあった「以前安徽の司馬（阮大鋮）につかえ」ていた「梨園で古くから活躍していた藝人」とは、蘇崑生のことで、呉偉業が冒襄に蘇崑生を紹介したもののようである。蘇崑生は、孔尚任『桃花扇』第二齣「傳歌」において、李香君に崑曲を傳授する清客として登場する。

〔小旦（李貞麗）〕先日からお師匠さんにお願いして、歌を習っております。
〔末（楊文驄）〕それは誰かな。
〔小旦〕蘇崑生とかおっしゃる方です。
〔末〕蘇崑生か、それはもと周といって、河南の人だ。いまは無錫に寄寓している。前からよく知っているが、たしかになかなかの名手だ。（中略）
〔浄、扁巾をかぶり、便服にて蘇崑生に扮して登場〕
閑ろ翠館に來たりて鸚鵡を調へ、朱門に去きて牡丹を看るに懶し
わたしは固始の蘇崑生です。阮大鋮の屋敷を出てからは、妓院に身を投じ、美人たちの先生になっている方が、あの宦官の義子の幇閒になっているよりましというものではないか。(38)

冒襄の家班は主として如皐の屋敷において芝居を上演していたが、時には冒襄が外出する時、彼らを連れていくこともあったようである。龔鼎孳、杜濬、呉綺「庚寅暮春雨後、過辟疆友雲軒寓園聽奚童管絃度曲、時辟疆頓發歸思、兼以是園爲友沂舊館、故竝懷之。限韻卽席同賦（庚寅暮春雨後、辟疆が友雲軒の寓園に過ぎり奚童が管絃度曲を聽く、時に辟疆頓に歸思を發す、兼ねて是の園の友沂が舊館爲るを以て、故に竝びに之を懷ふ。韻を限り卽席に同賦す）」（『同人集』巻五）、冒襄「雨後同社過我寓齋聽小奚管絃度曲、頓發歸思、兼懷友沂。卽席限韻（雨後同社我が寓齋に過ぎり小奚が管絃度曲を聽く、頓に歸思を發し、兼ねて友沂を懷ふ。卽席に韻を限る）」（『同人集』巻五）、方拱乾「甲辰秋夜、集阮亭使君抱琴堂聽辟疆年世兄歌兒曲（甲辰の秋夜、阮亭使君が抱琴堂に集ひ辟疆

年世兄が歌兒の曲を聽く）」（『同人集』巻六）、王士禛、方亨咸、方膏茂、崔華「將赴金陵、巣民先生遠攜歌兒見過、邀龍眠先生、于皇、邵村、敦四、孝積、不雕、文在夜集同賦（將に金陵に赴かんとして、巣民先生遠く歌兒を攜へて過ぎらる、龍眠先生、于皇、邵村、敦四、孝積、不雕、文在を邀きて夜集し、同賦す）」（『同人集』巻六）などの詩題から、冒襄が揚州、南京などに出かけた時に歌童を引き連れていたことが知られる。さらに、康熙二十二年（一六八三）の暮には、揚州の天寧寺で芝居を上演したことが、冒襄「次日剪蔬、延輪庵雪悟兩和尙、出小優侑齋。輪公卽席賦詩、同雪公、書雲、湘草依韻酬和（次日剪蔬し、輪庵雪悟兩和尙を延き、小優を出して齋を侑く。輪公卽席に詩を賦し、雪公、書雲、湘草と同に韻に依りて酬和す）」（『同人集』巻九）によってわかる。この時の釋同揆（輪庵）の詩に「點綴園林鶯好夢（園林を點綴して好夢に驚く）」の句があるから、あるいは湯顯祖の『牡丹亭』を上演したのかもしれない。

韓菼の「潛孝先生冒徵君襄墓誌銘」（『有懷堂文藁』巻十六）に、冒襄について以下のような描寫がある。

甲申の黨獄がおこり、定生（陳貞慧）があわや殺されそうになった時、先生が誠意伯（劉孔昭）に賴んですんでのところで助かった。やがて定生、朝宗（侯方域）が相繼いで亡くなり、密之（方以智）は官を棄てて僧になって去っていった。そして先生がひとり殘っていたが、また世間で出世しようとの意はなくなっていた。家には以前から園池亭館の勝があったが、歸ってからますます客を好むようになり、客を招かない日がないほどであった。館での食事はただひたすら至らないことを恐れるばかり。才能ある者を愛して子弟のようにかわいがり、客がやってくると、自分の家に歸ったように感じたものであった。しかし家は日に日に沒落してゆき、園もまた荒廢していった。主人はかくして客のようになり、ほとんど身を落ち着けるところがなく

なっても後悔しなかった。晩年になってますます圖書を以てみずから娯しむようになり、よく長壽をたもってなくなった。(39)

この一文からは、冒襄晩年の生活が苦しい狀態にあったことがうかがわれる。晩年の生活狀況について、冒襄自身の「書邵公木世兄見壽詩後」(『同人集』巻三)には次のような一段の話が見られる。

八十の祝いをするようになったが、十年來、火に焚かれ刃に接し、その悲慘なさまは過去にも現在にもなかったもので、十二世の創業と守成、高曾祖父の墓田丙舍、豪家も盡きはて、結果として四世一堂、集まることもできなくなってしまった。二人の息子は貧しく犬馬の養を供することもできない。そこで、屋敷を賣って引っ越し、陋巷に獨居することにした。だが、それでも書物を手放すことができず、笑い傲ってひとり樂しむのである。毎晩燈火で蠅頭の文字數千を書き、それによって朝米酒にかえるのである。家には十餘名の童子があって、みずから歌曲を教え、劇團を作って人の宴會に供する。それで年に一二百兩をかせぎ、それによって客をもてなすのである。ところが、今年は宴會も少なく、長年坐して食らっていたために、主人も僕も枯魚の肆に入ることになってしまった。(40)

この文章の末尾には「八十庚生老人巣民冒襄」との署名があり、冒襄が世を去る三年前、すなわち康熙二十九年(一六九〇)に書かれた文章であることがわかる。この文章から見ると、當時、貧困にあえいでいた冒襄は、代々の屋敷を手放し、陋巷に移り住んでいた。この引っ越しは、序論で見た、康熙二十三年(一六八四)東雲路への引っ越しを指すであろう。そして、みずから指導した家班の役者たちによその家の宴會で芝居を演じさせ、毎年の收入が百兩から二百兩になっていたという。こうなると、冒襄が家班を育成した目的は、ただ單に自分の樂しみというところを越えていたようである。

冒襄の家班の藝人のうちでは、秦簫、徐紫雲、楊枝などがよく知られている。陳瑚の「得全堂夜讌後記」(『同人集』巻二)には、

役者が『邯鄲夢』を歌った。役者は、巣民が教えた少年である。徐郎は歌が上手、楊枝は舞が得意で、秦簫なるものは、よく哀音をなすことができ、聲がのどから發されるたびに、かならずその聲をのばして激するのである。その悲しさに、一座はすすり泣きをした。(41)

とあった。このうち楊枝については、鈕琇の『觚賸』巻二に「小楊枝」がある。

如皐の冒辟疆、家には園亭聲伎の勝があった。歌者の楊枝は、そのさまきわめて妍媚であって、知名の士による題贈が巻に盈ちあふれた。ただ陳其年(陳維崧)が最も長じていた。二十年を經て、楊枝も年老いた。その息子もまた容姿が美しかったので、小楊枝と呼ばれた。ある日、宴會があり、辟疆は以前の詩巻を出して示した。虞山の邵青門(邵陵)がその後に詩を題した。

「唱出す陳髯絶妙の詞、燈前認取す小楊枝。天工は斷たず消魂の種、又た値る春風二月の時。(42)」

楊枝は父子二代にわたって冒襄の家班の藝人であったことが知られる。

だが、家班の藝人のうちで最も有名なのは、やはり徐紫雲であろう。彼は、陳維崧に氣に入られたことで知られる。陳維崧と徐紫雲については、あるエピソードがある。これも鈕琇の『觚賸』巻二「賦梅釋雲」に見える。

わたしに付き合いのあるもののうち、海内の三大ひげ男は、一人は慈溪の姜西溟（姜宸英）、一人は邵陽の康孟謀（康乃心）、一人は陽羨生の陳其年（陳維崧）である。其年がまだ不遇であった頃、揚州に遊んだ。冒巣民はその才を愛し、梅花別墅に至らせた。紫雲という名の少年があり、美しく歌が上手であって、書堂における小間使いをさせていた。其年は一目見て心が移り、佳句を贈り、その圖像を描き、巻帙に装幀させて、「雲郎小照」と稱した。ちょうど別墅の梅が満開になり、其年は紫雲とともに暗香疏影の間を徘徊していた。巣民はたまたま高樓に登っていて、遙かにそれを望み見た。急に怒ったふりをして、二人の強健な僕をつかわし、紫雲をしばって連れてゆかせ、杖を加えようとした。其年はどうにも手の打ちようがなく、思いきわまって彷徨し、冒襄の母親に一言口をきいてもらい、この災難を逃れることを思いついた。時にすでに薄暮であったが、老母の宅に赴いて、門外に跪き、門番に告げた。「わたくし陳某に火急のことがあり、太夫人さまに一つ玉音を發していただきとうぞんじます。お許しいただけないならば、わたしは立ち上がりません。」そこで紫雲の事を詳しく話したのである。しばらくして老下女が出てきていった。「先生もうおやめくださいい。巣民は母親の命に従い、すでに雲郎を罰しないことにしました。しかし、そのためには、先生が梅を詠じた絶句百首を今夕のうちに作らなければなりません。そうすれば、雲郎を左右のお世話のためにお送りします。」其年は大喜びして、着物のすそをはしょって戻り、燈火のもと筆をとり、明け方まで苦吟した。百詠ができあがり、すぐに巣民に届けた。巣民は讀んで讃歎し、笑って雲郎を遣わしたのであった。(43)

この時、陳維崧は冒家の館師（家庭教師）として冒襄の家に逗留していた。冒襄は陳維崧と紫雲の二人が親しそうに梅花を鑑賞しているのを見、激怒した。文中では「怒ったふり（佯怒）」と書いているが、冒襄は自分のお氣に入りの藝人が他人に寵愛されたことで、相當本氣になって怒ったのではなかったろうか。冒襄には、それほどまでに紫雲に對して思い入れがあったということである。

冒家の藝人については、當時の文人たちが作った詩も殘されている。鄧漢儀の「徐郎曲」、「楊枝曲」（『同人集』巻六）、陳維崧「秦簫曲」、「徐郎曲」、「楊枝曲」（『同人集』巻六）、呉鏘「得全堂席上戲賦贈三小史（得全堂席上に戲れに賦して三小史に贈る）」（徐雛、金菊、金二菊等の藝人を詠じている。『同人集』巻十一）、呉鏘「醉賦三律、雛兒出扇索書、因再題斷句一首。時明月將沈、漏鼓四下矣（醉ひて三律を賦す、雛兒扇を出して書を索む、因て再び斷句一首を題す。時に明月將に沈まんとし、漏鼓四下せり）」（『同人集』巻十一）などである。陳維崧の長詩である「徐郎曲」では、徐紫雲の美貌と才能をほめちぎっている。そのはじめの幾句かを見よう。

江淮國工亦何限　江淮の國工　亦た何をか限らん
徐郎十五天下奇　徐郎　十五にして　天下に奇たり
一聲兩聲秋雁叫　一聲　兩聲　秋雁叫び
千縷萬縷春蠶絲　千縷　萬縷　春蠶の絲
滌除胸臆忽然妙　胸臆を滌除して　忽然として妙なり
檢點腰身無不爲　腰身を檢點して　爲さざるは無し
高才刓曲驚莫敵　高才もて曲を刓り　敵莫きに驚く
細心入破眞吾師　細心　入りて眞吾師を破る

陳維崧はさらに紫雲の姿を描き、多くの文人たちがその繪に題詩を作った。これらの詩は張次溪が編んだ『九青圖詠』に收められており、七十六人一百六十首の詩がある。[44]

五、結び

以上の各章で見た冒襄の演劇活動につき、最後にまとめてみたい。冒襄は若い頃から晩年に至るまで、ずっと演劇に對して深い興味を抱いていた。しばしば演劇を見たばかりではなく、みずから家班を擁し、みずから藝人の指導までしていたというのであり、まことに一個の「戲迷」にほかならない。莊一拂の『古典戲曲存目彙考』によれば、冒襄に自作の戲曲『山花錦』『樸巢記』などがあったという。だが、これらの作品は現在では見ることができないようである。[45]

では、冒襄はいったいなぜ、これほどまでに演劇を愛好したのであろうか。その理由については、前にも引用した余懷の「冒巢民先生七十壽序」（『同人集』巻二）に、

巢民は平素から多く美人たちに圍まれ、女優や樂師たちを好んで蓄え、園林花鳥、法書名畫などを一所懸命集めている。とりわけ賓客を好み、家に水繪庵、小三吾亭などをしつらえて、客がやって來ると、決まって引き留めること數十日、酒を飲み、詩を賦して、すっかり夢中になってようやく去らせるのであって、玉山清閟（元の顧瑛と倪瓚）の風があった。しかしながら、わたしの見るところ、巢民が美人を擁しているのは、色を漁るためではない。女優や樂師を蓄えているのは、音樂に淫しているからではない。園林花鳥、飲酒賦

詩も、酒を飲んで廣く人と交わり、その名聲を天下に賣ろうというのではない。それはひとえにそこに寄託するところがあるからである。古の人は胸のうちに感憤無聊不平の氣がおこると、必ず一事一物に寄せて、そのもやもやをはらしたのである。信陵君が酒を飲み、婦人を近づけたのも、嵆叔夜（康）における鍛冶、劉玄德（備）における結託、劉伯倫（伶）における鋤擔ぎ、米元章（芾）における拜石などなど、いずれもそれなのである。巢民は意をこれらに寄せて詩歌を作り、それが篇帙を重ねるようになった。もし天下後世の者が、その書を讀み、その人を想い見るならば、信陵君や元章のような人物であると思って何の惡いことがあろう。(46)

つまり、冒襄は演劇を胸中にある「感憤無聊不平の氣」のはけ口としていたというのである。また、瞿有仲「巢民冒先生五十榮壽序」（『同人集』巻二）にも、

時に東皐にあって、東皐の人士は、好んで先生の行事を語らないものはなかった。だが、ただ聲歌に情を溺れさせていたことについては、そのことで先生を惡くいうものがあった。さて、先生の心をいったい誰が知るであろうか。そこで先生は人が知らないということによって、わが情を逃れ、わが志を寄せていることをいおうとしておられるのである。記憶によれば、觀劇の夜、先生は童子を指さしてわたしにいわれた。「時の人はわたしを理解しているだろうか。風蕭水寒は、これ荊卿（荊軻）の筑である。月樓秋榻は、これ劉琨の笛である。雲を見、景に觸れて、古に感じ今を思う、これは皐羽（謝翺）の竹如意である。だから、わたしがこれに教えるのに、つねに古樂府中の時宜に合わないものを選んで教えるのであって、ただあなたのように心を同じくするものに樂を語るばかりなのである。ついに時人の目をよろこばせることはできない。」ああ、先生の心は、先生がご存じであって、先生よりほか、わたしが先生を知るような者を求めることは多くは得

られまい。古の人は、靑雲を淩ぐ志がありながら、身を泥汚の中にくらまして、心名が顯われることを願わない、またどうして人の言など惜しもうか。しかしながら、家財を散じて歌伎にのめりこみ、義を踏み危險を陵ぐのは、また何の心であろうか。今先生は五十になられた。誕生日にあたり、親戚友人が座に滿ちている。わたしは客鄉にあって、やってくることもできないので、先生の酒を借り、歌童中で紫雲のように歌のうまいものに命じて、わたしが先生に贈った長歌をうたってもらい、先生のお祝いとしたい。(47)

とある。「風蕭水寒は、これ荊卿の筑である」というのは、秦の始皇帝を刺殺しようとはかった荊軻のことである。「月樓秋榻は、これ劉琨の笛である」とは、劉琨が胡騎に取り圍まれながら、月下の城樓で胡笳を吹いたところ、賊兵が涙を落したという故事である。「雲を見、景に觸れて、古に感じ今を思う、これは皐羽の竹如意である」というのは、宋朝の遺民謝翶である。これらはいずれも、主人公たちがみな當世の政治に對して不平があり、それを音樂に寄託した故事なのである。

もともと芝居好きな家に生まれ育った冒襄が、明末淸初の激動の時代を生きた。そして明朝の遺民となって、忠義を盡くしつつ、一生を鬱悶のうちに過ごした。冒襄のこうした心情が、演劇によって慰藉されたのではなかったろうか。(48)

注

（1）「冒子以朋友爲性命、園亭聲伎之樂、蓋欲與朋友共之、而不徒以自娛樂也。」

（2）序章で觸れたように、冒襄が水繪園を手に入れたのは、順治十一年前後のことであるが、最も人口に膾炙しているのが水繪園であったことはまちがいない。水繪園における冒襄の生活ぶりについては、李孝悌「冒辟疆與水繪園中的遺民世界」（『昨日到城市　近世中國的逸樂與宗教』聯經出版　二〇〇八）がある。同文中では、水繪園の造營と園中における演劇活動についても觸れている。また顧啓『冒襄研究』（江蘇文藝出版社　一九九三）に「冒襄家樂班的戲劇活動」、「湯顯祖傳奇在明遺民中」、「冒襄戲劇活動繫年」などがある。ほかにも王利民・丁富生・顧啓『冒辟疆與董小宛』（中華書局　二〇〇四）第七章第五節「四方賓友至如歸　遺民風韻滿九州――水繪園中的結社唱和與戲劇活動」がある。また、江南文人と園林については、拙稿「中國明清文人たちの樂園　江南の園林をめぐって」（『アジア遊學　八十二　特集　樂園――東と西――』勉誠出版　二〇〇五）を參照。

（3）「辛巳早春、余省覲去衡嶽、繇浙路往。過半塘訊姬、則仍滯黄山。許忠節公赴粤任、與余聯舟行。偶一日赴飲歸、謂余曰、此中有陳姬某、擅梨園之勝、不可不見。余佐忠節治舟數往返、始得之。其人淡而韻、盈盈冉冉、衣椒繭、時背顧湘裙、眞如孤鸞之在煙霧。是日演弋腔紅梅。以燕俗之劇、咿呀嘀啢之調、乃出之陳姬身口、如雲出岫、如珠在盤、令人欲仙欲死。漏下四鼓、風雨忽作、必欲駕小舟去。余牽衣訂再晤。答云、光福梅花如冷雲萬頃。子能越旦偕我遊否。則有半月淹也。余迫省覲、告以不敢遲留故。復云、南嶽歸棹、當遲子於虎疁叢桂閒。蓋計期、八月返也。」

（4）「初三日、半塘看曹蘭皐、同楊漪炤、陳畹芬復登虎邱。天色稍霽、遊人頗多。余踞石趺坐久之。遍歴諸勝、兩叔禮塔、余不克登、坐等慈閣、望太湖白練萬里、閣下古松如虬、蒼髯欲舞、觀之不忍去。午過本如房、啖麵洗俗。晩漪炤邀留暢飲。」

（5）「初四日、朱雲子歸自西山、相訂看梅。余以行促辭留。令弟望子齋頭清譚半晌。旋同若翁登遊船看畹芬演劇。冰綃霧縠中聽遏雲之響、生平耳目罕遘。達曙方散。」

（6）「南曲中、妓以串戲爲韻事、性命以之。楊元、楊能、顧眉生、李十、董白以戲名。」

（7）「（二月）十三日、（中略）午後買小舟遊湖心亭、觀鄰舟演劇。」

（8）「（二月）十八日、寒甚。復飲湖中、看朱楚生演竇娥冤。」

（9）「（三月）初六日、蚤放舟行八十里、午後至河口。（中略）對河山下有女優演劇、同兩叔拿小舟往觀。嘀呀咿啢難爲聽、何千古同然也。」

(10)「(三月)十四日、辰刻風稍緩、自南浦放舟、過象牙潭八十里。夜泊市汊。(中略)市中演劇者五、六博讙呼、四方蝟集、燈火達旦。」

(11)「(三月)二十五日、(中略)頃刻至湘東。一路石秀溪迴、不可名狀。換永州蘆船泊洲上。看村人演劇。」

(12)「數年來、余裹足荒山、冒子屏跡園林、與天下守志之士、流連高詠、羽觴醉月、曲水歌風。花之朝、月之夕、擘箋刻燭、雜以絲竹管絃之盛。否則郵筒往返、寄騷雅之興、寫優游之況、遠近慕其流風、恨相見之晚、而小三五倡和、遂甲天下。」

(13)「時日已將暝、乃開寒碧堂、爰命歌兒演紫玉釵、牡丹亭數劇。」

(14) ほかにも瞿有仲「得全堂讌集。次巢翁先生原韻(得全堂に讌集す。巢翁先生の原韻に次す)」(『同人集』巻六)、陳瑚「和有仲觀劇斷句十首(有仲の觀劇斷句十首に和す)」(『同人集』巻六)、瞿有仲「觀劇雜成斷句、呈巢翁先生竝似穀梁、青若兩年道兄一粲(觀劇して斷句を雜成す、巢翁先生に呈し竝びに穀梁、青若兩年道兄に一粲を似る)」(『同人集』巻六)、吳璉「甲子王正十九日集嘉禾閣觀劇、調寄春從天上來、呈巢民夫子(甲子王正の十九日、嘉禾閣に集ひ觀劇す、調は春從天上來に寄せ、巢民夫子に呈す)」(『同人集』巻十)など、觀劇についての資料がある。

(15)「吳門南曲推沈恂如、北曲推沈子芬。余客吳門、恂如每向余讚嘆、水文諸姬獨得其傳。」

(16) この俞瀫の家の女樂については、孔尚任の詩にも「再過海陵、俞錦泉中翰留觀家姬舞燈、即席作」(『湖海集』巻二　丁卯存稿)、「暮秋喜冒辟疆、鄧孝威諸耆舊集昭陽、俞錦泉中翰亦挾女部至、欲作花洲社不果、悵悵賦此」(『湖海集』巻三　丁卯存稿)などがある。相當に有名だったのであろう。

(17)「著述有得全堂文集若干卷、得全堂詩集若干卷。」

(18)「酒酣以往、輒狂以悲、共訾懷寧。懷寧故奄黨也。時金陵歌舞諸部甲天下、而懷寧歌者爲冠、歌詞皆出其主人。懷寧欲自結、當先生讌客、嘗令歌者來。先生與客令之歌、且罵且稱善。懷寧聞益恨。」

冒襄と阮大鋮については、謝國楨『明清之際黨社運動考』(商務印書館　一九三四)「復社始末下」に記述がある。

(19)「有皖人者、故奄黨也。流寓南中、通賓客、畜聲伎、欲以氣力傾東南。知諸君子唾棄之也、乞好謁以輸平、未有閒。會三人者置酒雞鳴埭下、召其家善謳者歌主人所製新詞。則大喜曰、此諸君欲善我也。既而偵客云何。見諸君箕踞而嬉、聽其曲時、亦稱善。夜將半、酒酣、輒衆中大罵曰、若璫兒媼子、乃欲以詞家自贖乎。引滿浮白、撫掌狂笑、達旦不少休。於是大恨次骨、思有以報之矣。」

(20)「維崧猶憶、戊寅己卯間、而懷寧有黨魁居留都云、時先人與冒先生來金陵、飾車騎、通賓客、尤喜與桐城嘉善諸孤兒游。游則必置酒召歌舞。金陵歌舞諸部甲天下、而懷寧歌者爲冠。所歌詞皆出其主人。諸先生聞歌者名、漫召之、而懷寧者素爲諸先生詬厲也、日夜欲自贖。深念固未有路耳。則亟命歌者來、而令其老奴以來。是日演懷寧所撰燕子箋。而諸先生固醉、醉而且罵且稱善。懷寧聞之殊恨。」

(21)「秦淮中秋日、四方同社諸友、感姬爲余不辭盜賊風波之險、閒關相從、因置酒桃葉水閣。時在坐爲眉樓顧夫人、寒秀齋李夫人、皆與姬爲至戚。美其屬余、咸來相慶。是日新演燕子箋、曲盡情豔、至霍華離合處、姬泣下、顧李亦泣下。一時才子佳人、樓臺煙水、新聲明月、俱足千古。至今思之、不異遊仙枕上夢幻也。」

(22)「中秋夜爲姬人洗塵於漁仲河亭。懷寧伶人燕子箋初演盡姸極態、演全部白金一斤。」

(23)「演劇妙絕、每折極贊歌者、交口痛罵作者。諸人和子一聲罪醜詆至極。達旦不休。伶人與長鬚歸泣告懷寧。」

(24) 陳瑚はこのとき水繪園で『中庸』を講じた。その記録が、「水繪園講義」（『確庵先生文鈔』巻一）である。ことは王汎森『晩明清初思想十論』（復旦大學出版社　二〇〇四）「日譜與明末清初思想家」にも見える。

(25)「昔崇禎壬午、予遊維揚。維揚者、吾師湯公惕庵宦遊地也。予與冒子同出公門、因得識冒子。冒子飾車騎、鮮衣裳、珠樹瓊枝、光動左右。予嘗驚嘆、以爲神仙中人。時四方離亂、淮海晏如、十二樓之燈火猶繁、二十四橋之明月無恙。予寓魯子戴馨家、魯子爲予置酒、亦歌燕子箋。一時與予交者、冒子魯子而外、尚有王子螺山、鄭子天玉諸君、皆年少、心壯氣豪、自分掉舌握管、驅馳中原、不可一世。曾幾何時、而江河陵谷、一變至此。」

(26)「冒子仰天而嘆。已乃顧予笑曰、君其有感於燕子箋乎。予則更甚。不見梅村祭酒之所以序予者乎。猶憶金陵罵座時、悲壯激昂、奮迅憤懣、或擊案、或拊膺、或浮大白、且飲且詬罵。一時伶人皆緩歌停拍。歸告懷寧而禍且不旋踵至矣。當是時、燕子箋幾殺予。」

(27)「『秣陵春』又名『雙影記』、吳偉業作。有『古本戲曲叢刊』三集影印本。寫於清順治三年或四年。二卷、四十一齣。敍寫南唐大臣徐鉉之子徐適與黃濟之女黃展娘在南唐亡後的愛情故事。前部分寫李後主在冥中爲徐適與展娘主婚事、後部分寫徐適在南唐亡後、拒不接受新朝特賜狀元。作者在自序中、閃鑠其辭、云此劇之作有所「寄託」。錢謙益詩・「誰解梅村愁絕處、秣陵春是隔江歌。」杜牧有「商女不知亡國恨、隔江猶唱後庭花」之句、錢詩所云「隔江歌」者、卽謂「亡國恨」也。此劇借徐適與展娘故事、寄託哀弔故國之思。劇本曲詞典雅淒絕、但頭緒繁多、結構松散。順治年間、曾在蘇州滄浪亭等處演出。」

「蘇州の滄浪亭」とあるが、本章に引く吳偉業の手紙には「近演於豫章滄浪亭」とある。

(28) 徐釚『詞苑叢談』巻九「吳祭酒題曲詞」の條に見える。

(29) 「梅村祭酒填秣陵春初成時、阮亭使君司李吾郡。寄札云、聞巢民家樂、紫雲楊枝聲色竝絕、亟寄副本爲我翻出。阮亭以書傳語而副本未見。去夏偶得刻本、讀之喜心倒極、字字皆鮫人之珠、先生寄託遙深。詞場獨擅、前有元人四家、後與臨川作勍敵矣。」

(30) 吳偉業が『秣陵春』を作った年代についてはいくつかの説がある。清の顧師軾編『梅村先生年譜』では『秣陵春』を順治九年の條に懸けている。上述の『中國曲學大詞典』には、順治三年あるいは四年に書かれたとあった。徐扶明「『秣陵春』傳奇的寄託」(徐扶明『元明清戲曲探索』浙江古籍出版社　一九八六)では、「『秣陵春』は順治四年以後、順治十年以前に作られた。最もありうるのは、おそらく順治六、七年の閒であろう」という。だが、順治四年(一六四七)にはすでに刊行されていた沈自晉『南詞新譜』「古今入譜詞曲傳劇總目」の中に、「秣陵春　新傳奇」がある。『南詞新譜』巻八中呂引子に『秣陵春』第十三齣の「金菊對芙蓉」、巻十八商調過曲に『秣陵春』第二十五齣の「山羊轉五更」がある。となれば、『秣陵春』は順治三年ごろに書かれたことになる。『秣陵春』については、さらに小松謙「吳偉業の戲曲について——『秣陵春』を中心に」(『東方學』第七一輯　一九八六)がある。

(31) 「小詞秣陵春、近演於豫章滄浪亭。江右諸公皆有篇詠、不識曾見之否。江左玲瓏亦有能歌一闋乎。望老盟翁選秦青以授之也。竝及不一。」

(32) 「時日已將暝、乃開寒碧堂、爰命歌兒演紫玉釵、牡丹亭數劇。」

（33）「歌燕子箋之日、座上客爲誰。余子公佑、錢子季翼持正、石子夏宗、張子季雅小雅、宗子裔承、郜子昭伯、冒子席仲、皆吾師樽瓠趙先生之門生故舊也。談先生遺言往行、相與嘆息。越一日、諸君招余復開樽於得全堂。伶人歌邯鄲夢。伶人者巢民所教之童子也。徐郎善歌、楊枝善舞、有秦簫者解作哀音、每一發喉、必緩其聲以激之。悲涼倉兒、一座唏噓。主人顧予而言曰、嗟乎。人生固如是夢也。今日之會、其在夢中乎。予仰而嘆、俯而躊躕。」

（34）冒家の家班と俳優については、陸蕚庭『昆劇演出史稿』（上海文藝出版社　一九八〇）一二六―一二八頁。齊森華・陳多・葉長海主編『中國曲學大詞典』（浙江教育出版社　一九九七）「如皋冒氏家班」の條（八五一頁）。明清の家樂についての總論としては、劉水雲『明清家樂研究』（上海古籍出版社　二〇〇五）。

（35）「東皐巢民冒先生者、少以絕代才名、出而交天下士、長而遊名山、涉京華、攬轡澄清、廓然有用世志。及遭喪亂、遂謝知交、閉戶不出、日坐水繪園中、聚十數童子、親授以聲歌之技、示無意天下用。」

（36）「謝安石有言、中年以來、傷於哀樂、政賴絲竹陶寫耳。迺有梨園舊工、自云、向事皖司馬、爲之主謳。江上視師之役、同輩皆得典兵、黃金橫帶。夫執干戈以衞社稷、付之俳優侏儒、而猶與吾黨講恩仇而爭勝負、用仕局爲兵機、等軍容於兒戲、不亦可溘然一笑乎。」

（37）「大梁蘇崑生兄於聲音一道、得其精微、四聲九宮、清濁抗墜、講求貫穿於微渺之間、幾欲質子野、州鳩而與之辨、康崑崙、賀懷智不足道也。古道良自愛、今人多不彈。昔年知交、大半下世、淪落江湖、幾同挾瑟齊王之門矣。方今大江南北風流儒雅、選新聲而歌楚調、孰有過我老盟翁者乎。弟故令一見左右、以小札先之。嗟乎。仕方窮苦、扁舟鐵笛、風雪渡江、以求知己。倘無以收之、將不能自還、幸開名園、延上客、朗歌數曲、後日傳之、添一段佳話也。」

（38）「〔小旦（李貞麗）〕前日才請一位清客、傳他詞曲。〔末（楊文驄）〕是那個。〔小旦〕就叫甚麼蘇崑生。〔末〕蘇崑生、本姓周、是河南人、寄居無錫。一向相熟的、果然是個名手。（中略）〔淨扁巾、褶子、扮蘇崑生上〕閒來翠館調鸚鵡、懶去朱門看牡丹。在下固始蘇崑生是也、自出阮衙、便投妓院、做這美人的教習、不強似做那義子的幫閒麼。」

（39）「甲申興黨獄、定生捕得幾死、先生賴誠意伯僅免。既而定生、朝宗相繼歿、密之棄官爲僧以去。而先生獨存、亦無意於世矣。家故有園池亭館之勝、歸益喜客、招致無虛日。館餐惟恐不及。其才雋者愛之如子弟、客至如歸。而家日落、園亦中廢。主人遂如客、幾無所歸、亦不自悔也。晚益以圖書自娛、克大年享以終。」
(40)「獻壽八十、十年來火焚双接、慘極古今、十二世創守世業、高曾祖父墓田丙舍、豪家盡踞、以致四世一堂不能團聚。兩子罄竭、拌不能供犬馬之養。乃鬻宅移居、陋巷獨處。仍手不釋卷、笑傲自娛。每夜燈下寫蠅頭數千、朝易米酒。家生十餘童子、親敎歌曲、成班供人劇飲。歲可一二百金、謀食款客。今歲儉少宴會、經年坐食、主僕俱入枯魚之肆矣。」
(41)「伶人歌邯鄲夢。伶人者巢民所敎之童子也。徐郎善歌、楊枝善舞、有秦簫者解作哀音、每一發喉、必緩其聲以激之。悲涼倉兄、一座唏噓。」
(42)「如皐冒辟疆、家有園亭聲伎之勝。歌者楊枝、態極妍媚、知名之士、題贈盈卷、惟陳其年擅長。閱二十年而楊枝老矣、其子亦玉人也、因呼小楊枝。一日讌集、辟疆出前卷相示、虞山邵青門題其後曰、唱出陳髯絕妙詞、燈前認取小楊枝。天工不斷消魂種、又值春風二月時。」
(43)「余所交海内三髯、一爲慈溪姜西溟、一爲邵陽康孟謀、其一則陽羨生陳其年也。其年未遇時、遊於廣陵、冒巢民愛其才、延致梅花別墅。有童名紫雲者、儇麗善歌、令其執役書堂。生一見神移、贈以佳句、竝圖其像、裝爲卷帙、題曰雲郎小照。適墅梅盛開、生偕紫雲徘徊於暗香疏影閒。巢民偶登内閣、遙望見之。忽佯怒、呼二健僕縛紫雲去、將加以杖。生營救無策、意極傍徨、計唯得冒母片言、方解此厄。時已薄暮、乃趨赴老宅前長跪門外、啓門者曰、陳某有急、求太夫人發一玉音。非蒙許諾、某不起也。因備言紫雲事。頃之、青衣媼出曰、先生休矣、巢民遵奉母命、已不罪雲郎。然必得先生詠梅絕句百首、成於今夕、仍送雲郎侍左右也。生大喜、攝衣而回、篝燈濡墨、苦吟達曙。百詠既就、亟書送巢民。巢民讀之擊節、笑遣雲郎。」
(44)徐紫雲については、冒家の後代である冒廣生の編んだ『雲郎小史』がある。『雲郎小史』『九青圖詠』はともに、張次溪編『清代燕都梨園史料』（中國戲劇出版社　一九八八）に収められている。村上正和「明末清初における士大夫の俳優扶養と雍正帝の芝居政策――近世中國における社會的結合の一側面――」（『東洋學報』第八九巻第一號　二〇〇七）が陳維崧と徐紫雲について詳しく紹介している。
(45)莊一拂『古典戲曲存目彙考』（上海古籍出版社　一九八二）一二九〇頁。

（46）「計巣民生平多擁麗人、愛蓄聲樂、園林花鳥、法書名畫、充牣周旋。尤好賓客、家有水繪庵小三吾。客至必留連數十日、飲酒賦詩、淋漓傾倒而後去、有玉山淸閟之風。然自我觀之、巣民之擁麗人、非漁於色也。蓄聲樂、非淫於聲也。園林花鳥、飲酒賦詩、非縱酒泛交、買聲名於天下也。直寄焉爾矣。古之人胸中有感憤無聊不平之氣、必寄之一事一物、以發洩其堙曖、如信陵君之飲醇酒、近婦人、嵆叔夜之鍛、劉玄德之結託、劉伯倫之荷鍤、米元章之拜石、皆是也。巣民寄意於此、著爲詩歌、盈篇累帙、使天下後世、讀其書、想見其人、即以爲信陵元章何不可者。」

（47）「時在東皐、東皐人士、無不樂道先生行事、獨其溺情聲歌、有以此少先生者。夫先生之心、誰其知之。乃先生正藉人之不知、而謂可以逃吾情而寄吾志也。記觀劇之夜、先生指童子而語余曰、時人知我哉。風蕭水寒、此荆卿筑也。月樓秋榻、此劉琨笛也。覽雲觸景、感古思今、此皐羽竹如意也。故予之敎此、每取古樂府中不合時宜者敎之。祇與同心如子者言樂耳。終不以悦時目。嗚呼、先生之心、先生知之。自先生而外、求如吾輩之知先生者、可得多哉。古之人、有志凌青雲之上、身晦泥汚之中、心名且不願顯、又何惜乎人言哉。然有散家財、屛歌伎、踏義陵險者、又何心哉。今先生年五十矣。覽揆之辰、親朋滿座。余在客鄕、無以將意、即借先生之酒、命歌童中善歌如紫雲者歌余贈先生長歌以爲先生壽。」

（48）明末淸初に活躍した戯曲小説作者の李漁は、冒襄と同じ年に如皐で生まれ、二十歳前後までを如皐で過ごしている。沈新林「李漁與冒襄」（『淮陰師範學院學報』第二十五巻　哲學社會科學版　二〇〇三）が、この二人の共通點と相違點を分析しており興味深い。ともに如皐の人だったようであるが、兩者に直接の交遊はないようである。冒襄は名家の御曹司、住む世界がちがったということなのかもしれない。ただ、冒襄と交際のあった龔鼎孳、杜濬、尤侗などは李漁とも交遊があったことは、伊藤漱平「李漁の戯曲小説の成立とその刋刻――杭州時代における張縉彥・杜濬・丁耀亢らとの交遊を軸として見た――」（『二松』第一集　一九八七）、同「「李漁の戯曲小説の成立とその刋刻」補正」（『二松』第二集　一九八八）ほかに詳しい。杜濬については、徐志平「遺民詩人杜濬生平及交遊考論」（國立嘉義大學『人文研究期刊』第二期　二〇〇七）がある。

付論一　呉兆騫の悲劇——丁酉江南科場案と寧古塔

はじめに

第一部第三章において、南から鄭成功の軍隊が南京に迫ろうとしていた順治十四年（一六七五）の秋、南京に多くの人々が訪れ、さまざまな集會を行っていたことを述べた。そして、まさしくその年に南京で行われた江南郷試で不正があったとの疑いから、一大疑獄事件（丁酉江南科場案）にまで發展し、多くの關係者が處罰されたことに觸れた。そして第二章で取り上げた方拱乾は、この丁酉江南科場案に連座して、北の果て、寧古塔に流罪になっている。

ここで取り上げる呉兆騫もまた、丁酉江南科場案に巻き込まれ、寧古塔送りになった人物である。呉兆騫の流罪に對し、江南の人士たちは大いに同情の思いを寄せたのであった。ここでは呉兆騫を軸に、丁酉江南科場案と寧古塔をめぐる悲劇についてふりかえってみることにしたい。

一、才子吳兆騫

人の運命には、まったく突然、何のいわれもない不幸がふりかかってくることがある。

明清の王朝交替による混亂の時代ではあったが、江南地方の名家に生まれ、さしたる不自由もなく幼少年時代を過ごし、長じては才子の名聲をほしいままにし、文人たちの間ではばひろい交際をする。科擧の試驗を受ければ、難關である鄕試、しかも數多くの秀才たちがひしめく江南鄕試に及第、たった一度の受驗で擧人になった。ここまでの經歷を見る限り、天はこの人物に至上の幸福を授けたといえるであろう。

この人の名は吳兆騫、字は漢槎、蘇州にほど近い吳江の人。明末崇禎四年（一六三一）の生まれである。吳家は代々高官を輩出した名家であり、父の吳晉錫も崇禎十三年（一六四〇）の進士であった。吳兆騫は順治十四年（一六五七）、二十六歲の年に南京で行われた江南鄕試を受驗し、合格した。科擧の制度は童試、鄕試、會試、殿試など何段階にもわたる試驗によって成り立っていたが、なかでも一番の難關が、鄕試であった。吳兆騫はその鄕試に難なく及第したのである。鄕試は秋八月に行われ、續いて翌年三月、都の北京で行われる會試がある。會試に及第すれば、いよいよ最終段階、皇帝みずからが試驗をする殿試であり、殿試に及第すれば、中國の人々の最高のあこがれ、進士になることができる。北京での會試に臨もうとする吳兆騫の胸はいやが上にも高鳴ったのではないかと思う。

ところが、吳兆騫が受驗し合格した、まさしくこの順治十四年、丁酉の年の江南鄕試をめぐって、江南の地の人々を震撼させる一大疑獄事件がおこる。いわゆる丁酉江南科場案である。試驗の主考官、副考官が賄賂を取ってでたらめな試驗を行い、一族のものを不正に合格させたのではないかとのうわさに端を發し、主考官の彈劾事件にまで發展したのである。事を知った順治帝は、禮部（科擧をつかさどるのは禮部）、刑部に命じて徹底的な調査究明に乘り出す。

もちろん事件そのものは、吳兆騫にとって何ら身に覺えのあることではない。鄕試の次の年の春に北京で行われる會試に向けて、意氣揚々と旅立ったのではないかと思われる。會試、殿試に及第し故鄕に錦を飾る自分の姿を想像しながら。

ところが、前年の江南鄕試に合格した新擧人たちを待ち受けていたのが、北京における投獄、そして再試驗であった。試驗官が賄賂によって、でたらめに合格させたのではないかとの疑いを、受驗生の學力を再試驗することによって調査しようとしたわけである。受驗生にすればたまったものではない。

順治十五（一六五八）年三月九日、吳兆騫をはじめとする江南鄕試合格者は北京の禮部に赴き、會試受驗の報告に來たところ、全員ただちに繩をかけられ、刑部の獄につながれてしまったのであった。そしてその四日後、三月十三日に、順治帝みずからの臨席のもと、彼らに對する再試驗が行われた。試驗の際には、刀を持った武人がいかめしく立って見張りをし、受驗生たちを見ること、あたかも仇を見るかのようであったという。この時期の北京は、春とはいってもまだまだ寒い。この時も、みながふるえるほどの寒さであった。

吳兆騫は再試驗に際して、白紙の答案を提出してしまった。その理由については、病氣であった、ほんとうに恐ろしかった、あるいは故意、などなどさまざまな理由が述べられている。眞相は、今となってはわかろうはずもない。だが、極度の緊張によって白紙の答案しか出せなかったというのも、どこかこの心弱き秀才にはありそうなことのように思われる。

理由はともかく、白紙答案を提出したことは、試驗に對する一大不敬ともいえるわけで、吳兆騫に最惡の結果をもたらしたことはまちがいない。再試驗の結果、十四名の舉人が資格を剝奪され、その他のものも、たった一人を除いて、會試を受驗することが許されなかった。相當きびしい處置といわねばなるまい。

二、父母に寄せる手紙

再試驗の後も、吳兆騫は獄に留め置かれた。このとき吳兆騫が、故鄉の兩親に書き送ったとされる手紙が殘っている。ここで、この手紙、「父母に上るの書」を讀んでみることにしたい。

兒兆騫百拜父母兩親大人膝下。兒不幸遭此冤禍、拘繫刑曹。中心哀慘、惟不能忘我父母養育之恩耳。夢魂無日不在膝前、每念我父母及合家骨肉、便腸斷欲絕也。然兒此事、實屬風影。於心旣無愧怍、亦復何懼。兒身雖在獄、而意氣激昂、猶然似昔。凡在長安諸人、無不爲兒稱冤者。父母萬無過傷致損身子、切囑切囑。

息子の兆騫、父上母上兩大人の膝下に百拜し申し上げます。わたしは不幸にしてこの冤罪事件にあい、刑部に拘留されてしまいました。心中つらく悲しく、ただ忘れがたきは父母養育の恩ばかりです。魂は一日とて父上母上の膝下に赴かぬ日はございません。我が父母と一家骨肉のことを思うたびに、腸はずたずたになり絕え入りそうになります。しかしわたしのこのたびのことは、實際根も葉もないことです。心にはずるものがないわけですから、また何をおそれることがありましょう。わたしは身獄中にありながらも、意氣軒昂、相變わらず落ち着いております。都にいる人たちは誰もが、わたしのために冤罪であるといってくれています。父上母上におかれましては、決して、悲しみすぎることによってお體をこわすことなきよう、切に切にお願いいたします。

〔注〕
○「風影」。根も葉もないこと。
○「無愧怍」。『孟子』盡心上の「仰不愧於天、俯不怍於地（仰ぎて天に愧ぢず、俯して地に怍ぢず）」を踏まえる。
○「亦復何懼」。『論語』顏淵「子曰、內省不疚、夫何憂何懼（子曰く、內に省て疚しからずんば、夫れ何をか憂へ何をか懼れんと）」を踏まえる。
○「長安」。都を指す。ここでは北京。

この一段の解說には多言を要すまい。みずから生きるか死ぬかの瀬戸際に追い込まれながら、息子のことを心配しすぎて體をこわすことのないように、と親の體を氣遣っている。この心優しき秀才の思いには心打たれる。

兒於三月初九日赴禮部點名、卽拘送刑部。兒此時卽口占二詩、厲聲哀誦、以伸冤憤。禮部諸公及滿洲啓心郎、皆爲兒歎息、稱爲才子。兒若見天有日、重歸里門見父母、便屬大幸矣。娘子爲人甚善淑、兒念之甚切、乞父母善待之。六弟須囑其讀書、不可以兒因功名受禍、便爾灰心也。兒於去歲得夢大奇、金剛經四百部、千乞印施。佛力無邊、必能護持。家中雖在至窘、而施經之事、必不可緩、切禱切禱。臨筆不勝哀痛之至。

わたしは三月九日に禮部に赴いて點呼を受け、ただちに刑部に送られ拘留されました。わたしはその時、卽座に二つの詩を吟じましたが、聲は激しく悲しく、冤罪の憤りを述べました。禮部の諸公及び滿洲の啓心郎たちは、みなわたしのためにため息をつき、才子であるといってくださいました。もし再び天にお日様があらわれ、故郷に歸って、父上母上にお目にかかることができるならば、大きな幸いでありましょう。妻は善良で貞淑な人柄で、わたしは彼女のことを切に念じております。父上母上におかれましては、なにとぞよく面倒を見てやっていただきますようお願いいたします。六弟にはしっかり勉強してもらう必要がありますが、わたしが科擧にからんで災いにあったことによって、がっかりしてやる氣がなくなるようなことがないようにしてください。わたしは去年たいへん變わった夢を見ました。それで『金剛經』四百部を印刷し、施してください。佛の力は限りないものですから、きっと守ってくださることと思います。家の中もきわめて苦しいことと思いますが、經を施すことは、決して遲滯することなきようお願いいたします。切にお頼み申し上げます。筆を執るにあたって哀痛のきわみにたえません。

〔注〕

○「啓心郎」。淸代の官職。各部に置かれた。滿州人の啓心郎と漢人の啓心郎とがあった。

○「灰心」。意氣消沈すること。

この一段まずは、三月九日に科擧の試驗に臨もうとしたところ、ただちに刑部に送られ獄につながれてしまったこと、その時その場で詩を吟じ、みなに賞贊され同情されたことなど、北京でのみずからの狀況を報告している。苛酷な條件下にあって、もっとも恐るべき滿州人の官僚からその才能を賞贊されたことを記すのは、助かる見込みを記して、家族を安心させようとの意圖からであろう。

續いて、家族の一人一人への細やかな心配りがある。妻に對しては、父母からもよくよく面倒を見てやってほしいことを頼んでいる。夫の不在によって一番頼りない地位に置かれるであろうのが、他家から嫁に來た妻だからである。次に弟に對しては、何があっても變わらずに科擧の試驗勉強に身を入れるようにと述べている。

そして最後に、『金剛經』を印刷して、施してほしいと依頼している。『金剛經』は、明のはじめ永樂帝が自身で注を施したとされる豪華なテキストが宮中で刊行され（『金剛般若波羅密經集注』上海古籍出版社　一九八四に影印される）、陳維崧「呉姬扣扣小傳」（本書第二部第三章で紹介する）でも、幼い扣扣が朝な夕なに『金剛經』を誦していたとある。明代の人々にとって、『金剛經』は佛典のうちでもとりわけ身近な經典なのであった。ここで特に『金剛經』の印刷流布を考えたのは、『金剛經』に、

　もしまたこの經典の教えを聞いて、それを信心して從うならば、その福はそれよりも勝るであろう。まして、書寫し、それを心に受けて忘れず、讀誦し、人のために解説するものについてはなおさらである。

と書かれていることとも關わっているかもしれない。後に父親の呉晉錫が呉兆騫に書き送った手紙の中でも、わたしとおまえの妻、おまえの妹は、毎日『金剛經』『高王觀世音經』『大悲神呪』を唱えて、おまえが苦厄から救われるように祈っている、といった一節がある。

災難に遭遇したり、願い事があったりする場合、施しとして經典を流布させることは、古くから行われていた。敦煌出土の文獻の中にも、發願者の名前、願い事などを記した識語を持つ寫經がある。出版文化の發達した明代の末期にあっては、經典を印刷して流布させることが功德と考えられるようになった。道教の世界においても同様で、『陰隲文』にも「印造經文」の項目があり、經典を印刷する功德がきわめて大きいことが、實例を擧げて述べられている。今日でも臺灣、香港などの寺院に行くとおびただしい量の「善書」が置かれているが、それらは、

やはり誰かが功徳のために印刷し、無料で配布しているものである。

明代の嘉興版大藏經には、それぞれの書物の末尾に喜捨をした人の名前とともに、何文字、いくらといったことまでが記されているものがある。この場合の呉家のように、經典を印刷し功徳を積みたいと思う人があった時、すぐに對應できる體制が整っていたのである。たまたま著者架藏の書物に、『風雷集』と題する善書がある。わずか十四葉からなる薄いものであるが、その目錄の末尾に、「版木は嘉興北門城外薛錦昌刻字店に存する。一部についての印刷、工賃は錢十四文（板存嘉興北門城外薛錦昌刻字店刷印毎本工料錢十四文）」と記されている。淸末ごろの刊本であるが、おそらく、この善書を印刷することによって功德を求める人は、一部十四文掛ける部數の計算で代金を支拂ったのだと思われる。呉家では、兆騫の冤罪がはらされることを願って、ただちに『金剛經』四百部を印刷したことであろう。

この手紙は、呉兆騫の『歸來草堂尺牘』（『秋笳集』上海古籍出版社　一九九三年排印本所收）から取ったが、『歸來草堂尺牘』には、呉兆騫が父母や兄弟に書き送った手紙十五通が収められている。

三、呉偉業の同情と怒り

この手紙が書かれた時點では、呉兆騫はすぐにでも疑いがはれて故郷に歸れそうな樣子であった。だが、翌順治十五年の十一月に下された處分によって、主考官、副考官、そして同考官十七名の試驗官合計十九名が死罪、そして呉兆騫をも含む受驗生八名は、家產を沒收のうえ、父母兄弟妻子みな寧古塔に流刑となった。江南鄉試の合格者は、全部で百數十名といったところであったから、流刑にまでなった八人はとりわけ重い處罰だったことがわかる。

吳兆騫たちが流された寧古塔は、現在の黑龍江省。當時の政治犯たちの流刑の地である。中國のなかでも氣候おだやかな江南の地から見れば、聞くだに恐ろしい塞北の地であった。

吳兆騫の流刑を知った江南の知人たちは、詩を作って驚きの氣持ちをあらわし、かつは慰めた。その一つが吳偉業の「悲歌　贈吳季子」（『梅村家藏藁』巻十）である。

人生千里與萬里　　人生　千里と萬里と
黯然銷魂別而已　　黯然として魂銷（き）ゆるは　別れのみ
君獨何爲至于此　　君獨り　何爲（なんす）れぞ此に至る
山非山兮水非水　　山は山に非ず　水は水に非ず
生非生兮死非死　　生は生に非ず　死は死に非ず
十三學經竝學史　　十三にして經を學び　竝せて史を學ぶ
生在江南長紈綺　　生れて江南に在り　紈綺に長ず
詞賦翩翩衆莫比　　詞賦　翩翩　衆比する莫し
白璧青蠅見排抵　　白璧　青蠅　排抵せらる
一朝束縛去　　一朝　束縛せられて去り
上書難自理　　上書するも　自ら理め難し

絶塞千山斷行李
送吏涙不止
流人復何倚
彼尚愁不歸
我行定已矣
八月龍沙雪花起
橐駝垂腰馬沒耳
白骨皚皚經戰壘
黑河無船渡者幾
前有猛虎後蒼兕
土穴偸生若螻蟻
大魚如山不見尾
張鰭爲風沫爲雨
日月倒行入海底
白晝相逢半人鬼
噫嘻乎　悲哉
生男聰明愼勿喜
倉頡夜哭良有以

絶塞　千山　行李斷ゆ
送吏　涙　止まらず
流人　復た何にか倚らん
彼れすら尚ほ　歸らざるを愁ふ
我が行　定めて已んぬるかな
八月　龍沙　雪花起り
橐駝　垂腰　馬は耳を沒す
白骨　皚皚　戰壘を經
黑河　船無く　渡る者幾（いくばく）ぞ
前には猛虎有り　後は蒼兕
土穴に生を偸み　螻蟻の若し
大魚　山の如く　尾を見（あらは）さず
鰭を張れば　風と爲り　沫は雨と爲る
日月　倒行して　海底に入り
白晝　相逢ふは　人鬼を半にす
噫嘻　悲しい哉
男を生んで聰明なるも　愼んで喜ぶ莫れ
倉頡　夜哭するは　良（まこと）に以（ゆゑ）有り

受患只從讀書始　患を受くるは　只讀書從り始る
君不見　吳季子　君見ずや　吳季子を

人生において顏色を失い、魂が消えんばかりに悲しいのは、千里萬里を隔てる別れの時である。「黯然銷魂別而已（黯然として魂銷ゆるは別れのみ）」の句は、江淹の「別賦」の「黯然銷魂者別而已矣（黯然として魂銷ゆるは別れのみ）」を踏まえている。こともあろうに君が、どうしてこんなことになってしまったのだろうか。塞外に向かう君から見れば、美しい山も川も美しいどころではないであろう。生きているのか死んでいるのかもわからないほどかもしれない。君は江南の名家に生まれ、絹をまとう貴公子として育ち、十三で經史の書を學び、詞賦の美しさには、誰もかなうものがなかった。ところが、白壁に蠅がたかったかのように讒言を受け、排斥されてしまったのだ。『詩經』小雅「青蠅」で、青蠅は讒言をする小人のたとえ。唐の陳子昂「宴胡楚眞禁所（胡楚眞を禁所に宴す）」詩の「人生固有命、天道信無言。青蠅一相點、白璧遂成冤（人生固より命有るも、天道信に言無し。青蠅一たび相點じ、白璧遂に冤を成す）」を踏まえる。

たちまちのうちに捕縛され、上書しても無實の證を立てることは難しい。山海關の彼方、千山（遼寧省の山）には旅人も通わない。護送の役人も思わず涙をこぼすほど。流人である君は、またいかに心細いことか。護送の役人でさえも歸れなくなることを心配している。まして自分のこの旅はもうこれまでと思うにつけ。

八月になるともう、龍沙には雪花が舞い、駱駝の腰のあたり、馬の耳までも埋め盡くすほどに降り積もる。戰のあったとりでのあたりを通りかかれば、白骨が一面眞っ白になるほどにちらばっている。黑河には船もなく、渡る人も幾人あることか。前には猛虎が道をふさぎ、後ろには蒼兕（水に住む怪獸）が船をくつがえす。蟻のようにほらあな暮らしでようやく命をつないでいる人たちがある。山のような大魚があらわれて、それでも尾は見えない。ひれを張ると風がおこり、しぶきは雨となって飛び散る。太陽と月は逆行して、東の海に沈み、白晝出會うものも、人と幽靈とが相半ばしている。

ああ、悲しいことだ。聰明な男の子が生まれたといっても、喜んではならない。倉頡が文字を作った時、鬼が哭したのも、まことにもっともなことである。艱難を受けることはただ讀書からはじまっている。ごらんなさい、この呉季子を。

宋の眞宗皇帝の「勸學文」では、一所懸命本を讀んで勉強すれば、すばらしい豪邸でも、美人でも、何でも手に入れることができる、といって學問を勸め、科擧の試驗を受けることを勸めていた。だが呉兆騫の場合には、まさしくその學問が裏目に出て、科擧の試驗にからんでとんでもない災難におちいることになってしまった。倉頡が文字を作って鬼が哭したとは、『淮南子』本經訓に「昔者倉頡作書而天雨粟鬼夜哭（昔倉頡書を作りて天粟を雨ふらし鬼夜哭す）」と見えるのを指す。「患を受くるは只讀書從り始る」の一句は、蘇軾の「石蒼舒醉墨堂」詩に「人生識字憂患始、姓名粗記可以休（人生字を識るは憂患の始めなり、姓名粗ぼ記さば以て休むべし）」とあるのを踏まえている。科擧にからむ事件に連座して流刑になった呉兆騫のことを思うと、この詩句にはなかなかの重みがある。

清初詩壇の江左三大家の一人に數えられる呉偉業（一六〇九～一六七一）は、呉兆騫よりもおよそ二十歳の年長である。呉兆騫の詩集『秋笳集』巻七「蔛虎」詩の題下に「追和梅村夫子」との注がある。二人の實際の關係については、これ以上の資料はないようであるが、清に仕えたことはあっても、明朝に心を寄せる呉梅村にとって、丁酉科場案における清朝の江南人士への苛酷な處置、とりわけ呉兆騫に對する處置には、怒りがこみあげてくるものがあったのだろう。それが、呉梅村をして、この長詩の筆を執らせた理由である。もとより直接そのように書かれているわけではないものの、才能にめぐまれた呉兆騫が、人跡まれな邊地に流されるようになったことを表現する裏には、清朝政府に對する憤りがある。當時としては、これがおそらく精一杯の表現だったのではないかと思われる。

四、寧古塔にて

呉兆騫は、處決の下った翌年、順治十五年の閏三月、北京を後にして、流刑の地、寧古塔へ向かう。寧古塔は、呉梅村の詩にも見えるように、きわめてきびしい條件の土地であった。その氣候風土のきびしさについては、呉兆騫とともに丁酉江南科場案に連座し、寧古塔に流刑になった方拱乾が記した『寧古塔志』の「天時」などによっても、知ることができる（第二章で引用した）。

呉兆騫は寧古塔で、同時に流されていた人々と交際し、詩社を結んで、方拱乾、張縉彦ら、塞外にあった多くの人々と詩のやりとりをしている。呉兆騫の『秋笳集』巻三から「聽高小乾話秦淮舊事作（高小乾の秦淮舊事を話すを聽くの作）」を見たい。

秦淮昔全盛　　秦淮　昔全盛
萬戸起江潮　　萬戸　江潮起る

燈火眞珠舫　燈火　眞珠の舫
樓臺碧玉簫　樓臺　碧玉の簫
黄塵愁北徙　黄塵　北徙を愁へ
白首話南朝　白首　南朝を話(かた)る
歴歴升平事　歴歴たり升平の事
天涯夢已遙　天涯　夢已に遙かなり

南京秦淮のかつての全盛の頃、數多くの建物のいらかはあたかも長江の潮のようであった。眞珠のようにきらきら輝く畫舫の燈火、樓臺からは碧玉の簫の音が聞こえてきた。ところがいまや、黄塵ばかりの北の果てにあって、白髮頭になって南朝（南京に都があった六朝。暗に明王朝を指す）のことを話している。平和であった時代の様子がありありと思い浮かぶ、天の果てにあって、夢はすでに遙か彼方のことである。

若い頃にみずから訪れ、眼にしたのは、文明の中心ともいうべき江南地方の、そのまた中心ともいえる南京秦淮の繁華。科擧の試驗場、江南貢院は秦淮にあったので、呉兆騫もまちがいなく訪れた場所である。それを今、目に入るものといっては黄塵ばかりの寧古塔にあって、自分の若い日の思い出とも結びつく、その秦淮の昔話をしている。何とも悲しい風景である。

かくして、塞外の地、寧古塔において、一年また一年と月日は經っていった。やがて三年目の順治十八年には、いっしょに寧古塔送りになった方拱乾が赦免され、江南に歸ることになった。取り殘される呉兆騫の心境は、まさしく喜界が島の俊寛といったところであったろう。

五、友人たちの助け

方拱乾の場合は、その孫が、北京城の城門（阜成門）の修復に力を貸したことによる赦免であったが、呉兆騫についても、やはり赦免に至るまでには多くの友人たちの努力があったことが知られている。なかでもよく知られるのが、顧貞觀と納蘭成德による援助である。

康熙十五年（一六七六）、無錫の人、顧貞觀は、納蘭成德と知り合いになった。納蘭成德は『皇清經解』の編者、また詞の作者としても知られる人物。父の明珠は、清朝の大臣（大學士）であった。納蘭成德と知り合った顧貞觀は、さっそく寧古塔に流刑になっている呉兆騫赦免の嘆願をする。しかし、なかなか聞き入れてもらえない。ある冬の寒い日、顧貞觀は、「金縷曲」の詞二闋（顧貞觀『彈指詞』巻下）を作って、遙か彼方にいる呉兆騫に贈った。この詞には、「寄呉漢槎寧古塔、以詞代書、丙辰冬寓京師千佛寺氷雪中作（呉漢槎に寧古塔に寄す、詞を以て書に代ふ、丙辰冬京師千佛寺に寓し氷雪中の作）」との詞書きがある。

季子平安否　　季子よ、君は無事でいるだろうか
便歸來　　たとえ歸って來ても
平生萬事　　平生の萬事を
那堪囘首　　どうして振り返ることができよう
行路悠悠誰慰藉　　道は遙か彼方、誰も慰めるものもない

母老家貧子幼
記不起
從前杯酒
魑魅搏人應見慣
總輪他覆雨翻雲手
氷與雪
周旋久

涙痕莫滴牛衣透
數天涯
依然骨肉
幾家能够
比似紅顏多命薄
更不如今還有
只絶塞苦寒難受
廿載包胥承一諾
盼烏頭馬角終相救
置此札

母は年老い、家は貧しく、子は幼い
覺えていられない
以前の酒杯を
魑魅魍魎が人を打つことなど見慣れてしまったはずだ
結局「手を覆せば雨となり雲となる」世の輕薄にはかなわない
氷と雪との中で
驅け回ること久し

牛衣も透るほど涙をこぼさないように
考えてみれば、天涯にあっても
依然として骨肉がいっしょ
そのようにできるものは多くないだろう
美人薄命に比べれば
今まだ生きているほうがずっとよい
とはいっても、絶塞での苦寒、さぞやつらかろう
二十年目の申包胥の一諾
烏の頭が白くなり、馬に角が生えて救い出せることをのぞむ
この手紙を

君懷袖　　　君の懷袖に置こう

〔注〕

○「季子」。春秋時代の呉の國の季札。ここでは呉兆騫を指している。呉兆騫の姓が呉であり、また兆騫も季札もともに四男であることからいう。

○「魑魅搏人」。杜甫の「天末懷李白」詩の「文章憎命達、魑魅喜人過（文章は命の達するを憎み、魑魅は人の過ぎるを喜ぶ）」を踏まえる。

○「覆雨翻雲手」。杜甫の「貧交行」の「翻手作雲覆手雨、紛紛輕薄何須數（手を翻せば雲と作り手を覆せば雨、紛紛たる輕薄何ぞ數ふるを須ひん）」を踏まえる。

○「氷與雪」。ここでは實際の天氣とともに、苛酷な運命をも指す。

○「牛衣」。『漢書』王章傳の故事を踏まえる。牛衣は、牛飼いが着るようなそまつな衣服。貧しさの象徵。貧しかった王章は、病氣になっても布團がなく、牛衣にくるまっていた。もはやこれまでと思い、涙ながらに妻に別れを告げた。妻は、身分の高い人でも、あなたほどに能力のある人はいない、といって夫を勵ました。王章は後に京兆尹に至った。後に妻が止めるのをきかずに上書したところ、妻子ともども獄につながれ、王章は亡くなり、妻子は遠くに流された。

○「依然骨肉」。呉兆騫の妻をはじめ、家族もいっしょに寧古塔に行っていたことを指す。

○「廿載包胥承一諾」。包胥は申包胥。『史記』伍子胥列傳に見える。包胥は、かつて伍子胥に「楚の國を必ず存續させてみせる」といった。呉の國が楚に攻めて來た時、秦に援軍を賴み、その言葉を實現した。

○「烏頭馬角」。秦の人質となっていた燕の太子丹は、「烏の頭が白くなり、馬の頭に角が生えたら、許してやる」と無理難題をふきかけられる。この時、烏の頭が白くなり、馬に角が生えたと『燕丹子』にはある。

續いてその第二首目。

我亦飄零久　わたしもまたあてどなくさまよう身
十年來　十年來
深恩負盡　深い恩にすっかりそむいてきた
死生師友　生死を超えた師友たちの恩に
宿昔齊名非忝竊　その昔、わたしが名前を齊しくしたのは何かのまちがいで
試看杜陵消瘦　今のわたしは瘦せた杜甫のよう
曾不減　夜郎に流された李白を思った
夜郎潺僽　杜甫の悲しみに同じ
薄命長辭知己別　妻には先立たれ、知己とは別れ
問人生到此凄涼否　人生こうなると凄惨なものではないか
千萬恨　千萬の恨み
爲君剖　君に語ろう

兄生辛未吾丁丑　兄（あなた）は辛未の生まれ、わたしは丁丑
共些時　いっしょにいたのはわずかの閒
氷霜摧折　氷霜にくだかれ
早衰蒲柳　若くして病氣がちになってしまった
詞賦從今須少作　これから先、詞賦はできるだけ少なく作り

留取心魂相守　　魂をしっかり身につけておくよう（體に氣をつけて）
但願得　　願うのは
河清人壽　　黄河が澄む時まで長生きすることばかり
歸日急翻行戍稿　　歸る日には寧古塔での作を持ってきて
把空名料理傳身後　　名を身後に傳えてほしい
言不盡　　言葉は盡きない
觀頓首　　顧貞觀　頓首

〔注〕
○「杜陵消瘦」。ここは夜郎に流され、亡くなったとうわさされていた李白を思う杜甫の様子。李白を思った「李白を夢む」などの詩がある。
○「薄命長辭知己別」。「薄命長辭」は顧貞觀がその妻を失ったこと。「知己別」は、吳兆騫が寧古塔に流されたこと。
○「辛未、丁丑」。辛未は崇禎四年（一六三一）、丁丑は崇禎十年（一六三七）。
○「河清人壽」。黄河の水は千年に一度だけ澄むという。それだけの長壽。
○「觀頓首」。顧貞觀頓首。手紙の末尾の文句。この詞を手紙として寧古塔の吳兆騫のもとへ送ることを考えてこのようにいう。

この詞を讀んで心動かされ、納蘭成徳は五十歳になるまでに吳兆騫を救うことを誓ったとされている。納蘭成徳はまた「金縷曲」詞を作って、兆騫を救おうとの思いを述べている。

この詞が作られてから五年の後、康熙二十年（一六八一）、呉兆騫五十一歳の年、ようやく赦免の詔が下った。順治十五年（一六五八）には二十八歳。二十三年もの年月を北邊の寧古塔で過ごしたことになる。康熙二十二年にはようやく郷里に歸り、母親と再會することができた。呉兆騫は、生還してからその書齋を「歸來草堂」と名付けている。この齋號には萬感の思いが込められているといえよう。呉兆騫は、明珠の子供の家庭教師として生活することになり、康熙二十三年（一六八三）北京に戻った。人生の大半を流人として過ごし、さて、これからというところで、この翌年、北京にあって病氣になり、世を去ったのであった。

呉兆騫の詩文を集めた『秋笳集』は、兆騫がまだ寧古塔にあった康熙十八年（一六七九）に江南の地で徐乾學によって刊行されている。これもまた呉兆騫を思い支持せんとする人々の心のあらわれといえよう。

不幸な人生であるが、呉兆騫をめぐる多くの友人たちの獻身的努力、そして詩文を通じた交遊には心打たれるものがある。

〔參考文獻〕

呉兆騫　『秋笳集』（麻守中校點　上海古籍出版社　一九九三）

李興盛　『江南才子塞北名人呉兆騫傳』（黑龍江人民出版社　二〇〇〇）

李興盛　『江南才子塞北名人呉兆騫年譜』（黑龍江人民出版社　二〇〇〇）

李興盛　『江南才子塞北名人呉兆騫資料匯編』（黑龍江人民出版社　二〇〇〇）

近藤光男　『清詩選』（漢詩大系二二　集英社　一九六七）

福本雅一　『呉偉業』（中國詩人選集二集　岩波書店　一九六二）

何宗美　『明末清初文人結社研究』（南開大學出版社　二〇〇三）

張秉戍　『彈指詞箋注』（北京出版社　二〇〇〇）

付論二　荷風のおうむ

永井荷風の『あめりか物語』（一九〇八）に「夜の女」と題する一篇がある。ニューヨークはブロードウエー四十二丁目、その裏町にある妓樓内部の樣子が次のように描かれている。

> 室の中央にはいつも「ジャアナル」に「紐育プレッス」という繪入りの新聞を載せた小さいテーブル、その上に立派な鸚鵡の籠が置いてある。中なる鸚鵡はこの家に住むことすでに十年、この社會でのみ使用される下賤な言語をすっかり聞き覺え、朝から晩まで棲木（とまりぎ）を啄いては黄いろい聲で叫びつづけていると、その傍の安樂椅子の上にはトムと呼ぶ鼠ほどの小さな飼犬が耳を動かし、人の來ては抱いてくれるのを待っている。

中國明末清初の文人余懐は、南京の色町、秦淮の記録である『板橋雜記』巻上で、當時の舊院の色町の樣子を次のように描いている。

> （舊院には）妓樓が魚の鱗のようにぎっしりと、軒を連ねて建っている。建物はこざっぱりして、花や植木もひっそりしており、俗界を遠くかけはなれたような氣がする。門前まで行くと、銅環をつけた扉が少し開いていて、玉すだれが低く垂れ下がっている。階段を上がると、ちんが吠えて來客を知らせ、鸚鵡が「お茶

お茶」と啼く。座敷に通ると假母がうやうやしく迎えに出、賓主の挨拶をかわす。さらに奥に通ると、下女がお化粧を終え、藝妓の手をとって出てくる。座についてしばらくすると、山海の珍味がことごとく竝べられ、管弦の音や歌が競い合う。（岩城秀夫譯『板橋雜記・蘇州畫舫錄』平凡社　東洋文庫による）

片や十七世紀の中國、片や二十世紀のアメリカ、時間と空間のちがいを超えて、ともに妓樓におうむと犬があった。この現象をどう考えたらよいのだろうか。

一つの道筋は、アメリカでも中國でも、妓樓には實際おうむと犬がいた、とする考え方である。ちょうど荷風が訪れたであろう時代のアメリカの娼婦についての著作である、Ruth Rosen, *The Lost Sisterhood, Prostitution in America, 1900-1918*, Baltimore and London, The Johns Hopkins University Press, 1982 を見ると、そこには當時の娼婦の寫眞が掲載されている。なかに一枚、一人の娼婦が犬をあやしている寫眞がある（一〇六頁）。同頁には、

娼婦たちは世間から冷たい目で見られる仕事に從い、家族からも離れて暮らしていることが多い。そのため、こうした女性たちが、そのやさしさと寛大さを示すもっともよい相手として動物たちを選ぶのも驚くにあたらないだろう。

といった記述があり、娼婦の好むペットとしての犬は、どうやら定番化していたようである。

エミール・ゾラの小說『ナナ』には、ナナの贅澤な生活を描寫する次のような表現がある（川口篤・古賀照一譯 新潮文庫）。

朝は十時に起きた。スコッチ・グリフォンテリヤのビジューが、彼女の顏をなめて、起こすのだった。それから五分ばかり犬をおもちゃに遊ぶのだが、犬は彼女の腕や腿の間をじゃれ回った。ミュファ伯爵は、それをいやがった。ビジューが、伯爵に嫉妬を起こさせた最初の男（?）だった。（第十章）

二十日大根や砂糖巴旦杏（フラリーヌ）をかじり、肉をしゃぶる、鸚鵡のような好みをもったこの女は、毎月、食卓のために五千フラン費った。（第十三章）

ナナがおうむを飼っていたわけではないものの、おうむはいかにも高級娼婦の比喩にふさわしいものとして登場している。實は、『ナナ』といえば、若い頃の荷風が熱心に讀んだ作品でもあって、一九〇三年に、その一部分を翻譯した『女優ナナ』を刊行している（新聲社）。荷風が翻譯した部分には、このおうむと犬の箇所は含まれていない。しかし、おうむと犬について、あるいは『ナナ』から學んだ可能性も考えられないわけではない。

おうむと妓樓については、たまたまインターネットで見つけた次のようなジョークもある（Funny Hub）。犬と同樣、おうむは洋の東西を問わず、實際に妓樓につきものであったらしい。

とある女性がペットショップに行ったところ、なかなか美しいおうむが賣りに出ていた。五十ドルと値段も格安である。店の主人にたずねたところ、値段が安いのは、このおうむが以前、女郎屋で飼われていて、はしたない言葉をしゃべるからだとのこと。女性は氣にせず、そのおうむを買って家に歸った。夕方、夫が家に歸ってくると、おうむは夫を見て、

「やあ、キース」

夫の名を呼んだ。

では、いったいなぜ妓樓におうむなのであろうか。おうむはしゃべる鳥だから面白いということもあろう。しかし、おうむと妓樓の結びつきは、おそらくその非日常性と關わっている。おうむは南方原產の鳥であって、その極彩色は、ただちに南方樂園を連想させる。そして『板橋雜記』に「俗界を遠くかけはなれた」とあったように、妓樓もまた、日常空閒からいったん切り離された非日常的な樂園である。その非日常空閒への入り口におうむが置かれるのは、いかにもその入り口の標識にふさわしい。

アラン・コルバンの『娼婦』（內村瑠美子他譯　藤原書店　一九九一）では、パリの娼家について、次のようにいう（同書九一頁）。

廊下、階段、サロンにはすべて厚い絨毯が敷かれ、やたらとあちこちに鏡とブロンズ像が置かれている。天井と壁は神話を題材にした繪で飾られている。異國の植物とたくさんの花々が、室內裝飾が釀しだす官能的な雰圍氣を煽りたてる。

娼家に「神話を題材にした繪」や「異國の植物とたくさんの花々」が飾られていた。これまた、空閒の非日常性を企圖したものであろう。ヨーロッパ、アメリカ、中國、いずれもおうむの原產地ではない。その色と珍しさが、妓樓の空閒に彩りを添えていたのではないだろうか。

荒俣宏『世界大博物學圖鑑』第四卷（平凡社　一九八七）のおうむの項（二〇四頁）には、

インドでは、おうむは愛欲の象徵とされ、愛の神カーマは、この鳥に乘った姿で描かれる。

とある。このインドの話も興味深い。インドのおうむのイメージが、西はヨーロッパ、東は中國にまで傳わったとなれば、ことはなかなか壯大である。

續いて別の道筋を考えてみたい。荷風は『板橋雜記』を讀んだことがあり、その妓樓の描寫が頭の片隅にあって、ニューヨークの妓樓を描く時、思わず知らず、その描寫を下敷きにしたとする可能性である。荷風の父の永井久一郎（號は禾原）は明治政府の高官であり、後に日本郵船に移って、上海支店長をつとめた人物。軟派の息子荷風とは對立的な人物として評價されることが多いが、一方で漢詩人でもあり、漢詩集『來青閣集』四巻が殘る。『來青閣集』を見ると、上海支店長時代、何度も南京秦淮を訪れていることがわかるし、その後に中國を訪れた際の旅行記『觀光私記』を見ても、秦淮には相當ご執心だった様子がうかがわれる。余懷の『板橋雜記』は江戸時代に日本に傳わり、廣く讀まれていた。禾原の秦淮への執着は、おそらく江戸時代以來流行していた『板橋雜記』の導きによるものにちがいない（この點について、詳しくは拙著『中國遊里空間　明清秦淮妓女の世界』青土社）。

では荷風自身は『板橋雜記』を見ていたのかどうか。目下のところ、荷風が『板橋雜記』を讀んでいたことを直接示す材料は見あたらないようだ。だが、荷風は若い頃から、幕末・明治初期の柳橋の狹斜のありさまを描いた成島柳北の『柳橋新誌』を愛讀していた。そして、昭和元年十二月の日付のある「柳橋新誌につきて」（初出は、一九三三（昭和八）年四月二十八日、中央公論社『荷風隨筆』）において、

> 明治時代の書生にして成嶋柳北の柳橋新誌を知らぬものは殆無かつたであらう。柳橋新誌は其の名の示すが如く柳橋烟花の地の繁榮を記述したものである。

この書が其體例を近くは寺門靜軒の江戸繁昌記に、遠くは明人曼翁の板橋雜記に則つたことは著者の敍と
また編中の文によつて明である。

と、「明人曼翁（曼翁は余懷の號）」の『板橋雜記』に言及している。「明治時代の書生」として柳北の『柳橋新誌』を熟讀し、色町風俗に關心を持ち、多くの狹斜小說を書いている荷風のこと、『板橋雜記』を見ていた可能性は否定できない。

それでは、『板橋雜記』の中に、なぜおうむと犬が登場したのだろうか。これももちろん、明末當時の南京の妓樓に實際におうむと犬がいて、それを記錄しただけのことかもしれない。だが、中國の古典においては、ある一つのイメージが文字を媒介にして後の作品に繼承されてゆく場合がきわめて多い。例えば、『板橋雜記』巻上の最初の一條。

誰も彼もが、宴會を開くとなれば、藝妓たちを呼び、うすぎぬの衣裳が、えもいわれぬよい香をはなっている。杯がさかんにやりとりされ、お客を引き留めて痛飲しているかと思えば、酒宴も盛りを過ぎ、圍碁も終わるころになると、耳飾りが落ちていたり、簪も忘れっぱなし、といったありさま。まことに欲界の仙都、昇平の樂國である。　（同前　岩城氏譯）

酒宴がお開きになった後、宴席にはイヤリングやかんざしが落ちていた（原文は「墮珥遺簪」）といった妙に豔めかしい描寫があって、明末秦淮の名だたる遊び人だった余懷の青春の思い出、いかにも贅澤な酒宴の後の樣子を實見にもとづいて語ったもののように思われる。だが、實はこの表現は、『史記』滑稽列傳の淳于髡傳に、やはり

男女を交えた酒宴の後に、「前有墮珥、後有遺簪」とほぼそのままの形で見える表現を踏まえたものなのである。余懷自身にそうした體驗があったことを否定するわけではないものの、余懷は『史記』の文章を通して、こうした饗宴の描寫を學んだと見るのが、事實に近いであろう。

そこでおうむについて。『板橋雜記』巻上では、錢謙益の「金陵雜題」（『牧齋有學集』巻八）の第二首目（「舊院の馮二、字は鼉采」の自注がある）を引いている。馮二なる名妓と契りをかわした思い出を詠じた詩である。そこに次のような句がある。

舊時小院湘簾下　舊時　小院　湘簾の下

猶記鸚哥喚客聲　猶ほ記す　鸚哥　客を喚ぶの聲

彼女とはじめて會った時、湘簾のかかる中庭で、客が來たことを告げておうむが鳴いた。余懷が『板橋雜記』におうむを書き込んだのは、あるいはこの錢謙益の詩に影響されるところがなかったとはいえないだろう。

おうむと犬と美女の取り合わせといえば、思い起こされるのが、楊貴妃である。おうむについて、『明皇雜錄』（『事文類聚』後集巻四十六に引く）に、次のような故事が見える。開元年間のこと、嶺南から白いおうむが獻上された。なかなか賢く、よくしゃべった。玄宗皇帝と楊貴妃はこのおうむに「雪衣娘」という名をつけた。玄宗が諸王たちと圍碁を打ち、玄宗が負けそうになると、左右のものが雪衣娘を呼ぶ。すると、雪衣娘が飛んできて碁盤の上をめちゃくちゃにし、圍碁を續けられないようにした。雪衣娘は、ある日鷹におそわれて死んでしまう。玄宗と楊貴妃は墓を作り、鸚鵡塚と名づけた。

また犬については、段成式の『酉陽雜俎』巻一に、やはり玄宗がある皇族と圍碁を打っていて、玄宗が負けそうになった時、そばにいた楊貴妃がとっさに犬（猧子）を放つと、犬は碁盤の上をめちゃくちゃにし、玄宗は大いに喜んだ、というほぼ同工異曲の話が見える。楊貴妃は妓女ではないが、美女との取り合わせから、おうむと犬が出てきたことも考えられる。

唐代の傳奇小説「霍小玉傳」にも、妓女である霍小玉の家におうむが飼われており、「李生が入ってくるのを見て、『誰かが入ってきたよ。早くすだれを下ろしなさい』とおうむが叫んだ」という描寫がある。

唐末の司空圖の撰になるとされる『二十四詩品』の「精神」に、「青春鸚鵡、楊柳樓臺」の句がある。楊柳樓臺は妓樓を連想させるから、ここでもおうむと妓樓の取り合わせがある（中國の文學作品に、おうむは、ほかにもさまざまな意味を擔って登場する）。

中國文學においては、もはや現實の狀況と關わりなく、妓樓といえばおうむ、という文字の上での一つの聯想の回路が確立していたのではないか。そして、荷風はその公式にのっとって、ブロードウエーの妓樓を描いたのではないか。こちらの可能性もなかなか魅力的なのである。

第二部　『影梅庵憶語』と女性たち

第一章　冒襄『影梅庵憶語』譯注

はじめに

『影梅庵憶語』は、冒襄が、若くして亡くなった側室董小宛を偲び、ともに過ごした日々の思い出を縷々書き綴った回想録である。

董小宛は、もと南京秦淮の妓女であった。如皐の名家に生まれた冒襄と出會い、さまざまな曲折を經た後に落籍され、冒襄の側室となる。『影梅庵憶語』は明末清初における妓樓をめぐる文化、文人たちの交遊、文人の家庭における日常生活、王朝交替の混亂の状況、そしてまた當時の文人の女性觀などをうかがう上でも一級の資料である。

譯出にあたっては、道光二十九年（一八四九）呉江沈氏世楷堂刊『昭代叢書』別集所收本を底本とした。現存する『影梅庵憶語』の最も早いものが、張潮の『虞初新志』巻三に收める張明弼「冒姬董小宛傳」に付録されたものであるが、それは十五則の節録である。『虞初新志』には、康熙三十九年（一七〇〇）跋刊本がある。『影梅庵憶語』の完全なテキストには、楊復吉が『昭代叢書』のために準備し、「癸巳秋日震澤楊復吉識」（癸巳は乾隆三十八年　一七七三）と題した識語を付したテキストがある（ただし刊行されるのは、道光二十九年のこと）。その他以下に記す各種の版本を用いて校訂し、本文を定めた。目睹しえた版本は次の通りである。

『虞初新志』付録本 康熙三十九年跋刋本（節録）
『影梅庵傳奇』付録本 道光六年茗雪山房刋本（節録）
『賜硯堂叢書新編』丁集所收本 道光十年長洲顧氏刋本
『昭代叢書』別集所收本 道光二十九年吳江沈氏世楷堂刋本
『拜鴛樓校刻四種』所收本 光緒二十六年番禺沈氏刋本
『香豔小品』所收本 宣統元年番禺沈氏石印本
『香豔叢書』第三集所收本 宣統中國學扶輪社排印本
『說庫』所收本 民國四年上海文明書局石印本
『如皐冒氏叢書』所收本 如皐冒氏刋本（『影梅庵憶語』は民國九年刋）
『美化文學名著叢刋』所收本 趙苕狂考 朱劍芒校 一九三六年國學整理社排印本
『紅袖添香室叢書』第一集所收本 一九三六年上海群學社排印本
『明清小品選刋 影梅庵憶語 浮生六記 香畹樓憶語 秋燈瑣憶』所收本 李之亮校點 一九九一年岳麓書社排印本
『閨中憶語五種』所收本 涂元濟注釋 一九九三年中國廣播電視出版社排印本
『浮生六記（外三種）』所收本 金性堯・金文男注 二〇〇〇年上海古籍出版社
『董小宛匯考』所收本 吳定中注 二〇〇一年上海書店出版社
『閨中憶語』所收本 涂元濟注釋 二〇〇六年上海文藝出版社排印本

『影梅庵憶語』には、潘子延（Pan Tze-yen）による全文の英譯、
The Reminiscences of Tung Hsiao-wan, The Commercial Press, Limited, Shanghai, 1931
また、マルティーヌ・ヴァレット・エメリー（Martine-Vallette Hémery）による佛語譯、
La dame aux pruniers ombreux, Éditions Philippe Picquier, 1992
があり、本譯文の作成にあたって參考にした。

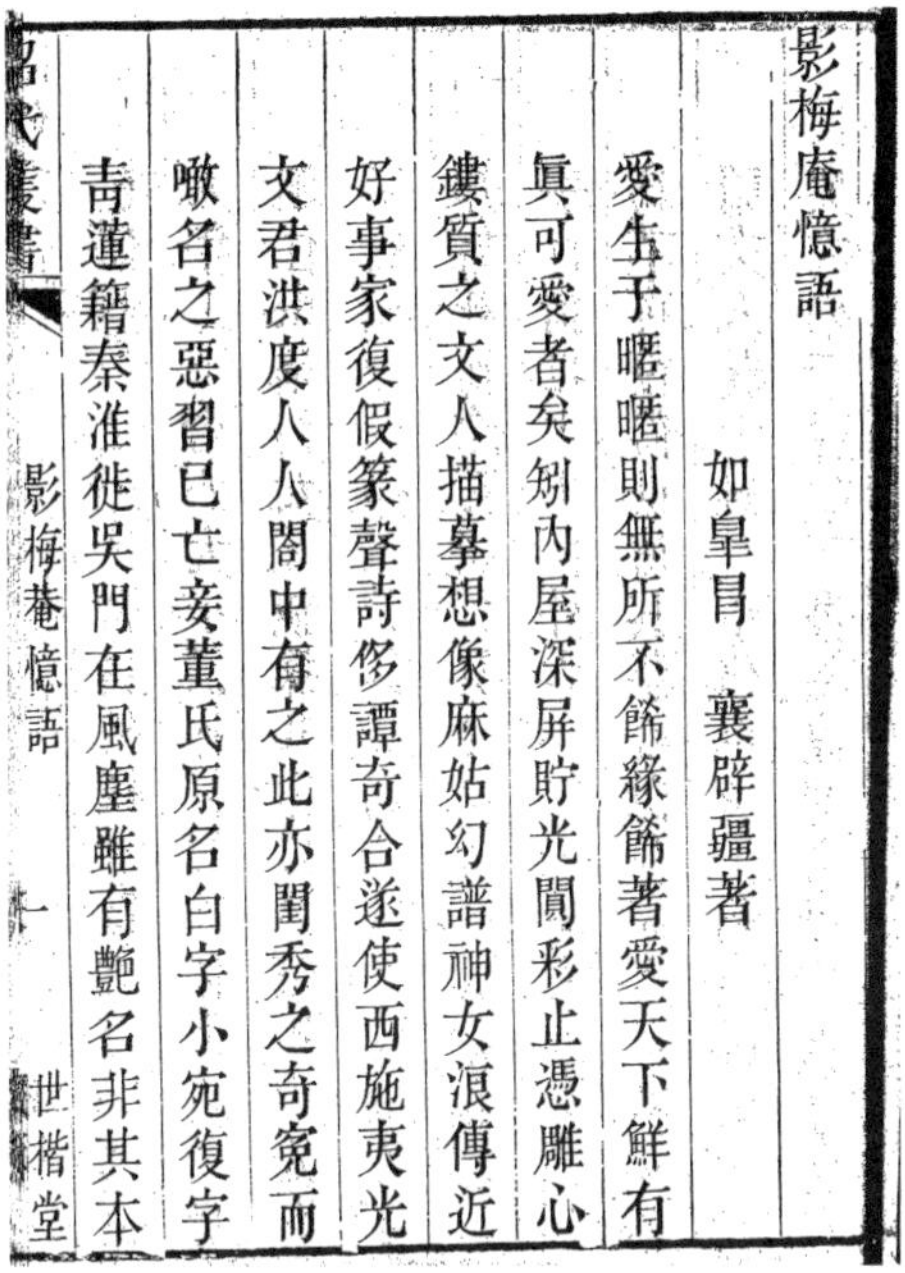
影梅庵憶語
如皋冒　襄辟疆著
愛生于暱暱則無所不飾緣飾著愛天下鮮有
眞可愛者矣矧內屋深屏貯光闐彩止憑雕心
鏤質之文人描摹想像麻姑幻譜神女浪傳近
好事家復假篆聲詩侈譚奇合遂使西施夷光
文君洪度人人閤中有之此亦閨秀之奇冤而
噉名之惡習已亡妾董氏原名白字小宛復字
靑蓮籍秦淮徙吳門在風塵雖有艶名非其本
昭代叢書　影梅菴憶語　十　世楷堂

寫眞12　『影梅庵憶語』（『昭代叢書』本）書影

『昭代叢書』本には、ところどころに「杜茶村曰」として杜濬（一六一一～一六八七）の評語が付されている。ここでは、この評語も譯出した。

段落の區切りについては基本的に『昭代叢書』本のそれに従っているが、あまりに長いと思われる場合には、適宜段落を區切った。『影梅庵憶語』の版本について、蔚然「『影梅庵憶語』版本源流考」（『中國典籍與文化』二〇〇三年第二期）がある（寫眞12）。

一、運命の出會い――「紀遇」

愛生於暱、暱則無所不飾、緣飾著愛、天下鮮有眞可愛者矣。矧內屋深屛、貯光闐彩、止憑雕心鏤腎之文人描摹想像、麻姑幻譜、神女浪傳。近好事家、復假篆聲詩、侈談奇合、遂使西施夷光文君洪度、人人闇中有之。此亦閨秀之奇冤、而噉名之惡習已。

亡妾董氏、原名白、字小宛、復字靑蓮。籍秦淮、徙吳門。在風塵雖有豔名、非其本色。傾蓋矢從余、入吾門、智慧才識、種種始露。凡九年、上下內外大小、無忤無閒。其佐余著書肥遯、佐余婦精女紅、親操井臼、以及蒙難遘疾、莫不履險如夷、茹荼若飴、合爲一人。今忽死、余不知姬死而余死也。但見余婦煢煢粥粥、視左右手罔措也、上下內外大小之人、咸悲酸楚痛、以爲不可復得也。傳其慧心隱行、聞者歎者、莫不謂文人義士難與爭儔也。

余業爲哀辭數千言哭之。格於聲韻不盡悉、復約略紀其概。每冥痛沈思姬之一身、與偕姬九年光景、一齊湧心塞眼。雖有呑鳥夢花之心手、莫克追述。區區淚筆、枯澁黯削、不能自傳其愛。何有於飾。矧姬之事余、始終本末、不緣狎昵。余年已四十、鬚眉如戟。十五年前、眉公先生謂余視錦半臂碧紗籠、一笑瞠若、豈至今復效輕薄子漫譜情豔、以欺地下。儻信余之深者、因余以知姬之果異、賜之鴻文麗藻、余得藉手報姬。姬死無恨、余生無恨。

愛情は親しみから生まれるが、親しい相手を描くとなると、どうしても飾りばかりになってしまうものだ。愛情に虚飾が加わると、天下に眞に愛すべきものはなくなってしまうのである。ましてや家の奥深くにひきこもり、光彩を内にひっそりとたくわえている女性たちについては、ただ文章の彫琢に心を盡くす文人によって想像され描き出された、麻姑のような幻想的な女性の物語や、神女のようなみだりな記録があるばかりである。近頃では事を好むものが、さらに音樂（戲曲）を利用して、やたらに男女の奇遇を語り、かくして西施夷光・文君（卓文君）・洪度（薛濤）などが、どこの家の高殿にもいることになってしまった。これはまた優れた女性たちにとって思いがけない濡れ衣であり、名をむさぼり求めようとする悪しき習いによるものにほかならない。

今は亡き側室董氏、名を白といい、字は小宛、また青蓮とも字した。秦淮に籍があり、吳門に移籍した。花柳界にあって高名な賣れっ子だったが、それが彼女の本來の姿だったわけではない。最初に出會って意氣投合し、わたしに從いたいと誓って、わが家の門に入ってから、そのさまざまな知恵や才識が、はじめて明らかにあらわれた。それから九年の閒、上下内外大小のものたちとも、爭うことなく、仲たがいすることもなかった。彼女は、わたしが書物を著すのを手傳って、ともに俗世閒から逃れ、わたしの妻を助けては裁縫に通じ、みずから水汲みや臼ひきをし、さらには艱難に際會した時（明清の交の混亂）にも、わたしが重い病氣にかかった時にも、たいへんなことを何でもないことのようにやってのけ、にがなを食べながらそれをあたかも飴をなめているかのようにして一身に引き受けていた。今、彼女は突然死んでしまったのだが、まさか彼女がわたしより先に死ぬとは思わなかった。ただわたしの妻が一人ぼっちでしょんぼりし、なすこともなく左右の手をながめているのを見、上下内外大小の人たちがみな深く悲しみいたんでいるのを見て、もう彼女は二度と戻って來ないのだ、と思うばかりである。彼女のかしこい心配りや隠れた行いなどを人に話すにつけ、聞いた人は、文人や義士でも彼女にはかなうまいといってくれないものはない。

わたしはこれまでにも哀辭數千言を作って彼女を哭したが、韻文の形式の制約があって、すっかり表現しきることができなかった。そこでまたそのあらましを記録してみようとしているのだが、彼女のことを悲しく思い出すたびに、ともに過ごした九年の閒の思い出のシーンが一氣に心の中によみがえってきて、目をふさがれてしまい、たとえ鳥を呑み込み花を夢見る程の文才があったとしても、彼女の思い出を追懐して述べることはできないのである。涙に濡れたわたしのつまらぬ筆はなかなか進まず、折角書いてもいやになって消しているばかりで、わたしたちの愛情をうまく傳えることができない。それでどうして虛飾など加えることができようか。まして、彼女とわたしとは、終始よこしまな關係ではなかったのであるから。わたしは今や年も四十になり、ひげも眉毛も逆立つほどに伸びさかった。十五年前、眉公先生（陳繼儒）がわたしのことを、錦の半臂（袖無しの上着）を贈られたり、（詩が）碧紗でおおわれたりすることなど、一笑に付しているといってくれたものだが、どうしていまになってふたたび遊び人のまねをして、みだりに戀物語を書きつづり、地下にいる彼女を裏切ることができようか。もしわたしを深く理解してくれる人があって、わたしのこの文章をよりどころに彼女がほんとうに優れた人物であったということを知り、すばらしい傑作をものしてくださるならば、わたしはそれによって彼女に恩返しをすることができるであろう。そして、亡くなった彼女は思い殘すことなく、生き殘ったわたしにも心殘りがなくなるであろう。

〔注〕

○『昭代叢書』本、またその他多くのテキストにおいて、右の部分は二字格下げて印刷されている。内容の上からも、全體の序にあたる部分である。『如皐冒氏叢書』所收の『影梅庵憶語』では、この部分は末尾に「巣民冒襄」と題されて本文と離れたところに收錄されており、本文は次の「己卯初夏」云々から始まっている。

○「愛生於暱」。「暱」は「昵」に同じ。親しみ近づくこと。昵懇。清の謝章鋌『賭棋山莊集』文卷七「素心閣遺稿序」に、「暱生愛、愛生譽、其人情乎」といったいい方が見える。『素心閣遺稿』は、同序によれば、殷惺齋太守の愛姬鄭氏の詩文集であるという。序では、冒襄と董小宛、『影梅庵憶語』にも言及する。また、「愛生於暱」は、蘇軾「書劉庭式事」に「哀生於愛、愛生於色」とあるのを踏まえたいい方かもしれない。

○「緣飾」。『史記』平津侯主父列傳に「習文法吏事、而又緣飾以儒術」とある。二文字で「飾る」こと。

○「雕心鏤腎」。底本では「雕心鏤質」に作っている。『賜硯堂叢書』本は「雕心鏤腎」に作る。「雕心鏤腎」はもと韓愈の「贈崔立之評事」詩の「勸君韜養待徵招、不用雕琢愁肝腎」にもとづく。文章に彫琢をこらすこと。「雕肝鏤腎」「雕心刻腎」などのヴァリエーションがある。

○「麻姑幻譜」。『神仙傳』卷二「王遠」の條に見える麻姑の物語、また顏眞卿の「麻姑仙壇記」など、麻姑に關する說話を指す。吉川忠夫「東海三たび桑田と爲る——麻姑仙壇記——」(『書と道教の周邊』平凡社　一九八七)がある。

○「神女浪傳」。宋玉「高唐賦」「神女賦」、曹植「洛神賦」などを指す。

○「近好事家、復假篆聲詩」。「今好事家」は、明代の劇作家たちのことであろう。この頃には數多くの戲曲(傳奇)が作られたが、多くは才子佳人の戀愛物語であった。「聲詩」の文字は『禮記』樂記に「樂師辨乎聲詩、故北面而弦」とある。歌詞のある樂曲、ここでは戲曲を指す。

○「西施夷光・文君・洪度」。『吳越春秋』卷九「勾踐陰謀外傳」に「惟王選擇美女二人而進之。越王曰、善。乃使相者國中、得苧蘿山鬻薪之女、曰西施、鄭旦」とある。『拾遺記』卷三「周靈王」に「越又有美女二人。一名夷光、二名修明。以貢吳」

とあり、その注に「蓋卽西施、鄭旦之別名」とある。「夷光」は「西施」の別名と解した。清の『豆棚閑話』第二則に「西施一名夷光」と見える。文君は卓文君。洪度は唐の妓女薛濤の字。西施については梁辰魚の『浣紗記』、卓文君については孫柚の『琴心記』などの戯曲作品がある。ここでは彼女たちがともに戀物語の主人公として列擧されている。

○「傾蓋」。『史記』魯仲連鄒陽列傳に「諺曰、白頭如新、傾蓋如故」と見える。また『孔子家語』致思に「孔子之郯、遭程子於塗、傾蓋而語終日、甚相親」とある。はじめて出會ったものが、車のおおいを傾けて語り合う。はじめて會った時から意氣投合すること。

○「凡九年」。董小宛が如皐の冒氏に嫁いだ崇禎十五年（一六四二）から、小宛が亡くなった順治八年（一六五一）まで數えて九年。

○「肥遯」。隱遁すること。もとは『易』の「遯」に「上九、肥遯、無不利」と見える。後に隱遁の意になる。陶淵明「自祭文」に「壽涉百齡、身慕肥遯」とある。

○「履險如夷、茹荼若飴」。「履險如夷」は「視險如夷」とも記される。荼はにがな（苦菜）。たいへんな苦勞を何でもないかのように行う。

○「哀辭數千言」。『如皐冒氏叢書』の『影梅庵憶語』付錄に「亡妾董氏小宛哀辭」を収める。末尾に冒襄自身の識語があり「哀文積於胸臆六十五日、兩日夜成。凡二千四百言二百四十韻（哀文 胸臆に積もること六十五日、兩日夜にして成る。凡そ二千四百言二百四十韻）」とある。

○「呑鳥夢花之心手」。「呑鳥」は晉の羅含の故事。羅含は色あざやかな鳥が口の中に飛び込む夢を見、すばらしい文章が書けるようになった（『晉書』卷九十二「文苑傳」）。「夢花」は後漢の馬融の故事。花を食べる夢を見て天下の文章をそらんじた（『獨異志』卷中）。

○「十五年前眉公先生」。眉公先生は陳繼儒。冒襄の『寒碧孤吟』（『如皐冒氏叢書』所收）に、陳繼儒の「寒碧孤吟敍」（冒襄輯『同人集』卷一にも收む）があり、その中に、

辟疆仙品、若使學道、故是黃鶴背上人。而約束於祖父家訓、不得不以擧子業鳴。六藝九家、以及古今萬方之略、多洞

達於胸中、見微知著、沈沈不屑爲利齒噉名兒。視錦半臂碧紗籠、一笑瞠若。辟疆年甚綺、名甚宿、而感慨甚多。

　辟疆は仙品にして、若し道を學ばしむれば、故より是れ黄鶴背上の人ならん。而るに祖父の家訓に約束せられ、學子の業を以て鳴らざるを得ず。六藝九家より以て古今萬方の略に及ぶまで、多く胸中に洞達し、微を見て著を知るも、沈沈として利齒噉名の兒爲るを屑くせず。錦の半臂・碧紗籠を視て、一笑瞠若たり。辟疆は年甚だ綺く、名甚だ宿たり、而して感慨甚だ多し。

とある。この「寒碧孤吟敍」の末尾には「陳繼儒寶文堂に書す。時に年七十有八、歳は乙亥に在り、正月廿七日」とある。乙亥は崇禎八年（一六三五）、冒襄二十五歳の年である。「見微知著」は、『白虎通』情性に「獨見前聞、不惑於事、見微知著者也」とある。「利齒噉名兒」は、『世說新語』排調篇に見える「噉名客」「利齒兒」の文字にもとづく。「錦半臂」は、『東軒筆錄』巻十五に見える宋の宋祁の故事。外で寵姫たちと宴會をしていて、寒くなった時、寵姫たちはそろって下女に錦半臂を持ってこさせた。どれか一つを着るわけにゆかず、宋祁は結局半臂を着なかった。「碧紗籠」は、『唐摭言』に見える王播の故事。王は若い時、揚州のお寺で、粗略に扱われた。二十年後にその地の長官となって再びそのお寺を訪れると、かつて壁に題した詩が、錦でおおわれていた。

己卯初夏、應試白門。晤密之云、秦淮佳麗、近有雙成、年甚綺、才色爲一時之冠。余訪之、則以厭薄紛華、挈家去金閶矣。嗣下第浪遊吳門、屢訪之半塘。時逗留洞庭不返。名與姬頡頏者、有沙九畹、楊漪炤。予日遊兩生間、獨咫尺不見姬。將歸棹、重往冀一見。姬母秀且賢、勞余曰、君來數矣。予女幸在舍。薄醉未醒、然稍停復他出、從兔徑扶姬於曲欄、與余晤。面暈淺春、纈眼流視、香姿玉色、神韻天然。嬾慢不交一語、余驚愛之。惜其倦、遂別歸。此良晤之始也。時姬年十六。

己卯（崇禎十二年　一六三九　冒襄二十九歳）の初夏、白門（南京）で郷試に應じた。密之（方以智）に會ったところ、「秦淮の美女たちの中では、今雙成（小宛のこと）が、とても若く、才色ともに一番だ」という。わたしがたずねた時には、秦淮の繁華がいやになって、家族ともども金閶（蘇州）に移ってしまっていた。やがて落第して呉門（蘇州）でぶらぶらしていた時、何度も何度も彼女を半塘にたずねていった。だが、そのとき彼女は洞庭に逗留していて戻ってこなかった。彼女と甲乙つけがたい名聲があったのが、沙九畹、楊漪炤であった。わたしは毎日二人のところで遊んだが、すぐ近くにいながら彼女に會うことができなかった。いよいよ郷里へ歸る時になって、彼女を一目でも見ようともう一度出かけていった。彼女の母は美しくかつ利口な人であったが、わたしをいたわって、「あなたは何度もお越し下さいましたね。むすめは幸い家におります。少しお酒を過ごし、まだすっかり酔いから醒めておりませんし、しばらくしたらまた出かけなければならないのですが」といって、小道から彼女に手を貸しながら出てきて、曲欄のところでわたしに引き合わせてくれたのである。顔は早春の花のようにほんのりと赤らみ、うるんだ目で流し目を送ってくる。そのかぐわしき容色は、天然自然ともいえるものであった。彼女は物憂そうで一言も言葉を交わさなかったが、わたしは胸がきゅんとなりすっかり心を奪われてしまった。彼女が疲れた様子なのを殘念に思いながら、そのまま別れて歸ってきたのである。これが良き出會いの初め、時に彼女は十六であった。

〔注〕
○董小宛との初めての出會いを敍する一段。この間の事情を、張明弼の「冒姫董小宛傳」（『同人集』巻三）では次のように記している。

己卯、應制來秦淮。吳次尾、方密之、侯朝宗咸向辟疆嘖嘖小宛名。辟疆曰、未經平子目、未定也。而姬亦時時從名流讌集閒、聞人說冒子、則詢冒子何如人。客曰、此今之高名才子、負氣節而又風流自喜者也。則亦胸次貯之。比辟疆同密之屢訪。姬則厭秦淮囂、徙之金閶。比下第、辟疆送其尊人秉憲東粤、遂留吳門。聞姬住半塘、再訪之、多不值。時姬又惡囂、非受縻於炎炙、則必逃之鼪鼯之徑。一日姬方晝醉睡。聞冒子在門、其母亦慧倩。亟扶出、相見於曲欄花下。主賓雙玉有光、若月流於堂戶。已而四目瞪視、不發一言。蓋辟疆心篝、謂此入眼第一、可繫紅絲。而宛君則內語曰、吾靜觀之、得其神趣、此殆吾委心卜地處也。但即欲自歸恐太遽。遂如夢值故懽舊戚。兩意融液、莫不舉似。但連聲顧其母曰、異人、異人。

己卯（崇禎十二年　一六三九）、制に應じて秦淮に來たる。吳次尾（應箕）、方密之（以智）、侯朝宗（方域）咸な辟疆に向ひて小宛が名を嘖嘖す。辟疆曰く、未だ平子が目を經ざれば、未だ定まらざるなり、と。而るに姬も亦た時時名流讌集の閒に從ひ、人の冒子を說くを聞けば、則ち冒子は何如なる人なりやと詢ぬ。客曰く、此れ今の高名才子にして、氣節を負ひ、而して又風流もて自ら喜ぶ者なり、と。則ち亦た胸次に之を貯ふ。比辟疆密之と同に屢訪ふ。姬は則ち秦淮の囂なるを厭ひ、徙りて金閶に之けり。下第せし比（ころおひ）、辟疆其の尊人の憲を東粤に秉るを送り、遂に吳門に留まる。姬の半塘に住むを聞き、再び之を訪ふも、多く値はず。時に姬又囂を惡み、縻を炎炙に受くるに非ざれば、則ち必ず之を鼪鼯の徑に逃る。一日姬方に晝醉ひて睡る。冒子門に在りと聞き、其の母も亦た慧倩たり。亟ち扶けて出さしめ、曲欄の花下に相見す。主賓雙玉にして光有り、月の堂戶に流るるが若し。已にして四目瞪視し、一言をも發せず。蓋し辟疆が心篝、此の眼に入ること第一にして、紅絲を繫ぎたるべしと謂ふ。而して宛君は則ち內に語りて曰く、吾靜かに之を觀るに、其の神趣を得たり。此れ殆ど吾が心を委ね地を卜するの處なり。但だ即ち自ら歸せんことを欲するは太だ遽かならんと恐る。遂に夢に故懽舊戚に値ふが如し、と。兩意融液して、擧似せざるはなし。但だ連聲其の母を顧みて曰く、異人なり、異人なり、と。

張明弼の「冒姬董小宛傳」は『影梅庵憶語』にもとづいて書かれた董小宛の傳記であるが、時に『憶語』には記されていない事柄も見える。「傳」によって、冒襄の南京秦淮における遊び仲間として、方以智のほかに、吳應箕、侯方域たちもあったことが知られる。「平子目」は、『世説新語』賞譽篇に見える。王平子（王澄）には人を見る目があると王衍がいった。

○「己卯初夏、應試白門」。『冒巣民先生年譜』（『如皐冒氏叢書』所收）では、崇禎十二年の條に、「科試優等、秋應制金陵」とある。

○「密之」。方以智の字。明末四公子の一人。任道斌『方以智年譜』（安徽教育出版社　一九八三）崇禎九年の條に冒襄『樸巣詩選、文選』附陳名夏「冒辟疆樸巣存稿序」（『同人集』巻二に收められる）をよりどころとして「夏、交冒襄、鼎足文苑」とある。鼎足の三人とは冒襄、方以智、張自烈の三人とする。同上崇禎十二年の條には張明弼の「冒姫董小宛傳」、侯方域『壯悔堂文集』に附された「（侯方域）年譜」、『壯悔堂文集』巻二「梅宣城詩序」を引いて「夏初、應試南京、交侯方域。沈緬聲色、爲冒襄媒名姫董小宛」とある。方以智、陳貞慧、侯方域、冒襄の四名が「四公子」と呼ばれたことは、韓菼「潛孝先生冒徵君襄墓誌銘」（『有懷堂文藁』巻十六）に見える。

○「佳麗」。美人を指す。ただ、「佳麗城」といえば南京のこと。謝朓の「隋王鼓吹曲　入朝曲」に、「江南佳麗地、金陵帝王州」とあって、「佳麗」の語は特に南京と結びついて用いられるようである。

○「雙成」。雙成は女仙の董雙成。『漢武帝內傳』に「（王母）又命侍女董雙成吹雲龢之笙」と見える。一般に妓女を仙女にたとえることがあるが、ここでは特に同じ董姓ということで小宛のことをこのように呼んでいる。後にまた「雙成の館」といういい方がある。

○「半塘」。蘇州城の西北の地名。蘇州城から虎丘に至る山塘街の半ばあたりである。この近邊は蘇州隨一の行樂地であった。妓樓も多い土地である。牛示力編著『明清蘇州山塘街河』（上海古籍出版社　二〇〇三）「別樣場弄」に「董小宛寓所」の記述がある。ここでは、同書より「山塘河水系簡略示意」の圖を掲げる（圖3　寫眞13）。

○「洞庭」。太湖にある洞庭山のこと。蘇州からは遠くない。だから「咫尺」といういい方も出るのである。

○「沙九畹」。あるいは『板橋雜記』巻中に見える沙才のことか。秦淮から蘇州に來て半塘に住まいを定め、一頃評判になったという（後攜其妹曰嫩者、遊吳郡、卜居半塘、一時名噪、人皆以二趙二喬目之）。

○「楊漪炤」。彼女については、冒襄の「南嶽省親日記」に見える。後出。

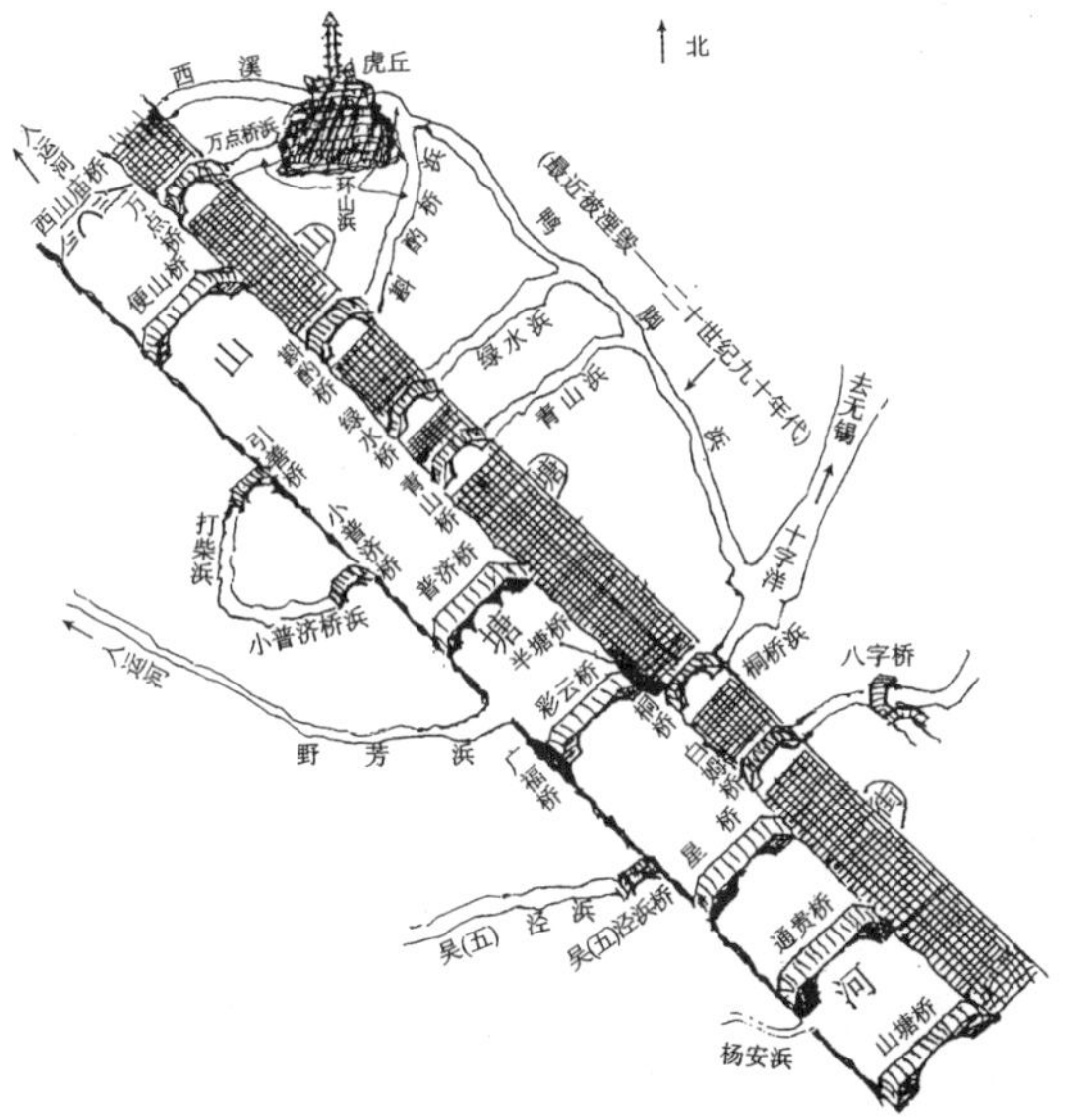

圖３　山塘河水系示意圖　牛示力編著『明清蘇州山塘街河』より

寫眞13　現在の山塘河　半塘付近

○「兎徑」。李賀の「惱公詩」に「隈花開兎徑、向壁印狐蹤」とある。細道のこと。
○「面暈」「纈眼」。明の楊基の「無題」詩に「眉暈淺顰横曉綠、臉消淺纈膩春紅」とある。美女の形容の一つのパターン。「纈眼」については、より古く庾信の「搗衣」詩に「花鬟醉眼纈」とあるのにもとづく。

庚辰夏、留滯影園。欲過訪姫、客從吳門來、知姫去西子湖、兼往遊黃山白嶽、遂不果行。

庚辰（崇禎十三年　一六四〇　三十歳）夏、影園に滯在していた。彼女をたずねて行きたいと思ったが、蘇州から來た人のいうには、彼女は西湖に行き、あわせて黃山白嶽への旅に出たとのことであったので、行かずじまいになってしまった。

〔注〕
○「影園」。揚州の鄭元勳の庭園。李斗『揚州畫舫錄』巻八に詳細な記録がある。それによれば影園は揚州の城南にあったという。影園における黃牡丹詩の會については、『冒巢民先生年譜』崇禎十三年の條に「與鄭元勳集諸名士於影園、賦黃牡丹詩」とある。數多く集まった黃牡丹詩の評價を下したのが錢謙益であり、狀元に推されたのは黎遂球の作であった。影園における諸家の作を集めた鄭元勳輯『影園瑤華集』三巻がある（北京國家圖書館藏）。影園と黃牡丹詩會については、本書第一部第一章で詳しく見た。
○「黃山白嶽」。ともに安徽の名山。道教の聖地。白嶽は、休寧の齊雲山のこと。董小宛が杭州の西湖から黃山白嶽の旅をしたことについて、張明弼「冒姬董小宛傳」には「姬自西湖遠遊於黃山白嶽間者、將三年矣」とある。冒襄が小宛と再會するのは、崇禎十五年二月のことである。冒襄「和書雲先生己巳夏寓桃葉渡口卽事感懷韻」（『同人集』巻十二）の跋には、「董姬十三離秦淮、居半塘六年、從牧齋先生遊黃山、留新安三年、年十九歸余」とある。葛萬里編『清錢牧齋先生謙益年譜』によれば、錢謙益は、崇禎十四年の三月に黃山に遊んだことになっている。董小宛の方が先に行っていて、黃山で會った可能性はあるが、「從牧齋先生」というのはよくわからない。ただ、錢謙益が後に董小宛の落籍の面倒を見たのは、このような因緣によるのかもしれない。

辛巳早春、余省覲去衡嶽、繇浙路往。過半塘訊姬、則仍滯黃山。許忠節公赴粤任、與余聯舟行。偶一日赴飲歸、謂余曰、此中有陳姬某、擅梨園之勝、不可不見。余佐忠節治舟數往返、始得之。其人淡而韻、盈盈冉冉、衣椒繭、時背顧湘裙、眞如孤鸞之在煙霧。是日演弋腔紅梅。以燕俗之劇、咿呀嘲哳之調、乃出之陳姬身口、如雲出岫、如珠在盤、令人欲仙欲死。漏下四鼓、風雨忽作、必欲駕小舟去。余牽衣訂再晤。答云、光福梅花如冷雲萬頃。子能越旦偕我遊否。則有半月淹也。余迫省覲、告以不敢遲留故。復云、南嶽歸棹、當遲子於虎疁叢桂閒。蓋計期、八月返也。

辛巳（崇禎十四年　一六四一　三十一歲）早春、わたしは兩親をたずねて浙江經由で衡嶽に行った。道すがら蘇州の半塘に立ち寄って彼女をたずねたところ、まだ黃山に滯在していて不在だった。許忠節公（許直）が廣東へ赴任するところで、わたしと舟をならべて行った。たまたまある日、宴會からの歸り道でわたしにいった。「ここに陳なにがしという妓女がいて、舞臺の世界で名聲をほしいままにしている。これは會いに行かないわけにゆくまい」

と。わたしは忠節公のために船をととのえ、何度も行ったり來たりしてようやく會う機會を作ることができた。その人は、あっさりしたなかにも氣品があって、しゃなりしゃなり、椒繭の上着を羽織り、時折振り返って湘裙を顧みるさまは、まことに煙霧の中の一羽の鸞のようであった。この日は、弋陽腔の『紅梅記』を演じた。もともと北方北京の俗劇、アーアーウーウーいうようなメロディーでありながら、これが彼女の口から出ると、まるで雲が山から立ち上るかのよう、眞珠が大皿の上を轉がるかのようで、仙人になって舞い上がるような、そしてもう死んでもいいような氣持ちになるのであった。いつしか時が過ぎ、四更（午前三時ごろ）を告げる太鼓が鳴った。雨風が突然おこり、小舟に乘って行かねばならなくなった。わたしは彼女の袖を引っ張って、もう一度會う約束をしようとした。彼女は答えた。「光福の梅の花は冷たい雲が萬頃にわたってひろがっているかのようだということです。あなた、あしたの朝わたしを連れて遊びにいってくださいますか。そうしたら半月ばかり逗留しましょうよ」と。だが、わたしは兩親をたずねなければならないので、ここに留まるわけにはいかないのだと答えた。そして付け加えていった。「南嶽からの歸り道、きっとあなたを虎丘の桂花の中でお待ちいたしましょう」と。だいたい數えて、八月には戻れると思ったからである。

〔注〕

○この一段は、崇禎十四年（一六四一）、湖南で官についていた父をたずね、あわせて母を迎えに行く途中、陳姬と出會ったことを記す。陳姬とは、後に將軍吳三桂の妾となり、清の入關の原因を作ったとされる、あの陳圓圓である。この湖南への旅については、冒襄『樸巢文選』卷三に「南嶽省親日記」があり、道中の様子を詳しく知ることができる。これによれば、冒襄は一月六日如皐を發って、二月二日に蘇州に着いた。

初三日、半塘看曹蘭皐。同楊漪炤、陳畹芬復登虎邱。天色稍霽、遊人頗多。余踞石趺坐久之。……晚漪炤邀留暢飲。

　初三日、半塘に曹蘭皐を看る。楊漪炤、陳畹芬と同に復た虎邱に登る。天色稍しく霽れ、遊人頗る多し。余 石に踞り、趺座すること之を久しうす。……晩に漪炤 邀へ留めて暢飲す。

續く四日の條には、

初四日、朱雲子歸自西山、相訂看梅。余以行促辭留。令弟望子齋頭清譚半晌。旋同若翁登遊船看畹芬演劇。氷綃霧縠中聽遏雲之響、生平耳目罕遘。達曙方散。

　初四日、朱雲子 西山自り歸り、相訂して梅を看んとす。余 行の促るを以て留まることを辭す。令弟望子 齋頭に清譚すること半晌。旋かに若翁（許直）と同に遊船に登りて畹芬が演劇を看る。氷綃霧縠の中に遏雲の響きを聽くこと、生平の耳目遘ふこと罕なり。曙に達し方めて散ず。

とあって、陳畹芬すなわち陳圓圓の芝居を見たのは二月四日のことであった。『憶語』では、芝居のあと圓圓と言葉を交わしたようにいうが、日記のほうにはない。そして、初六日の記録に、

明日解纜行。天屛光福梅花、如冷雲明雪、不克往赴雲子蒭疏之約。茲行迫、欲省覲、寧負山水友朋耳。

　明日纜を解いて行く。天屛、光福の梅花は、冷雲明雪の如くなるも、往きて雲子が蒭疏の約に赴くこと克はず。茲に行迫り、省覲せんと欲し、寧ろ山水の友朋に負けるのみ。

とある。日記では、光福の梅見に誘ったのは、朱雲子ということになっていて、陳圓圓に誘われたのではない。もちろん日記の方を事實に近いと假定すればの話だが、『憶語』にある陳圓圓とのことには、かなりの虚構がまじっているのかもしれない。

　張明弼の「冒姬董小宛傳」では、先に引いた部分に續いて、「此三年中、辟疆在呉門、有某姬、亦傾蓋輸心。遂訂密約。然以省覲往衡嶽、不果（此の三年の中、辟疆呉門に在り、某姬有り、亦た傾蓋心を輸ぐ。遂に密約を訂す。然れども省覲衡嶽に往くを以て、果さず）」とあって、相手が陳圓圓であることを隠したいい方になっている。蘇州で陳圓圓の芝居を見たことについては本書第一部第四章を參照のこと。

○「衡嶽」。衡嶽は南嶽衡山（湖南省）。嘉慶『如皐縣志』巻十六、列傳一、冒起宗傳には「冒起宗、字宗起、號嵩少。……服闋、備兵嶺西、以卓異聞。旋調湖南衡永參議。會張獻忠破襄陽、再調襄陽監軍。獨與左良玉收合餘燼。歴一歳、以城守招撫功被上賞量、調寶慶、即拂衣歸」とある。崇禎十四年の一月、冒襄が父の憲副公冒起宗をたずねて如皐を出發した時點では、父は衡州（湖南省）にあった。

○「繇淅路往」。如皐から衡州に行くには、長江をさかのぼるルートと、杭州から金華を通り、江西に抜けるルートがあった（楊正泰校注『天下水陸路程　天下路程圖引　客商一覧醒迷』山西人民出版社　一九九二、楊正泰『明代驛站考』上海古籍出版社　一九九四）。冒襄はこの後者をえらんだのである。長江のあたりは張獻忠の勢力範圍で危險、という判斷だったのだろう。「繇」は崇禎帝朱由檢の諱を避けたもの。

○「許忠節公」。許直。『明史』巻二六六に傳あり。このとき廣東惠來縣の知縣として赴任。冒襄「南嶽省親日記」によれば、一月六日に如皐を出發してまもなくの一月十一日に揚州でいっしょになり、二月三十日に衢州（浙江省）で別れている。冒襄『樸巣詩集』巻四には十五年の後にこの旅を回想して作った長文の題を持つ詩（「許忠節公以忠孝經濟自勵、不留意韻語。辛巳、余省覲赴衡嶽……」）がある。許直は明清交替の際、明王朝に殉じた。『明史』本傳によれば、福王の時に忠節とおくりなされ、清になって忠愍とおくりなされたという。許直は、冒襄の父、冒起宗の義理のおじにあたる。

○「衣椒繭、時背顧湘裙」。この部分、右のように譯したがよくわからない。「椒繭」の「椒」は、あるいは「椒房」「椒閣」（皇妃、貴婦人の住まい）の「椒」につながるものか。宮廷風のお蠶ぐるみ。よい香りの意味も含まれるかもしれない。「湘裙」は、湘夫人のような長いスカートか。『琵琶記』「強就鸞鳳」に「湘裙展六幅、似天上嫦娥降塵俗」の例がある。煙霧の中の孤鸞といった形容から推して、幅廣で長いのであろう。文徵明や陳洪綬の描いた湘夫人の圖を見ても、みな長いスカートが特徴的である（『楚辭圖』人民文學出版社　一九五三）。

○「弋陽紅梅」。『紅梅記』は、明の周朝俊作の戯曲。瞿佑の『剪燈新話』巻四「綠衣人傳」にもとづく。南宋の權臣賈似道の侍妾李慧娘は、西湖に遊ぶ書生の裴生を賞贊したことが賈似道の怒りに觸れ、殺されてしまう。慧娘は後に幽靈となってあらわれ、窮地におちいった裴生を救う。陳圓圓は、主人公の李慧娘を演じたものであろう。弋陽腔は江西の弋陽におこった演劇の聲腔。弋陽腔について、田仲一成『中國祭祀演劇研究』（東京大學東洋文化研究所報告　一九八一）五一八頁には「この記事（范濂『雲間據目抄』）にも見えるように弋陽腔は、雅調を尊ぶ江浙の劇界では俗悪として貶められていたが、新安商人のバックがあったために、社交演劇の場から消え去ることはなく、第二流の位置を保ち續けたようである」とある。「呼呀啁哳の調」という冒襄の弋陽腔評價はまさにこうした江南文人の弋陽腔評價の一例にあたる。ただ、ここで冒襄が「燕俗の劇」といっているのは、どういうことだろうか。

○「孤鸞之在煙霧」。この表現は江淹の「雜體　詠扇」に「畫作秦王女、乘鸞向煙霧」とあるのにもとづくか。

○「仙」。舞い上がると譯したのは、杜甫の「覽鏡呈柏中丞」詩に「行遲更覺仙」の句があり、九家注が「仙者身輕步疾」と注しているのによる。

○「光福」。蘇州西方、太湖近くの行樂地。光福にある鄧尉山が梅林として著名である。

○「當遲子於虎疁叢桂間」。虎疁とは滸墅のことである。『吳地記』によれば、虎丘はそもそもそこに吳王闔閭を葬った時、一匹の虎があらわれて守ったために虎丘と名づけられた。秦の始皇帝が各地を巡った折、虎丘を訪れ、吳王の寶劍を求めようとした。するとその虎があらわれた。始皇が劍で擊とうとすると、虎は西の方二十五里のところまで逃げて消えた。その場所が「虎疁」であり、唐及び五代の避諱によって「滸墅」になった、という。滸墅は大運河の要衝であって、關所（滸墅關）が設けられていた。本來、滸墅と虎丘は別の場所であるが、冒襄は虎丘のことを虎疁と呼んでいるのではないかと思われる。虎丘で桂（きんもくせい）の花の時に會おう、というが、蘇軾の「次韻王忠玉遊虎邱」詩に「白髮重來故人盡、空餘叢桂小山幽」とあり、陳維崧の「賀新涼　丙辰中秋看月虎丘同雲臣雪持賦」詞に「簇坐廣場紛笑語、何處香飄桂子」とあるように、虎丘の中秋といえば桂花が思い起こされたようである。

余別去、恰以觀濤日奉母回。至西湖、因家君調已破之襄陽、心緒如焚。便訊陳姬、則已爲竇霍豪家掠去、聞之慘然。及抵閶門、水澁舟膠、去滸關十五里、皆充斥不可行。偶晤一友、語次有佳人難再得之歎。友云、子誤矣。前以勢劫去者、贋某也。某之匿處、去此甚邇。與子偕往。至果得見。又如芳蘭之在幽谷也。相視而笑曰、子至矣。子非雨夜舟中訂芳約者耶。曩感子殷勤、以凌遽不獲訂再晤。今幾入虎口得脱、重晤子、眞天幸也。我居甚僻、復長齋。茗椀爐香、留子傾倒於名月桂影之下。且有所商。

わたしは彼女と別れた後、ちょうど觀潮の日に母を奉じて（杭州まで）戻ってきた。西湖に着いたところで、父上が敵に破られた襄陽に轉勤になったという知らせに接し、心の中は燒けつかんばかりであった。すぐに陳姫のことをたずねてみたが、すでに竇霍（皇帝の外戚）の豪家に連れ去られた後とのことで、聞いて胸ふさがった。蘇州の閶門に着こうとするころおい、船が澁滯し、滸墅關までの十五里がふさがって進むことができない。たまたまある友人に會って、話が「佳人は再びは得難し」の嘆きになった。友人のいうには、「君はまちがっている。前に力ずくで強奪されていったのは、替え玉さ。彼女の隱れ家は、ここからすぐのところだ。いっしょに行こう」と。行ってみると、果たして會うことができた。また人里離れた谷間に咲く芳しい蘭のごとくであった。彼女はわたしを見、笑って「あなたはやって來てくださったのですね。あなたは、あの雨の晩、船の上で、また會いたいといってくださった方でしたね。先にはあなたがお優しいのに心動かされましたが、あなたがお急ぎだったために再びお目にかかる日を決めることができなかったのですわ。今すんでのところで虎口を脱することができ、そこであなたと再會できたのは、ほんとうに天の助けです。わたしの住まいはひどくいなかじみていますし、ながくなまぐさ斷ちをしております。銘茶とお香を友にして、桂の木陰で月を見ながら語り明かしましょうよ。ご相談したいことがあるんですの」という。

〔注〕

○『冒巣民先生年譜』崇禎十四年の條に引く「馬恭人行狀」に「先君子命襄奉吾母歸」とある。

○「觀濤日」。錢塘江のあげ潮であるが、これがさかのぼってくるのは、八月十五日ごろのこと。

○「心緒如焚」。襄陽が張獻忠の手に陷ちたのは、崇禎十四年二月六日（計六奇『明季北略』卷十七「張獻忠陷襄陽」、冒襄が衡州への旅途にある時）のことであるから、父が襄陽へ移動になったのは、その後のことになる。韓菼の「潛孝先生冒徵君襄墓誌銘」（『有懷堂文稾』卷十六）には、「先生往覲、奉恭人以歸。歸而不入寢。或問之。先生曰、父在殘疆、而子安枕席乎（先生覲に往き、恭人を奉じて以て歸る。歸りて寢に入らず。或ひと之を問ふ。先生曰く、父殘疆に在り、而るに子 枕席を安んぜんや、と）」。冒襄にはまた孝子としての一面があった。

『冒巣民先生年譜』崇禎十五年の條にはまた「嵩少公墓誌」（陳維崧「中憲大夫嵩少冒公墓誌銘」『陳迦陵文集』卷五）を引いて、當時の襄陽の狀況を次のように說明する。「襄陽新爲闖獻屠破、勢更危於曹濮。左良玉鴟張於荆樊、張獻忠蟻聚於綿竹、降賊數十萬、復出沒肘腋閒（襄陽新たに闖獻に屠破せられ、勢更に曹濮よりも危うし。左良玉荆樊に鴟張するも、張獻忠綿竹に蟻聚し、降賊數十萬、復た肘腋の閒に出沒す）」。

○「竇霍」。前漢時代の外戚として權勢をふるった竇氏と霍氏のこと。ここで具體的に指しているのは、崇禎帝の皇后周氏の父周奎（周嘉定伯、蘇州の人）あるいは田貴妃の父田弘遇である。鈕琇の『觚賸』卷四「圓圓」の記述によれば、崇禎帝は田貴妃を寵愛し、周皇后を疎んじていたので、周嘉定伯は蘇州に歸った折、才色兼備の妓女を買い求め、崇禎帝に進めて、田貴妃への寵愛を削ごうとしたのだという。別に陸次雲の「圓圓傳」（『虞初新志』卷十一）では、田貴妃の父が買い求めたことになっている。陳寅恪『柳如是別傳』第四章「河東君過訪半野堂及其前後關係」（七六二頁以下）がこの事件に觸れる。

○「滸墅關」。蘇州の西北、大運河上に設けられた關所。香坂昌紀「清代滸墅關の研究」（『東北學院大學論集　歷史學・地理學』三、五、一三、一四　一九七二、一九七五、一九八三、一九八四）がある。

○「佳人難再得」。漢代の「李延年歌」、「寧不知傾城與傾國、佳人難再得」。

○「芳蘭之在幽谷」。『淮南子』說山訓に「蘭生幽谷、不爲莫服而不芳」。陸機「擬渉江采芙蓉詩」（『文選』巻三十）「上山采瓊蘂、穹谷饒芳蘭」。

○「淩遽」。顏延之「應詔觀北湖田收」（『文選』巻二十二）に「疲弱謝淩遽」。李善の注に「淩遽、捷速貌」とある。『漢語大詞典』に「迅速、急促」と釋する。

余以老母在舟、緣江楚多梗、率健兒百餘護行、皆住河干、矍矍欲返。甫黃昏而砲械震耳。擊礮聲如在余舟傍、亟星馳回、則中貴爭馳河道、與我兵鬭。解之始去。自此余不復登岸。

わたしは老母が船にいたし、江蘇から湖南湖北にかけては道が寸斷され危険が多かったので、屈強な男子百人あまりを引き連れて行って護衛させており、彼らがみな川の岸邊に泊まっていたこともあって、急いで歸りたかった。日が暮れたばかりの頃、大砲の音が耳を震わせた。大砲を擊つ音はわたしの船のそばのようだったので、ただちに大急ぎで戻ったところ、宦官が河道を無理に進もうとして、わたしの兵と爭っていたのであった。わたしがなだめて（宦官の船は）やっと去っていった。これ以後わたしはもう岸へあがらなかった。

〔注〕

○道中の危険とは、李自成や張獻忠らが出沒したことをいう。それにしても、この冒氏の私的な旅行のために、百人もの「兵」を率い大砲を用いて、宦官とまでも争ったというあたりには驚かされる。明末には、宮廷財政の窮乏を補うため、「礦稅」と稱して各地に宦官が派遣され、鑛山や關所などで苛斂誅求を行った。特に蘇州では、萬曆二十九年（一六〇一）、宦官孫隆の誅求に反對した織傭の變がおこっている。ここもおそらく滸墅關を舞臺にした宦官の誅求にあって、いざこざがおこったのであろう。「礦稅」については、田中正俊「民變・抗租奴變」(『世界の歷史　一一　ゆらぐ中華帝國』筑摩書房　一九七九)に詳しい。

越旦、則姬薄妝至、求謁吾母太恭人。見後重堅訂過其家。乃是晚、舟仍中梗、乘月一往。相見、卒然曰、余此身脫樊籠、欲擇人事之。終身可托者、無出君右。適見太恭人、如覆春雲、如飫甘露、眞得所天。子毋辭。余笑曰、天下無此易易事。且嚴親在兵火、我歸、當棄妻子以殉。兩過子、皆路梗中無聊閑步耳。子言突至、余甚訝。卽果爾、亦塞耳堅謝。無徒誤子。復宛轉云、君儻不終棄、誓待君堂上畫錦旋。余荅云、若爾、當與子約。驚喜申囑、語絮絮不悉記。卽席作八絕句付之。

翌朝、彼女は薄化粧でやってきて、母の太恭人への目通りを求めた。會ったあと、彼女の家に來るよう重ねてかたく約束させられた。そこでその晚、船は相變わらず澁滯中であったので、月に乘じて出かけていった。顏を見るやいなや、彼女はだしぬけにいった。「わたしのこの身は、ちょうど籠の中から拔け出したところで、どなたか人を選んでお仕えしなければなりません。一生を託すことができるのは、あなたをおいてほかにありません。ちょうど母上樣にお目に掛かりましたが、春の雲におおわれたような、甘露をたらふくいただいたような氣持ちになり、眞にお仕えすべき方を得たようです。どうかおいやとはいわないでください」と。わたしは笑って、「世の中にはそんなに簡單にできることはないのです。しかも父上が兵火の中におられるのだから、わたしは鄕里に帰ったら、妻子に別れを告げて命を捨てる覺悟なのです。二度あなたをおたずねしたのは、滋滞中の退屈ゆえの散歩にすぎません。あなたが突然こんなことを言い出すのが、わたしにはまったく理解できません。もしほんとうにそうだったとしても、耳を塞いでかたくお斷りするしかないのです。いたずらにあなたの身の振りをあやまらせたくないからです」というと、またしみじみと「あなたがもしお見限りでなかったら、誓ってお父上が故郷に錦をかざられるまでお待ちいたします」という。わたしは「そういうことなら、あなたと約束いたしましょう」と答えた。彼女は驚喜して、よろしくお頼み申しますといったが、そのくどくどしたことば、ひとつひとつは覺えていない。その場で絶句八首を作り、彼女に贈ったのである。

〔注〕

○「太恭人」。冒襄の母は馬氏。『巣民文集』巻七に「老母馬太恭人七十乞言　己亥」を収める。馬家は、恭人の祖父（馬洛）、曾祖父（馬紳）、高祖（馬繼祖）と三代にわたって進士を輩出している如皐の名族である。馬繼祖、馬紳の兩名は嘉慶『如皐縣志』巻十六、列傳一に立傳される。

○「當棄妻子以殉」。冒襄の妻は蘇氏。崇禎二年（一六二九）冒襄十九歳の年に嫁いでいる（『冒巣民先生年譜』崇禎二年）。陳維崧に「蘇孺人傳」がある（『同人集』巻三）。やはり如皐の名族の出身。曾祖父の蘇愚は嘉慶『如皐縣志』巻十六、列傳一に立傳されている。中書舍人蘇文韓の三女。『冒巣民先生年譜』によれば、崇禎七年に長男の袞、崇禎八年には次男の禾書、崇禎十二年には三男の丹書が生まれている。長男の袞は崇禎十一年に亡くなっている。詳しくは本書第二部第四章を參照。

○「八絶句」。冒襄「偶成八絶句」（『巣民詩集』巻六）。

帰歴秋冬、奔馳萬狀。至壬午仲春、都門政府言路諸公、恤勞臣之勞、憐獨子之苦、馳量移之耗、先報余。時正在毘陵、聞音如石去心。因便過吳門慰陳姬。蓋殘冬屢趣余、皆未及答。至則十日前復爲竇霍門下客、以勢逼去。先、吳門有暱之者、集千人譁劫之。勢家復爲大言挾詐、又不惜數千金爲賄。地方恐貽伊戚、劫出復納入。余至悵惘無極。然以急嚴親患難、負一女子無憾也。

帰ってからの秋から冬にかけては、あれやこれや奔走して回った。壬午（崇禎十五年　一六四二）の仲春になって、中央政府の言官の諸公は苦労した臣下の労をねぎらい、一人息子の苦衷を憐れんで、人事移動の知らせを走らせ、まずわたしに通知して來た。わたしはその時ちょうど毘陵（常州）にいたが、知らせを聞いて心から重石がとれたようであった。蘇州を通りかかったついでに、陳姬を慰めようと思った。冬の終わりごろからしばしばわたしに催促の手紙をよこしていたのに、返事も出さずにいたからである。やって來てみると、十日前にまた竇霍（皇帝の外戚）の豪家の手下の者に力ずくで連れ去られたあとであった。それより先、蘇州の彼女のなじみが、千人もの人を集め、大騒ぎして彼女を奪っていった。外戚はまた大言を吐いて（彼女のなじみを）おどし、また一方で數千金の賄賂を蘇州の地方官に贈った。地方官は面倒なことになるのをおそれ、彼女を奪い取って外戚に引き渡した。わたしはやってきて、茫然としてしまったのであった。しかし、父上の苦難を救うことにやっきになっていた時のことだから、一女子に背いても心殘りはないのである。

〔注〕

○父の移動については、『冒巣民先生年譜』崇禎十五年に「憲副公調寶慶、尋告歸」とある。同條に引く「嵩少公墓誌」（陳維崧）には、「公子念父以勞臣踐危疆、戒家人不令公知、而陰泣血上書。政府同郷之孫黄門、顔銓部、成侍御又翕然咸頌公子才、而嘉其孝、力爲之爭。乃得再移寶慶。而公浩然乞骸骨歸。歸未兩月、襄陽復破（公子 父の勞臣を以てして危疆を踐むを念ひ、家人を戒めて公をして知らしめず、陰かに泣血上書す。政府同郷の孫黄門、顔銓部、成侍御又た翕然として咸な公子の才を頌し、而して其の孝を嘉し、力めて之が爲に爭ふ。乃ち再び寶慶に移るを得たり。而して公 浩然として骸骨を乞ひて歸る。歸りて未だ兩月ならずして、襄陽復た破る）」とある。寶慶は湖南にある（現在の邵陽）。

○「恐貽伊戚」。『詩經』小雅「小明」の「心之憂矣、自詒伊戚（心の憂ひ、自ら伊の戚ひを詒れり）」を踏まえる。

是晩壹鬱、因與友覓舟去虎疁夜遊。明日、遣人之襄陽、便解維歸里。舟過一橋、見小樓立水邊。偶詢友人、此處何人之居、友以雙成館對。余三年積念、不禁狂喜、卽停舟相訪。友阻云、彼前亦爲勢家所驚、危病十有八日。母死、鐍戸不見客。余強之上、叩門至再三、始啓戸。燈火闃如、宛轉登樓、則藥餌滿几榻。姬呻吟詢何來。余告以昔年曲欄醉晤人。姬憶、涙下曰、曩君屢過余。雖僅一見、余母恆背稱君奇秀、爲余惜不共君盤桓。今三年矣。余母新死、見君憶母、言猶在耳。今從何處來。便強起揭帷帳審視余。且移鐙留坐榻上。譚有頃、余憐姬病、願辭去、牽留之曰、我十有八日寢食俱廢、沈沈如夢、驚魂不安。今一見君、便覺神怡氣王。旋命其家具酒食、飲榻前。姬輒進酒、屢別屢留、不使去。余告之曰、明朝遣人去襄陽、告家君量移喜耗。若宿卿處、詰旦不敢報平安。俟發使行、寧少停半刻也。姬曰、子誠殊異、不敢留。遂別。

この晩、もやもやしていたので、友人と船を雇って、虎丘へ行って夜遊びをした。翌日、人を襄陽に派遣したら、すぐにともづなを解いて故郷に歸るつもりであった。船がある橋を過ぎたところで、水邊に立つ小さな高殿が見えた。たまたま友人に、これはどこのどなたの住まいなのかと尋ねてみると、友人は雙成（董小宛）の館だと答えた。わたしは三年間の積もり積もった思いから、狂わんばかりに喜ぶことを禁じえず、すぐに船を泊めてたずねて行こうとした。友人がさえぎっていうには、「彼女もまた勢力家におどろかされ、危篤におちいって十八日になる。彼女の母は死んでしまって、扉を閉ざして客に會わないのだ」という。わたしはそこを強いて上がって行き、何度も扉をノックして、ようやく扉が開いた。部屋の明かりは暗く、ぐるぐる回って高殿を登ってゆくと、机とベッドは藥だらけであった。彼女はあえぎあえぎ、「いったいどなたか」とたずねた。わたしは「以前あなたが醉っておられた時、曲欄のところでお目にかかったものです」と答えると、彼女は思い出して涙をこぼし、「前にあなたは何度もわたしのところをたずねてくださったのですね。たった一度お目に掛かっただけでしたが、母はいつもあなたがすばらしいお方だといって、わたしがあなたとなじみになれないことを殘念がっておりました。あれから三年ですね。母は亡くなったばかりで、あなたを見ても母のことが思い出され、その母のことばがまだ耳元にあるようです。いまはどちらからいらしたのですか」というと、無理に起きあがってベッドのとばりを掲げ、わたしの顔をよく見ようとした。さらに燈火を移動させて、わたしをベッドに腰掛けさせた。しばらく語りあって、わたしは彼女の病氣を考え、辭去しようとしたが、引き留めて、「わたしはこの十八日間、眠れもしなければ食べ物ものどを通らず、ぼおっと夢の中にいるようで、魂も落ちつきませんでした。ですが、今あなたにお目に掛かったとたん、嬉しくなって、元氣も出てきたように思われます」といい、ただちに家のものに命じて酒や食事を準備させ、ベッドのところで酒を酌んだ。彼女みずから酒を勸めてくれ、何度辭去しようとしてもそのたびに引き留められ、なかなか歸してくれない。わたしは彼女に「明日の朝、人を襄陽にやって、父上の人事移

寫眞14　現在の桐橋

動のよき知らせを持って行かせなければなりません。もしあなたのところに泊まってしまったならば、明朝平安を告げ知らせる使いを送り出せなくなってしまいます。使いが行ってしまってから、またしばらくやってまいりましょう」といった。彼女は「それはたしかに特別のご事情ですね。お引き留めいたしません」といって別れた。

〔注〕

○「舟過一橋、見小樓立水邊」。張明弼の「冒姫董小宛傳」には「偶月夜、蕩葉舟隨所飄泊。至桐橋、見小樓如畫圖、閑立水涯」とある。桐橋は、山塘にあった橋、勝安橋。顧祿『桐橋倚棹錄』巻七に「勝安橋、卽桐橋。在山塘。……」とあり、そこに引かれる李其永「桐橋舟中得句」詩は、「橋西七十里、不斷往來波。千古蛾眉女、此中載得多。三春紅燭夜、一片畫船歌。自昔成風俗、流波奈若何」といった内容である。前掲牛示力編著『明清蘇州山塘街河』「山塘河水系簡略示意」の圖によれば、桐橋は半塘橋のすぐ近くにある。桐橋も半塘の色町にあったのである（寫眞14)。

越旦、楚使行。余急欲還、友人及僕從咸云、姬昨僅一傾蓋、拳切不可負。仍往言別。至則姬已妝成、凭樓凝睇。見余舟傍岸、便疾趨登舟。余具述卽欲行、姬曰、我裝已戒。隨路祖送。余卻不得卻、阻不忍阻。由滸關至梁溪、毘陵、陽羨、澄江、抵北固、閱二十七日、凡二十七辭、姬惟堅以身從。登金山誓江流曰、妾此身如江水東下、斷不復返吳門。余變色拒絕。告以期逼科試、年來以大人滯危疆、家事委棄、老母定省俱違、今始歸經理一切。且姬吳門責逋甚衆、金陵落籍、亦費商量。仍歸吳門。俟季夏應試、相約同赴金陵。秋試畢、第與否、始暇及此。此時纏綿、兩妨無益。姬仍躊躇不肯行。時五木在几。一友戲云、卿果終如願、當一擲得巧。姬肅拜於船窗、祝畢、一擲得全六。時同舟稱異。余謂果囑天成、倉卒不臧、反僨乃事。不如暫去、徐圖之。不得已。始掩面痛哭失聲而別。余雖憐姬、然得輕身歸、如釋重負。

翌朝、楚に行く使いは出發していった。わたしはすぐに鄉里に戻ろうとしたが、友人や從僕たちがみな「昨日彼女とはちょっと會って話すだけの時閒しかありませんでした。彼女の眞劍な氣持ちに背いてはいけません」というので、行って別れを告げることにした。行ってみると、彼女はもうすっかり裝束をととのえ、高殿の上にいてこちらをじっと見つめている。わたしの船が岸に着くやいなや、驅け下りて來て船に飛び乘ったのである。わたしがすぐに出發したいのだと告げると、彼女は「わたしもすっかり準備が整っています。道中お見送りしましょう」という。わたしは斷ろうと思っても斷れず、やめさせようと思ってもやめさせるに忍びないのであった。

滸墅關から梁溪（無錫）、毘陵（常州）、陽羨（宜興）、澄江（江陰）を經て、北固山（鎮江）に至るまで二十七日、二十七回彼女と別れようとしたが、彼女はかたい決心でずっとつき從って來た。金山に登った時、長江の流れに誓っていった。「わたくしのこの身は長江の水が東に流れ、逆戻りすることがないのと同じように、決して二度と蘇州には戻りません」と。わたしは顏色を變えて拒絶し、彼女に次のように告げたのである。科試（郷試の豫備試驗）の期日が迫っているし、ここ數年來父上が危險な場所におられたために、家のことはすておいており、老母への朝夕の挨拶も思うようにならなかった。今ようやく歸れて、あらゆることを處理しなければならない。しかも、彼女は蘇州では借金の取り立てに來るものがはなはだ多く、南京での落籍にもまだ手間がかかるであろう。だから、さしあたってはもとのように蘇州に歸るがよい。夏の末の試驗（科試）が終わったら、そのときいっしょに南京に行こう。秋の試驗（郷試）がすんだら、合格しようがしまいが、はじめてことを圖る時間ができるであろう。いまここでまとわりついていることは、わたしたち二人にとって、害があるばかりで一つもよいことがない、と。彼女はそれでもまだためらっており、行こうとしなかった。その時、五木（さいころ）が机の上にあった。ある友人が冗談で、「最後にあなたの願いがかなうなら、一振りでよい目が出るはずだ」といった。彼女は船の窓から恭しく拜し、祈り終わると、一振りで六のぞろ目が出た。船じゅうのものは、これはすごいと驚いた。わたしはいった、「なるほどこれは天が事をまとめようとしているのだから、あわててまずく事を行うと、かえってだめになってしまう。だからいまのところは歸って、ゆっくり事を圖った方がよい、しかたがないのだ」と。彼女は手で顏をおおってひどく泣き叫び、話すこともできないままに別れたのである。わたしは彼女がかわいそうではあったが、身輕で歸ることができ、重荷を解かれたように思ったのであった。

〔注〕

○「姫昨僅一傾蓋」。底本は「姫昨僅一倚蓋」に作る。『美化文學名著叢刋』によって「傾蓋」に改めた。「傾蓋之閒」は短い會見の時閒。

○「見余舟傍岸」。底本は「見余舟登岸」に作る。『美化文學名著叢刋』によって「傍岸」に改めた。

○「金山」。鎭江近くの長江に臨む三つの山（北固山、金山、焦山）、いわゆる京口三山の一つ。金山には金山寺、天下第一泉などの名所がある。

○「姫吳門責逋甚衆」。張明弼「冒姫董小宛傳」には、「姫時有父多嗜好、又蕩費無度。恃姫負一時冠絕名、遂負逋數千金。咸無如姫何也（姫　時に父の嗜好多き有り、また費を蕩ること度無し。姫の一時の冠絕の名を負ふを恃み、遂に逋を負ふこと數千金なり。咸な姫を如何ともする無きなり）」とあって、董小宛の父親が賣れっ子であった娘をかたに莫大な借金をしていたということになっている。

○「秋試畢」。底本は「秋事畢」に作る。『美化文學名著叢刋』によって「秋試畢」に改めた。秋試は、鄕試のこと。

○「五木」。五木は、古代における賭博の用具があるが、ここでは「全六」などといういい方から見て、さいころの事ではないかと思われる。さいころは五木から發展したものともいわれる。大谷通順「五木の形狀と樗蒲の遊戲法について――『五木經』の合理的解釋――（上）（下）」（『北海學園大學學園論集』第六七、六八號　一九九〇、一九九一）がある。

纔抵海陵、旋就試。至六月抵家、荊人對余云、姫令其父先已過江來云、姫返吳門、茹素不出、惟翹首聽金陵偕行之約。聞言心異、以十金遣其父去曰、我已憐其意而許之。但令靜俟畢場事後無不可耳。余感荊人相成相許之雅、遂不踐走使迎姫之約。竟赴金陵、俟場後報姫。

海陵〔泰州〕に着いたところで、すぐさま科試に赴いた。六月になって家に着くと、妻がわたしにいった。「彼女は早くも父親に長江を渡ってやってこさせ、いうには、彼女は蘇州に歸ってからというもの、なまぐさ斷ちをして家に閉じこもったままで、ただひたすら首を長くして南京へいっしょに行く約束の連絡を待っている、とのこと。これを聞いて妙な氣がしましたが、十兩の銀子を渡して父親を歸らせ、こういってやりました。わたしは彼女の氣持ちを憐れんで申し出を認めてあげたいと思いますが、おとなしく科擧の試驗が終わるのをまってからでも、惡いことはないのではないですか、と」。わたしは、協力し、認めてくれた妻の優しさに感激し、使いを走らせて彼女を迎えにやるという約束を果たさなかった。そして結局、南京に行って、科擧が濟んだあと、彼女に連絡することにしたのである。

〔注〕
○このはなはだものわかりのよい正妻の蘇氏、借金を背負っていたらしい董小宛の父については前出。

桂月三五之晨、余方出闈、姬猝到桃葉寓館。蓋望余耗不至、孤身挈一嫗、買舟自吳門。江行遇盜、舟匿蘆葦中、柁損不可行、炊煙遂斷三日。初八抵三山門、又恐擾余首場文思、復遲二日始入。姬見余雖甚喜、細述別後百日、茹素杜門與江行風波盜賊驚魂狀、則聲色俱凄。求歸逾固。時魏塘雲間閩豫諸同社、無不高姬之識、憫姬之誠、咸爲賦詩作畫以堅之。場事既竣、余妄意必第、自謂此後當料理姬事、以報姬志。

桂花香る八月十五夜の日、わたしが試驗場を出るやいなや、彼女がだしぬけに桃葉渡の宿舍にやってきた。わたしからの便りがいくら待っても來なかったので、たった一人、老女一人を連れて、船を雇い、蘇州から來たのである。長江を航行中、強盗に出くわし、船を葦の間にかくしたが、舵がこわれて進むことができなくなり、三日の間、食べ物を口にすることができなかったという。彼女は八月八日に（南京の）三山門に着いたが、わたしの第一場の試驗のために氣を散らせてはいけないと考え、二日過ぎてからようやく城内に入ってきたのである。彼女はわたしと會えてたいへん喜んだが、わたしと別れてからの百日間、なまぐさものを斷ち門を閉ざしていたこと、そして長江を航行中の苦勞、強盗にあって肝をひやしたことなどを事細かに述べる樣子には、いたましいものがあった。そして、わたしのもとに身を寄せたいとますます強く求めるのであった。時に、嘉善・松江・福建・河南の同社のものたちは、彼女の人を見る目を高く評價し、彼女の眞劍な氣持ちを憐れまないものはなく、みな彼女のために詩を作り繪を描き、彼女をはげましたのである。試驗が終わって、わたしは勝手に、絕對合格だと思い、これからは彼女のことをかたづけて、その心に報いてやらなければならない、と思っていた。

〔注〕

○「桂月三五之辰」。科擧の鄕試は、八月八日に入場、八月九日に第一場の試驗がはじまり、十五日に第三場の試驗が終わる。終われば、中秋の名月である。

○「桃葉」。桃葉は東晉の王獻之の愛妾の名。王獻之は彼女に「桃葉歌」を贈り、桃葉は「團扇歌」を作ってそれに答えた。南京城內の利涉橋のあたりを桃葉渡といった。貢院のすぐ近くである。

○「三山門」。南京城の西方の門。長江から水路を南京に入ってこようとすると、まず三山門にあたる。水西門ともいう。ここから城內に入ると秦淮河（內秦淮）に通じる。拙著『中國遊里空間　明清秦淮妓女の世界』（青土社　二〇〇二）を參照。

○「魏塘雲間閩豫諸同社」。魏塘は嘉善（現在上海市嘉善縣）のこと。『復社紀略』巻一の復社名簿をみると、嘉善にも復社成員が多くいたことが知られる。「冒辟疆文序」（『同人集』巻一）を書いた魏學濂は嘉善の人。雲間は松江。幾社で知られる。豫（河南）の出身者には侯方域がいる。閩（福建）では、やはり「冒辟疆文序」（『同人集』巻一）を書いた周吉、また後に南京秦淮の掌故を記した『板橋雜記』を著した余懷はともに福建莆田の人。

詎十七日、忽傳家君舟抵江干。蓋不赴寶慶之調、自楚休致矣。時已二載違養、冒兵火生還、喜出望外。遂不及爲姬商去留。竟從龍潭尾家君舟抵鑾江。家君閱余文、謂余必第、復留之鑾江候榜。姬從桃葉寓館仍發舟追余。燕子磯阻風、幾復罹不測、重盤桓鑾江舟中。七日乃榜發、余中副車。窮日夜力歸里門。而姬痛哭相隨、不肯返。且細悉姬吳門諸事、非一手足力所能了。責逋者見其遠來、益多奢望、衆口狺狺。且嚴親甫歸、余復下第意阻、萬難即詣。舟抵郭外樸巢、遂冷面鐵心與姬決別、仍令姬歸吳門。以厭責逋者之意、而後事可爲也。

ところがあにはからんや、十七日になってだしぬけに父上の船が長江の岸に着いたと知らせて來た。轉任になった寶慶へ赴任せず、湖北から辭表を出してしまわれたのである。この時、はや二年もの間、父上に孝養を盡せずにいたのが、兵火の中から生還されたのであるから、喜びもことのほか大きかった。それで、彼女のために身の振りをはかってやることができなくなってしまったのである。結局龍潭から父上の船に從って、鑾江（儀徵）まで來た。父上は、わたしの答案の文章をごらんになって、きっと合格だろうといわれ、わたしを鑾江に留まらせて合格發表を待たせることにした。彼女は桃葉渡の宿舍から船を出してまたわたしを追いかけて來た。燕子磯では風に阻まれて、すんでのところで大變なことになるところだったというが、鑾江の船の中でまたいっしょに過ごしたのである。九月七日になって發表があり、わたしは副榜であった。そこで、夜を日についで鄉里に歸ろうとした。彼女はひどく聲をあげて泣きながらついてきて、どうしても歸ろうとしない。彼女の蘇州での諸事を詳しく知れば知るほど、ちょっとやそっとの力で解決できそうなことではない。借金を取り立てようとする者は、彼女が遠くまで來たのを見て、ますます法外の要求をし、多くの者が口やかましく騷ぎ立てた。そのうえ、父上が歸って來られたばかりであり、わたしも落第して意氣阻喪しており、萬難が一時に押し寄せたかのようであった。船が如皐城外の樸巢まで來たところで、心を鬼にして彼女と別れ、彼女を蘇州に歸らせた。それというのも、借金取りたちを安心させて、後の事をはかろうと考えたからである。

〔注〕

○「寶慶之調」。前出。冒襄の運動によって、父親が襄陽から寶慶に轉任になったこと。

○「龍潭、鑾江、燕子磯」。いずれも長江流域の地名。龍潭は、句容縣の龍潭鎭。長江に臨んでいる。鑾江は儀徵。燕子磯は、南京の北東。斷崖をなし、舟行の難所である。

○「余中副車」。副榜は補缺合格。『冒巢民先生年譜』崇禎十五年によれば、この年には百餘人もの副榜があり、府尹の金公が「副榜の盛んなること、百年無き所たり」と述べたとあるが、結果的には落第と同じである。後文にははっきりと、下第とある。

○「樸巢」。如皐縣城外にあった冒襄の別荘の名。嘉慶『如皐縣志』卷十六、列傳一、冒襄傳に「邑有樸、踞城南濠。就樸架亭、與鵲鶴同棲。遂自號巢民（邑に樸有り、城南の濠に踞る。樸に就きて亭を架し、鵲鶴と同棲す。遂に自ら巢民と號す）」とある。『冒巢民先生年譜』によれば、この樸巢ができあがったのは、崇禎七年冒襄二十四歳の時のことである。『樸巢文選』巻二に「樸巣記」がある。本書序論を參照。

陽月過潤州、謁房師鄭公。時閩中劉大行自都門來、與陳大將軍及同盟劉刺史飲舟中。適奴子自姬處來、云、姬歸不脱去時衣、此時尙方空在體。謂余不速往圖之、彼甘凍死。劉大行指余曰、辟疆夙稱風義。固如是負一女子耶。余云、黃衫押衙、非君虞仙客所能自爲。刺史擧杯奮袂曰、若以千金恣我出入、卽於今日往。陳大將軍立貸數百金、大行以葠數觔佐之。

十月に潤州（鎭江）に行って、房師の鄭公にお目にかかった。その時、福建の劉大行が都からやってきており、陳大將軍、盟友の劉刺史とで船の中で飮んだ。するとちょうど彼女のところにつかわしていた下僕が歸ってきていうには、「彼女は蘇州に歸ってから、別れた時の着物を脱がず、今でもまだうすぎぬを身につけています。そして、すぐに來て身の振りをつけてくれないならば、凍え死にするといっています」とのこと。劉大行はわたしを指さして、「辟疆は前から情義に厚いことで聞こえていた。それがまさかこんなふうに一女子を裏切るとは」という。わたしが「黃衫や押衙（戀の仲立ちをする俠客）のようなことは、李君虞や王仙客（戀物語の男主人公）などにできることではないよ」と答えると、劉刺史は杯を手に執り、うでまくりをして、「もし千兩の金が自分の思うままになるなら、今日すぐにでも行くのだが」という。陳大將軍はその場で數百兩の金を貸してくれ、大行も人蔘數斤で援助してくれた。

〔注〕

○「房師鄭公」。あるいは崇禎八年から十一年まで如皐縣の知縣をつとめた鄭騰雲のことか。嘉慶『如皐縣志』巻十二、官秩には、鄭騰雲、福建福清人、擧人とある。そして、『冒巣民先生年譜』によれば、この間、崇禎九年に「科試優等、秋應制金陵」、また十一年に「歲試優等」とある。自分の力を認めてくれた前任の知縣をたずねたということであろう。

○「劉大行」。陳寅恪の『柳如是別傳』第四章（七〇一頁以下）に、この劉大行についての考證がある。それによれば、この劉大行は、劉履丁、字を漁仲、福建の漳州の人。崇禎九年（一六三六）冒襄が、東林の遺兒たちを集めた宴會を催した時（本書第一部第三章參照）、冒襄は四名の仲間と盟約を結んだ（『同人集』巻五に「五子同盟詩」が収められる）。劉履丁は、その五子のうちの一人である。

○「陳大將軍」。張明弼の「亡姬董小宛傳」では「大帥」としかあらわれない。陳寅恪の『柳如是別傳』第四章（六九九頁）に、『影梅庵憶語』のこの部分を引いて、「寅恪案、同人集肆所錄陳梁則梁與冒辟疆書、其中一札有「纔漁仲來、刻下試精神、作收棄兒文、兼試漁仲之參」等語、可與此參證」とある。『同人集』巻四にはたしかに「鹽官　陳梁　則梁」の書を収めて、七十四通もの多きにのぼっている。しかしながら、光緒『海鹽縣志』巻十九、人物に陳梁の傳を収めるが、それは「隱逸」傳であり、書畫などに秀で、廣く文人たちとの交際のあったことを記している。『國朝耆獻類徵』巻四七〇、隱逸十の傳では、清に入って僧になり、个亭和尚といったとある。「大將軍」という呼稱と合わないように思われる。ここは疑問を存しておく。

○「劉刺史」。未詳。

○「方空」。うすぎぬ。『後漢書』章帝紀に「癸巳、詔齊相省冰紈、方空縠、吹綸絮」とあり、李賢の注に「方空縠、紗薄如空也。或曰、空、孔也。即今方目紗也」とある。

○「黃衫・押衙、君虞・仙客」。黃衫・君虞は蔣防の「霍小玉傳」、押衙（古押衙）・仙客は薛調の「劉無雙傳」の登場人物である（いずれも唐代傳奇）。黃衫・押衙は戀の仲立ちをする俠客。君虞・仙客は戀物語の男主人公である。なお、底本は「君平」に作っているが、『賜硯堂叢書』本に從って、「君虞」に改めた。「霍小玉傳」の主人公である唐代の詩人李益は、その字が君虞である。

○「葠」。朝鮮人參。朝鮮人參をあたえて援助をした、ということはそれだけ値段が高かったということであるが、これについても前掲陳寅恪の『柳如是別傳』第四章に考證がある。

詎謂刺史至呉門、不善調停、衆譁決裂、逸去呉江。余復還里、不及訊。姫孤身維谷、難以收拾。虞山宗伯聞之、親至半塘、納姫舟中、上至薦紳、下及市井、纖悉大小、三日爲之區畫立盡、索券盈尺。樓船張宴、與姫餞於虎疁、旋買舟送至吾皐。至月之望、薄暮侍家君飲於拙存堂、忽傳姫抵河干。接宗伯書、娓娓灑灑、始悉其狀。且卽馳書貴門生張祠部立爲落籍。呉門後有細瑣、則周儀部終之。而南中則李總憲舊爲禮垣者與力焉。越十月、願始畢、然往返葛藤、則萬斛心血所灌注而成也。

ところが思いがけないことに、劉刺史は蘇州に行ったもののうまく調停をはかることができず、債權者たちがやかましくさわぎたてたので決裂してしまい、呉江に逃れ去ってしまった。わたしもまた故郷に戻り、たずねることもできなかった。彼女はひとりぼっちで、進退きわまってしまい、どうにも手だてがなくなってしまったのであった。虞山宗伯（錢謙益）がこれを聞いて、みずから半塘におもむき、彼女を船の中に迎え入れ、上は紳士から下は市井の庶民に至るまでの借金を、大きな金額のものも小さな金額のものも細かく氣を使いながら、三日かけてすっかりかたづけてくれ、一尺以上にものぼる證文を取り返してくれたのである。それから樓船で宴席を張り、彼女を虎丘で餞別すると、ただちに船を雇って、わが如皐に送り届けてくれたのであった。十二月の十五日、夕暮れに父上のお相伴をして拙存堂で飲んでいると、いきなり彼女が川べりまで來ていると知らせてきた。宗伯からの手紙を受け取ると、あれこれと書き記されてあり、はじめて事情がよくわかった。宗伯は、ただちに門生の張祠部に手紙をやってたちどころに彼女を落籍させ、その後の蘇州でのごたごたについては、周儀部にそれをかたづけさせてくれたのである。そして南京では、李總憲が、以前禮部の官であったので、力を貸してくれたのであった。十カ月もかかって、願いがようやっと實現したのであるが、行ったり來たり、ごたごたしたことは、萬斛の心血を注いで成ったことである。

杜茶村曰、是篇娓娓至數千言、浩浩蕩蕩、西起崑崙、東注溟渤。冲瀜窈窕、異派分支、千態萬狀、姿媚橫生、頗使會眞長恨等篇、黯然失色。非辟疆莫能爲此文、非姫莫能當此作。眞千秋大觀矣。情語云乎哉。

杜茶村曰く、「この文章は綿綿數千言に至り、はるばると西は崑崙から東は海に注がんとするかのようである。やわらぎたおやかに、さまざまに枝分かれし、千態萬狀、美しく豔やかな姿があふれ出ており、「會眞記」「長恨歌」などの作品をも、色あせさせるほどである。辟疆でなければこういう文章を書けないし、彼女でなければその作品に値しないであろう。まことに千秋の大觀であって、たんなる情語としてかたづけられようか。」

〔注〕

○『如皐冒氏叢書』本の『影梅庵憶語』では、全體をいくつかのパートに分け、その末尾に「紀遊」「紀靜敏」などのように内容を要約している。冒頭からこの一段までが一區切りであって、「紀遇」と題されている。

○「張祠部」。未詳。

○「周儀部」。「儀部」は禮部主事、禮部郎中の別名。陳寅恪の『柳如是別傳』第四章（七〇〇頁）に「寅恪案、同人集陸影梅庵悼亡題詠周呉昉士章「悼董宛君」七律八首之三末句云、「早知愁思應難掃、悔卻當年月下媒」頗疑周儀部卽指此人。俟攷」とある。『同人集』には、周士章は石城の人とある。

○「李總憲」。總憲は都察院左都御史。この李總憲は、李邦華のこと。陳寅恪の『柳如是別傳』第四章（七〇六頁）では、錢謙益『牧齋有學集』巻三十四「明都察院左都御史贈特進光祿大夫柱國太保吏部尚書謚忠文李公神道碑」を引用している。

○「杜于皇」。杜濬。字は于皇、號は茶村。黄岡の人。冒襄とは親交があり、「樸巢詩選序」「樸巢文選序」をはじめとする數多くの詩文が『同人集』に見える。『樸巢文選』（『如皐冒氏叢書』）にも「杜于皇曰」として杜濬の評語が付されている。

○錢謙益がこのとき冒襄に與えた手紙（「與冒辟疆」）が、冒襄『同人集』巻四に收められている。以下に原文と翻譯を示す。

武林舟次、得接眉宇、乃知果爲天下士、不虛所聞、非獨淮海維揚一俊人也。救荒一事、推而行之、豈非今日之富鄭公乎。闈中雖能物色、不免五雲過眼。天將老其材而大用之。幸努力自愛。衰遲病發、田光先生所謂駑馬先之之日也。然每見騏驥、猶欲望影嘶風、知不滿高明一笑耳。雙成得脫塵網、仍是青鳥窗前物也。漁仲放手作古押衙、僕敢叨天功。他時湯餅筵前、幸不以生客見拒、何如。嘉貺種種、敢不拜命。花露海錯、錯列優曇閣中、焚香酌酒、亦歲晚一段清福也。高才入雍、自當領袖。學使卽便相聞、俟機雲入雒時當張茂先一流人謀賞識也。草復不多、及晤徂徠丈、千萬致意。

杭州の船着き場でお目に掛かって、あなたがほんとうに天下の士であることは、聞いていたとおりであって、ただ淮海・揚州のすぐれものというばかりでないことがわかりました。救荒の一事は、これを推し及ぼせば、今日の富鄭公といえるのではないでしょうか。試験場では人材を物色することができるとはいっても、五色の雲が眼の前を通り過ぎてゆくことがないわけではありません。天はあなたの才能を老成させ、大きく用いるつもりなのでしょう。どうぞ、努力してご自愛のほどを。わたしは老い衰えて、病にかかり、田光先生のいう「駄馬もこれを抜いて行く」というやつですが、それでも駿馬を見るたびに、その影を望んで風にいななこうとは思っています。あなたの一笑にも値しないでしょうが。雙成が苦界から身を脱したのは、やはり青い鳥の窗の前の物というべきで、漁仲（劉履丁）が思い切って古押衙になってくれたからであって、わたしがどうして天の功をずうずうしく自分の功にすることができましょうか。いずれ、湯餅の宴會の折には、どうかよく知らない客だということで門前拂いにしないでください、いかが。すばらしい贈り物をいろいろいただきました、どうして頂戴しないわけにまいりましょうか。花露の酒に海の物をさまざま優曇閣の中にならべ、香を焚き酒を酌むのも、また歳晩の一段の清福であります。あなたのすぐれた才能で、國子監に入られれば、おのずとリーダーになられることでしょう。提學官もすぐにあなたの評判を耳にされ、陸機陸雲兄弟が洛陽に行った時、張華が二人を高く評價したように、當代一流の人物があなたを高く評價してくれる機をお待ちください。草卒の手紙で多くは申しません。徂徠どの（李之椿）にお目にかかられたら、どうぞくれぐれもよろしくお傳えくださいますよう。

〔注〕

○この手紙は、錢謙益が手紙とともに董小宛を送り届けて來たのに對し、冒襄が酒とさかなを贈って、そのお禮をしたのに對する禮狀であろう。この手紙は、「與冒辟疆」と題して周亮工の『尺牘新鈔』錢謙益にも見える（末尾を缺く）。

○「武林」。杭州。冒襄は、父の任地に母を迎えに行った際、行き歸り杭州を通っている。葛萬里『淸錢牧齋先生謙益年譜』によれば、崇禎十三年には「旣度歲與（河東君）爲西湖之遊」とある。

○「救荒一事」。『冒巢民先生年譜』崇禎十三年に「歲大飢」とあり、冒襄が救荒を行ったことを記している。冒襄『樸巢文選』巻二に「救荒記」がある。

○「富鄭公」。宋の富弼のこと。『宋史』巻三一三本傳によれば、この人はやはり救荒を行ったことで知られる。

○「天將老其材而大用之」。この表現は、『孟子』告子下の「天將降大任於是人也」云々を下敷きにしているようである。もちろんそういって科擧に落第した冒襄を慰めているのである。
○「田光先生所謂駑馬先之」。『史記』刺客列傳に「田光曰、臣聞騏驥盛壯之時、一日而馳千里、至其衰老、駑馬先之」とある。
○「青鳥窗前物」。『神仙傳』巻六「東陵聖母」に見える。東陵聖母の廟には青鳥がおり、失せ物の所在を知らせてくれる。一度いなくなった董小宛が再び戻ったことを指す。
○「漁仲」。前掲劉履丁のこと。
○「湯餅筵」。子どもが生まれて三日目の祝い。董小宛と冒襄の間に子どもが生まれることを豫祝したのである。
○「花露海錯」。冒襄は、花露の酒と海産物を贈った。酒と肴であるが、それに對して錢謙益は、これは歳末の一段の清福だ、という感謝の意をあらわしたのである。
○「陸雲入雒」。陸機陸雲の兄弟が洛陽に上った時、太常の張華が高く評價したことが、『晉書』陸機傳に見える。
○「徂徠丈」。徂徠は、李之椿。如皐の人である。天啓二年（一六二二）の進士。

二、遊覽の記錄――「紀遊」

壬午清和晦日、姬送余至北固山下。堅欲從渡江歸里。余辭之力、益哀切、不肯行。舟泊江邊。時西先生畢今梁寄余夏西洋布一端。薄如蟬紗、潔比雪豔。以退紅爲裏、爲姬製輕衫、不減張麗華桂宮霓裳也。偕登金山。時四五龍舟銜波激盪而上。山中遊人數千、尾余兩人、指爲神仙。遶山而行、凡我兩人所止、則龍舟爭赴、廻環數匝不去。呼詢之、則駕舟者皆余去秋淛回官舫長年也。勞以鵝酒、竟日返舟。舟中宣磁大白盂、盛櫻珠數升、共啖之。不辨其爲櫻爲唇也。江山人物之盛、照映一時、至今譚者侈美。

壬午（崇禎十五年　一六四二　冒襄三十二歳）四月の三十日、彼女はわたしを送って北固山の下までやってきた。彼女はどうしてもいっしょに長江を渡り、わたしの鄉里まで行きたいというのである。わたしは必死に斷ったが、彼女はますますひどく悲しんで、歸ろうとしなかった。わたしたちは船を長江の岸に停泊させていた。時に西洋人の畢今梁（フランソワ・サンビアシ）がわたしに夏物の西洋布一端を送ってくれた。それは蟬の羽根のように薄く、雪のように白かった。薄紅色の裏地をつけ、彼女のために夏物の上着を作ったが、それは張麗華の月宮の霓裳にも劣らぬものであった。彼女といっしょに金山に登った。すると四五隻の龍舟が荒波をついてはげしく搖れながら近づいて來た。山中の遊覽客數千人がわたしたち二人の後に付き從い、指さして神仙ではないかといっていた。山をまわって進んで行くと、わたしたち二人が立ち止まるところには龍舟が競ってやってきて、幾重にもとりかこんで立ち去ろうとしない。大聲でたずねてみると、舟をあやつっていたのはみな、去年の秋、浙江から歸って來た時に乘った官船の船頭たちなのであった。ガチョウと酒を贈ってねぎらい、まる一日遊んで船に戻った。船の中には宣德年製の白磁の大鉢があり、さくらんぼを數升も盛ってあって、いっしょに食べた。それがさくらんぼであるのか、彼女の唇であるのか見分けがつかなかった。江山の風光と美しい人物とが一時に照りはえあったさまは、今でもしきりにすばらしいものとして語り繼がれている。

〔注〕

○この一段は、前に述べられていた、彼女が如皐に歸ろうとする冒襄を送って最初に北固山まで來た時の回憶である。以下、さまざまな遊覧の思い出が綴られる。

○「北固山」。鎭江近くの長江にある三つの山、京口三山（北固山、金山、焦山）の一つ。

○「西先生畢今梁」。イエズス會の宣教師 Le P. Francois Sambiasi のことである。この人については、Le P. Louis Pfister,S.J., *Notices Biographiques et Bibliographiques sur Les Jesuites de L’ancienne Mission de Chine 1552-1773* (Chang-hai, Imprimerie de la Mission Catholique, 1932) にその傳が見える。これによれば、サンビアシは一六四四年前後に揚州府、蘇州府、寧波府のあたりで布教活動を行っていたという。冒襄が西洋人の宣教師とも交際があり、贈り物のやりとりをするくらいのつきあいがあったことは興味深い。「西洋布」についてはよくわからないが、シルク・オーガンジーあるいはインドのサリーに用いる紗のようなものであったろうか。

○「張麗華桂宮霓裳」。張麗華は、南朝陳後主の寵愛を受けた張貴妃のこと。唐の馮贄の『南部煙花記』「桂宮」に、陳後主は彼女のために月宮を作って桂の木を植え、彼女に白い着物を着せ、張嫦娥と呼んだとある。張麗華が霓裳（霓裳は神仙の着物）を着たということは『南部煙花記』には見えない。が、唐の玄宗皇帝の霓裳羽衣の曲は、やはり八月十五日に月宮に遊んだ折りに聴いたものとする傳説がある（『樂府詩集』巻五十六、舞曲歌辭五「霓裳辭十首」）。いずれも月に關係するものから來る連想である。

○「龍舟」。金山は龍舟のレースで有名であった。張岱の『陶庵夢憶』巻五「金山競渡」に、このレースのことが見え、五月一日から十日まで行われたとある（龍舟は五月五日端午の行事）。冒襄たちが訪れた四月三十日はその前日にあたる。龍舟が出ていて、多くの見物人がいたのもそのためであろう。ちなみに張岱も金山のレースを見たのは、壬午の年のことであったという。冒襄と同じ年に同じ場所にいたことになる。

○「鵝酒」。ガチョウの肉とお酒。『漢語大詞典』に「舊時常用作餽贈品」とある。ガチョウの肉は高級品であった。

○「宣磁大白盂」。宣德年閒官窰製の白磁のはち。

○「櫻珠」。小粒のさくらんぼ。美人の赤くて小さなくちびるを「櫻唇」という。「不辨其爲櫻爲唇也」はこの表現を踏まえる。孟棨『本事詩』事感篇に、白居易が、家妓の樊素と小蠻を詠じて「櫻桃樊素口、楊柳小蠻腰」といったという。

秦淮中秋日、四方同社諸友、感姬爲余不辭盜賊風波之險、閙關相從、因置酒桃葉水閣。時在坐爲眉樓顧夫人、寒秀齋李夫人、皆與姬爲至戚。美其屬余、咸來相慶。是日新演燕子箋、曲盡情豔、至霍華離合處、姬泣下、顧李亦泣下。一時才子佳人、樓臺煙水、新聲明月、俱足千古。至今思之、不異遊仙枕上夢幻也。

秦淮で迎えた中秋の日、同社の各地の友人たちは、彼女が盜賊や風波の危險をも辭さず、わたしのために道中苦勞して追いかけてきたことに感動して、桃葉渡の水邊の酒樓で一席設けてくれた。その時その場にいたのは眉樓の顧夫人、寒秀齋の李夫人で、みな彼女と最も親しい人々であった。彼女たちは彼女がわたしのもとに來ることをすばらしいと思い、祝福しに來てくれたのである。この日、新作の『燕子箋』を上演したが、曲は豔なる情を描き盡くしており、霍都梁と華行雲とが離ればなれになる場面で、彼女は涙をこぼし、顧や李も涙をこぼした。その時の才子と佳人、もやに煙る水邊の樓臺、新作の戲曲と明月、いずれも永久に傳えるに足るものであった。今思い出すと、遊仙の枕の夢幻にほかならなかったのである。

〔注〕

○「秦淮中秋日」。崇禎十五年（一六四二）、壬午の年のこと。この日のことはすでに前にも見えていた。冒襄が鄉試を終え、試驗場から出てくると、彼女がだしぬけに「桃葉寓館」にたずねてきたとあったその日である。冒襄は秦淮の桃葉渡の近くに宿を取っていた。この日の宴會、『燕子箋』の上演については、第一部第四章で詳しく見た。

○「眉樓顧夫人」。顧媚。『板橋雜記』中巻にその傳が記される。眉樓という建物に住んでいたという。彼女は後に、龔鼎孳に落籍される。

○「寒秀齋李夫人」。『板橋雜記』下巻「松風閣社集」に、松風閣で開かれた社友の宴會に雪衣と眉生とがいたとある。眉生は顧媚、雪衣は李十娘である。李十娘の傳は『板橋雜記』中巻にある。「中搆長軒、軒左種老梅一樹。花時香雪霏拂几榻」とあって、あるいはこの梅の木ゆえに寒秀と名づけていたのかもしれない。

○『燕子箋』。阮大鋮の戯曲。現在見られる最も古い版本である毛恆刻『石巣傳奇四種』の『詠懷堂新編燕子箋記』には崇禎十五年十月桐山韋佩居士の「詠懷堂新編燕子箋記序」が付されており、この年に作られたらしいことがわかる。中秋の頃に上演され、十月には出版が企圖されたということであろう。「霍、華の離合」とあるが、それは第十九齣「僞緝」を指すか。霍は男主人公の霍都梁で科擧の受驗生、華は女主人公の一人華行雲で妓女。霍、華の境遇は冒襄、董小宛のそれと合致している。阮大鋮は宦官魏忠賢の一味であったとして、復社成員たちから毛嫌いされているのであるが、張岱『陶庵夢憶』巻八「阮圓海戯」にもいうように、自らの戯班を持ち、戯曲作者としての腕前はなかなかのものだったようである。『燕子箋』については、第一部第四章を參照のこと。

○「遊仙枕」。『開元天寶遺事』「遊仙枕」に見える。龜茲國が獻上した枕で、これを使うと十洲、三島、四海、五湖などが夢に見られるというもので、帝（玄宗皇帝）が遊仙枕と名づけたとある。

鑾江汪汝爲園亭極盛、而江上小園、尤收拾江山勝概。壬午鞠月之朔、汝爲曾延余及姫於江口梅花亭子上。長江白浪擁象、奔赴杯底。姫轟飲巨叵羅。觴政明肅、一時在坐諸妓、皆頽唐潰逸、姫最溫謹。是日豪情逸致、則余僅見。

鑾江（儀徵）の汪汝爲の園亭はたいへんりっぱであり、長江のほとりの小園からは特に江山のよい景色を一人占めすることができた。壬午（崇禎十五年　一六四二）の九月ついたち、汝爲はわたしと彼女とを江口の梅花亭に招いてくれた。長江の白波は象を擁したかのごとく、酒杯の底にまで押し寄せて來た。彼女は大きな杯で豪快に飲んだ。酒杯のやりとりが嚴格であったために、同席していた妓女たちはみな意氣地なくもちりぢりに退散してしまったが、彼女は最もきちんとしていた。この日のように豪快で優雅なさまは、わたしも滅多に見たことがないものである。

〔注〕

○八月十五日に鄕試が終了し、董小宛の落籍問題にとりかかろうとしたところで、十七日、父親の歸鄕の舟にめぐりあい、一緒に如皐に向かうことになった。が、鑾江（儀徵）で鄕試の發表を待て、との父親の命によってここに留まったことは前に見えた。これはその折のことであろう。

○「鑾江汪汝爲園亭」。未詳。光緒『儀徵縣志』巻六、名蹟、園に「汪園　府志云、在大市口西。雍正閒汪修敏築、今廢」とある。この汪園は場所（大市口は城内である）からいっても、時代からいっても、この汪汝爲の庭園ではないが、同じ條に續けて、「按胡志藝文有李坫遊江上汪園詩、秋空清似洗、江上數峰藍。湛閣臨流敞、靈巖傍水含。時花添勝景、良友縱高談。何必攜壺榼、窮奇意已酣。又有張錫文眞州汪園詩、江流寂寂幾瀠廻、半堵依然風景偎。黃石已移遊子席、青松猶待故人來。雲停有句天難問、花落無聲徑悉埋。蒼橘一枝留秀色、模糊憶去讀書臺。與雍正閒大市口之汪園異。附識於此」とある。こちらの汪園は、詩の内容から見て、長江に臨んでいたようである。これが汪汝爲の園亭であろうか。

○「長江白浪擁象」。水と象の關わりについては、佛典（例えば『優婆塞戒經』など）に、河を渡る象を菩薩の最も深い悟りにたとえた例がある。

乙酉、余奉母及家眷、流寓鹽官。春過半塘、則姫之舊寓、固宛然在也。姫有妹曉生、同沙九畹登舟過訪。見姫爲余如意珠、而荊人賢淑、相視復如水乳、群美之、群妬之。同上虎邱、與余指點舊遊、重理前事。吳門知姫者、咸稱其俊識、得所歸云。

乙酉（順治二年　一六四五　冒襄三十五歳）の年、わたしは母や家族を連れて鹽官（海鹽）に假住まいした。春に半塘をたずねたところ、彼女の舊居はむかしのままであった。彼女には妹の曉生がおり、沙九畹と一緒に船に乘ってたずねてきた。わたしが彼女を如意珠のように大切にしており、しかも妻は賢くしとやかで、たがいに水と乳のように親しみあっているのを見て、みながほめ、みながうらやんだ。一緒に虎丘に登って、かつて遊んだ地を指さしながめながら、昔のことを話題にした。蘇州で彼女を知る者はみな、彼女に人を見る目があり、よいところに納まったといって稱贊した。

〔注〕

○これは清初の混亂に際して海鹽に避難した折のこと。後文に詳しい記述がある。

○「妹曉生」。『板橋雜記』中卷「董年」に、「董年、秦淮絕色、與小宛姊妹行。豔冶之名、亦相頡頏」とある。曉生はこの董年であろう。

○「如意珠」。何でも願い事がかなう寶珠。梵語の「眞多摩尼」。佛典（『智度論』など）に見える語。

○「沙九畹」。前出。

○「相視復如水乳」。水と乳とは混ざりやすいことから、仲のよいことのたとえ。『最勝王經』に「上下和穆猶如水乳」とある。

○虎丘に登れば、董小宛の家のあった半塘は眼下に見えるはずである。

鴛鴦湖上、煙雨樓高。逶迤而東、則竹亭園半在湖內。然環城四面、名園勝寺、夾淺渚層溪、而瀲灩者皆湖也。遊人一登煙雨樓、遂謂已盡其勝、不知浩瀚幽渺之致、正不在此。與姬曾爲竟日遊。又共追憶錢塘江下桐君嚴瀨碧浪蒼巖之勝、姬更云、新安山水之逸、在人枕竈閒、尤足樂也。

鴛鴦湖の中に、煙雨樓がそびえている。曲がりくねった道を東の方へゆくと、竹亭園は半ばは湖の中にある。だが城壁の四方の名園や名刹には、どこにも水の中の小島や幾すじもの小川があって、キラキラ美しくかがやいているのはみな湖なのである。ここに遊ぶ者はみなひとたび煙雨樓に登ってしまうと、もうその景勝は見盡くしたといって、ひろびろとしてしかも靜かで纖細なすばらしさはほかにあることを知らない。わたしは彼女とともに一日中遊んだのであった。また彼女といっしょに錢塘江の桐君山や嚴子陵の釣臺のあたりの青い浪、切り立った斷崖の勝景を思い起こして話をした時、彼女はさらに、「新安の山水のよいところは、それが寢室や臺所のように身近かに感じられるからとりわけ樂しいのです」といった。

杜茶村曰、金山一點、屹當匹練之中。臙粉六朝、香染金陵之地。樓名煙雨、湖字鴛鴦。而二妙采眞、披雲擷秀、讀之令人步步欲仙。寧但兩越天都嵐翠沾灑衣裾已也。

杜茶村曰く、「金山の一點はねりぎぬのような長江の中にそびえ立っている。六朝時代以來のべにおしろいの香りが金陵の地にはただよっている。樓の名は煙雨といい、湖は鴛鴦という。二人のすぐれた人物が山水の勝景を訪れたさまが、雲のはれるようなすばらしい文章で描かれ、これを讀んでいると、一歩一歩仙人になって空に舞い上がるかのようである。どうして兩越の天都峰の山の翠が衣のすそを濕らせるといったことに止まろうか。」

〔注〕

○『如皐冒氏叢書本』では、以上五段の末尾に「紀遊」と記されている。

○「鴛鴦湖」。嘉興縣城の南にある南湖のこと。その中の島に名勝煙雨樓がある。

○「桐君嚴瀨」。錢塘江の上流富春江にある名勝、桐君山と嚴陵瀨（嚴子陵釣臺）。浙江省桐廬縣。杭州から衡嶽に向かった冒襄も、黃山白嶽に遊んだ董小宛も、ともにここを通過している。「新安山水」も富春江に注ぐ新安江の風光。ここは新安江をさかのぼって徽州に向かった董小宛しか見ていないかもしれない。

○「匹練」。長江のこと。謝朓「晚登三山還望京邑」の「澄江靜如練」を踏まえる。

○「采眞」は『莊子』天運篇に見える。もとは天然自然に任せる意とされるが、後には「求仙修道」を指すようになる。ここでは山水の勝景をたずねる旅のことを指していよう。

○「天都嵐翠沾灑衣裙」。天都は黃山の最高峰、天都峰のこと。王維の「山中」詩の「山路元無雨、空翠濕人衣」を踏まえた表現。

三、性格のこと――「紀靜敏」

虞山宗伯送姬抵吾皐、時余侍家君飲於家園。倉卒不敢告嚴君、又侍飲至四鼓、不得散。荊人不待余歸、先爲潔治別室、幃帳燈火器具飲食、無一不頃刻具。酒闌見姬。姬云、始至止不知何故不見君。但見婢婦簇我登岸、心竊懷疑、且深恫駭。抵斯室、見無所不備。傍詢之、始感歎主母之賢、而益快經歲之矢相從不誤也。自此姬扃別室、卻管弦、洗鉛華、精學女紅。恆月餘不啓戶、耽寂享恬。謂驟出萬頃火雲、得憩清涼界。回視五載風塵、如夢如獄。居數月、於女紅無所不妍巧。錦繡工鮮、刺巾裾如蟣無痕、日可六幅。翦綵織字、縷金迴文、各厭其技。針神針絕、前無古人已。

虞山宗伯（錢謙益）が彼女を送ってくれ、彼女が如皐に着いた時、わたしは父上に相伴して屋敷の庭園で酒を飲んでいた。急には父上に話すことはできず、そこでまた相伴して四更（午前二時）まで飲んだが、なかなか散會しなかった。妻はわたしが帰るのを待たずに、先に彼女のために別室をきれいにととのえ、とばり、燈、食器、飲食など一つとしてすぐに準備されないものはなかった。酒宴も盛りを過ぎたころ彼女に會えた。彼女がいった。「最初着いた時、何故あなたにお目にかかれないのかわかりませんでした。ただ下女たちにとりかこまれて岸に上がらされたので、心ひそかに疑いの氣持ちをいだき、さらに深いおそれの心を持ったのでした。でもこの部屋にやってくると何一つ備わらないものはありませんでした。そばのものにたずねてみて、はじめて奥方様のやさしさに感激し、一年にわたってあなたに従いたいと誓ったのがまちがってはいなかったことで、ますますうれしくなりました」と。それからというもの、彼女は別室にカギをかけてとじこもり、管弦をしりぞけ、おしろいを洗いおとして、一所懸命針仕事を學んだ。ずっと一月あまりにわたってとびらも開かず、静寂にひたり平穏を樂しんだ。いうには、「にわかに萬頃の炎の雲の中から出て、清涼世界に憩うことができました。色町での五年の月日を思い起こすと、夢のようでもあり牢獄のようでもあります」と。數カ月もすると針仕事がすっかり上手になった。錦の刺繡は鮮やかであり、巾衿の刺繡の針あとは、のみの卵のように細かいもので、それが一日に六幅もできた。細かい圖柄の縫い取りをしたり、文字を刺繡したり、回文を細かく刺繡したりといったことに存分に腕を振るったのである。その針さばきは神業のように絶妙であって、古人も及ばぬほどであった。

〔注〕

○『如皐冒氏叢書』本では、この一段の末尾に「紀靜敏」と記されている。

○「清涼界」。『智度論』巻二十二に「人大熱悶、得入清涼池中、冷然清了、無復熱惱」とある。

○「如蟣無痕」。「蟣」は、のみの卵。細かいもののたとえ。『西廂記』第五本第二折「白鶴子・五煞」に「這鞋襪兒、針腳兒細似蟣子、絹帛兒膩似鵝脂」とある。

○「針神針絕」。三國魏の薛夜來と秦朗の母は、針仕事にすぐれ、針神と稱されたという。また、三國吳の趙達の妹は、「五嶽河海城邑行陣の形」を刺繡し、針絕と稱された。

四、つつましきさま――「紀恭儉」

姫在別室四月、荆人攜之歸。入門、吾母太恭人與荆人見而愛異之、加以殊眷。幼姑長姊、尤珍重相親。謂其德性舉止、迴非常人。而姫之侍左右、服勞承旨、較婢婦有加無已。烹茗剝果、必手進。開眉解意、爬背喻癢。當大寒暑、折膠鑠金時、必拱立座隅、強之坐飲食、旋坐旋飲食、旋起執役、拱立如初。

彼女は別室に四カ月いた後、妻が手をたずさえて家にやってきた。正式に冒家の一員となったわけだが、母の太恭人と妻とは彼女を見て氣に入り、特別に眼をかけた。年上年下の女たちは、特に大事にして彼女と親しんだ。そして「彼女の人柄ものごしは遠く常人をこえている」といった。彼女が左右のものに仕え、命を受けて仕事をするさまは、下女と比べても、はるかにそれ以上であった。お茶をいれ、果物を剝く時もかならず手ずから進めた。にっこり笑って人の思惑を察し、かゆいところに手がとどくようであった。寒くて膠が折れ、暑くて金屬が融けるような時でも、必ず隅っこに恭しく立っていて、座って食べるようにいっても、すぐに座ってすぐに飲食をすませてしまうと、またすぐに立って仕事をし、前のように恭しくひかえているのであった。

〔注〕

○「有加無已」。どんどん增えて、減ることがない。『春秋左氏傳』昭公七年に「寡君寢疾、於今三月矣、竝走群望、有加而無瘳」。

余毎課兩兒文、不稱意、加夏楚、姫必督之改削成章、莊書以進、至夜不懈。閱九年、與荆人無一言枘鑿。至於視衆御下、慈讓不遑、咸感其惠。余出入應酬之費、與荆人日用金錯泉布、皆出姫手。姫不私銖兩、不愛積蓄、不製一寶粟釵鈿。死能彌留、元旦次日、必欲求見老母、始瞑目。而一身之外、金珠紅紫盡卻之、不以殉。洵稱異人。

わたしが二人の息子に文章を課し、氣に入らなくて鞭を加えた時にはいつも、彼女はかならず子供たちを監督し、文章が體を成すように添削し、きちんと清書して持ってこさせ、夜になっても手をゆるめなかった。九年のあいだ、妻との間に一言のいさかいがおこったこともなかった。みんなを監督し、下々のものを使う場合には、やさしくひかえめにすることにつとめ、皆がその惠みに感謝した。わたしが出かけたり人と付き合ったりする費用と、妻の日用の金錢はみな彼女が管理していた。ほんの少しも私せず、へそくりなどしようともせず、小さな寶石の髪飾り一つ作らなかった。いまわの際、元旦の翌日、老母にお目にかかりたいといって、會うとやっと息を引き取った。棺の中にはその亡骸だけを納め、金銀寶石や色とりどりの着物などすべてしりぞけた。まことに非凡な人といえよう。

杜茶村曰、斷斷是再來人。一毫不苟、一絲不掛。誠然而來、誠然而往。吾以比之董永織女、薛嵩紅線。

杜茶村曰く、「まちがいなくすぐれた人物の生まれ變わりである。ほんのわずかのものものゆるがせにせず、ほんの少しのものも私しなかった。誠實にやってきて誠實に去っていった。わたしは彼女を董永における織女、薛嵩における紅線になぞらえたいのである。」

〔注〕

○『如皐冒氏叢書』本では、この二段の末尾に「紀恭儉」と記されている。

○「余毎課兩兒文」。冒襄には、崇禎七年生まれの長男袞（崇禎十一年沒）、崇禎八年生まれの次男禾書、崇禎十二年生まれの三男丹書があった。二人の息子とは禾書と丹書のこと。董小宛が冒家に來た崇禎十五年には、禾書は七歳。ここは八股文の課題だと思われるが、董小宛にはそれを見られるだけの學力があったのである。

○「枘鑿」。『楚辭』「九辯」に「圜枘而方鑿」とある。丸いほぞに四角い穴。合わないこと。

○「金錯泉布」。金錯は金錯刀。王莽時代の貨幣。泉布も貨幣のこと。ここでは妾であった董小宛が家政の管理をしていたことがわかるが、金錢その他の管理が主婦（正妻）の權利であったことを考えると、彼女に對する信賴の度合いが普通ではなかったことがわかる。

○「彌留」。いまわの際。『尚書』「顧命」に「病日臻、既彌留、恐不獲誓言嗣茲」。

○「再來人」。すぐれた人、多くはすぐれた佛教者の生まれ變わり。陳維崧「吳姬扣扣小傳」にも見える（第二部第三章參照）。ここでは後に見える「織女」や「紅線」の生まれ變わりかもしれない。

○「董永織女」。干寶『搜神記』卷一「董永」。董永は孝行もので、天が織女をつかわして彼を助けた。

○「薛嵩紅線」。唐代傳奇「紅線傳」。紅線は女俠であり、薛嵩の危機を救った。

五、教養について――「紀詩史書畫」

余數年來、欲裒集四唐詩。購全集、類逸事、集衆評、列人與年爲次第、每集細加評選、廣搜遺失、成一代大觀。初盛稍有次第、中晩有名無集、有集不全、竝名集俱未見者甚夥。品彙、六百家大略耳。卽紀事本末、千餘家名姓事蹟稍存、而詩不具。全唐詩話更覺寥寥。蘭隅先生序十二唐人、稱豫章大家藏中晩未刻集七百餘種。孟津王師向余言、買靈寶許氏全唐詩數車滿載。卽曩流寓鹽官、胡孝轅職方批閱唐人詩、剞劂工費、需數千金。僻地無書可借、近復裹足牖下、不能出遊購之。以此經營搜索、殊費心力。

わたしは數年來「四唐詩（全唐詩）」の編纂をしたいと思っていた。そこで詩集をすべて購入し、詩人の逸事を分類し、多くの評語を集め、詩人別、年代順にならべ、集ごとに細かく評選を加え、廣く失われた作品を捜し、一代の大觀としようとした。初唐盛唐についてはほぼ目鼻がついたが、中唐晩唐については、詩人の名がわかっても集がなかったり、集があっても完全でなかったり、名も集もともに未見だったりというものがたいへん多かった。『唐詩品彙』は、六百名の詩人のあらましにすぎない。『唐詩紀事』なども、千人あまりの姓名と事跡が記録されているが、詩は備わっていない。『全唐詩話』については、さらに寥寥たるありさまのように感じられる。蘭隅先生（朱之蕃）は『十二唐人集』に序文を書いて、「豫章（江西の南昌）の大家で中晩唐の未刻の集七百餘種を持っている人がいる」といっている。また孟津（河南）の王先生（王鐸）はわたしに「靈寶（河南）許氏の全唐詩を買って、車數臺分であった」といった。以前、海鹽に假住まいした時、胡孝轅職方（胡震亨）が唐人の詩を批閱し、刊行するのに數千兩の費用がかかったということだった。如皐は僻地で書物を借りることもできず、しかも最近は窗下（机前）を離れることもならず、よそへ出かけて買うこともできなかった。そのため、あれこれ苦勞して捜すのに、ことのほか氣力を盡くしたのである。

〔注〕

○「欲裒集四唐詩」。清の康熙帝の時代に『全唐詩』として完成を見る唐詩全集編集の試みが、この明末清初の時期に諸處で始められていた。ここにも見える胡震亨の『唐音統籤』、また錢謙益・季振宜のいわゆる『全唐詩稿本』（臺灣聯經出版より『明清未刊稿彙編』の一つとして影印されている）など、いずれも同じ時期の仕事であるが、冒襄もまた同じことを考え、準備を進めていたことがわかる。冒襄が企畫していた『全唐詩』は、時代順に竝べられた詩人について、その作品のほかに、傳記（逸話）、評論、批評までもが兼ね備わったものであった。これができていたら、現在ある『全唐詩』をも超えたものになっていたであろう。

○『唐詩品彙』。九十卷、拾遺十卷。明の高棅の輯。唐の詩人六百二十家の詩五千七百六十九首を品別に分類している。

○『唐詩紀事』。八十一卷。宋の計有功の撰。唐の詩人千百五十名について、傳記逸事や詩を集めている。

○『全唐詩話』。六卷。宋の尤袤の輯。唐の詩人三百二十四家についての詩話を集めている。

○「蘭隅先生序十二唐人」。蘭隅先生は、朱之蕃。『中晩唐十二家詩』が國立公文書館内閣文庫に藏されている。だが、その序文にここに引かれた文字は見えない。

○「孟津王師」。王鐸。天啓二年の進士。清に入って禮部尙書に至った。

○「靈寶許氏全唐詩」。未詳。靈寶の許氏は、あるいは嘉靖年間に文淵閣大學士をつとめた許讚の一族であろうか。

○「胡孝轅職方批閱唐人詩」。胡孝轅職方は胡震亨。兵部職方司員外郎になっている。『唐音統籤』は崇禎八年（一六三五）に完成している。胡震亨については、周本淳「胡震亨的家世生平及其著述考略」（『杭州大學學報』一九七九年第四期）、周本淳「有關胡震亨材料補正」（『杭州大學學報』一九八二年第十二卷第三期）。『唐音統籤』については、兪大綱「紀唐音統籤」（『國立中央研究院　歴史語言研究所集刊』第七本第三分　一九三七）がある。なお、『唐音統籤』は日本では宮内廳書陵部及び廣島大學文學部に藏される。

然每得一帙、必細加丹黃。他書中有涉此集者、皆錄首簡、付姬收貯。至編年論人、準之唐書。姬終日佐余稽査抄寫、細心商訂、永日終夜、相對忘言。閱詩無所不解、而又出慧解以解之。尤好熟讀楚辭、少陵、義山、王建花蕊夫人王珪三家宮詞。等身之書、周迴座右、午夜衾枕間、猶擁數十家唐詩而臥。今祕閣塵封、余不忍啓。將來此志、誰克與終。付之一歎而已。

かくして一帙の書物を手に入れるたびに、かならず細かく朱筆を加えた。他の書物でこの集に言及するものがあれば、みな書物の冒頭に書き記しておき、彼女にわたして保存させたのである。詩人の編年については、『（新）唐書』を基準にした。彼女は一日中わたしを助けて調べものをしたり書き寫したりし、注意深く校訂し、晝も夜も向かい合って仕事に精を出し、彼女はいちいち指示しなくても仕事がわかっていた。彼女は詩を讀めばすっかり理解し、また氣の利いた解釋を出したものだった。特に『楚辭』、杜甫、李商隱、そして王建・花蕊夫人・王珪の『三家宮詞』を好んで熟讀した。身の丈ほどの書物を机のまわりに積み上げ、眞夜中のベッドでもなお數十家の唐詩集をかかえて横になった。いまこの部屋も封印されほこりだらけになって、わたしは開けるに忍びない。これから先、全唐詩集編纂の志は誰といっしょに成し遂げたらよいというのだろうか。ため息をつくばかりである。

〔注〕

○「首簡」。書物の序をいう。
○「唐書」。ここでは『新唐書』。
○『三家宮詞』。毛晉の輯。『詩詞雜俎』に収められている。天啓五年（一六二五）の毛晉の序が付されている。
○『同人集』巻三に杜濬「題董宛君手書唐絶」がある。冒襄の選んだ唐詩絶句集のできばえをほめ、刊行すべきであるといい、一方で董小宛の手書きの本を見たのはわたし一人だということを誇っている。

猶憶前歳、余讀東漢、至陳仲擧范郭諸傳、爲之撫几、姬一一求解其始末。發不平之色、而妙出持平之議、堪作一則史論。

いまでも忘れられないのが、一昨年『後漢書』を讀んで陳蕃・范滂・郭太らの傳に至り、わたしが机をたたいていたところ、彼女はその一部始終を細かく解説するよう求めた。（話を聽いて）不平そうな顔つきをみせたが、公平な議論を展開し、一則の史論というに十分なものであった。

〔注〕

○「讀東漢、至陳仲擧范郭諸傳」。陳仲擧は陳蕃。陳蕃の傳は『後漢書』巻六十六、范滂の傳は同じく巻六十七、郭太の傳は巻六十八に收められる。陳蕃、范滂は後漢末に宦官と對立し、いわゆる「黨錮の禍」にかかった人々である。陳蕃は竇武らとはかり、宦官の曹節らを誅殺しようとしたが、事が露見し、殺害された。范滂は、捕らえられ、死地に赴かんとした際、その母親が義のために死ぬことは名譽であるといって勵ましたことで知られる。郭太もやはり陳蕃らの仲間であったが、危險な發言をしなかったために、命ながらえることができ、千人もの弟子を教導した。冒襄がこの後漢の黨錮の傳を讀んで机をたたいたというのは、明代に宦官一派と對立した東林、復社と重ねあわされているからである。董小宛の述べた「持平の論」とはどのような論だったのだろうか。

乙酉客鹽官、嘗向諸友借書讀之。凡有奇僻、命姬手抄。姬於事涉閨閣者、則另錄一帙。歸來與姬遍搜諸書、續成之、名曰奩豔。其書之瑰異精祕、凡古人女子自頂至踵、以及服食器具、亭臺歌舞、針神才藻、下及禽魚鳥獸、卽草木之無情者、稍涉有情、皆歸香麗。今細字紅箋、類分條析、俱在奩中。客春、顧夫人遠向姬借閲此書、與龔奉常極讃其妙、促繡梓之。余卽當忍痛爲之校讐鳩工、以終姬志。

乙酉の年（順治二年　一六四五）、海鹽に寄寓した時、よく友人たちから書物を借りて讀んだ。變わった珍しい記事があると、彼女に命じて書き寫させた。彼女は女性に關わる記事があると、別に一冊のノートに書き寫していった。家に歸ってから、彼女といっしょに諸書をあまねく搜してそれを續けて完成させ、『奩豔』と名づけた。その書は珍しく變わっていて詳しくもあり、昔の女性について、頭から足の先まで、衣服食事家具、亭臺歌舞、裁縫や文才から下は禽獸鳥魚、無情の草木に至るまで、少しでも情に關わるものであれば、香わしく美しい言葉で表現し收錄したのである。今彼女の細かい文字で書かれた赤い原稿紙が、項目ごとに分類整理されて化粧箱の中にはいっている。昨春、顧夫人（顧媚）が遠くから彼女に借りて讀み、龔奉常（龔鼎孳）がそのすばらしさをほめちぎり、出版することを勸めた。わたしはすぐにでも悲しみをこらえて、これを校訂し職人を集めて、彼女の志を遂げてやらなければなるまい。

〔注〕

○「奩豔」。陳維崧『婦人集』（『如皋冒氏叢書』所收）に、「秦淮董姬（字小宛）才色擅一時。後歸如皋冒推官（名襄）。明秀溫惠、與推官雅相稱。居豔月樓、集古今閨幃軼事、薈爲一書、名曰奩豔。王吏部撰朱鳥逸史、往往津逮之」とある。淸の王初桐に『奩史』（嘉慶二年刋本）があり、その內容はまさしくこの「奩豔」の內容と同じようなものである（中國人民大學より排印本あり）。

姬初入吾家、見董文敏爲余書月賦、倣鍾繇筆意者、酷愛臨模。嗣遍覓鍾太傅諸帖學之。閱戎輅表、稱關帝君爲賊將、遂廢鍾學曹娥碑。日寫數千字、不訛不落。余凡有選摘、立抄成帙。或史或詩、或遺事妙句、皆以姬爲紺珠。又嘗代余書小楷扇存戚友處。而荊人米鹽瑣細、以及內外出入、無不各登手記、毫髮無遺。其細心專力、卽吾輩好學人鮮及也。

彼女がわたしの家に來たばかりの頃、董文敏（其昌）が私のために鍾繇の筆意で書いてくれた「月の賦」を見て、たいへん氣に入り臨書した。それに續けて鍾太傅の諸帖を搜し求めてこれを學んだ。だが、「戎輅表」で關帝（關羽）のことを賊將といっているのを見、鍾をやめて「曹娥碑」を學ぶことにした。彼女は一日に數千字も書いたが、誤りもなく拔け落ちもなかった。わたしが何か書き拔いておくものがあると、彼女がすぐに書き寫し、綴じておいてくれた。歷史であれ詩であれ、逸事であれ妙句であれ、何でも彼女のことを便利な心覺えにしたのである。また私に替わって小楷の扇面を書いてくれたのが親戚友人のところにある。そして妻の日常の家計簿、內外の出入り、みな彼女が手ずから書いたものであって、ほんの少しも書き落としがなかった。彼女の細心さと集中力は、われわれ好學のものでもこれに及ぶものは少ないのである。

杜茶村曰、閨秀較書鑑賞、唐有薛濤、宋有李易安。濤風塵老醜、易安失身匪人、終爲風雅之玷。宛君才藻精敏、益見芳貞、而眞嗜殊好、本之天性。方之大家女史何愧。

杜茶村曰く、「女性で書物を校訂したり、鑑賞したりしたものでは、唐には薛濤がおり、宋には李淸照がいる。しかし、薛濤は苦海に老醜をさらし、易安は賊人に汚されたことが、風雅のきずになっている。宛君は文才にすぐれたうえに、さらにますます貞節でもあって、そのすぐれた趣味嗜好は天性にもとづくものである。彼女を大家の女子に竝べても遜色ないのである。」

〔注〕

○「董文敏」。董其昌。『同人集』卷一に董其昌の「香儷園偶存詩序」がある。『香儷園偶存』は冒襄十四歳の詩集。『如皐冒氏叢書』に收められる。序では董其昌は冒襄の神童ぶりを、前身の老詩人の再來かといって稱贊している。鍾繇は三國魏の人。王羲之と竝んで「鍾王」と稱される。董其昌『畫禪室隨筆』では「吾學書在十七歲時。……以爲唐書不如晉魏、遂倣黄庭經及鍾元常宣示表、戎路表、力命表、還示帖、丙舍帖。凡三年、自謂逼古」といい、鍾繇の「宣示表」「戎路表」「力命表」「還示帖」「丙舍帖」などを學んだといっている。「戎路表」はまた「戎輅表」「賀捷表」ともいう。「月賦」は謝荘の作（『文選』巻十三）であろう。

○「曹娥碑」。王羲之の書。

○「紺珠」。唐の張説は紺色の寶珠を持っていたが、思い出せない事があるとき、その珠をまさぐると何でも思い出した。『開元天寶遺事』「記事珠」に見える。

○「薛濤」。中唐の女性詩人。妓女。「女校書」と稱される。白居易、元稹などと詩のやりとりをした。

○「李易安」。李清照。宋の女性詞人。ここできずといわれているのは、夫趙明誠の歿後、張汝舟に再嫁したことを指す。胡仔『苕溪漁隱叢話』前集巻六十、王灼『碧鷄漫志』巻二ほかが、このことを否定的に評價している。

姬於吳門曾學畫未成。能作小叢寒樹、筆墨楚楚。時於几硯上輒自圖寫。故於古今繪事、別有殊好。偶得長卷小軸與笥中舊珍、時時展玩不置。流離時寧委奩具、而以書畫捆載自隨。末後盡裁裝潢、獨存紙絹、猶不得免焉。則書畫之厄、而姬之嗜好、眞且至矣。

彼女は蘇州にいた時、繪を學んだが十分に習得したわけではなかった。しかし、小さな草むらや冬枯れの樹木を描くことができ、その筆使いは細やかであった。しばしば机に向かっては、ひとりで繪を描いていた。それで古今の繪畫については、特別な好みがあった。たまに長巻や小軸、あるいはつづらの中から骨董品などを手に入れると、しょっちゅうひろげてはいつまでもながめていた。（清初の際）避難した時、嫁入り道具をすててまでも書畫をしばって持ってきた。最後には表装をすっかり切り落とし、繪をかいた紙と絹だけになっても、それでも手離そうとしなかったのである。書畫にとっては災難であったが、彼女の好みは本物で徹底していたということなのである。

〔注〕
○以上の六段、『如皋冒氏叢書』本では、「紀詩史書畫」としてまとめられている。この前後は詩史書畫にはじまって、茶、香、花、月などの趣味について語っている。
○ここは繪畫についての一段。「琴棋書畫」は妓女のたしなみでもあったから、秦淮でしこまれたものであろう。

六、趣味について――「紀茗香花月」

姬能飲、自入吾門、見余量不勝蕉葉、遂罷飲。每晚侍荊人數杯而已。而嗜茶與余同性、又同嗜岕片。每歲半塘顧子兼擇最精者緘寄、具有片甲蟬翼之異。文火細煙、小鼎長泉、必手自吹滌。余每誦左思嬌女詩吹噓對鼎鑠之句、姬爲解頤。至沸乳看蟹目魚鱗、傳瓷選月魂雲魄、尤爲精絕。每花前月下、靜試對嘗、碧沈香泛、眞如木蘭沾露、瑤草臨波、備極盧陸之致。東坡云、分無玉椀捧蛾眉、余一生淸福、九年占盡、九年折盡矣。

彼女はいける口であったが、わたしの家に來てからというもの、わたしが少しも飲めないのを見ると、飲むのをやめた。毎晩妻につきあって數杯飲むだけであった。しかし、お茶好きはわたしと同じであって、さらにともに岕片が好みであった。毎年、半塘の顧子兼がいちばんよいところを選び密封してわたしに送ってくれる。それは龍のうろこのように變わっていて、蟬の羽根のように美しいものであった。弱火で煙を細くし、小さな鼎で泉の水を沸かすのにも、かならず彼女みずから火を吹き茶道具を洗った。それを見てわたしが左思の「嬌女の詩」の「吹噓して鼎鑩に對す」の句を誦するたびに彼女は笑ったものであった。「乳を沸かしては蟹目魚鱗を看、瓷を傳へては月魂雲魄を選ぶ」ということについて、彼女はとりわけすぐれていた。春は花の前、秋は月の下、靜かに向かい合って彼女とお茶を味わっていると、茶葉は綠に沈み、香りはただよい、まことに「木蘭が露にうるおい、瑤草が浪に臨む」といったありさまで、盧仝・陸羽の境地を極めていたのであった。東坡は「分に玉椀の蛾眉に捧げしむるなし」といったが、私の場合、一生の清福は彼女と過ごした九年の間に窮め盡くし、九年の間にすっかり使い果たしてしまったのである。

〔注〕

○以下の數段、『如皐冒氏叢書』本では「紀茗香花月」としている。

○「蕉葉」。小さな酒杯。陸元光『回仙錄』に「飲器中、惟鍾鼎爲大、屈卮螺杯次之、而梨花蕉葉最小」とある。

○「岕片」。浙江省長興縣羅岕山で產する銘茶。冒襄には『岕茶彙鈔』の著書がある（『如皐冒氏叢書』所收）。上等のお茶で、袁宏道「龍井」に「岕茶葉粗大、眞者每斤至二千餘錢」とある。

○「半塘顧子兼」。未詳。『岕茶彙鈔』によれば、顧子兼は毎年虞山の柳夫人（銭謙益の側室）、如皐隴西の蒨姬、そして冒襄と董小宛にまっ先に送ったとあるから、顧氏は茶商人であったのかもしれない。

○「文火細煙、小鼎長泉」。劉源長『茶史』巻二「湯候」に「顧況號逋翁、論煎茶云、煎以文火細煙、小鼎長泉」とある。

○「左思嬌女詩」。『玉臺新詠』巻二に見える。「心爲茶荈劇、吹噓對鼎䥶」。おてんばな娘の様子を描く、だから彼女が笑ったのである。

○「沸乳看蟹目魚鱗、傳瓷選月魂雲魄」。皮日休の「茶中雜詠」「茶甌」の「圓似月魂墮、輕如雲魄起」、「煮茶」の「時看蟹目濺、乍見魚鱗起」を踏まえた表現。「蟹目魚鱗」はお湯が沸き立つ時の泡の形容。

○「木蘭沾露、瑤草臨波」。劉禹錫の「西山蘭若試茶歌」の「木蘭墮露香微似、瑤草臨波色不如」を踏まえる。

○「盧陸之致」。盧仝と陸羽。盧仝には「走筆謝孟諫議寄新茶」の詩があり、茶の徳を詠じている。陸羽は『茶經』の著者。

○「東坡云、分無玉椀捧蛾眉」。蘇軾「試院煎茶」の一句。蘇東坡は、お茶を捧げて持ってきてくれる美人はいない、というが、冒襄にはそれがあったといっているのである。

姬每與余靜坐香閣、細品名香。宮香諸品淫、沈水香俗。俗人以沈香著火上、煙撲油膩、頃刻而滅。無論香之性情未出、卽著懷袖皆帶焦腥。沈香有堅緻而紋橫者、謂之橫隔沈。卽四種沈香內革沈橫紋者是也。其香特妙。

彼女はわたしと部屋で靜かに座っている時にはいつも、名香を細かく品評したものであった。宮香の諸香はどぎつく、沈水香は俗だ、と彼女はいうのであった。俗人は沈香を直接火の上に置いてしまうが、そうすると煙が鼻をつき、油くさくなるし、すぐに燃え盡きてなくなってしまう。本來の香りが出ないことはいうまでもなく、衣服についた香りも、焦げ臭く生臭みを帯びてしまうのである。沈香で、堅くて肌理細やかで横に筋目がついているものは「横隔沈」という。四種の沈香のうちの「革沈横紋」というのがそれである。その香りは特にすばらしい。

〔注〕

○「宮香」。明の周嘉冑の『香乘』巻七に「宮掖諸香」があり、薫香をはじめとする諸香についての記述がある。

○「煙撲」。明の劉基の「賣柑者言」に「剖之如有煙撲口鼻」とあるように、つんと鼻をつくこと。

○「横隔沈」。『香乘』巻一に引く『南番香錄』に「其堅緻而紋横者、謂之横隔沈」とある。

○「四種沈香」。『本草綱目』木部第三十四巻「沈香」に、「角沈黒潤、黄沈黄潤、蠟沈柔靱、革沈紋横、皆上品也」とある（『香乘』巻一に引かれている）。

又有沈水結而未成、如小笠大菌、名蓬萊香。余多蓄之。毎慢火隔砂、使不見煙。則閤中皆如風過伽楠、露沃薔薇、熱磨琥珀、酒傾犀斝之味。久蒸衾枕間、和以肌香、甜豔非常、夢魂倶適。

また沈水香で、（香りのもとになる樹脂分が）まだ完全に凝結しておらず、小さな笠、大きなきのこぐらいのものがあり、「蓬萊香」という。わたしはそれをたくさん持っていた。焚く時にはいつも火をゆるくし、灰を隔てて煙がたたないようにする。すると、部屋の中は伽羅の香りが風によって吹き送られたかのよう、露が薔薇に注いだかのよう、琥珀が磨かれて熱くなったかのよう、酒を犀の角でできた杯に注いだかのような味わいがあるのであった。時間をかけて布團や枕の間にくゆらせば、人肌の香りと一緒になって、そのなまめかしさは尋常ではなく、すばらしい夢ごこちになれるのであった。

〔注〕

○「蓬萊香」。『香乘』巻一に引く『桂海虞衡志』に記載がある。「蓬萊香、卽沈水香。結未成者、多成片。如小笠大菌之狀」云々とあり、ここほぼ同文である。

外此則有眞西洋香方。得之內府、迥非肆料。丙戌客海陵、曾與姬手製百丸。誠閨中異品、然爇時亦以不見煙爲佳、非姬細心秀致、不能領略到此。

そのほかには本物の西洋香があった。それは宮中で手に入れたものであって、まったくそこらあたりで買えるしろものではなかった。丙戌の年（順治三年　一六四六）海陵に滞在して、彼女と手ずから百丸を作ったことがあった。まことに閨中の異品であったが、熱する時にやはり煙がたたないのがよいとされ、彼女ほどの細心でみごとな手さばきがなければ、ここまで深くその味わいを知ることはできなかったろう。

黄熟出諸番、而眞臘爲上。皮堅者爲黄熟桶、氣佳而通。黑者爲夾棧黄熟。近南粵東莞茶園村、土人種黄熟、如江南之藝茶。樹矮枝繁、其香在根。自呉門解人剔根切白、而香之鬆朽盡削、油尖鐵面盡出。余與姫客半塘時、知金平叔最精於此、重價數購之。塊者淨潤、長曲者如枝如虯、皆就其根之有結處、隨紋縷出、黄雲紫繡、半雜鷓鴣斑、可拭可玩。

黄熟はさまざまな蠻地に產出するが、眞臘（カンボジア）のものが最上とされている。皮が堅いものは「黄熟桶」といい、すぐれた香氣がある。眞っ黑なのは「夾棧黄熟」である。近頃、南の廣東東莞の茶園村で、土地の人が黄熟を植えているが、江南地方で育てているお茶の木のようである。背が低く、枝がこんもり茂っており、その香りのもとは根っこにある。蘇州の通人が根の部分をほじくり出し、眞っ白にむき、香の腐って柔らかくなった部分を全部取り除くと、てかてか油ぎって鐵のようにかたいところがすっかりあらわれる。わたしが彼女と半塘に滯留していた時、金平叔がそれに最も精通していることを知り、高い値段でしばしばそれを購入した。かたまりのは混じりけがなくてかてかし、長く曲がったのは枝のようみずちのようで、いずれもその根のこぶになったところから、黄色い雲、紫の刺繡、あるいは鷓鴣の斑のような模樣があらわれており、なでさすって愛玩するのによろしかった。

〔注〕

○「黄熟香、夾棧香」。周嘉冑『香乘』巻一「黄熟香」に引く『香錄』に「黄熟香夾棧香。黄熟香、諸蕃出、而眞臘爲上。黄而熟、故名焉。其皮堅而中腐者、其形狀如桶、故謂之黄熟桶。其夾棧而通黑者、其氣尤勝、故謂夾棧黄熟。此香雖泉人之所日用、而夾棧居上品」とある。また同じ條に「近時東南好事家、盛行黄熟香、又非此類。乃南粤土人種香樹如江南人家藝茶

趨利。樹矮枝繁、其香在根。剔根作香、腹可容數升、實以肥土、數年復成香矣。以年逾久者逾香、又有生香、鐵面油尖之稱、故廣州志云、東莞縣茶園村香樹出於人爲、不及海南出於自然」とある。東莞縣についての記述は『香乘』の地の文であるから、冒襄はこの書を見ていたのであろう。

○「金平叔」。冒襄の「題朱汝奎鬪茶觀菊圖後」（『巣民文集』巻六）に、「宛姫自吳門歸余、岕片必需半塘顧子兼、黃熟香必金平叔」とある。

寒夜小室、玉幃四垂、毾㲪重疊、焼二尺許絳蠟二三枝。陳設參差、臺几錯列。大小數宣爐、宿火常熱、色如液金粟玉。細撥活炭一寸、灰上隔砂選香蒸之、歷半夜、一香凝然、不焦不竭、鬱勃氤氳、純是糖結。熱香間有梅英半舒、荷鵝梨蜜脾之氣、靜參鼻觀。憶年來共戀此味此境、恆打曉鐘、尚未著枕。與姬細想閨怨、有斜倚薰籃、撥盡寒爐之苦、我兩人如在蘂珠衆香深處。今人與香氣俱散矣。安得返魂一粒、起於幽房扃室中也。

寒い晩に小さな部屋で、四方に玉のカーテンを掛け、しきものを重ね、二尺ほどの赤いろうそくを二三本燈してある。室内はちらかっており、臺や机もあちらこちらにめちゃくちゃに置かれている。大小いくつかの宣爐にはずっと熱く火が燃えさかっており、炎の色は金を溶かしたよう、玉の粒のようである。そこに氣をつけながら燃えている炭を一寸ほど離して、灰の上に砂を隔てて香を選んで置き、蒸してやると、眞夜中になって、香がたちもとほり、焦げず盡きず、あたりにただよって、まことに糖結の香りであった。香をあたためている間に、半ば開いた梅の花の香り、鵝梨や蜂の巣のような香りが、靜かに鼻に入ってくるのであった。年來この味この境地を樂しみにしていつも夜明けの鐘がなってもまだ床につかず、彼女と細かに閨怨を思い、「斜めに薫籠により」「寒爐をすっかりかきたてる」といった境地を味わうのであった。するとわたしたち二人は、さまざまな香氣ただよう蕊珠宮の奥深くにいるように思われるのであった。今や人も香氣もともに散じてしまった。返魂香の一粒でも手に入れて、この暗く閉ざされた部屋にたってほしいものである。

〔注〕

○「糖結」。わが國嵜脩先生の『香志』「奇南香」に引く明の倪朱謨『本草彙言』に「四品之中又各分別、油結、糖結、密結、綠結、金絲結」云々とある。

○「鵝梨」。梨の一種であるが、馮贄『南部煙花記』「帳中香」に「江南李主帳中香法、以鵝梨蒸沈香用之」とある。「密脾」はミツバチの巣。『香乘』卷一に引く范成大『桂海虞衡志』に「鵝梨蜜脾」という同じ表現が見える。沈香の香りを表現することば。

○「鼻觀」。鼻のあな。蘇軾の「和魯直韻（寶薫）」詩に「且令鼻觀先參」の句がある。

○「斜倚薫籠」。白居易「後宮詞」に「斜倚薫籠坐到明」の句がある。

○「撥盡寒爐」。呂蒙正の詩句「撥盡寒爐一夜灰」（『佩文韻府』「寒爐」に引く）。

○「蕊珠」。仙宮である蕊珠宮のこと。

○「返魂香」。漢の武帝が李夫人を思って作らせたという言い傳えがある（『增刋校正狀元集註分類東坡先生詩』卷十四「岐亭道上見梅花戯贈季常」に「（程）縯曰」として「李夫人死、漢武帝念之不已、乃令方士作返魂香燒之、夫人乃降」とある）。ここでは小宛を呼び戻すよすがとしてこの故事を用いている。

一種生黄香、亦從枯腫朽癰中、取其脂凝脉結、嫩而未成者。余嘗過三吳白下、遍收筐箱中。蓋面大塊、與粵客自攜者、甚有大根株塵封如土。皆留意覓得。攜歸與姬爲晨夕清課、督婢子手自剝落、或斤許僅得數錢。盈掌者僅削一片、嵌空鏤剔、纖悉不遺。無論焚蒸、即嗅之味如芳蘭、盛之小盤、層撞中色殊香別、可弄可餐。曩曾以一二示粵友黎美周、訝爲何物、何從得如此精妙。即蔚宗傳中恐未見耳。

一種の生黄香があり、枯れて腐った木のこぶから、その樹脂が脈のように凝り固まって、やわらかくまだ固まっていないところを取るのである。わたしはかつて蘇州・南京を訪れ、それを箱の中に収めた。顏をおおえるくらいの大きなかたまり、廣東から來た人が持ってきたもの、なかには太い根っこに土のように塵がついているものがあった。それらをみな氣をつけて捜し求めた。持ち歸って彼女と朝夕の日課に、下女を監督してその皮をむかせたが、あるいは一斤から數錢ほどしかとれないものもあった。掌いっぱいからわずかに一片ということもあったが、細心にほじくり出して、少しばかりも殘さなかった。焚いたり蒸したりする時にはその香りをかげば、芳蘭のようであったことはいうまでもないが、それを小さな皿に盛れば、層をなしてその色と香りは特別であり、もてあそび、香りを味わうのによかった。以前その一つ二つを廣東の友人黎美周に見せたが、びっくりして「これはいったい何物ですか、どこからこんな精妙なものを手に入れたのですか、范曄の書物にもおそらくは出ていないでしょう」といった。

〔注〕

○「黎美周」。黎遂球。本書第一部第一章參照。鄭元勳の影園で行われた黄牡丹詩會で狀元を射止めた人。

○「蔚宗」。『後漢書』の撰者である范曄のこと。范は香法に詳しく、「和香序」がある（『香乘』巻二十八に収める）。

又東莞以女兒香爲絕品。蓋土人揀香、皆用少女。女子先藏最佳大塊、暗易油粉。好事者復從油粉擔中易出。余曾得數塊於汪友處、姬最珍之。

また東莞縣では、女兒香を絕品としている。思うに、土地の人は香をよりわけるのに、どこも少女を使う。女の子たちは最初にいちばんよい大きな塊をしまいこんで、こっそり自分の髮油や白粉にかえてしまう。好事家はさらに化粧品賣りのかごの中から、その香を手に入れる。わたしもかつて數塊を友人の汪氏のところで手にいれたことがあるが、彼女はそれを最も珍重したものであった。

〔注〕
○東莞の女兒香については『廣東新語』巻二十六、香語「莞香」の條に見え、「凡種香家、其婦女輒於香之稜角、潛割少許藏之、名女兒香。是多黑潤、脂凝、鐵格、角沈之類。好事者爭以重價購之」云々とある。

余家及園亭、凡有隙地皆植梅。春來早夜出入、皆爛漫香雪中。姬於含蕊時、先相枝之横斜與几上軍持相受、或隔歲便芟剪得宜、至花放恰採入供。卽四時草花竹葉、無不經營絕慧、領略殊淸。使冷韻幽香、恆霏微於曲房斗室。

至穠豔肥紅、則非其所賞也。

わたしの住まいや庭園では、植えられるところにはどこにでも梅の木が植えてあった。春が來ると朝晩の出入りのたびに、馥郁と香る白梅の花の中を行くことになるのであった。彼女はまだ花がつぼみのうちから、テーブルの上の花瓶にうまく調和する枝振りのものを選んでおき、またあるいは前年のうちにうまく剪定しておいて、花が咲いてからはじめて採ってきて飾るのであった。一年四季の草花や竹葉についてもかしこく計畫をたて、世話のしかたに特によく通じていた。かくして、淸らかで奥ゆかしい香りが、一年中奥まった小さな部屋にただよっていたのであった。色濃くごてごてした花は、彼女の好みではなかった。

〔注〕
○「軍持」。梵語の音譯。僧侶が旅をする時に攜帶する水差し。淨瓶。ただしここでは花瓶のことであろう。

秋來猶耽晚菊。卽去秋病中、客貽我翦桃紅。花繁而厚、葉碧如染。濃條婀娜、枝枝具雲罨風斜之態。姬扶病三月、猶半梳洗、見之甚愛、遂留榻右。每晚高燒翠蠟、以白團廻六曲、圍三面、設小座於花間、位置菊影、極其參橫妙麗、始以身入。人在菊中、菊與人俱在影中。廻視屏上、顧余曰、菊之意態盡矣。其如人瘦何。至今思之、澹秀如畫。

秋が來ると、彼女は晩菊に夢中になった。去年の秋、彼女が病に臥していた時、ある客人がわたしに「剪桃紅」を贈ってくれた。花びらは密集して厚く、葉のみどりはまるで染めたかのようであった。莖はたおやかで、一本一本が雲におおわれ、風にそよいでいるかのような様子であった。彼女は三月の閒病をおして、それでも何とか髪をくしけずったり顔をつくろったりしていたのだが、この花を見てたいそう氣に入り、ベッドのわきにおいた。毎晩香りのよいろうそくをあかあかとともし、白い六曲の屛風で花の三方を圍み、花の中に小さな座席を設け、屛風にうつる菊の影を調節し、その美しさが完全にできあがったところで、はじめて自分が花の中に入った。彼女は菊の中にいたから、菊の影も人の影も屛風に映ったのであった。彼女は屛風の影の方をかえり見てから、振り返ってわたしを見、「菊の美しさは完璧です。でも人が痩せ細っているのをどうしたらよいのでしょうか」といった。今にして思えば、その淸らかな美しさはまるで繪のようであった。

〔注〕

○「翦桃紅」。未詳。明の王象晉編『二如亭群芳譜』花部卷三「菊」に「翦金毬」という名の菊があり、「瓣末細碎如翦」と說明している。また別に粉紅色の菊として「桃花菊」についての記載もある。

○「翠蠟」。『漢語大詞典』に「一種帶有香氣的蠟燭」とし、唐の皮日休「秋夕文宴得遙字」詩の「風吹翠蠟應難刻、月照淸香太易消」ほかを引く。

○「白團迴六曲」。潘子延の英譯に從って六曲の屛風と解した。

○「其如人瘦何」。李淸照の「醉花陰」詞の「人似黃花瘦」を意識するか。

閨中蓄春蘭九節及建蘭、自春徂秋、皆有三湘七澤之韻。沐浴姬手、尤增芳香。藝蘭十二月歌、皆以碧箋手錄粘壁。去冬姬病、枯萎過半。樓下黃梅一株、每臘萬花、可供三月插戴。去冬姬移居香儷園靜攝、數百枝不生一蕊、惟聽五鬣濤聲、增其淒響而已。

彼女の部屋には九節の春蘭と建蘭（秋蘭）があって、春から秋まで三湘七澤（楚の地）の風韻がただよっていた。蘭の花が彼女の手で沐浴すると、とりわけ香氣を增すのであった。「蘭栽培十二月歌」をみどりの紙に手ずから書き寫して壁に貼っていた。昨年の冬、彼女が病氣になると、その半分以上が枯れ萎んでしまったのであった。高殿の下に一もとの黃梅があって、每年十二月になるとたくさんの花が咲き、三月もの閒女性たちが髮にかざすことができた。ところが去年彼女が香儷園に住まいを移して靜養するようになると、數百もある枝に一つのつぼみもできず、ただ松風の音がきこえるばかり、ものさびしさがいやますのであった。

〔注〕

○「春蘭九節及建蘭」。陳淏子『花鏡』卷五「蕙蘭。（中略）後歐蘭而開、猶可繼武歐蘭、先建蘭而放、聊堪接續建蘭、則一歲芳香、半牕淸供、可以綿綿不絕矣」とある。建蘭は秋の蘭。同上卷六「建蘭」には、「其花五、六月放」とある。だから「自春徂秋、皆有三湘七澤之韻」となるのである。

○「三湘七澤」。三湘は楚の地（現在の湖南省のあたり）を流れる湘水（沅湘、瀟湘、資湘）のこと。七澤は楚の地の沼澤。三湘七澤で廣く楚の地を指す。劉宋の顏延之の「始安郡還都與張湘州巴陵城樓作」詩に「三湘淪洞庭、七澤藹荆牧」とある。蘭の花が三湘七澤と結びつくのは、『楚辭』に蘭がしばしば君子のたとえとして詠じられるからである。

○「藝蘭十二月歌」。明の王象晉編『二如亭群芳譜』花部卷三「蘭」に「養蘭口訣」を載せている。正月から十二月に至る七言四句からなっている。明の江之源の『新鐫江道宗百花藏譜』「蘭花」にも同じ形式の「護蘭詩訣」がある。
○「香儷園」。冒襄の住まいの一つ。若い頃の詩集に『香儷園偶存』がある（董其昌、鄭元勳が序を寄せている）。序章を參照のこと。
○「五鬣濤聲」。五鬣は松、五葉の松のこと。五粒松。「松濤聲」は松の木をわたる風の音。
○冒襄には『蘭言』（『如皐冒氏叢書』所收）があり、蘭に關する故實や個人的な思い出などを記している。

姫最愛月、毎以身隨升沈爲去住。夏納涼小苑、與幼兒誦唐人咏月及流螢紈扇詩、半榻小几、恆屢移以領月之四面。午夜歸閣、仍推窗延月於枕簟閒、月去復捲幔倚窗而望。語余曰、吾書謝希逸月賦、古人厭晨歡、樂宵宴、蓋夜之時逸、月之氣靜、碧海靑天、霜縞冰淨。較赤日紅塵、迥隔仙凡。人生攘攘、至夜不休、或有月未出、已鼾睡者、桂華露影、無福消受。與子長歷四序、娟秀浣潔、領略幽香、仙路禪關、於此靜得矣。

彼女はたいへん月が好きで、いつも月の動きに合わせて居場所を移していた。夏に庭で夕涼みをする時、幼い息子と唐人の月や螢や紈扇の詩を口ずさみ、小さな椅子と机をしきりに動かしては、いろいろな方向から月の光を受けようとするのであった。眞夜中に部屋に戻ってからもまた窗を推しあけて月の光をベッドにさしまねき、月が動くとまたカーテンを巻き上げ、窗邊に倚って月を望んでいた。そしてわたしにいった。「私が臨書した謝莊の月の賦で、古人は『晨歡を厭い、宵宴を樂しむ』といっておりましたが、それは夜の時間がすぐれてやすらかで、月の氣が靜かであるからです。靑海原のような大空は月が輝いてますます澄み渡り、月の光を浴びて地上は霜のように白く、氷のように淸らかです。それは明るい太陽が照り輝く眞晝のごみごみした俗世間に比べれば、仙界と人間世界ぐらいの隔たりがあります。人にはあれやこれやであくせくして、夜になっても休まないものもおれば、月が出ないうちにいびきをかいて寢てしまうといったものもおります。そういう人には、月の下で露を帶びた桂の花の影を樂しむ福分はありません。私はあなたと長く四季の移り變わりを過ごしてきて、この淸らかな風光を樂しみ、ほのかな香りを味わいました。そして仙界への道、禪の世界への入り口を靜かに感得することができました」と。

〔注〕

○「唐人咏月及流螢紈扇詩」。流螢紈扇については、杜牧の「秋夕」詩に「輕羅小扇撲流螢」がある。

○「謝希逸月賦」。謝希逸（莊）「月賦」（『文選』巻十三）に「君王迺厭晨歡樂宵宴、收妙舞弛淸縣」とある。前に小宛の書に關する記述があったところで、「彼女がわたしの家に來たばかりの頃、董文敏（其昌）がわたしのために鍾繇の筆意で書いてくれた『月の賦』を見て、たいへん氣に入り臨書した」という一節があった。

○「霜縞冰淨」。謝莊の「月賦」に「柔祇雪凝、圓靈水鏡、連觀霜縞、周徐冰淨」。張銑の注に「言月之光彩照地如凝雪、照天如水鏡、觀宇庭徐皆霜冰之潔也」とある。

李長吉詩云、月漉漉、波煙玉。姬每誦此三字、則反覆廻環。曰、月之精神氣韻光景、盡於斯矣。人以身入波煙玉世界之下、眼如橫波、氣如湘煙、體如白玉、人如月矣。月復似人、是一是二。覺賈長江倚影爲三之語尙贅。至淫耽無厭化蟾之句、則得翫月三昧矣。

李長吉（賀）の詩に「月漉漉、波煙玉」とあるが、彼女はこの「波」「煙」「玉」の三字を口ずさんではいつも、何度も何度もくりかえしていた。そして「月の精神、氣韻、光景は、これに盡きています」というのであった。彼女が體ごと波煙玉世界に入ると、その眼差しは波のよう、その息は湘江にかすむもや（煙）のよう、そして身體は白玉のようで、人あたかも月のようなのであった。月もまた人のようで、二つで一つ、一つで二つなのである。賈長江（島）の「影に倚って三と爲す」のいい方はよけいのように思われる。「淫耽す」「厭くる無し」「蟾と化す」の句に至って、月見の眞の境地を得ているのである。

杜茶村曰、絶域名香、重霄皓魄、奇花異茗、倚態爭芬。自非眞仙瓊媛、莫可得而領略。兼之天才麗質、把玩晨昏、玉臂雲鬟、馥郁於瑠璃世界中矣。

杜茶村曰く、「絶域の名香、天高く白く輝く月、奇花異茗、それぞれに色香を競っている。本當の仙人、玉のような仙女でなければ、それを會得することはできないであろう。あわせて天賦のすぐれた才質を持った人が、朝な夕なに賞玩することによって、玉のような腕、雲なすまげが淨瑠璃世界に馥郁と薫るのである。」

〔注〕

○以上の數段、『如皐冒氏叢書』本では「紀茗香花月」としてまとめられている。

○「李長吉詩」。李賀の詩句は「月漉漉篇」の冒頭。王琦の『李長吉歌詩彙解』巻四「月漉漉篇」では「漉漉、月光瑩狀。出於波煙之中有如玉鏡」と釋する。なお、水繪園の中に「波煙玉亭」という名の名勝がある。それは冒襄が董小宛の思い出によって設けたものである。

○「體如白玉」。白玉といえば、ほかならぬ李賀の「白玉樓中の人」の故事が思い浮かぶが、彼女が月の世界の人になってしまったようだということで、彼女の死を暗示しているとも考えられる。

○「賈長江倚影爲三之語」。賈島の「翫月」詩に「但愛杉倚月、我倚杉爲三」とある。また「淫耽、無厭、化蟾」については、賈島の同じ詩にそれぞれ「此景亦胡及、而我苦淫耽」、「不知此夜中、幾人同無厭」、「量知愛月人、身願化爲蟾」とある。

○「玉臂雲鬟、馥郁於瑠璃世界中矣」。杜甫の「月夜」詩の「香霧雲鬟濕、清輝玉臂寒」を踏まえる。

七、飲食について――「紀飲食」

姬性淡泊、於肥甘一無嗜好。毎飯以岕茶一小壺溫淘、佐以水茱香豉數莖粒、便足一餐。余飲食最少、而嗜香甜及海錯風薫之味、又不甚自食、毎喜與賓客共賞之。姬知余意、竭其美潔、出佐盤盂。種種不可悉記、隨手數則、可覩一斑已。

彼女はあっさりしたたちで、くどいもの、甘い物はまったく好みではなかった。毎度の食事には、小さな急須で岕茶をご飯にかけ、ほんのわずかの水茱、豆豉をおかずにして、それで一度の食事に十分であった。わたしは飲んだり食べたりする量はきわめて少なかったが、香ばしいもの甘い物、それに海産物、干物の類が好みで、それも一人で食べるのではなく、いつも賓客と一緒に味わうのが好きだった。彼女はそんなわたしの好みを知って、美しさ清らかさの限りを盡くして、おかずをお皿に盛りつけて出したのである。一つ一つ全部を記すことはできないが、思いつくままにいくつかを記して、その一斑を示さんとするばかりである。

〔注〕

○「肥甘」。『孟子』梁惠王上に見える。「爲肥甘不足於口與、輕煖不足於體與」。

○「可覩一斑已」。底本は「可覩一斑也」に作る。『賜硯堂叢書』本に從って改めた。

釀飴爲露、和以鹽梅、凡有色香花蕊、皆於初放時採漬之。經年香味顏色不變、紅鮮如摘。而花汁融液露中、入口噴鼻、奇香異豔、非復恆有。最嬌者爲秋海棠露。海棠無香、此獨露凝香發。又俗名斷腸草、以爲不食、而味美獨冠諸花。次則梅英、野薔薇、玫瑰、丹桂、甘菊之屬。至橙黃、橘紅、佛手、香櫞、去白縷絲、色味更勝。酒後出數十種、五色浮動白瓷中、解酲消渴、金莖仙掌、難與爭衡也。

水飴をかもしてシロップにし、それに鹽漬けの梅で味をつけ、色鮮やかで香りのある花のつぼみがあれば何でも、花が開いたばかりの時に採ってそれに漬けておく。年を經ても香りと色は變わらず、赤く鮮やかなさまはまるでたった今摘んできたばかりのようである。そして花のエキスがシロップの中に融け込み、口に入れれば鼻にひろがり、その變わった香り珍しい美しさはめったにあるものではなかった。もっとも愛らしいのが秋海棠（ベゴニア）のシロップであった。海棠にはもともと香りがなく、ただシロップの中に浸された時にだけ香りを發するのである。秋海棠は俗に斷腸草とも呼ばれ、食べられないものとされてきたが、その味のすばらしさは諸花に冠たるものである。それに次ぐのが梅の花、野薔薇、バラ、丹桂（きんもくせい）、甘菊のたぐいである。だいだい、たちばな、佛手柑、シトロンなどは、白い絲のような纖維を取り去ることによって、色も味も更にすぐれるのである。酒の後などに數十種を出せば、あざやかな五色が白磁の器の中にゆらゆらゆらぎ、二日醉いをさまし、喉のかわきをいやすことができ、金莖仙掌で集めた仙露も太刀打ちすることができないのであった。

〔注〕
○「斷腸草」。陶弘景『仙方注』に「斷腸草不可食、其花美好、名芙蓉花」とある。一方「斷腸花」は、『娜嬛記』巻中に引く『採蘭雜志』に「斷腸花、又名八月春、卽今秋海棠也」とある。秋海棠については、第二部第五章を參照。
○「金莖仙掌」。漢の武帝が求仙のために、仙界の露を集めるための承露盤を設けた。その承露盤を支える柱が「金莖」。また仙露を集めるために銅の仙人を作り、その掌に露を承ける盤を捧げ持ったという。それが「仙掌」である。後には「金莖仙掌」で、それらの器具で集めた仙露をも意味した。
○『紅樓夢』の作者である曹雪芹の作とされる『廢藝齋集稿』第八册「烹調」部に、『影梅庵憶語』のこの一段を引き寫したといってよい文章がある。吳恩裕「曹雪芹之死」（『十月』一九七八年二期）に指摘がある（詳しくは本書第二部第五章參照）。

取五月桃汁西瓜汁、一穰一絲漉盡、以文火煎至七八分、始攪糖細煉。桃膏如大紅琥珀、瓜膏可比金絲內糖。每酷暑、姫必手取其汁示潔、坐爐邊靜看火候成膏、不使焦枯。分濃淡爲數種、此尤異色異味也。

夏五月の桃の果汁、すいかの果汁を取って、ほんの少しの果肉、ほんの少しの纎維に至るまですっかり漉し盡くし、それをとろ火で七八分の分量になるまで煮詰めたところで、はじめて砂糖を混ぜ合わせてさらにとろ火で煮込む。桃のクリームは紅い琥珀のよう、すいかのクリームは金絲內糖のようであった。いつも酷暑の時に、彼女は手ずからその果汁を取って、淸潔であることを確かめ、爐の傍らに座って、靜かに火加減を見てクリーム狀にしてゆき、焦げ付いたりしないように氣をつけた。濃度の異なる數種を作ったが、これはとりわけ變わった色、變わった味であった。

〔注〕

○「金絲內糖」。未詳。宮中で作られる砂糖のことか。內糖は、孫思邈『千金翼方』卷五ほかに見える。

○前段と同じく、『廢藝齋集稿』第八册「烹調」部に、この一段とよく似た文章がある。ジャムのようなものか。

製豉、取色取氣先於取味。豆黃九晒九洗爲度、顆瓣皆剝去衣膜。種種細料、瓜杏薑桂、以及釀豉之汁、極淸潔以和之。豉熟擎出、粒粒可數。而香氣酣色殊味、迥與常別。

豉を作るには、よい色あいと香りをつけることが、味をつけることよりも優先する。發酵させた大豆を九回日光にさらし、九回水洗いすることを決まりとし、一粒ごとにみな豆の皮をむき去る。瓜、あんず、生姜、肉桂などの調味料から豉を發酵させる汁に至るまで、できるかぎり清潔にして混ぜ合わせる。豉が熟成してから捧げ持って出てくると、一粒一粒を數えることができるほどであった。そしてその香りや色あいは竝のものとははるかにちがっていたのである。

〔注〕

○「豉」。中山時子監修『中國食文化事典』（角川書店　一九八八）「調料」「豆豉」の項（三六五頁）では「大豆を發酵させてつくる調味料で、和名をくき、あるいは唐納豆という。黑褐色で光澤があり、豆はやわらかくかつ粒狀を保ち、酸味や苦味のないのが良品である。日本の濱納豆に似ている。廣西產が有名で、宋代には名聲が天下に聞こえていた。その他、廣東・湖南・湖北・四川など多くの地方でつくられる。廣東料理でよく使われ、鹽味の濃淡により鹽豉・淡豉の區別がある。四川省永川の豆豉は火鍋（鍋物）の味つけに缺かせないもので、全國的に有名である」とある。顧仲『養小錄』巻上「豆豉」でも、「大靑豆、苦瓜皮、飛鹽、杏仁、生薑、花椒、薄荷、紫蘇、陳皮、大茴香、砂仁、白豆豉、官桂」などを材料に用いるとある。顧仲『養小錄』には、中山時子監譯本（柴田書店　一九八二）がある。

紅乳腐烘蒸各五六次、內肉既酥、然後削其膚、益之以味。數日而成者、絕勝建寧三年之蓄。他如冬春水鹽諸菜、能使黃者如蠟、碧者如菭。蒲藕筍蕨、鮮花野菜、枸蒿蓉菊之類、無不採入食品、芳旨盈席。

紅乳腐を作るには、豆腐を火で炙り蒸すこと各々五六回ずつ、中の肉がさくさくしてきたところで、表面を削り落とし、調味料を加える。數日たってできあがったものは、建寧産の三年ものよりはるかに勝っていた。そのほか、冬春のさまざまな野菜のつけものは、黃色いものは透き通った蠟のように、綠のものは色鮮やかな苔のようにに作った。がま、はす、たけのこ、わらび、花、野菜、クコ、よもぎ、芙蓉、菊の類など、何でも食材として取り入れられ、よい味がテーブルにみちみちていた。

〔注〕

○「紅乳腐」。醬豆腐ともいう。豆腐を發酵させて作る副食品。中山時子監修『中國食文化事典』（角川書店　一九八八）「素材單」「豆類」では、「紅油、醬油・醬につけたものは紅乳腐（紅豆腐）という」とある（二六三頁）。「建寧三年」は未詳。

○「冬春水鹽諸菜」。顧仲『養小錄』巻中「蔬之屬」に「醃菜法」ほか漬け物の製法について述べる。

○「蒲藕筍蕨、鮮花野菜、枸蒿蓉菊之類」。顧仲『養小錄』巻中「蔬之屬」の末尾に「餐芳譜」があり、食べられる植物とその調理法が列擧されている。

○つけものに關する部分、やはり『廢藝齋集稿』に同じような文章が見える。

火肉久者無油、有松柏之味。風魚久者如火肉、有麂鹿之味。醉蛤如桃花、醉鱘骨如白玉。油䱇如鱘魚、蝦鬆如龍鬚、烘兔酥雉如餅餌、可以籠而食之。菌脯如鷄㙜、腐湯如牛乳。細考之食譜、四方郇廚中一種偶異、即加訪求、而又以慧巧變化爲之、莫不異妙。

ハムの年月のたったものは脂氣がぬけて、松柏の味わいである。干物魚の年月のたったものはハムのようで、麂（鹿の一種）の肉の味わいである。酒漬けのはまぐりは桃の花のような色合い、酒漬けのちょうざめの頭の軟骨は白玉のようである。油ののった眞魚鰹はちょうざめのようであり、えびのそぼろはアスパラガスのよう、あぶった兎の肉、柔らかくした雉は饅頭のようにして、蒸籠でふかして食べることができた。干したきのこは鶏のよう、腐湯は牛乳のようであった。彼女は丹念に食譜をしらべ、四方のすぐれた厨房でたまたま珍しいものにでくわすと、すぐにたずねていって教えを請うた。それに彼女の知恵で變化を加えて作ったのだから、變わっていてすばらしくないものはなかったのである。

杜茶村曰、一匕一臠、異香絶味、使人作五鯖八珍之想。

杜茶村曰く、「一匙の料理、ひとかけらの肉もすばらしい味、すばらしい香りであって、五侯鯖や八珍のようだと思わせるのである。」

〔注〕
○以上の數段、『如皐冒氏叢書』本では「紀飲食」としている。
○「松柏之味」。『論語』子罕篇に「歳寒然後知松柏之後彫也」。常に變わらぬ高雅な味わいということであろう。
○「麂」。中山時子監修『中國食文化事典』（角川書店　一九八八）「素材單」「野味」に「麂」についての記述がある（三四一頁）。小型の鹿類で、肉はやわらかくて味もよく、上等な野味食品とされているとある。

○「蝦鬆」。顧仲『養小錄』巻下「魚之屬」に「蝦鬆」についての記述がある。
○「郇廚」。郇國公に封ぜられた唐の韋陟は贅澤を極め、美食家であったことから、美食の家を「郇公廚」と稱する。『新唐書』巻一二二本傳に見える。
○「五鯖八珍」。「五鯖」は「五侯鯖」のこと。漢の婁護が五侯のもとで振る舞われた美食のこと。「八珍」は龍肝、鳳髓ほか八種の珍しい食べ物。
○この一段についても、『廢藝齋集稿』に見える。

八、苦難の記録――「紀同難」

甲申三月十九之變、余邑淸和望後、始聞的耗。邑之司命者甚懦、豺虎猙獰踞城內、聲言焚劫。郡中又有興平兵四潰之警。同里紳衿大戶、一時鳥獸駭散、咸去江南。余家集賢里、世恂讓、家君以不出門自固。閱數日、上下三十餘家、僅我竈有炊煙耳。老母荊人懼、暫避郭外、留姬侍余。姬扃內室、經紀衣物書畫文券、各分精粗、散付諸僕婢、皆手書封識。

甲申（崇禎十七年　一六四四　冒襄三十四歲）三月十九日の變事について、わが如皐縣では四月の十五日過ぎになってはじめて確報に接した。縣の命をつかさどるものがはなはだ意氣地がなかったために、凶惡なものたちが縣城內に居座って、放火略奪をすると言い立てた。揚州府內ではさらに、興平の兵（高傑の兵）が四方から攻めてくるとの警告もあった。それで近所の紳士や大戶たちはすぐさま蜘蛛の子を散らすように、みな長江の南に逃げていってしまった。わたしは集賢里に家をかまえて、代々おとなしく暮らしてきたので、父上は門の外に出ないことによってみずから守ることに決した。數日すると、近所の三十餘家では、うちのかまどだけから炊事の煙があがるといったありさまであった。年老いた母と妻はこわがって、しばらく城外に避難し、彼女を殘して私の世話をさせた。彼女は奥の閒にカギをかけ、衣服、書畫、文書などを整理し、それぞれ大事なものとそうでないものとに分け、下男下女に分散して託し、自分で封の識語を書いた。

〔注〕

○「甲申三月十九之變」。李自成によって北京が陷落し、崇禎帝が自縊して明王朝が滅んだこと。その知らせは如皐では約一カ月おくれで到着した。明の滅亡のニュースの傳達については、岸本美緒「『歷年記』に見る清初地方社會の生活」（『史學雜誌』第九五編第六號　一九八六、同氏『明清交替と江南社會・17世紀中國の秩序問題』東京大學出版會　一九九九にも收む）を參照。ちなみに『歷年記』の著者である松江府上海縣の鄉紳姚廷遴は、五月五日ごろに第一報に接している。

○「邑之司命者甚懦」。ここではなはだ弱蟲だったといわれている縣の司命（知縣）は、嘉慶『如皐縣志』卷十五、名宦によって李丹衷であるとわかる。浙江嘉興縣の人。進士。崇禎末年に知縣になったが、亂賊の陳君悅が陣をかまえ、脅しつけたために、「有司威令不行、遂掛冠去」とある。

○「興平兵」。興平とは、興平伯に封ぜられた高傑のこと。高傑はもと李自成の部下であったが、明に歸順した。『明史』卷二七三の傳に次のようにある。「京師陷、傑南走、福王封傑興平伯、列於四鎭、領揚州、駐城外。傑固欲入城、揚州民畏傑不納。傑攻城急、日掠廂村婦女、民益惡之。」

○「集賢里」。嘉慶『如皐縣志』卷二、建置、街に「集賢街」が見える。冒家巷。本書序論を參照。

群横日劫、殺人如草。而鄰右人影落落如晨星、勢難獨立。只得覓小舟、奉兩親、挈家累、欲衝險從南江渡澄江北。一黑夜六十里、抵泛湖洲朱宅。江上已盗賊蜂起、先從間道微服送家君從靖江行。夜半家君向余曰、途行需碎金無從辦。余向姫索之、姫出一布囊。自分許至錢許、毎十兩可數百小塊、皆小書輕重於其上、以便倉卒隨手取用。家君見之、訝且歎、謂姫何暇精細及此。

悪黨たちは毎日ほしいままに略奪に及び、草を刈るように人を殺した。そしてあたりの人影も朝の星のようにまばらになってしまい、とてもわが家だけでやってゆける情勢ではなくなってきた。そこでやむなく小船を捜して、兩親のお供をし、家族を引き連れ、危険を冒して南江から澄江（長江の南岸、江陰縣）の北に渡ろうとしたのである。眞夜中に六十里ばかり進み、泛湖洲の朱家に着いた。長江にはすでに盗賊たちが横行していたので、まず抜け道づたいに微服して父とともに靖江（長江の北岸、靖江縣）から行くことにした。眞夜中に父上がわたしにいった。「道中小錢がいるだろうが、それを用立てる手だてがない」と。わたしが彼女にたずねてみると、彼女は一つの布の袋を出してきた。それには分から錢までの單位で、十兩ごとに數百ほどの小さなかたまりに分けてあり、その重さがすべて上に書いてあって、急場ですぐに使えるようになっていた。父上はそれを見て、おどろきかつためいきをついて、「彼女はいったいいつの間にこれだけ細やかな心配りができたのだろうか」といわれた。

〔注〕

○「泛湖洲」。嘉慶『如皐縣志』巻一、河渠に「泛湖洲」の名が見える。縣城の東南。

維時諸費較平日溢十倍、尙不肯行。又遲一日、以百金雇十舟、以百餘金募二百人護舟。甫行數里、潮落舟膠不得上。遙望江口、大盜數百人踞六舟爲犄角、守隘以俟。幸潮落不能下逼我舟。朱宅遣有力人負浪踏水馳報曰、後岸盜截歸路、不可返。護舟二百人中、且多盜黨。時十舟哄動、僕從呼號垂涕。余笑指江上衆人曰、余三世百口咸在舟、自先祖及余祖孫父子、六七十年來、居官居里、從無負心負人之事。若今日盡死盜手、葬魚腹、是上無蒼蒼、下無茫茫矣。潮忽早落、彼此舟停不相値、便是天相。爾輩無恐。卽舟中敵國、不能爲我害也。

この時、もろもろの費用は平素の十倍以上であったが、船頭たちはそれでもまだ行こうとしなかった。そこでまた一日遅れになったが、百兩で船十艘を雇い、百兩あまりで二百人を募って、船を護らせた。やっと數里進んだところで、潮が引いて船が水底に着き、進むことができなくなってしまった。遙か彼方に長江への出口を望めば、盗賊數百人が六隻の船によって挾み撃ちにしようとして、出口の場所を守って待ち伏せしている。幸い潮が引いて我々の船の方にやってくることができない。朱家では壯健な者を遣わして、波にさからい水をけたてて急いで知らせをよこしてくれた。「後ろの岸は盗賊に押さえられていて引き返すことはできません」と。また船を護っている二百人の中にすら盗賊の一味は少なくなかった。この時、十艘の船では大騒ぎになり、從僕たちは叫び聲をあげ、涙を流した。わたしは笑って岸にいる連中を指さしていった。「われら一家三世代百人は皆船に乗っている。先祖からはじまってわれらが祖孫父子に至るまで、六七十年來、官僚としてまた住人として、良心に背き人に背いたことはない。もし今日、みなが盗賊の手に死んで魚の腹の中に葬られることになったら、これは上に天もなく、下に地もないということだ。潮が急に引いてどちらの船も止まって出會わなかったのは天の助けだ。

だからおまえたちも恐れてはいけない。たとえ船の中じゅうが敵國であったとしても、われわれを害することなどできようはずがない」と。

〔注〕

○「葬魚腹」。『楚辞』「漁父」に「寧赴湘流葬於江魚之腹中、安能以皓皓之白而蒙世俗之塵埃乎」と見える。

○「舟中敵國」。『史記』呉起傳に「若君不修德、舟中之人盡爲敵國也」と見える。

先夜收拾行李登舟時、思大江連海、老母幼子、從未履此奇險。萬一阻石尤、欲隨路登岸、何從覓輿輛。三鼓時以二十金付沈姓人、求雇二輿一車、夫六人。沈與衆咸詫異笑之、謂、明早一帆、未午便登彼岸。何故黑夜多此難尋無益之費。倩榜人募輿夫、觀者絕倒。余必欲此二者、登舟始行。至斯時雖神氣自若、然進退維谷、無從飛脫、因詢出江未遠、果有別口登岸通泛湖洲者。舟子曰、橫去半里有小路六七里、竟通彼。余急命鼓檝至岸。所募輿車三事、恰受俯仰七人。餘行李婢婦、盡棄舟中。頃刻抵朱宅。衆始歎余之夜半必欲水陸兼備之爲奇中也。

先の晩、荷物をまとめて舟に乗った時に思った。長江は海につながっており、老母も幼子も今までこれほど危険な目にあったことはない。萬一強風に遮られた場合、その場で岸に上がろうとしても、駕籠や車をいったいどこでさがすことができようか、と。三鼓の時分（午前一時）に、二十兩を沈という人に渡して、駕籠二臺、車一つ、人夫六人を雇うことをたのんだ。沈も人々もみないぶかしく思い笑っていった。「明日の朝船出をすれば、晝前には向こう岸につけるだろう。なぜ眞夜中に、こんなよけいで面倒なことに無益な金を使うのか」と。船頭を頼み、駕籠かきを募ったわけだから、觀る者は絶倒した。わたしはこの二つが完全にそろってから、はじめて舟に乘って出發したのであった。この時、氣持ちの上では泰然自若としてはいても、進退きわまっていて、空を飛んで逃げるすべもなかった。それで、長江から遠くないところに、その場所から上陸して泛湖洲に通ずる入り口がないものかどうか、たずねてみた。船頭は「ここから横にそれて半里ほど行くと小さな道があって、六七里でそこに着くことができます」といった。わたしは急いで岸まで船をこぐように命じた。募った駕籠と車にはちょうど家族の大小七人が乘ることができた。それ以外の荷物や下女などは皆船の中においてきた。かくしてほどなく朱宅に着いた。みんなはそこではじめて、わたしが眞夜中に水陸兩様の準備をしたことの奇しくも大當たりであったことにおどろいたのであった。

〔注〕

○「收拾行李」。底本は「拾行李」に作る。『賜硯堂叢書』本によって「收」字を補う。

○「石尤」。石尤風。むかし尤郎に嫁した石氏が、遠くに商賣に行った尤郎を思うばかりに病氣になった。亡くなる時に「わたしが死んだら大風になって、天下の婦人たちのために商旅遠行を阻みましょう」といった故事がある（『嫏嬛記』に引く『江湖紀聞』）。逆風、暴風のこと。

○「求雇二輿一車」。底本は「二輿三車」に作る。『說庫』本その他のテキストに從って「一車」に改めた。「夫六人」から見ても「二輿一車」でなければなるまい。

大盗知余中遁、又朱宅聯絡數百人、爲余護發行李人口。盗雖散去、而未厭之志、恃江上法網不到、且値無法之時、明集數百人、遣人諭余、以千金相致、否則竟圍朱宅、四面擧火。余復笑答曰、盗愚甚。爾不能截我於中流、乃欲從平陸數百家中火攻之、安可得哉。然泛湖洲人、名雖相衞、亦多不軌。余傾囊召闔莊人付之、令其夜設牲酒、齊心於莊外備不虞。數百人飮酒分金、咸去他所。余卽於是夜、一手扶老母、一手曳荊人、兩兒又小、季甫生旬日、同其母付一信僕偕行、從莊後竹園深箐中蹣跚出。維時更無能手援姬。余回顧姬曰、汝速蹴步、則尾余後。遲不及矣。姬一人顚連趨蹶、仆行里許、始仍得昨所雇輿輛、星馳至五鼓、達城下。盗與朱宅之不軌者、未知余全家已去其地也。然身脫而行囊大半散矣。姬之珍愛盡失焉。姬返舍謂余、當大難時、首急老母、次急荊人兒子幼弟爲是。彼卽顚連不及、死深箐中無憾也。午節返吾廬。衽金革與城內梟獍爲伍者十旬。至中秋始渡江入南都。別姬五閱月、殘臘余棄小草回。挈家隨家君之督漕任、去江南。嗣寄居鹽官。因歎姬明大義、達權變如此。讀破萬卷者有是哉。

盗賊たちはわたしが途中で逃げたのを知り、朱宅ではまた數百人を手配して、わたしのために荷物と人とを護ってくれた。盗賊は去ったものの、彼らはまだ滿足せず、長江には法の網がとどかず、しかも無法の時であったのをよいことに、堂々と數百人もの衆を集め、人を遣わしてわたしにいってきた。「千兩を出せ、さもなければしまいには朱宅を圍み、四方から火をかけるぞ」と。わたしはまた笑って答えた。「盗賊どもは愚かなかぎりだ。おまえたちは水の上でわたしをさえぎり止めることができなかったから、こんどは平らな陸地の上で數百軒を火攻めにしようというのだろうが、そんなことができるはずがない」と。しかし泛湖洲の人も、護るとはいいながら、また不屆きなものが多かった。わたしは有り金をはたいて、村中の人を呼んで與え、その晩には肉と酒を準備して、外に對して村內を一つにし不測の事態に備えようとした。數百人もの人が酒を飮み、金を分けると、みなよそへ行ってしまった。わたしはすぐにその晩、片方の手で老母を支え、片方の手で妻の手をひき、二人の子供はまた小さくもあり、季甫は生まれて十日ほどしかたっていなかったので、その母親とともに信用できる下男を同行させ、村の裏手の竹藪からよろよろと出ていったのである。この時まったく彼女に手助けをすることはできなかった。わたしは振り返って彼女に「おまえは急いで歩いてわれわれのあとについてきなさい。遅れてしまうと間にあわなくなるぞ」といった。彼女一人が、こけつまろびつ一里ばかりつまずき歩いて、やっとのことで昨日雇った乗り物に乗ることができた。大急ぎで五鼓（午前五時ごろ）まで走って、城下に着いたのであった。盗賊と朱家の悪黨は、わたしの一家全員がその地を去ったのに氣がつかなかったのである。しかし身は逃れたものの、荷物は大半がなくなってしまった。彼女の大事にしていたものもすっかり失われてしまった。彼女は家に戻ってわたしにいった。「大難の時にあたって、まず老母を優先し、次に奥様、ご子息、幼い弟さまを大事にしたのは正解です。私はつまずいて遅れをとり、深い竹藪の中で死んだとしてもうらみはしません」と。端午の時にわが家に戻ったが、戰いが續き、城内の悪黨に對應すること百日に及んだ。中秋になってはじめて長江を渡って南京に入った。彼女と別れて五カ月、十二月の末に志を棄てて戻った。家中で父上が督漕の仕事で赴任するのに付き從って、江南に行った。ついで海鹽に假住まいした。そこで彼女が大義に明らかであって、臨機應變の働きをするのに感心することになった。萬卷の書物を讀破したものであっても、これだけのことができるだろうか。

〔注〕

○「兩兒又小、季甫生旬日」。この時、息子の禾書は九歳、丹書は五歳であった。季甫は、冒襄の弟にあたる褒のこと。劉夫人の子。『冒巢民先生年譜』崇禎十七年の條に見える。

○「衽金革」。金革は、武器と甲冑。『中庸』に「衽金革、死而未厭」とある。
○「棄小草」。小草は藥草の「遠志」の別名。張華の『博物志』卷七に「遠志苗曰小草、根曰遠志」とある。『世說新語』排調篇に、隱遁の志に背いて桓溫に仕えた謝安を、郝隆が「處則爲遠志、出則爲小草」といってあざけった話が見える。仕官の志を棄てて、の意。
○「隨家君之督漕任」。『冒巢民先生年譜』崇禎十七年の條に、「起憲副公山東按察司副使督理七省漕儲道」とある。

乙酉流寓鹽官、五月復値崩陷。余骨肉不過八口、去夏江上之累、緣僕婦雜沓奔赴、動至百口、又以笨重行李四塞舟車、故不能輕身去、且來窺瞯。此番決計置生死於度外、扃戶不他之。乃鹽官城中、自相賊殺、甚鬨。兩親又不能安、復移郭外大白居。余獨令姬率婢婦守寓、不發一人一物出城、以貽身累。即侍兩親、挈妻子流離、亦以孑身往。乃事不如意、家人行李紛沓、違命而出。大兵迫檇李、薙髮之令初下、人心益皇皇。家君復先去惹山、內外莫知所措。余因與姬決、此番潰散、不似家園尙有左右之者、而孤身累重。與其臨難捨子、不若先爲之地。我有年友、信義多才、以子託之。此後如復相見、當結平生歡。否則聽子自裁、毋以我爲念。姬曰、君言善。擧室皆倚君爲命、復命不自君出、君堂上膝下、有百倍重於我者。乃以我牽君之臆、非徒無益、而又害之。我隨君友去、苟可自全、誓閒關匍匐以待君囘。脫有不測、前與君縱觀大海、狂瀾萬頃、是吾葬身處也。方命之行、而兩親以余獨割姬爲憾、復攜之去。自此百日、皆展轉深林僻路、茅屋漁艇。或月一徙、或日一徙、或一日數徙。飢寒風雨、苦不具述。卒於馬鞍山遇大兵、殺掠奇慘。天幸得一小舟、八口飛渡、骨肉得全。而姬之驚悸瘁瘏、至矣盡矣。

乙酉（順治二年　一六四五　冒襄三十五歲）海鹽に寄寓していると、五月にはまた南京が陷落した。わたしの肉親は八人だけであったが、去年の長江でのわざわいの原因は、下男下女たちががやがやと付き従い、ややもすると百人にもなろうとし、しかも荷物はやたらにかさばって舟や車いっぱいになっていたために、身輕に動くことができず、人々のよこしまな視線を招くことになったからなのであった。今回は生死を度外視し、門を閉じてよそに行かないことに決した。ところが海鹽の城內では殺しあいが行われ、大騒ぎであった。兩親も安心していられなかったので、住まいを城外にある張大白の居宅に移した。わたしはひとり彼女に命じて下女たちを指揮して寓居を守らせ、一人一物たりとも城外に出て、面倒をおこさせないようにさせた。そうすれば兩親に侍し、妻をつれてあちらこちらへ流れて行くにしても、獨り身で行動できるのであった。ところが事は思いどおりにはならず、家の者も荷物も命令に反して雪崩を打ったように出ていったのである。淸の軍隊が嘉興に迫り、薙髪令が出されたばかりでもあったために、人心はますます不安で落ち着かなかった。父上は先に惹山に行ってしまわれ、家の內も外もどうにも手の施しようがなかった。そこでわたしは彼女にいった。「現在の苦境は、以前郷里にあって、まだ頼りになる人がいた状況とは異なっており、わたし一人で面倒なことを引き受けなければならない。本當に困難な狀況になっておまえを捨てるよりも、先に身の振りをつけておいたほうがよいであろう。わたしに科擧同年の友人がおり、彼は信義に厚く才能もある。おまえを彼に託すことにしよう。將來もしまた會うことができたら、また樂しく暮らそうではないか。それができなかったなら、おまえのことは自分自身でどのようにでも決斷するように。わたしのことは考えなくてもよいから」と。彼女は「あなたのおっしゃるとおりです。家じゅうの者があなたをたよりにしています。あなたが命令なさらなかったとしても、あなたにはご兩親やお子さまたちなど、わたしより百倍も大切な人がおります。それなのにわたしのことで、あなたに心配をかけるとしたら、ただ無益なばかりか、かえって足を引っ張ることにもなります。わたしはあなたのお友達について參ります。もし命を全うできるならば、困難のなか這ってでもあなたの歸りをお待ちします。もし不測の事態があれば、以前あなたと見た荒れ狂う波がおしよせる大海を、私の死に場所といたしましょう」と答えた。ちょうど彼女に命じて行かせようとしていた時に、兩親はわたし一人が彼女と別れるのを氣の毒がって、また連れてゆくことにしたのである。それからの百日間というもの、ずっと人のいない深林をさまよい、茅屋や漁船などに轉々と寢泊まりし、ある時には月に一度移り、ある時には日に一度移り、またある時には一日に何度も移動した。飢えと寒さ、風雨の苦しさは細かに述べることもできないほどであった。ついに馬鞍山で清の軍隊に出くわしたが、その殺戮のさまはきわめて凄慘なものであった。幸運なことに小舟を得て、八人が飛ぶように渡ることができ、骨肉のものは全きを得た。が、彼女は驚きと疲れとですっかり病氣になってしまったのである。

〔注〕

○『如皐冒氏叢書』本では、この一段の末尾に「紀同難」とあり、底本では後にある杜茶村の評（才子佳人云々）がここに置かれている。

○「五月復値崩陷」。弘光帝を戴いた南京の臨時政府が壞滅したのが、順治二年の五月のことである。『明季南略』巻四によれば、清軍が長江を渡って南下したのが五月九日。五月十日には弘光帝が出奔している。

○「郭外大白居」。光緒『海鹽縣志』巻十五、人物傳の張奇齡。字は符九、號は子延。萬暦三十一年（一六〇三）の擧人。その後十たび會試に臨んだが及第しなかった。「然身愈躓、名愈高、志亦愈堅。研窮濂洛之學、開講席于西湖茗雪閒。與黃貞父韓求仲沈無回諸名流互相切劘。華亭董宗伯其昌及張少宰鼐爭延致令子弟遊門下。四方學者稱爲大白先生」とある。この張奇齡の息子が張惟赤であるが、冒襄『同人集』巻十二に張惟赤の「庚寅三月之望爲辟彊社盟翁壽」詩が収められており、そこで海鹽に避難していたことに觸れている。

○「大兵迫檇李、薙髮之令初下」。五月に南京を陥落させた清軍はそこからさらに南下し、六月には杭州に入っている（『明季南略』巻五「貝勒入杭州」）。嘉興を過ぎたのはこの間であろう。

○「惹山」。光緒『海鹽縣志』巻五、輿地考二、山水に「惹山　『圖經』澉浦鎭西北五里、『澉水志』上有普明院及朱令公廟、『續澉水志』與翠屛山相對。案字典無惹字。未詳。又澉水志寺廟門載普明院在若山、趙圖記亦作若山、則惹爲俗字明矣」とある。この海鹽縣の惹山であろう。

○「年友」。宋凝の注に指摘するように、孟森の「董小宛考」に、この年友は陳梁であるとしている。陳梁は前出。光緒『海鹽縣志』巻十九、人物に傳がある。

○「非徒無益、而又害之」。『孟子』公孫丑上に見える表現。

○「馬鞍山」。光緒『海鹽縣志』巻五、輿地考二、山水に「楊山　石塔山　馬鞍山　碧里山　『圖經』四山竝在縣西南四十五里、『續澉水志』四山相連去鎭八里、馬鞍山有分金嶺」とある。この馬鞍山も海鹽縣內の馬鞍山のことであろう。

九、看病の記録――「紀侍藥」

秦溪蒙難之後、僅以俯仰八口免。維時僕婢殺掠者幾二十口。生平所蓄玩物及衣貝靡孑遺矣。亂稍定、匍匐入城、告急於諸友、即襆被不辦。夜假蔭於方坦庵年伯。方亦竄跡初回、僅得一氈、與三兄共裹臥耳房。時當殘秋、窗風四射。翌日、各乞斗米束薪於諸家、始暫迎二親及家累返舊寓。余則感寒痢瘧沓作矣。横白板扉爲榻、去地尺許、積數破絮爲衛、爐煨桑節、藥缺攻補。且亂阻吳門、又傳聞家難劇起、自重九後潰亂沈迷、迄冬至前僵死。一夜復甦、始得間關破舟、從骨林肉莽中冒險渡江。猶不敢竟歸家園、暫棲海陵。閱冬春百五十日、病方稍痊。此百五十日、姫僅捲一破席、横陳榻傍、寒則擁抱、熱則披拂、痛則撫摩。或枕其身、或衞其足、或欠伸起伏、爲之左右翼。凡病骨之所適、皆以身就之。鹿鹿永夜、無形無聲、皆存視聽。湯藥手口交進、下至糞穢、皆接以目鼻、細察色味、以爲憂喜。日食粗糲一餐、與籲天稽首外、惟跪立我前、溫慰曲說、以求我之破顏。余病失常性、時發暴怒、詬誶三至、色不少忤。越五月如一日。毎見姫星靨如蠟、弱骨如柴、吾母太恭人及荆妻憐之感之、願代假一息。姫曰、竭我心力、以殉夫子。夫子生而余死猶生也。脱夫子不測、余留此身於兵燹間、將安寄託。

秦溪で難にあった後、家族八人だけはかろうじて助かった。だがこの時、下男下女で殺されたものは、ほとんど二十人になろうとしていた。ふだん集めた骨董品や衣服などもすべて失ってしまった。亂が少し落ち着いて、こっそり城内に入って友人たちに救いを求めた時には、ふとんの準備すらできなかった。夜は方坦庵年伯（拱乾）のところに庇護を求めたが、方も跡をくらましていて戻ったばかりであり、わずかに毛布一枚しかなかったので、三兄と一緒にわきの小部屋に泊まった。時に秋の終りで、窗の四方から風が吹き込んできた。翌日は一斗の米、薪の束を家々に乞い求め、はじめて兩親と家族を迎えて、もとの住まいに戻った。わたしは悪寒を感じ、下痢發熱が同時におこった。戸板を地面から一尺ほど離して横たえてベッドにし、ぼろぼろの綿を敷き重ね、爐には桑の枝を焚いたが、體力を回復させ病氣をうち拂うための藥が缺乏していた。かつ、戰亂のために蘇州で行く手をはばまれ、また郷里では面倒な事態がおこっていることを傳え聞いて、重陽のあと意識がなくなり、冬至の前には死んだようになってしまった。ある晩正氣にかえったので、險しい道にぼろ舟を得て、骨の林、肉の草むらの間を危險を冒して長江を渡った。それでもまだ家に戻ることはせず、しばらく海陵（泰州）に住んだ。冬から春にかけての百五十日を經て、病氣がようやく少しよくなった。この百五十日の間、彼女はぼろむしろ一枚をベッドの横にしいて、わたしが寒がれば抱きかかえ、暑がればあおぎ、痛がればなでさすってくれた。あるいは彼女の身體を枕にし、あるいはわたしの足をまもり、わたしが伸びをしたり寝返りをうったりすれば左右からささえてくれた。病氣の症狀があると、そこをすぐにいたわってくれるのであった。長い夜、光も音もないところでも、彼女は神經をとぎすまさせていた。煎じ藥はみな彼女が毒味してから飲ませてくれたし、糞便などに至っても、目鼻に近づけ、よくその色や香りを觀察して、心配したり喜んだりしたのであった。彼女は一日に一度だけ粗末な食事をとり、天に向かって（わたしの病氣が治るように）祈り禮拜する時のほかは、ずっとわたしの前にひざまずいて控えており、やさしく慰め、いろいろな話をして、わたしの表情がほころぶことを求めたのであった。わたしは病のために普段の狀態を失っており、ときに怒り出しては再三はずかしめを加えることがあったが、彼女は少しも逆らわなかった。こうして五カ月の閒も一日のようであった。彼女のえくぼが蠟のように血の氣を失い、かぼそい身體がたきぎのようになっているのを見るたびに、母の太恭人と妻とはそれを憐れみ感動し、自分達が代わって彼女を少しでも休ませようとするのであったが、彼女は「私は心のたけを盡して、夫に殉じようと思っています。旦那さまが生きているなら、私は死んでも、生きているのと同じことです。もし旦那さまに萬が一のことがあれば、わたしはこんな戰亂のさなかにあって、いったいどこに身を寄せたらよいというのでしょう」というのであった。

〔注〕

○「秦溪」。光緒『海鹽縣志』巻五、輿地考二、山水に「秦溪　『仇志』縣南三十六里。嘉禾志云、溪上法喜寺有石鐫秦溪二字。『續澉水志』在鎭北十里。自秦駐山發源。流至於此、故謂之秦溪。北通烏坵塘、南通豐山港、又謂之鹹塘河」とある。前の

段で、馬鞍山で清兵に出會ったということであろう。

○「靡孑遺矣」。『詩經』大雅「雲漢」に「周餘黎民、靡有孑遺」の表現がある。

○「方坦庵年伯」。方拱乾。桐城の人。父の冒起宗と同じ崇禎元年の進士である。本書第一部第二章を參照。

○「三兄」。『冒巢民先生年譜』によれば、冒襄には京（萬曆四十五年　一六一七に六歳で夭折）と偕（天啓元年　一六二一に四歳で夭折）、そして崇禎十七年生まれの褒の三人の弟があった。三兄とはあるいはこの褒を指すか。

○「家難劇起」。宋凝の注に、乙酉十二月、如皐で遺民が暴亂をおこし、清軍に鎭壓されたとの指摘がある。

○「無形無聲」。『莊子』知北遊篇に「聽之無聲、視之無形」とある。

更憶病劇時、長夜不寐、莽風飄瓦。鹽官城中、日殺數十百人、夜半鬼聲啾嘯、來我破窗前、如蛩如箭。擧室飢寒之人、皆辛苦齁睡。余背貼姬心而坐、姬以手固握余手、傾耳靜聽、凄激荒慘、欷歔流涕。姬謂余曰、我入君門整四歳。早夜見君所爲、慷慨多風義、毫髮幾微、不鄰薄惡。凡君受過之處、惟余知之亮之。敬君之心、實踰於愛君之身。鬼神讚歎畏避之身也。冥漠有知、定加默祐。但人生身當此境、奇慘異險、動靜備歷、苟非金石、鮮不銷亡。異日幸生還、當與君敝屣萬有、逍遙物外。愼毋忘此際此語。噫吁嘻、余何以報姬於此生哉。姬斷斷非人世凡女子也。

また思い出す。病氣がひどかった時、長い夜を眠ることもできず、荒れ狂う風が瓦を吹き飛ばすほどであった。海鹽の城内では每日數十人數百人という人が殺され、夜中には寂しげな鬼哭がわたしの破れた窗にまできて、蟋蟀のよう、矢音のようであった。家じゅうの飢え凍えた人はみな勞苦のためいびきをかいて眠りこけていた。わたしは背中を彼女の胸にぴったりつけて座り、彼女はその手でわたしの手をしっかり握り、耳を傾けて静かに聴いていると、そのあまりにすさまじい音に、涙がこぼれすすり泣いてしまうのであった。彼女はわたしにいった。「私はあなたの家に來てまる四年になります。一日中あなたの行動を見ていると、あなたは正義感義俠心に富み、ほんの少しでも悪いことにはつきあわないお方です。あなたが人から受けたわざわいを私はすべて知り、すべてよくわかっています。私にとっては、あなたの心を敬うことが、實際あなたの體を愛することよりもまさっています。鬼神も贊嘆し畏れてわざわいを避けるお身體です。天はそのことを知っていて、きっとだまって救ってくれるでしょう。しかし、人と生まれてこれだけの逆境にあたり、めったにないような危ない目をすべて經驗されたのですから、金石でもないかぎり、消え去らないものは少ないのです。いつか幸いに病氣が治ったら、あなたと萬物を超越して、物外に自由に遊ぶことにいたしましょう。どうかいまのこの言葉を忘れないでくださいね」と。ああ、わたしはこの世で彼女にどうやって恩返しをしたらよいのだろうか。彼女は斷じて世の平凡な女子ではないのだ。

杜茶村曰、才子佳人、多生亂世。如王嬙文姬綠珠、莫可縷數。姬生斯時宜矣。奔馳患難、終保玉顏無恙、首邱繡闥。復得夫君五色彩毫、以垂不朽。孰謂其不幸歟。

杜茶村曰く、「才子佳人は多く亂世に生をうけている。王昭君、蔡文姬、綠珠など數えることができないくらいである。彼女がこの時世に生まれあわせたのも、もっともなことである。困難の時に奔走しながら、その玉のかんばせを無事に保つことができ、きれいな門の中で夫に仕えながら息をひきとることができた。そのうえ夫君の五色の筆で永遠に残ることができたのである。彼女が不幸だといえるものがあるだろうか。」

〔注〕

○「飄瓦」。『莊子』達生篇に見える語。
○「敝屣」。『孟子』盡心上に「舜視棄天下、猶棄敝屣也」とある。
○「逍遙物外」。「逍遙」も「物外」もともに『莊子』に見える語。
○「余何以報姬於此生哉」。底本は「余何以報姬於生死哉」に作る。『說庫』本ほかに従って「此生」に改めた。
○「王嬙文姬綠珠」。王嬙は王昭君。匈奴の單于に嫁した。文姬は蔡文姬。彼女も、捕らえられて匈奴の左賢王の妾となった。綠珠は石崇の侍女で、高殿から飛び降りて自殺した。
○「首邱繡闥」。首丘は『禮記』檀弓上に見える。狐が死ぬ時、住んでいた丘に首を向けて死ぬこと。

丁亥讒口鑠金、太行千盤、橫起人面。余胸墳五嶽、長夏鬱蟠。惟早夜焚二紙告關帝君。久抱奇疾、血下數斗、腸胃中積如石之塊以千計。驟寒驟熱、片時數千語、皆首尾無端。或數晝夜不知醒。醫者妄投以補、病益篤。勺水不入口者二十餘日。此番莫不謂其必死。余心則炯炯然、蓋余之病不從境入也。姬當大火鑠金時、不揮汗、不驅蚊、晝夜坐藥爐傍、密伺余於枕邊足畔六十晝夜。凡我意之所及與意之所未及、咸先後之。己丑秋、疽發於背、復如是百日。余五年危疾者三、而所逢者皆死疾。惟余以不死待之、微姬力、恐未必能堅以不死也。今姬先我死、而永訣時惟慮以伊死增余病、又慮余病無伊以相待也。姬之生死爲余纏綿如此。痛哉痛哉。

丁亥（順治四年　一六四七年　冒襄三十七歳）ひどい讒言にあい、つづれ折の太行山が人の目の前にたちはだかったようであり、わたしの胸の中に五嶽が盛り上がったようであった。長い夏のあいだ鬱鬱として、朝晩ごとに二枚の願文を焼いて關帝君にお願いするばかりであった。ながく奇病を抱き、數斗もの下血をし、お腹の中に石のような塊が千個ほどもたまっているようであった。急に寒氣がしたかと思えば、急に熱が出て、わずかの閒に支離滅裂なことをべらべら數千語も話し出したかと思うと、また數晝夜も意識がないこともあった。醫者はやたらに強壯劑を飲ませるばかりで、病氣はますますひどくなってしまった。一杯の水も口に入らないことが二十日あまりにもなった。今回はきっと死ぬだろうとみんなが思った。しかし、わたしの心はさえわたっていた、それというのもわたしの病はこのきびしい境遇に由來するものではなかったからである。彼女は大火が金を融かすような暑い時にも、汗もぬぐわず、蚊も追い拂わずに、晝も夜も藥爐のかたわらに座り、六十晝夜にもわたって、密かに枕の脇、足元からわたしの様子をうかがっていた。そしてわたしの氣がついたことも、わたしの氣がつかなかったことも、みな次から次へとやってくれたのである。己丑（順治六年　一六四九年　冒襄三十九歳）の秋、背中にできものができて、また百日閒もこのような狀態が續いた。わたしは五年の閒に三回も危險な病にかかり、それはみな命に關わる病であった。わたしはそれらの病氣に死なずに對應できたわけだが、もし彼女の力がなかったとしたら、死なずにいられたかどうかわからない。今彼女はわたしより先に死んでしまった。いまわの際に、彼女は自分が死んだことでわたしの病氣が增すのではないかということを心配し、またわたしが病氣になったら彼女が面倒をみられなくなることを心配していたのである。彼女は生きても死んでもわたしのことをこれほどまでに氣にかけていたわけだ。ああ、痛ましいことである。

杜茶村曰、此種精誠、格天徹地。嘔血剖心、能與龍比竝忠、曾閔齊孝。萬祀千秋、傳之不朽。

杜茶村曰く、「この種のまごころは、天に達し地の底に至る。血を吐き、心をひらき出すこと、その忠義は關龍逢、比干と竝び、その孝行は曾參、閔子騫と等しいのである。千年萬年もお祭りし、いつまでもかわらず傳えたいものである。」

〔注〕

○「鑠金」。讒言をいう。『楚辭』「九章」に「故衆口其鑠金兮」とある。順治四年の讒言とは、この年、李之椿が如皐において反清の反亂をおこして失敗したが、李之椿は冒襄の親戚であり、あやうく連座させられそうになったことを指す。

○「横起人面」。李白の「送友人入蜀」詩の「山從人面起、雲傍馬頭生」による。

○「胸墳五嶽」。李白の「望鸚鵡洲懷禰衡」に「五岳起方寸、隱然詎可平」とある。

○「嘔血剖心、能與龍比竝忠、曾閔齊孝」。桀王に諫言して殺された關龍逢。紂王に諫言し、心臓をえぐり出されて殺された比干。孔子の弟子のうち孝行で知られる曾參と閔子騫。

十、死の豫兆――「紀讖」

余每歳元旦、必以一歳事卜一籤於關帝君前。壬午名心甚劇、禱看籤首第一字、得憶字。蓋憶昔蘭房分半釵、如今忽把音信乖、癡心指望成連理、到底誰知事不諧。余時占玩不解、卽占全詞、亦非功名語。比遇姬、淸和晦日、金山別去、姬茹素歸、虔卜於虎疁關帝君前、願以終身事余、正得此籤。秋過秦淮、述以相告、恐有不諧之歎。余聞而訝之、謂與元旦籤合。時友人在坐曰、我當爲爾二人、合卜於西華門、則仍此籤也。姬愈疑懼、且慮余見此籤中懈、憂形於面。乃後卒滿其願。蘭房半釵、癡心連理、皆天然閨閣中語。到底不諧、則今日驗矣。嗟乎。余有生之年、皆長相憶之年也。憶字之奇、呈驗若此。

わたしは毎年元旦にはかならず、關帝君の前でおみくじをひいて一年の事を占ってみることにしている。壬午（崇禎十五年　一六四二）の年、名利を求めんとする氣持ち（科擧に合格したい氣持ち）が非常に強く、祈りながら籤の最初の一字を見てみれば、「憶」の字であった。その全文は「憶ふ昔　蘭房に半釵を分かつも、如今　忽ち音信を把りて乖る。癡心　連理を成すを指望するも、　到底誰か知らん　事諧はざるを」であった。私はその時、口ずさみながら考えてみたがわからず、全體を考えても、それは科擧に合格するといったことではなかった。この年彼女にめぐりあい、四月一日に金山で別れてから彼女は精進ものを食べ、敬虔に虎丘の關帝君の前で、終身わたしに仕えることができるかどうか願いながら占ったところ、得たのはまさしくこの籤であった。秋に秦淮を訪れた時、彼女はわたしにそのことを告げ、一緒になれないのではないかと心配していた。わたしは聞いて不思議に思い、元旦の籤と合致していたことを話した。その時いあわせた友人が、「私が二人のために西華門で占ってあげましょう」といったが、それもやはりこの籤なのであった。彼女はいよいよおそれの氣持ちを抱き、わたしがこの籤を見たために、彼女に對する氣持ちがうすれるのではと心配して、憂わしげな様子が表情にあらわれていた。ところが、後についに彼女の願いがかなったのである。「蘭房、半釵、癡心、連理」というのはみな閨閣中の語である。「到底諧はず」というところ、今日それが實現してしまったのである。ああ、わたしの生ある限り、いつまでも彼女を「憶」する時である。「憶」の字の不思議な因縁は、このようにあらわれたのであった。

〔注〕

○「關帝君」。嘉慶『如皐縣志』巻三、建置に「關帝廟」があり、「在縣治舊河之北」とある。また、「天啓間邑人冒夢齡、道士胡守蔭修」とある。冒夢齡は、冒襄の祖父であるから、冒家とは深い因縁があったことがわかる。冒襄には、崇禎十七年（一六四四）の春に書いた「告關廟文」（『樸巣文選』巻四）がある。現在水繪園には、冒襄が題した關羽像の石刻が殘っている。

姫之衣飾、盡失於患難。歸來淡足、不置一物。戊子七夕、看天上流霞、忽欲以黄跳脱摹之、命余書乞巧二字、無以屬對。姫云、曩於黄山巨室、見覆祥雲眞宣爐、款式絶佳。請以覆祥對乞巧。鐫摹頗妙。越一歳、釧忽中斷。復爲之、恰七月也、余易書比翼連理。姫臨終時、自頂至踵、不用一金珠紈綺、獨留跳脱不去手、以余勒書故。長生私語、乃太眞死後、憑洪都客述寄明皇者。當日何以率書、竟令長恨再譜也。

彼女の衣裳や寶飾品などは、戰災のうちにすべて失われてしまった。歸ってきてからは少しのもので滿足し、一物も置こうとしなかった。戊子（順治五年　一六四八　冒襄三十八歳）の年、空の夕焼けを見ていて、彼女は急に金の腕輪に文字を彫ってほしいといい、わたしに「乞巧」の二字を書かせたが、對になる文字を思いつかなかった。彼女は「以前、黄山の大きな家で、覆祥雲の眞宣爐を見ましたが、その形はすばらしいものでした。覆祥を乞巧の對にしてください」といった。彫り上がってみるとなかなかすばらしいものであった。その一年後、腕輪が突然眞ん中で割れてしまった。またそれを作ったのが、あたかも七月のことであったので、わたしは今度は「比翼」「連理」と書いてやった。彼女の臨終の時、頭の先から足の先まで、金銀寶石やはでな着物などは一つもつけず、ただ腕輪だけを手から離さなかった。それはわたしが文字を書いたからであろう。長生殿でのささめごとは、太眞の死後、洪都の人が明皇に告げ知らせたものであった。あの時どうして輕率にもあのようなことを書いてしまい、「長恨歌」の悲劇を再び演じさせることになったのであろうか。

〔注〕

○「覆祥雲眞宣爐」。『帝京景物略』巻四「城隍廟市」に、宣爐のもようについて「鎏腹以下、曰湧祥雲。鎏口以下、曰覆祥雲」とある。冒襄の『宣爐歌注』にも見える。董小宛が黄山に行ったことは、前にも見えた。詳しくは第一部第二章を參照。ここでは、「覆祥」つまり吉祥を覆すというのが、不吉であったということをいうのである。

○「比翼連理」。以下全體に白樂天の「長恨歌」を踏まえている。「長恨歌」に「七月七日長生殿、夜半無人私語時。在天願作比翼鳥、在地願爲連理枝」とある。この一節は鴻都の客が天上であった楊貴妃から玄宗への傳言の中にある。

姫書法秀媚、學鍾太傅稍痩。後又學曹娥。余毎有丹黄、必對泓潁。或靜夜焚香、細細手錄閨中詩史成帙。皆遺跡也。小有吟咏、多不自存。客歳新春二日、卽爲余抄寫全唐五七言絶句上下二卷。是日偶讀七歳女子所嗟人異雁、不作一行歸之句、爲之凄然下涙。至夜和成八絶、哀聲怨響、不堪卒讀。余挑燈一見、大爲不懌、卽奪之焚去。遂失其稿、傷哉、異哉。今歳恰以是日長逝也。

彼女の書は優れていて、鍾太傅（繇）を學びながらそれよりすこし痩せた字だった。後に王羲之の「曹娥碑」を學んだ。私が書物を讀んでいると、彼女はかならず筆硯に向って書き物をしていた。あるいは靜かな晩に香を焚いて、丁寧に女性の詩や記錄を書き寫しており、それが書物の形になっていた。それらはみな彼女の遺墨になってしまった。彼女にはいくらかの詩作もあったが、多くは自分で殘そうとしなかった。去年の正月二日、わたしのために全唐の五七言絶句上下二卷を書き寫した。この日たまたま七才女子の「嗟く所 人雁に異なる、一行を作して歸らず」の句を讀んで、悲しげに涙を流した。夜になってその詩に和して八絶句を作ったが、その聲は悲しく、響きにはうらみがこもっていて、最後まで讀むことができなかった。わたしは燈火をかきたてて一目見たが、はなはだ面白くなく、すぐに奪い取って火にくべてしまった。かくしてその詩稿は失われてしまったのである。痛ましいこと、不思議なことであった。今年のまさしくその日に彼女は世を去ったのであった。

〔注〕

○「學鍾太傅稍痩。後又學曹娥」。小宛が鍾繇の書體を好んでいたが、鍾繇が關羽に敵對していたことを知って、「曹娥碑」を學ぶようになったということは前に見えた。おみくじも關帝廟で引いていた。關帝を厚く信仰していたことが知られる。

○「泓穎」。韓愈の「毛穎傳」に見える。筆と硯のこと。

○「爲余抄寫全唐五七言絶句」。底本は「抄選」に作っている。『美化文學名著叢刋』本に従って改めた。

○「閨中詩史」。董小宛が女性の詩や記録を集めていたことは前出。

○「七才女子」。『全唐詩』巻七九九に見える。則天武后に召し出され、「兄を送る」という題で詩を作った。兄と妹が別れ別れになる内容である。そこに彼女と冒襄との將來が暗示されていると考えたのであろう。董小宛がみまかったのは、順治八年（一六五一）一月二日のことである。

客春三月、欲重去鹽官、訪患難相恤諸友。至邗上、爲同社所淹。時余正四十、諸名流咸爲賦詩。龔奉常獨譜姫始末成數千言。帝京篇連昌宮不足比擬。奉常云、子不自註、則余苦心不見。如桃花瘦盡春醒面七字、綰合己卯醉晤壬午病晤兩番光景、誰則知者。余時應之、未卽下筆。他如園次之自昔文人稱孝子、果然名士悅傾城、于皇之大婦同行小婦尾、孝威之人在樹間殊有意、婦來花下卻能文、心甫之珊瑚架筆香印屧、著富名山金屋尊、仙期之錦瑟蛾眉隨分老、芙蓉園上萬花紅、仲謀之君今四十能高擧、羨爾鴻妻佐舂杵。吾邑徂徠先生、韜藏經濟一巢樸、遊戲鶯花兩閣和、元旦之蛾眉問難佐書幃、皆爲余慶得姫。詎謂我侑巵之辭、乃姫誓墓之狀耶。讀余此雜述、當知諸公之詩之妙。而去春不註奉常詩、蓋至遲之今日、當以血淚和麋隃也。

昨年（順治七年　一六五〇　冒襄四十歳）の春三月、再び海鹽に行って、困難な時に助けてくれた友人たちをたずねようとした。揚州まで來たところで、同社の皆に引き留められてしまった。わたしはその時ちょうど四十歳になり、多くの名士たちがみなわたしのために詩を作ってくれた。龔奉常（鼎孳）は彼女との始末を數千言にも及ぶ詩に作ってくれた。それは駱賓王の「帝京篇」、元稹の「連昌宮」なども比べものにならないほどであった。奉常はいった。「君が自分で注を作ってくれないと、わたしの苦心も理解されないだろう。例えば『桃花痩せ盡くす春酲の面』の七字などは、己卯（崇禎十二年）に醉っている彼女に會ったこと、壬午（崇禎十五年）に病氣の彼女に會ったことの二つの光景をつづり合わせてあるのだが、わかるものがあるだろうか」と。わたしはその時、はいと返事をしたのだが、すぐに書きはじめたわけではなかった。ほかにも園次（吳綺）の「昔自り文人 孝子と稱す、果然たり名士 傾城を悅ぶ」、于皇（杜濬）の「大婦は同行し小婦は尾す」、孝威（鄧漢儀）の「人は樹間に在りて殊に意有り、婦は花下に來たりて卻って文を能くす」、心甫（黃傳祖）の「珊瑚の架筆 香印の屧、著は名山に富む金屋の尊」、仙期（姚佺）の「錦瑟蛾眉分に隨ひて老い、芙蓉園上萬花紅なり」、仲謀（彭孫貽）の「君今四十にして能く高舉す、羨む爾が鴻妻 春杵を佐くるを」、わが縣の徂徠先生（李之椿）の「經濟を韜藏す一巢樸、鶯花に遊戲して兩閣和かなり」。元旦の「蛾眉難を問ひ書幃を佐く」などは、みなわたしのために彼女を得たことを祝福してくれたものである。わたしに對するこれら酒興の言葉が彼女への墓前の言葉になろうとは思わなかった。わたしのこの雜述を讀んでも諸公の詩のすばらしさがわかるであろう。しかし去年の春、奉常の詩に注しなかったのだが、思うに遲きに失した今日では、血と涙を墨にまぜて書かなければならなくなったのである。

〔注〕

○「龔奉常獨譜姬始末成數千言」。龔鼎孳『定山堂詩集』巻三「金閶行爲辟疆賦」を指す。駱賓王の「帝京篇」は長安の色町を、元稹の「連昌宮辭」は玄宗皇帝の時代のことを詠じており、龔鼎孳の作と形式、内容が共通している。だから、それらと比較して勝るというのである。冒襄の『同人集』巻十二「四十壽贈言」にこの四十歳の祝いに贈られた諸家の詩を収めている。龔鼎孶のは、「庚寅三月之望爲辟疆社盟翁壽前一口集飲小齋酒中述金閶始末竟夜因稍次之爲贈辟疆生平大節諸同人言之已詳故以此別存其槪云」と題している。

○「園次之自昔文人稱孝子、果然名士悅傾城」。園次は吳綺。江都の人。『同人集』巻十二に「庚寅春辟疆盟兄四十覽揆五律」と題して載せる。

○「于皇之大婦同行小婦尾」。于皇は杜濬。黄岡の人。『同人集』巻十二に「庚寅季春奉祝辟疆盟兄暨長嫂蘇夫人四十雙壽」と題して載せる。

○「孝威之人在樹間殊有意、婦來花下卻能文」。孝威は鄧漢儀。泰州の人。『同人集』巻十二に「庚寅春辟疆盟兄四十覽揆五律」と題して載せる。鄧漢儀の編にかかる『詩觀』は、清初詩人の作を集めたものであるが、その初集巻四に冒襄の詩十四首を収めている。

○「心甫之珊瑚架筆香印屧、著富名山金屋尊」。心甫は黄傳祖。無錫の人。『同人集』巻十二に「辟疆盟兄相別十五年矣庚寅三月遇於邗水時値初度諸君雲集賦詩余愧老頓不文聊成小圖兼書八十四字呈教」と題して載せる。

○「仙期之錦瑟蛾眉隨分老、芙蓉園上萬花紅」。仙期は姚佺。蘇州の人。『同人集』巻十二に「庚寅春辟疆盟兄四十覽揆五律」と題して載せる。

○「仲謀之君今四十能高舉、羨爾鴻妻佐舂杵」。仲謀は彭孫貽。海鹽の人。『同人集』巻十二に「庚寅三月之望爲辟疆社盟翁壽」として載せる。彭孫貽『茗齋集』巻五に「寄如皐冒辟疆」を載せる。

○「吾邑徂徠先生、韜藏經濟一巢樸、遊戲鶯花兩閣和」。吾邑徂徠先生は、李之椿。嘉慶『如皐縣志』巻十六に傳がある。順治四年に反亂によって投獄されたが、順治六年（一六四九）に大赦により出獄していた。

○「元旦之蛾眉問難佐書幃」。李元旦。李之椿の子。

三月之杪、余復移寓友沂友雲軒。久客臥雨、懷家正劇。晚霽、龔奉常偕于皇園次過慰留飲。聽小奚管絃度曲、時余歸思更切、因限韻各作詩四首、不知何故、詩中咸有商音。三鼓別去。余甫着枕、便夢還家。擧室皆見、獨不見姬。急詢荊人、不答、復遍覓之、但見荊人背余下淚。余夢中大呼曰、豈死耶。一慟而醒。姬每春必抱病、余深疑慮。旋歸則姬固無恙。因間述此相告。姬曰、甚異。前亦於是夜夢數人強余去、匿之幸脫、其人猖猖不休也。詎知夢眞而詩籤咸來先告哉。

三月の末、わたしはまた寓居を友沂（趙而忭）の友雲軒に移した。久しくよその土地におり、雨の日に横になっていると、家を思う氣持ちがはげしくなった。晚になって雨があがり、龔奉常（鼎孳）が杜于皇（濬）、吳園次（綺）といっしょに慰めにやってきてくれたので、彼らを引き留めて飲んだ。役者たちの管弦の演奏を聽くと、わたしは家に歸りたい想いがますますはげしくなり、そこで韻を決めてそれぞれ詩四首を作ったのだが、なぜだかわからないが、詩の中にはどれにも悲しい音である商音があった。三鼓（午前二時ごろ）に別れ去って行った。わたしは床につくとすぐに夢の中で家に歸っていた。家じゅうのものの姿が見えたが、ただ彼女だけが見えなかった。急いで妻にたずねると答えない。また家じゅうを搜してみたが、妻がわたしに背をむけて淚を流しているのが見えるばかりであった。わたしは夢の中で大きな聲で「死んだのか」といって、わっと大きな泣き聲をあげると目がさめた。彼女は每年春になるとかならず病氣になるから、わたしはたいへん心配になった。すぐに歸ってみると、彼女は元氣にしている。そこでこのことを彼女に告げた。彼女は「それは不思議なこと。以前その晚に夢の中で數人の人が私を無理に連れ去ろうとしましたが、隱れていてさいわい助かったのです。その人はまだ凶暴な叫び聲をあげていました」といった。夢が現實になり、詩籤がみな先に預言していたとは誰が思おうか。

杜茶村曰、名士名姬、精爽倶至、動與神孚。故其卜兆揮毫、宛然對語、願造物胡不少延其算耶。惜哉。

杜茶村曰く、「名士名姫の精神はともにすばらしく、いつも神に通じている。だからその預言の言葉もさながら對話のようなのである。だが、神様はどうしてもう少しその命をのばしてくれなかったのだろうか。殘念なことである。」

〔注〕

○『如皐冒氏叢書』本では本文末尾に「紀讖」とある。

○「友沂友雲軒」。友沂は趙而忭。長沙の人。この時のことについては、『同人集』巻五「友雲軒倡和」に、冒襄の「雨後同社過我寓齋聽小奚管絃度曲頓發歸思兼懷友沂即席限韻」ほかの詩が収められる。

第二章　『影梅庵憶語』について

はじめに

冒襄の『影梅庵憶語』は、もと南京秦淮の妓女であり、後にその側室となった董小宛の思い出を縷々書きつづった回憶文學の傑作であり、後に續く陳斐之の『香畹樓憶語』、蔣坦の『秋鐙瑣憶』、沈復の『浮生六記』など「憶語體」と稱される作品群の濫觴となった作品である。[1] そして、その流れはまた清代を代表する小説『紅樓夢』にまで至る（本書第二部第五章を參照のこと）。また明末清初南京の妓女に關する記錄として、余懷の『板橋雜記』と雙璧をなす作品でもある。

韓菼は冒襄の墓誌銘（「潛孝先生冒徵君襄墓誌銘」）において、「先生（冒襄）が亡くなってからというもの、東南故老遺民の風流の餘韻は絶えてしまった（自先生沒而東南故老遺民之風流餘韻於是乎歇絶矣）」と記している。一口に遺民といっても、その生き方にはさまざまなスタイルがあったであろうが、冒襄は、たしかに「風流遺民」とでも呼ぶことができる清初期の文人の一つのタイプを代表するといえよう（余懷もまたこうしたタイプに屬する）。本章では、『影梅庵憶語』について、前章でその譯注を試みたのに續いて、その内容、及び流通と讀者の反應などについて考え、清初「東南故老遺民」の「風流餘韻」をうかがうよすがとしたい。

一、『影梅庵憶語』の内容と構成

董小宛は、もと南京秦淮、後に蘇州半塘の妓女であった。崇禎十二年（一六三九）、冒襄は蘇州ではじめて一目董小宛を見、崇禎十五年（一六四二）の冬、冒襄のもとに側室として輿入れする。そして、明清交替の混亂期をはさんで九年間を過ごし、順治八年（一六五一）の正月に二十九歳の若さで世を去る。『影梅庵憶語』によれば、

今は亡き側室董氏、名を白といい、字は小宛、また青蓮とも字した。秦淮に籍があり、吳門に移籍した。花柳界にあって高名な賣れっ子だったが、それが彼女の本來の姿だったわけではない。最初に出會って意氣投合し、わたしに從いたいと誓って、わが家の門に入ってから、そのさまざまな知恵や才識が、はじめて明らかにあらわれた。（中略）今、彼女は突然死んでしまったのだが、まさか彼女がわたしより先に死ぬとは思わなかった。ただわたしの妻が一人ぽっちでしょんぼりし、なすこともなく左右の手をながめているのを見、上下內外大小の人たちがみな深く悲しみ悼んでいるのを見て、もう彼女は二度と戻って來ないのだ、と思うばかりである。彼女のかしこい心配りや隱れた行いなどを人に話すにつけ、聞いた人は、文人や義士でも彼女にはかなうまいといってくれないものはない。

わたしはこれまでにも哀辭數千言を作って彼女を哭したが、韻文の形式の制約があって、すっかり表現しきることができなかった。そこでまたそのあらましを記錄してみようとしているのだが、彼女のことを悲しく思い出すたびに、彼女とともに過ごした九年の閒の思い出のシーンが一氣に心の中によみがえってきて、

目をふさがれてしまい、たとえ鳥を呑み込み花を夢見る程の文才があったとしても、彼女の思い出を追懐して述べることはできないのである。涙に濡れたわたしのつまらぬ筆はなかなか進まず、折角書いてもいやになって消しているばかりで、わたしたちの愛情をうまく傳えることができない。(中略)もしわたしを深く理解してくれる人があって、わたしのこの文章をよりどころに彼女がほんとうに優れた人物であったということを知り、すばらしい傑作をものしてくださるならば、わたしはそれによって彼女に恩返しをすることができるであろう。そして、亡くなった彼女は思い殘すことなく、生き殘ったわたしにも心殘りがなくなるであろう。

とあるように、董小宛の歿後、冒襄は、まず「哀辭數千言」、すなわち今日『如皐冒氏叢書』本の『影梅庵憶語』に「亡妾董氏小宛哀辭　竝序」として收められる韻文の「哀辭」を作る。しかし、董小宛と過ごした月日の思い出を留めたいとの思いを十分に滿たすことができず、そこで改めて『影梅庵憶語』の筆を執ったというのである。

題名の「影梅庵」は、本書の序論で見たように、董小宛の如皐における居所であり、歿後その傍らに葬られたという城南の尼寺である。「憶語」については、『影梅庵憶語』の本文で、冒襄は次のように述べている。

わたしは毎年元旦にはかならず、關帝君の前でおみくじを抽いて一年の事を占ってみることにしている。壬午(崇禎十五年　一六四二)の年、名利を求めんとする氣持ち(科擧に合格したい氣持ち)が非常に強く、祈りながら籤の最初の一字を見てみれば、「憶」の字であった。その全文は「憶ふ昔　蘭房に半釵を分かつも、如今　忽ち音信を把りて乖る。癡心　連理を成すを指望するも、到底誰か知らん　事諧はざるを」であった。わたしはその時、口ずさみながら考えてみたがわからず、全體を考えても、それは科擧に合格するといったことではなかった。(中略)「蘭房、半釵、癡心、連理」というのはみな閨閣中の語である。「到底諧はず」というところ、今日それが實現してしまったのである。ああ、わたしの生ある限り、いつまでも彼女を「憶」する時である。「憶」の字の不思議な因縁は、このようにあらわれたのであった。

『影梅庵憶語』において、テーマになっているのは、「憶」の一字である。彼女の抽いたおみくじが「憶」の文字ではじまっていたということは、彼女が思い出の中の人物になってしまうことを意味している。今やすでにこの世にいない彼女、冒襄の記憶の中で永遠に輝いている彼女を「憶」することしか、今の冒襄にはできない。過ぎ去った時間を見つめ、失われた思い出を求めるのが、冒襄の基本的な發想法である。(2) 冒襄は、失われた過去の記憶を再現しようとすることに、特に力を注ぐタイプの人だったようである。

『如皐冒氏叢書』本では、『影梅庵憶語』は「紀遇」「紀遊」「紀靜敏」「紀恭儉」「紀詩史書畫」「紀茗香花月」「紀飲食」「紀同難」「紀侍藥」「紀讖」の各章段に分けられている。『影梅庵憶語』の描寫において、時間はかならずしも單線的に流れているわけではない。「紀遇」の一段は、ほぼ時間の順に、崇禎十二年の出會いから崇禎十五年冬の輿入れまでが記述されるが、それに續く「紀遊」の一段が、時間をさかのぼった崇禎十五年の春、二人で金山に遊んだ記述からはじまるといった具合である。いま、『影梅庵憶語』の內容(時間)を、各章段ごとに整理してみると次のようになる。

「紀遇」

崇禎十二年(一六三九)　冒襄、蘇州ではじめて董小宛に會う

崇禎十三年(一六四〇)　冒襄、揚州鄭元勳の影園に滯在(黃牡丹の詩會)

崇禎十四年（一六四一）
董小宛は黄山に滞在中
春、冒襄、父をたずねて湖南へ　蘇州で董小宛をたずねるが、董小宛はまだ黄山に滞在中
冒襄、蘇州で陳圓圓の芝居を見る
秋、陳圓圓と再會

崇禎十五年（一六四二）
春、冒襄、蘇州に陳圓圓をたずねるが、圓圓はすでに北京に去っていた
再び董小宛に會う。小宛は冒襄について金山までやってくる
冒襄は小宛を蘇州に帰らせる
八月、南京の郷試の折、小宛は冒襄を追って南京に來る
九月、冒襄は合格できず。父が戻ってきて、小宛を再び蘇州に帰らせる
十二月、銭謙益の力によって、董小宛の落籍に成功し、小宛は如皐にやってくる

「紀遊」

崇禎十五年（一六四二）
四月、冒襄、董小宛、金山に遊ぶ
八月、南京での中秋
九月、儀徴での宴席

順治二年（一六四五）
海鹽に疎開する途次、蘇州での遊び

嘉興の鴛鴦湖の遊び

「紀靜敏」

崇禎十五年（一六四二）　小宛が冒家に着いた時のこと

「紀恭儉」

崇禎十五年（一六四二）以後　小宛が冒家に來てから九年間の思い出

「紀詩史書畫」

順治五年（一六四八）ごろ　全唐詩の編纂（「余數年來」とある）

順治二年（一六四五）　海鹽に疎開している時、『奩豔』を編む

順治七年（一六五〇）　龔鼎孳が『奩豔』の出版をすすめる

崇禎十五年（一六四五）ごろ　董其昌の書いた「月賦」を好んで臨書（書について）

順治二年（一六四五）　疎開した時に、書畫を攜えていった（畫について）

「紀茗香花月」

崇禎十五年（一六四二）以後　お茶の好み

香の好み

順治三年（一六四六）　海鹽で西洋香を調合する

順治七年（一六五〇）　菊の花の思い出（花について）

「紀飲食」	
	月の好み（月について）
	飲食の趣味について
「紀同難」	
崇禎十七年（一六四四）	王朝交替の混乱
順治二年（一六四五）	海鹽への避難
順治四年（一六四七）	冒襄の病氣の看病
順治六年（一六四九）	再び冒襄の病氣の看病
「紀讖」	
崇禎十五年（一六四二）	冒襄、元旦におみくじを抽き、「憶」字を得たこと
	蘇州で小宛が「憶」のくじを得たこと
	秋に南京でも「憶」のくじを得たこと
順治五年（一六四八）	七月、腕輪に「覆祥」の文字を彫ってやったこと
順治六年（一六四九）	七月、腕輪が折れ、「比翼」「連理」の文字を彫ったこと
順治七年（一六五〇）	一月二日（死の一年前）唐詩の和詩を作り涙を流す
	三月、龔鼎孳が、冒襄と董小宛を詠じた「金閶行」を作る

三月、小宛がいなくなる夢を見る

順治八年（一六五一）　一月二日、董小宛歿

『影梅庵憶語』全體として見ると、時間の流れは、相前後してジグザグの流れを示すが、それぞれの章段において、テーマごとにはほぼ時間の順序によって敍述されていることがわかる。そして、董小宛の思い出を記してきたそれぞれの章段の末尾において、多く次のように現在の思いが記される。

江山の風光と美しい人物とが一時に照りはえあったさまは、今でもしきりにすばらしいものとして語り繼がれている。

（「紀遊」金山の遊）

その時の才子と佳人、もやに煙る水邊の樓台、新作の戯曲と明月、いずれも永久に傳えるに足るものであった。今思い出すと、遊仙の枕の夢幻にほかならなかったのである。

（「紀遊」南京の秋）

いまこの部屋も封印されほこりだらけになって、わたしは開けるに忍びない。これから先、全唐詩集編纂の志は誰といっしょに成し遂げたらよいというのだろうか。ため息をつくばかりである。

（「紀詩史書畫」全唐詩の編纂）

昨春、顧夫人（顧媚）が遠くから彼女に借りて讀み、龔奉常（龔鼎孳）がそのすばらしさをほめちぎり、出版することを勸めた。わたしはすぐにでも悲しみをこらえて、これを校訂し職人を集めて、彼女の志を遂げて

やらなければなるまい。

（「紀詩史書畫」『奩豔』）

東坡は「分に玉椀の蛾眉に捧げしむるなし」といったが、私の場合、一生の清福は彼女と過ごした九年の間に窮め盡くし、九年の間にすっかり使い果たしてしまったのである。

（「紀茗香花月」茶）

今や人も香氣もともに散じてしまった。返魂香の一粒でも手に入れて、この暗く閉ざされた部屋にたってほしいものである。

（「紀茗香花月」香）

彼女は屛風の影の方をかえり見てから、振り返ってわたしを見、「菊の美しさは完璧です。でも人が痩せ細っているのをどうしたらよいのでしょうか」といった。今にして思えば、その淸らかな美しさはまるで繪のようであった。

（「紀茗香花月」菊花）

今彼女はわたしより先に死んでしまった。いまわの際に、彼女は自分が死んだことでわたしの病氣が增すのではないかということを心配し、またわたしが病氣になったら彼女が面倒をみられなくなることを心配していたのである。彼女は生きても死んでもわたしのことをこれほどまでに氣にかけていたわけだ。ああ、痛ましいことである。

（「紀侍藥」）

長生殿でのささめごとは、太眞の死後、洪都の人が明皇に告げ知らせたものであった。あのときどうして輕率にもあのようなことを書いてしまい、「長恨歌」の悲劇を再び演じさせることになったのであろうか。

（「紀讖」）

去年の春、奉常（龔鼎孳）の詩に注しなかったのだが、思うに遲きに失した今日では、血と涙を墨にまぜて書かなければならなくなったのである。（「紀識」）

夢が現實になり、詩籤がみな先に預言していたとは誰が思おうか。（「紀識」）

いずれも、小宛のすばらしい人柄、あるいは小宛と過ごした思い出を記した後に、その美しい過去と、小宛がもはやこの世にいない現在とが鋭く對比されている。何を思い出しても、最後には、彼女の不在が強く認識される。『影梅庵憶語』の悲しさは、このような構成からも生まれている。

序にあたる部分を別とすれば、『影梅庵憶語』は、冒襄と董小宛との最初の出會いからはじまる。『影梅庵憶語』では、董小宛のことを「四公子」の方以智から教えられたと記している。

己卯（崇禎十二年　一六三九）の初夏、白門（南京）で鄉試に應じた。密之（方以智）に會ったところ、「秦淮の美女たちの中では、今雙成（小宛のこと）が、とても若く、才色ともに一番だ」という。わたしがたずねた時には、秦淮の繁華がいやになって、家族ともども金閶（蘇州）に移ってしまっていた。

二人の出會いについて、張明弼の「冒姬董小宛傳」では、次のようにいう。

己卯（崇禎十二年　一六三九）、鄉試を受驗するために秦淮にやってきた。吳次尾（應箕）、方密之（以智）、侯朝宗（方域）らはみな、辟疆（冒襄）に對して小宛の名を告げた。辟疆は、「まだ王平子の目できちんと見て評慣したわけではないから、わからないな」といった。一方、彼女の方でも、しばしば名流たちの宴席に侍り、人々が冒子について話すのを聞いており、冒子はどのような人かとたずねた。客は、「彼は今の高名才子であって、氣節を負い、おのずから風流を好む者だ」といった。そこで彼女は、冒襄のことを心の底にひそめておいた。その頃、冒襄は方以智とともに、しばしば彼女をたずねていった。しかし彼女は、秦淮の騒々しさを嫌い、蘇州に移ってしまっていた。(3)

こちらの記述によれば、冒襄に董小宛のことを教えたのは、呉應箕、方以智、侯方域であり、さらに冒襄を董小宛のもとに連れていったのは、方以智ということになる。彼らが交際し、秦淮の董小宛のもとをたずねていったのは、ともに南京へ郷試の受験に來ていた時のことであった。冒襄はこの年の試驗に落第した後、蘇州半塘の彼女の家に何度かたずねたあげく、ついに董小宛を一目見ることができる。その印象を、『影梅庵憶語』は次のように書きとどめている。

顔は早春の花のようにほんのりと赤らみ、うるんだ目で流し目を送ってくる。かぐわしき容色は、天然自然ともいえるものであった。彼女は物憂そうで一言もことばを交わさなかったが、わたしは胸がきゅんとなりすっかり心を奪われてしまった。彼女が疲れた樣子なのを殘念に思いながら、そのまま別れて歸ってきた。これがよき出會いの初め、時に彼女は十六であった。

假母のお情けで一目だけ見せてもらったといったところであるが、假母が一目でも會わせたのは、冒襄がまめに何度もたずねてきたこととともに、方以智の紹介があり、冒襄が名門の公子であったからにほかなるまい。『影梅庵憶語』には、冒襄が、秦淮を代表するもう一人の名妓である陳圓圓とも知り合い、彼女自身から自分を身請けしてほしいといわれるが、陳圓圓が都へ連れてゆかれたことによって、それが實現せずに終わったことが記されている。陳圓圓とはいうまでもなく、後に呉三桂の愛人となり、李自成による明王朝滅亡の後、呉三桂をして山海關の扉を開かしめ、清の入關を導いたとされる陳圓圓である。後世「秦淮八豔」と稱された明末秦淮の名妓たちのうち、董小宛、陳圓圓、そして顧媚の三人を、冒襄は知っていたことになる。

陳圓圓を失って落ち込んでいたある日（崇禎十五年　一六四二）、冒襄は董小宛と再會する。翌朝、別れを告げるために彼女のところを訪れると、彼女はすでに旅の支度を整えて待ちかまえていた。

わたしの船が岸に着くやいなや、彼女は驅け下りて來て船に飛び乘った。わたしがすぐに出發したいのだと告げると、彼女は「わたしもすっかり準備が整っています。道中お見送りいたしましょう」という。わたしは斷ろうと思っても斷れず、やめさせようと思ってもやめさせるに忍びないのであった。滸墅關から梁溪（無錫）、毘陵（常州）、陽羨（宜興）、澄江（江陰）を經て、北固山（鎭江）に至るまで二十七日、二十七回彼女と別れようとしたが、彼女はかたい決心でずっとつき從ってきた。金山に登った時、長江の流れに誓って彼女はいった。「わたくしのこの身は長江の水が東に流れ、逆戻りすることがないのと同じように、決して二度と蘇州には戻りません。」

冒襄から拒絶され、周圍からも説得されて、董小宛はようやく蘇州に歸るのであるが、この時代にあって、自分の嫁そうとする相手をみずからさがし、押し掛けてくるのは、妓女なればこそであろう。しかし、勝手に遠くまで連れ出したせいかどうかはわからないが、彼女の身價はますます高くなってしまう。そんな彼女を落籍するにあたって一肌脱いだのが、當時の文壇の大御所であり、冒襄が黃牡丹詩のコンテストで判者を依頼した錢謙益であった。錢謙益は門生たちに手紙を書いて、彼女の借金その他の處理についてとりはからせ、董小宛を如皐の冒襄のもとに送り届けたのである。董小宛は、かくして冒家にやってくることができた。『影梅庵憶語』では、この後、彼女の人柄と趣味才藝について、そして明末清初の混亂に際し、彼女がいかにまめまめしく働いたか、家の中でいかに謙虚であったか、冒襄が病氣をした時にいかにかいがいしく看病したか等々の思い出が、事細かに記されている。

『影梅庵憶語』の各章段のうち、二人が出會ってから輿入れするまでの「紀遇」、明末清初の混亂のさまを記した「紀同難」、重病にかかった冒襄に對する董小宛の看病のさまを記した「紀侍藥」の三つの章段は、いわば事件的な部分であり、「紀靜敏」と「紀恭儉」は董小宛の性格について述べた部分である。そして、「紀遊」（二人で行った名所めぐりの思い出）、「紀詩史書畫」（詩と書畫の趣味）及び「紀茗香花月」（お茶、名香、花、月）、「紀飲食」の各段では、それぞれについての蘊蓄が語られる。例えば名香について見れば、

　また東莞縣では、女兒香を絶品としている。思うに、土地の人は香をよりわけるのに、どこも少女を使う。女の子たちは最初にいちばんよい大きな塊をしまいこんで、こっそり自分の髪油や白粉にかえてしまう。好事家はさらに化粧品賣りのかごの中から、その香を手に入れる。わたしもかつて數塊を友人の汪氏のところで手に入れたことがあるが、彼女はそれを最も珍重したものであった。

といった具合に、香そのものについての蘊蓄が語られ、ここだけを見ると、さながら香に關する文人趣味の教科書にも類するものである。冒襄は、陳繼儒から序文や手紙を贈られている。その陳繼儒には『茶董補』『酒顚補』

『書畫史』『種菊法』ほか數多くの文人趣味の教科書がある。[4] それにしても冒襄の場合、蘊蓄も、「彼女はそれを最も珍重したものであった」と、董小宛の思い出と結びついている。『影梅庵憶語』には、冒襄と董小宛の風雅な趣味の記録という側面もあるのである。

二、『影梅庵憶語』の流通と評價

冒襄は、董小宛の歿後、彼女を悼んで「董小宛哀辭」を作り、さらに『影梅庵憶語』を著した。そしてそれらを、みずから出版し、友人たちに贈っている。

冒襄には、生涯の間に師友たちから贈られた文章を集めた『同人集』十二巻の編がある（本書序論を參照のこと）。中國の文人は、友人たちとしばしば詩文のやりとりをしているが、多くの場合、贈答の詩文は散逸してしまっている。ところが冒襄の場合、それら贈答の詩文をすべてみずから記録し、保管してあったわけである。彼は基本的にメモ魔、記録魔であったといってよい。これもまた、冒襄が過去の思い出に拘泥する人であり、『影梅庵憶語』の誕生とも關わっているのかもしれない。

『同人集』を見ると、董小宛をめぐって、あるいは冒襄の『影梅庵憶語』をめぐって、多くの友人たちから贈られた文章が収められている。それらは、

〔巻三〕

「董小宛傳」（張明弼）

「影梅庵憶語題詞」（陳宏緒）
「書影梅庵憶語後」（李明睿）
「書影梅庵憶語後」（陳焯、高世泰）
「跋小阮辟疆悼董姫哀辭」（冒超處）
「題董宛君手書唐絶」（杜濬）
「悼亡賦」（周積賢）
〔巻六〕「影梅庵悼亡題詠」
「董如君詩」（顔光祚）
「辛卯冬爲辟疆盟兄傷董姫」（王潢）
「影梅庵詞爲辟疆先生悼小宛少君」（兪綬、張文峙、陳允衡、杜紹凱）
「題畫詩」（張恂）
「爲辟疆盟兄悼姫人董少君」（梅磊）
「春日題跋辟疆年盟兄哀董少君十紀」（徐泰時）
「讀辟疆影梅庵憶語爲賦五詩」（紀映鍾）
「再爲辟疆盟兄悼宛君四絶句」（紀映鍾）
「悼董宛君」（周蓼卹、張二嚴、張遺、呉綺、周士章、宋之繩、譚篆、劉肇國、韓詩、黄虞稷）
「哀辭綴俚」（史惇）
「壬辰秋末應辟疆命悼宛君賦得七闋録寄非敢觴哀聊當生芻耳」（趙而忭）

「題董宛君小像八絶句」（呉偉業）
「巣民先生貽宛君奩中藏扇索書再題二絶句」（呉偉業）
「和梅村夫子弔宛君十絶」（杜濬）
「巣民先生出呉梅村祭酒弔董少君十絶索和勉成應教殊慚牽率也」（王士祿）
〔巻七〕「紅橋讌集」（康熙五年　一六六六）
「讀巣民先生影梅庵憶語作」（王士祿）
「題巣民老年道兄影梅庵憶語次芝麓宗伯韻調寄賀新涼」（馮愷章）
「依前韻調長至書懷呈巣民老年道兄」（馮愷章）
「影梅庵憶語久置案頭不省誰何持去今辟疆再寄開卷惘然懷人感舊同病之淸略見乎詞矣」（龔鼎孳）
〔巻八〕「丁巳唱和」（康熙十六年　一六七七）
「讀巣民先生影梅庵憶語感賦四絶」（宋實穎）
「和讀巣民先生影梅庵憶語感賦四絶」（冒襄）

の多くにのぼっている。これらの詩文を見てみると、『影梅庵憶語』の流通をめぐる具體的な狀況が浮かび上がってくる。例えば、陳宏緒の「影梅庵憶語題詞」（巻三）には、

今年の春、雉皐（如皐）の冒子辟疆が、その新刻數種を送ってくれた。うちの一帙、題して『影梅庵憶語』という。讀んでみると、亡くなった側室である董君小宛の事、四十條あまりが記してあった。（中略）今辟疆

の樸巣と隔たること二千里、何とかして急ぎその下に行き、碧甍朱欄の間に書物をひらき讀み、ともに香を埋めた小道に酒を注ぎ、影を顧みながら思いのまま泣きたいものである。だが、山中で病に臥しているために、數語を書して遙か遠くに送り、それによって辟疆を慰め、あわせて『憶語』に姓字を付してもらうことにする。(5)

とあって、このとき遙か彼方の江西にいた友人陳宏緒に、冒襄は他の書物といっしょに『影梅庵憶語』を送り届けていたことがわかる。また冒襄は、『影梅庵憶語』を著すと、それを早速「刻して」、つまり版木を彫って印刷に付していたことがわかる。家刻本の形であろう。また周積賢の「悼亡賦」（巻三）には、次のようにある。

如皐の冒辟疆先生は天下の士である。わたしと仲がよかった。愛妾を董氏といい、やはり女中の士であった。容色は美しく、翰墨にたくみであって、才能に優れ、よく舅姑に仕えた。その嫁するところを見極め、辟疆に歸して九年、董氏は亡くなった。辟疆は悲しんで、みずから文を作って彼女を哀悼した。かつ舊知の者たちにも文章を作って哀悼せしめた。そこでわたしは賦を作ったのである。(6)

ここでは、「舊知の者たちにも文章を作って哀悼せしめた（命知舊作文以哀之）」というところが注目される。つまり、冒襄はただ『影梅庵憶語』などの書物を贈ったばかりでなく、董小宛について何か書くように「命」じていたという。『同人集』巻六に收められた趙而忭の詩の題、「壬辰秋末、應辟疆命悼宛君、賦得七闋。錄寄非敢觴哀、聊當生芻耳（壬辰の秋末、辟疆の命に應じて宛君を悼み、賦して七闋を得。錄寄するも敢て觴哀せんとするにあらず、聊か生芻に當つるのみ）」も同様で、やはり「命に應じて」この詩を作って送るのだといっている。

「生芻」は『詩經』小雅「白駒」の「生芻一束、其人如玉」にもとづき、友人を思うこと。壬辰の年は順治九年（一六五二）、董小宛の亡くなった翌年にあたる。なおここでは、周積賢が董小宛を「女中の士」であり、「容色が美しく」、「翰墨にたくみ」、「才能に優れ」、「よく舅姑に仕え」、またみずから「その嫁するところを見極め」たといった點において評價しようとしていることがわかる。さらに張恂の「詩畫小序（題畫詩）」（巻六）では、

宛君は文學の才と賢さをもって辟疆社盟兄に仕えた。人が「小星」を詠ずれば、こちらは「伐木」を歌った。辛卯（順治八年　一六五一）の春、忽焉として鸞に乘って遠くへ行ってしまった。辟疆は哀しみの情にたえず、『憶語』一帙を著した。そしてわたしに繪を描くよう委囑した。繪を見てそれをまた涙にあてようとしたのであろうか。ここに圖四則を選び、それぞれに七字句一章を作って、教政を請うものである。(7)

とあって、冒襄はまた繪の得意な友人に賴んで、繪を描かせていたことがわかる。「小星」は『詩經』召南の篇名で、妾を意味し、「伐木」は同じく小雅の篇名、厚い友情の意。四つの場面を選んで詩を作ったとあるが、その四首の詩は「圖紀遇」「圖紀靜」「圖詩史書畫」「圖紀茗香花月」の四首であって、『影梅庵憶語』の章段の名とも重なっている。また、吳偉業の「題董宛君小像八絶句（董宛君の小像に題す八絶句）」（『同人集』巻六）は、やはり董小宛の繪に題されたものである。冒襄にすれば、詩人として知られる吳偉業から詩をもらったのがうれしかったのだろう。さらに、友人たちにその詩に和詩を作らせている。杜濬の「和梅村夫子弔宛君十絶（梅村夫子の宛君を弔ふ十絶に和す）」や王士祿「巢民先生出吳梅村祭酒弔董少君十絶索和。勉成應教、殊慚牽率也（巢民先生　吳梅村祭酒の董少君を弔ふ十絶を出し和せんことを索む。勉めて成し敎に應ずるも、殊に牽率を慚づるなり）」（ともに巻六）がそれである。このように、つねに積極的に機會をとらえては友人たちに詩文を作らせていた結果が『同

人集』に結實したのだろうと思われる。

それでは、友人たちが書き送ってきた詩文において、『影梅庵憶語』はどのように評價されているのであろうか。

陳宏緒「影梅庵憶語題詞」においては、

思うに古今の奇婦人女子は、天から與えられた性格が人と異なっており、その起居言笑、飲食嗜好、服飾器用、技藝などの類も、必ずどれも人と異なっているものである。その大節があらわれないうちは、まるで注意を拂わず、細かく觀察しもしないし、一旦その名節がとどろいてからも、ただ節烈の一二語によってその生涯を言い切られてしまう。かくして古今の奇夫人女子の行いも、千百人いても一人と同じであって、まるで古い文を引き寫したもののようである。わたしはそれを悲しむ。(8)

といって、『影梅庵憶語』には董小宛の生活が詳細かつ具體的に書きとどめられており、陳腐な舊套に墮していないところを評價している。この評價は、『影梅庵憶語』の冒頭、

愛情は親しみから生まれるが、親しい相手を描くとなると、どうしても飾りばかりになってしまうものだ。愛情に虛飾が加わると、天下に眞に愛すべき者はなくなってしまうのである。ましてや家の奥深くにひきこもり、光彩を内にひっそりとたくわえている女性たちについては、ただ文章の彫琢に心を盡くす文人によって想像され描き出された、麻姑のような幻想的な女性の物語や、神女のようなみだりな記録があるばかりである。近頃では事を好む者が、さらに音樂（戲曲）を利用して、やたらに男女の奇遇を語り、かくして西施夷光、文君（卓文君）、洪度（薛濤）などが、どこの家の高殿にもいることになってしまった。これはまた優れた

女性たちにとって思いがけない濡れ衣であり、名をむさぼり求めようとする悪しき習いによるものにほかならない。

の一段と符丁を合わせているともいえる。當時の女性の生活の様子が具體的にわかるという點でも、この作品は貴重な資料である。また文章そのものについて、李明睿「書影梅庵憶語後」（巻三）では、次のように「情癡」という點から評價する。

冒辟疆の『影梅庵憶語』を讀んで、文人韻士が情癡に富んでいるのに感嘆した。しかも、そのなかには、まったく媚語軟語昵語私語がない。その始末を總合するに、おおむね文心俠骨によって文章が構想されており、一種の幽香靜味は、たとえ鐵石の人がこれを見たとしても、また涙を流すことであろう。わたしは最初に讀んで驚き、再び讀んで疑い、三讀四讀して後、天下の有情の人でなければ、なかなかここには至らないことを知った。情が至るから語が奇なのであり、語が奇であるから文が貴いのである。(9)

また冒超處「跋小阮辟疆悼董姫哀辭」（『同人集』巻三）では、

これもまた情文の極致である。しかし、兒女の多情ではないし、脂ぎったようななれなれしさはまったくない。雅韻高懷は、つぶさに述べるのはなかなかに難しい。憂いがやってくる來かたにはきまりがなく、それを抑えつけなくしてしまうことはできない。愁いは織るがごとくであり、春蠶が纏綿としてやまないもののようである。(10)

のように、「情文の極致」といって評價している。「情」は、湯顯祖、馮夢龍などの名を擧げるまでもなく、明末文學における重要なキーワードの一つである。そしてまた、錢謙益と柳如是、龔鼎孳と顧媚などの例に見られるように、文人たちと女性（妓女）との交際は、いわば世間公認の佳話となっていたのが、明末の風氣であった。そうした風氣が『影梅庵憶語』の生まれる素地になっていた。韓菼は、冒襄について「東南故老遺民の風流餘韻」といった。餘韻ということばは、もともと音が消えた後にも殘った響きを意味する。韓菼のこの表現は、冒襄の行動なり著作なりが、明末の風流者たちの後を承けていること、そして文字通りの「餘韻」であることをたくみに表現しているといえよう。

三、結　び

冒襄における過去への、そして美女への拘泥の背後には、本書の第一部第三章で見たような、余懷の『板橋雜記』における今は亡き美女たちへの拘泥とその背後にある明王朝への思慕と共通のものを認めることができるであろう。そして、それはまた、さらに後の文學にも受け繼がれて行く。その一つの例を曹雪芹の『紅樓夢』において見ることができるであろう。冒襄と『紅樓夢』については、このあと本書の第二部第五章で検討することにしたい。

注

（1）郝薇莉「〝憶語體〟文學源流小考——以『影梅庵憶語』爲中心」（『固原師專學報（社會科學版）』第二十七巻第一期　二〇〇六）がある。

（2）陳維崧の「吳姬扣扣小傳」（『陳迦陵文集』巻五）は、大部分が冒襄のモノローグであるが、そこにも共通の發想がうかがわれる。例えば次のような一段は、『影梅庵憶語』にも通じるであろう。詳しくは本書第二部第三章を參照。

　思えば春の頃、彼女を連れて、水繪園の水のほとりで桃花を見たことがあった。彼女はわたしに詩を作ってくれといった。「あなたのことばは平素から天下に優れています。どうして一小女子に一言を惜しむことがありましょう。」わたしはそこで四小詩を作って彼女に贈ったのであった。彼女は平生わたしに詩を作ってほしいなどといったことはなかった。そこには何かせっぱつまったようなものがあって、不思議だった。それからまた彼女は最近になって唐人の小絶句の句、例えば「玉顏及ばず寒鴉の色」（王昌齡「長信愁」）などの句を拔き出して、畫工に描かせたのであった。それらがどれも閨房憔悴の語ばかりであったのは、いったいなぜだったのだろうか。（憶春閒攜姬看桃花於水繪堤前。姬向余索詩、君生平言語妙天下、何獨於小女子惜一言耶。余乃作四小詩贈之。姬生平未嘗向余索詩。茲若有亟亟然者、可異也。又姬近日撮唐小絕句如玉顏不及寒鴉色之類、令畫工圖之。皆閨房憔悴語、不知何故。）

（3）「己卯、應制來秦淮。吳次尾、方密之、侯朝宗咸向辟疆嘖嘖小宛名。辟疆曰、未經平子目、未定也。而姬亦時時從名流讌集間、聞人說冒子。則詢冒子何如人。客曰、此今之高名才子、負氣節而又風流自喜者也。則亦胸次貯之。比辟疆同密之屢訪。姬則厭秦淮囂、徙之金閶。」

（4）陳繼儒については、拙稿「山人陳繼儒とその出版活動」（『山根幸夫教授退休記念明代史論叢』汲古書院　一九九〇）、同じく "Textbooks on an aesthetic life in late Ming China," Daria Berg and Chloë Starr eds., *The Quest for Gentility in China*, London and New York : Routledge, 2007 を參照のこと。

（5）「今年春、雉皐冒子辟疆、馳其新刻數種見寄。中一帙題曰、影梅庵憶語。予閱之、紀其亡姬董君小宛事、至四十條。（中略）今距辟疆樸巢二千里、安得遄至其下、展讀於碧甍朱欄間、相與灑酒埋香之徑、顧影而一欷歔乎。臥病山中、因書數語遙寄、以慰辟疆、竝附姓字於憶語。」

（6）「如皐冒辟疆先生、天下士也。與余善。其所愛妾曰董氏、亦女中士也。美容色、工翰墨、而優於才、善於事舅姑。相所天、歸辟疆九年而董氏卒。辟疆哀之、自爲文以哀之。且命知舊作文以哀之。余遂賦焉。」

（7）「宛君以文慧事辟疆社盟兄。人咏小星、君歌伐木矣。辛卯春、忽焉乘鸞長往。辟疆哀不勝情、有憶語一帙。屬余作畫、豈看畫亦可以當泣耶。爰選圖四則、各七字句一章、奉請敎政。」

（8）「念古今奇婦人女子、賦性既與人異、其起居言笑、飲食嗜好、服飾器用、技藝之屬、必俱有以甚異於人。當其大節未著、既忽略而不之詳察、及其轟然一旦、但以節烈一二語竟其平生。遂使古今奇夫人女子行蹟、千百人如一人、若抄錄舊文然。予悲之。」

（9）「讀冒辟疆影梅庵憶語、而嘆文人韻士之饒有情癡也。然其中絕不作一媚語軟語昵語私語。綜其始末、大都結撰於文心俠骨、而一種幽香靜味、即鐵石人見之、亦當下淚。予初讀之驚、再讀之而疑、三四讀之而後知、非天下之有情人、未易到此。情至斯語奇、語奇斯文貴。」

（10）「斯亦情文之極致已。然非兒女之多情、了無膏馥之妮態。雅韻高懷、難爲具述。憂來無方、不可遏絕。愁緒如織、若春蠶之纏綿而不已也。」「憂來無方」は曹丕の「善哉行」に見える。

第三章　陳維崧「呉姫扣扣小傳」

はじめに

冒襄が愛妾董小宛を失ったのは、順治八年（一六五一）のことであった。冒襄はその十年の後、順治十八年（一六六一）の秋、また一人の愛姫、呉扣扣を失うことになる。ここでは、陳維崧が記した呉扣扣の傳「呉姫扣扣小傳」（『陳迦陵文集』巻五）を取り上げ、その文章を讀んでみることにしたい。傳の作者、陳維崧（明天啓五年　一六二五～清康熙二十一年　一六八二）は「明末四公子」の一人として冒襄とも交遊のあった陳貞慧の息子である。陳貞慧は明王朝滅亡の後、南京に福王（弘光帝）の臨時政権ができた時、政権を牛耳った阮大鋮によって、呉應箕、侯方域らとともに獄につながれてしまう。清軍が南下し、弘光政権が崩壊した際に獄から逃れることができたものの、陳貞慧は郷里の宜興に歸り、もっぱら世間から隠れて暮らし、順治十三年（一六五六）に歿している。父親の喪の明けた後、陳維崧は館師（家庭教師）として父親の友人であった如皐の冒襄の家に身を寄せていた。

一、心の樂屋

それでは、陳維崧の「吳姬扣扣小傳」を、以下いくつかの段落に分けて讀んでみたい。

幼時讀織書所載小靑傳、及松陵葉氏午夢堂集、慨然愀歎、廢寢食者久之。以彼其人、淸姿玉映、固謝鮑之亞也、乃俱鬱鬱以死。蘭摧玉折、無廼甚乎。旣復自思、夫其生世不諧、託身失所、則亦已矣。若乃婉孌華屋之下、追隨靑鎖之閒、玉樹瓊枝、芳華相照。人生得此、可謂厚幸。乃輕塵墜雨、夭卒不免焉。如吳姬者、抑又可悲也。

幼い時に、織書（女性に關わる書物）に載っていた「小靑傳」及び松陵（吳江）葉氏の『午夢堂集』を讀んで、悲しい思いで慨嘆し、長らく寢食を廢したことがあった。それは彼の人々が、玉のように淸らかな姿であって、謝道蘊や鮑令暉の亞流のような人々でありながら、何といずれも鬱々として亡くなってしまったからである。蘭が碎かれ玉が折れる、これほどひどいことはないではないか。それからまたこうも思い返した。さてそもそもこの世に生まれ、よい相手にめぐりあえず、身を託するのにあるべき場所を失っていたとしたら、それはまたしかたがない。ところが、華屋の下に日を送り、靑鎖の閒につきしたがって、玉樹瓊枝（すぐれた兄弟たち）、美しくすぐれた人々がたがいに照らしあっている。人生そのような狀況になれれば、それは十分に幸福といえるだろう。それなのに、輕塵が雨によって墜ちるように、若死にの運命を免れることができなかった。吳姬のようなものは、それにつけてもますます悲しむべきである。

〔注〕

○「織書所載小青傳」。「小青傳」は、才媛で、ある家の妾となったが、正妻の嫉妬のために若くして亡くなった女性、小青の傳。その詩詞も錄している。作者は不明であるが、鄭元勲の編になる『媚幽閣文娯』、馮夢龍の『情史類略』巻十四情仇類、妃厄、また張潮『虞初新志』巻一ほかに収められる。『情史類略』の妃厄は、「戚夫人」「梅妃」など、正妻あるいは繼敵によって迫害を受けた女性の傳を集めた一項である。

○「松陵葉氏午夢堂集」。松陵は呉江。葉氏『午夢堂集』は、葉紹袁が、その妻や娘たちの作品を中心に集めた詩文集。娘の葉紈紈、葉小紈、葉小鸞はいずれも才女であったが、夭折した。なかには、娘たちの死後、葉紹袁が扶乩（神や死者との交信）を行った記録である『窈聞』なども収められている。

○「彼其人」。『詩經』王風「揚之水」に、「彼其之子、不與我戍申（彼の其の之の子、我と申を戍らず）」とある。

○「清姿玉映」。『世說新語』賢媛篇に、「顧家婦、清心玉映、自是閨房之秀（顧家の婦、清心玉映、自ら是れ閨房の秀）」とある。

○「謝鮑之亞」、謝は謝道蘊（謝奕の娘。王羲之の息子王凝之の妻）。『世說新語』賢媛篇にエピソードが見える。鮑は鮑照の妹、鮑令暉。『玉台新詠箋注』巻四に引く『小名錄』に、「有才思、亞於明遠、著香茗賦、集行於世（才思有り、明遠に亞ぐ。香茗賦を著し、集世に行はる）」とある。明遠は鮑照の字。

○「蘭摧玉折」。『世說新語』言語篇に、毛玄の言葉として、「寧爲蘭摧玉折、不作蕭敷艾榮（寧ろ蘭摧玉折と爲るとも、蕭敷艾榮と作らず）」とある。

○「玉樹瓊枝、芳華相照」。『世說新語』言語篇に、「譬如芝蘭玉樹、欲使其生於階庭耳（譬ふれば芝蘭玉樹の如く、其をして階庭に生ぜしめんと欲するのみ）」とある。これは謝氏一門に多くのすぐれた子弟がいることをたとえている。ここでは「瓊枝」「芳華」は美女を指す。

最初の一段は、いわば作者である陳維崧の心の樂屋である。さすがに四公子の一人、陳貞慧の息子といおうか、幼い時に「小青傳」や『午夢堂集』など、いずれも才能を抱きながら若死にした薄幸な女性たちの傳記や彼女たちの作品を讀み、心動かされていたとある。これが、呉扣扣の悲しみ、またその扣扣を失った冒襄の悲しみを眞に深く理解する下地をなしている。女性たちの中でも例えばこの呉扣扣のように、その才能を理解し保護する主人、また彼女にやさしく接する家人たちに恵まれた環境で育ったものであるからこそ、いいかえれば幸福と不幸との閒のギャップが大きいからこそ、その若死にがよけいに悲しいのだと、陳維崧はいう。

後に見えるように、陳維崧は冒家に數年滞在して、扣扣の才能についてよく聞かされていたとはいうものの、中國のかつての大家庭のこと、家の女性たちが、よそから來た男性にめったに顏を見せるものでもなく、陳維崧は、かならずしもその傳を書くだけの材料を持ち合わせなかったようである。從って、この傳記の大部分を占めるのは、冒襄の語りである。陳維崧はほとんど聽き手、記錄者に徹しているといってよい。

姬姓呉氏、小字扣扣、名湄蘭、字湘逸、眞州人。久家如皐、冒巢民先生侍兒也。今年中秋後二日、綺歳正十九、先生將爲飾孔翠、傅阿錫、備小星嘉禮焉、而先期一月、姬遂病、病一月遂死。先生哭之慟。

彼女の姓は呉氏、幼名は扣扣、名は湄蘭、字は湘逸といい、眞州の人であった。久しく如皐に住み、冒巢民先生の侍女であった。今年の中秋の二日後に、ちょうど年が十九になるので、先生は美しい衣裝を着せ、化粧をして、側室にしようとしておられた。ところがその一月前に彼女は病氣にかかり、一月病んでそのまま亡くなってしまった。先生は大いに慟哭されたのであった。

〔注〕
○「眞州」。江蘇の儀徵縣。
○「今年」。『冒巣民先生年譜』によれば、順治十八年（一六六一）の條に「秋吳扣扣卒」とある。この年、冒襄五十一歳。
○「餙孔翠、傳阿錫」。孔翠は、孔雀と翡翠の羽。美しい餙り。阿錫は、上等な織物。司馬相如の「子虛賦」に、「鄭女曼姬、被阿錫、揄縞紵（鄭女曼姬、阿錫を被、縞紵を揄す）」とある。
○「小星」。『詩經』召南「小星」にちなむ。側室のこと。

この一段は、傳記のパターンとして、姓字、籍貫、そしてその逝去の年月などを述べている。冒襄五十一歳、吳扣扣十九歳。三十歳以上の年齢差がある。

頃與余同載廣陵舟中。秋水霜天、凄其無色、寒鴉沙雁、與先生傷逝之聲相歷亂。予亦言愁欲愁、苦不成寐。先生撫枕爲余言曰、僕自董姬小宛歿後、爲影梅庵憶語千二百言哭之。不惟奉倩神傷、抑亦醴陵才盡。自謂衰年、永鎖情累、何圖今日復罹茲戚。顧亡者誠一時之秀也。而又以筆墨侍余、不忍不一言以紀之。言之又傷余心也。子其爲我傳之。余居先生家數年、雅聞姬淸麗能文、然未悉其詳。請言始末。

たまたまその頃、先生は揚州でわたしといっしょに船に乘ることがあったのだが、秋の水は澄み、霜が天に滿ちて、ものさびしく色もないありさま。寒々とした烏や水邊の雁の鳴き聲が、先生の悲しみの聲と入り交じって聞こえたのであった。わたしもまた悲しみを聞いているうちに悲しくなり、眠れなくなってしまった。先生は枕を撫でながらわたしにいわれた。「わたしは董姫小宛が亡くなった後、『影梅庵憶語』千二百言を作って彼女を哭した。それによって荀奉倩（粲）のように悲しみ傷んだばかりでなく、江淹のように才能までが失われてしまった。もう自分も年老い、永遠に愛情にからんでつらい思いをすることもないだろうと思っていたのに、まさか今日のようにまたこんな悲しいことになろうとは誰が豫測したであろうか。振り返ってみれば、亡くなったのは、まことに一時の秀であった。そして筆墨によってわたしに仕えたのであるから、彼女のことを一言でも文字に記録しないのに忍びない。だがそれをいおうとすれば、また自分の心が傷つくことになる。だから、どうかあなたがわたしのために彼女の傳を書いてください。」わたしは先生の家に數年住まわっており、彼女が淸らかで美しく文章に秀でていることを聞いてはいたものの、まだ詳しいことは何も知らなかった。そこで、彼女についての始末を話してくれるようお願いしたのであった。

〔注〕

○「廣陵」。揚州。

○「言愁欲愁」。『晉書』王承傳に、「人言愁、我始欲愁矣（人の愁ひを言ひて、我始めて愁へんと欲せり）」とある。

○『影梅庵憶語』。董小宛が亡くなったのは、順治八年（一六五一）正月のこと。冒襄が『影梅庵憶語』を著したのは、その同じ年のことである。

○「奉倩神傷、醴陵才盡」。奉倩は荀粲。荀粲はその妻と仲がよく、妻が亡くなると、しばらくして荀粲も亡くなったと『世說新語』惑溺篇に見える。醴陵は江淹。夢に郭璞と名乗る人物があらわれ、貸してある筆を返せといった。懐をさぐると五色の筆があって、それを返したところ、以後よい詩文が書けなくなった。『詩品』巻中に見える。

○「余居先生家數年」。陳維崧は、順治十五年（一六五八）の冬ごろから冒襄の家に館師として滞在していた。

吳扣扣の傳記は、冒襄の語りを陳維崧が記錄した形であるが、この一段では、その舞臺、狀況が述べられている。冒襄と陳維崧とが、たまたま揚州のあたりでいっしょの舟に乘っていた。その船の上が語りの舞臺である。扣扣が亡くなったのが中秋の頃のこと、秋から冬に向かおうとする寂しい季節。秋の水は澄み、霜が天に滿ちて、ものさびしく色もないありさま。寒々とした烏や水邊の雁の鳴き聲が、先生の悲しみの聲と入り交じって聞こえる。周圍の光景であるが、それはまた冒襄の心の風景でもあった。冒襄はその悲しみを隱さない。船の上での語りといえば、白樂天の「琵琶行」なども思い浮かぶ。「琵琶行」も、「楓葉荻花秋瑟瑟」という秋の季節のこと、都から流れてきた數奇な琵琶婦の悲しい昔語りを聞く內容の作品であった。

この語りの中でも、十年前に亡くなった董小宛のことに觸れている。董小宛の歿後に『影梅庵憶語』を著し、もはや悲しみも極限にまで達し、文章の才能もすっかり盡き果ててしまった。齡を重ね、もはや「情累」、戀情が原因となる苦しみにあうことはないと思っていた。ところがあにはからんや、董小宛の歿後十年、またしても戀しく思う女性を失ってしまった。

亡くなった吳扣扣は、董小宛にも劣らない才女である。董小宛について『影梅庵憶語』を著したように、當然扣扣の傳も書かなければならないはず。ここで「江淹のように才能までが失われてしまった」の句が伏線になっている。江淹が五色の彩筆を失った時からその文才を失ったように、自分も董小宛を失った悲しみから、文章が書けなくなってしまった。そこで、陳維崧に依賴して書いてもらおうということになるのである。

そういわれても、陳維崧自身扣扣を直接よく知っているわけではない。そこで、「彼女についての始末を話してくれるようお願いした」、となる。これは、實際の狀況であるとともに、文章の書き方、レトリックでもある。

二、神に愛でられた人

先生曰、姫八歳從父受書、習戈法、英惠異常兒。擧止娟好、肌理如朝霞、眉嫵閒作淺黛色。宛君見而憐之、私謂余曰、是兒可念、君他日香奩中物也。然姫性頗厭鉛華、十歳卽守木叉戒、茹素。隨余母太恭人、誦佛及金剛經、晨夕不輟。已知其再來人矣。而余自宛君新沒、香爐茗椀、拂拭無人。殘月曉風、徬徨四顧。暇時偶憶宛君前言、內人復慫慂不置、十三四卽留姫隨予讀書、授以詩詞、輒能諷習。時於屛側作雛鶯聲。尤愛讀全部文選杜詩、常授以少陵北征古詩、僅三遍卽覆卷成誦、琅琅不遺一字。余因戲語之曰、子所能解者詩賦小致語耳。若經史大篇、亦能句讀者、當爲子輪一雙條脫。姫勇躍從命。余卽隨手取架上史書一帙、乃晉史石苞傳。姫隨口句讀、不錯一字。疏解意義、應對如流。卽掣余條脫而去。余時驚其宿悟。豈知苞傳後有季倫一傳、綠珠墜樓、遂爲今日讖也。傷哉。

先生がいわれた。「彼女は八歳で父親について勉強をはじめ、書を習ったが、とても利發で、並の子供とはちがっていた。たおやかな物腰で、肌のきめ細かさは、朝やけのようであり、眉のあたりは薄い黛色であった。宛君（董小宛）が見て心を動かされ、こっそりわたしにいった。『この子はいいですわね。きっと將來あなたの物になるのでしょうね。』しかし、彼女は生まれつき化粧をしたりはでなのが嫌いで、十歳の時には木叉の戒を守って、精進物を食べていた。わたしの母親の太恭人につきしたがって、朝夕おこたることなく、念佛を唱え、『金剛經』を唱えていた。それですでに彼女が（佛敎徒の）生まれ變わりであることを知ったのであった。わたしは宛君が亡くなったばかりの頃、香爐にしても茶碗にしても、それをかたづけるものもなかった。殘月の下、曉の風をうけながら、あたりをうろうろするばかりであった。何もしない時、たまたま宛君の先の言葉を思い出し、家内もまたしきりにそれを勧めた。それで、彼女が十三四の時に、彼女を身近に置いて、わたしについて勉強させた。彼女に詩詞を教えると、すぐに覚えて朗唱した。時折、屏風のかたわらから、鶯の雛のような聲が聞こえてきた。彼女はとりわけ『文選』と杜詩を讀むのが好きで、かつて杜甫の『北征』の古詩を教えた時には、たった三回讀んだだけで、本を閉じて暗誦し、音吐朗朗一字も抜け落ちることがなかった。わたしはそこで戯れに、『おまえが理解できるのは、詩賦のようなつまらない言葉ばかりではないのか。經史のような大篇を、それもまたきちんと讀むことができたら、おまえに一對の腕輪を贈ることにしよう。』彼女は勇躍命に従った。わたしは手當たり次第に、書架から史書一帙を取ってみると、それは『晉書』の石苞傳であった。彼女はすらすらと句讀を切って讀んでゆき、一字もあやまることはなく、意義を解釋して、應對流れるようであった。彼女はすぐにわたしの腕輪をはずして去っていった。わたしはその時、彼女の生まれつきの頭のよさに驚いたのであった。しかし、あにはからんや、石苞傳の後には石崇の傳があったのであり、綠珠が樓から墜落した話が載っていたのであった。それが今日の日の預言になっていたのである。悲しいことだ。

〔注〕

○「戈法」。唐の太宗は書の名人であったが、「戈」の「乚」がうまく書けず惱んでいた。たまたま「戩」の字を書く必要があり、「戈」の部分を師の虞世南に書いてもらったとの話が『宣和書譜』巻一に見える。唐の太宗ですらうまく書けなかった「戈」を、呉姬は幼くして書けた。

○「鉛華」。おしろい。

○「木叉戒」。木叉は波羅提木叉。佛教の戒律の一。別解脱。
○「再來人」。前世において佛教信者であり、再びこの世に轉生して、佛教に歸依する人。
○「少陵北征古詩」。安史の亂のさなか、杜甫は肅宗の行在所である鳳翔から、家族の疎開する鄜州に歸った。「北征」は、戰亂によって荒廢した道すがらの光景、家族との再會、そして唐朝再興の祈念を詠じた詩。五言百四十句からなる長編の古詩である。
○「小致語」。「致語」は、宋代の說唱藝人が御前で藝を披露する前に述べた皇帝讚美の言葉。『東京夢華錄』巻七、また『宋史』巻一一三、禮志、宴饗にも「教坊致語」「樂工致語」などの文字が見える。經史の大篇に對し詩賦を藝人のあいさつ言葉にたとえている。
○「晉史石苞傳」。『晉書』巻三十三。石苞傳に續いてその息子の石崇の傳がある。石崇には寵愛する妓綠珠があった。敵對する孫秀が綠珠をよこせといったのを斷ったことがもとで、石崇は命を落とすことになる。その時、綠珠はみずから樓から飛び降りて亡くなった。

ここから先、冒襄がみずからの思い出を語る形で、扣扣の人物を描き出してゆく。思い出の中の扣扣はあくまでも美しく、あくまでも賢い。扣扣は幼い時から利發で美しい子供であった。おそらくは幼い時から侍女として冒家で育ったのであろう。ここでまた董小宛の思い出になるのだが、その扣扣の竝々ならぬ資質に目をつけたのが董小宛であって、冗談とも本氣ともつかず、彼女は大きくなったら、あなたのものになるのでしょうといったのであった。その言葉は彼女を側室にしようとした點で半ば的中し、彼女の夭折によって半ばはずれてしまったのであった。

しかしながら、扣扣は幼い時から佛教に心を寄せ、なまぐさ物を口にせず、朝夕讀經を缺かさない。冒襄は、そんな彼女を「再來の人」と思った。この語は、『影梅庵憶語』の杜濬の評語にも見えていた。「再來の人」はいわば「神に愛でられた人」であろう。幼い時から佛教に心を寄せていたところに、若死にの兆候を見た。というより、彼女が若くして亡くなってしまった現在の時點で、事態を心の中で整理するために、こうした兆候が思い起こされているといってもよいかもしれない。このことは、本段末尾の『晉書』石崇傳に關するくだりにおいても同樣である。『影梅庵憶語』の中に見えた、關帝廟で抽いた「憶」字のおみくじの言葉にしても、後から考えてみれば、董小宛と冒襄とが添い遂げることができない豫兆だったというわけであるが、それと同樣である。

董小宛が冒襄の身の回りの世話を完璧にこなしたことは、『影梅庵憶語』に見えていた。そんな董小宛が亡くなった後、冒襄はさっそく身の回りの世話をする侍女がないことに困る。そこで、董小宛の言葉を思い出し、彼女をそばにおいて教育することにする。教育するのは、いうまでもなく將來側室とするためである。夫人（正妻の蘇氏）も勸めたと付け加えているのは愛敬である。

多少の美化はあるにしても、全體で七百文字からなる杜甫の「北征」の詩を、二三回讀んだだけで、一字一句まちがえずに暗誦できたのは確かに才能である。彼女の才能にいささか疑いを持った冒襄が、「經史の大篇」については、そんなにすらすら讀めないだろうといって、腕輪を賭けて試驗をしたところ、『晉書』をすらすら讀んで、注釋まででした。冒襄は彼女との賭けに負けたわけであるが、小娘に一本取られた、男性中心社會のものさしから見れば、失敗談ともいえることを正直に語っているのは、年齡の隔たりが三十歳あったとはいえ、冒襄の度量の廣さを物語るであろう。

三、扣扣の才華

又余年來好與諸文士作曲室中語、藥欄湘夾、唱和斐然。姬向晚即索諸稿去、間有評隲、輒當。又余去冬今夏、僦居廣陵。姬閑日以烏絲欄格子、字作簪花體、訊余平安、姿制明秀、點畫遒媚。同人竊見者、無不妬余。余綺疏舊藝蘭數百本、姬一日寄余書曰、見蘭之受露、感人之離思。余持箋在手、訝其清麗、歸相詰問、卿那便得如許巧製。姬對以此特江文通語。紅蘭受露、稍除一字、君自不覺耳。其英敏大率類是。

また、わたしは年來、文士たちといっしょに詩文を作るのを好み、芍藥の花壇などで樂しく唱和したのであった。彼女は夕方になると、その作品を見せてくれといい、ときどき評價を加えたが、それはなかなかいいところをついていた。またわたしが去年の夏に、揚州に住まいしていた時、彼女は暇になると烏絲欄の格子のある紙に簪花體の文字で、わたしに無事かどうかたずねてきた。その文字はすっきり秀でており、點畫は力強くかつたおやかであった。同人で盜み見た者たちは、みなわたしに嫉妬しないものはなかった。わたしは窗邊に昔から蘭を數百本も育てていたが、彼女がある日わたしに寄こした手紙の中に、『蘭が露を受けるのを見るにつけ、離れている人が思われます』とあった。わたしはその便箋を手に持って、その清らかで美しいことを不思議に思った。歸ってから『おまえにどうしてこんなすぐれた言葉ができたのかね』とたずねてみると、彼女は『これは江文通（淹）の語じゃありませんか。その紅蘭受露から一字を除いただけです。あなたがおわかりにならなかっただけですわ。』その聰明なさまはだいたいこのようであった。」

〔注〕

○「作曲室中語」。曲室は狹い部屋。『世說新語』賞譽篇に、「許掾嘗詣簡文、夜風恬月朗、乃共作曲室中語（許掾嘗て簡文に詣り、夜風恬にして月朗らか、乃ち共に曲室中の語を作す）」とある。

○「藥欄湘夾」。不明。藥欄は芍藥の花壇か。湘夾の湘はあるいは湘竹で、竹林の中。あるいは湘竹で作った敷物か。博雅の示教を請いたい。

○「烏絲欄格子」。黑い罫線のある便箋。

○「簪花體」。書法の一種。晉の衞恆の書は「插花美女」のようだと、梁の袁昂の『古今書評』（張彥遠『法書要錄』に引く）にある。王彥泓の「有女郎手寫余詩數十首、筆跡柔媚、紙光潔滑、玩而味之」詩（『疑雨集』卷三）に「衞娘書格是簪花（衞娘が書格は是れ簪花）」とある。この衞娘は、衞恆のめいにあたり、次の段に見える衞鑠を指すようである。

○「藝蘭」。董小宛が蘭を育てていたことは『影梅庵憶語』にも見え、冒襄には蘭に關する專著である『蘭言』もある。

○「江文通語」。江淹の「別賦」に「見紅蘭之受露、望青楸之離霜（紅蘭の露を受くるを見、青楸の霜を離るるを望む）」とある。

これも、扣扣の才能を語る一段である。先の『晉書』の試驗と同樣、「おまえにどうしてこんなすぐれた言葉ができたのか」とたずねたのは、冒襄の失言に近かったであろうが、それに對して扣扣が、こんなの江淹のあの有名な「別賦」の文句をちょっと變えただけじゃありませんか、あなたにはそれがわからないのですか、と少し心の狹い人間ならカチンとくるようなことをいわれて、それでも彼女はそれだけすぐれていたのだ、という冒襄は、やはりなかなかの人物である。希代の豔福家は心の廣さがちがう。もちろん、それすべて、彼女はもはやこの世にいないからでもあるのだが。

扣扣のよこした見事な手紙を見て、仲間たちが嫉妬した、と本音のようなものをもらしているところもなかなか興味深い。身近に才女を置いていることは、仲間たちに對する自慢の一つでもあったといえなくはない。

余曰、有是哉。夫芳姿翾風、不嫺史傳、唐山衞鑠、詎解文章。姬乃兼之、何其殊也。先生曰、不寧惟是、顧姬之品格、更有大異人者。余數年以來、家中出入、悉由姬手。姬不私製一鈿蟬、不私易一纖縞。常一日檢朱提數兩、畀以歸余。蓋余歲久遺忘、寘姬篋中者、塵埋蛛裹、封識如初。余笑謂姬、卿曠達人、何以作宋老生學究氣。姬正色謂余、君何相待之薄也。夫人有託而私有所染指焉、非夫也。君謂女子中無丈夫乎。余媿謝久之。其知大體立節、槪何如者。余數年憂患、姬外引大義、曲相支拒、內懷遠慮、廻腸車輪。又余頻嬰拂意、情頗卞急。飮食服御、匪姬不歡。閒有濡緩、輒相譙讓。而姬婉轉奉侍、捷如盤珠。一家之中、上而余母余內人曁子弟甥諸娘、相爲憐愛、無不加膝。姬不以此自矜。下而中外諸男女、視姬有加禮焉、姬益以自下。其性情才識、不異宛君也。而今又死矣。傷哉。

わたしはいった。「そういうことがあるものなのですね。いったい、芳姿・翾風は、史傳に通じていたわけではありませんし、唐山・衞鑠は、どうして文章を解することがありましょうか。ところが彼女はその兩方を兼ねていたわけで、なんと格別ではありませんか。」先生がいわれた。「そればかりではない。彼女の品格についても、大いに人とちがったものがあったのだ。わたしは數年來、家中のお金の出入りをすべて彼女にゆだねていた。彼女はほんの螺鈿一つ、蟬の羽一つもこっそり作ることなく、布地の切れ端一つにしてもひそかに交易することはなかった。ある日、お金を數えていて、お金をわたしに手渡したことがあった。それはわたしが長いこと忘れていて、彼女の箱の中にあったものだった。塵に埋もれ、蜘蛛の巣がはっていたが、その封印はもとのままであった。わたしは笑って彼女に、『おまえはおおらかな人なのに、どうして宋の老學究みたいなことをするのかね』というと、彼女は色をなして、『あなたはどうしてそんなにわたしをばかになさるのですか。そもそも人から託されたものがあって、それにひそかに手をつけたりしたら、まともな人閒ではありません。あなたは女子の中には丈夫がいないとお思いなのですか。』わたしははじて謝ったのであった。その大體を知り、節を立てることこのようであった。わたしの數年の憂患にあたって、彼女は外に對してはきちんと理を主張して、婉曲に支出を拒み、内に對しては深く考えて、氣を車輪のように回したのであった。またわたしはしきりに不本意なことにあたり、氣分はきわめてけわしかった。飲食や衣服などの世話も、彼女でなければ氣に入らなかった。ときに對應が遲れたりすると、すぐに腹を立てた。そうした時でも、彼女は機轉をきかせて面倒をみてくれ、その早いこと算盤の珠のようであった。一家の中で、上にあっては、わたしの母、妻、そして子弟や甥たち嫁たちは、みな彼女を愛し、膝の上に乗せないものはなかった。彼女はそれでもそのことでみずからえらぶることはなかった。下にあっては、内外の男女たちは、彼女に禮儀正しくあたった。彼女はそれでますますへりくだった。その性情才識は、宛君と同じであったのだ。そして今、彼女もまた死んでしまった。悲しいことだ。

〔注〕

○「芳姿翾風」。芳姿は、『樂府詩集』卷四十五「團扇郎六首」に引く『古今樂錄』に見える謝芳姿。「團扇郎歌」を作った婢。翾風は、石崇の愛婢。『太平廣記』卷二七二に見え、五言詩（怨詩）を詠じた。

○「唐山衞鑠」。唐山は漢の高祖の唐山夫人。『漢書』禮樂志に「房中祠樂」を作ったとある。音樂の達人。衞鑠は、書の達人で、王羲之の師とされる女性（『奩史』巻三十一に引く『書斷』）。
○「朱提」。白銀。
○「宋老生學究氣」。宋學風の道學者。
○「廻腸車輪」。廻腸は思いをめぐらすこと。

冒襄一人にあまりしゃべらせるのも單調である。ここで「なるほど、彼女はすごいものですね」と陳維崧が相づちを打つ。すると、彼女がすばらしいのは才學の面だけではない、人格的にもすばらしかったのだ、といって、彼女の日常のエピソード、その謹嚴さ、家人に對する謙虚さについて語りはじめる。ほどよい話題の轉換である。

彼女が家計を管理して一毫もゆるがせにしなかったこと。それは『影梅庵憶語』において、董小宛もまた同様であったことが記されている。才能の評價、人格の評價、そして死後に思い出す數々の不吉な豫兆、そういった意味で、冒襄の語る扣扣は、『影梅庵憶語』の董小宛を下敷きにしている趣がある。あるいは實際のところ、陳維崧が『影梅庵憶語』を讀んだ上で扣扣の傳を書いているということでもあろう。

冒襄の口吻からすれば、董小宛の後を承けて自分の身の回りの世話を完璧にやってくれ、また家人と仲良く暮らしてくれる（家人とのいざこざは當然冒襄への負擔になったであろうから）扣扣の死が、この上なく悲しいのである。

四、死の豫兆

憶春閒攜姬看桃花於水繪堤前。姬向余索詩。君生平言語妙天下。何獨於小女子惜一言耶。余乃作四小詩贈之。姬生平未嘗向余索詩。茲若有亟亟然者、可異也。又姬近日撮唐小絶句如玉顔不及寒鴉色之類、令畫工圖之、皆閨房憔悴語、不知何故。一日爲余種白海棠。內人勸其多植數枝、姬忽太息曰、前人種花、後人看花。余今日知又爲何人計耶。正復何須作此。暇時余問以子素學佛、今何以都不誦經。姬曰、誦經須出家人可爲、今予既以身事君子矣。奈何。言罷、似悄然不悅者。余益信姬定爲再來人、無疑也。今果舍我去矣。

思えば春の頃、彼女を連れて、水繪園の水のほとりで桃花を見たことがあった。彼女はわたしに詩を作ってほしいといった。『あなたは平素からその言語は天下にすぐれています。どうして一小女子に一言を惜しむことがありましょう。』わたしはそこで四小詩を作って彼女に贈ったのであった。彼女は平生わたしに詩を作ってほしいなどといったことはなかった。そこには何かせっぱつまったようなものがあって、不思議だった。それからまた彼女は最近になって唐人の小絶句の句、例えば『玉顔及ばず寒鴉の色』などの句を抜き出して、畫工に描かせたのであった。それはどれも閨房憔悴の語ばかりであって、なぜだかわからなかった。ある日、わたしのために白海棠を植えた。家内がもう幾枝かよけいに植えればと勧めたところ、彼女はふと深くため息をついて、『先人が花を植え、後人が花を見る。わたしは今日いったい誰のためにやっているのでしょうか。またそんなことをする必要があるのでしょうか』といった。ぼんやりしている時に、わたしは彼女に、『おまえはかねてから佛を學んでいたのに、今はどうしてまるでお經も讀まなくなってしまったのか』とたずねた。彼女は、『お經をあげるのは、出家の人のするべきことです。今わたしは身をもって君子にお仕えしております。いかがですか。』そういい終わると、悄然としてよろこばない様子であった。わたしはますます彼女は生まれ變わりだと信じて疑わなくなった。今果してわたしを捨てて去ってしまったのであった。」

〔注〕

○「四小詩」。『巣民詩集』巻六の「辛丑晩春、久雨初霽、攜小姫吳湘逸看畫堤桃花、閉門湘中小閣、山濤過訪不値、有四絶句、戲爲和答、竝付湘逸」四首を指そう。山濤は、如皐の許嗣隆。冒襄のいとこ。康熙二十一年（一六八二）の進士。嘉慶『如皐縣志』巻十六、列傳一ほかに傳がある。

○「玉顏不及寒鴉色」。唐の王昌齡の「長信愁」の一句。「玉顏不及寒鴉色、猶帶昭陽日影來（玉顏は寒鴉の色に及ばざるも、猶ほ昭陽の日影を帯びて來たる）。」

この一段は、冒襄の語りの結びであるが、やはり扣扣が亡くなってしまった現在から見ての、不吉な豫兆である。それまで詩を贈ってほしいなどといったことのなかった扣扣が、自分に詩を作ってくれといったこと。不吉な内容の詩ばかりを繪に描かせていたこと。そして、海棠の花を植えながら、不吉な言葉をつぶやいたこと。今にして思えば、いずれも死の豫兆であった。

海棠については、『影梅庵憶語』の中においても、董小宛が秋海棠を育て、その海棠でシロップを作り、それが限りなくおいしかった思い出を記している。また陳維崧自身が「白秋海棠賦」（『陳迦陵文集　儷體文集』巻一）を作っている。秋海棠については、本書第二部第五章で觸れる。

扣扣の思い出の冒頭で、「再來の人」の話が出ていた。最後に再び彼女は「神に愛でられた人」、早死にする運命にあったのだ、と述べている。そういって、自分を慰め、納得させようとしているわけである。

先生言竟、哽咽摧藏。余亦泫然、不知所出。江風大作、蓬月忽低、援筆爲吳姫小傳。

先生は話し終えると、むせび泣いて悲しんだ。わたしもまたはらはらと涙がこぼれてきて、どうしてよいのやらわからなかった。江には風がおこり、月が低く出ていた。そこで筆を執って吳姫の小傳を作ったのである。

冒襄の長い語りは終わった。ここで再び現實に戻る。現實の世界は、やはり冷たい川風が吹き、枯れ草の上に低い月が出ている光景である。余韻嫋々。その末尾もまた、「滿座之を聞きて皆な掩泣す、就中泣下ること誰か最も多き、江州司馬靑衫濕ふ」で結ばれる白樂天「琵琶行」を思い出させるごとく、語る者も聞く者も涙にむせぶ結びである。

五、結　び——春の一日

吳扣扣が亡くなった年の春、ともに水繪園の桃花を見ながら作ったとされる冒襄の詩「辛丑晩春、久雨初霽、攜小姫吳湘逸看畫堤桃花、閉門湘中小閣、山濤過訪不値、有四絶句、戲爲和答、竝付湘逸」四首（『巢民詩集』卷六）の一首を見てみたい。順治十八年（一六六一）の晩春、續いていた雨があがったばかりの時、小姫の吳湘逸（扣扣）を連れて水邊で桃の花を見た。湘中の小閣に門を閉ざして閉じこもっており、山濤（如皐の許嗣隆）がやってきたが會わなかった。四絶句を屆けてきたので、戲れに和韻して答えとし、湘逸に與えた。これが詩題である。湘中

寫眞15　湘中閣　冒襄が扣扣とともに歩いたという水邊はここだろうか

閣が水繪園の中にあったことは、本書序論でも見た（寫眞15）。その第四首。

鐍戸纔知春晝長　戸を鐍（とざ）して纔（わづ）かに知る　春晝の長きを
殷勤羅袖拂花黄　殷勤なり羅袖もて花黄を拂ふ
眉言眼語眞奇秀　眉もて言ひ眼もて語りて眞に奇秀
始信人間別有香　始めて信ず　人間別に香有り

扉を閉ざして外界と遮斷されてはじめて春の晝の長さがわかった。花黄は、昔の女性が顔に貼りつけた飾りのこと。徐陵の「奉和詠舞詩」（『先秦漢魏晉南北朝詩』陳詩卷五）に「擧袖拂花黄（袖を擧げて花黄を拂ふ）」とある。扣扣が六朝・唐の女性のような花黄を顔に貼りつけていたかどうかはわからない。ここでは晩春のこと、散って風に舞う桃の花びらを着物の袖で拂ったことをいうのであろう。扣扣は眉と眼で語りかけてくるようだ。結句は、李白の「山中問答」詩の「桃花流水杳然去、別有天地非人間（桃花流水杳然として去る、別に天地の人間に非ざる有り）」を踏まえよう。ここにも桃の花があり、水がある。それを李白は人間に非ざる天地といったが、今ここに扣扣といっしょにいると、山中ばかりではなく人間にもよき香があることがやっとわかった。

長雨が去ってすっきり晴れ渡った春の一日、若く美しい扣扣とともに、庭園の中の一室に閉じこもり、心地よさそうな詩を作っていた。その扣扣が亡くなった今、彼女に贈ったこの詩について語った冒襄の胸のうちの悲しみ、いかばかりであったろう。

第四章　蔡夫人傳

はじめに

冒襄の身の回りにあった女性といえば、『影梅庵憶語』の主人公である董小宛が最もよく知られている。しかし、冒襄には生涯を通じて、その身邊にはほかにも女性たちがあった。一人はいうまでもなく正妻の蘇氏であり、董小宛の歿後、側室にしようとしたものの夭折した呉扣扣であり、そしてまたその後の側室である蔡夫人、金夫人、張夫人である。

ここでは、これら冒家の女性たちにつき、蔡夫人（蔡含）を中心に見てみることにしたい。

一、正妻蘇氏

蔡夫人の前に、まずは正妻の蘇氏について紹介しておくことにしたい。蘇氏は、冒氏と同じく如皐の名門蘇家の出身であり、蘇氏の曾祖父は、嘉靖四十一年（一五六二）の進士、江西布政使となった蘇愚。父は中書舎人となった蘇文韓であり、夫人はその三女であった。嘉慶『如皐縣志』巻十六、列傳に蔡愚の傳がある。「愚は膽智に富み、戦いに勝つこと多く功績をあげた（愚饒膽智、多戩定功）」とあり、武功をもって知られる人物であった。

冒襄自身の「祭妻蘇孺人文」（『樸巣文集』巻七）によれば、蘇夫人は萬暦三十九年（一六一一）、冒襄と同年の生まれである。萬暦四十一年（一六一三）、冒襄三歳の時に、父親同士が結婚を決めたといい、崇禎二年（一六二九）、十九歳の時に冒家に輿入れする。『同人集』巻五に、一連の「竝蔕茉莉詩」が収められている。冒家の香儷園に竝蔕の（一つのへたから花が二つ竝んだ）茉莉花が咲いた。その奇瑞を、董其昌、王思任、米萬鍾、陳繼儒をはじめとする三十名にものぼる文人が詩に詠じた。董其昌の詩の、

和鶴胎生意　　和鶴は胎生の意
求鳳合後音　　求鳳は合後の音

鳴き交わす鶴には、子が生まれる意がこめられ、鳳を求める鳴き聲は、後繼ぎができるたよりである、という句に、「辟彊が結婚しようとしている時に、ちょうどこの奇瑞があった（辟彊將婚、適有此瑞）」との自注がある。鄭元勳の詩にも、

婚姻及良時　　婚姻　良時に及び
名花代素琹　　名花　素琹に代ふ

の句があり、やはり「このとき冒襄は結婚してもよい年齢になりながらまだ結婚していなかった（時辟彊及期未婚）」という自注がある。三歳で婚約しながら、まだ結婚していなかったことをいうのである。このとき詩を贈ったものの中に、「較書」の吳娟の詩もある。較書は妓女である。その詩の尾聯には、

　　多情已爲風流殢　　多情　已に風流の爲に殢（とどこほ）るも
　　未許蜂迷與蝶狂　　未だ許さず　蜂迷と蝶狂を

「蜂迷蝶狂」はまた「浪蝶狂蜂」などともいい、女性に心動かすことである。なじみの妓女から、結婚したのだから、あちらこちらの女性に心動かしてはいけませんよ、という含みがあるのかもしれない。その當時の冒襄の生活ぶりがうかがわれる句である。

　とにもかくにも、このとき結婚した蘇夫人は、康熙十一年（一六七二）の春、二月十二日に蘇夫人が六十二歳で亡くなるまでの四十三年閒、冒襄と連れ添ったのである。

　この閒、蘇夫人は、崇禎七年（一六三三）の夏、長子の袞（崇禎十一年に歿する）、崇禎八年（一六三四）の冬には禾書（字は穀梁）、崇禎十二年（一六三九）の春には、丹書（字は靑若）を產む。「祭妻蘇孺人文」によれば、冒襄に嫁いでから十年の閒に、十たび妊娠し、流產すること六度、一女、三児を產んだ。一女は若死にし、長男は六歳で亡くなったとある。

　陳維崧の「蘇孺人傳」（『同人集』巻三）によれば、崇禎十一年（一六三八）の夏、冒襄は夢の中で、母親の馬恭人が病にかかるとのお告げを得た。そこで、泣きながら神に祈り、幼子を代わりにと請うた。ほどなくして袞がみまかった。袞が亡くなっても、孺人が哭泣する聲を外に聞かせることはなかった。そして出てくると、うれしそうに、「息子が死んだために、姑は生きることができたのでしょう。これはわたしの夫の志ですから」といったとある。悲しい話であるが、蘇夫人はこのように氣丈な女性だったのであろう。

　このことは嘉慶『如皐縣志』巻十九、列女傳二の馬氏の傳に見え、さらには『古今圖書集成』閨媛典閨孝部第三十七巻に「冒襄妻蘇氏」として見えている。蘇氏は世を去るその日にも、姑である馬氏の世話をしようとしていたともある。

崇禎十五年には董小宛が來、順治八年に歿するまでいっしょに暮らしているほか、順治十三年ごろには呉扣扣を將來側室にすることに決め（呉扣扣は、順治十八年に歿する）、康煕四年には蔡含が側室としてやってき、康煕八年にはさらに金氏、張氏が側室としてやってきてともに過ごしたのであった。

『影梅庵憶語』によれば、董小宛が、はじめて冒家にやってきた時のこと、

虞山宗伯（錢謙益）が彼女を送ってくれ、彼女が如皐に着いた時、わたしは父上に相伴して屋敷の庭園で酒を飲んでいた。急には父上に話すことはできず、そこでまた相伴して四更（午前二時）まで飲んだが、なかなか散會しなかった。妻はわたしが歸るのを待たずに、先に彼女のために別室をきれいにととのえ、とばり、燈、食器、飲食など一つとしてすぐに準備されないものはなかった。酒宴も盛りを過ぎたころ彼女に會えた。彼女がいった。「最初着いた時、何故あなたにお目にかかれないのかわかりませんでした。ただ下女たちにとりかこまれて岸に上がらされたので、心ひそかに疑いの氣持ちをいだき、さらに深いおそれの心を持ったのでした。でもこの部屋にやってくると何一つ備わらないものはありませんでした。そばのものにたずねてみて、はじめて奥方様のやさしさに感激し、一年にわたってあなたに従いたいと誓ったのがまちがってはいなかったことで、ますますうれしくなりました」と。

とあって、突然、冒家に送り込まれてきた董小宛をかばい、細やかに面倒を見たのが蘇夫人であった。董小宛が亡くなった後のことについても、『影梅庵憶語』の冒頭に、

今は亡き側室董氏、名を白といい、字は小宛、また靑蓮とも字した。秦淮に籍があり、呉門に移籍した。花柳界にあって高名な賣れっ子だったが、それが彼女の本來の姿だったわけではない。最初に出會って意氣投合し、わたしに從いたいと誓って、わが家の門に入ってから、そのさまざまな知恵や才識が、はじめて明らかにあらわれた。それから九年の間、上下內外大小のものたちとも、爭うことなく、仲たがいすることもなかった。彼女は、わたしが書物を著すのを手傳って、ともに俗世間から逃れ、わたしの妻を助けては裁縫に通じ、みずから水汲みや臼ひきをし、さらには艱難（明淸の交の混亂）に際會した時にもわたしが重い病氣にかかった時にも、たいへんなことを何でもないことのようにやってのけ、つらい事も飴をなめているかのように一身に引き受けていた。今、彼女は突然死んでしまったのだが、まさか彼女がわたしより先に死ぬとは思わなかった。ただわたしの妻が一人ぼっちでしょんぼりし、なすこともなく左右の手をながめているのを見、上下內外大小の人たちがみな深く悲しみいたんでいるのを見て、ああもう彼女は二度と戻って來ないのだ、と思うばかりである。

とあって、蘇夫人がその死を悲しんでいたさまが描かれている。

また、董小宛が亡くなった後、冒襄は、呉扣扣を側室にしようとするのだが、その時もまた、陳維崧の「呉姬扣扣小傳」によれば、

彼女は八歲で父親について勉強をはじめ、書を習ったが、とても利發で、竝の子供とはちがっていた。たおやかな物腰で、肌のきめ細かさは、朝やけのようであり、眉のあたりは薄い黛色であった。宛君（董小宛）が見て心を動かされ、こっそりわたしにいった。『この子はいいですわね。きっと將來あなたの物になるの

でしょうね。』しかし、彼女は生まれつき化粧をしたりはでなのが嫌いで、十歳の時には木叉の戒を守って、精進物を食べていた。わたしの母親の（馬）太恭人につきしたがって、朝夕おこたることなく、念佛を唱え、『金剛經』を唱えていた。それですでに彼女が（佛教徒の）生まれ變わりであることを知ったのであった。そして、わたしは宛君が亡くなったばかりの頃、香爐にしても茶碗にしても、それをかたづけるものもなかった。殘月の下、曉の風をうけながら、あたりをうろうろするばかりであった。何もしない時、たまたま宛君の先の言葉を思い出し、家内（蘇夫人）もまたしきりにそれを勸めた。それで、彼女が十三四の時に、彼女を身近に置いて、わたしについて勉強させた。

とあって、ここでも扣扣を側室にすることについて、蘇夫人がそれを勸めたと記されている。さらに、冒襄の「祭妻蘇孺人文」には、

年五十を過ぎて、また老友蔡氏の娘を招き、自分の娘であるかのように扱った。いま蔡氏は、蘇夫人の死にあたり、長齋繡佛してその名を畫き、老母に仕え、やもめとなった夫をなごませようとし、亡くなった主婦に代わって二世代の食事の世話をしている。金、張二姬を幼い時から育て、左右に仕えさせたのも、妻の贈り物なのである。(1)

とある。子供がいなかった場合、妾を勸めることはあるが、みずから男の子を產みながら、妾を勸めたというのは、なかなかできた人物といえよう。恪氣をまったくまぬがれている人であって、希代の豔福家、冒襄の誕生は、背後にこの人あればこそといえるだろう。

蘇氏は、冒家に嫁いで以來、冒襄の祖母（崇禎九年に歿）、舅（順治十一年に歿）、姑（姑の馬氏は、蘇夫人よりも長生きし、康熙十五年に歿した）に仕えている。

蘇氏は、冒襄と同い年であったわけだが、その五十歳の年には、二人合わせて百歳ということで、多くの人々が誕生會に集まり、壽詩、壽序を贈っている。『同人集』巻二にそれらの文章が收められ、陳維崧、呉偉業らが文章を寄せている。呉偉業の「祝冒辟疆社盟翁先生雙壽序」によれば、陳維崧が、壽序を書いてほしいとの冒襄の二子の願いを呉偉業に仲介したもののようである。陳維崧の「奉賀冒巣民老伯暨伯母蘇孺人五十雙壽序」には、崇禎年間の末、飢饉にみまわれた折、冒襄はみずからの費用で粥を炊き、飢民を救ったが、そのとき蘇孺人も、「釵環奩飾諸器」をみな質入れして、それを援助したことが記されている。

二、蔡含の誕生から輿入れまで

蔡含が冒襄の側室になったのは、康熙四年（一六六五）の三月である。このとき冒襄は五十五歳、蔡含は十九歳、三十六歳の年の開きがあった。

董小宛が、もと南京秦淮の妓女であったのと比べると、蔡含の場合、その出身は、いくぶん由緒正しい家だったようである。蔡含は蘇州呉縣に生まれ、父は蔡濳（字は孟昭）という。陳維崧に「贈蔡孟昭序　孟昭時年六十」（『陳迦陵文集』巻三）がある。それによれば、蔡孟昭は、『史記』の游俠列傳に登場するような俠氣に富んだ人物で、若い頃には朱國禎や楊景辰など內閣の首輔をつとめた人々にも認められたという。そして冒襄の父親である冒起宗が高く評價し、そばに置いたという。順治十六年（一六五九）には、南京でおこった大獄に連座して獄に繫がれた友人を、白刃を持って救い出したともある。たしかに游俠傳中の人物である。順治十六年は、鄭成功の軍が南京に迫った時であり、このとき巡撫の朱國治は、反逆の名で多くの人々を捕らえた。大獄とはこのことを指そう。この事件が、のちの「奏銷案」の發端になる。(2)

その蔡濬は、康熙十五年（一六七六）に七十歳になり、後でも觸れるように、三十歳になった娘の蔡含と父娘合わせて百歳の祝宴が開かれる。そこから逆算すれば、この陳維崧の文章が書かれたのは、康熙五年（一六六六）のことである。陳維崧によれば、この六十歳當時、蔡濬は如皐の冒襄のもとに身を寄せていたという。なお、順治十五年（一六五八）に作られた陳維崧の「同孟昭靑若過訪孺子不遇（孟昭、靑若と同に過ぎりて孺子を訪ふも遇はず）」詩（『同人集』巻六）がある。冒襄にも作年未詳ながら、「同孟昭蔭松看水繪庵畫堤桃花夾岸卽席限韻（孟昭、蔭松と同に水繪庵畫堤の桃花 岸を夾むを看、卽席韻を限る）」（『巢民詩集』巻四）がある。

杜濬の「女羅字說」（『同人集』巻三）には、

わたしの友人である茂苑（蘇州）の蔡孟昭に娘があった。物靜かでかしこく、敎訓になじみ、詩書を解し、長齋して禪理を解した。孟昭はことのほかかわいがっていた。笄の年になって、婚約を求めるもの、媒酌人が門をふさぐほどであったが、孟昭はいずれも許さなかった。ただ、三世代にもわたる交友の道義が重いことによって、如皐の冒襄のもとに歸したのであった。辟疆はこれを賓客友人のように待したのであった。(3)

とある。蔡含が三十歳の時、父の蔡孟昭は七十歳だったというわけだから、蔡含は蔡濬が四十歳の時に生まれた娘だった。顧道含の「蔡孝女乞挽言引」（『同人集』巻三）では、孟昭（蔡濬）は冒氏父子祖孫四世六十年にわたるつきあいがあったといい、また「わたしは巣民（冒襄）、孟昭（蔡灊）とともに得全堂でともに寢起きし、ともに食事をすること六、七年」ともある。もともと父の冒起宗の代から、冒家の食客のような關係だったのかもしれない。いくら名門の冒家にとはいえ、蔡含は、はじめから側室として來たのであるし、三十六歳の年の開きがあった。四代にわたるつきあいとはいうものの、あるいはこのあたりから蔡家の地位がうかがわれるのかもしれない。

冒襄は、蔡含が輿入れした時、友人の杜濬に、彼女の字をつけることを依賴する。このとき杜濬が書いたのが、この「女羅字說」である。杜濬もまた、蔡灊と面識があったようである。杜濬は、東晉の名士の一人である羅含に思い至る。蔡含と同じ含の名である。

羅含、字は君章なるものがあって、時に重んじられた。史には、君章が江陵に官であった時、官舍がみすぼらしく狹かったのをいやがって、わざわざ町を去ること三十里、みずから別莊を營み、花藥を植えた、とある。名士の風流はいわずと知れよう。それで、杜甫の詩に「庾信羅含俱に宅有り（庾信羅含俱有宅）」というのである。その敬慕のさまが知られよう。(4)

そこで、女性の羅含ということで、女羅という字をつけたのだという。「女羅字說」ではさらに、『詩經』小雅で「女蘿」は結婚の意であるといい、また「般若波羅蜜」の羅が「智慧」の意であること、さらには古樂府の羅敷のことも持ち出している。杜甫の詩は、「舍弟觀赴藍田取妻子到江陵喜寄三首」の第三首で、「庾信羅含俱有宅（俱在江陵）、春來秋去作誰家」とある。

そして、この蔡含が輿入れした康熙四年の三月、杜濬、毛師柱、陳維崧によって「華燭詞」が作られた（『同人集』卷七）。毛の詩は、「賀巢民伯納蔡姬」と題し、題下に「起句用唐人、乃阮亭先生命（起句に唐人を用ふるは、乃ち阮亭先生の命なり）」とあり、王漁洋も關わっていたことが知られる。唐人の詩句とあるが、その起句の「名士悅傾城（名士は傾城を悅ぶ）」は梁の湘東王の詩。湘東王の詩は傳わらないが、『玉臺新詠』巻七に收める簡文帝の「和湘東王名士悅傾城」によって知られる。以下に示すのが、毛師柱の詩である。

名士悅傾城　　名士　傾城を悅び
盈盈兩意迎　　盈盈　兩意迎ふ
心神欣共寫　　心神　共に寫すを欣び
豐格喜同賡　　豐格　同に賡するを喜ぶ
花蕋廻燈豔　　花蕋　燈を廻りて豔に
茶香入夢淸　　茶香　夢に入りて淸し
此時一相顧　　此の時一たび相顧れば
無語各含情　　語無くして　各おの情を含む

名士は城を傾ける美女を好むという。美しいさまはどちらの意にもかなっている。その心は共に繪を畫くことを喜び、ふくよかなその姿は共に詩を詠ずることを好む。花のつぼみは燈りのまわりをまわって豔やかであり、茶香は夢に入って淸らかである。この時、ひとたびたがいを見交わせば、言葉はなくても思いはたっぷりである。若々しい蔡含と冒襄の心の通い合いを詠じた詩である。

かくして、蔡含は冒家の一員となったのであった。

三、蔡含の生涯における三つの大事件

蔡含が亡くなった折、顧道含が「蔡孝女乞挽言引」（『同人集』巻三）を書いている。そこでは、蔡含の生涯におけるハイライト、三つの大事件を記している。一つは、康熙十七年（一六七八）の秋、蔡含が三十一歳の時のことである。父親の蔡潛が、とつぜん毒瘡（悪性のおでき。時に梅毒をいうこともある）を病んだことがあった。蔡含は割股して父が生きることを天に叫んだのであった。足の肉を割いて親に食べさせることは孝行の最高の表現であるとされ、合山究『明清時代の女性と文學』（汲古書院　二〇〇六）第二篇「節婦烈女論」第一章「節婦烈女——明清時代の女性の生き方」では、

　親の病氣を治すために、子供が自分の股や腕の肉を切り割いて親に食べさせる、一種のカニバリスム的孝行ともいうべき畸型的道德が流行した。

とあり、その注に、

「孝」の道德は男女ともに重んじられているが、女子について見ると、例えば『古今圖書集成』閨孝部に収められている歷代の孝女の傳記の數は、次のごとくである。

漢一一（一）　魏晉南北朝一九　隋三　唐五代二九（二）　宋五一（一七）
元四三（六）　明六三四（三二〇）　清三四〇（一三七）

これらのうち、（　）内の數字は、臂や股の肉を切り割いて、病氣の親（父母舅姑など）に食べさせて、親の病氣を治したことによって孝女とされた女性の數である。これを見てもわかるように、明清時代の孝女の三分の二は「割股封臂」の孝を行なった者によって占められているのである。『古今圖書集成』には、清初の數十年間の孝女しか收錄されていないが、もし清代全體の孝女を收錄したならば、その數は少なくとも十倍近くにはなるだろう。

とある。『古今圖書集成』に、蔡含についての記事は見えないが、彼女もこうした當時の流行ともいえる割股を行ったのである。

顧道含の文章ばかりでなく、彼女が亡くなった時の他の文人たちの詩においても、例えば邱元武は、割股について一首の詩を作っている（「書畢、客言少君割股救父及免巣民先生於盜於火三事、甚偉、復作四章（書畢りて、客 少君の割股救父及び巣民先生を盜より火より免ぜしむるの三事を言ふ、甚だ偉なれば、復た四章を作る）」『同人集』巻十）。

多病嚴君八十春　　多病の嚴君　八十の春
封來玉腕淚盈巾　　玉腕を封き來り　淚　巾に盈つ
前身愧煞中郎女　　前身　愧煞す　中郎が女
不辦刀圭救老親　　刀圭を辦ぜずして　老親を救ふ

病氣がちな父が八十の齢を全うした。彼女の玉のような腕の肉をえぐり、淚でハンカチがぬれる。前身である中郎（蔡邕）の娘（蔡琰）をもはじいらせるほど。醫術のわきまえがなかったものの老親の命を救ったのであるから。この詩によれば、蔡含の場合、腕の肉を切ったもののようである。

顧道含の「蔡孝女乞挽言引」では續いて、翌康煕十八年（一六七九）の十月十五日の夜のこと、みなが寝靜まった頃、耳に何かを聞きつけたように思い、見れば、窗の外が明るくなっている。びっくりして目が覺めてみると、寝ていた寶彝閣が火事になっており、さかんに燃えていたのであった。蔡含はそこで大聲で叫んで、冒襄を助け出し、また染香閣の女性たち、侍女たちは火をかいくぐって出て、逃げ出すことができた。それは神様が彼女に教えたかのようであった、とある。『冒巢民先生年譜』のこの年の條に、「染香閣火」と見えるのがこの事件である。危機にあっても沈着に行動し、機轉がきく人であった。染香閣は、得全堂のそばにあったようである。

これについても、『同人集』巻十「蔡少君輓詩」に收める邱元武の「丙寅臘八日奉輓蔡少君女羅、六章。時巢民先生客邗、於天寧藏經閣懺薦少君四十初度。偕諸同人赴齋應敎（丙寅臘八日蔡少君女羅を奉輓す、六章。時に巢民先生邗に客たり、天寧の藏經閣に於て少君が四十初度を懺薦す、諸同人と偕に齋に赴き敎に應ず）」詩に、

寶彝閣比絳雲樓　　寶彝閣は絳雲樓に比す
同夢千燈繞玉鉤　　同夢　千燈　玉鉤を繞る
驚曳元參衝烈焰　　驚きて元參を曳き　烈焰を衝く
粧臺燼冷不知愁　　粧臺燼冷するも　愁を知らず

寶彝閣は、火事で燒けてしまった錢謙益の絳雲樓のようになってしまった。夜、みなが同じように夢を見ていた時、燈りが玉鉤をめぐっていた。驚いてはげしいほのおをついて外に逃げた。化粧臺は燒けてしまっても、みんなの命は無事で愁いはないのである。

さらに翌康熙十九年の秋のこと、一族のもので、冒襄に不満を持つものが、夜、刄物を持って冒襄の寢室を襲う事件がおきた。それがため、冒襄の息子の冒丹書や、下僕、下女などけがをするものも出た。蔡含は、ことを知るや、ただちに燈りを吹き消し、そのため犯人は、取り落とした武器を探し出すことができなくなり、助かったのであった。「蔡孝女乞挽言引」では、

冒襄のベッドを去ること咫尺の閒であった。もしこの時、蔡含がいなかったら、ほとんど危なかった。智というべき、孝というべきであろう。(5)

と記している。この事件については、韓菼による冒襄の墓誌銘「潛孝先生冒徵君襄墓誌銘」（『有懷堂文稾』巻十六）の中でも觸れられている。大事件であるから、ことは知縣の崔華の耳にも達した。冒襄は、ものごとには原因があることを切々と訴え、知縣の前で痛哭し、寛大な處置を求めた。知縣も涙を流し、見る者數千人もまた涙を落とした、と記されている。

やはり邱元武の「書畢、客言少君割股救父及免巣民先生於盜於火三事、甚偉、復作四章（書畢りて、客 少君の割股救父及び巣民先生を盜より火より免ぜしむるの三事を言ふ、甚だ偉なれば、復た四章を作る）」詩でも、このことは詠じられている。

廿載蘭心映碧空　　廿載の蘭心　碧空に映ず
雙鬟敎養擬當熊　　雙鬟の敎養　熊に當らんと擬す
可憐燭滅銷霜刄　　憐むべし　燭滅し　霜刄を銷す

環珮難追紫藥宮　　環珮　追ひ難し　紫藥宮

二十年のすぐれた心が碧空に光を放った。少女時代の教えは、熊にも當たれるほどのものであった。蠟燭の燈りを消して、凶器をなきものとした。紫藥宮（藥珠宮）の美女も及びがたいのである。蔡含の膽力は、游俠傳中の人物のようであった父親譲りなのかもしれない。

阮元の『廣陵詩事』巻二にも、この事件についての記事がある。だが、そこでは息子が冒襄をかばったために助かったと記されており、蔡含の働きについては記録されていない。

大家の側室の蔡含の人生には、このようなハイライトがあった。顧道含の挽詩（『同人集』巻十）には、

突火吹燈兩出奇　　火を突き燈を吹いて　兩つながら奇を出す
當前急智捷如機　　當前の急智　捷きこと機の如し
須知劉向流傳者　　須く知るべし　劉向の流傳する者にして
不是蘭闈綺麗兒　　是れ蘭闈の綺麗兒ならざるを

ほのおの中を飛び出し、燈りを吹き消すなど、意想外の行動で功績をたてた。その當意卽妙の智の早かったさまは機織り機のようである。彼女こそは劉向が『列女傳』において傳えた人物であって、ただ蘭の部屋にすむ美人というだけではないのだ。ここでは、蔡含を『列女傳』中の人物として描いている。

その蔡含の得意は繪畫であった。これについては、次章で見ることにしたい。

四、蔡含と繪畫

蔡含といえば、康熙六年（一六六七）蔡含より二年おくれて冒襄の側室となった金玥とともに、「冒氏兩畫史」と稱されたことがよく知られる。[6]

蔡含が描いた畫のうち、現在知られる最も早い作品は、わが國澄懷堂美術館に藏する「花卉圖」のようである。[7]

この繪には「甲辰秋七月、仿宋人徐崇嗣意、女蘿子蔡含製於水繪園（甲辰秋七月、宋人徐崇嗣が意に仿ふ、女蘿

圖4　蔡含「花卉圖」（澄懷堂美術館藏）

子蔡含 水繪園に製す)」との題識がある。康熙三年は、蔡含が冒襄の側室になる前年であり、女蘿の字もまだつけられていなかったはずである。この點、よくわからない(圖4)。ついで、康熙十一年(一六七二)に描いた鳳凰の畫がある。これについては、冒襄に「壬子(康熙十一年)」と注記のある「題蔡姫女羅畫二」(『巣民文集』卷六)がある。この文章には、

ある冬の晩、たまたま(この繪を)出して象明(于梅)に見せた。象明はそれを激賞したので、題字を書いて贈ったのである。(8)

とある。『同人集』卷七「壬子東皐歳寒唱和詩」に于梅の「壬子東皐歳暮、余將歸江南、忽聞陳其年先生來自荊溪、艤棹見訪不値。明日喜晤於巣民先生之得全堂、文酒留連、更闌燈炧、惜別懷歸、賦得八章。呈巣民其年兩先生、兼別文虎孺子穀梁青若(壬子東皐の歳暮、余將に江南に歸らんとするに、忽ち陳其年先生の來るに荊溪自りし、棹を艤して訪ねらるるも値はずと聞く。明日巣民先生の得全堂に晤ふを喜ぶ、文酒流連、更闌け燈炧き、別れを惜み歸るを懷ひ、賦して八章を得たり。巣民其年兩先生に呈し、兼ねて文虎、孺子、穀梁、青若に別る)」の詩に、

誰擲茶槍來海角　　誰か茶槍を擲ちて海角より來たる
更憑墨瀋畫江南　　更に墨瀋に憑りて江南を畫く

の句があり、そこに自注として、

この日、巣民先生はわたしが持ってきた江南茶をいれてくださり、その姫人が最近描いた墨鳳の畫を出して

きて、座にいたものたちに屬して題詠をさせたのである。(9)

と見える。人がやってくると、蔡含たちの繪を見せ、詩を求め、賞贊するものがあると、みずから題辭を書いて贈るのが一つのパターンになっていたようである。才女を置いていることは、得意なことであったろう。

『同人集』巻七「壬子歳寒唱和詩」にはさらに、錢德震「巢民先生屬作墨鳳吟、率爾應之（巢民先生屬して墨鳳吟を作らしむ、率爾之に應ず）」、許納陛「墨鳳行」、張圯授「墨鳳歌爲巢翁老伯賦」などがあり、冒襄がみなに詩を作るよう求めていたことが知られる。

鳳凰の繪については、『同人集』巻十二、鄧林梓の「蔡少君畫鳳贊」もある。また『同人集』巻四の吳綺の書簡は、蔡含の鳳凰の繪を贈られたのに對するお禮の手紙であり、鳳凰の圖を賞贊している。鳳凰と松の畫が蔡含の得意だったようだ。

周斯盛の「丙辰嘉平奉祝巢民先生蔡夫人三十序」によれば、癸未（これは癸丑のあやまりではないかと思われる）、康熙十二年（一六七三）の冬に、周斯盛は、冒襄から「歳寒圖」一冊を贈られた。それには冒襄の詩序、そして「香閨の妙墨數幅」が収められていたという。先生の閨房には優れたものが多いが、女羅蔡夫人はその中で最も優れているとある。「歳寒圖」は、ふつう「松柏」もしくは「歳寒三友」の松、竹、梅を描いた圖である。

康熙十四年（一六七五）には金玥とともに描き、それに冒襄が題詞をつけた「午瑞圖」があり、南京博物院に藏されている。

康熙十五年（一六七六）三月のこと、冒襄の屋敷の得全堂で、蔡含の描いた松の繪を鑑賞する會が開かれた。その集まりについては、戴洵「得全堂観畫松歌」（『同人集』巻七）があり、それには序、また冒襄の和詩が収められている。また、蔡含三十歳の年、盛大な誕生會が開かれ、その折に畫冊が作られたことが、三十歳の壽言に見える。これらについては次節で觸れることにしたい。

冒襄の交際の廣さを反映し、蔡含その人、あるいは彼女の畫を詩詞に詠じた文人は少なくない。朱彝尊もその一人。『曝書亭集』巻二十八に「於中好」の詞が収められ、題下に「蔡女羅の疎篁寒雀圖に題す」とある。また汪楫は、蔡含を詠じた「女蘿篇爲巣民先生蔡夫人侑觴」（『同人集』巻十二、また『本事詩』巻十一にも「女羅篇爲冒巣民蔡姫賦」と題して収められる）がある。

「冒氏兩畫史」のもう一人である金玥は、康熙六年（一六六七）に側室になった。『冒巣民先生年譜』に、この年「金曉珠來歸」とある。金玥は、字を曉珠という。また、『同人集』巻十に見える「玉山夫人」も、『廣陵詩事』巻九では、金玥のことであろうとしている。金玥の繪としてよく知られるのは、洛神の圖であり、『同人集』巻三に方亨咸、李念慈、汪楫による「題巣民年長兄楷書洛神賦金夫人手臨洛神圖巻後」があり、同巻五には呉綺の「乞金夫人畫洛神啓」がある。呉綺が、金玥の洛神の畫を所望した手紙である。金玥の繪も日本の澄懷堂美術館に収藏されている。(10)

金玥の繪についても、何名かの文人が題した詩を見ることができる。厲鶚の『樊榭山房集』巻七に「題冒辟疆姫人金圓玉水墨秋葵圖」詩、また翁方綱の『復初齋詩集』巻二十一に「金玥墨牡丹二首」がある。後世の人々にとっても、その畫は、題詩を作るだけの價値が認められていたことを示している。

なお、蔡含、金玥のほかに張氏という側室もあったことが知られる。張氏についてはあまり多くの資料は殘っていないが、『冒巣民先生年譜』の康熙七年（一六六八）に「張氏妾來歸」とあり、康熙十年（一六七一）に、張氏が女の子を産んだことがわかる。この女の子は、後に諸生の洪必貞に嫁したとある。冒襄の「祭蘇孺人文」では、女の子のなかった正妻蘇氏は、この娘をかわいがったが、まもなく自身が亡くなったとある。この娘が生まれた時、冒襄六十一歳である。

五、蔡含をめぐる文人たちの集い

『同人集』を見ると、蔡含を中心としたかなり大がかりな文人たちの集いが、三度あったようである。一つは康熙十四年の初夏、得全堂で蔡含が描いた松の繪を鑑賞した會であり、二つめは同じく康熙十五年の十二月、蔡含三十歳の祝いであり、そして最後は、康熙二十五年、蔡含が四十歳で歿した時の集いである。

蔡含が松の繪を得意としたことはすでに見たが、康熙十四年の初夏、常熟の戴洵が如皐の冒襄のもとを訪れ、得全堂において、蔡含の描いた松の圖を見た。戴洵は「得全堂觀畫松歌」を作る（『同人集』巻七）。その序では、はじめに蔡含を紹介し、その描いた松について次のようにいう。

ここに一丈にものぼる鵞溪の絹を廣げ、千尋の龍のひげを寫している。天をつき地を抜け、五大（地、水、火、風、空）のくびきをうけず、幹は伸び、枝はひろがり、萬年の露に濕っているようである。座客はそれを見て表情を固くし、主人は筆をなめて贊を作る。そこで蕪雑の恥をもわきまえず、いなかじみた言葉を繼ぐことにする。得全堂の上には煙雲が翰墨とともに飛び、水繪庵中に鉢の響きが波の音（松籟）と相和している。これは香閨の佳句というばかりではなく、藝苑の美談である。そこで、（粗末なものを）貂につなぐことになるのをかえりみず、いささか玉を引くに資せんとするのである。[11]
蔡含の松の繪を賞贊し、冒襄の作った贊に續いて詩を作ったといっている。ここで冒襄が作ったという贊は、「畫松贊」(『巣民文集』巻五)である。この畫贊の末尾には、

　乙卯(康熙十四年)三月の望、それはわたしの六十歳の誕生日であったのだが、竝外れた美人がわたしのために祝杯をあげてくれ、俗をかけ離れたさまでわたしのために姿を描いてくれた。そこで彼女の手を借りて北堂の上に掲げ、九十の大壽に近づかんとする慈親を描こうとするのである。來る年も來る年も、この日が、一同に長春を慶賀できるよう。[12]

と記されている。冒襄の母馬恭人は、この年八十六歳である。老松はまた長壽の象徴でもある。

　冒襄は、戴洵の詩に和した詩を作り、戴洵はその冒襄の詩にさらに和詩を作っている(「再觀畫松歌」『同人集』巻七)。その序によれば、この繪は顧道含に贈られたようである。

　冒襄は蔡含の松の繪が評價されたことがよほどうれしかったと見えて、この後海陵(泰州)に行った折、さらに蔡含たちの繪を攜えてゆき、友人たちに見せていたようである。やはり『同人集』巻七の「丙辰海陵倡和」に、汪懋麟「丙辰首春、海陵寓園喜晤巣民先生、見示新詠、兼以兩少君所畫蒼松春燕箋扇及岕茗見貽、長歌柬謝(丙辰首春、海陵の寓園に巣民先生に晤ふを喜ぶ、新詠を示され、兼ねて兩少君の畫く所の蒼松春燕の箋扇及び岕茗を以て貽らる、長歌もて謝を柬す)」があり、それに冒襄が和詩を作り、また、汪耀麟「丙辰春日、吳陵寓中喜晤巣民先生、兼出二女史畫冊扇幅種種奇妙(丙辰春日、吳陵寓中に巣民先生に晤ふを喜ぶ、兼ねて二女史の畫冊扇

幅の種種奇妙なるを出す）」などがある。汪懋麟の詩の前には、寒食の詩があり、その後に海陵での「春日唱和」の詩があるから、これも春のことであろう。この康熙十四年から十五年にかけての冒襄は、しばしば蔡含と金玥の繪を攜えてみんなに見せていたようである。

そして、その年の暮れ、十二月八日は、蔡含の三十歳の誕生日であって、その誕生日を祝う會が開かれた。呉綺の「辟疆老年翁蔡夫人三十壽詩序」と周斯盛の「丙辰熹平奉祝巣民先生蔡夫人三十序」（ともに『同人集』巻二）がある。「詩序」があるということは、みんなが詩を作ったということで、その詩は、『同人集』巻十二に「蔡夫人壽言」としてまとめられている。

辟疆先生蔡少君三十　姚若翼
女蘿篇　爲巣民先生蔡夫人侑觴　汪楫
畫松歌壽蔡夫人　鄧林梓
壽蔡少君　柳堉
又　程邃
又　李沂
又　宋曹
又　宋恭貽
又　杜首昌
又　蔣易

又　吳山濤
又　白夢鼎
又　蔡啓僔
又　宗元豫
又　汪耀麟
沁園春一闋　壽蔡少君　范國祿
賀新郎一闋　爲蔡少君壽　孫繼登
鵲橋仙二闋　再爲蔡夫人壽　吳綺

この時は、蔡含の父の蔡潛の古希の祝いでもあり、二人合わせて百歳というめでたい時にもあたっていた。鄧林梓の詩題には「辟疆老伯少君蔡女羅、工畫古松、有拔地倚天之勢。丙辰臘月八日爲夫人三十設帨之辰、時在邗上、四方諸詞人競以詩文詞畫成册爲壽。余得展玩、亦作畫松歌以當祝嘏之辭（辟疆老伯が少君蔡女羅、古松を畫くに工にして、拔地倚天の勢有り。丙辰臘月八日は夫人三十設帨の辰爲り、時に邗上に在り、四方の詞人競ひて詩文詞畫を以て册を成し壽を爲す。余展玩するを得て、亦た畫松歌を作りて以て祝嘏の辭に當つ）」とあって、このとき多くの人が集まり、詩畫册が作られたことをあらわしている。また、柳堉の「廣陵冬日辟疆前輩社集、名士十六名出詩文及蔡少君畫綵鳳松石等圖合觀稱賞。述少君臘八日三十設帨、徵詩以傳勝。舉俚詠書祝（廣陵冬日辟疆前輩の社集、名士十六名　詩文及び蔡少君が畫く綵鳳松石等の圖を出して合はせ觀て稱賞す。少君が臘八日三十の設帨を述べ、詩を徵して以て勝を傳ふ。俚詠を擧げて祝を書す）」には、名士十六人が詩文を出したと記されている。宗元豫の詩「丙辰仲冬、巣翁老世翁先生招飲、出蔡夫人所畫鳳凰圖索題、兼祝三十初度（丙辰仲冬、巣翁老世翁先生が招飲、蔡夫人の畫く所の鳳凰圖を出して題せんことを索む、兼ねて三十初度を祝ふ）」では、冒襄が鳳凰の繪を示したと記されている。これもなかなかの盛會だったのことがわかる。

そして、その會から十年の後、康熙二十五年（一六八六）七月二十一日、蔡含は四十歳にして世を去る。顧道含の「蔡孝女乞挽言引」（『同人集』巻三）には次のようにある。

去年の冬、孟昭（蔡濬）が八十の長壽にして世を去った。少君孺子は啼いて少しも休もうとせず、かくして體は弱り、病氣になった。巣民は百計を盡くして癒そうとしたが、何度も危篤におちいり、丙寅の秋にとうとう亡くなったのであった。年は四十であった。巣民はいった。「悲しいことだ。わたしは七十六で、飲食寒暑、みなこの子に頼っていた。もうお迎えの時期がきていることがわかる。わたしは死んでしまう。」[13]

そういって、冒襄は友人たちに哀挽詞を求めたとある。かくして集まった詩が『同人集』巻十「蔡少君輓詩」に収められている。冒襄は、何かがあると、友人知人に詩文を求める人であった。そこには以下の詩詞が収められる。

丙寅臘八日奉輓蔡少君女羅六章。時巣民先生客邗、於天寧藏經閣懺薦少君四十初度、偕諸同人赴齋應教　邱元武

書畢、客言少君割股救父及免巣民先生於盜於火三事、甚偉、復作四章　邱元武

冒少君輓辭　李宗孔

又　　　　　　　　　　　　顧道含
又　　　　　　　　　　　　沈士尊
又　　　　　　　　　　　　方湛藎
又　　　　　　　　　　　　徐時夏

辟翁先生爲蔡如君誕辰設供天寧追薦、承徵輓詩、調永遇樂應敎　傅宏

丙寅伏臘巢翁老先生爲姫人蔡君禮懺天寧、雪公親爲回向、同人競作輓章、余不揣固陋、敬成沁園春二首應敎
　　　　　　　　　　　　費文偉

汪懋麟が書いた「蔡女羅墓銘」（『同人集』巻三）には、この年の十二月八日、揚州天寧寺において法事を行い、友人たちを招待したことが記されている。

公は、郡（揚州）に來て、天寧寺の大悲閣の下で齋を設けた。手紙を出して、もと知り合いだったものを招き、「女羅のために誕生會をする」といった。わたしはそれを不思議に思った。公は悲しげにわたしにいった。「蔡含が三十になった時、わたしは揚州で大がかりに客を招いて宴會を行った。わたしはいった。おまえが四十になった時、おそらくわたしは面倒をみられないだろうと。それからあっという間に十年がたってしまったが、わたしは無事であった。そこで、蔡にこういった。おまえが三十の時にいったことを覚えているか。わたしはおまえの面倒をみられないといったが、また十年たってしまった。きっとおまえの誕生日を祝ってやろうと。ところが、それから急に亡くなってしまい、わたしのいったことを實行できなくなるとは、思いもしなかった。わたしは蔡との約束にそむくに忍びない。それで、この會を開くのだ。」(14)

とある。そして招かれた文人たちは、詩文を作って贈ったのである。費文偉の詩によれば、この時の導師は、雪公がつとめたという。雪公については、孔尚任に「箭天寧寺雪公」（『湖海集』巻五）、また「輓雪公」（同前）の詩があり、これらの詩を収める徐振貴主編『孔尚任全集輯校註評』（齊魯書社　二〇〇四）には、「雪公、名上思、字雨山、號雪悟、泰州人」とある。雪公の輓詩が作られたのは、蔡含の法事を行った二年後の康熙二十七年（一六八八）のことである。

かくして、「冒氏兩畫史」の一人である蔡含は、冒襄に先だったのであった。

康熙二十八年（一六八九）六月八日には金玥の誕生日が行われ、『同人集』巻十二に「金夫人壽言」がある。金玥は、冒襄が康熙三十二年（一六九三）に八十三年の生涯を終えるまで、二十六年にわたって冒襄に仕えたのであった。

六、結び

以上、蔡含を中心に、冒襄の身の回りにあった女性たちについて見てきた。臺北の國家圖書館に玉煙堂鈔本、堵霞の『含煙閣詩詞合集』が藏されている。堵霞は女性の詩人である。その末尾に「巣民老人冒襄戊辰清和朔日書於還樸齋」と題された「含煙閣詩集跋」がある。戊辰は、康熙二十七年（一六八八）、冒襄七十八歳の年。還樸齋は、序論で見たように、晩年の書齋である。この跋の中で、過去に關わりのあった女性たちについて述べているところがある。

思い起こせば四十年前、わたしは閨中に秦淮の董姫小宛を得た。その古押衙（仲立ち）となってくださったのが、虞山先生（錢謙益）であり、彼女はもともと柳夫人（柳如是）と最も仲がよかったのである。また合肥先生（龔鼎孳）の徐夫人は彼女と親しく、同じくらい有名であり、詩畫に腕をふるって、女郗莒と稱されたのであった。それから呉、周の二才女が、どちらも夫を失ったがために、長江を渡って知り合いのつてを求め、後には出家托鉢して水繪庵に住み、小姫の呉湘逸（扣扣）やわたしの家の蔡女羅、金曉珠らと先後して書を讀み、畫の稽古をしたのは、二十年の間の再びは得られぬ盛事であった。今みなその玉の體を黄土に埋められることになり、染香閣にあった書畫もまたみな灰燼に歸してしまい、ただ一珠を存するばかりになってしまった。火に燒け殘った硯がひっそりとあるばかりで、もはや筆墨を執ることもできなくなってしまった。(15)

『影梅庵憶語』で見たように、董小宛が冒家にやってきたのが、崇禎十五年（一六四二）のこと。四十年以上の昔である。柳夫人は、やはりもと秦淮の妓女であり、錢謙益の側室となった柳如是のこと（本書第二部付論一で扱う）。合肥先生の徐夫人は、顧媚のこと。本書第一部第三章で見たように、顧媚はまた南京秦淮の名妓。冒襄や董小宛とも知り合いであった。呉、周とある呉氏は、呉琪、字は蕋仙。出家して法號を輝宗といった。蘇州（長洲）の人で、管氏に嫁したが、夫が世を去ってから尼になり、如皐の洗鉢池のほとりにあったという。『同人集』巻七に「奉寄巣民先生兼爲補壽」詩を收め、『東皐詩存』巻三十九に詩を錄し、その傳がある。周氏は、周瓊、字は羽步。呉江の人。如皐に身を寄せ、呉琪らと唱和したと、同じく『東皐詩存』巻三十九にある。そこには周瓊の「水繪庵卽事和冒巣民」の詩を錄する。『同人集』巻八にも「題匿峰廬一律竝贈巣民先生三絶」詩がある。そして、呉湘逸（呉扣扣。本書第二部第三章を參照）、蔡含、金玥である。染香閣の書畫が灰燼となったというのは、本章で見たように康熙十八年の冬に染香閣が焼け落ちたことをいう。ここでは觸れられていないが、正妻の蘇氏もこの時すでに世を去っている。このとき世にあったのは、金玥（曉珠）、そしてあるいは張氏ばかりであった。

希代の豔福家、冒襄であるが、見方を變えれば、董小宛にはじまり、呉扣扣、蘇夫人、そして蔡夫人と、愛するものを次々と失う人生だったのである。

注

（1）「年過五十、復爲聘老友蔡氏女、視如己女。今長齋繡佛以畫名、事老母、娛鰥夫、代主兩世中饋。金張二姬、自幼撫養、待年共侍左右、皆吾妻所貽也。」

（2）「奏銷案」については、孟森『明清史論著集刊』（中華書局　一九五九）に「奏銷案」がある。

（3）「友人茂苑孟昭有女、性靜慧、嫺敎訓、解詩書、長齋通禪理、孟昭奇愛之。年笄納聘者塞門巷、孟昭皆不許。而獨以三世之交道義鄭重、歸東皐冒辟疆氏。辟疆待之敬愛如賓友。」

（4）「有羅含、字君章者、甚見重於時。史稱君章宦江陵、嫌解舍卑隘、特去城三十里、自營別墅、植花藥、此其名士風流、不言可知。故少陵詩云庾信羅含倶有宅、其敬慕如此。」

（5）「去榻前咫尺耳。是日微少君、幾殆。嗚呼、可不謂之智且孝乎。」

（6）例えば『國朝畫識』卷十七「金玥」の條に、『畫徵續錄』を引いて、蔡含と金玥について、「時に冒氏の兩畫史と稱された（時稱冒氏兩畫史）」とある。

（7）「財團法人澄懷堂美術館秋季展　明清女流書畫家とその周邊」（澄懷堂美術館　二〇〇〇）に蔡含「花卉圖」の解説がある。

（8）「冬夜偶出以示象明、象明亟賞之、遂題以贈。」

（9）「是日巣民先生洗余所攜江南茶、竝出其姬人近畫墨鳳屬座上題詠焉。」

(10)「財團法人澄懷堂美術館秋季展　明清女流書畫家とその周邊」（澄懷堂美術館　二〇〇〇）に金玥「果卉圖」卷、「倣白陽花卉圖」卷の解說がある。

(11)「茲者展盈丈之鵞溪、寫千尋之龍鬛、參天拔地、不承五大之封、擢幹舒枝、猶濕萬年之露、座客旣瞪視而斂容、主人乃吮豪而作贊、輒忘蕪陋用繼俚詞、得全堂上煙雲與翰墨齊飛、水繪庵中鉢響共濤聲相和、匪直香閨之佳句、實爲藝苑之美譚、不揣續貂、聊資引玉。」

(12)「乙卯三月之望、是爲巢民花甲之降辰、離奇夭矯爲我觥祝、偃蹇臬兀爲我寫眞、乃藉手張之北堂之上以貌我九十大壽之慈親、年年此日、同慶長春。」

(13)「去冬孟昭八十壽終、少君孺子啼不少歇、竟以是致弱病。巢民百計醫救、瀕死瀕生、丙寅秋竟死、年四十。巢民哭曰、傷哉。吾七十有六、飲食寒暑、賴此兒、知吾性以時適耳。今死矣。」

(14)「公至郡爲設齋於天寧寺大悲閣下、折柬招素所遊好、曰、吾爲女羅作生日。予聞而訝之。公悽然爲予曰、蔡昔三十時、吾客郡中、大召客酌酒。予謂之曰、爾四十時恐吾不及待也。未幾十年矣。吾固無恙。因逆謂蔡曰、猶記三十時語乎。吾恐不及待爾。又十年矣。必爲爾壽。詎意其遽歿。不及遂吾之言耶、不忍負蔡、故爲之。」

(15)「憶四十年前、余閨中得秦淮董姬小宛、放手作古押衙者、爲虞山先生、故與柳夫人最暱。又合肥先生之徐夫人與姬至戚齊名、故詩畫壇坫、得稱女郲莒。嗣吳周二才女、各以失偶、涉江覓緣、後遂緇衣托鉢、咸棲水繪、與小姬吳湘逸吾門姬人蔡女羅、金曉珠後先讀書課畫、最爲二十年不可再得之盛事。今俱瘞玉黃土、染香閣上書畫復成灰燼、止存一珠。蕭搣焚硯、不復拈筆墨矣。」

第五章　冒襄、『影梅庵憶語』と『紅樓夢』

はじめに

現在の中國で知らぬ人ぞなき、そしてあるいは最もよく讀まれているであろう古典小說の作品が、清代の曹雪芹によって書かれた『紅樓夢』である（曹雪芹が書いたのは、百二十回のうち前八十回。後四十回は高鶚による補作とされる）。この作品は、曹雪芹によって書かれてからしばらくの閒は、寫本によって流通していた。雪芹が歿してからおよそ三十年の後、乾隆五十六年（一九七一）に程偉元によって最初の印本（木活字印本）が刊行されてからというもの、おびただしい數にのぼる版本が生まれている。それだけ多くの讀者に迎えられたわけであり、多くの熱烈な讀者（紅迷）があらわれた。印本以外に鈔本も數多く殘されているが、それは古典小說の作品の中では異例の多さである。一つの書物について、これだけ多くの鈔本が殘る點でも、あらゆる著作のうちで群を拔いているといえるだろう。鈔本の多さは、印本刊行以前に、すでに多くの讀者を持っていたことを示している。

『紅樓夢』が多くの人びとによって讀まれ、批評が加えられる過程で、そのモデルも重要な話題の一つとなっていった。『紅樓夢』の舞臺である大觀園のモデルはどこか。男性主人公である賈寶玉の、女性主人公である林黛玉のモデルは誰か。こういったことがしばしば論じられ、賈寶玉については、納蘭成德、和珅、袁枚など、さまざまな說が取りざたされたのである。さらにモデルの問題は、作者がこの作品のうちに密かに込めたとする意圖とも關わっている。作品には作者による何らかの意圖（主として政治的意圖）が込められているとし、その隠された作者の意圖をさぐることを「索隱（隱を索む）」と稱する。

二十世紀の胡適にはじまる「新紅學」の成果によって、『紅樓夢』は作者曹雪芹の自傳であるとする說が有力だとされる今日において、これらのモデル論（索隱說）は、過去における的はずれな言說として、忘れ去られようとしている。たしかに作者の曹雪芹が、ほんとうにそう思って書いたかどうかというレベルで考えるならば、これらモデル搜しは、あまり意味のあることとは思われない。しかしながら、かつての讀者たちが、『紅樓夢』という小說の登場人物たちを、現實の誰にあてはめようとしたか、あるいは作者がどのような意圖をこの作品に込めたと考えたかは、當時の讀者の反應という點できわめて重要な問題である。

多々あるモデルの中の一つに、清の皇帝である順治帝と、江南の文人である冒襄の愛妾であった董小宛とがそのモデルであるという說がある。本章では、この順治帝・董小宛の『紅樓夢』モデル說を檢討するとともに、董小宛の生活ぶりを詳細に描いた冒襄の『影梅庵憶語』、そして冒襄とその周邊の文人たちの作品から、『紅樓夢』へと至る一線をさぐってみたい(1)。

一、『紅樓夢』の順治帝・董小宛モデル說

この順治帝・董小宛モデル說を提起したのは、王夢阮・沈瓶庵の二人であり、まず民國三年（一九一四）、王夢阮が「紅樓夢索隱提要」を『中華小說界』第一年第六、七期に發表し、やがて民國五年（一九一六）王夢阮・沈瓶庵

による『紅樓夢索隱』（中華書局）が出された。
そのモデル說について、まずは「紅樓夢索隱提要」を見たい。

　それでは、この書（『紅樓夢』）に書かれているのは、果たして誰のどのようなことなのであろうか。京師の古老に聞いたところでは、この書はすべて清の世祖（順治帝）と董鄂妃のために作られたもので、合わせて當時の諸王奇女のことに及んでいるという。傳說によれば、世祖は世をしろしめすこと十八年、實は亡くなったのではなく、寵愛していた董鄂妃が亡くなり、悲しみが過ぎたために、五臺山に隱れて都へ戻ることなく、そのまま成佛したのだとのこと。當時、このことを隱さんがため、ことさらに葬儀を行ったのであった。世間では、世祖が臨終にあたってみずからを罪した詔書は、實は諸臣たちが五臺山に出かけて行って、帝に都へ戻ることを勸めた時に作ったものであると傳えている。どの文字も己の罪を述べており、その懺悔の氣持ちには深いものがある。五臺山には清涼寺があり、帝はそこに住まわれた。吴梅村祭酒（吴偉業）が作った「清涼山讚佛詩」四章は特に世祖のために作ったものである。廉親王允禩世子の『日下舊見』に世祖の七絕一首を載せており、その末句には「我本西方一衲子、黃袍換卻紫袈裟（我は本と西方の一衲子、黃袍換卻す紫の袈裟）」とある。（中略）世祖が剃髮された時に作ったとされる詩數章には、傳本によって文字に異同があるが、「來時鶻突去時迷、空在人間走一回（來たる時鶻突　去る時迷ひ、空しく人間に在りて走ること一回）」、また「百年事業三更夢、萬里江山一局棋（百年の事業　三更の夢、萬里江山　一局の棋）」等の句があり、また「我本西方一佛子、緣何流落帝王家（我本と西方の一佛子、何に緣りて帝王が家に流落せる）」は、『日下舊見』に載せているのと少しちがいがあるが、いずれも世祖が出家した證據である。（中略）情僧の說にも由來がある。董妃は實は漢人が滿州人の姓をつけたものである。漢人は后妃に選ばれる例がなかったので、僞って内大臣であった鄂碩の娘だと稱し、董鄂氏を姓にした。この滿州人となった妃とは、實は誰もが皆知っている秦淮の名妓董小琬（ママ）である。小琬は、如皐の冒公子襄に九年閒仕え、たがいに心を寄せあっていたが、大兵（清兵）が江南に下り、冒襄は一家を擧げて兵を浙江の鹽官に避けた。小琬の豔名はつとに廣く知られていたがため、豫王（多鐸）の知るところとなり、小琬をどうしても手に入れようとした。冒襄の身に危險が迫り、もはや逃れられないと知った小琬は、計を用いて冒襄を歸らせ、みずから王に隨って北に行ったのであった。後に世祖が宮中に納れ、寵愛した。（中略）誠に千古にもなかった奇事であって、史書もあえて書かなかった。これが『紅樓夢』一書が書かれたゆえんである。(2)

清の順治帝は、順治十八年の一月に崩じたことになっているのだが、實は崩じたのではなく、五台山に行って出家したのだという。理由は、寵愛する董妃が亡くなったからであって、その董妃とは董小宛である。まずはそのような傳説があり、そのことを背景にして書かれたのが『紅樓夢』なのだ、というのである。『紅樓夢』の末尾では、賈寶玉は出家することになっているが、それは順治帝が出家したことを反映しているといった次第である。

「紅樓夢索隱提要」は續けて、

小琬（ママ）は梅を愛した、だから黛玉は竹を愛するのである。小琬は歌が上手だった、だから黛玉は琴が上手なのである。小琬はよく病氣をした、だから黛玉もよく病氣をするのである。小琬は月が好きだった、だから黛玉も月が好きなのである。小琬は園藝が得意だった、だから黛玉は花を葬るのが好きなのである。小琬は料理が上手だった、だから黛玉は裁縫が上手なのである。小琬は飲めたが飲まなかった、だから黛玉はまったく飲めないのである。小琬は異香を聞くのが好きだった、だから黛玉は香を焚くのがとても好きなのである。小琬は『楚辭』を熟讀した、だから黛玉は樂府に擬した作が好きなのである。小琬は『李義山集』を好んだ、だから黛玉は李商隱に詳しいのである。小琬には『奩豔集』の編があった、だから黛玉には「五美吟」の作があるのである。さらに、小琬が金山に遊んだ時、人は江妃が波をけってあらわれたかと考えた、だから黛玉は瀟湘妃子と號するのである。瀟湘妃子の義は、江妃の二字から持ってきたのである。そうでなければ、閨人が決して妃という文字でみずから名づけるはずはない。そのように名づけたのには思うにもとづくところがあるのである。まして小琬は實際に貴妃になったのであって、だから黛玉に妃子の稱があるばかりでなく、妃子の服を身につけたのである。また小琬は西洋の褪紅衫を身につけ、人は絕豔だと驚いた、だから瀟湘館の窗に貼った布は、ただ茜紗というのである。どれも意圖的に合わせているところがあるわけである（小琬の事はいずれも『影梅庵憶語』に見える）。(3)

といった具合に、董小宛と林黛玉の共通點を列擧している。そして『紅樓夢索隱』は、『紅樓夢』百二十回の個々の表現について、これはどのような事件のことが背後にある、と指摘していった書物なのである。例えば、『紅樓夢索隱』第三回、林黛玉が揚州からはじめて賈家にやってこようとする場面。林黛玉の母親は賈家の出であったが、亡くなってしまい、林黛玉は父の林如海のもとで育てられている。賈家の後室は、母親を亡くした孫娘を憐れみ、人をつかわして、林黛玉を迎えにやる。父親の如海は、たまたま都に上ろうとしている賈雨村（林黛玉の家庭教師であった）に同行を依頼し、林黛玉をみやこに行かせるのである。その部分の『紅樓夢』の原文に次のようにある。

林如海は、贈り物や餞別などを準備し、賈雨村はそれを一つ一つ引き受けてゆきます。かの女學生は、もともと父親のもとを離れてゆくに忍びないと思っていたのですが、いかんせん外祖母は彼女がやってくることを強くのぞんだのでありました。

（林）如海遂打點禮物竝餞行之事。（賈）雨村一一領了。那女學生原不忍棄父而去、無奈他外祖母必欲其往。

『紅樓夢索隱』では、この部分に「索隱」として、

これは董小宛が冒襄と無理矢理別れる時の慘狀である。「やってくることを強くのぞんだ」というところが字眼である。

是小琬強別辟疆時慘狀。必欲其往、四字著眼。

との語を加えている。董小宛は、もちろん冒襄のもとを離れたくはなかったのであるが、清の豫王多鐸の強い望みをしりぞけるわけにゆかず、仕方なく從ったのであって、『紅樓夢』林黛玉のこの話は、董小宛の話を下敷きにして書かれたというわけである。『紅樓夢索隱』では、作品の全篇にわたって、このような「索隱」を行っているのである。

問題の第一は、そもそも順治帝がほんとうに出家したのか、董妃とはほんとうに董小宛なのか、という點にあるだろう。『紅樓夢索隱』が出されてほどなく、歷史家の孟森が「董小宛考」（一九一八）を發表した。孟森は、史

料を博捜し、順治帝が出家したという事實がありえないこと、そして董小宛は順治帝よりも十四歳の年上であり、順治帝が董小宛を寵愛した事實もありえないこと（年上の女性を戀い慕うこと自體は、實例がないことではないが）を證明してみせた。この論文によって、まずはこの傳說自體は崩れたといってよく、この傳說が崩れてしまうと、その後の『紅樓夢』についての論も、成立し難くなるであろう。結果として、『紅樓夢索隱』の說は烏有の物語として消え去ることになり、現在では『紅樓夢』の研究者で、『紅樓夢索隱』を歷史的資料としてはともかく、まともに取り上げようとするものはいない。ただ、この話自體は、民國十四年（一九二五）に發表された許嘯天の『清宮十三朝演義』でも、その第二十五回「悲離鸞小宛入宮、誓比翼世祖遊園」、第二十六回「入空門順治遜國、陷情網康熙亂倫」で取り上げられ、この小說が多くの讀者を持ったことから、比較的よく知られた話になっている。日本にも、この話を題材にした陳舜臣の小說「五臺山清涼寺」（集英社文庫）がある。

一方で、『紅樓夢』研究の世界では、胡適が「紅樓夢考證」（一九二一）を書き、曹雪芹自傳說を提唱した。これによって、モデル問題も自動的に片がついてしまった形になったのである。

二、「囘憶文學」の一線——『影梅庵憶語』と『紅樓夢』

事實としては無根であっても、『紅樓夢』には、『影梅庵憶語』とのつながりを感じさせるところがある。それはすなわち「囘憶文學」としての一線である。ここではモデル論を離れ、まずは「囘憶文學」という方向から、つながりの一線をさぐってみたい。

冒襄の『影梅庵憶語』は、もと南京秦淮、また蘇州半塘の妓女であり、後に冒襄の側室となった董小宛の思い出を書きつづった回憶録である。董小宛は順治八年に世を去ったが、『影梅庵憶語』はその年のうちに書かれている。『影梅庵憶語』では、二人の出會いからはじまり、いくつかの困難を乗り越えて冒家に輿入れするまで、そして冒家に來てから、ともに風雅を樂しみ、明末清初の混亂の中でともに苦勞した様を描いている。『影梅庵憶語』の書名のいわれについて、冒襄は次のように述べている。

わたしは毎年元旦にはかならず、關帝君の前でおみくじを抽いて一年の事を占ってみることにしている。壬午（崇禎十五年 一六四二）の年、名利を求めんとする氣持ち（科擧に合格したい氣持ち）が非常に強く、祈りながら籤の最初の一字を見てみれば、「憶」の字であった。その全文は「憶ふ昔 蘭房に半釵を分かつも、如今 忽ち音信を杷りて乖る。癡心 連理を成すを指望するも、到底誰か知らん 事諧はざるを」であった。わたしはその時、口ずさみながら考えてみたがわからず、全體を考えても、それは科擧に合格するといったことではなかった。（中略）「蘭房、半釵、癡心、連理」というのはみな閨閣中の語である。「到底諧はず」というところ、今日それが實現してしまったのである。ああ、わたしの生ある限り、いつまでも彼女を「憶」する時である。「憶」の字の不思議な因縁は、このようにあらわれたのであった。

冒襄の『影梅庵憶語』のテーマは、「憶」の一字である。彼女の抽いたおみくじが「憶」の文字ではじまっていたということは、彼女が思い出の中の人物になってしまうことを意味している。今やすでにこの世にいない董小宛、冒襄の記憶の中で永遠に輝いている董小宛を「憶」することしか、今の冒襄にはできない。それを記録したのが『影梅庵憶語』なのである。

曹雪芹が『紅樓夢』の筆を執った動機も、胡適をはじめとする研究の成果によれば、次のようなところにあるという。康熙帝の信任を集め、代々江寧織造の要職にあった曹家の御曹司として生まれながら、康熙帝が崩御し、雍正帝が即位すると、曹氏はこの職をやめさせられた上に、家産を沒收されることになってしまった。幼い頃は蝶よ花よと育てられた曹雪芹は、成人になってからというもの、まったくのただ人として世を送らなければならなくなった。殘るものといえば、幼い頃の美しい思い出ばかり。それを描いたのが『紅樓夢』だとされる。

今は亡き董小宛を描いた『影梅庵憶語』、やはり思い出に殘るばかりになってしまった過去の美しい生活をつづった『紅樓夢』、兩者には、その背景についても共通したところがある。そして、個々の表現についても、兩者には共通した點を見ることができるのである。

冒襄『影梅庵憶語』に次のような一節がある。

今は亡き側室董氏、名を白といい、字は小宛、また青蓮とも字した。秦淮に籍があり、吳門に移籍した。花柳界にあって高名な賣れっ子だったが、それが彼女の本來の姿だったわけではない。最初に出會って意氣投合し、わたしに從いたいと誓って、わが家の門に入ってから、そのさまざまな知恵や才識が、はじめて明らかにあらわれた。それから九年の間、上下內外大小のものたちとも、爭うことなく、仲たがいすることもなかった。彼女は、わたしが書物を著すのを手傳って、ともに俗世間から逃れ、わたしの妻を助けては裁縫に通じ、みずから水汲みや臼ひきをし、さらには艱難（明淸の交の混亂）に際會した時にもわたしが重い病氣にかかった時にも、たいへんなことを何でもないことのようにやってのけ、つらい事も飴をなめているかのように一身に引き受けていた。今、彼女は突然死んでしまったのだが、まさか彼女がわたしより先に死ぬとは思わなかった。ただわたしの妻が一人ぼっちでしょんぼりし、なすこともなく左右の手をながめているのを見、上下内外大小の人たちがみな深く悲しみいたんでいるのを見て、ああもう彼女は二度と戻って來ないのだ、と思うばかりである。彼女のかしこい心くばりや隱れた行いなどを人に話すにつけ、聞いた人は、文人や義士でも彼女にはかなうまいといってくれないものはない。

わたしはこれまでにも哀辭數千言を作って彼女を哭したが、韻文の形式の制約があって、すっかり表現しきることができなかった。そこでまたそのあらましを記錄してみようとしているのだが、彼女のことを悲しく思い出すたびに、彼女とともに過ごした九年の間の思い出のシーンが一氣に心の中によみがえってきて、目をふさがれてしまい、たとえ鳥を呑み込み花を夢見る程の文才があったとしても、彼女の思い出を追懷して述べることはできないのである。涙に濡れたわたしのつまらぬ筆はなかなか進まず、折角書いてもいやになって消しているばかりで、わたしたちの愛情をうまく傳えることができない。それでどうして虛飾など加えることができようか。

ここに『影梅庵憶語』が作られた動機が述べられている。董小宛は、その才についても德についても、たぐいまれな女性であった。その彼女が若くして亡くなってしまった。今となっては、その彼女の姿を文章によって留めるよりほかはない。しかもその文章は、虛飾を排除した事實ばかりである。これが冒襄の『影梅庵憶語』執筆の動機である。片や曹雪芹の『紅樓夢』についても、『紅樓夢』第一回（甲戌本では「紅樓夢旨義」）に次のようにある。

作者はみずからまたこうも言っている。

いま自分は風塵に碌々として、何一つ成し遂げたこともない。だが、ひるがえって往年の仲のよかった女性達のことを追憶し、一々細かに推しはかってみるのに、その態度といい、見識といい、みな自分たちよりも遙かに立ちまさっていた。堂々たる男一匹がかの一群のたおやめにも及ばぬとは、なんとしたことであろうか？　まことにもってお恥ずかしい限りであるが、それはいくら悔んだとて無益、いまさらどうしようもないのである。思えばむかし、上は天子さまのご恩、下はご先祖さま代々の餘徳を承けて、綺羅をまとい、美食にあきていた頃、父母の教えに背き、師友のいさめに耳を貸さなかったために、今日何一つこれといった技も身につけず、ついに半生を棒にふってしまったのだ。そうした自分の罪業を小説に編んで、あまねく天下の人々に告白しようと思う。もとより、そうしたからとて、自分の罪が消えてなくなるとは思わない。ただ女性の中にも、なかなかの人物のあることを、自分の不肖のゆえに、みすみす埋もれさせてはならぬと思うのである。

（松枝茂夫譯『紅樓夢　一』岩波文庫）

ここに、『影梅庵憶語』と同様、すぐれた女性を記録しておかなければならないという動機を見ることができるであろう。

三、通俗的才子佳人物語批判

さらに『影梅庵憶語』と『紅樓夢』には、兩者に共通した通俗的才子佳人物語批判の言說を見ることができる。

『影梅庵憶語』の冒頭である。

愛情は親しみから生まれるが、親しい相手を描くとなると、どうしても飾りばかりになってしまうものだ。愛情に虚飾が加わると、天下に眞に愛すべきものはなくなってしまうのである。ましてや家の奥深くにひきこもり、光彩を内にひっそりとたくわえている女性たちについては、ただ文章の彫琢に心を盡くす文人によって想像され描き出された、麻姑のような幻想的な女性の物語や、神女のようなみだりな記録があるばかりである。近頃では事を好むものが、さらに音樂（戯曲）を利用して、やたらに男女の奇遇を語り、かくして西施夷光・文君（卓文君）・洪度（薛濤）などが、どこの家の高殿にもいることになってしまった。これはまた優れた女性たちにとって思いがけない濡れ衣であり、名をむさぼり求めようとする悪しき習いによるものにほかならない。

これまで文學に登場する女性といえば、「麻姑の幻譜」、すなわち仙女である麻姑（『神仙傳』巻二「王遠」の條ほかに見える）、「神女浪傳」、すなわち宋玉の「高唐賦」「神女賦」、曹植の「洛神賦」などに見える神女の物語か、そうでなければ「近頃の事を好むもの」、明代の劇作家たちが、しきりに作っている才子佳人の戀愛物語ばかりである。そして、きわめて型にはまった「西施夷光・文君・洪度」、西施、卓文君、唐の妓女薛濤などが登場するばかりである。西施については梁辰魚の『浣紗記』、卓文君については孫柚の『琴心記』などの戯曲作品があった。かくして、現實にこの世に生きたほんものの女性の姿がなくなってしまった。自分が書こうとする『影梅庵憶語』は、そのような型にはまった作り物の女性ではなく、實際に生きたすぐれた女性であり、しかもそれを何らの虚飾なしに記したものであるというのである。

そして曹雪芹の『紅樓夢』第一回においてもまた、次のような才子佳人小説批判を見ることができる。

まずこれまでの小説體の史書と申せば、君主や宰相をけなしてみたり、他人の細君や娘にけちをつけてみたり、その淫らがましくあくどいふしぶしは一々あげきれませぬ。そのほか戀愛物というのがあって、淫らで鼻もちならぬ毒筆をふるい、良家の子弟をわるくしているのが、また數えきれぬほど。才子佳人を扱ったのとなると、これがまた千篇一律ときていて、おまけに内容もとかくきわどいことに觸れないわけにはゆかず、どの頁を開けても、潘安・子建だの西子・文君だのがのさばることに相成ります。要するに作者が手前味噌の戀愛詩を二、三首作中にとりこみたいばかりに、男女二人の姓名をひねりだすようなもの。そこへもってきて、お決まりの小人物をワキ役に登場させて二人の仲をかき亂させる。これも芝居の道化役そのままで、おまけに腰元ふぜいが口を開けば『なり、けり、かも』口調――美文調でなければ議論調でしゃべるというのですからおそれいります。（中略）

なおまた世人の目のつけ所を一新させるという點でも、あのむやみやたらと袖ひきあい、離れたかと思うと出會ったり、登場するのは才子と佳人ばかりで、子建だ文君だ、やれ紅娘・小玉だのという、一から十までお定まりの陳腐なしろものとは、少々できがちがうはず。

（伊藤漱平譯『紅樓夢　一』平凡社ライブラリー）

ここでもやはり通俗的な才子佳人物語が批判されており、西施や卓文君など、冒襄も擧げていた人名が見えている。この共通點は、その背景の共通點もさることながら、やはり曹雪芹が、冒襄の『影梅庵憶語』から學んだものではないかと思われるのである。

四、『紅樓夢』の秋海棠

もう一つ、『影梅庵憶語』と『紅樓夢』とに共通してあらわれるものに、秋海棠の花がある。『紅樓夢』における秋海棠については、森中美樹氏に次のような論考がある。

森中美樹「『紅樓夢』中の花の役割――第三十七回の「海棠詩社」における「白海棠」――」（『中國學研究論集』創刊號　一九九八）

森中美樹「『紅樓夢』中の海棠――夢の世界に現實を見つめて咲いた花――」（『岡村貞雄博士古稀記念中國學論集』白帝社　一九九九）

森中美樹「『紅樓夢』に至る海棠の文化史（一）――唐詩を中心として――」（『中國學研究論集』第五號　二〇〇〇）

森中美樹「『紅樓夢』における情の世界と花――第五回「海棠春睡圖」を手がかりに――」（『中國中世文學研究四十周年記念論文集』二〇〇一）

森中氏の論考を參考にさせていただきながら整理するならば、まず海棠には春に花を咲かせる海棠と秋に咲く秋海棠とがある。海棠はリンゴ科の花、秋海棠はベゴニア科の花であって、兩者は植物學的にはまったく別のものであるのだが、「海棠」の文字を持つことによってしばしば混同されている。海棠には、楊貴妃に關する「眞海棠睡未足耳」（『冷齋夜話』に引く『太眞外傳』）の故事があり、海棠といった時には美人、特に楊貴妃が思い浮かべられることになる。また、蘇東坡が黄州に流謫中に作った「寓居定恵院之東、雑花満山、有海棠一株、土人不知貴也」詩があり、そこでも、

自然富貴出天姿　　自然の富貴　天姿より出づ
不待金盤薦華屋　　金盤　華屋に薦むることを待たず
朱唇得酒暈生臉　　朱唇　酒を得て　暈　臉に生じ
翠袖巻紗紅映肉　　翠袖　紗を巻いて　紅　肉に映ず
林深霧暗曉光遲　　林深く霧暗くして　曉光遲く
日暖風輕春睡足　　日暖かに風輕くして　春睡足る

といって、海棠を美人にたとえている。海棠といえば、このようなイメージが浮かぶのであるが、これらはいずれも春の海棠である。秋海棠には、より悲しい物語がある。それは、『採蘭雑志』（『嫏嬛記』に引く）に見える次の話である。

むかしある女性に思い人があった。會えない時にはいつも涙を流しており、涙をつねに北の垣根にそそいでいた。後に涙をそそいだところから草が生えた。その花はとてもなまめかしく、女性の顔のようであった。葉は表が緑で裏側が赤だった。秋に咲く。名を斷腸花といい、また八月春ともいう。今の秋海棠である。（4）

秋海棠は、その別名が斷腸草であり、思婦の涙が花になったものであるという。森中氏も指摘するように、ここでは「花と涙と美人が三位一體」になっている。『紅樓夢』といい、涙とあれば、林黛玉のことが思い浮かぶ。

『紅樓夢』第六十三回では、作中の八名の女性が「花籤」を抽くが、そこでは海棠に割當てられた女性はいない。ただ、賈寶玉の住まいである怡紅院には「西府海棠」が植えられており（『紅樓夢』第十七・十八回）、この海棠は一說に林黛玉を象徵するという（例えば劉春穎「關於「紅香綠玉」更名「怡紅快綠」的意蘊解析」（『紅樓夢學刊』二〇〇五年第二期））。

『紅樓夢』における秋海棠は、一つは『紅樓夢』第三十七回「秋爽齋偶結海棠社、蘅蕪苑夜擬菊花題」に見える海棠詩社の一段にあらわれる。ある秋の一日、大觀園において、探春がみなに手紙を送って、詩の會を催そうという。するとそこに賈芸から、大きな鉢に植えられた秋海棠が屆けられてくる。その日のうちに詩の會をやろうということになり、

「さきほどわたし、來がけに白海棠を二鉢運びこむのを見かけましたけれど、それは見事な花でした。ねえ、みなさん、あれを詠まないでおく手はないと思いますがね。」

との李紈の發案で、みなが白海棠の詩を詠ずることになる。詩を詠じた後で、詩社の名をつけることになり、

「俗っぽいのもなんですけれど、新しすぎたり、妙にひねりすぎたのも感心しませんね。ちょうど手始めに詠んだのが海棠だったわけですから、そのまま『海棠社』と呼ぶことにしましょうよ。俗な嫌いがなくもありませんが、ほんとにあったことに因んだのですから、差しつかえないと思いますわ。」

（右二條、伊藤漱平譯『紅樓夢　四』平凡社ライブラリー）

との探春の提案によって、詩社の名を海棠詩社と名づけるのである。

花ならいくらでもあろうに、詩社の名を（秋）海棠とつけたことには、曹雪芹の何らかの意圖があったであろうことはたしかである。白という色が、中國にあってはかならずしもめでたい色でないこともあり、それが作品の悲しい結末を暗示しているということかもしれない。

この日の詩會では、賈探春、薛寶釵、賈寶玉、林黛玉、（史湘雲）らが、「詠白海棠詩」を競作する。そのうちの林黛玉の作。

半巻湘簾半掩門　半ばは湘簾を巻き　半ばは門を掩ふ
碾冰爲土玉爲盆　氷を碾（ひ）きて土と爲し　玉を盆と爲す
偸來梨蕊三分白　偸み來たる　梨蕊　三分の白
借得梅花一縷魂　借り得たり　梅花　一縷の魂
月窟仙人縫縞袂　月窟の仙人は縞袂を縫ひ
秋閨怨女拭啼痕　秋閨の怨女は啼痕を拭ふ
嬌羞默默同誰訴　嬌羞　默默として　誰と同にか訴へん
倦倚西風夜已昏　倦みて西風に倚れば　夜已に昏し

ここで、「秋閨の怨女は啼痕を拭ふ」が、先の斷腸花の故事を踏まえていることは明らかであろう。白海棠、涙、美人の取り合わせである。

高鶚による續作部分であるが、『紅樓夢』第八十一回に、賈寶玉が、海棠社を思い起こす場面がある。『紅樓夢』の物語では、賈家が次第に沒落に向かい、みなが離ればなれになろうとする時期である。

寶玉「アア、ア、いまだに忘れない、わたしたちが初めて海棠社を結成した頃には、みなで詩を作り、持ち廻りで主人役を務め合って、ほんとにあの時分はどれだけ賑やかだったことか！　それがこの頃では、寶釵姉さまはお家へもどっておしまいになり、香菱さんでさえ出かけてこられぬ、迎春姉さまはまたお嫁にいってしまわれたし……、氣心の知れた人たちのいくたりかが、みないっしょにはいられずに、今みたいなありさまになってしまいました。（中略）ほんのここしばらくのあいだに、どうです、園内の様子のもうひどい變わりようといったら……。これであと何年かたとうものなら、さあ、またどんなふうになることやら。そんなこんなで、つきつめて思えば思うほど、われ知らず胸のうちを締めつけられるような氣持にさせられるのですよ」

（伊藤漱平譯『紅樓夢　九』平凡社ライブラリー）

高鶚による續作の最初の部分で、海棠詩社が思い起こされるのは、海棠詩社の思い出が、高鶚にとって重要と考えられたことを示しているであろう。白い秋海棠は、思い出の花、それも美人の思い出と結びついた花なのである。

五、冒襄と秋海棠

その秋海棠が、冒襄の『影梅庵憶語』、また冒襄に關わる作品の中にあらわれている。まずは『影梅庵憶語』に見える秋海棠のシロップである（本書第二部第一章）。

水飴をかもしてシロップにし、それに鹽漬けの梅で味をつけ、色鮮やかで香りのある花のつぼみがあれば何でも、花が開いたばかりの時に採ってそれに漬けておく。年を經ても香りと色は變わらず、赤く鮮やかなさまはまるでたった今摘んできたばかりのようである。そして花のエキスがシロップの中に融け込み、口に入れれば鼻にひろがり、その變わった香り珍しい美しさはめったにあるものではなかった。最も愛らしいのが秋海棠（ベゴニア）のシロップであった。海棠にはもともと香りがなく、ただシロップの中に浸された時にだけ香りを發するのである。また俗に斷腸草と呼ばれる一種があって、食べられないものとされてきたが、その味のすばらしさは諸花に冠たるものである。

秋海棠といえば、冒襄にとっては、そのおいしいシロップを作ってくれた董小宛の思い出と結びつくものだったのである。

そしてまた、董小宛が亡くなった後、かわいがっていた呉扣扣も世を去る。その思い出を、冒襄の語りを記録した形で書いた陳維崧「呉姫扣扣小傳」（本書第二部第三章參照）にも秋海棠は登場する。

ある日、わたしのために白海棠を植えた。家內がもう幾枝かよけいに植えればと勸めたところ、彼女はふと深くため息をついて、「先人が花を植え、後人が花を見る。わたしは今日いったい誰のためにやっているのでしょうか。またそんなことをする必要があるのでしょうか」といった。

ここで、白海棠は、明らかに呉扣扣の死を豫感させるものとして立ち現れている（もちろん後から思えばということではあるが）。白海棠は、冒襄にとって、董小宛と呉扣扣、二人の思い出と結びついているのである。

冒襄の『同人集』巻十一に、康熙二十七年（一六八八）に冒襄が作った海棠の詩を収めている。秋に庭にある十餘種の秋花を見て作った詩のうちの一つで、詩題には、「比物寄興」とある。

小小耽幽癖　　小小として幽癖に耽り
秋名亦海棠　　秋の名も亦た海棠
綠沈緗葉闊　　綠は沈み　緗葉闊く
紫軟角鈴長　　紫軟く　角鈴長し
滴滴嬌紅淚　　滴滴たり　嬌たる紅淚
盈盈豔粉粧　　盈盈たり　豔たる粉粧
不堪腸欲斷　　腸の斷たんと欲するに堪へず
遺恨冷東墻　　遺恨　東墻に冷たり

この詩においても、斷腸草の淚の故事が踏まえられている。「比物寄興（物に比へて興を寄す）」という題は、これがただ秋海棠を卽物的に詠じた詩ではなく、文字の背後に何らかの思いがあることを示している。その思いとはまさしく董小宛と呉扣扣のことであったかもしれない。

「呉姬扣扣小傳」を書いた陳維崧に「白秋海棠賦」（『陳迦陵儷體文集』巻一）の作がある。

巣民先生の書齋に白秋海棠花があった。わたしは、その姿が物靜かで神理柔楚であるのを好ましく思い、そこでこの賦を作った。賦に曰く。

逍遙客卿なる者があった。莫愁の村に生まれ、忘憂の館で成長して、懊儂の聲はすでに止み、合歡の眉が常に滿ちていた。放誕優游、蕭條閑散、翩翩たる唐棣を育て、纂纂たる棗樹を種えていた。同心は梔子を徒とし、蠲忿は萱花を伴とした。ある日、幽憂公子の廬を訪れて歡談した。公子の門に車騎は無く、室には琴書があり、以前から野卉を喜み、さまざまな芳蔬が蒔いてあった。樹の名は貞女、木の號は隱夫という。靈均（屈原）は九畹の圃を爲り、泉明（陶淵明）には五柳の居があった。於陵（於陵子）は灌園自食し、兒寬は經を帶びて鋤いた。ここに一種の花があり、階砌にのびていた。靡曼綿芊、柔明清麗、姣なること好女のよう、ほかにない美しさで、白粉を施し、秋の庭を飾っていた。客卿はそれを見て問うていった。

「これはいわゆる秋海棠というやつではありませんか。その名を斷腸ともいい、思婦が變じたものともいいます。葉はその衣のよう、花はその面のようです。一つには、怨女の涙に染められてできたもので、墻下に生じ、海棠を名とし、まことに哀離の微物であって、閨襜の幽情であります。公子はどうしてこれをこのように愛玩されるのでしょうか。どうして忘情の域に徙し、無何有の鄉に移して、天を仰いで烏樂と未央とを歌わないのですか。」

公子は立ち上がって進み出、客に揖してこういった。

「あなたにお目にかかるのが、何と遲かったことか。そもそもわたくしは恨人、秋には悲氣が多く、秋には水に臨み山に登ります。人は讒を思って誹を畏れ、扇は淒馨であってみずから執り、幽芳を抱いて慰めます。才人は薄命を珍と稱し、小物は傷心によって貴ばれます。ましてや白というものは、はるかに尋常を出ております。[5]」

といったところからはじまり、以下、顔は虢國夫人のように美しく、寵愛を失った班姫（班婕妤）や都を離れて蠻地に赴いた王昭君のように悲しく、といった具合に、以下、歴史上の女性になぞらえながら、白秋海棠の花を描いてゆく。そしてその末尾は、「物ですら猶ほ此の如し、人何を以てか任ぜん」、白秋海棠の悲しさはかくばかり、まして人は悲しい思いにどうしてたえることができようか、の句で結ばれる。

「そもそもわたくしは恨人」というところは、愛する女性を次々と失った冒襄のことといえるし、後半の描寫の中に見える「君は鉛華を戀い、妾は雕飾を辭す、銅黛に臨んで神を傷り、氷絃を撫して臆を沾す」といったところは、冒襄を深く思い、また冒家にやってきてからは繁華を厭うたという董小宛を思い起こさせる。

全體のテーマとしては、白秋海棠にさまざまな典故を用いて悲愁の女性を重ねているわけであるが、この賦で詠じられているのは、巣民先生（冒襄）の庭にある白秋海棠である。これは、あるいは董小宛がシロップを作った秋海棠、はたまた「吳姫扣扣小傳」に見えた吳扣扣自身が植えた花なのかもしれない。この悲しみの海棠は、ほかでもない、扣扣を、そしてまたその背後にいる董小宛をあらわしているのであろう。かつて冒家の庭に、董小宛のお手植えと稱する秋海棠があったことは、序章で觸れた。

あるいはこの冒襄の海棠をめぐる『影梅庵憶語』、「吳姫扣扣小傳」、「秋海棠賦」の三作が、曹雪芹にヒントを與えたのかもしれない。曹雪芹の祖父である曹寅は陳維崧を知っていたことが、曹寅『楝亭詞別集』に「貂裘換酒」「壬戌（康熙二十一年　一六八二）元夕與其年（陳維崧）先生賦」の作や、曹寅『楝亭詩別集』巻二に「哭陳其年檢討」があることからわかる。曹寅の藏書目錄である『楝亭書目』には、『影梅庵憶語』や陳維崧の詩文集を見ることはできないが、「吳姫扣扣小傳」や「白秋海棠賦」を収める陳維崧の詩文集を曹寅が所藏し、それを曹雪芹も見ていた可能性を否定することはできないだろう。

本書第二部第二章でも考察したように、冒襄は『影梅庵憶語』を家刻本として出版し、それを知人たちに贈っていた。また、康熙三十九年に張潮が刊行した『虞初新志』にも、部分的ながら『影梅庵憶語』は収められていた。曹雪芹の著とされる『廢藝齋集稿』第八册の「烹調」の部には、（一）香露、（二）糖膏、（三）鹹菜、（四）魚肉の四條にわたって、料理に關する記述がある。例えば、（一）香露の原文は、

凡有色有香的花蕊、皆於其初放時采來、以釀飴之露和以鹽梅、然後漬之、貯使經年、香味顏色不變、鮮芳有如新摘。花汁已融液於露液中（中缺）妙者爲秋海棠露。海棠本無味、而經露之後、獨發幽香。更如野薔薇、玫瑰、梅英、甘菊、丹桂等露、各有妙處。（中缺）更如香櫞、佛手、橘紅、橙皮等物、去白縷絲而漬之、色味尤絕。（中缺）每於酒後出數十種香露、五色畢呈、芳香滿席、以之解酲、誠妙品也。(6)

であるのだが、それは原文で示すならば、『影梅庵憶語』の、

釀飴爲露、和以鹽梅、凡有色香花蕊、皆於初放時採漬之。經年香味顏色不變、紅鮮如摘。而花汁融液露中、入口噴鼻、奇香異豔、非復恆有。最嬌者爲秋海棠露。海棠無香、此獨露凝香發。又俗名斷腸草、以爲不食、而味美獨冠諸花。次則梅英、野薔薇、玫瑰、丹桂、甘菊之屬。至橙黃、橘紅、佛手、香櫞、去白縷絲、色味更勝。酒後出數十種、五色浮動白瓷中、解酲消渴、金莖仙掌、難與爭衡也。

の部分の文字を改めたものであることは明らかである。『廢藝齋集稿』に見える四條は、いずれも張潮の『虞初新志』に収められた部分にあたるので、あるいはこれによったのかもしれないが、果たして『廢藝齋集稿』が曹雪芹の作であるとすれば、『紅樓夢』の作者である曹雪芹が『影梅庵憶語』を見ていたことは證明されることになる。

あるいはそうでなくとも、陳維崧が曹寅の知遇をえていたことがたしかである以上、陳維崧を通して、この本が曹家にあった可能性もかなり高いと思われるのである。(7)

『影梅庵憶語』と『紅樓夢』についていえば、海棠詩社の後に續く第三十八回、二回目の詩會では、秋でもあることから菊の花が詩題として選ばれる。菊についてはまた『影梅庵憶語』に、

秋が來ると、彼女は晩菊に夢中になった。去年の秋、彼女が病に臥していた時、ある客人がわたしに「剪桃紅」を贈ってくれた。花びらは密集して厚く、葉のみどりはまるで染めたかのようであった。莖はたおやかで、一本一本が雲におおわれ、風にそよいでいるかのような様子であった。彼女は三月の間病みながら、それでも何とか髪をくしけずったり顔をつくろったりしていたのだが、この花を見てたいそう氣に入り、ベッドのわきにおいた。毎晩香りのよいろうそくをあかあかと燈し、白い六曲の屏風で花の三方を圍み、花の中に小さな座席を設け、屏風にうつる菊の影を調節し、その美しさが完全にできあがったところで、はじめて自分が花の中に入った。彼女は菊の中にいたから、菊の影も人の影も屏風に映ったのであった。彼女は屏風の影の方をかえり見てから、振り返ってわたしを見、「菊の美しさは完璧です。でも人が痩せ細っているのをどうしたらよいのでしょうか」といった。今にして思えば、その清らかな美しさはまるで繪のようであった。

という印象的な場面がある。『紅樓夢』で、海棠に續いて菊の詩を作るのが、『影梅庵憶語』の菊から來ている可能性もある。

以上、冒襄、及び『影梅庵憶語』と『紅樓夢』にはひとつながりの一線が考えられるのではないかということを見た。

注

（1）顧啓・姜光斗「『影梅庵憶語』試探——兼談它對『紅樓夢』創作的影響」（『明清小説研究』第六輯　一九八七、また顧啓『冒襄研究』江蘇文藝出版社　一九九三にも收む）があり、『影梅庵憶語』の『紅樓夢』に對する影響を指摘する。ただ、その指摘は包括的なものにとどまり、かならずしも具體的に論じられているわけではない。

（2）「然則書中果記何人何事乎。相傳世祖臨宇十八年、實未崩殂、因所眷董鄂妃卒、悼傷過甚、遁跡五臺不返、卒以成佛。當時諱言其事、故爲發喪、世傳世祖臨終罪己詔書、實卽駕臨五臺諸臣勸歸不返時所作、語語罪己、其懺悔之意深矣。五臺有清涼寺、帝卽卓錫其間。（中略）父老相傳、言之鑿鑿、雖不見於諸家載記、而傳者孔多、決非虛妄。情僧之說、有由來矣。至於董妃、實以漢人冒滿姓、因漢人無入選之例、故僞稱內大臣鄂碩女、姓董鄂氏、若妃之爲滿人也者、實則人人皆知爲秦淮名妓董小宛也。小宛侍如皐辟疆冒公子襄九年、雅相愛重、適大兵下江南、辟疆舉室避兵於浙之鹽官、小宛豔名夙熾、爲豫王所聞、意在必得、辟疆幾頻於危、小宛知不免、乃以計全辟疆使歸、身隨王北行。後經世祖納之宮中、寵之專房。（中略）誠千古未有之奇事、史不敢書、此《紅樓夢》一書所由作也。」

（3）「小宛愛梅、故黛玉愛竹。小宛善曲、故黛玉善琴。小宛善病、故黛玉亦善病。小宛癖月、故黛玉亦癖月。小宛善栽植、故黛玉愛葬花。小宛能烹調、故黛玉善裁剪。小宛能飲不飲、故黛玉最不能飲。小宛愛聞異香、故黛玉雅愛焚香。小宛熟讀楚詞、故黛玉好擬樂府。小宛愛義山集、故黛玉熟玉溪詩。小宛有奩豔集之編、故黛玉有五美吟之作。小宛行動不離書史、故黛玉臥室有若書房。且小宛遊金山時、人以爲江妃踏波而上、故黛玉號瀟湘妃子。瀟湘妃子之義、從江妃二字得來。不然、閨人斷無以妃自名。名人者蓋有本也。況小宛實爲貴妃、故黛玉不但有妃子之稱、且現妃子之服。又小宛著西洋褪紅衫、人驚絕豔、故瀟湘窗幀、獨言茜紗、均有意關合處也（小宛事均見影梅庵憶語）。」

（4）「昔有婦人思所歡、不見輒涕泣、恆灑淚於北牆之下。後灑處生草。其花甚媚、色如婦面。其葉正綠反紅。秋開、名曰斷腸花、又名八月春。卽今秋海棠也。」

（5）「巢民先生齋中有白秋海棠花、余愛其姿制娟靜而神理柔楚、乃爲茲賦。賦曰、有逍遙客卿者、生於莫愁之村、長於忘憂之館、懊儂之聲既輟、合歡之斝常滿、放誕優游、蕭條閑散、藝唐棣之翩翩、種棗樹之纂纂、同心則梔子爲徒、蠲忿則萱花是伴。一日者過幽憂公子之廬而款焉。公子門無車騎、室有琴書、夙喜野卉、雜蒔芳蔬。樹名貞女、木號隱夫。靈均爲九畹之圃、泉明有五柳之居、於陵則灌園自食、兒寬則帶經而鋤。爰有一種布於階砌、靡曼綿芊、柔明淸麗、姣如好女、姿首異制、施粉大白、倚秋而綴、客卿見而問曰、此非所謂秋海棠乎。厥名斷腸、思婦所變、葉如其衣、花如其面。一云怨女涙染所成、生於墻下、海棠爲名、洵哀離之微物、而閨襜之幽情也。公子胡若是翫之、曷不徙於忘情之域、移於無何有之鄉、仰天歌烏樂且未央。公子膝席而起、揖客而語曰、客何見之晚也。且夫僕本恨人、秋多悲氣、秋臨水以登山、人懷讒而畏誹、扇淒馨以自攄、抱幽芳而相慰、才人以薄命稱珍、小物以傷心見貴。矧夫白者逈出尋常。」

(6)『廢藝齋集稿殘篇』（一九七五）による。

(7)『廢藝齋集稿』第八册「烹調」の文が『影梅庵憶語』と一致することは、呉恩裕氏の發見である。同氏「曹雪芹之死」（『十月』一九七八年二期）、『曹雪芹佚著淺說』（天津人民出版社　一九七九）第十四篇に見える。

付論一　清代女流詩人と柳如是

はじめに

胡文楷編著『歴代婦女著作考』（增訂本　上海古籍出版社　一九八五）では、漢魏六朝三三名、唐代二二名、宋代四六名、元代一六名、明代二四五名、そして清代三六八二名の作者を數えている。「才無きが徳」とされた中國の女性たちにあっても、著作が殘る時代と殘らない時代、いいかえれば、才あることがよしとされた時代とそうでない時代があったことはたしかである。それにしても明代二四五名から清代三六八二名への飛躍的發展は、中國文學史上の一偉觀として刮目に値しよう。フェミニズム研究の追い風も受けて、近年これら清代の女性作者たちへの關心が高まりを見せているのもきわめて當然のことであろう(1)。

清代の女性作品のジャンルには、彈詞（陳端生の『再生緣』、邱心如の『筆生花』など）、小説（『紅樓夢』の續作の一つである顧太清の『紅樓夢影』など）もあるが(2)、なかで大きな割合を占めるのが詩であり、數多くの女流詩人の集を今日でも見ることができる。その大部分は刊本として殘されており、しかも多くは、いわゆる家刻の形で刊行された私的出版物である。これだけ多くの女流詩人の集が刊行された背景には、明代末期以來の出版文化の普及という物理的要因(3)、それに加えて、女性の詩集を世に出すことの流行、あるいはそれまでどちらかといえば抑えられていたかのように見える女性詩集の刊行を許容するようになった意識の變化があったことが注目されよう(4)。

ところで一般に清代の女性たちが、女流詩人として自己のアイデンティティーを確立してゆこうとする過程において、やはりそのお手本としての、みずからに先立つ時代の女性たちを強く意識したであろうことはまちがいない。一例を擧げるならば、明末南京秦淮の妓女であり、後に如皐の才子冒襄の側室となった才女、董小宛なども、讀書の際、女性に關わる記事があると、一冊のノートに書き寫しておき、ついには『奩豔』と題する一つの書物ができあがった。それをほかならぬ顧媚と龔鼎孶が讀んで感激し、刊行を勸めたとのことが、冒襄の『影梅庵憶語』に見える。女性がみずから女性の資料を集めようとすることは、やはり女性としてのアイデンティティーを求める行動にほかなるまい。

清代の女流詩人たちも、しばしば過去の女性たちに關心を寄せている。袁枚の女弟子の一人、席佩蘭の詩集『長眞閣集』巻二には、「題美人册子」という一連の詩が收められているが、これは、西施、卓文君、王嬙（昭君）、蔡文姫、二喬、緑珠、潘妃、江采蘋、關盼盼、雙文、花蘂夫人、小青の十二名の繪圖に題した詩である。やはり女性の運命への關心からこの畫册や詩が作られたものであろう。同じく袁枚の女弟子の一人、屈秉筠による『蘂宮花史圖』もまた、女性が過去の女性たちへの關心を示した好例として取り上げることができる。(5)

それでは清代の女流詩人が、みずからに先立つ詩人としてのお手本を求めようとした場合、どのような人々がその手本たりえたであろうか。

胡文楷『歷代婦女著作考』において、明代にすでに二四五名の作者を數えていたように、明代とりわけその末期においては、かなりの數の女性作者たちが活躍していた。その多くは、當時の經濟・文化の中心であった江南地方の人々であった。清代の女流詩人たちの多くも、この江南地方の女性たちであったことを考えると、清代の女流詩人たちが、明末江南の女流詩人たちをみずからの直接の先驅、詩人としてのモデルと考えたであろうことは想像に難くない。

清代の女流詩人の大部分は、いわゆる「閨秀」すなわち名門の娘たちであり、妻たちであった。明末にあっても、紹興の祁彪佳の妻であった商景蘭、呉江葉氏の三姉妹（葉紈紈、葉小紈、葉小鸞）など、名門の子女たちが詩人として活躍していた。しかしながら明末には、そのほかに南京秦淮を中心とする色町の妓女たちが、詩人として名をとどろかせていた状況を見ることができる。(6) 逆に清代にあっては、妓女であり、名詩人であった人物はほとんど見あたらないのである。

清代の女流詩人、あるいは閨秀詩人たちが、明末の妓女詩人たちをどう考えていたかということは一つの興味あるテーマである。

澄懐堂美術館に、「顧眉畫柳如是書合璧冊」が藏されている。明末秦淮の名妓であり、龔鼎孳の側室となった顧媚（?～清康熙二年　一六六三）が蘭の繪を描き、やはり明末清初の名妓であり後に銭謙益の側室となった柳如是（明萬曆四十六年　一六一八～清康熙三年　一六六四）が、それに十首の詩を題したというものである。明末清初を代表する二人の名妓が合作したこの書畫冊、まことに貴重なものといわねばならない。さらには、この畫冊は袁枚の女弟子の一人、呉瓊仙の舊藏にかかる。つまり、この一書畫冊において、明末清初の名妓たちと清代の閨秀詩人とが交錯するのである。

本稿では、この書畫冊を手がかりとして、清代女流詩人たちの目に、明末清初の妓女詩人たちがどのように映っていたのかを考えてみることにしたい。

一、顧媚と柳如是

はじめに顧媚と柳如是について、簡單に紹介しておくことにしたい。

顧媚の傳は余懷の『板橋雜記』巻中に見える。(7)『板橋雜記』は、余懷が明末の南京秦淮の様子を回顧して記した記録である。(8)

顧媚は字を眉生といい、またの名を眉といった。あでやかで品のある化粧をして、竝々ならぬ風采があり、鬢や髮は雲のように美しかった。顔立ちは桃の花の咲いたよう、纏足した足は、か細くて小さく、腰つきは輕やかであった。文學や歴史に通じ、蘭を描くのが得意で馬守眞（湘蘭）の風を眞似ていたが、容姿はそれよりもすぐれていたので、當時の人は郿第一の歌妓に推していた。(9)

顧媚の傳の冒頭部分。彼女は明末南京秦淮随一の妓女とされていたといい、容貌が美しいばかりではなく、文學藝術にも通じていた。それが秦淮の妓女の條件だったのである。(10)顧媚は蘭花を描くのが得意であったというが、この書畫冊はまさしく、その彼女の蘭の繪である。馬守眞は明の萬曆時代に秦淮で活躍した妓女で、やはり蘭の繪で知られる。

顧媚は、當代一流の才子として知られる龔鼎孳（一六一五～一六七三、合肥の人）に落籍される。やがて明清の鼎革を迎えるが、時に龔鼎孳は北京で官にあり、李自成、そして續いて清に降ることになった。

その後、龔芝麓（鼎孳）は顧媚を第二夫人にすることにしたが、もとの妻の童氏は明の時代に二度までも孺人の封をうけていた。芝麓は本朝（清）に入って仕官し、太宗伯（禮部尚書）の官についた經歴もあったが、童夫人は見識が高くて、合肥に居住し、夫の官に隨って都に出ようとはせず、そのうえ、

「わたくしは二度までも明朝の封をお受けしておりますので、これからのちの本朝の恩典は顧夫人にお讓りするのが宜しゅうございましょう」

といったので、顧媚は寵を專らにして封を受けることになった。まことに童夫人の賢節は鬚眉をたくわえた男子にも勝るものであろう。(11)

余懷は、顧媚の傳を書きながら、清に入ってからのことについては、わざわざ正夫人である童氏の賢節ぶりを記しており、どちらかといえば彼女の行動に不滿をもらす口ぶりである。この記事の直前には、子供のできなかった顧媚が、精巧な赤ん坊の人形を作り、着物をきせ、乳を飲ませたり、小用を足させたりし、それを當時二人の住んでいた杭州の人々は、「人妖」と呼んだというエピソードも書き記している。「人妖」とはおだやかでない。こうした反感の背景には、明末北京にあって、李自成が攻めてきた時の、次のような事態があったようである。陸以湉『冷廬雜識』巻八。

龔鼎孳は顧媚をめとり、錢謙益は柳如是をめとった。ともに名妓であった。龔は兵科給事中の職にあって李自成に降服し、僞直指使の官を受けながら、人にはいつも「わたしは本來死にたいと思っていたのだが、小妾が首をたてにふらないのだからどうしようもないよ」といっていた。小妾とは顧媚のことである。ことは馮見龍（ママ）『紳志略』に見える。顧苓『河東君傳』に「乙酉五月の變（一六四五年の南京陷落）に、河東君（柳如

是）は銭に死ぬよう勸めたが、銭はそれはできぬと斷った。戊子の五月に銭が死んだ後、河東君はすぐにみずから首をくくって死んだ」とある。というわけだから、顧は柳にはるかに及ばないのである。(12)

『冷廬雜識』に、馮見龍『紳志略』に見えるとあるが、馮夢龍『甲申紀事』に収める『紳志略』六科給事中に、

龔鼎孳（南直合肥籍、江西臨川人。甲戌の進士。兵科に官たり）僞直指使。つねに人に「わたしは本來死にたいと思っていたのだが、小妾が首をたてにふらないのだからどうしようもないよ」といっていた。小妾とは、そのめとった秦淮の娼、顧媚のことである。(13)

と記されている。『甲申紀事』は、北京が陷落して間もなく、北京の情報を知りたがっている江南人士の需要を感じ取った馮夢龍が、北から逃れて來た人々からの情報を集め、編集した書物である。誰が李自成に抵抗し、誰が寢返ったか、それは江南の人々にとって重要な情報だったであろうから、みながむさぼり讀んだことであろう。そのなかに、龔鼎孳は顧媚という女性（娼といういい方をしている）のために、出處進退をあやまった、と取れることが記されているのである。『板橋雜記』に記された顧媚のマイナスイメージは、あるいはこのあたりに由來しているのではないだろうか。

このようなマイナスイメージで捉えられる顧媚に對して、先の『冷廬雜識』でも「顧は柳にはるかに及ばない」と斷定されていたように、好意的に描かれているのが、柳如是である。(14)顧苓「河東君小傳」には、

河東君は、柳氏である。初めの名を隱雯といった。やがて名を是とし、字を如是といった。小柄であったが、裝いも美しく、鋭く機敏な性格、膽力があった。雲間（松江）の孝廉（擧人）が彼女を妾とした。孝廉は

文章が上手で書法にたくみであり、彼女に詩の作り方、字の書き方を教えた。美しく豔っぽいこと、たぐいまれであったが、ものごとにこだわらず、好き放題のことをしていた。そのため孝廉は暇をとらせた。呉越の間に遊び、格調高くすぐれ、その詩は時の人を驚かせた。嘉興の朱治憪が虞山の錢宗伯に彼女の才について話し、宗伯は心ひかれたが、なかなか會えなかった。(15)

とある。ある擧人の妾となったことをきっかけに（周宰相の妾となったとする資料もある）、もともと才能のあった彼女は、學問を身につけた。それから陳子龍その他の名士たちと關係を持ち、最後に錢謙益と運命的な出會いをするのである。

錢謙益（一五八二〜一六六四、常熟の人）、字は受之、號は牧齋。萬曆三十八年（一六一〇）、二十九歳にして進士に及第。官途にはかならずしも惠まれなかったが、明末當時盛んであった東林派のリーダーの一人として隱然たる力を持ち、江南文壇の中心人物であった。(16)沈虬の「河東君傳」では、錢謙益と柳如是のなれそめについて、次のようにいう。

崇禎戊寅（十一年　一六三八）、年二十歳ばかりであったが、柳はさかんに「わたしは虞山の錢學士ほどの才學ある方のところでなければお嫁にはいきません」と觸れ回っていた。虞山（錢謙益）はそれを聞いて大いに喜び、「今天下にこれほど才を愛する女子があるのか。わたしも柳是のように詩の上手なものでなければめとらんな」といった。庚辰（崇禎十三年　一六四〇）の冬、如是がはじめて錢謙益のもとを訪れると、すぐに我聞室を築いてそこに住まわせ、彼女の意を迎えた。十日で落成し、そこにとどめて年を越させた。(17)

錢家の人々との折り合いはよくなかったようで、二人は呉江の舟の上で結婚の式を行う。かくして柳如是は一代の文壇盟主錢謙益の側室としておさまることになる。錢謙益、柳如是は、常熟城内の半野堂において優雅な暮らしを營み、その北側に五層の藏書樓である絳雲樓を建てるのである。錢、柳二人を中心とする唱和詩を集めた『東山酬唱集』もある。

崇禎十七年（一六四四）、明王朝が滅亡するや、南京に臨時の政權が樹立され、錢謙益は請われてその禮部尙書となる。やがて北から攻め下った滿州軍によって南京が陷落するが、その時、明王朝に殉ぜず、淸軍に降った次第が、先の『冷廬雜識』に見えた一插話であった。

錢謙益は淸に仕えるが、間もなく致仕し、鄕里の常熟で柳如是とともに過ごすことになる。二人の住んだ常熟白茆の紅豆山莊は、反淸活動家の密かなメッカになっていたともいう。康熙三年（一六六四）に錢謙益が亡くなると、錢家の財產爭いから柳はみずから首をくくって錢謙益の後を追うのである。

錢謙益も龔鼎孳も、ともに詩作の上で淸初の江左三大家に數えられる才人であり、その側室となった顧媚も柳如是もどちらも當代一流の才女、その彼らが明末淸初の混亂の中で織りなすドラマは興味深いものがある。

二、顧柳書畫合璧

顧媚と柳如是について簡單に紹介したが、明末淸初を代表する才女二人が、片や繪を描き、片や詩を題したのがこの書畫册である（圖5、6）。『澄懷堂書畫目錄』卷六に次のように記されている。

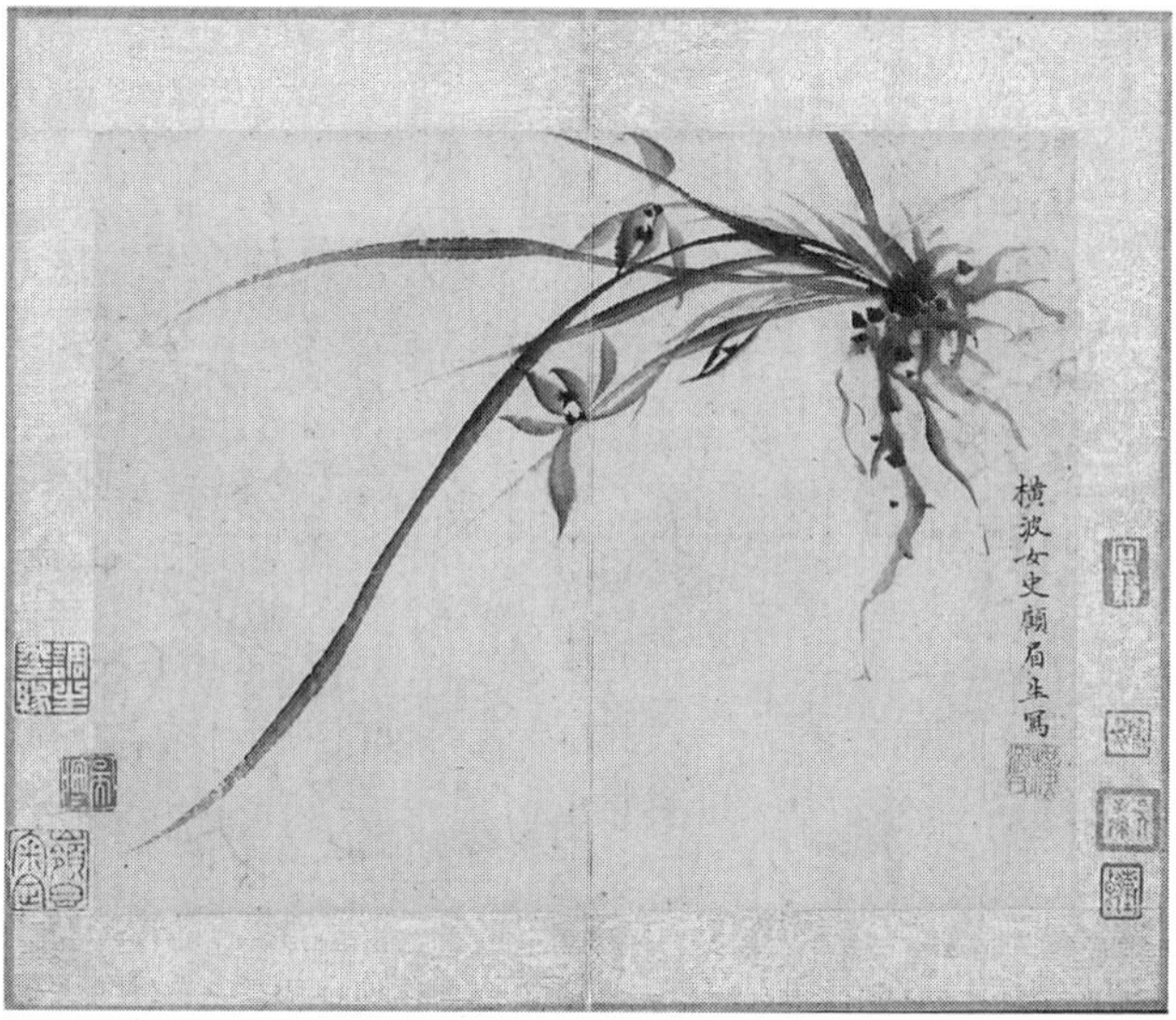
橫波女史顧眉生寫

圖5　顧媚「墨蘭」（澄懷堂美術館藏）

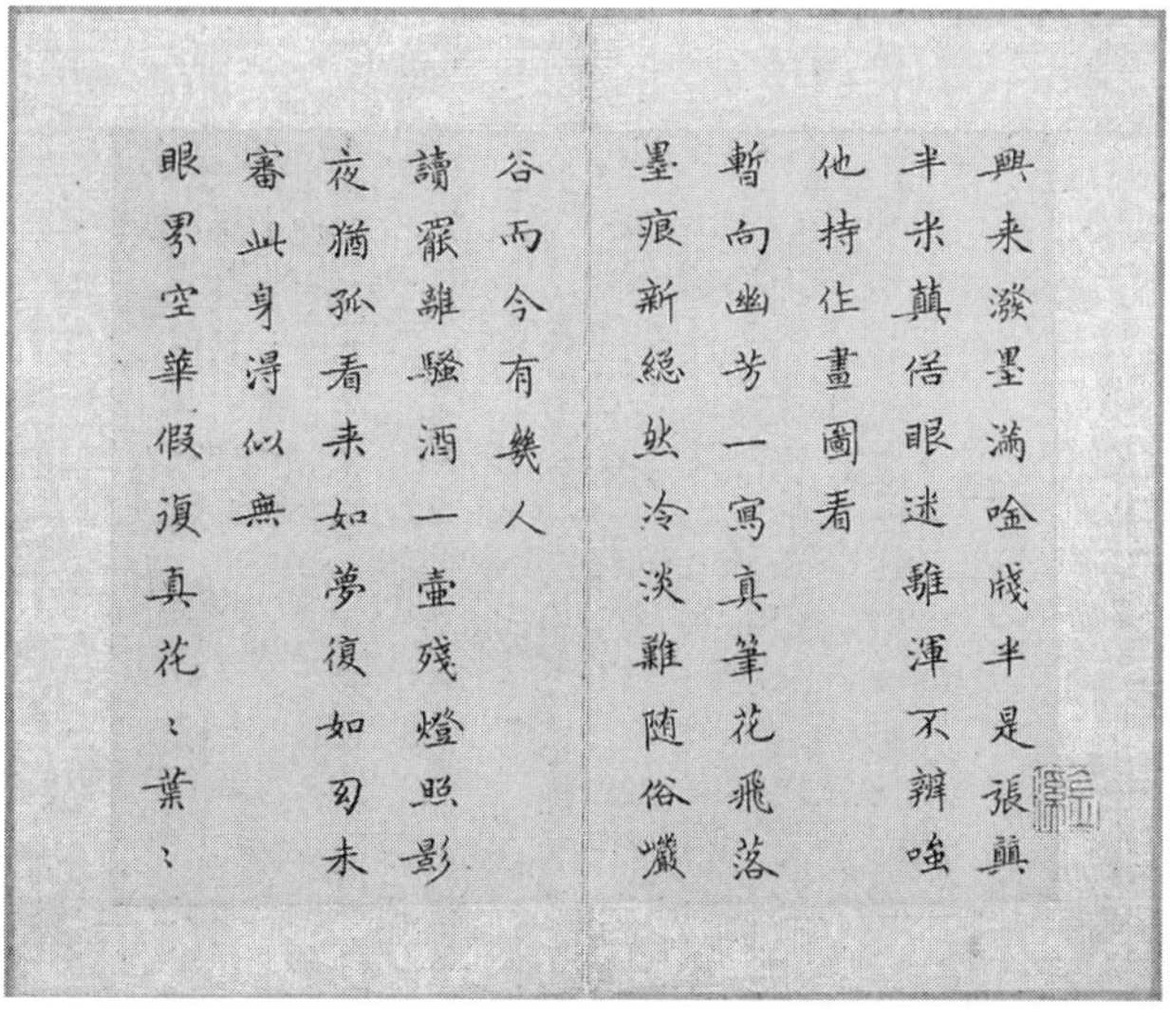
興来潑墨滿唫牋半是張顛
半米顛偶眼迷離渾不辨嗤
他持作畫圖看
暫向幽芳一寫真筆花飛落
墨痕新總然冷淡雖隨俗巖
谷而今有幾人
讀罷離騷酒一壺殘燈照影
夜猶孤看来如夢復如幻未
審此身渇似無
眼界空華假復真花々葉々

圖6　柳如是「題詩」（澄懷堂美術館藏）

顧湄畫柳如是書合璧册

畫　高六寸　闊七寸八分　計一幅

書　高六寸　闊七寸六分至七寸八分　計四幅　紙本

顧湄は墨蘭を畫き、款に「横波女史顧眉生寫」と云ひ、横波氏の一印を鈐せり。

顧湄の畫は其の聲名高けれども、之を見ること極めて鮮し。此の畫は匆々として落筆せるに似たり。而もその多く留意せざる所に、反つて逸趣を見る。

柳如是は小楷を以て七言絶句十首を書せり。末幅、款識に云はく「丙戌三月既望、偶檢閲顧夫人所寫墨蘭一葉、淸妍秀潤、綽約有林下風、眞堪什襲藏也。率題數絶、以識景仰云爾。如是竝跋」と。柳、靡蕪の二印を鈐せり。

柳如是の識語を翻譯しておくと次のようになる。

丙戌（順治三年　一六四六）三月既望、たまたま顧夫人の描かれた墨蘭を見た。淸らかで潤いがあり、たおやかであって林下の風があり、まことに珍藏するに足るものである。そこで倉卒に數絶句を題し、敬仰の思いを記すことにする。如是竝びに跋。

「林下の風」は、『世說新語』賢媛篇で、王夫人（謝道蘊）を評していった言葉。順治三年といえば、明王朝の崩壊からまだいくばくも經っていない時期である。

柳如是の書からは、纖細ながらぴーんとはりつめた氣迫が感じられるようである。柳如是の絶句十首の中から幾首かを選んで見ておく。まずその第一首。

　興來潑墨滿吟牋　興來りて墨を潑し　吟牋を滿たす
　半是張顚半米顚　半ば是れ張顚　半ば米顚
　俗眼迷離渾不辨　俗眼　迷離して　渾て辨ぜず
　嗤他持作畫圖看　他の持して畫圖と作して看るを嗤はん

わたしは興に乗じて筆をとり、詩箋いっぱいに詩を書きつけた。その文字は、半ばは唐の張旭（酔って草書を書いた）、半ばは米芾（奇矯な言動に富み米顚と称された）。しかし俗人の目はぼやけていて、文字を判讀することができない。彼らがこの文字をも繪だと思って見ているのを笑ってやろう。冒頭の一首は、字が下手であることの謙遜でもあるが、一方でこの詩の奥には、俗人にはうかがい知れない思いが込められていることを示唆しているともいえる。續いて第二首。

　暫向幽芳一寫眞　暫く幽芳に向ひて　一へに眞を寫す
　筆花飛落墨痕新　筆花　飛び落ち　墨痕新たなり
　總然冷淡難隨俗　たとひ冷淡にして俗に隨ひ難くとも
　巖谷而今有幾人　巖谷　而今　幾人か有らん

幽芳は蘭の花。蘭の花に向かってその寫生をする。筆が運ばれるにつれて、その墨痕もあざやかである。蘭の花は冷淡で俗に従おうとしないとはいっても、構いはしない。そもそもいまどき幽谷に蘭を見る人などないのだから。蘭といえば、楚國への思いを抱きながらみずからの命を斷った屈原が思い浮かぶ。明から清への王朝交代の複雑な時代狀況が投影されている。第四首。

眼界空華假復眞　　眼界　空華　假復た眞
花花葉葉淨無塵　　花花葉葉　淨らかにして塵無し
千秋琴操猶餘調　　千秋の琴操　猶ほ調を餘し
半是騷人現化身　　半ば是れ騷人現化の身なり

目に見えるものは空花、假であるのか眞であるのかわからないが、この蘭の花びら一つ一つ、葉の一枚一枚は淸らかで塵を置いていない。永遠に傳わる琴の調べ（琴曲「猗蘭操」を指す）が今なお聞こえてくるようでもあり、この蘭の姿は半ば騷人（屈原）の化身といえるだろう。第三首には、「離騷を讀み罷りて酒一壺」の句もあった。第五首。

翻風解作前溪舞　　風に翻り解く作す　前溪の舞
泣露猶聞子夜歌　　露に泣き猶ほ聞く　子夜の歌
一片幽懷誰領略　　一片の幽懷　誰か領略せん
托根無地奈渠何　　根を托するに地無し　渠を奈何せん

「前溪」とは、『樂府詩集』淸商曲辭に見える「前溪歌」。「子夜歌」もまた樂府題である。李商隱「離思」詩に、「氣盡前溪舞、心酸子夜歌」とある。蘭が風に翻る樣子は、前溪の舞を見るようであり、露にむせびないている樣子は、子夜の歌のようである。この繪に込められたひそかな氣持ちを誰が理解しようか。根を託する土地がなくなってしまったこの蘭をどうしたらよいだろう。根を託せる場所がない、というところ、第八首に登場する宋の遺民鄭思肖の畫蘭の故事を用いている。鄭思肖は蘭を描くのに、「土はモンゴル人によって奪われてしまった」といって、地面を描かなかった。ここではやはり顧媚の蘭に地面が描かれていないことに寄せて、滿州の侵略によって、神州の大地が胡塵に汚れてしまったことを指す。鄭思肖の『心史』が蘇州の井戸の中から發見されたのは、明末崇禎十一年（一六三八）のこと、それは當時の人々の熱い話題となっていた。(18) 第六首。

不共青芝石上栽　　青芝と共に石上に栽ゑず
肯容荊棘與莓苔　　肯（あへ）て荊棘と莓苔とを容れんや
根苗淨洗無塵土　　根苗　淨洗して　塵土無く
好待東風送雨來　　東風の雨を送りて來るを待つに好ろし

この圖では蘭のみが描かれていて、他に靈芝もなければ、しばしば蘭とともに描かれる石も描かれていない。ましてやいばらやこけなどは描かれていない。根はきれいに洗われて塵もついておらず、東風が雨を送ってくるのを待つのにちょうどよい。東風が送って來る雨とは、滿州人を北へ追いやってくれる抗清勢力のことともいえるであろう。續いて第九首。

晩窗夢醒繫相思　　晩窗　夢醒めて　相思を繫く
靜對瀟湘九畹姿　　靜かに對す　瀟湘九畹の姿

世眼大都看色相　　世眼　大都ね色相を看る
枝頭何不點燕支　　枝頭　何ぞ燕支を點ぜざらん

夕暮れの窗邊に夢からさめて相思をつなぐ、というのは、やはり錢謙益を思うのだろうか。そして、靜かにこの蘭の姿を見る（『楚辭』「離騷」に「滋蘭之九畹」）。世間の目では、だいたい色相を見るばかり。枝の先に朱を點ずればよかったのに。第十首。

懶踏長安九陌塵　　長安九陌の塵を踏むに懶く
獨憐空谷十分春　　獨り空谷十分の春を憐れむ
豪端畫破虛空界　　豪端もて畫破す　虛空界
想見臨池妙入神　　想見す　臨池の妙神に入るを

もう自分はさわがしい都に出て行こうという氣持ちを失ってしまった。そしてこの圖を見ながら、誰もいない深い谷間の春、そこに咲く蘭を思うのである。細かい筆の先で虛空界を描き盡くしているが、もし文字を書いていたら、これもまたみごとなものであったろう。臨池は文字を書くこと。

基本的には、顧媚の蘭の圖を見て、それをほめた詩であるが、奥に鼎革を經た感慨がもらされているとも讀め、なかなか趣深い詩である。柳如是が反清の氣節を蘭の花に讀みとろうとしていたとすれば、北京陥落時の顧媚の行動について、この詩にはどのような思いがを寄せられているのだろうか。

顧媚と柳如是という當時の二大スターの競演になる書畫合璧、現在澄懷堂美術館に藏されるこの書畫が唯一のものであったかどうかはわからないが、清初當時の人々が、やはりこの二人による畫詩を見て、詩を題している資料がある。尤侗「題顧眉生畫蘭」（『看雲草堂集』巻八）、梅耦長の「題顧眉生畫蘭」などであって、詩題は「顧眉生畫蘭」であるが、いずれも柳如是の詩に言及している。顧媚の畫、柳如是の詩という取り合わせは、當時にあってもかなり話題になった様子がうかがわれる。(19)

ところが、この柳如是の十首の詩は、現在殘る柳如是の詩集に收められていない。あるいはその反清的な内容から故意に詩集からはずされたのかもしれない。胡文楷編『清錢夫人柳如是年譜』順治三年の條には、「三月既望題顧横波墨蘭十絶」として、この十絶句を引いている。そして末尾に、

文楷案。題蘭十絶は『湖上草』及び鄒流綺が刻した『柳如是詩』にはどちらにも載せられていない。これは吳瓊仙の『寫韻樓詩集』から錄出したものであって、集の遺を補うに足るものである。

と記されている。つまり、この書畫册の實物を目睹したわけではない胡文楷は、清代の女性詩人吳瓊仙の『寫韻樓詩集』巻四に載錄されているものを引いているのである。そして、實にこの澄懷堂所藏の書畫合璧冒頭の陳綱の序に、

昔徐山民先生の佳偶であった吳珊珊夫人の寫韻樓の舊物である。

と記され、同じく范玉の「珊珊夫人の囑題」の詩が收められているように、そしてさらには顧媚の蘭の繪に明らかに「吳珊珊」と讀める印が捺されていることによって、この詩畫册は、隨園女弟子の一人、吳瓊仙の舊藏であったことが知られるのである。

三、呉瓊仙

呉瓊仙（清乾隆三十三年　一七六八～清嘉慶八年　一八〇三）、字は子佩、號は珊珊。呉江の平望の人。呉江黎華里の徐達源、號は山民に嫁した。徐達源は詩文繪畫にすぐれ、翰林院待詔となったが、一年で鄉里に歸り、著述に專念した。夫婦ともに詩名があり、呉瓊仙は、袁枚のいわゆる女弟子の一人であり、『隨園女弟子詩選』卷六に彼女の詩三十六首が收められている。彼女の墓誌銘は洪亮吉が、誄は彭兆蓀が作っている。[20]

呉瓊仙には『寫韻樓詩集』五卷がある。今その光緒二十二年（一八九六）刊本（復旦大學圖書館、中山大學圖書館藏）を見るに、その卷四にたしかに、

家に顧横波夫人墨蘭畫冊、柳蘼蕪（如是）題絶句十首を藏している。最近、沈孟婣女士がその籤に「美人香草」と題したのにちなみ、蘼蕪の原韻に次す。[21]

と題する十首の絶句が收められており、後に「附原詩」として柳如是の十絶句が跋文ともども收められ、さらに「附和詩」として范玉の絶句二首を收めている。[22]　呉瓊仙の詩の第六首。

不藉春風春雨栽　　春風春雨の栽するを藉りず
幽香竟體立蒼苔　　幽香　竟體　蒼苔に立つ
漫書十首無頭尾　　漫りに十首を書するも　頭尾無し

半是含酸帶怨來　　半ば是れ酸を含み怨を帶びて來たる

歷史の結果からいえば、柳如是の詩にあったような抗清の「東風（春風）」は吹かなかった。しかし蘭の花はひそかな香りに滿たされてある。自分の和韻詩はとりとめもないものだが、心のうちの悲しみや怨みから出ているのだ。この書畫冊を珍藏するとともに、柳如是の詩十首に和韻しているのは、女性の先人に深く思いを寄せていたからにほかなるまい。

現在澄懷堂美術館に藏される書畫冊には、題簽に「美人香草」の文字はなく、また吳瓊仙の詩は收められていないが、柳如是の詩に關しては、第八首目の結句冒頭を書畫冊では「怕多」に作るのが、『寫韻樓詩集』では「怕它」に作るほかは、文字の異同はない。また吳瓊仙の夫であった徐達源の戊戌（道光十八年　一八三八）の年、七十二歲の時の題詩も付されており、澄懷堂美術館の書畫冊が、まさしく吳瓊仙舊藏のそれであったことを示している[23]。

なお、『寫韻樓詩集』は、そもそも道光十二年（一八三二）に彼女の息子、晉鎔によって刋行されたのがはじめであるが、太平天國の混亂の後、この詩集に目を止めた何明生が、夫の龐元澂とはかって復刋したのが、この光緒刋本であることが、復旦大學藏本に付せられる龐元澂と何明生の後跋によって知られる。ここにも女性による女性詩集の刋行という一つの系譜を見ることができる。

四、柳如是の墓

柳如是に關心を持っていたのは、かならずしも呉瓊仙だけではなかったようである。やはり隨園女弟子の一人、席佩蘭もまた、柳如是を慕った一人であった。

席佩蘭、字は韻芬、洞庭の人。常熟の孫原湘に嫁した。席佩蘭が柳如是に關心を抱いた背景には、彼女がまさしく錢謙益、柳如是の故地である常熟に嫁したことがあるであろう。席佩蘭の詩集『長眞閣集』巻三には、「春盡日、泊舟錢園弔耦畊堂故址、兼訪河東君墓不得（春盡くるの日、舟を錢園に泊して耦畊堂故址を弔ひ、兼ねて河東君の墓を訪ふも得ず）」の詩がある。

前朝華屋半犂田　　前朝の華屋　半ば犂田
綠水園名尙姓錢　　綠水の園名　尙ほ錢を姓とす
大樹難尋紅豆種　　大樹　尋ね難し　紅豆の種
亂墳空起白楊煙　　亂墳　空しく起つ　白楊の煙
送春天氣兼晴雨　　送春の天氣　晴雨を兼ね
弔古詩情雜鬼仙　　弔古の詩情　鬼仙を雜ふ
一晌低徊山欲瞑　　一晌（しばし）低徊すれば　山瞑（く）れんと欲し
落花如雪又開船　　落花　雪の如く　又た船を開く

この詩のすぐ後には、「丙辰消夏雜詩」が収められているから、この詩が丙辰の年、すなわち嘉慶元年（一七九六）に作られたことがわかる。春も終ろうとする季節、船に乘って、錢氏柳氏の故地を訪れてみたが、柳如是の墓を探し出すことはできなかった、という詩である。同じ年の秋にもまた、「重過錢園弔河東君」（『長眞閣集』卷三）の詩があり、同じ場所を再び訪れている。

しばらくの後、嘉慶十四年（一八〇九）、陳文述（一七七一～一八四三、錢塘の人）が常熟の知縣となってやってくる。陳文述の「重修河東君墓記」（『頤道堂文鈔』卷四）によれば、翌嘉慶十五年の春、陳は虞山に遊び、かつての錢謙益の拂水山莊の故地をたずねた。

眞武祠の僧の性圓なるもの、年は六十ばかりであったが、子供の時分に錢園の傍ら、瞿墓（瞿式耜の墓）の西を見ると、盛り上がった塚があり、「河東君之墓」の碑がたっていた。五十年來、星霜しばしば變わり、人も物も入れ替わった。鶴は悲しく啼き苔は荒れ、こおろぎもさびしく水はむせび、碑がなくなってしまっているばかりでなく、墓がどこにあるのかもわからなくなってしまった。青山に日がかたむき、久しくなげいたのであった。(24)

六十ばかりになる僧侶の話で、子供の頃に柳如是の墓はたしかに殘っていたが、今や何もなくなってしまったという。席佩蘭が訪れた時、墓を探し出すことができなかったのもむべなるかなである。かくして陳文述は、柳如是の墓の修復に志すのである。陳文述「重修河東君墓記」の續き。

華君麗植、家はもと龍山の遠戚、鹿苑の邦族であって、文獻にくわしかったから、たずねて聞いてみることにした。故老とその末裔の宗元なるものが、河東君の遺塚を花園橋の北、中山路の南に探し出した。東は小さな流れを境とし、西は園に接している。おそらく秋水閣、耦畊堂の故址であろう。(25)

云々とあり、そこに墓を建てることになった。(26)この陳文述の文章に對して「重修河東君墓記書後」を書いているのが、ほかならぬ席佩蘭の夫、孫原湘である（『天眞閣集』巻五十四）。孫原湘の「書後」では、柳如是の墓を再建したのは、「義烈を表彰し、風教を重んずるため」であると記している。席佩蘭が柳如是を慕ったのが、「義烈」を慕ったためであるかどうかはわからないが、ここで孫原湘がこの墓の重修作業に従ったことの背景には、その妻席佩蘭の影響があったのかもしれない。なお、その墓碣（「河東君墓碣」）を撰したのは、海寧の査揆である（『篔谷文鈔』巻一二）。嘉慶十五年前後の時點で、柳如是の墓の重修が企てられた背景には、乾隆帝による錢謙益批判キャンペーンによって、錢謙益への批判が高まった分、柳如是の評價が相對的に高まったことがあったとも考えられる。

席佩蘭の『長眞閣集』巻六（嘉慶十五年の詩を收める）には「錢尙書故宅弔柳夫人」の詩、及び「陳雲伯大令重修河東君紀事」詩四首が收められ、そこに隨園女弟子である屈秉筠、謝翠霞の和韻詩が收められている。これら女性詩人たちにとって、柳如是の墓の重修が一大事であったことがわかる。陳雲伯大令は陳文述である。(27)席佩蘭の詩の第一首。

耦畊相約殉南都　　耦畊に相約す　南都に殉ぜんと
其奈霜髯戀雪膚　　其れ奈かん　霜髯　雪膚を戀ふるを
舊事怕題長樂老　　舊事　題するを怕る　長樂老

故郷羞說莫愁湖
花甘委地如金谷
蓮竟生天效玉奴
拂水巖西芳草綠
可憐薇蕨愧蘼蕪

故郷　說くを羞づ　莫愁湖
花は甘んじて地に委ぬること　金谷の如く
蓮は竟に天に生じて　玉奴に效ふ
拂水巖西　芳草綠にして
憐む可し　薇蕨　蘼蕪に愧づるを

長樂老とは、四朝に仕えた五代の馮道。二朝に仕えた錢謙益を暗示する。「花は甘んじて」の句は、晉の石崇の愛妾綠珠の故事を踏まえる。綠珠は、石崇に操を立て、樓上から飛び降りてみずから命を斷った。「蓮は」の句は、南齊の東昏侯の寵姫潘淑姫（小字が玉兒）の故事を踏まえる。潘姫も、東昏侯の後を追って亡くなった。蓮は、潘姫を詠じた「步步金蓮を生ず」の詩句から出る。詩全體としては、錢謙益が王朝に殉ぜず、柳如是が義烈であったことをいう。

孫原湘の『天眞閣集』には、柳如是の墓が重修された後にも、嘉慶二十二年（一八一七）の「紅豆莊玉杯歌」（『天眞閣集』巻二十三）、道光四年（一八二四）の「錢柳東山唱和圖」「去年伯生書來屬題東山唱和圖、既成八詩、今伯生攜圖見示、復補兩章」（ともに『天眞閣集』巻二十六）などがある。錢謙益と柳如是との唱和詩集である『東山唱和集』を圖にしたものまでが作られ、それに詩を題していたのである。孫原湘と席佩蘭の二人は、「夫婦能詩」で知られるおしどり夫婦であるが、柳如是の顯彰をめぐっても、二人が共通した關心を抱いていたことが知られる。(28)

以上、顧媚柳如是の書畫冊をめぐって、また柳如是の墓の重修をめぐって、當時の女流詩人たちが盛んに活動していた樣子をうかがってみた。

現在、錢謙益、柳如是の墓は、一九八二年に重修され、虞山の南麓、彼方尙湖につらなる水路にもほど近い風光絶佳の地に靜かにたたずんでいる。

注

（1）合山究「袁枚と女詩人たち」（九州大學教養部『文學論輯』三一 一九八五。同氏『明清時代の女性と文學』汲古書院二〇〇六にも收む）、Ellen Widmer and Kang-i Sun Chang, eds., *Writing Women in Late Imperial China*, Stanford University Press, 1997、蕭燕婉「閨秀詩人駱綺蘭小傳――清乾嘉期における一婦人の生き方――」（『九州中國學會報』第三七卷 一九九九）、同「閨秀詩人席佩蘭の文學――「夫婦能詩」を中心に――」（『中國文學論集』第二八號 一九九九）ほか（蕭燕婉『清代の女性詩人たち――袁枚の女弟子點描――』中國書店 二〇〇七にも收む）。

（2）胡曉眞『才女徹夜未眠』（麥田出版 二〇〇三）、Ellen Widmer, Ming Loyalism and the Woman's Voice in Fiction（前掲 *Writing Women in Late Imperial China* 所收）、また Ellen Widmer, *The Beauty and the Book: Women and Fiction in Nineteenth-Century China*, Harvard University Asia Center, 2006.

（3）拙著『明末江南の出版文化』（研文出版 二〇〇四）。

（4）女性詩人による詩の總集もまた編纂刊行されている。それについては、Kang-i Sun Chang, Ming and Qing Anthologies of Women's Poetry and Their Selection Strategies（前掲 *Writing Women in Late Imperial China* 所收）。

（5）蕭燕婉「袁枚の女弟子屈秉筠と蘂宮花史圖について」（『日本中國學會報』第五四集 二〇〇二、前掲『清代の女性詩人たち――袁枚の女弟子點描――』にも收む）。

（6）錢謙益『列朝詩集』閏集「香奩下」には、三十名にのぼる妓女の詩を收めている。

（7）顧媚については、孟森の「橫波夫人考」（『心史叢刊二集』所收）がある。

（8）『板橋雜記』については、岩城秀夫『板橋雜記・蘇州畫舫錄』（平凡社東洋文庫 一九六四）の翻譯がある。本稿の引用もそれによった。

（9）「顧媚、字眉生、又名眉。莊妍靚雅、風度超群。鬢髮如雲、桃花滿面。弓彎纖小、腰支輕亞。通文史、善畫蘭、追步馬守眞、而姿容勝之。時人推爲南曲第一。」

（10）拙著『中國遊里空間——明清秦淮妓女の世界』（青土社　二〇〇二）。

（11）「後龔竟以顧爲亞妻。元配童氏、明兩封孺人。龔入仕本朝、歷官大宗伯。童夫人高尚、居合肥、不肯隨宦京師。且曰、我經兩受明封、以後本朝恩典、讓顧太太可也。顧遂專寵受封。嗚呼。童夫人賢節過鬚眉男子多矣。」

（12）「龔鼎孳娶顧媚、錢謙益娶柳如是、皆名妓也。龔以兵科給事中降闖賊、受僞直指使、毎謂人曰、我原欲死、奈小妾不肯何。小妾者、即顧媚也。見馮見龍紳志略。顧苓河東君傳謂、乙酉五月之變、君勸錢死、錢謝不能。戊子五月錢死後、君即自經死。然則顧不及柳遠矣。」
戊子の五月に錢謙益が亡くなったとあるが、錢謙益が亡くなったのは、康熙三年（一六六四）甲辰の五月である。

（13）「龔鼎孳（南直合肥籍、江西臨川人。甲戌進士。官兵科）僞直指使。毎謂人曰、我原欲死、奈小妾不肯何。小妾者、所娶秦淮娼顧媚也。」

（14）柳如是の傳記については、陳寅恪『柳如是別傳』（陳寅恪文集之七　上海古籍出版社　一九八〇）、雪苑懷圃居士『柳如是事輯』（彙文堂書莊　一九五六）、文鴻・李君『獨立寒塘柳——柳如是傳』（中國歷代才女傳記叢書　二〇〇一）、范景中・周書田『柳如是事輯』（中國美術學院出版社　二〇〇二）ほかがある。また柳如是については、Kang-i Sun Chang, *The Late Ming Poet Ch'en Tzu-lung : Crises of Love and Loyalism*, New Haven and London : Yale University Press, 1991（同書には孫康宜著、李奭學譯『陳子龍柳如是詩詞情緣』允晨文化　一九九二がある）の中でも詳しく論じられている。

（15）「河東君者、柳氏也。初名隱雯、繼名是、字如是。爲人短小、結束俏利、性機警、饒膽略。適雲間孝廉爲妾、孝廉能文章、工書法、教之作詩寫字。婉媚絕倫、顧倜儻好奇、尤放誕。孝廉謝之去。游吳越間、格調高絕、詞翰傾一時。嘉興朱治憪爲虞山錢宗伯稱其才、宗伯心豔之、未見也。」

（16）錢謙益については、吉川幸次郎「錢謙益と東林——政客としての錢謙益——」「居士としての錢謙益——錢謙益と佛教

――」「錢謙益と清朝「經學」」（『全集』第十六巻）、また「清初詩說」（『吉川幸次郎遺稿集』第三巻）ほか。龔鼎孳については、清水茂「龔鼎孳論」（『岡村繁教授退官記念論集・中國詩人論』汲古書院　一九八六、また清水茂『中國詩文論叢』創文社　一九八九にも收む）。

(17) 「崇禎戊寅閒、年二十餘矣、昌言於人曰、吾非才學如錢學士虞山者不嫁。虞山聞之、大喜過望、曰、今天下有憐才如此女子者乎。吾非能詩如柳是者不娶。庚辰冬、如是始過虞山、卽築我聞室居之、以迎其意。十日落成、留之度歲。」

(18) 陳福康『井中奇書考』（上海文藝出版社　二〇〇一）。

(19) 前掲孟森「横波夫人考」には、このほかにも顧媚の蘭の圖についての詩をいくつか集めている。

(20) 梁乙眞『清代婦女文學史』第二章「袁枚與婦女文學（上）」では吳瓊仙について一章が割かれている。また前掲合山究「袁枚と女詩人たち」にも、吳瓊仙についての記述がある。

(21) 「家藏顧横波夫人墨蘭畫册、柳蘼蕪題絕句十首。近沈孟嫺女士題其籤曰美人香草。因次蘼蕪原韻。」

(22) 中山大學藏本については、蕭燕婉氏（現在臺灣中山醫科大學應用外國語學科副教授）にそのコピーをお送りいただき、見ることができた。記して感謝したい。

(23) 『寫韻樓詩集』に付錄する諸家の「寫韻樓詩集題詞」に、顧元熙と黄若濟による「寫韻樓舊藏顧横波夫人墨蘭畫册柳蘼蕪題句其上系以二絕」が收められている。「舊藏」というから、ある時點で、この畫册は吳瓊仙の手を離れたかと思われる。澄懷堂美術館藏書畫册に、「嘉慶辛未（十六年　一八一一）季春上澣八日獲觀於黎川之紫藤花館因題」として顧元熙の二絕句が收められる。書畫册には陳綱、范玉、顧元熙、蔣寶齡、陸費瑔、徐達源、何紹基、潘誠貴、汪內禎、葉廷琯、龔橙、陵霞、應寶時などの題詩、識語がある。

(24) 「眞武祠僧性圓者、年六十餘、自言兒時見錢園之側、瞿墓之西、有冢隆然、有碑屹若、曰河東君之墓。五十年來、星霜屢易、人物代謝。鶴冷苔荒、蛩凄水咽、碑既不存、墓亦不可指矣。青山斜日、悵惋久之。」

(25) 「華君麗植、家本龍山戚聯、鹿苑邦族、既悉文獻、可徵訪之。故老及其後裔名宗元者、得君遺冢於花園橋之北、中山路之南。東界小溝、西接園弄、蓋卽秋水閣、耦畊堂故址。」

（26）常熟の錢謙益、柳如是をめぐる遺跡については、吴正明「錢柳遺踪考辨」（許霆主編『常熟文化研究』古吳軒出版社　二〇〇一）を參照。
（27）陳文述については、やはり女弟子を持った詩人として、梁乙眞『清代婦女文學史』第三編第一章及び第二章で、大きく取り上げられている。また前掲合山究『明清時代の女性と文學』第五編第三章でも陳文述について論じている。
（28）注（1）前掲蕭燕婉「閨秀詩人席佩蘭の文學——「夫婦能詩」を中心に——」を參照。

付論二　中國明末の妓女と文學

中學生の頃だったろうか、吉川英治の『宮本武藏』を讀んだ。今でも一番印象に殘っているのが、京都六條柳町（三筋町）扇屋うちでの武藏と吉野太夫とのやりとりである。雪の蓮華王院で吉岡傳七郎を討ち果たした後、吉岡方の敵討ちに身構える武藏に對して、吉野太夫は「あなたは今にも斬られて死にそうな人だ」と言い放つ。何故かと詰問する武藏の前で、吉野太夫は白樂天の「琵琶行」を引きつつ、かたわらにあった琵琶を斷ち割り、琵琶に強弱緩急無限の音色が出るのは、胴の横木に遊びがあるからこそ、人の生きる道もこれと同じではないか、と說く。小說のこととはいえ、吉野太夫は、和歌漢詩から美術音樂あらゆる道に通じた一流の教養人、超一級の人間として描かれている。

中國にあっても、吉野太夫級の妓女は存在した。時は王朝が明から淸へとかわろうとする時代。李自成によって北京が陷落、崇禎十七年（一六四四）三月、崇禎帝が煤山でみずから命を絕ち明王朝は滅亡、やがて李自成を追い拂った滿州族の淸が北京に都を定めることになる。そんな狀況のもと、江南地方にあって、明王朝創業の地であり、天下の副都であった南京に福王（弘光帝）の臨時政府が立ち上がる。その南京を目指して、淸の大軍が南下する。長江をはさんで目と鼻の先にある揚州では、淸軍による大殺戮が行われた。南京危うし。時に禮部尙書の大任にあったのが、文壇の泰斗でもあった錢謙益であった。もと妓女であって錢謙益の愛妾としてこの時そのそばにあった柳如是は、錢謙益に向かい、堂々自害して明王朝に殉ずべきことを勸めたという。その勸めは錢の受けいれるところとならず、南京無血開城へと進み、錢は短時日とはいえ、清朝に仕える身となる。

百年の後、乾隆帝によって錢謙益に加えられた貳臣（一身にして二朝に仕えた）の汚名、そして本人の著作ばかりでなく、ありとあらゆる書物にあらわれるその名前までもが削除されるほどの一大批判キャンペーンがおこったことを思えば、あるいは柳如是の判斷は正しかったのかもしれない。かの地にあっても、氣節に富んだ、腹のすわった妓女があったことはたしかである。

明末清初の妓女たち（一口に妓女といっても、余懐の「板橋雜記序」にいうように、南京一つを取っても、高級遊里である秦淮、そうでもない珠市などの區別があったようであり、ここで問題にしているのは、高級妓女たち、英語でいうならば、prostitute ではなく courtesan たちである）が、當時の女性として、文化教養の擔い手としての一翼をになっていたことはまちがいない。

余懐の『板橋雜記』は、明末の南京秦淮の遊里とそこに生きた妓女たちの貴重な記録として廣く知られるが、ここに傳の殘るような名妓の場合、たいがいその特技についての記載がある。

尹春——芝居を演ずるのがたくみ。

李十娘——琴を彈き歌を歌うのが上手。文學のたしなみがあった。

顧媚——文學や歴史に通じ、蘭を描くのが得意。

董白——七、八歳の時、母親が手紙の書き方を教えてやったところ、すぐに理解してしまった。裁縫や管弦の稽古もすばらしく器用で、食譜、茶經など通曉しないものはなかった。
卞賽――書を知り、細字の楷書がたくみで、また蘭の繪や琴を彈くのが上手であった。
卞敏――蘭を描いたり、琴を彈いたりすることが上手だった。
范玨――香を焚き茶を煮て、藥爐や經卷を相手にしていた。
頓文――琵琶の名手。文字の知識も少しはあり、唐詩なども上手に暗唱できた。
沙才――圍碁がうまく、簫を吹いたり節付けしたりすることができた。
馬嬌――音曲の道に詳しい。

妓女の「妓」はもと「技」から來ているわけだが、彼女たちの特技は、音樂、文學、書、畫、圍碁、香、茶、料理など、藝術全般にわたっているのである。

明末に活躍した妓女たちがどれだけ深い教養を身につけていたかについては、もちろん多少の潤色もあろうが、冒襄がその愛妾董小宛（右の資料に見える董白）の思い出を記した『影梅庵憶語』によく描かれている。冒襄は、後の『全唐詩』のように、唐代の詩をすべて集めた總集を編纂しようとの志を立て、資料を集めはじめていた。

一帙の書物を手に入れるたびに、必ず細かく朱筆を加えた。他の書物でこの集に言及するものがあれば、みな書物のはじめに書き記しておき、彼女にわたしして保存させたのである。詩人の編年については、『（新）唐書』を基準にした。彼女は一日中わたしを助けて調べものをしたり書き寫したりし、注意深く校訂し、晝も夜も向かい合いながら默って仕事に精を出し、彼女はいちいち指示しなくても仕事がわかっていた。彼女は詩を讀めばすっかり理解し、また氣の利いた解釋を出したものだった。特に『楚辭』、杜甫、李商隱、そして王建・花蕊夫人・王珪の『三家宮詞』を好んで熟讀した。身の丈ほどの書物を机のまわりに積み上げ、眞夜中のベッドでもなお數十家の唐詩集をかかえて横になった。今この部屋も封印されほこりだらけになって、わたしは開けるに忍びない。これから先、全唐詩集編纂の志は誰といっしょに成し遂げたらよいというのだろうか。ため息をつくばかりである。

末尾に記されるように、この事業は、彼女の早世によって中斷のやむなきに至ったもののようであるが、彼女は詩文を讀んで校訂作業を行う、つまり學者といってもよい仕事ができるだけの學力を具えていたのである。もちろん彼女自身が作った詩も殘っている。例えば『國朝閨秀正始集』『清詩彙』『如皐冒氏詩略』にともに收めるその「綠窗偶寄」の詩は、

病眼看花愁思深　　病眼　花を看れば　愁思深し
幽窗獨坐弄瑤琴　　幽窗に獨坐して　瑤琴を弄ぶ
黃鸝亦似知人意　　黃鸝　亦た人意を知るに似て
柳外時時迗好音　　柳外　時時　好音を送る

病がちの眼で春の花を見ると、愁いはますます深く、一人窗邊に座って琴をつま彈いている。黃鸝（高麗鶯）はそんなわたしの氣持ちを知るかのように、柳のむこうから、ひっきりなしに美しい鳴き聲をとどけてくれる。承句は王維の「竹里館」詩の「獨坐幽篁裏、彈琴復長嘯（獨り坐す幽篁の裏、琴を彈じ復た長嘯す）」を意識しているようであるし、轉句結句は杜甫の「絕句」の「兩箇黃鸝鳴翠柳（兩箇の黃鸝　翠柳に鳴く）」に通じるであろう。

そこはかとない春の愁いがすらりと胸のうちにとどく佳作といえよう。顧啓「董小宛和她的詩」（同氏『冒襄研究』江蘇文藝出版社　一九九三）では、この詩が作られたのは崇禎十五年（一六四二）ごろのこととし、春に蘇州から如皐に歸る冒襄を追って如皐まで行ったものの、秋の鄕試に合格したら迎えに行くとの言葉を信じて、蘇州に戻っていた閒の作とする。琴の音は董小宛の心であり、それにあわせて鳴く黃鸝とは、冒襄への期待とするのである。

ほかならぬ錢謙益が明一代の詩を集めた『列朝詩集』の中で、女性詩人のかなりの部分を占めているのは、妓女たちである。もちろん明代にあっても、妓女でない、普通の家の女性であって、詩を作った才媛は少なくない。よく知られる葉小紈、葉小鸞らをはじめとする作者はたしかにあった。しかしながら、明代、とりわけ明末期には、妓女詩人たちがきわめて目立った活躍をしているのである。

中國歷代の女性の著作の目錄である胡文楷の『歷代婦女著作考』をながめていると、なかなか重大な現象に氣がつかされる。そこに收錄される作者の數が、漢魏六朝では三三名、唐代では二二名、宋代では四六名、元代では一六名、明代になると二四五名、そして清代に至って一氣に三六八二名にはね上がることである。女性作者の數が、明から清に至る閒に、爆發的に增加しているのである。中國文學史七不思議といったものがあるとすれば、この現象は、かならずやその第何番目かに數えられてよい現象であろう。そして、清代における女性作者は、今度はそのほとんどすべてがいわゆる閨秀、つまり妓女ではない、良家の子女たちなのである。そして、清代には、逆に詩名を持つ妓女がきわめて少なくなる。

清代の小說『紅樓夢』などを見ると、大觀園の女性たちがみな詩を作り、しばしば詩の會を開いているし、袁枚（袁隨園）のもとに女性の弟子たちが集まったことはよく知られている。

明代にあっても、女性たちが、詩を作らなかったわけではない。明から清に至る閒に變わったのは、女性と文學をめぐる環境そのものである。つまり、明代には、いまだ良家の子女が詩を作って樂しむことがかならずしも公認されていなかった。いわば抑制されていた。一方で公然と詩を作ることができたのは、良民にあらざる妓女だけなのであった。だから、明代には妓女の詩作が目についたのである。

それに對して、清代にあっては、良家の女性が詩を作ることが、プラスの意味を持つようになった。なればこそ、これだけ多くの女性詩人が現れ、數多くの詩集が殘ったのである。女性詩人の詩集を見ると、巻頭に夫をはじめとする一族の人々が序を寄せており、詩人の才華を稱贊している例が多々見られる。この時代になると、詩が作れる女性が一族の中にいることはむしろ一族の名譽と考えられたかのごとくである。このような背景の變化がアクセルとなって、清代における女性詩人の增加（あるいは女性詩人の記録の增加）がもたらされたのであろう。

妓女詩人から閨秀詩人への變化。しかし、清代の女性詩人たちがお手本としたのは、誰あろう、柳如是を筆頭とする明末淸初の妓女詩人たちなのであった。三重縣四日市にある澄懷堂美術館に、顧媚（彼女も柳如是とならぶ明末淸初の名妓であり、先に擧げた『板橋雜記』にも、蘭の繪の名手としてその名があった）が蘭の繪を描き、柳如是が詩を題した詩畫册が藏されている。その詩畫册は、袁枚の隨園女弟子の一人であった閨秀詩人、吳珊珊夫人（吳瓊仙）の舊藏であった。吳珊珊は、みずから詩を題して、この二人の名妓の手になる作品を愛藏していたのである。またやはり隨園女弟子の一人である席佩蘭も、柳如是の墓を訪れた詩を殘している。

歌などの流行、衣裳の流行などについてはいうまでもなく、遊里は文化の發信基地であった。しかし、明末という特別な時代の遊里の文化は、同時代においてばかりではなく、時代を超えて遊里文化の一つの偶像となったということもできる。さらに、余懐の『板橋雜記』は日本でも廣く讀まれ、江戸時代の文人たちのあこがれとなった。それは時代を超え、また空間をも越えて、一つの象徴としての意味をになうことになったのである。

あとがき

「芋づる式」という言葉がある。本書は、まさしく「芋づる式」に導かれた探索の結果にほかならない。

大學の學部卒業論文（「馮夢龍研究序說」一九八一）において、明末の文人馮夢龍を研究對象に選んで以來、修士論文（「馮夢龍とその『三言』の研究」一九八三）、博士論文（「馮夢龍『山歌』の研究」一九九七）といった具合に、馮夢龍がずっとわたしの研究の中心にあった。短篇白話小說集「三言」の編者として廣く知られ、「通俗文學の旗手」とされる馮夢龍は、著作の多樣さ、活動の範圍の廣汎さにおいて、まさしくわたしにとっての明淸文學研究、中國文學研究の「基地」であり「展望臺」である。

幼少年期の傳記の空白を埋めるためにはじめた科擧研究（「明淸時代の科擧と文學――八股文をめぐって」『中國―社會と文化』第七號　一九九二、『不平の中國文學史』筑摩書房　一九九六ほか）、馮夢龍が自分自身數多くの書物を出版していたことにはじまる明末出版文化研究（「明末江南における出版文化の研究」『廣島大學文學部紀要』第五十巻特輯號一　一九九一、また『明末江南の出版文化』研文出版　二〇〇四ほか）、また馮夢龍が南京秦淮の妓女番付『金陵百媚』編纂に關與し、また「三言」中に「賣油郎」「杜十娘」の物語をはじめとする「妓女物」があることにはじまる妓女・

遊里研究（「馮夢龍と妓女」『廣島大學文學部紀要』第四十八巻　一九八九、『中國遊里空間――明清秦淮妓女の世界』青土社二〇〇二など）、いずれも馮夢龍を出發點としているのである。

この妓女・遊里研究において、明末における妓女の實態を知ろうとする過程でめぐり合ったのが、冒襄の『影梅庵憶語』であった。一九九二年度、一九九三年度、一九九四年度の三カ年にわたり、東京大學大學院の中國文學演習において、この『影梅庵憶語』を取り上げ、全編を讀み上げた。そして、一九九八年から一九九九年にかけて、その全譯注を東洋文化研究所の紀要に三度に分けて掲載した。本文を精讀し譯注を作成する過程で、冒襄の他の資料を參照する必要が生じるに至ったわけである。

わき道になるが、馮夢龍はわたしにとっての中國文學研究の「基地」であり、「展望臺」であることにはまちがいないのだが、ただ一つ殘念なことは、馮夢龍には『七樂齋稿』という詩文集があったとされているものの、それが今日に傳わらないことである。交遊や旅行などさまざまな場で詩文を作っていたかつての文人の生活ぶりをうかがうのに、詩文集は、その活動を知るための格好の資料である。俗文學に關與した明代の文人のうちで、馮夢龍はそれでも傳記資料の殘る數少ない人物であるにはちがいないのだが、詩文集の缺落は相當大きなマイナスなのである。

『影梅庵憶語』の作者冒襄には、詩集、文集が殘るほか、たいへんよくできた年譜（その子孫の冒廣生の編になる『冒巢民先生年譜』）があり、さらに冒襄が生涯の閒に師友たちとやりとりした詩文を集めた『同人集』があることが、ほかの文人たち以上に、その生活ぶりを知るために決定的に有利な條件を與えてくれている（詳しくは本書序章で觸れた）。

かくして例えば、『影梅庵憶語』の中の、「庚辰（崇禎十三年　一六四〇）夏、影園に滯在していた」という一句について調べる過程で、この年に揚州の鄭元勳の影園を舞臺にして行われた「黄牡丹詩會」に關する論文が生まれた。また『影梅庵憶語』の「大小いくつかの宣爐にはずっと熱く火が燃えさかっており」や「以前、黄山の大きな家で、覆祥雲の眞宣爐を見ました」の句、また「（海鹽に避難していた際）方擔庵年伯に庇護を求めた」といったところから、「宣爐因緣」の論文が生まれた。その方拱乾が連座した順治十四年の丁酉江南科場案について資料を見ている過程で、やはり同じ事件の關わりから寧古塔に流された吳兆騫にめぐり合った（第一部付論一）という次第である。冒襄と演劇の關わりについても、『影梅庵憶語』や『同人集』などを見ている過程で、おのずからその深い關わりが見えてきたのである。ある意味では、第一部の各章が、『影梅庵憶語』の注釋になっているともいえる。

第二部は『影梅庵憶語』の譯注に加え、冒襄の身の回りにあった女性たちについて見、そして『影梅庵憶語』と『紅樓夢』の因緣について考えてみた。

だが、冒襄をめぐる「芋づる」は、實はまだまだ奥へとつながっている。『同人集』一つを見ても、取り扱わなければならないテーマはまだまだいくらでもころがっている。その意味で、本書はひとまずの中間報告である。

筆者の恩師である伊藤漱平先生が、この『影梅庵憶語』の研究を進められ、平凡社東洋文庫にその翻譯を準備しておられたとうかがっている。そうした因緣もある。

ここに、本書各章の初出についてのデーターを掲げておく。いずれも今回、手を加えてある。

序　章　本書のための書き下ろし。

第一部

第一章　「黄牡丹詩會——明末清初江南文人點描」（『東方學』第九十九輯　二〇〇〇）

第二章　「宣爐因縁——方拱乾と冒襄」（『日本中國學會報』第五十五輯　二〇〇三）

第三章　「順治十四年の南京秦淮」（『山根幸夫教授追悼記念論叢　明代中國の歴史的位相』汲古書院　二〇〇七）

第四章　「冒辟疆的戲劇活動」（『名家論崑曲』國家出版社　二〇〇九）
もと中國語で發表したものを補訂し翻譯した。

付論一　「心優しき秀才の手紙——呉兆騫「上父母書」」（拙著『原文で樂しむ　明清文人の小品世界』集廣舎　二〇〇六所收）

付論二　「荷風のおうむ」（『東方』三一六號　二〇〇七）

第二部

第一章　「冒襄『影梅庵憶語』譯注（一）」（『東洋文化研究所紀要』一三六冊　一九九八）
「冒襄『影梅庵憶語』譯注（二）」（『東洋文化研究所紀要』一三七冊　一九九九）
「冒襄『影梅庵憶語』譯注（三）」（『東洋文化研究所紀要』一三八冊　一九九九）

第二章　"Mao Xiang and Yu Huai: Early Qing Romantic *yimin*," Wilt L.Idema, Wai-yee Li and Ellen Widmer eds., *Trauma and Transcendence in Early Qing Literature*, (Harvard East Asian monographs), 250, 2006, Cambridge, Mass., Harvard University Asia Center.
もと英文で發表したものを大幅に改訂した。

第三章　「思い出の中の才女——陳維崧「呉姫扣扣小傳」」（拙著『原文で樂しむ　明清文人の小品世界』集廣舎　二

〇〇六所收）
第四章　本書のための書き下ろし。
第五章　本書のための書き下ろし。
付論一　「清代女流詩人と柳如是――澄懷堂美術館藏『顧媚畫柳如是書合璧册』に寄せて」（『澄懷』三號　二〇〇二）
付論二　「中國明末の妓女と文學」（『江戶文學　三三　江戶文學と遊里』二〇〇五）

本書が成るについては、多くの方々のお世話になっている。なかでも二〇〇九年七月の如皐調査について、蘇州大學文學院の王堯院長、同じく季進教授（季進教授のご母堂は、まさしく如皐冒家の出身であるという）、臺灣國立中央大學中文系呂文翠教授ほかの方々からひとかたならぬお世話になった。また四日市市の澄懷堂美術館には、所藏の書畫の掲載をお認めいただいた。英文要旨の校閲については、ハーバード大學大學院生、William Hedberg氏の協力を得た。刊行にあたっては、東洋文化研究所の羽田正所長、刊行をお引き受けいただいた汲古書院の石坂叡志社長をはじめ、多くのみなさまのお世話になった。編集を擔當された汲古書院の小林詔子さんには、著者の粗忽な誤りをずいぶん正していただいた。ほかにも多くのみなさまにお助けいただいている。心から感謝申し上げたい。

二〇〇九年八月二十四日

著　者

『同人集』目録・所収詩文作者索引

凡例

一、本目録の底本は、『四庫全書存目叢書』に影印する北京師範大學圖書館藏本である。文字の不鮮明な箇處については、他の版本を參照した。

一、極端に長い詩題については、各巻の目録にある簡略な詩題を記した。その場合、詩題に▲を付した。

一、作者索引で、＊がついているのは、謝正光編『明遺民傳記索引』（上海古籍出版社　一九九二）に見える人名であることを示す。

『同人集』目錄

『同人集』卷之一

31　送許南交北遊序　冒襄
32　鄭懋嘉中翰詩集序　冒襄
33　董使君南遊草序　冒襄
34　留別東皋倡和詩序　冒襄
35　己巳端陽詩序　冒襄
36　愼餘堂倡和詩序　冒襄

『同人集』卷之二

37　奉賀冒巢民老伯暨伯母蘇孺人五十雙壽序　陳維崧　其年
38　祝冒辟疆社盟翁先生雙壽序　吳偉業　駿公
39　又　高世泰　彙旃
40　又　吳克孝　魯岡
41　又　孫朝讓
42　又　葛雲芝　瑞五
43　又　侯玄涵　研德
44　又　王挺　周臣
45　又　陳濟生　皇士
46　冒巢民年兄蘇孺人年嫂合百歲壽序　陳瑚　確庵
47　冒巢民先生暨配蘇孺人雙壽序　華乾龍
48　冒巢民先生五十榮壽序　瞿有仲
49　恭祝辟疆冒老年翁暨元配蘇孺人六十雙壽序　李清
50　恭祝辟疆盟長兄偕元配蘇孺人長嫂六秩雙壽序　龔鼎孶
51　恭祝大徵君前司李辟翁冒老伯七秩榮壽序　徐倬
52　恭祝大徵君前司李辟翁冒老先生七十大壽序　卞永吉
53　恭祝大徵君前司李巢翁冒老先生七十大慶序　汪懋麟
54　恭祝大徵君前司李巢翁冒老年臺先生七秩榮壽序　徐元文
55　恭祝大徵君前司李巢翁冒老年臺先生七十大慶序　許承宣
56　冒巢民先生七十壽序　余懷
57　冒巢民先生七十壽序　費密
58　得全堂讌集恭祝伯兄巢民先生七十榮壽序　冒坦然
59　恭祝巢翁老長兄先生七十有一壽序　吳綺　園次
60　冒巢民先生七十一歲序　孫枝蔚　豹人
61　小序（冒巢民先生七十一歲序）　韓菼　元少
62　冒先生七十一壽序

許承家 師六
63 冒巣民先生七十有二壽言 楊周憲
64 冒巣民先生七十有三壽序 王弘撰
65 辟疆老年翁先生七十又六壽序 王履昌 安禮
66 恭祝巣民先生八秩壽序 張芳 鹿床

【水繪庵閨人丙辰臘八日三十卮言】

67 辟疆老年翁蔡夫人三十壽詩序 呉綺 園次
68 丙辰熹平奉祝巣民先生蔡夫人三十序 周斯盛

『同人集』卷之三

69 樸巣記 包壯行 稚修
70 遊冒氏水繪園記 闕名
71 水繪庵記 前人
72 得全堂夜讌記 陳瑚 確庵
73 得全堂夜讌後記 陳瑚 確庵
74 如皋冒氏逸園祠堂碑記 裘充美
75 逸園復祀記 崔華
76 匿峰廬記 鄧林梓 肯堂
77 匿峰廬虞美人花記 宗儀曾 羽尊
78 八斗記 陳梁 則梁
79 載鶴記 汪琬 苕文
80 觀白石翁畫卷記 戴洵
81 水繪庵修禊記 冒襄
82 白華樓記 冒襄
83 樸巣記 冒襄
84 題香儷園竝頭茉莉詩引 陳繼儒 眉公
85 又 韓上桂 孟郁
86 又 張玉成 成倩
87 又 闕名
88 又 張元芳 完僕
89 水繪庵詩文二集小引 程可則
90 冒辟疆先生八秩乞言 宋實穎
91 蔡孝女乞挽言引 顧道含
92 蘇孺人傳 陳維崧
93 冒姬董小宛傳 張明弼 公亮
94 呉姬扣扣小傳 陳維崧
95 蔡女羅墓銘 汪懋麟 覺堂
96 告城隍文 陳秉彝
97 載龍渦剪石先往寒河文 譚元春 友夏

139 又 張恂 稚恭
140 詩跋 杜濬 于皇
141 又 杜濬 于皇
142 爲巣民先生圖米石小跋 查士標
143 又 張瑞
144 跋巣民手書少陵發秦州紀行古詩册 陳維崧
145 又 方孝標
146 又 方亨咸
147 又 王士祿
148 題巣民年長兄楷書洛神賦金夫人手臨洛神圖卷後 方亨咸
149 又 李念慈
150 又 汪楫
151 題董宛君手書唐絶 杜濬 于皇
152 王煙客元照兩先生茂京黃門書畫合卷 自題 王時敏

153 王煙客元照兩先生茂京黃門書畫合卷跋 孫在豐
154 王煙客元照兩先生茂京黃門書畫合卷跋 冒襄
155 跋先師董文敏公倣關仝關山雪霽圖 冒襄
156 跋鑒定郭恕先滕王閣岳陽樓圖二小幅畫 冒襄
157 八十叟朱嬾翁九日雅集分韻詩跋 冒襄
158 題管夫人十竹圖册子 冒襄
159 題冒巣民倣摩詰讀書圖五十三歲小像贊 方拱乾
160 又 方孝標
161 又 方亨咸
162 又 李長祥
163 又 唐允甲
164 又 張恂

165 又 王士禛
166 又 方膏茂
167 又 陳維崧
168 又 張湛孺
169 又 蕭雲從
170 丁未仲冬攜缽渡江喜過深翠山房巣民先生出小影索題賦贈求教兼爲補梅 法鑑
171 樸巣寫像記 杜紹凱 蒼略
172 秋聽圖 冒襄
173 重題秋聽圖下 王士祿
174 秋聽圖像贊 吳偉業
175 又 杜濬
176 庚戌初伏日爲巣民年長兄題 劉體仁
177 又 施閏章
178 題冒辟疆小像倣趙松雪高士苦吟圖册子 李長祥

『同人集』卷之四

【尺牘】

226 書 張芳 菊人
227 書 譚籍 只收
228 答書 冒襄
229 書 鄒元芝 殿生
230 答書 冒襄
231 答張鹿床書 冒襄
232 尺牘 顧煒 仲光
233 謝蔡夫人畫鳳啓 吳綺
234 乞金夫人畫洛神啓 吳綺

『同人集』卷之五

【竝蒂茉莉詩】

235 題竝蒂茉莉花應辟疆社丈敎 董其昌 思白
236 又 王思任 季重
237 又 米萬鐘 仲詔
238 又 陳繼儒 眉公
239 又 鄧文明 太素
240 又 韓上桂 孟郁
241 又 張元芳 完樸
242 又 湯有光 慈明
243 又 林雲鳳 若撫
244 又 許夢徵 覺甫
245 又 汪逸 遺民
246 又 郭之奇 仲常
247 又 釋眞常
248 又 陳組綬 伯玉
249 又 鄭元勳 超宗
250 又 李元介 龍侯
251 又 王道隆 季直
252 又 邵潛 潛夫
253 又 章美 拙生
254 又 馬是龍 稚游
255 又 張玉成 成倩
256 又 曹銘 純儒
257 又 佘充美 寔甫
258 又 佘大美 仲容
259 又 汪洋 千頃
260 又 余庚 叔鮔
261 又 吳娟 眉生
262 又 王羽仙 冰齊
263 又 冒愈昌 伯麐
264 又 冒超處 處沖

【雜贈之一】

265 冒辟疆諸試無不冠軍不敢以余特拔遂稱獨知也然屬望至矣癸酉應制白下特贈 高名衡 鷺磯
266 雨中同如農超宗辟疆再造江亭 高名衡 鷺磯
267 吳門與諸子夜集賦呈辟疆社兄

【樸巢題詠】

【五子同盟詩】

305 大會同難兄弟於辟疆寓館紀事　陳梁　則梁

306 丙子桂月之朔同公亮霖生漁仲辟疆盟于眉樓卽席放歌　陳梁　則梁

307 結交行同盟眉樓卽席作　張明弼　公亮

308 又　呂兆龍　霖生

309 五交行　劉履丁　漁仲

310 贈冒辟疆　張明弼

311 壬午秋仲揭陽署中寄懷辟疆盟弟　張明弼

312 ▲西陵痛哭詩重書寄辟疆　顧杲　子方

【影園倡和】

313 影園喜雨同辟疆巢友分詠　陳明夏　百史

314 又　徐穎　巢友

315 庚辰午日同辟疆盟兄社集影園分得將符二字　黎遂球　美周

316 分得巖字　茅元儀　止生

317 分得憐浮二字　萬時華　茂先

318 分得龍淮二字　陳丹衷　旻昭

319 影園同辟疆盟兄詠黃牡丹得十首　黎遂球　美周

320 辟疆遊雲間董尚書陳徵君兩先生間其書法不懈而及於古同客影園賦黃牡丹詩既成錄此請正自愧鉤盤垂縮遠遜晉唐人但蛇足勤勞日費佳紙寔與辟疆有同好耳暇時幸有以教之　陳名夏　百史

321 又　徐穎

322 影園黃牡丹　冒襄

323 臥病超宗佳要堂讀辟疆黃牡丹新詠高華奇秀足冠一時因錄拙作請正　萬時華

庚辰之夏冒辟疆與海內同人觴詠超宗影園屢月園中遂有黃牡丹之瑞一時爭賦踰二百餘首超宗屬辟疆作札竝易書諸詩命余品定不揣漫詠四律請正　錢謙益

324 和辟疆燈船曲六首　陳名夏

325 又　徐穎

【省覲南嶽贈言】

326 辛巳初春賦贈辟疆兼送省覲衡嶽　陳素　澹僊

327 辟疆盟兄省覲楚衡　鄭元勳　超宗

328 小閣賞梅同許倩蘿餞送辟疆盟兄之衡永　梁于涘　湛至

329 送辟疆社盟兄省覲禮嶽

358 再集芙蓉齋展玩唐宋圖書卽席限韻　冒襄
359 同諸上人社集芙蓉齋瀹茗限韻　冒襄
360 戊子冬盡次韻和答二首　趙開心 洞門
361 己丑初春辟疆先生社盟長自雉皐貽書相存口占四首志感兼寄遙懷　龔鼎孶
362 海皐過訪辟翁先生道盟坐話園亭竝見穀梁青若兩世兄漫賦求政　鄒元芝
363 庚寅清秋一日過于皇寓庵値雨坐靜室茶話同辟疆諸子其用王龍標宿陶大公館韻　龔鼎孶
364 和　杜濬
365 和　黃傳祖 心甫
366 和　吳綺 園次

367 答和芝麓客春見懷原韻　冒襄
368 庚寅春杪辟疆同于皇孝威園次枉集寓園用少陵遊何將軍山林韻八首　龔鼎孶
369 和　冒襄

【友雲軒倡和】

370 庚寅暮春雨後過辟疆友雲軒寓園聽奚童管絃度曲時辟疆頓發歸思兼以是園爲友沂舊館故竝懷之限韻卽席同賦　龔鼎孶
371 和　杜濬
372 和　吳綺
373 雨後同社過我寓齋聽小奚管絃度曲頓發歸思兼懷友沂卽席限韻　冒襄
374 庚寅秋潯江舟中簡和辟疆老盟兄友雲軒見懷四韻錄呈政可時抵邗彌月而良晤尙遙寄此兼志欲見之懷黃花白露知余此心耳　趙而忭
375 將歸湘澤寄別辟疆盟兄　趙而忭
376 友沂盟兄將返湘澤寄詩留別卽次原韻奉答　冒襄

【深翠山房倡和】

377 辟疆盟兄評點李長吉集歌　杜凱 蒼略
378 辟疆招集深翠山房卽席和尊公先生原韻　李長科 小有
379 月夜集辟疆社長深翠山房喜范汝受至自崇川卽席限韻　吳綺
380 又　范國祿 汝受
381 和園次汝受月飲深翠山房元韻　李長科
382 辛卯嘉平月夜宿深翠山房同伯紫賦　顧大善

【雜贈之二】

383　甲午秋遇辟翁年伯於金陵客舍感賦　戴移孝　無忝

384　竹關三年爐炭中辟疆道兄甲午秋圓光伸敘再生事詎意兩各終天耶山中言念遺兒過水繪庵書此寄淚　無可知

385　乙未冬奉家大人命候巢翁老伯於水繪庵殘臘阻兵邗上不及走謁讀伯氏小三吾倡和集特詠寄懷兼致其年無忝及令子穀梁青若　方中德　田伯

386　乙未秋訪辟疆先生賦贈　譚籍　只收

387　又　譚篆　玉章

388　乙未歲移孝客東皋依辟翁年伯四月遯歸黃山留詩與年伯別竝及穀梁靑若兩年弟疊用方田伯寄懷韻各一首　戴移孝

389　夏日同季宣放舟水繪庵時辟疆大孝以讀禮家居命次公靑若來陪因唔梁谿王式九於枕煙之東榮曁余畏友戴無忝偶成　李尙　寤生

390　與梁谿王式九客辟疆年伯水繪庵寤生先生見過有詩一首疊韻答贈　戴移孝

391　吳君實持鄒衣白先生寄扇部公手書過訪巢民盟兄卽席同賦贈　佘啓美　公佑

392　丙申夏日坐辟疆年伯得全堂遙見獨樹狀如列仙黃子謂余曰此前吏部公手植物也樹猶如此人何以堪余圖之子同巢民曷賦之乎援筆各作長歌一篇紀事　戴移孝

393　辟疆先生偕無忝批閱趙松雪高士苦吟圖卽席同限杜工部奉先劉少府新畫山水障歌韻　王畿　式九

394　和　戴移孝

395　野桑爲大風所折離披復生舟行同冒年伯感賦限少陵柟樹爲風雨所拔歎韻　戴移孝

396　和　王畿

397　憶自癸酉與雉皋辟疆居士別後迄今丙申已廿年餘矣頃因乞食吳陵得一晤對彼此匆匆未盡所蘊賦此寄之　釋宏儲　繼起

398　讀辟疆年盟翁小三吾倡和詩寄懷　曹璣　子玉

399　辟翁社長先生文望二十年所仰丙申冬相遇邗上把臂傾洽道雅照顏遂訂久要歌以言志竝請教

我　趙函乙 映三

400 奠兩招同辟疆老盟兄即席限韻時張姬又琴歌者陳九在座　劉梁嵩 玉少

401 和　劉雷恆 震修

402 和　張照嵋 月坡

403 和　許承宣 力臣

404 和　許承家 師六

405 和　宗觀 鶴問

406 客遊海陵屢晤又琴較書辟老席上得句書贈聊博一笑　劉雷恆

407 又　張照嵋

408 贈辟疆先生　宗元鼎 定九

『同人集』卷之六

【水繪庵題詠】

409 辟疆道兄有水繪庵林木蓊鬱石浪澄泓充棟其間何今古耶嘗憶歷陽戴敬夫稱碧落道人爲建庵橋西顔曰碧落廬此故人心即蒼天眼異時榔栗相尋掛瓢有分因圖彷彿不覺出聲肯一和之是亦莖草問答也時丁酉春日　釋弘知

410 辟疆同盟水繪庵余舊遊地也近於其中爲亡友結碧落廬無師爲之圖系以詩屬余和之每苦不暇暇即愁耳今春忽得二章一和無可師韻一自拈時又苦繞樹之忙聊命兒子錄白紙奉寄兼慰近懷　杜濬 于皇

411 過水繪庵長虹晝堤夾鏡桃花數百樹盛開辟疆先生置酒花下茲爲第四巡矣僅得此詩請正　杜濬

412 雜詩寓水繪庵作　陳維崧

413 冬日過水繪庵作　陳維崧

414 壬寅秋過訪辟疆年兄於水繪庵呈贈　吳國對 玉隨

415 壬寅九日辟疆招同諸子水繪庵分韻　杜濬

416 逸園放生池歌　施閏章 尙白

417 前題　鄒祗謨 訏士

418 樸巣居士先世有洗缽池足用放生後乃有變尙白訏士兩君子爲長歌紀其事更屬余作曰以病通疎筆硯勉拈短偈果能博衆怒爲喜乎　吳國對 玉隨

419 又　錢鼎瑞　寶沴
420 又　董黄　得仲
421 又　金是瀛　天石
422 又　彭師度　古晉
423 又　董兪　蒼水
424 又　董以寧　文友
425 又　黄虞稷　兪邰
426 又　葉奕苞　九來

【影梅庵悼亡題詠】

427 董如君詩　顔光祚　佳胤
428 辛卯冬爲辟疆盟兄傷董姬　王潢
429 影梅庵詞爲辟疆先生悼小宛少君　兪綬
430 又　張文峙
431 又　陳允衡　伯璣
432 又　杜紹凱　蒼略
433 詩畫小序　張恂　稚恭
434 爲辟疆盟兄悼姬人董少君四首　梅磊
435 春日題跋辟疆年盟兄哀董少君十紀　徐泰時
436 讀辟疆影梅庵憶語爲賦五詩　紀映鍾　伯紫
437 再爲辟疆盟兄悼宛君四絶句　紀映鍾
438 悼董宛君　周蓼卹
439 又　張二嚴
440 又　張遺
441 又　吳綺　園次
442 又　周士章　吳昉
443 又　宋之繩
444 又　譚篆　灌湘
445 又　劉肇國
446 又　韓詩　聖秋
447 讀影梅憶語香豔婉惻尺幅閒伐毛洗隨暈纈如靚古有怨湘中歌長恨者殆庶幾焉葉爐炙手翻閲時畏其竟倚案得詩數章用呈辟疆先生爲宛君悼　黄虞稷　兪邰
448 哀辭綴俚　史惇
449 壬辰秋末應辟疆命悼宛君賦得七闕錄寄非敢觴哀聊當生芻耳　趙而忭　友沂
450 題董宛君小像八絶句　吳偉業　駿公
451 巢民先生貽宛君奩中藏扇索書再題二絶句　吳偉業
452 和梅村夫子弔宛君十絶　杜濬　茶村
453 巢民先生出吳梅村祭酒弔董少君十絶索和勉成應教殊慚牽率也　王士祿　西樵

【秦淮倡和】

454 辟疆年伯爲先嚴建碧落廬于水繪庵愧未瞻謁丁酉渡江奉省於長干逆旅賦此志感　戴本孝 務旃

455 八月九日巢民先生病臥秦淮偕陳其年戴務旃吳子班衝泥過訪譚飲榻前竟日卽席限韻　梅磊 杓司

456 和　陳維崧 其年

457 和　戴本孝

458 和　吳孟堅 子班

459 中秋前二日過辟疆老盟翁寓樓下留飲讀八月初九日社集詩是日于皇招過饑鳳軒不得久留因用前韻紀事一首且與其年訂再過之約也辟老方病不能書略與余同　龔鼎孳 孝升

460 秋日集綺季秦淮水閣辟疆社盟長攜具過飲甚歡醉後和愍叟壁閒春日四韻　龔鼎孳

461 丁酉秦淮奉贈辟疆先生　劉䜌 輿文

462 中秋後四日陳其年方田伯吳子班劉王孫雨宿巢民老伯秦淮寓館卽席限韻分賦　戴本孝

463 和　陳維崧

464 和　方中德 田伯

465 和　吳孟堅

466 和　劉漢系 王孫

467 巢民老伯寓館長歌紀事兼送吳子班歸秋浦　陳維崧

468 辟疆老伯見招余以雨作不果赴遙和諸君子作　沈泌 方鄴

469 和　周瑄 式玉

470 丁酉八月同戴務旃陳其年黃俞邰周式玉方田伯位伯吳子班劉玉孫石月川諸君子修昆季之禮於冒老伯金陵寓館漫賦　沈泌

471 丁酉金陵寓館俚言一章奉呈辟疆老伯　周瑄

472 丁酉傳柑之夕寄懷辟老先生　陶開虞 月嶠

473 和辟疆先生過海陵見贈四首　鄧漢儀 孝威

474 秋日書問辟疆盟兄　劉師峻 峻度

【小三吾倡和詩】

475 戊戌冬日入黃澥作寄樸巢老年伯及穀梁靑若兩弟　戴移孝

476 戊戌冬日過雉皋訪冒巢民老伯讌集得全堂同人沓至出歌僮演劇卽席限韻四首　陳維崧

477 冬至前五日余公佑石尙卿許子公招讌得全堂卽席賦　陳維崧

478 冬至前五日小集同社諸子飲其年於辟疆齋中　石寶臣 尙卿
479 又　許鄴 子公
480 又　佘啓美 公佑
481 冬日馬遷于諸子招讌巢民先生得全堂卽席限韻三首　陳維崧
482 遷于諸君集辟疆齋頭邀陪其年卽席限韻　石寶臣
483 又　佘啓美
484 又　許鄴 子公
485 同孟昭青若過訪孺子不遇　陳維崧
486 巢民先生以詩見投感賦一律　張圯授 孺子
487 除夕前五日小飲巢民先生齋頭瓶花鑪篆楚楚襲人與諸子暢譚竟夕用賦二首　張圯授
488 前題次韻　陳維崧

489 除歲前一夕重過巢民先生爐香茗椀位列尤佳卽席倡和二首　張圯授
490 前題次韻　陳維崧
491 十四夜月下同巢民先生限韻　陳維崧
492 次日泛月同巢民先生仍次前韻　陳維崧
493 置酒行得全堂卽席分韻得四支　陳維崧
494 戊戌雉臯除夕呈巢民先生　陳維崧
495 秦簫曲　陳維崧
496 徐郎曲　陳維崧
497 楊枝曲　陳維崧
498 己亥元夕後二日至雉臯訪巢民年伯卽事三十韻兼示穀梁青若　戴本孝

499 和務旃卽事三十韻用杜陵體奉別巢民先生兼示務旃　陳維崧
500 巢民年伯召偕陳其年曁同社諸子分韻七虞　戴本孝
501 巢民先生招陪務旃分韻一先　陳維崧
502 巢民先生文孫以己亥人日彌月長歌志喜　陳維崧
503 穀梁世兄生子以己亥人日滿月賦此爲贈　邵潛 潛夫
504 己亥冬贈冒巢民先生爲太母七十壽　陳維崧
505 和許景先新柳篇送趙友沂還楚同談長益冒穀梁賦　陳維崧
506 訪巢民先生讌集得全堂卽次元韻　陳瑚
507 得全堂讌集次巢翁先生原韻　瞿有仲

508 和有仲觀劇斷句十首　陳瑚

509 觀劇雜成斷句呈巢翁先生竝似
穀梁青若兩年道兄一粲
瞿有仲

510 ▲留別巢民先生六首　瞿有仲

511 留別巢民先生　瞿有仲

512 巢民先生攜澹生仙史泛舟蓮渚
即席次扇頭文友其年韻戲贈澹
生　瞿有仲

513 即席贈澹生仙史仍用前韻
瞿有仲

514 和　董以寧 文友

515 和　陳維崧

516 中秋同諸子讌集巢民先生宅兼
送家叔還南　陳維崧

517 徐郎曲　鄧漢儀 孝威

518 楊枝曲　鄧漢儀

【水繪庵詩】

519 遊飲水繪庵　杜濬 子濂

520 戊戌冬日同諸子過水繪庵
陳維崧 其年

521 己亥冬日同高玄中遊水繪庵即
席次其年元韻　趙而忭 友沂

522 庚子冬日過水繪庵次其年原韻
鄧漢儀 孝威

523 辛丑夏館水繪庵次陳其年韻
唐允甲 祖命

【雜贈之三】

524 庚子秋冬之際辟疆先生過訪廣
陵僧舍兼攜穀梁青若出詩相贈
聊作短歌紀相見歲月兼懷其年
病中不能一一也幸敎之
施閏章 尚白

525 庚子夏訪王貽上法曹憩鷗波館
聞巢民修禊移舟探之下榻水繪
庵次戴務旃壁間三十韻

526 昔從馬元御師聞辟疆先生名不　唐允甲 祖命
謂今始得見恨冗集未得從容共
晨夕也傾倒之極形諸里詠聊寫
懷抱深貽笑大巫矣
李念慈 屺瞻

527 寄懷巢民先生兼訊陳子其年
計東 甫草

528 又　趙澐 山子

529 庚子初冬客邗上喜辟疆豹人伯
璣屺瞻諸君夜過有作
施閏章 尚白

530 和　孫枝蔚 豹人

531 和　陳允衡 伯璣

532 和　李念慈 屺瞻

533 辛丑五日寄懷家兄西樵兼答辟
疆世翁先生見示感舊之作
王士禛 貽上

『同人集』卷之七

【雜贈之四】

年亦史嵇若山濤無譽穀梁青若
諸子相送河干舟去百里賦詩惜
別凡十九韻特使寄謝索和
王士禛
560 和 杜濬
561 和 陳維崧
562 和 冒襄
563 和 冒褒 無譽
564 贈別王阮亭司李 冒襄
565 又 宗元鼎 梅岑
566 贈王阮亭司李 冒褒
567 贈王西樵世臺先生卽步客冬見
懷原韻 冒襄
568 送別陳其年 冒褒
569 集水繪庵贈巣民先生
宋曹 射陵

【水繪庵倡和詩】

570 如皐上巳同巣民先生令子穀梁
青若其年亦史山濤修禊水繪庵
卽席分體 王士禛
571 又 邵潛 潛夫
572 又 陳維崧
573 又 毛師柱 亦史
574 又 許嗣隆
575 二集雨登湘中閣眺望 王士禛
576 又 許嗣隆
577 雨登湘中閣眺望同司李王阮亭
先生賦 冒襄
578 湘中閣望雨和王阮亭先生
毛師柱
579 三集洗鉢池看月 王士禛
580 洗鉢池泛月歌 陳維崧
581 又 毛師柱
582 又 許嗣隆
583 四集夜遊曲 王士禛
584 又 陳維崧
585 又 毛師柱
586 又 許嗣隆
587 乙巳上巳阮亭使君修禊水繪庵
分賦 冒襄
588 乙巳五月坐雨湘中閣和巣民詞
杜濬

【午日分韻】

589 乙巳五日客東皐同諸子讌集巣
民齋中喜雨分得澄字 杜濬
590 又 分得苔字 毛師柱
591 又 分得山字 馬世喬
592 又 分得寒字 許嗣隆
593 又 分得心字 張圯授
594 又 分得人字 曹繡
595 又 分得江字 丁確
596 小秦淮曲邗上河亭與巣民先生
及青若同賦 陳維崧

【九日菊約】

無聲鄧孝威徐石霞飲水繪庵卽
席共用枝字　項玉筍　嵋雪
625 又　楊樹聲　無聲
626 又　徐章　石霞
627 又　錢岳　五長
628 又　遙和　張圯授　孺子
629 巢民集飲水繪庵共限枝字復爲
長歌　鄧漢儀
630 和孝威倣柏梁體限枝字長歌
項玉筍
631 同孝威次巢民先生原韻贈梅谷
和尚　項玉筍
632 和　鄧漢儀
633 和　徐章
634 和　錢岳
635 冬日再過優鉢庵訪梅谷仍次巢
民韻　鄧漢儀
636 和　張圯授

637 臥病蕭寺承巢民先生喬梓見存
枕上口占志謝　諸保宥　六在
638 補壽巢民先生　方奕箴　謙六
639 湘中閣看雪歌呈巢民先生
鄧漢儀
640 又　項玉筍
641 邗上讀巢民先生湘中閣看雪歌
賦寄一絕　劉體仁　公戢
642 寒夜飲巢民得全堂觀淩壐徵手
製花燈旋之張宅聽白璧雙琵琶
歌　許承欽　漱石
643 又　鄧漢儀
644 又　陳世祥　散木
645 仲冬晦日巢民同令子青若招飲
湘中閣看雪同散木孝威嵋雪無
聲石霞永瞻再聽白璧雙彈琵琶
續呼三姬佐酒歌　許承欽
646 庚戌冬日遊巢民老年臺水繪園
漫成　戚藩　价人
647 奉寄巢民先生兼爲補壽
吳琪　法號輝宗
648 仲冬三日巢民招同孝威石霞飲
得全堂卽席限冬宵二字
項玉筍
649 又　鄧漢儀
650 又　徐章
651 次日又雪再集得全堂限娛青二
韻　項玉筍
652 又　鄧漢儀
653 小至日巢民先生招同嵋雪孝威
石霞默庵孺子集得全堂限知趣
二韻　釋行悅　梅谷
654 巢民招同梅谷大師茶話卽景限
韻　項玉筍
655 又　鄧漢儀
656 仲冬晦前五日復雪同項嵋雪鄧

677 壬子嘉平立春日和象明與其年東皐贈別韻兼懷巣民先生　潘高　孟升

678 冬日客雉皐贈巣民先生　宋曹　射陵

679 同陳其年許元錫張孺子集巣民先生齋中別後余獨步水繪園賦贈　宋曹　射陵

680 同諸子集巣民先生水繪園林　宋曹

681 冬日巣民先生招集射陵諸子水繪庵余適他往不與補和　許納陛　元錫

682 巣民先生屬作墨鳳吟率爾應之　錢德震　武子

683 ▲墨鳳行　許納陛　元錫

684 墨鳳歌爲巣翁老伯賦　張圯授

685 壬子冬仲再過東皐承巣民老伯委曲相留誼踰疇昔緣以饑驅不得已復有延令之役先生臨岐賦別悵不成聲余亦援筆數章悉依來韻因書請正冀先生鑒此鄙衷也　陳維崧　其年

【癸丑倡和】

686 癸丑初夏偕李五和諸君水繪庵即事　錢德震　武子

687 巣民先生庭前山丹花盛開同元錫貞木青若限韻分賦得中字　錢德震

688 又　許納陛

689 又　范良楨　貞木

690 坐巣民先生湘中閣同孟昭貞木青若作　錢德震

691 又用韻得一首　錢德震

692 又留別巣民先生　錢德震

693 丁未秋日寄懷巣民先生重書政　錢德震

694 庚子秋日晚過青若桃葉渡寓中有懷巣民先生重書政　錢德震

695 癸丑五月過如皐巣民先生掃寒碧堂爲予下榻晨夕握晤足慰離索臨行留別五詩　韓則愈　秋巖

696 寄懷巣翁用龔芝麓夫子原韻　許孫荃　生洲

697 癸丑九月舟過廣陵擬訪巣民先生不果卻有此寄　程可則　周量

698 九日穀梁招同諸子由小秦淮泛舟至法海寺惜不與巣民先生青若同之漫書四作奉寄　程可則

699 癸丑秋將之桂林道經廣陵辱巣民先生遣一介使以七律近體二章爲別韻險而窄情深而文時余忱緒雜惡不能次體奉答爰錄出都別諸同志十律寄政仰希郢和

【丙辰海陵倡和】

722 丙辰首春海陵寓園喜晤巢民先生見示新詠兼以兩少君所畫蒼松春燕箋及岕茗見貽長歌柬謝　汪懋麟　蛟門

723 杜門七載不下堂者亦二年矣舊遊無復見存者丙辰春蹣跚至海陵遇蛟門舍人於城西梅花閣下品詩談畫水乳針磁長嘯揪髯不殊疇昔卽以長歌見贈不揣依韻屬和心傷才盡之語見者神凄應全忘其老醜也　冒襄

724 丙辰春日吳陵寓中喜晤巢民先生兼出二女史畫册扇幅種種奇妙因攫雙棲圖爲玩報以長歌以砆碱而易瓊玖貴賤恐不相敵耳惟先生教之　汪耀麟　叔定

725 丙辰早春過海陵得晤巢民先生暨王景州汪叔定汪蛟門王歙州李湯孫諸子　喬出塵　雲漸

726 和　冒襄

727 和　王仲儒　景洲

728 和　王熹儒　歙州

729 和　李國宋　湯孫

730 辟疆先生招飲吳陵客舍時將暮春群賢畢至少長咸集不減修禊蘭亭賦以紀勝兼誌報私庭梅方熳得縱觀如夫人墨妙篇中故及之　李湘　涪源

731 辟疆先生至海陵以春仲之十日集揚郡諸同人於旅次飲酒賦詩竟夕乃罷分韻得新字　陸庭掄　懸圃

732 海陵邸寓偕李涪源暨李日堅心戈仰盂諸及門訪辟疆先生留飲分韻得籌字　陳誠

『同人集』卷之八

【午日讌集詩】

733 如皋午日讌集　鄧林梓　肯堂

734 丁巳午日集巢民盟伯齋中次鄧柳下韻　鄭爲春　楚木

735 和　李枏　倚江

736 和　冒襄

737 和　冒丹書　青若

【水繪庵丁巳銷夏倡和詩】

738 丁巳五月旅寓如皋水繪庵送四明周鐵珊先生遊豫章　鄧林梓　肯堂

739 將之豫章和答前韻竝要巢民先

774 次巣民老先生重和武陵原韻呈政憶舊增慨先生自有小敍不具述　周繼高　亦庵

775 梁溪中秋書惠山蔣氏酹山樓　冒襄

776 瞿壽明泛舟招遊春暉園倡韻二首　黄周星　九煙

777 丁巳仲冬過虞山泛舟看吾谷紅葉赴壽明春暉園之招次九煙原韻　冒襄

778 登劍門同黄九煙鄧肯堂戴介眉首倡二首　冒襄

779 和　黄周星

780 和　鄧林梓　肯堂

781 巖子武伯招集山墅分得四豪　黄周星

782 讀巣民先生影梅庵憶語感賦四絶　宋實穎　既庭

783 和　冒襄

784 和巣民先生長至前二日過快飲齋見贈原韻　趙熼　旦公

785 再步韻答旦公　冒襄

786 題贈巣翁老伯四首　蔡元翼　右宣

787 答和右宣　冒襄

788 過訪鄭兼山賦贈　冒襄

789 賦贈巣翁老先生三十二韻　楊筠　美東

【丁巳冬遊玉山詩】

790 過玉山訪徐健庵太史感贈二首　冒襄

791 賀徐藝初北闈高捷時令弟章仲同捷南省　冒襄

792 題半舫齋　冒襄

793 弱冠荷顧麟士楊子常兩先生訂忘年交乙酉後三十餘年不通聞問矣丁巳殘臘令子伊人見存適遊玉山未得把晤嗣出織簾圖竝尊人手書遺詠屬和立成應命　冒襄

794 不晤辟疆老道翁不知幾十年初冬晴霽胡雪公招同黄九煙周子佩周子潔泛舟虎疁即事呈政　朱陵　望子

795 附錄先兄舊寄尊大人及辟翁四律以誌今昔之感　朱隗　雲子

796 冒辟疆道兄書來謬許明詩平論之選相訂料理三集遺使寄意二章竝訂晤期　朱隗　雲子

【移家江南圖詩】

797 題重臨趙松雪移家圖　王翬　石谷

798 臺憲丁公秉江南節鉞清風惠政美不勝書乃爲巣民老伯移家渡

江此干旌盛事又不屢如昔人之
所云矣囑石谷臨此圖成附題短
句　鄧林梓　肯堂
799 和　孫朝讓　光甫
800 和　蔣伊　莘田
801 和　嚴熊　武伯
802 和　戴洵　介眉
803 題高澹遊寫贈巢民移家江南圖
二首　余懷
804 寫贈巢民先生移家江南圖竝題
二首　鄧林梓
805 和肯堂韻贈巢民二首　余懷
806 和澹心韻贈巢民一首　宋實穎
807 再和肯堂韻贈巢翁一首
宋實穎
808 巢民先生移家吳門敬賦二律奉
贈竝祈教正　尤侗　展成
【丁巳贈友詩】
809 除夕前一日賦贈大方伯丁祖台
四首　冒襄
810 蒼巖高老祖台小年招飲衙齋聽
雨談心贈詩誌感　冒襄
811 奉贈郡丞靖公師使君　冒襄
【丁巳除夕戊午元旦倡和詩】
812 丁巳冬如皐冒辟疆先生移家吳
門寓兼山鄭氏松巖小隱余買舟
過之相與守歲同賦除夕詩拈得
家字　鄧林梓
813 和　冒襄
814 和　余懷　澹心
815 和　吳綺　園次
816 丁巳除夕守歲二首呈巢民老友
和教　余懷
817 和　冒襄
818 戊午元旦拈得長字
鄧林梓　玉山
819 和　冒襄
820 和　余懷
821 和　吳綺
822 戊午元旦墨禪庵試筆題詩二首
呈辟翁盟長　余懷
823 和　冒襄
824 和　鄧林梓
825 戊午人日宋旣庭招飲　余懷
826 和　冒襄
827 和　鄧林梓
828 正月九日李灌谿先生招閩中黃
師先如皐冒辟疆吳門蔡九霞劉
紫谷虞山鄧肯堂及余集桃塢草
堂余倡韻二首　余懷
829 和　冒襄
830 和　鄧林梓
831 果亭宗臺先生席上巢民徵君以
石榴畫筆相贈果亭余賦小詩要

巢民肯堂和之　徐崧　榕之
832 和　冒襄
833 和　鄧林梓
【梅花倡和詩】
834 梅花　余懷　澹心
835 梅花和澹心原韻　冒襄
836 又　宋實穎　旣庭
837 又　吳綺　園次
838 又　釋宗渭　筠士
839 又　葉奕苞　九來
840 代梅花答贈巢民先生仍用前韻　葉奕苞　九來
841 又　劉雷恆　震修
【戊午寒食唱和詩】
842 寒食哀愴詩刻燭一寸步蛟門舍人見示除夕感涕六百字原韻　冒襄
汪懋麟　徐乾學　余懷　宗實頴

陳維崧　周雲驤　跋
【戊午遊吳倡和】
843 戊午初春客吳門喜晤曹峨眉舍人賦贈　冒襄
844 和　鄧林梓
845 戊午初春喜晤巢翁老伯於吳門兼招健庵旣庭肯堂翼微夜話小詩呈政余將北遊不能無惘惘之意也　曹禾　峨眉
846 和曹峨眉舍人見貽二首　冒襄
847 贈客遊楚次友人韻　冒襄
848 黃葉村莊種菜詩二首　吳之振　孟擧
849 再和二首　吳之振
850 和黃葉村莊種菜詩原韻四首　冒襄
851 贈雪珂上人　冒襄
852 僧鑒五十詩和余澹心原韻

853 花朝前一日壽茶隱老人八十　冒襄
854 仲春望日穗兒省侍來吳門健庵贊善攜樽過寓旣兒余衝泥兼懷小極招同令弟果亭序三介人肯堂兼山快飲感謝二律　冒襄
855 仲春九日袁重其招同諸君雅集南園兼過青蓮室觀梅卽席各賦五字一首　冒襄
856 仲春望後雨中攜家登鄧尉山看梅夜宿萬峰禪寺共限韻四律　冒襄
857 宿萬峰深處賦贈吼崖和尚各限四韻　冒襄
858 百尺梧桐閣歌爲汪蛟門舍人詠　冒襄
859 鄧肯堂三月九日初度同寓賦祝

860 戊午春月過從辟翁年伯吳門寓齋賦　顧貞觀　梁汾　冒襄
861 答贈顧梁汾世講卽步原韻　冒襄
862 戊午季春客健庵花谿時牡丹盛開健庵置酒大召賓客謂余曰花爲舍人開也僕慚斯話率賦長歌請巢民先生與園次諸君同作　汪懋麟
863 臥病步蛟門花谿張幕置酒看牡丹韻　冒襄
864 閏上巳蛟門招同園次仁趾兒子嘉穗觴泛花谿卽限花谿二韻　冒襄
865 閏上巳邀巢民先生與長公穀梁同園次仁趾飲花谿石上卽限花谿二韻同賦　汪懋麟
866 巢民先生留寓吳門邂逅相知賦四斷句爲贈　錢曾　遵王
867 題巢民先生閨畫群芳長卷　錢曾
868 留巢民長兄穀梁世丈喫楊梅四首求和四月一日　余懷
【己未匿峰廬倡和詩】
869 與二弟率兒孫己未初夏得全堂賞蕙燈下偶拈門字得二首　冒襄
870 詠匿峰廬花田虞美人花　冒襄
871 ▲海蝦餉二弟志之以詩　冒襄
872 己未立秋　冒襄
873 丹兒過匿峰廬同文賓羽尊看月遙和其詩　冒襄
874 七夕喜雨　冒襄
875 七月四五後小雨看點染盆中秋色與友人分詠中字　冒襄
876 次日遍覓秋花復植一盆重詠友人枝字　冒襄
877 早桂和羽尊原韻　冒襄
878 留別汪蛟門舍人四首　冒襄
879 留別徐健庵先生四首　冒襄
880 寄贈徐立齋先生　冒襄
881 超韓先生命賦令愛周夫人四十節壽詩　冒襄
882 己未冬日辟疆無譽兩先生墨翰併金夫人圖繪寄壽家慈賦此鳴謝　周以忠　端臣
【己未中秋前後病中倡和詩】
883 中元後與諸友訂中秋十日之飲桂朔臥病忽已踰旬悵然賦此十二日竟日喜雨　十三夜臥月中秋竟日夕雨　十六日夜月　冒襄
884 巢民先生相訂中秋十日之約値

抱恙不果詩以問之 十二夜喜雨 十三夜看月 中秋竟日夕雨 十六夜月　許納陛 元錫
885 巣民表兄相訂中秋十日之飲忽聞臥病不果悵然成詩步韻 十二日喜雨 步和十三夜玩月 步和中秋竟日夕雨 步和十六夜月　許嗣隆 山濤
886 和巣民世父與諸友訂中秋十日之飲桂朔抱恙忽已踰旬悵然有賦奉和原韻 和十二日竟日喜雨 和十三夜臥月 和中秋竟日夕雨 和十六夜月　冒綸 宸章
887 匿峰廬十三夜看月 十四夜看月 十五夜無月 十六夜雲月 十七夜霽月　佘儀曾 羽尊
888 八月病中和羽尊十三夜玩月韻 和十四夜看月 和十五夜無月 和十六夜雲月 和十七夜霽月　冒丹書 青若
889 臥病書懷再用前韻　冒襄
890 調寄浣溪紗四闋己未中秋穀梁世兄過訪還里書呈巣民長兄郎代小札　佘懷 澹心
891 答和澹心先生見寄浣溪紗四闋原韻　冒襄
892 九月後兩耳全聾羽尊同宸章姪作滿城風雨詩見示次韻　冒襄
893 九日登懸霤山頂　冒襄
894 詠晚菊黃白各二首　冒襄
895 過水繪園時逢旱涸感賦　韓燝 超韓
896 乙巳臘月三日巣民老伯攜青若奉馬太恭人移居北巷詩　陳維崧
897 八月十九日水繪庵枕煙亭看桂雜沓而來者翻訝多此一人廢然而返　冒襄
898 和巣民表兄水繪庵看桂　許嗣隆
899 巣民先生扶病招同水繪庵看桂步韻　佘儀曾 羽尊
900 奉和水繪庵看桂　冒綸
901 遙和水繪庵看桂次韻　陳輅 馭天

『同人集』卷之九

【己未仲冬倡和】

902 往昔行　佘儀曾 羽尊
903 己未仲冬再至如皋巣翁先生招

飲得全堂卽席口占二律　徐倬　方虎
904 和　冒襄
905 陪徐太史飲巢民先生得全堂步韻　佘儀曾　羽尊
906 和　冒丹書
907 巢翁先生招飲得全堂和方虎太史原韻　沈宗元　允一
908 答和允一先生仍用方虎太史見贈原韻　冒襄
909 和　佘儀曾
910 和　冒丹書
911 寓中同穀梁話舊再疊前韻　徐倬
912 二和前韻贈穀梁　沈宗元　允一
913 和方虎與穗兒話舊二首仍疊前韻　冒襄
914 奉酬青若三疊前韻　徐倬
915 三疊前韻贈青若　沈宗元
916 和方虎贈丹兒二首仍疊前韻　冒襄
917 奉答方虎先生再用前韻　冒丹書
918 四疊前韻酬羽尊　徐倬
919 四疊前韻贈羽尊　沈宗元
920 五和仍用前韻贈羽尊二首　冒襄
921 答和　佘儀曾
922 再贈巢翁先生五疊前韻請正　徐倬
923 方虎先生五疊前韻再贈二首立刻屬和在余和韻則六疊矣　冒襄
924 己未仲冬舟過如皋奉懷辟疆先生　李瀅　鏡月
925 崇川返棹奉慰辟疆先生　李瀅
926 鏡月先生寄懷答和　冒襄
927 答和鏡月先生見慰原韻　冒襄
【冬至倡和】
928 己未至日同人讌集得全堂賦呈巢民先生　徐倬
929 至日丹兒集同人讌方虎先生於得全堂上恭懸三世祖容酒間述祖懷友各賦五古限用少陵至日詩人字次方虎先生原韻　冒襄
930 次韻　冒丹書
931 前題　佘儀曾
932 前題　許嗣隆　山濤
933 奉別青若兼呈巢民先生暨山濤兄索和　徐倬
934 和方虎先生留別韻兼呈允一尚冀一挽歸舟也　冒襄
935 贈別方虎先生卽和原韻　冒丹書

936 贈別允一主一仍和前韻　冒丹書

937 和山濤表弟聽蔡生清歌四絶句即步原韻　冒襄

938 贈別陸子堅兼寄答呂半隱于濂水　冒襄

939 殘臘黃長甲過訪臨別書贈應共一涕不堪博笑也　冒襄

940 己未除夕　余儀曾

941 己未除夕二首和羽尊原韻　冒襄

【庚申倡和詩】

942 庚申人日用坡公庚辰歲人日韻　冒襄

943 庚申歲朝用坡公韻奉和巢民先生原韻　余璸　文賓

944 花朝夜大雪和坡公原韻　冒襄

945 社後二日同園次豹人楚執鶴問穀文孝昭周士集閟于天春星草堂賞梅分得宵字　冒襄

946 仲春望日郡庠尊經閣公讌詩　冒襄

947 奉贈學憲田綸霞先生　冒襄

【辛酉晚菊倡和】

948 得全堂賞晚菊　余儀曾　羽尊

949 陽月三日出閨中所培晚菊于得全堂集同人共賞即席分體限韻拈七言古限肉字　冒襄

950 又　拈五律得香字　余璸　文賓

951 又　拈七律得茶字　張圯授　孺子

952 又　拈五言絶得墨字　冒丹書　青若

953 又　拈七言絶得硯字　顧道含　同叔

954 留別冒巢民先生　顧道含

955 答和同叔留別原韻　冒襄

956 追和詩　冒襄

957 書王遂東先生吾土賦綾卷後　冒襄

958 巢翁老表兄先生追和董文敏公遊山詩命余步韻勉成四首應教　許嗣隆　山濤

959 先師董文敏公遊善權洞詩庚子四月同唐元徵宮諭吳徹如比部遊善權洞四首丁巳重錄似徹如年兄　冒襄

960 題黃門姜如農先生荷戈敬亭圖兼呈勉中學在兩世兄　冒襄

【芙蓉倡和詩】

961 辛酉九月望後七日巢民先生匿峰廬招集同人看芙蓉即席奉和青若原韻　邵琰　南仲

962 和　顧道含　同叔

963 和　王永光　叔旦
964 和　謝家玉　峨白
965 和　佘璸　文賓
966 和　佘儀曾　羽尊
967 和　許嗣隆　山濤
968 和　張圯授　孺子
969 和　許納陛　元錫
970 和　顧澐　水雲
971 和　冒襄
972 和　冒坦然　公履
973 九月望後家大人集諸同志看芙蓉卽席限韻時奉命去郡城歸和二首　冒嘉穗　穀梁
974 又　冒丹書　青若
975 和　冒綸　彌若
976 重過匿峰廬看芙蓉遲同人不至偶成　冒襄
977 辛酉九月穀老吾兄入郡巢翁先生題芙蓉畫扇及西瓜膠佛手露見寄竝道匿峰廬秋色之勝欲招就觀苦俗累不得往賦此報謝　汪耀麟　叔定
978 和　顧道含
979 和　佘儀曾　羽尊
【哭陳其年太史倡和詩】
980 ▲哭陳其年　冒襄
981 定惠寺哭和其年舊詩二首後秋雨卧病淚凝枕上雜拉復和十八首幽抑怨斷付之鵾弦鐵撥當知其哀也　冒襄
982 壬戌中元薦其年長兄於定惠寺追和其己亥中元賦謝原韻以哭之　冒嘉穗
983 前題　冒丹書
984 巢民先生于壬戌中元日薦其年簡討于定惠寺追和其年己亥中元韻以哭之走筆命和亦得二首哀心所感不計工拙也　戴劉淙　稼梅
985 予已有七律輓其年矣穀梁至邗出尊君巢民先生定惠寺中元追薦其年五律次韻二十首見示索余再和余因走筆聊跋佳吟至陽羨交情詩豈能悉　鄧漢儀　孝威
986 前題　許承家　師六
987 前題　吳壽潛　彤本
【壬戌冬海陵寓館倡和詩】
988 願見巢民先生者五十年矣壬戌之冬相遇海陵客邸盤桓三晝夜別後奉贈十章　曹溶　秋嶽
989 答和曹秋嶽先生相遇海陵寓館別後寄贈十首原韻　冒襄
990 壬戌冬日過東皋訪巢民先生水繪庵中賦贈十章和曹秋嶽先生

原韻　汪鶴孫　梅坡
991 壬戌冬夜同巣民先生過水文宅
觀女樂賦十絶索和　曹溶　秋嶽
992 和曹秋嶽先生壬戌冬夜同過兪
水文中翰宅觀女樂十絶原韻
冒襄
993 同曹秋嶽侍郎巣民年長觀水文
女樂十絶　許之漸　青嶼
994 再和許青嶼先生同觀兪水文女
劇十斷句原韻　冒襄
995 壬戌陽月海陵寓館巣民年先生
招集諸君子文讌紀事一章
許之漸
996 答和許青嶼先生讌集小寓賦贈
原韻　冒襄
997 ▲仍用前韻呈贈巣民年長兄
許之漸
998 讀水繪庵書樓山遺詩史傳後感
賦　許之漸　青嶼
999 讀巣民年長兄自註往昔行書後
許之漸
1000 壬戌冬日寓巣翁老先生匿峰廬
讀方虎同年贈先生詩酬唱疊韻
至五六似東坡山谷之往復也先
生索詩因次原韻　韓菼　元少
1001 壬戌小年過訪巣民先生款留匿
峰廬三日別後寄贈二首
王宏撰　山史
1002 王山史先生寄贈二首答和原韻
冒襄
1003 飲匿峰廬梅花下用山史韻呈巣
民先生　葉封　井叔
1004 壬戌冬日巣民先生招同曹秋嶽
諸公大集海陵寓館即事
鄧漢儀　孝威
1005 後演劇行爲巣民冒先生作在維
揚選樓秋雨中製有此歌付穀梁
兄奉寄晤巣翁知尙未郵致復書
請政　鄧漢儀
1006 壬戌孟冬巣民先生招同諸名賢
四十九人爲海陵讌集漫賦柏梁
體紀勝　張摠　南材
1007 又　孫繼登　汲山
1008 又　王仲儒　景州
1009 又　王熹儒　歙州
1010 又　兪楷　端士
1011 又　許朝元　問鷗
1012 又　陳瑤笈　丹文
1013 又　宮鴻營　東表
1014 又　宮鴻歷　友鹿
1015 又　張欽　石樓
1016 又　洪必元　彷沂
1017 壬戌深冬同巣民先生囘得全堂
賦呈　許永　南交

【廣陵倡和】

1018 大中丞余公解裘歌　冒襄

1019 癸亥仲秋邗上留別鹺臺敬亭袁公感懷述事漫成五言古詩八首既鳴一己之私兼附輿人之頌　冒襄

1020 癸亥揚州中秋歌爲書雲先生仁安堂張燈開讌賦　冒襄

1021 長歌和韻呈辟疆先生　李宗孔　書雲

1022 癸亥中秋侍家大人讌集書翁老伯仁安堂　冒丹書

1023 小句賦謝巢民先生　吳連　馨聞

1024 癸亥長至後六日嚴雪初霽吳馨聞偕同人過訪兼促所乞書蠅頭行楷萬字適李艾山諸君至留飲極暢望日以長歌見投次韻和答竝呵凍書小箋細册歸之　冒襄

1025 天寧方丈喜晤巢民先生　釋同揆　輪庵

1026 臘八日同社湘草過天寧喜晤輪庵和尚賦贈　冒襄

1027 巢民先生招同天寧和上書翁護法湘草居士集山堂聽新聲卽席戲占　釋同揆

1028 次日剪蔬延輪庵雪悟兩和尚出小優侑齋輪公卽席賦詩同雪公書雲湘草依韻酬和　冒襄

1029 辟翁老社長剪蔬招能仁天寧兩和尚出梨園子弟能仁卽席賦詩因步原韻　李宗孔　書雲

1030 巢翁護法延齋出家樂爲供寒溪和尚卽席贈詩次韻　釋上思　雪悟

1031 辟翁先生招同輪庵雪悟兩大師李都諫書雲寓齋觀劇輪公卽席口占依韻奉和　杜首昌　湘草

『同人集』巻之十

【甲子倡和詩】

1032 甲子元旦　冒襄

1033 又和王武徵元旦原韻　冒襄

1034 原倡　王方岐　武徵

1035 上元前四日和青嶼老兄贈賀許眉徵原韻眉徵吾同學力臣黃門令子也　冒襄

1036 甲子王正十九日集嘉禾閣觀劇調寄春從天上來呈巢民夫子

吳連 馨聞

1037 次馨聞先生原韻　冒襄

【夢揚州倡和】

1038 辟翁冒老先生久客邗上小詞奉懷兼訊歸帆 調寄夢揚州　盧綖 菽浦

1039 調寄夢揚州奉和菽翁老父臺見懷原韻　冒襄

1040 前題和韻　李宗孔 書雲

1041 又　鄧漢儀 孝威

1042 又　汪士裕 左嚴

1043 又　杜首昌 湘草

1044 又　黃雲 仙裳

1045 留別辟疆老年翁先生　盧震 亨一

1046 奉和亨翁盧老先生留別原韻　冒襄

1047 盧亨一撫軍過訪賦贈二律　冒襄

1048 廣陵舟中寄和辟疆老年翁先生見贈元韻　盧震

1049 ▲夢揚州　王方岐

【甲子季夏下浣還樸齋倡和詩】

1050 ▲還樸齋詩　冒襄

1051 題巢民先生新構還樸齋兼呈青若世兄　鄧漢儀

1052 還樸齋詩　顧道含 同叔

1053 又　佘儀曾

1054 奉題巢翁老伯還樸齋　張圯授 孺子

1055 奉題巢翁老先生還樸齋　石爲松 五中

1056 盧父臺菽浦先生甘霖頌　冒襄

1057 隨侍盧老父臺步禱數日甘霖沛然二詩致頌　冒丹書

1058 喜雨恭頌盧老父臺用冒青若原韻三首　鄧漢儀

1059 久客雨香庵正憂亢旱甘霖應禱池魚上噞草木俱榮同巢民喜而作詩　顧道含

【荷花蕩倡和】

1060 六月二十四范園荷花盛開巢民先生建臺置酒於園外隄上招諸子爲花壽賦四十韻紀事　鄧漢儀 孝威

1061 孝威先生以六月二十四日荷花蕩古詩見敎步和四十原韻　冒襄

1062 又　顧道含 同叔

1063 荷花蕩侍飲詩 家大人命和孝威先生四十韻　冒丹書

1064 又　佘儀曾 羽尊

1065 沈較書札至和吳梅村贈別詩原韻

題卽用杜起句竝韻　汪耀麟　叔定
1090 又　汪懋麟　蛟門
1091 巢民先生命題玉山君所臨薛稷十一鶴圖　顧道含
1092 ▲寄巢民先生　張芳
1093 和　冒襄
1094 巢翁老先生過訪東亭寓館賦呈　程世華　亞韓
1095 和　冒襄
1096 亞韓以詩贈丹兒再和原韻　冒襄
1097 乙丑長夏得全堂觀劇留別巢民先生　黃雲　仙裳
1098 和　冒襄
1099 僊裳初秋同令子交三重過匿峰再和前韻　冒襄
1100 和　顧道含　同叔

1101 匿峰廬七月十六夜卽事　黃雲
1102 和　冒襄
1103 顧仲光索詠夾竹桃二首　冒襄
1104 前題　顧道含
1105 過訪饒殿颺見庭前白荷出缸爲賦二絕　冒襄
1106 步水繪庵賦呈巢翁先生　黃升　孚庵
1107 和　冒襄
1108 乙丑初秋奉送孚庵表兄遊雉皋兼懷巢民先生　王仲儒　景州
1109 和　冒襄
1110 邗江旅中遇穀老二兒口占　徐倬
1111 口占贈姚從庵二斷句　冒襄
1112 壽顧同束　冒襄
1113 和韻　顧道含
1114 喜晝初還自都門　冒襄

【丙寅季夏倡和】

1115 丙寅夏旱水陸至如皋奉謁巢翁老伯　吳孟堅　子班
1116 和子班世兄衝暑重訪見贈五字三律原韻　冒襄
1117 丙寅夏子班遠訪巢民先生投贈詩所談皆節義事倚韻屬和　顧道含
1118 丙寅季夏再謁巢翁老伯竝訪穀梁青若假寓匿峰廬喜晤子班道長依韻次和五字三律　李方增　五如
1119 子班大兄重訪家大人見投三律答和　冒嘉穗
1120 前題答和　冒丹書

【蔡少君輓詩】

1121 丙寅臘八日奉輓蔡少君女羅六章時巢民先生客邗於天寧藏經

席限韻　徐節溥

1150 和　劉士弘　靜夫

1151 和　張圯授

1152 和　薛斑

1153 和　佘儀曾

1154 和　冒襄

1155 穀梁先生招飲恰値初度賦贈　邵陵

1156 前題　徐節溥

1157 寄胡孟倫太史　冒襄

1158 壽董父臺仲冬四日四十初度　冒襄

1159 顧仲光世兄長逝忽已七虞正當小年余以危病初起追憶今昔漫成五律以申痛哭靈旗上下應鑒余衷也　冒襄

【丁卯秋冬遊海陵昭陽倡和詩文】

1160 奉訪司空孫屺瞻老先生於昭陽兼祝大壽　冒襄

1161 恭呈大司空孫夫子四首　冒丹書

1162 過海陵施潯江父母枉顧後旋特見招病辭不允賦謝　冒襄

1163 丁卯秋晚邀巣民先生令嗣青若錢麟圖遊戎兪錦泉中翰黃仙裳先生夜集西園卽席各賦五言古分韻三江　施世綸　潯江

1164 施使君招集內署西園卽席分韻三爻　冒襄

1165 侍家大人集施潯江太守西園分得十三覃　冒丹書

1166 贈孔東塘博士　冒襄

1167 石門山歌贈孔東塘先生　冒丹書

1168 贈吳蕺山水部　冒襄

1169 奉贈巣翁老世臺先生敎正　吳秉謙　蕺山

1170 蕺山先生以詩見贈步韻和答　冒襄

1171 贈鹽官徐滄浮卽用吳水部見贈原韻　冒襄

1172 贈水部吳蕺上先生　冒丹書

1173 贈青若年翁　吳秉謙

1174 和吳蕺山先生見贈原韻

1175 丁卯秋盡李礪園先生招飲拱極臺　冒丹書

1176 礪園先生邀集拱極臺和孝威原韻　鄧漢儀

1177 錢麟圖副戎招集有此廬同施使君卽席分賦得芳字　冒襄

【演秣陵春倡和】

1178 戊辰仲春偶遊雉皋兼再訪巣民

『同人集』卷之十一

1197 秋杪集巢民老伯還樸齋看菊步工部九日二首　薛開　墨庵

1198 得全堂看菊呈巢民先生　石爲松　五中

【水繪庵己巳倡和】

1199 己巳元旦竝和顧同東除夕守歲原韻　冒襄

1200 詠盆蘭多竝頭者蘭爲舊鄰藝植多年　冒襄

1201 羽尊前冬以盆蘭相贈今春又開對花賦謝　冒襄

1202 題童鹿遊印史册子　冒襄

【先憲副百歲祭祝詩】

1203 己巳淸和廿五日冒憲副前輩百歲生忌巢民先生行事生之禮鏘等得與駿奔敬賦里句紀事　吳鏘　玉川

1204 又　董廷榮　天錫

1205 又　張圯授　孺子

1206 又　許掄　公銓

1207 又　石爲松　五中

1208 和許公銓見投詩原韻　冒襄

1209 巢民外祖小集愼餘堂共用一先韻　許掄　公銓

1210 和吳聞瑋春夜得全堂觀邯鄲原韻　冒襄

1211 原倡　吳鏘　聞瑋

1212 又和　顧道含　同束

1213 ▲答和孺子謝送岕茗三律原韻　冒襄

1214 王阮亭年伯奉命祀南海由廣陵還朝賦呈　冒丹書

1215 答謝冒靑若世兄　王士禛

1216 ▲己巳夏寓秦淮桃葉渡步同年笪江上原韻　李宗孔

1217 和書雲先生己巳夏寓桃葉渡口卽事感懷原韻　冒襄

1218 己巳九日扶病招同聞瑋諸君城南望江樓登高演陽羨萬紅友空靑石新劇鵲橋仙三闋絕妙劇中倡和關鍵也余卽倚韻和之以代分賦　冒襄

1219 巢民先生九日劇飲諸子於望江樓登高拈體分賦得七律　吳鏘

1220 又寄懷一律錄上求和　吳鏘

1221 九日巢民先生望江樓登高後望日復作展重陽會於還樸齋菊花籬下予有海上之行小春重過先生已去崇川仍次鵲橋仙原韻再調一闋　吳鏘

1222 己巳陽月哭龔通守邊使君於五狼忽傳叢玉蟾世銘兄大變痛悼二首　冒襄

1223 賣字五狼偶成三絕　冒襄

1224 送吳聞瑋還里兼訂初春過我之約　冒襄

1225 次首專涉辛巳春奉訪尊先生於竹亭時文登巖司李貴郡訂交極厚今五十年矣　冒襄

1226 殘臘立春前五日偶步水繪庵感懷二首　董廷榮　天錫

【己巳花朝後一日公讌詩】

1227 己巳重過皐城奉訪巣民先生花朝後一日招集諸同志公讌得全堂即席限韻　何金驤　御鹿

1228 又　顧道含　同束

1229 久別御鹿世銘兄己巳仲春雪舟過訪兼商詩儀選事花朝後一日大集群彦公讌於得全堂席上限韻五字同學顧同束得三首余亦倚和之　冒襄

1230 又　陳世祀　仙根

1231 又　張圯授　孺子

1232 又　薛斑　修遠

1233 又　佘瓊　文賓

1234 又　賁琮　黃理

1235 又　薛彬　含彬

1236 又　吳函　犀年

1237 又　范大士　兩奇

1238 又　冒丹書　青若

1239 又　冒綸　彌若

1240 又　董廷榮　天錫

1241 久客五狼補公讌原韻二首　薛開

1242 久別巣民先生己巳花朝後聞得全堂讌集歌舞留賓管絃送月不禁神往因倚韻和之　吳球　夔鳴

【愼餘堂芍藥倡和】

1243 許公銓庭藻招看東郊芍藥雨阻未往攜尊過我得全堂即席分賦　冒襄

1244 又　吳鏘

1245 又　張圯授

1246 又　許掄

1247 又　許掞

1248 立夏後十日許公銓庭藻邀聞瑋諸君重看郊園芍藥余偶他出未與遙和分賦原韻　冒襄

1249 又　吳鏘

【霏玉軒同人倡和】

1250 己巳午日同金陵莆田陽羨白狼邗江黃山雉皐諸子集洪靜山霏玉軒限韻　吳鏘　聞瑋

1251 又　冒襄

1252 又　張圯授　孺子

1253 又　毛弘龍　御六

1254 又　薛開　展也

1255 又　佘儀曾　羽尊

1256 又　徐麟祥　霽月
1257 又　冒丹書　青若
1258 又　居元祚　佳蔭
1259 又　許大儒　董傳
1260 又　盛績　子嘉
1261 題水繪庵玉山女史畫册　梁清標　棠材
1262 又　王士禛　阮亭
1263 又　陶澂　季淡
1264 又　程邃
1265 又　惲壽平　正叔
1266 又　吳巖　青山子
1267 題染香閣貼瓣梅花調寄一剪梅　吳綺　園次
1268 和　冒襄
1269 題金夫人畫盜盒圖調寄臨江仙　吳綺
1270 蔡少君畫鳳贊　鄧林梓

【竹夫人倡和】

1271 六月休夏隱仙庵有以竹夫人見贈者戲詠二律書請巢翁年伯和教　李中素　子鵠
1272 詠竹夫人次李子鵠原韻二首　鄧漢儀
1273 和　顧道含
1274 和　冒襄

【己巳秋得全堂倡和】

1275 巢民先生得全堂納涼卽事漫成　吳鏘
1276 和得全堂納涼卽事漫成原韻　冒襄
1277 海上七夕有懷　吳鏘
1278 和海上七夕有懷　冒襄
1279 再得秋字寄呈巢民先生孺子羽尊穀梁青若公選廷藻靜山諸同志　吳鏘
1280 和再得秋字見寄竝懷諸子　冒襄
1281 七夕得全堂觀劇有懷玉川先生卽次見寄原韻　張圯授
1282 奉答聞翁老年伯七夕見懷秋字原韻　佘儀曾
1283 聞瑋先生有約不至書此寄懷　冒嘉穗
1284 奉答秋字原韻　冒丹書
1285 董傳表姪以重葺孟晉齋詩索和走筆一首詩中敍述皆非人所知卽董傳未悉也故略註于後博粲　冒襄
1286 得全堂席上戲贈三小史　吳鏘
1287 醉賦三律雛兒出扇索書因再題斷句一首時明月將沈漏鼓四下矣　吳鏘　玉川
1288 得全堂卽事呈巢民先生　吳鏘

『同人集』卷之十二

1314 又　彭孫貽 仲謀
1315 嵩翁公祖爲辟疆賦壽詩二首實誌庭瑋之樂復次韻以慶之　趙開心 又草
1316 庚寅春辟疆盟兄四十覽揆五律　姚佺 仙期
1317 又　吳綺 園次
1318 又　申維翰 周良
1319 又　宗元鼎 定九
1320 又　鄧漢儀 孝威
1321 寄懷辟疆　彭孫貽 仲謀
1322 桃李始基松柏繼長引而伸之鬱鬱蒼蒼用以象壽冒子辟疆四十強仕胡爲徜徉庚寅三月之望旣奏拙繪再賦四詩爲壽　張恂

【五十雙壽贈言】

1323 庚子暮春祝巣民先生蘇夫人五十雙壽　巣震林

1324 又　吳振宗
1325 又　金俊民
1326 又　鄧漢儀 孝威
1327 又　姚宗典 旻庵
1328 又　周遇緣 秉三
1329 又　方中德 田伯
1330 寄壽辟疆老盟兄五十雙壽　黃傳祖 心甫
1331 又　徐晟
1332 巣民老伯暨伯母蘇孺人五十雙壽　董以寧 文友
1333 又　錢鼎瑞
1334 寄壽巣民先生五十雙壽　高世泰 彙旃
1335 又　胡周鼐
1336 又　宋德宜 右之
1337 又　宋德宏 疇三
1338 又　宋實穎 旣庭

1339 又　秦松齡 留仙
1340 又　王千玉
1341 又　孫自式 衣月
1342 又　尤侗 展成
1343 又　陳瑚 確庵
1344 又　瞿有仲
1345 又　陳濟生
1346 又　黃濤
1347 又　錢肅潤
1348 又　鄒祗謨 訏士
1349 又　毛重倬 倬人
1350 又　許旭 九日
1351 又　周季琬 文夏
1352 又　程邑 石蒼
1353 又　周茂蘭 子佩
1354 又　周茂藻 子潔
1355 又　葛雲芝 瑞五
1356 又　張照嵋 月坡

亦世講交也今逢花甲小言佐觴
竊慚附驥莫笑塗鴉　錢岳　五長
1388 寄壽辟疆老社長　陳肇曾　昌箕
1389 寄祝巣民先生曁蘇夫人齊眉週
甲　賀燕徵
1390 甲寅三月十五日爲巣民老先生
壽調寄百字令　陳世祥　散木
1391 又　周斯盛　屺公
1392 又　沙張白　介臣
1393 又　葉蕃　桐初
1394 甲寅三月既望犬馬之齒一週散
木首倡百字令爲壽屺公桐初介
臣諸兄和之余素不嫻此勉和情
事得四闋　冒襄

【七十壽言】

1395 寄祝辟翁先生七十大壽時別先
生十六年矣　王士禛　阮亭
1396 奉祝辟疆道盟時己未十月十日
來儀過我索詩予病初起尚歠粥
食半載不事筆硯欣然走筆不自
知其荒略也　紀映鍾　伯紫
1397 小言簡寄巣民先生奉觴
白夢鼎　孟新
1398 小言奉壽巣民老年伯
張瑾　子瑜
1399 匿峯行爲巣民先生七十壽
汪耀麟　叔定
1400 賦祝巣翁先生七十壽
顧湄　伊人
1401 恭祝辟翁老年臺七十初度
李淸　映碧
1402 長句奉祝巣翁老伯七秩華誕
陳維崧　其年
1403 巣民先生壽言　林堯英　澹亭
1404 巣民先生七十榮壽賦祝
張淵懿
1405 里言恭祝巣翁老伯七十初度
董俞　蒼水
1406 巣翁先生榮壽長句奉祝
趙炎　二火
1407 ▲壽詞調寄鶯啼序　薛斑　修遠
1408 又　佘瓆　文賓
1409 又　佘儀曾　羽尊
1410 又　許嗣隆　山濤
1411 又　冒坦然　公履
1412 又　冒丹書　青若
1413 又　冒綸　彌若

【八十壽言】

1414 丁卯春日壽巣翁先生
孫在豐　屺瞻
1415 己巳三月中旬水繪學詩石含銳
賁黃理同周甲子上巳偕振兮孺
子過得全堂擊鮮置酒卽席一詩
爲壽合老人望日誕辰共成二百

歲故末及之　冒襄
1416 恭祝巢翁母舅榮壽卽步原韻　石鑾 含鋭
1417 和　賁琮 黄理
1418 和　張圯授
1419 和　劉增琳 雍州
1420 三月望日聞瑋又過飲草堂既是寒食恰値犬馬之辰再和來美原韻　冒襄
1421 和　吳鏘
1422 和　顧道含
1423 前題　郭麟定
1424 又　張圯授
1425 又　薛彬 含芬
1426 三月望日含鋭復成一詩仍用前韻致祝余再依韻和答　冒襄
1427 巢翁老伯己巳陽日來五狼去獻歲春八十大壽僅兩月耳先期與顧同束先生以杖頭奉祝侑以三詩　邵幹 公木
1428 巢翁先生八十大壽詩以祝之　顧道含
1429 庚午三月之望余八十稱觴後十日曾孫八春彌月務旃貽詩時戒韻破例步和　冒襄
1430 ▲首和　戴本孝
1431 前題　顧道含 同叔
1432 前題　吳鏘 聞瑋
1433 前題　許嗣隆 山濤
1434 前題　張圯授 孺子
1435 前題　石爲松 五中
1436 戴大務旃兩年過訪賦贈述懷六首　冒襄

【蔡夫人壽言】

1437 辟疆先生蔡少君三十初度　姚若翼 伯若
1438 女蘿篇爲巢民先生蔡夫人侑觴　汪楫 舟次
1439 辟疆老伯少君蔡女羅工畫古松有拔地倚天之勢丙辰臘月八日爲夫人三十設帨之辰時在邗傷四方諸詞人競以詩文詞畫成册爲壽余得展玩亦作畫松歌以當祝嘏之辭　鄧林梓
1440 廣陵冬日辟疆前輩社集名士十有六人出詩文及蔡少君畫綵鳳松石等圖合觀稱賞述少君臘八日三十設帨徵詩以傳勝舉俚詠書祝　柳堉 公韓
1441 小句爲吾老友辟翁頌蔡亞君芳辰　程邃 穆倩
1442 巢民先生招集同人得觀蔡少君女羅圖畫臘月八日女羅三十初度諸公以詩詞爲壽予漫賦此

李沂　艾山

1443 賦祝辟翁先生少君蔡夫人
宋曹　射陵

1444 又　宋恭貽　稚恭

1445 辟疆先生如君蔡女羅三十初度女羅解詩書尤精繪事寫鳳凰古松變化飛動先生預張宴懸之四壁集同人徵詩歌古文詞體女羅雅意也女羅春秋方壯何用介眉而景物最佳殊堪紀勝漫成
杜首昌

1446 子夜歌四首爲辟老盟翁少君蔡夫人壽　蔣易　前民

1447 辟疆先生招同諸名流讌集閲如君夫人書畫賦此爲壽
吳山濤　岱觀

1448 辟疆先生招集同人見如君蔡夫人畫和岱翁六首爲壽
白夢鼎　孟新

1449 丙辰冬仲偶客廣陵俚言奉祝
蔡啓僔　崑暢

1450 丙辰仲冬巢翁老世翁先生招飲出蔡夫人所畫鳳凰圖索題兼祝三十初度　宗元豫　子發

1451 巢翁先生如君蔡女羅三十詩十二首　汪耀麟　叔定

1452 寄調沁園春壽蔡少君　范國祿

1453 丙辰仲冬巢民長兄廣招同人讌集兼値少君初度分賦調寄賀新郎疊顧庵學士原韻
孫繼登　汲山

1454 鵲橋仙二闕再爲蔡夫人壽
吳綺

【金夫人壽言】

1455 己巳六月八日祝巢翁少君金夫人初度　吳鏘

1456 和聞瑋先生見贈原韻　冒襄

『同人集』所收詩文作者索引

〔あ行〕

〔か行〕

劉徽之　1360
劉灝　士曠　290
劉康祚　長康　1385
劉士弘　靜夫　1150
劉師峻　峻度　474

劉增琳　雍州　1419
劉體仁　公䤈　106、176、623、641
劉肇國　445
劉雷恆　震修　401、406、841、1357
劉履丁　漁仲　134、309

劉梁嵩　玉少　400
呂兆龍　霖生　275、308
梁于涘　飲光　湛至　289、328
梁清標　棠材　玉立　1261、1362
林雲鳳*　若撫　243、301

林堯英　澹亭　1403
黎遂球　美周　284、315、319
盧震　亨一　1045、1048
盧綖　菽浦　1038

索　引

人名索引

ア行

カ行

歐文

書名索引

ア行

カ行

サ行

タ行

ナ行

A Study of Mao Xiang and his *Reminiscences of the Convent of Shadowy Plum-blossoms*

OKI, Yasushi

Mao Xiang was one of the “four young gentlemen” of the late Ming dynasty along with Fang Yizhi, Chen Zhenhui and Hou Fangyi. He came from a distinguished family in Rugao near Yangzhou, and his father was a high official.

Mao Xiang took part in the activities of the Fushe, a literary and political circle which was quite influential in late Ming society. He was both a writer and an activist. In 1638 he signed the bill of indictment and exile for Ruan Dacheng, who was an adherent of Wei Tongxian, a powerful eunuch.

When he was thirty-four years old, the Ming dynasty collapsed, and following the Manchu conquest, he gave up the idea of becoming an officer and chose to live as an “*yimin*”—the name given to one who refused to accept office under the Qing Dynasty. However, he remained an important literary figure, and many of the most celebrated poets of the time visited his house and garden in Rugao, where they held poetry gatherings.

Mao Xiang wrote his most famous work, *Reminiscences of the Convent of Shadowy Plum-blossoms*, the memoir of his concubine Dong Xiaowan in 1651. Mao Xiang’s epitaph, written by Han Tan, says:

> Mao Xiang’s death brought an end to the romantic [*fengliu*] echoes of the old *yimin* of the southeast.

I would like to highlight Han Tan's expression, "the romantic echoes of the old *yimin* of the southeast." The word *fengliu* here refers to all of Mao's romantic activities—his love of courtesans and actresses, writing the memoirs of his concubine, and so forth. Building on Han Tan's expression, we can coin the term, "romantic *yimin*" (*fengliu yimin*), to describe him. Through Mao Xiang, we are able to observe what it was like to be a romantic *yimin* in the early Qing.

Mao Xiang edited *Collection of My Literary Coterie*, an anthology of his friends' verse and prose which was written for Mao Xiang. Reading this anthology, we can easily learn when, where and with whom Mao Xiang held parties and composed poems. This anthology is clearly invaluable as a source of information about literary and social activities.

This study consists of two parts. Part One focuses upon Mao Xiang's activities as a man of letters, and Part Two examines the women around Mao Xiang.

Part One

Chapter One

One spring day in 1640, a most unusual flower, a yellow peony, blossomed in the private Yingyuan Garden of the late Ming dynasty literatus Zheng Yuanxun of Yangzhou. Many literati visited Zheng's Yingyuan Garden and composed poems, numbering over one hundred, on this marvelous yellow peony. Zhang Yuanxun and Mao Xiang held a poetry contest and asked Qian Qianyi, the most prominent literary figure in Jiangnan, to judge the merit of the poems. Qian awarded Li Suiqiu of Guangdong first prize—resulting in Li's being known henceforth as "Peony Li".

Soon after the Poetry Party of the Yellow Peony, Zheng Yuanxun had the full collection of poems on the yellow peony published. Likewise, a collection of

“Yellow Peony” poems was published in Guangdong to commemorate Li Suiqiu’s success. The rapid publication of these poetry collections indicated the extent to which publishing had developed during the late Ming dynasty.

Yet only four years after the Poetry Party of the Yellow Peony, the Ming dynasty collapsed. Zheng and Li died in the disturbances resulting from the Manchu conquest. After one hundred years, Qian’s writings were banned so strictly that Qian Qianyi’s name was often deleted from accounts of the Poetry Party.

Chapter Two

Fang Gongqian, who passed the civil service examinations in the same year as Mao Xiang’ s father, was exiled to Ningguta in China’ s northeastern Heilongjiang, because of the implication in cheat in the provincial examination in 1661. He came back from Ningguta and, at Mao Xiang’s residence, found the antique incense burner dating from the Xuande era he had left with his son. Mao composed a long poem on this incense burner complete with detailed annotation. For literati in the late Ming period, bronzes from the Xuande era were symbols of the brilliant age of the Ming, and for Mao Xiang, they were connected with his memory of his concubine, Dong Xiaowan.

Chapter Three

Although during the Ming dynasty, Mao Xiang often visited Nanjing, the stage for his activities, he did not visit for years after the Qing conquest. However, in 1657 Mao Xiang visited Nanjing again after years of absence and held a large party with his old friends. In this year, Qian Qianyi, Gong Dingzi and others visited Nanjing as well. Their gatherings in Nanjing may have been concerned with the movements of Zheng Chenggong, who almost reached Nanjing in opposition to the Qing government. In this year, literary works

concerned with the memory of the Ming dynasty such as Qian Qianyi's series of poems on Qinhuai, a pleasure quarter of Nanjing or Wang Shizhen's poems of autumn willows were written.

Chapter Four

Mao Xiang is also known as a lover of drama, and he also managed his own theatrical company. When his friends visited his residence, they appreciated drama at his private theatre in his garden. In this chapter, I examined his drama-related activities, titles of the plays he enjoyed, and his home theatrical company.

Part Two

Chapter One

This chapter is an annotated translation of *Reminiscences of the Convent of Shadowy Plums*. Mao Xiang recorded his memories of his concubine Dong Xiaowan, who died an early death. Dong Xiaowan was a courtesan in the Qinhuai district of Nanjing. Mao wrote at length about their elegant leisure activities. He speaks elegantly about her special talent and appreciation for calligraphy, painting, tea and incense, her knowledge of the Classics, her poetic ability, and her kindness to Mao's mother, his legal wife and his other family members. He also details their escape and survival during the difficult times of the Manchu conquest. He lovingly records her dedicated nursing when he fell seriously ill, and finally he tells us about her death.

Mao mentions some omens that suggested Dong's untimely death in the course of his narrative. When he draws a fortune-teller's lot predicting his future, his card contained the word for "remembrance". After Dong's death, Mao interprets that card as an indication that he was fated to spend the rest of

his life remembering her.

Because of its great detail, attention to private life, and its great literary merit, the *Reminiscences* is essential reading for those who wish to understand the details of intellectuals' daily life during the late Ming and the early Qing period.

Chapter Two

Mao Xiang collected thirty-six of his friends' responses to the *Reminiscences* in his *Collection of My Literary Coterie*. We know that Mao Xiang printed his *Reminiscences* and distributed them widely to his friends. Mao Xiang seems to have asked his friends to write for him when he sent his "elegy" and *Reminiscences* to them.

Most of the verse and prose in the *Collection of My Literary Coterie* praises Dong Xiaowan's beauty and virtue along with Mao Xiang's beautiful writing in the *Reminiscences*. They were specifically interested in two points: the *Reminiscences*' detailed description of women's lives and its "sentimentalism".

Each of the poems focuses on one of her beauty and her literary talents. It is apparent that they thought highly of the *Reminiscences* because of its "*qing*", "sentiment" or "stupid sentimentalism". The word "stupid sentimentalism" had not been a positive description until late Ming writers such as Feng Menglong made it an honorable characteristic. In Feng's writings, "stupid sentimentalism" is the supreme compliment. Mao Xiang's *Reminiscences* is a clear example of the popularity of "stupid sentimentalism" in the late Ming and the early Qing.

Chapter Four and Five

These chapters are about women in Mao Xiang's family. In chapter four I examine the biography of Wu Koukou written by Chen Weisong. Wu Koukou was a young maid in his house. While Dong Xiaowan was alive, she said that

Koukou would be his concubine. After Dong's death, Koukou took care of Mao, and Mao thought that he would invite her to become his concubine. However, Koukou also died young. Mao asked Chen to record his memories of Koukou .

Cai Han, who is described in chapter five, was also Mao's concubine. In this chapter I first examine the life of his legal wife. Cai was famous for her ability of drawing along with another concubine, Jin Yue. In the *Collection of My Literary Coterie*, we can see that Mao held several parties for her.

Chapter Six

Chapter Six is about the relationship between the *Reminiscences* and *The Dream of the Red Chamber*. Later, especially in the late Qing and early Republican era, the *Reminiscences* received different interpretations. One of these interpretations was the legend that Dong Xiaowan did not die in 1651, but was taken to the Qing imperial harem. She changed her name and was called Lady Dong-e. Emperor Shunzhi is said to have loved her very much. When she died, Emperor Shunzhi grieved at her death and went secretly to Mt. Wutai, where he became a priest.

Wang Mengruan insisted in his *A Search for Hidden Meanings of The Dream of the Red Chamber* that Jia Baoyu and Lin Daiyu, the main characters in Cao Xueqin's novel, were based upon Emperor Shunzhi and Dong Xiaowan.

I do not consider these stories to be true. But I believe that Cao Xueqin, the author of *The Dream of the Red Chamber,* was clearly influenced by Mao Xiang's *Reminiscences of the Convent of Shadowy Plum-blossoms* at several points. One common motif is the description and remembrance of excellent ladies. Criticism against popular love romance can also be seen in both works. And the begonia flower played an important role in both the works of Mao Xiang and Chen Weisong, and *The Dream of the Red Chamber*.

冒襄與《影梅庵憶語》之研究

大木　康

序論

明末清初的文人冒襄（字辟疆，1611～1693），出生如皋世家，青年時代主要以南京爲舞台，活躍於復社等政黨結社之間。他是當時有名的「四公子」之一（其他三人爲方以智、陳貞慧、侯方域）。明王朝滅亡之後，冒襄成爲明朝的「遺民」。他沒有選擇仕宦清廷，卻回到了故鄉如皐，以他的家園爲舞台，與當時諸多的文人墨客展開交遊。冒襄之名，也以詳細描述與愛妾董小宛情愛的回憶錄——《影梅庵憶語》而廣爲人知。

冒襄編纂收輯其師友贈答之作《同人集》，得以讓後世全面地了解他的交遊情況。此類總集較爲罕見，對有志於了解明末清初文人生活與思想的研究者極有助益。

韓菼的〈潛孝先生冒徵君襄墓誌銘〉（《有懷堂文藁》卷十六）云：

> 蓋自先生沒而東南故老遺民之風流餘韻於是乎歇絶矣。其可痛也。

冒襄可被稱爲「風流遺民」。本書主要從「風流遺民」的角度探討冒襄這位文人的生活、思想與文學。本書分成兩個部分，第一部分是關於冒襄的文人活動。第二部分是關於冒襄身邊的女性。

第一部第一章

晚明崇禎十三年（1640）的春天，一朵罕見的花——黃牡丹開在揚州的文人鄭元勳的庭院——影園。許多文人前去參觀了鄭元勳影園的黃牡丹，衆人寫就一百多首的黃牡丹詩。鄭元勳與冒襄以黃牡丹爲題舉辦賦詩競賽，邀請錢謙益擔任詩賽

的評審。錢最後授予廣東的黎遂球一等獎，之後他被稱爲「黎牡丹」。

詩賽後不久，鄭元勳出版了黃牡丹詩集。同樣，爲了記念黎遂球的成功，在廣東也出版了《南園花信》詩集。這些詩集的很快地出版表示晚明出版文化發展蓬勃。

黃牡丹詩會短短的四年後，明王朝崩潰。鄭元勳和黎遂球在抵抗清軍的戰鬥中去世。一百年後，乾隆皇帝嚴格禁絕有關錢謙益的著作，黃牡丹詩會的記載也與錢謙益的名字一同被隱去。

第一部第二章

冒襄因父親冒起宗與方拱乾（1565～1666，桐城人）因同年考中科擧而相識。順治二年（1645），清兵南下江南，冒襄與方拱乾曾同至浙江海鹽避難，兩人可謂患難之交。

冒襄一生拒不仕清，以遺民終老。而方拱乾選擇了仕清之路。然而因受順治十四年（1657）「丁酉江南科場案」的牽連，順治十六年（1659），方拱乾家產被籍沒，與家人流放寧古塔。

順治十八年（1661），方拱乾遇赦回江南以後，冒襄先命二子前往揚州拜訪方氏，隨後親自登門拜訪。方拱乾擁有一個珍藏多年的宣銅爐，流放之罪定讞，不得不於出關前交由兒子保管。當他回鄉後再見此宣銅爐時，作〈再見宣銅爐 出塞時屬兒奕藏，茲攜來奉老夫玩〉詩三首。冒襄也曾爲此爐作〈宣銅爐歌 爲方坦庵先生賦〉，竝爲此詩作了《宣爐歌注》。據說明宣德年間從暹邏國（泰國）進貢了三萬九千六百斤風磨銅，以此爲材料鑄造了一批優質的銅爐，宣銅爐的由來卽出於此。到了明末，甚至出現介紹宣銅爐的專著，可見其物之珍貴。宣銅爐可說是明王朝全盛期的歷史見證。此外，從冒襄的《影梅庵憶語》中可知，宣銅爐同時也寄託了冒襄對愛妾董小宛的思念之情。對冒襄來說，一個宣銅爐，不僅勾起了他對明王朝的故國之思，也勾起了對董小宛的思念之情。

第一部第三章

在明朝之時，冒襄經常往來南京。南京在當時是他政治活動的主要舞台，但入

清後，他多年未至南京。順治十四年（1657）冒襄再訪南京，邀請他的老朋友，舉行了一次盛大的聚會。這一年，錢謙益、龔鼎孳等都造訪南京。他們在南京的聚會也許與幾乎接近南京反對清政府的鄭成功的活動有關。這一年，又出現了一批回憶明朝的文學作品，例如錢謙益的〈金陵雜題〉，王漁洋的〈秋柳詩〉等。此類回憶文學的產生也許與當時的情況有關聯。

第一部第四章

冒襄素來喜好戲劇，且擁有自己的戲班，每當有來客時，在他府第中的「得全堂」或「水繪園」便有戲劇上演。關於這些活動的情形，在冒襄的詩文集及《同人集》中俱留下豐富的記載。

冒襄在一生的各個時期，觀看了許多戲劇。如崇禎十四年（1641）冒襄三十一歲，曾經爲了探望父親冒起宗竝迎接母親返回故鄉如皋，前往其父的任職地——湖南衡州，做了一趟長途旅行。旅程中，在蘇州觀賞了陳圓圓登台演出的戲。關於這一點，冒襄的《影梅庵憶語》中有所記載。又根據〈南嶽省親日記〉的記載可知，冒襄在旅途中欣賞了不少或雅或俗的戲劇。

依據各種資料的記載，得知冒襄所觀的劇目，有阮大鋮的《燕子箋》、吳偉業的《秣陵春》、湯顯祖諸作等等。

冒家擁有自家的戲班。冒襄親自敎導十餘名兒童，尤其注重家班藝人的培養。冒襄家班的藝人中，秦簫、徐紫雲、楊枝等人較爲著名。

冒襄從年輕時起直至晚年，一直對戲劇懷有濃厚的興趣，不僅經常觀看，而且還擁有家班，更親自指導藝人等等，眞可謂是一個戲迷。經歷了明末淸初的動盪政局，作爲明朝的遺民，一生鬱悶。他的這種心情或許是依靠戲劇才能聊以慰藉吧。

第二部第一章

本章爲《影梅庵憶語》的註釋與翻譯。冒襄在此文中回憶他早逝的側室——董小宛。第一部分描寫他們的邂逅到董小宛嫁入冒家。董小宛原是南京秦淮的妓女，

冒襄從文友方以智處得知她，經由方氏的介紹後，冒襄再三求見，可是，一直沒有機會見面。最後只驚鴻一瞥地見了她一面。冒襄同另一個著名妓女陳圓圓也有交遊。陳圓圓被帶到北京去時，他悲痛至極。此時冒襄才與董小宛見面。董小宛與冒襄正式會見後，表達了願與他結爲連理的想法。冒襄希望爲她贖身，帶她脫離出賣身體爲生的苦海。可是，幫董小宛贖身竝非易事，因爲她在蘇州還有龐大的債務。最後，幫助贖回董小宛竝送她到如皋的是當時的文壇泰斗錢謙益。

董小宛嫁入冒家以後的生活，在《影梅庵憶語》有詳細的記載，書中描述他們日常生活的種種。冒襄在文章之首，生動地描寫他和董小宛一起旅遊金山、蘇州和嘉興；他們怎麼在南京渡過中秋節，竝且讚賞了阮大鋮作的戲曲《燕子箋》，還描述了酒會的趣事。其次，提及了董小宛在冒襄家的禮貌和體貼。冒襄的正室蘇氏也十分喜歡她，對她頗爲照顧。冒襄描述了董小宛讀書和書畫的才能。他編集全唐詩集時，董小宛幫忙安排材料和解釋詩歌。董小宛對書法、繪畫、茶和香都有很好的品味。她善於養花與製作美味的飲品與調味料。

崇禎十七年（1644），明王朝滅亡，第二年滿族的軍隊進入江南。在此危機的時刻，冒家離開如皋避難到浙江海鹽。此時，董小宛機敏的行動贏得冒家人的尊敬。順治四年（1647）和六年（1649），冒襄遭到病魔侵襲，董小宛此時專心一致地照護他。在《影梅庵憶語》裡，對這些困境的描述最爲生動。冒襄最後提及董小宛的夭折也許早有徵兆。某一年，冒襄抽籤算命時，抽到的是「憶」字的籤。董小宛過逝後，冒解釋那「憶」字籤乃表示：自己將一輩子「憶」她的命運。

第二部第二章

本章探討《影梅庵憶語》的流通和評價。根據《同人集》的記載，得知冒襄自己打印了寫就的《影梅庵憶語》竝廣送好友。在送朋友們《影梅庵憶語》之際，冒襄似乎希望他們爲這部作品寫些詩文，因而《同人集》中有好多關於《影梅庵憶語》的詩歌和散文。他們稱許該書對婦女描寫的細膩，讚美董小宛的秀麗和美德，以及冒襄的好文筆。

很多人用「情癡」兩個字來評價冒襄的《影梅庵憶語》。「情癡」從前竝不是好意，可是，在晚明許多文學作品中，對「情癡」有至高的價值。冒襄的《影梅庵

憶語》可以說繼承了晚明人情愛的觀念。

第二部第三章、第四章

第三章和第四章，介紹了冒襄家裡的婦女們。第三章細讀了陳維崧的〈吳扣扣小傳〉。吳扣扣是冒襄的年輕女僕之一，董小宛在世的時候，她說扣扣將來會成爲冒襄的側室。董小宛去世後，扣扣盡心照顧冒襄，冒襄想收她爲側室。然而，扣扣也突然去世了。冒襄請陳維崧爲她作傳。第四章所介紹的蔡含也是冒襄的側室之一。蔡含和冒襄的另一個側室——金玥，都因她們繪畫的才能著名。據《同人集》中的材料顯示，冒襄曾爲她擧辦過幾次文人聚會。

第二部第五章

民國初年，王夢阮、沈瓶庵在《紅樓夢索隱》(1916) 中提出：《紅樓夢》乃是描寫清世祖和董鄂妃故事，而董鄂妃即是董小宛。對此，歷史家孟森即發表了〈董小宛考〉(《心史叢刊》三集，1917)，徹底否定《紅樓夢索隱》中的董小宛原型說。若從歷史事實的角度來看，董小宛和《紅樓夢》確實無如此深切的關係。然而，《影梅庵憶語》與《紅樓夢》之間仍有一定連繫，即「回憶文學」這個點上。

冒襄之所以撰寫《影梅庵憶語》，在於其所鍾愛之女子亡故，故欲以筆墨記錄之。《紅樓夢》亦是曹雪芹欲紀錄「其行止見識，皆出於我之上」之女子而撰寫的，故亦可視爲一種「回憶文學」的作品。就此點而言，《影梅庵憶語》與《紅樓夢》同是「回憶文學」作品，其創作動機有相同之處。

另外，與《影梅庵憶語》相同，《紅樓夢》亦否定過去死板庸俗的才子佳人式故事。此種看法，我認爲是曹雪芹從冒襄《影梅庵憶語》中所得到的啓發。

白秋海棠花在《紅樓夢》中有其特殊意義，而此白秋海棠花亦與冒襄和董小宛有關。在陳維崧〈吳姬扣扣小傳〉中亦論及白海棠，陳維崧的〈白秋海棠賦〉有可能是影射吳扣扣或是董小宛。此類與冒襄相關的作品，進而給予曹雪芹創作之靈感。由此亦可見《影梅庵憶語》與《紅樓夢》的關係。

大木　　康（おおき　やすし）

著者略歴

1959年　横濱生まれ

1981年　東京大學文學部（中國文學）卒業

1986年　東京大學大學院人文科學研究科（中國文學）單位取得退學

東京大學東洋文化研究所助手、廣島大學文學部助教授、東京大學文學部助教授などを經て、

現　在　東京大學東洋文化研究所教授　文學博士

著　　書

『中國遊里空間 明清秦淮妓女の世界』（青土社 2002）

『馮夢龍『山歌』の研究 中國明代の通俗歌謠』（勁草書房 2003）

『明末江南の出版文化』（研文出版 2004）

『原文で樂しむ　明清文人の小品世界』（集廣舍 2006）

『明清文學の人びと 職業別文學誌』（創文社　2008）ほか

冒襄と『影梅庵憶語』の研究

平成二十二年二月十日　發行

著　者　大　木　　康

發行者　石　坂　叡　志

整版印刷　中台整版 モリモト印刷

發行所　汲　古　書　院

〒102-0072　東京都千代田區飯田橋二―五―四

電　話〇三（三二六五）九七六四

ＦＡＸ〇三（三二二二）一八四五

ISBN978-4-7629-2871-0　C3098

KYUKO-SHOIN, Co.,Ltd.　Tokyo